J.

DAS SCHICKSAL FRAGT NICHT

Das Buch

Köln. Der vierzehnjährige Jonas lebt mit seinem Vater in ihrem chaotischen Männerhaushalt, nachdem Jonas Mutter vier Jahre zuvor bei einem Unfall ums Leben gekommen ist. In der Schule hat er es mit Raffa und seiner Gang zu tun, die ihn für einen *Loser* halten und nicht gerade zimperlich mit ihm umgehen. Heimlich fasziniert ist er von Elli, einem umwerfenden Mädchen aus der Parallelklasse. Jonas ist klug, schlagfertig und witzig und doch fühlt er sich wie ein Niemand in einer Welt, die oft zu hart und zu überwältigend ist. Seine Geheimwaffe? Sich in seiner Phantasiewelt vor der Wirklichkeit verstecken. Bis die zufällige Begegnung mit einem geheimnisvollen Fremden alles verändert. Plötzlich ist da jemand, der ihn sieht, wirklich sieht. Jemand, der seine tiefsten Ängste ans Licht holt – und die Sehnsüchte, die er sich selbst nicht eingestehen will. Jonas begreift, dass er mehr sein könnte, als er je zu träumen gewagt hat. Doch dafür muss er bereit sein, sich seiner größten Herausforderung zu stellen: Sich selbst! Jonas steht vor der Entscheidung: Bleibt er in seinem Versteck oder wagt er den Sprung in die wirkliche Welt voller Mutproben, Geheimnisse und großer Gefühle?

Die Autorin

Rita Fischbach, geboren 1966 in der Eifel, studierte Japanologie und englische Sprachwissenschaft in Trier, Bonn und Tokyo, wo sie auch eine Zeit lang gelebt hat. Beruflich hat sie die ganze Welt bereist und ist schon immer fasziniert von anderen Kulturen, Sprachen, aber vor allem den Menschen. Menschen sind für sie das Spannendste und Verrückteste überhaupt, abgesehen vom Leben selbst und der Sockenschublade ihres Sohnes. Sie lebt mit ihrer Familie in Köln.

RITA FISCHBACH

J.

DAS SCHICKSAL FRAGT NICHT

Bibliografische Information der Deutschen Nationalbibliothek
Die Deutsche Nationalbibliothek verzeichnet diese Publikation in der Deutschen Nationalbibliografie; detaillierte bibliografische Daten sind im Internet über http://dnb.d-nb.de abrufbar.

Lektorat: Sabine Haag
Coverdesign: Utku Caglar
Verlag: BoD · Books on Demand GmbH, Überseering 33, 22297 Hamburg, bod@bod.de
Druck: Libri Plureos GmbH, Friedensallee 273, 22763 Hamburg

ISBN: 978-3-8192-6284-5

Dein wahrer Gegner ist die Stimme in deinem Kopf,
die dir sagt, dass du es nicht kannt.

1

Es war eine schäbige Boxbude. Ein dunkles Kellerloch, in dem es nach Schweiß und Männerfurz stank. Der in die Jahre gekommene Trainer scherte sich nicht um die Luft für seine Nachwuchstalente und zwang mit seinen Zigaretten auch noch den letzten Funken Sauerstoff in die Knie. Er gab den Ton an. Er war der erfahrene Boxer. Er hatte sein ganzes Leben nichts anderes gemacht, als sich zu schinden und einen Gegner nach dem anderen in die Seile zu boxen. Er war immer ultimativ gewesen. Hatte selbst einen erbarmungslosen Trainer gehabt und bei Schwäche oder Angst nicht das geringste Mitgefühl. Verlorene Kämpfe kamen vor. So war das in jedem Profisport. Allerdings erst, nachdem man alles gegeben hatte. Um mich herum sah ich gestählte, vor Schweiß glänzende, nackte Männeroberkörper, die sich mit ihren Fäusten in abgewetzten Boxhandschuhen bis an ihre Grenzen brachten. Ich war einer von diesen ganz fanatischen Typen. Jede Niederlage war wie eine Kampfansage an mich selbst. Mir war klar, ich musste noch besser werden. Noch schneller. Noch cleverer und vor allem, noch unerschrockener. Wie besessen trainierte ich in einer Ecke des Boxstudios an einem Sandsack und versuchte, die Eingeweide aus ihm herauszuboxen. Ich wollte aufgeplatzte Nähte und Füllmaterial auf den Boden rieseln sehen. Schweiß lief mir am Körper herunter und bildete eine Pfütze unter meinen Boxstiefeln. Meine Armmuskeln brannten wie Feuer, doch ich kämpfte gegen den Schmerz an. Aus den Augenwinkeln sah ich meinen Trainer, wie er mich mit einer Zigarette im Mundwinkel beobachtete. »Du musst hart sein, Johnny! Hart wie Stahl. Schweiß ist, wenn Muskeln weinen!«, hörte ich ihn mir zurufen.

... *Ping!* Mein Handy gab einen schrillen Ton von sich und riss mich schlagartig aus meinem Tagtraum. Verdammt, ich hatte mir doch fest vorgenommen, weniger Zeit in meiner Phantasiewelt zu verbringen! Noch etwas benebelt von den Bildern in meinem Kopf griff ich danach. Es war eine Nachricht von Deniz, bester Freund aller Zeiten.

Hey, Johnny, was läuft?
Föhn mir gerade die Zähne
Ha, ha ...! Bro, hast du Englisch schon?
Noch nicht

Kann ich bei dir abschreiben, wenn du es hast? Please!!
Logisch
Korrekt! Hau rein!

Träge blinzelte ich gegen die Maisonne an, die sich auf meinem Bett breitgemacht hatte. Ich überlegte, was ich mit dem angebrochenen Sonntagnachmittag anfangen sollte. Auf Gitarre spielen hatte ich keine richtige Lust, und von Deniz wusste ich, dass er auf seinen jüngeren Bruder aufpassen musste, weshalb ein gemeinsames Spiel am Computer flachfiel. Papa war mit meinem Patenonkel Dietmar, seinem besten und einzigen Freund, im Stadion bei einem Heimspiel des FC. Onkel Dietmar, übrigens einer der wenigen Menschen, die das Prädikat » angenehm bescheuert« absolut verdient hatten, befand sich deshalb schon seit Tagen im Ausnahmezustand. Nach dem Spiel wollte sich Papa noch mit jemandem treffen, doch zum Abendessen sei er auf jeden Fall zurück. Widerwillig setzte ich mich also an meine lästigen Englischhausaufgaben. Wir sollten eine Bewerbung für ein Praktikum unserer Wahl verfassen und dabei bestimmte Kriterien miteinbeziehen. Dafür hatten wir ein Arbeitsblatt mit Anhaltspunkten bekommen. Ich legte den leicht zerknitterten Zettel neben mich aufs Bett, nahm meinen Block und begann zu schreiben.

Dear Sir or Madam,

Laut Arbeitsblatt sollten dann unsere persönlichen Daten, Hobbies, Qualifikationen und eine kurze Begründung folgen, warum wir genau in dem Betrieb XY ein Praktikum machen wollten. Meine Idee war ein Praktikum in einer Süßigkeiten Manufaktur, wodurch ich hoffentlich hinter das Geheimnis der Herstellung von Speckmäusen käme. In meiner Phantasie sah ich mich schon Schäferhund große Speckmäuse in Serie produzieren und damit eine Riesenmarktlücke schließen. Ich malte mir aus, wie ich aufgrund meiner langjährigen Süßigkeitenerfahrung innerhalb kürzester Zeit zum Produkttester aufsteigen und intensive Qualitätskontrollen in der Manufaktur durchführen würde. Pflichtbewusst würde ich mich den ganzen Tag quer durch die Produktpalette futtern und abends wieder heimfahren. So mein Traum. Doch das konnte ich unmöglich schreiben. Deshalb hielt ich mich notgedrungen an langweilige Fakten.

my name is Jonas Bertrams. I'm 14 years old and I live in Cologne.

»... *I live in Cologne and Papa was a rolling stone.*« Das reimte sich, auch wenn es für die Bewerbung nicht zu gebrauchen war. Davon abgesehen war Papa auch kein *rolling stone*, wenn ich den Ausdruck wörtlich übersetzte, sondern einer, der vor vier

Jahren mitten im Rollen steckengeblieben war und erst kürzlich beschlossen hatte, sich langsam wieder in Bewegung zu setzen. *Nicht ablenken lassen*, ermahnte ich mich, und konzentrierte mich weiter auf meinen Text.

I play the guitar and I love music. My mother is dead and my father works as a truck driver in a Kölsch brewery.

Because my father works a lot, I can cook my own meals. Luckily, we also have a microwave to warm up food.

... *microwave* ... ein richtig cooles Wort, wenn man es als »mini Winken« übersetzte. Ich stellte mir ein weißes Blatt vor, auf das ich in die Mitte eine winzige Winkehand mit seitlichen Bewegungsstrichelchen zeichnen und darunter in großer Schrift MICRO WAVE schreiben würde. Die Idee gefiel mir. Unmotiviert kehrte zu meinem englischen Bewerbungsschreiben zurück. Mir fehlten nur noch die Punkte Qualifikation und Begründung.

Ich erwähnte die Tatsache, dass ich Süßigkeiten schon mein Leben lang mochte und mich deshalb für ein Praktikum in einer Süßigkeiten Manufaktur höchstqualifiziert fühlte. Mein absoluter Favorit seien weiße Speckmäuse.

Wie übersetzte man »weiße Speckmäuse«? *White mice?* Das hörte sich ziemlich schräg an. Ich war schließlich keine Python. Sicherheitshalber gab ich »Speckmäuse« bei Google ein und heraus kam *bacon mice*. Selbst ich wusste, dass *bacon* Schweinespeck war. Passte also genauso wenig. Mir fiel ein, dass unten im Wohnzimmer noch ein altes Wörterbuch im Regal stand, das Mama gehört hatte. Polternd lief ich die Treppe hinunter, fischte es aus dem Regal und sprintete wieder hoch. Vielleicht war in dem Fall auf richtige Bücher mehr Verlass als auf den digitalen Google-Übersetzer. Leider gab es für »Speckmaus« keinen Eintrag und »Speck« wurde dort ebenfalls mit *bacon* übersetzt. Speck beim Menschen allerdings mit *fat* oder *flab*. Klang alles nicht perfekt. Ich googelte ein anderes Wort für Speckmaus und Google spuckte »Schaummaus« oder »Marshmallow Maus« aus. Letzteres klang zumindest Englisch.

Especially I like marshmallow mice.

Nachdem ich meine Begeisterung für Süßigkeiten und meine Vorfreude auf das Praktikum noch mal beschrieben und dabei ordentlich rumgeschleimt hatte, war mir fast schlecht. Ob man sich immer so verstellen musste, um etwas zu erreichen?

Für das Ende der Bewerbung schrieb ich die vorgegebenen Sätze vom Arbeitsblatt ab, kritzelte meinen Namen drunter und fand, der Text konnte sich einigermaßen sehen lassen. Unsere Englischlehrerin hatte uns extra noch mal ans Herz gelegt, keine Romane über uns zu verfassen. *Keep it short and simple*, hatte sie gesagt.

Mit dem Block ging ich runter in die Küche, setzte mich an unseren Laptop und tippte den Text sauber ab. Anschließend schickte ich ihn per Email an Jette. Jette war Mamas beste Freundin und in Sachen Englischhausaufgaben konnte ich mich immer auf sie verlassen. Das Problem mit Jette war nur, dass sie Flugbegleiterin und deshalb oft auf Reisen war. Das war auch der Grund, weshalb ich meine Englischsachen nie auf den letzten Drücker erledigen konnte. Manchmal vergingen ein bis zwei Tage, bis sie meine Nachricht irgendwo auf der Welt las. Eigentlich war ich ganz gut in Englisch. Die meisten Texte der Songs, die ich hörte, verstand ich oder wusste zumindest, worum es ging. Nur beim Schreiben konnte ich Jettes Hilfe immer gut gebrauchen.

Mit dem Handy in der Hand ging ich wieder hoch und schmiss mich mit einem gekonnten Hechtsprung aufs Bett. Ich spürte ein leichtes Magengrunzen, war aber zu faul, mir etwas in der Mikrowelle warmzumachen oder mir einen meiner sagenhaften Wraps zu zaubern. Im Sortiment hatte ich den *Gangsta Wrap*, mein Liebling unter all meinen Wraps und der einfachste, wenn es schnell gehen musste. Den *Bubble Wrap*, wenn ich etwas mehr Zeit in der Küche verbringen wollte, den *Wraptor* für Fleischhungrige und den *Banana Wrapublic* für meine regelmäßigen Anfälle von Unterzuckerung. Wobei ich wegen meines Übergewichts kürzlich den Plan gefasst hatte, meinen Zuckerkonsum konsequent zu reduzieren. Von daher entsprang die Idee eines Traumjobs in einer Süßigkeiten Manufaktur eher meinen früheren Gewohnheitsmustern, aus denen ich mich – mit wechselhafter Disziplin – versuchte zu befreien.

Der *Gangsta Wrap* bestand logischerweise aus einem dünnen, runden Teiglappen, den ich mit Käsestreifen und gekochtem Schinken belegte. Darauf kamen Sandwichgurken und getrocknete Zwiebeln. Über die gesamte Fläche eine Längsspur Ketchup und eine Querspur Hamburger Soße. Obendrauf ein Salatblatt, damit sich das schlechte Vitamingewissen beruhigte. Alles schön ordentlich zusammenrollen, das umgeklappte Ende wegen der Statik mit Butterbrotpapier umwickeln und fertig war das kulinarische Meisterwerk. Als ich geistig gerade dabei war, mir einen *Bubble Wrap* zu bauen, meldete sich mein Handy. Eine Email von Jette! Das war ja schnell gegangen.

»*Lieber Jonas, ich hoffe, es geht dir gut. Anbei dein korrigierter Text. Ich finde ihn sehr gut geschrieben, bis auf ein paar zu persönliche Details. Stattdessen habe ich mir erlaubt zu erwähnen, dass du dir trotz deiner Begeisterung für Süßigkeiten der Konsequenzen von übermäßigem Zuckerkonsum für Figur und Gesundheit bewusst bist. Liebe Grüße aus Tokyo und Sayonara.*«

Neugierig las ich mir die korrigierte Version meines Textes durch und war begeistert. Genial! Genau genommen hatte Jette bis auf die Eckdaten wie Name,

Adresse, Alter sämtliche von mir fabrizierten Sätze entweder weggestrichen oder inhaltlich komplett umformuliert. Zugegeben, die Sache mit den negativen Folgen von zu viel Süßkram klang für meine Ohren eine Spur zu erwachsen. Nicht im Traum wäre mir eingefallen, das zu schreiben. Aber gut, es konnte ja nicht schaden, wenn ich als noch junger, aber durchaus kritischer Geist rüberkam. Meine Bewerbung würde meine Englischlehrerin jedenfalls vom Stuhl hauen. Das war so sicher wie Sand am Strand.

Gut gelaunt wollte ich mir Musik anmachen und ging zu meiner Anlage. Im Vorbeigehen sah ich mich in dem großen Wandspiegel neben der Tür. Verrückt, aber ich konnte nicht anders, als stehenzubleiben und den Jungen, den ich da sah, neugierig anzustarren. Eigentlich gar nicht so übel der Typ, dachte ich über mein eigenes Spiegelbild.

Seit kurzem trug ich meine Haare cooler, nachdem ich Papa gefragt hatte, ob ich zu einem anderen Frisör gehen dürfte als zu Stavros, unserem Stammfrisör. Stavros war grundsätzlich schwer in Ordnung. Sein einziges Problem war, dass er in seinem Ladenlokal einen Doppelbetrieb führte. Neben seinem Haarstudio betrieb er zusammen mit seiner Frau eine Änderungsschneiderei, die nur durch eine halbhohe Holzwand vom Frisörsalon abgetrennt war. Vermutlich war das der Grund, weshalb Stavros gelegentlich das Haareschneiden mit dem Hosenkürzen verwechselte. Jedenfalls legten manche Resultate auf unseren Köpfen diese Vermutung nahe. Da ich mich für Stavros »Hauptsache-Kürzer-Pottschnitt« langsam zu alt gefühlt hatte, war ich zu einem anderen Frisör gegangen, der mir ein richtig flottes Styling verpasst hatte. Ich gefiel mir mit diesem abgeschrägten, längeren Pony in der Stirn, den ich alle paar Sekunden mit einem gekonnten Schwung nach hinten warf, damit mein rechtes Auge auch noch was vom Leben mitbekam.

Papa fand die Frisur besorgniserregend, weil diese »Zuckungen«, wie er sie nannte, bestimmt nicht gut für meine Halswirbelsäule seien und ihn außerdem an einen Irren erinnerten. Er hatte in dem Zusammenhang ebenfalls die Befürchtung geäußert, dass diese permanente Schleuderbewegung womöglich eine ernsthafte Gefahr für mein Gehirn darstellen könnte, weil dadurch mein Hirnliquor unverhältnismäßig oft gegen die Schädelwand klatschte. Das könne für dessen Konsistenz unmöglich gut sein. Trotz Papas düsterer Zukunftsprognose war meine Hirnflüssigkeit bisher nicht geliert und auch sonst war ich ganz normal geblieben. Papa hatte manchmal eine etwas eigenwillige Art, mit gewissen Dingen umzugehen.

Was sah ich noch? Da der Wandspiegel vom Boden bis über meinen Kopf reichte, fiel mir auf, dass ich tatsächlich ganz schön abgespeckt hatte. Klar, ich war immer noch moppelig, aber nicht mehr so dick wie noch vor vier Monaten. Zu meiner eigenen Überraschung hatte ich mir einen Satz neuer Hosen kaufen müssen, weil meine bisherigen viel zu weit geworden waren. Alles andere, was sich in den vergangenen Monaten an mir verändert hatte, konnte ich nicht in meinem Spiegelbild sehen. Es war in mir drin passiert. Einziger Beweis dieser innerlichen Verwandlung war vielleicht meine etwas selbstsicherere Ausstrahlung. Das hatte wohl damit zu tun, dass meine Hirnzellen endlich einen groben Plan davon hatten, wie sie sich am sinnvollsten untereinander vernetzten. Im Laufe der letzten vier Monate hatte ich es irgendwie geschafft, mich mehr mit mir selbst und meinem Leben anzufreunden. Das hatte ich aber nicht mir, sondern jemand anderem zu verdanken.

Jemand, der mir gezeigt hatte, dass die Flucht in eine Welt aus Träumen und Phantasien nur ein vorübergehender Aufschub der Realität war. Sehnsüchtig dachte ich an den Menschen, der mir dabei geholfen hatte, mich den Dingen in meinem Leben zu stellen. Hey, Leben, hier bin ich! Ich ließ die Musik aus und machte es mir stattdessen in meinen Sessel bequem, nachdem ich die darauf liegenden Klamotten in einer Extremaufräummaßnahme rigoros auf den Boden befördert hatte. In *Slowmo* drehte ich die Zeit zurück, um mich an jedes Detail der vergangenen Monate zu erinnern. Wann genau hatte mein Leben angefangen, Fahrt aufzunehmen und sich so zu verdichten? Wie waren diese Riesenlücken zwischen meiner Phantasie und der wirklichen Welt verschwunden? Es war nicht über Nacht gegangen, so viel stand fest. Es waren ein paar Sachen passiert, eigentlich sogar ziemlich viele, und ich hatte notgedrungen meine Erfahrungen machen müssen. Sogar einige Träume verschrottet. So war ich im Laufe der letzten vier Monate irgendwie zu dem Jungen geworden, der da vor dem Spiegel gestanden und mich angestarrt hatte.

Begonnen hatte alles an einem Februartag im Schwimmbad ...

2

Im zweiten Halbjahr der achten Klasse hatten wir dienstags in der letzten Stunde Schulschwimmen. Ich war ein guter Schwimmer. Das hatte Papa mir schon früh beigebracht. Wegen meiner speckigen Figur fühlte ich mich beim Schulschwimmen allerdings immer unwohl. Mir war bewusst, dass jeder sehen konnte, was sonst meine Klamotten verdeckten. Deniz und ich kamen in Badeshorts aus der Dusche und waren auf dem Weg Richtung Schwimmbecken, als ich Raffa und seine drei Marionetten, Vince, Nico und Musta, schon von weitem sah.

Raffa war neu bei uns an der Schule und ein Horrortyp. Innerhalb kürzester Zeit hatte er drei unterwürfige Anhänger gefunden, die ihm auf Schritt und Tritt folgten. Wahrscheinlich hofften sie durch den Kontakt zu Brutalo-Raffa, so nannten wir ihn oft, automatisch auf mehr Bewunderung und Respekt in der Schule. Raffa war eine Klasse über mir, obwohl er schon siebzehn war. Es ging das Gerücht um, dass er von seinen Eltern und Lehrern schon immer im Zickzackkurs durch die Schule geboxt werden musste. Wie man hörte, hatte er sich einige Extras in seiner bisherigen Schullaufbahn gegönnt, die angeblich aus ein paar Auszeiten und Ehrenrunden bestanden haben sollen. Er gehörte also nicht gerade zur intelligentesten Sorte, hatte eine große Klappe und war ein muskelbepackter Riesenklotz, der mit seinem Hang zu Gehässigkeit auch vor körperlicher Gewalt nicht zurückschreckte. Im Gegenteil, er wurde ziemlich schnell handgreiflich, wenn er sich provoziert fühlte oder eine von seinen Launen hatte. Seine drei Schattenfiguren beteten ihn an, klonten ihn, so gut sie konnten, und sonnten sich in seinem Glanz. Die drei taten einfach alles, um in Raffas Gunst zu stehen, was ziemlich erbärmlich rüberkam. Deshalb hatten Deniz und ich dem Trupp irgendwann den Namen »Die einhirnigen Vierlinge« gegeben.

Jedenfalls hatte Raffa es irgendwie auf mich abgesehen. Er ließ absolut keine Gelegenheit aus, mich zu schikanieren, egal wann und wo wir uns begegneten. Vielleicht lag es an meinem Übergewicht. Dicke wurden eben gerne als Zielscheibe für Gehässigkeit und Spott benutzt. Oder an der Tatsache, dass ich jünger und mindestens anderthalb Köpfe kleiner war als er, was zufällig in sein Beuteschema passte. Vielleicht hasste er auch einfach jeden, der klüger wirkte als er. Manchmal kam es mir so vor, als suchte er zwanghaft einen messbaren Beweis für sein unterbelichtetes

Gehirn. Erst provozierte er mich, dann lieferten wir uns Wortschlachten, in denen jeder versuchte, dem anderen durch Schlagfertigkeit überlegen zu sein. Sobald die Beweislage dann klar war, wurde er brutal. So lief das immer. Körperlich hatte ich keine Schnitte gegen ihn, obwohl ich mir im Grunde nicht mal den kleinsten Rempler gefallen lassen wollte. Bisher war ich noch nicht wirklich dahintergekommen, was genau ihn an mir so wahnsinnig reizte. Vielleicht war es eine ungünstige Mischung aus vielem, weshalb er mich als das perfekte Opfer auserkoren hatte.

Blöderweise hatten wir mit Raffa und einer unserer Parallelklassen zur gleichen Zeit Schwimmunterricht. Während wir in seine Richtung gingen, war ich innerlich bereits auf der Hut, zog unbewusst die Schultern zurück und den Bauch, so gut es ging, ein.

»He, Fleischboje, gibt's die Schwimmbutze auch in deiner Größe?«, rief Raffa mir zu. Wie auf Kommando lachten die anderen drei gehässig.

»Ignorieren und weitergehen!«, zischte Deniz.

»Na, Moby Dick, ist heute wieder *Whale Watching* für uns alle angesagt? Piss-Wal Live Action Show!«, provozierte er mich weiter.

Ich ließ seine blöden Sprüche gelangweilt an mir abprallen. Mit dem Spitznamen Moby Dick oder Moby hatte er mich schon beim letzten Schwimmen betitelt, was mir nicht besonders viel ausmachte. *Moby* war ein ziemlich cooler amerikanischer Elektro-Musiker, dessen Ur-Ur-Großonkel, Herman Melville, den Wal-Roman »Moby Dick« geschrieben hatte. All das schien Raffa nicht zu wissen, weshalb ich mich ihm trotz seiner Beleidigungen überlegen fühlte. Wie geplant wollten wir lässig an ihnen vorbeigehen, als sie sich uns in den Weg stellten.

»Hey, Moby, hast du gesehen? Der Rhein hat fett Hochwasser. Wahrscheinlich hast du deinen dicken Zeh am Rheinauhafen kurz ins Wasser getunkt und jetzt säuft ganz Köln wegen dir!« Er lachte begeistert über seinen blöden Witz.

»Falsch, Raffa, das kommt von der Gletscherschmelze in Belgien«, schleuderte Deniz ihm entgegen, womit er seinen gutgemeinten Ratschlag von zuvor kurzerhand über den Haufen warf.

»Ja, Deniz, ein Witz für richtig Doofe«, lästerte Raffa.

»Wird sich zeigen.« Deniz wollte mir zu Hilfe kommen, was mutig von ihm war, denn Raffa fackelte nicht lange, wenn ihm etwas gegen den Strich ging. Aber wie sich herausstellte, musste ich mir wegen Deniz gewagtem Spruch überhaupt keine Sorgen machen.

»Pass auf, Spatzenhirn, Belgien hat keine Gletscher und der Rhein fließt durch Holland«, tönte Raffa großkotzig. *Stimmt, aber er kommt nicht von da. Außerdem ist Holland nur ein kleiner Teil der Niederlande,* antwortete ich ihm besserwisserisch in Gedanken und musste grinsen. »Moby, grins nicht so dämlich, sonst fängst du dir'n paar, klar?«, ging er mich an.

»Los, alle der 8b zur Sammelstelle an der Schwimmbadtreppe kommen!«, rief unser Sportlehrer.

Erleichtert ließen wir sie stehen, hörten Raffa jedoch im Weggehen noch irgendwas vor sich hin brabbeln. Wir sahen ihn an den Beckenrand gehen, wo er unter dem Gejohle seiner drei Bewunderer übertrieben angeberische Muskelposen vollführte. Er war eine peinliche Lachnummer, aber ernsthaft brutal, wenn er schlecht gelaunt war oder glaubte, sich und seinen Marionetten etwas beweisen zu müssen.

Wir gingen an einer Gruppe Mädchen aus der Parallelklasse vorbei. Sie sahen in unsere Richtung und kicherten. Reflexartig starrte ich auf meine Füße, weil ich mich wegen meiner Speckrollen über der Badehose und meinem Watschelgang schämte. Deniz war das Gekicher der Mädchen natürlich nicht entgangen.

»Mach dir nichts draus, Johnny. Nur die inneren Werte zählen.«

Nett gemeint von ihm, aber es konnte nichts an der Tatsache ändern, dass ich mir in dem Moment kolossal plump und plattfüßig vorkam. Mein Aussehen war mir peinlich. Gefühlt hing mir jede verdammte Speckmaus, die ich in meinem Leben gegessen hatte, aus Rache über der Badehose. All die Komplexe, die in dem Moment an meinem mickrigen Selbstwertgefühl nagten, waren wie Bisse dieser verflixten Speckmäuse. Waren es all die Süßigkeiten wert gewesen, dass ich so aussah? Wie hatte ich zulassen können, dass ich zu so einem abtörnenden Pummel mutiert war? Ich kam mir vor, wie mein eigener schlimmster *hater*.

Ein Mädchen aus der Gruppe hieß Elli. Sie war so ziemlich das hübscheste und beliebteste Mädchen aus unserem Jahrgang. Es gab kaum einen Jungen, der sie nicht toll fand, mich eingeschlossen. Sie wirkte auf mich irgendwie anders als die übrigen Mädchen. Weniger schrill und überspannt. Mir gefiel ihre Art und ich fühlte mich von ihr seltsam angezogen. Wenn auch nur im Stillen und aus der Ferne. Das hätte ich niemals zugegeben. Da Elli auch in dieser Gruppe kichernder Mädchen stand, fühlte ich mich um eine weitere Stufe miserabler und wünschte mir nichts mehr, als schlank und durchtrainiert auszusehen. Ich kam mir entblößt vor. Wie ein zur Schau gestelltes, überdimensioniert fettes Hausschwein, an dessen Hintern ein Schild klebte: »*Zeig deinen Schwabbel!*« Jeder, der das arme Schwein sah, machte sich über sein Aussehen lustig. Am liebsten wäre ich sofort vom seitlichen Beckenrand ins Wasser gesprungen und abgetaucht, um den Blicken der Mädchen zu entgehen.

Im Wasser fühlte ich mich sicher. Es waren jedoch noch mindestens zehn Meter Leidensweg bis zur Sammelstelle an der Schwimmbadtreppe.

»Vier Bahnen Brust, vier Bahnen Kraul, vier Bahnen Rücken zum Einschwimmen«, rief unser Sportlehrer. »Die Schnelleren von euch nehmen die Bahn ganz rechts, die Langsameren die Bahn links daneben!« Er pfiff durch seine Trillerpfeife, woraufhin wir wie die Frösche ins Wasser sprangen.

Während ich in gleichmäßigen Bewegungen durchs Wasser zog, verglich ich mich mit einem Pinguin: Im Wasser flink, an Land schwerfällig und unbeholfen. Nach den vier Bahnen Brust, wechselte ich in den Kraulstil und genoss die langgestreckte, fließende Lage. Es tat gut, so kraftvoll durchs Wasser zu pflügen und es wie einen Pfeil zu durchtrennen. Ich fühlte mich leicht, fast schwerelos. In die Rückenlage wechselnd sah ich, dass Raffas Klasse ebenfalls im Wasser war. Schnell wischte ich mir über die Schwimmbrille und hielt Ausschau nach ihm. Ich sah ihn einen seltsamen Kraulstil vollführen, der an einen Ertrinkenden erinnerte. Mit den Armen prügelte er wild aufs Wasser ein, während er seinen Kopf wie ein Irrer hin und her schleuderte. Es sah zum Brüllen aus. Trotz seiner Wasserpeitscherei kam er kaum von der Stelle. Es schien, als brauchte er für eine Bahn die Kraft, die ich nicht mal für vier benötigte. Bei dem Schwimmstil wäre mir nach einer Bahn auf jeden Fall schwindelig gewesen. Wahrscheinlich hätte man mich mit Schnappatmung aus dem Wasser ziehen müssen. Ich genoss den Anblick und freute mich, ihm zumindest im Wasser überlegen zu sein.

Unauffällig riskierte ich einen Blick in Richtung unseres Sportlehrers, der sich in dem Moment angeregt mit seiner Kollegin unterhielt. Es war die perfekte Gelegenheit, Raffa eins auszuwischen. Ich tauchte unter dem Seil durch und wechselte auf seine Bahn. Im Kraulstil zog ich elegant und mühelos an ihm vorbei, um ihm mit einem kräftigen Überwasserbeinschlag eine volle Ladung Wasser ins Gesicht zu schleudern. Dann tauchte ich wie ein Delfin blitzschnell zurück auf meine vorherige Bahn. Sicherheitshalber bewegte ich mich ein paar Züge lang unter Wasser fort. Beim Auftauchen sah ich Raffa spuckend und fluchend am Trennseil hängen. *Yeah! Kleine Rache für deine miesen Sprüche, du widerlicher Antityp*, dachte ich, und genoss das leichte Triumphgefühl.

Nach dem Duschen zog ich mich wie immer in einer Einzelkabine um. Die anderen Jungs waren da weniger verklemmt, aber nackt musste mich nun wirklich keiner sehen. Mir war schon klar, dass ich dringend irgendeinen Sport machen musste, um diese überflüssigen Kilos loszuwerden. Mir fehlte nur eindeutig die nötige Disziplin.

Schwimmen war zum Abnehmen die ungeeignetste Sportart überhaupt, denn danach hatte ich den schlimmsten Hunger aller Zeiten. Ich drehte durch, wenn ich nach der Schwimmstunde nicht sofort etwas zu essen bekam. Deshalb nahm ich an dem Tag immer ein zusätzliches Schulbrot und etwas Süßes mit. Deniz machte seit ein paar Jahren Kampfsport und versuchte mich seit längerem zum Mitkommen zu überreden. Als Köder benutzte er die verlockende Aussicht, mich dann gegen so Typen wie Raffa besser wehren zu können. Um mich zu überzeugen, demonstrierte er mir gelegentlich einige der Angriffs- und Abwehrtechniken aus seinem Taekwondo, die wirklich cool aussahen und wofür ich ihn insgeheim bewunderte. Trotzdem waren Deniz Motivationsversuche bisher brutal an meiner Trägheit gescheitert. Ich fühlte mich wegen meines Übergewichts zu unsportlich, um überhaupt mit irgendwas anzufangen. Außerdem quälte ich mich nicht gerne. Ich gehörte eher zu der Sorte bequemer Genussmensch, was man mir leider auch ansah.

Nach der Schule nahm ich meinen üblichen Nachhauseweg am Spielplatz entlang. An dem Tag allerdings, ohne am Kiosk Halt zu machen, um mir meine tägliche Marschverpflegung zu kaufen, die aus einem Trinktütchen Orangensaft, zwei Speckmäusen und zwei Lakritzschnecken bestand. Nach meiner peinlichen Gefühlsanwandlung im Schwimmbad hatte ich meinem Heißhunger auf Zucker eine radikale Absage erteilt. Diese Süßkramsperre hatte ich mir als ersten Schritt in Richtung Selbstdisziplin verordnet. Schlank wurde man schließlich nicht, indem man immer das Gleiche in sich hineinstopfte und dabei hoffte, eines Morgens speckfrei aufzuwachen. Diese realitätsferne Denkweise war nur etwas für naive Träumer und als solchen wollte ich mich keinesfalls selbst bezeichnen müssen. So ging ich also gestärkten Willens schnurstracks am Kiosk vorbei Richtung nach Hause, als ich sie plötzlich in dreißig Metern Entfernung vor mir hergehen sah.

Ich kannte Ellis Gangart ganz genau. Sie trat bei jedem Schritt so entschlossen auf, als würde sie in einen Kampf ziehen. Ihre Art zu gehen hatte etwas Rebellisches. Natürlich wusste ich auch, wie ihre halblangen dunklen Haare wippten, wenn sie in ihrem Kampfschritt irgendwo lang ging. Reflexartig verlangsamte ich mein Tempo. Ich wollte ihr auf keinen Fall begegnen. Erstens war ich zu schüchtern, um mit ihr zu sprechen, zweitens brannten mir ihre Reaktion und die der anderen Mädchen im Schwimmbad noch immer Löcher in mein Selbstwertgefühl. Die vorausliegende Fußgängerampel sprang auf Rot und Elli blieb stehen. Was jetzt? Sollte ich mich schnell hinter einem parkenden Auto verstecken oder mich unauffällig einige Meter hinter sie stellen und so tun, als hätte ich keinen Schimmer, wer sie war? Meine

Überlegungen kamen abrupt zum Stillstand, als Elli sich unvermittelt umdrehte und in meine Richtung schaute. Sie hielt den Blick auf mich gerichtet, während ich unsicher, aber um Lässigkeit bemüht, auf sie zuging. Desinteressiert blickte ich umher, bis ich irgendwann neben ihr stand.

Sie sah mir direkt in die Augen und sagte: »Hi.«

Als ich sprechen wollte, verschluckte ich mich an meiner eigenen Spucke. Ich fing an zu husten und zu würgen wie ein Geistesgestörter, bis ich ihr schließlich ein »Hi« entgegenröchelte.

»Ich wollte dir nur sagen, dass wir heute Morgen im Schwimmbad nicht über dich gelacht haben, sondern über Raffa. Wie er sich da am Beckenrand mit seinen Muskelposen zum Affen gemacht hat. Das fanden wir alle bescheuert. Nur deswegen haben wir so gelacht.« Ich wusste nicht, was ich sagen sollte. »Ich heiße übrigens Elli.«

Ich weiß, dachte ich. »Äh ... und ich heiße Jonas.«

»Ich weiß«, sagte Elli und ich war baff. Dass jeder wusste, wie sie hieß, war klar, so beliebt wie sie war, aber dass sie meinen Namen kannte, überraschte mich.

»Okay!? Woher weißt du, wie ich heiße?«

»Na ja, es ist nicht schwer mitzukriegen, wie Raffa und die drei anderen Typen mit dir in der Schule umgehen. Deshalb weiß ich, dass du Jonas heißt und von Raffa noch ein paar andere Namen hast, die ich nicht wiederholen will. Geisteskranker Müll, was du sicher nicht abstreiten willst.«

Sie hielt den Blick auf mich gerichtet. Ihre Augen waren leuchtend grün und erinnerten mich an Waldmeister-Wackelpudding. »Äh ... ja ... dann weiß ich auf jeden Fall schon mal, woher du weißt, wie ich heiße«, stammelte ich. *Geht's noch peinlicher?*, empörte sich eine innere Stimme.

»Klar. Du bist in der 8b und ich in der 8a. Außerdem wohnt meine Freundin Cille, eigentlich Cäcilia, im selben Haus wie Nico. Der aus Raffas Truppe«, erzählte sie drauflos. »Cilles älterer Bruder Anton ist sogar mit Nico etwas befreundet. Deshalb erfahren Cille und ich auch immer ziemlich viel über die Hauclique, was die aber nicht wissen.« Sie kicherte. »Cille sagt, Nico ist zu Hause eigentlich ganz normal und pflegeleicht. Nur wenn er mit Raffa zusammen ist, benimmt er sich wie ein hirnloser Vollpfosten.« Elli redete so ungezwungen, als würden wir uns schon ewig kennen. »Blöd wie Nico ist, telefoniert er immer voll laut bei offenem Fenster oder auf dem Balkon. Deshalb bekommt Cille so manches Schrotttelefonat zwischen ihm und den anderen aus seiner Clique mit. Vollkommen hohles Gelaber. Mehr hohl geht gar nicht. Glaub's mir.«

»Okay, das wusste ich nicht.« Ich wusste außerdem nicht, wo ich hingucken sollte.

»Deshalb wissen wir auch, dass Vince seit neuestem in einem Fahrradladen jobbt, womit er vor Nico immer angibt. Er will sogar versuchen, einem der anderen auch einen Job in dem Laden zu besorgen, damit er sich noch wichtiger vorkommt«, erzählte Elli munter weiter. Die Ampel sprang auf Grün, woraufhin wir gemeinsam die Straße überquerten. Elli und ich. Ein umwerfendes Gefühl. »Wohnst du hier in der Nähe?«, fragte sie im nächsten Moment.

»Ja. Und du? Ich hab dich noch nie hier langgehen sehen.« Sofort bereute ich meine Worte. Nicht, dass sie dachte, ich würde sie beobachten.

»Ich wohne in Lindenthal, aber meine Gesangslehrerin ist vor kurzem hierher in den Stadtteil gezogen.«

»Du singst?«, traute ich mich zu fragen.

»Ja, schon seit ein paar Jahren. Ich hab immer dienstags nachmittags eine Stunde Unterricht. Und du?«

»Ich?«

»Machst du auch irgendwas mit Musik?«

»Ach so … ja, ich spiele seit ein paar Jahren Gitarre. Eine Zeitlang hatte ich auch einen Gitarrenlehrer, aber seit er aus Köln weggezogen ist, übe ich alleine.«

»Klingt cool«, sagte sie. Wir gingen nebeneinander her und ich wusste nicht, worüber ich mit ihr reden sollte. Ich kam mir vor wie ein Idiot. »Sag mal, gibt es hier in der Nähe eine Bäckerei oder ein Café, wo man gemütlich abhängen kann? Ich muss jetzt dienstags zwischen Schulende und Gesangsunterricht immer zwei Stunden überbrücken.« Sie sah mich mit ihren grünen Augen fragend an. Mir wurde akut flau in der Magengegend.

»Äh … ja … Café … hm … oder … Bäckerei … ähm … oder … vielleicht … Pizzeria … gleich da vorne«, stotterte ich in einem geistigen Komplettausfall und zeigte Richtung Giuseppes Pizzeria.

»*Da Giuseppe*?«

»Genau. Mein Vater und ich gehen da öfter hin, wenn wir keine Lust haben zu kochen. Im Sommer kann man da auch draußen sitzen«, bemühte ich mich um natürliche Gesprächigkeit, damit sie mich nicht für einen sprachgestörten Deppen hielt.

»Sieht nett aus. Also bis dann und danke für den Tipp.«

»Gerne.« Ich sah sie flüchtig an, bevor ich meinen Blick schnell an ihr vorbei auf Giuseppes Laden richtete.

»War cool, dich mal kennenzulernen. Man sieht sich.«

»Klar. Man sieht sich. Und … äh, die Pizzen bei Giuseppe sind richtig lecker. Man kann auch nur einzelne Stücke bestellen«, ergänzte ich möglichst lässig.

Elli grinste. »Ich sag dir, wie es war, wenn wir uns das nächste Mal sehen.«

Damit drehte sie sich um und stapfte in ihrem Kampfschritt auf Giuseppes Eingangstür zu. Ich schaute ihr kurz hinterher, dann machte ich mich grübelnd auf den Heimweg. Wow! Wie aus einem derart Horror-Schwimmbaderlebnis ein so klasse Elli-Erlebnis geworden war. Ich ging wie auf Wolken. Unglaublich! Sie hatte mich angesprochen und wir hatten uns einfach so unterhalten. Ganz ungezwungen, also fast. Meine Turnschuhe federten unter meinen Füßen und ich hatte maximal gute Laune. Dass Elli hübsch war, wusste ich ja schon vorher, aber dass sie sogar richtig nett war, ließ meinen Glückspegel bis zum Anschlag hochgehen.

Am Nachmittag war ich mit Deniz verabredet. Er wollte sich neue Turnschuhe kaufen und mich als Berater dabeihaben. Da seine Kampfsportschule in der Nähe unserer Schule lag, wollten wir uns nach seinem Training am Spielplatz treffen, um dann gemeinsam in die Innenstadt zu fahren. Ich war etwas zu früh am Treffpunkt und ließ mich auf einer der Bänke nieder. Es war schönes Wetter, wenn auch noch kalt, und der Spielplatz gut besucht. Zwei junge Frauen setzten sich auf die Bank neben meiner. Eine der beiden weinte leise vor sich hin, während die andere versuchte, sie zu trösten. Je mehr sie jedoch auf ihre weinende Freundin einredete, desto schlimmer wurde ihr Weinen. Es wurden Taschentücher gereicht und Tränen getrocknet. Die Lage war offenbar ernst. Ich wäre gerne woanders hingegangen, aber es gab keine andere freie Bank. Wann immer ich Menschen um mich herum weinen hörte, veränderte sich meine Stimmung schlagartig. Wo blieb Deniz nur? Während ich dort auf der Bank saß und angestrengt versuchte wegzuhören, krochen plötzlich Erinnerungen in mir hoch. Ich wollte ihnen den Zutritt zu meinem Kopf verweigern, doch sie waren stur und ließen sich nicht abwimmeln. Ungewollt begann sich dieser Vergangenheitsfilm in meinem Kopf abzuspulen — damals, als ich beschlossen hatte, dass Kummer und Weinen für mich auf unbestimmte Zeit gestrichen waren.

~

20

Ich war wieder zehn Jahre alt und lag in meinem Bett. Es war der Morgen, an dem ich erfahren sollte, dass Mama in der Nacht zuvor ums Leben gekommen war. Ich wurde von alleine wach, weil mir im Halbschlaf andere Geräusche als sonst ans Ohr drangen. Normalerweise weckte mich Mama jeden Morgen für die Schule. Sie machte das Flurlicht in der oberen Etage an, ging ins Bad und weckte mich auf dem Rückweg mit einem Kuss auf die Stirn. Dann knipste sie die kleine, dämmrige Lampe über meinem Bett an und sagte, dass ich langsam wach werden sollte. Heute war das nicht so. Als ich auf die Uhr schaute, war es bereits zwanzig Minuten nach meiner gewöhnlichen Weckzeit. Dann fiel mir ein, dass es der Freitag nach Weiberfastnacht war und wir schulfrei hatten. Gerade wollte ich mich wieder gemütlich einrollen, als mir die Geräusche von unten seltsam vorkamen. Vom Schlaf noch leicht beduselt ging ich barfuß die Treppe hinunter. Ich stutzte, weil die Küchentür nicht wie sonst angelehnt, sondern geschlossen war. Unter dem Türspalt sah ich einen dünnen Lichtstreifen in den dunklen Flur hineinscheinen. Aus irgendeinem Grund traute ich mich nicht, hineinzugehen, und blieb vor der Tür stehen. Jemand in der Küche weinte eindeutig. Eine gedämpfte Stimme, die von unkontrollierten Schluchzern unterbrochen wurde. War das Papa? Vorsichtig legte ich ein Ohr an die kalte Tür, um die Geräusche besser hören zu können.

»Sie hatte ... ich werde diesen Anblick niemals vergessen ... sie war noch ...« Die Stimme verlor sich in lautem Weinen. Konnte das tatsächlich Papa sein, den ich da hörte?

»Hans, du musst das nicht beschreiben, wenn es zu schlimm für dich ist.« War das Mamas Schwester Corinna?

»Doch ... ich muss darüber reden, sonst ... ich weiß nicht ... damit es mich nicht verrückt macht. Als ich ... als sie gestern Abend im Krankenhaus auf dieser Liege lag ... in diesem furchtbaren Neonlicht ... da konnte ich auf ihrem Gesicht noch einen Rest Schminke von ihrer Hasenbemalung erkennen ... einen grauen, runden Schatten auf ihrer Nase ... und ... oh Gott! ... es sah so entsetzlich bizarr aus ... sie hatte noch einen Rest Schnurrhaarstriche um ihren Mund herum bis zu den Wangen ... sie war so blass und dann diese Schminkreste ... es war so entsetzlich ... grauenhaft!«

»Hans, das ... das ist so furchtbar ... ich weiß nicht, was ich sagen soll.« Lautes Weinen einer Frau, dazwischen das Knarzen unserer Eckbank.

»Sie sah trotzdem irgendwie friedlich aus ... als sei sie bloß eingeschlafen«, hörte ich die weinende Männerstimme. Dann gab es eine Weile nur noch Weinlaute und

Schluchzer. Ich beschloss, in die Küche zu gehen. Vorsichtig klopfte ich an die Tür, bevor ich die Klinke herunterdrückte. Ich sah Papa im hellen Deckenlicht auf der Eckbank sitzen und Corinna auf einem Stuhl daneben. Beide starrten mich entsetzt an. Ihre Gesichter waren nass und fleckig. Ihre Augen rot verquollen. Sie sahen aus wie Zombies. Ich erschrak bei ihrem Anblick und wich einen Schritt zurück.

»Morgen, Papa ... hallo, Corinna. Ihr ... ihr beide, warum weint ihr? Ist was passiert? Wo ist Mama?« Etwas stimmte definitiv nicht.

Papa sprang auf. »Jonas ...«, hauchte er gequält, nahm mich in die Arme und drückte mich an sich. Dann ging er vor mir in die Hocke. Er nahm meine Hände, seine Stimme klang brüchig: »Jonas, es tut mir so leid ... aber ... Mama hatte gestern Abend einen Unfall mit ihrem Fahrrad ... auf dem Heimweg ... und ... sie ist ... sie hat es nicht überlebt.«

Die Nachricht, dass Mama tot war, sog mich augenblicklich in ein Vakuum. Alles wurde Zeitlupe. Als würde das Leben die Luft anhalten. Mein Herz ging reflexartig in Deckung, mein Kopf blockierte. So musste sich ein Kopfschuss anfühlen: Peng! – eine Millisekunde der schrecklichen Erkenntnis, dass etwas endgültig vorbei war, dann nichts mehr. Alle Systeme auf *Off* geschaltet.

Die einzelnen Wörter der Nachricht verstand ich, aber ihre Bedeutung sackte nicht in meinen Kopf. Ich konnte hören, aber nichts fühlen. Ein Schutzreflex vielleicht, um größeren Schaden zu verhindern. Unklar! Ich spürte Gefühle in ihren Startlöchern sitzen, verweigerte ihnen jedoch das *Go!* und so taten sie auch nicht weh.

Entschlossen setzte ich mich an den Küchentisch und machte mir ein Brot mit Schokocreme. Ich musste etwas tun, was ich kannte. Etwas Vertrautes, das mich in der Umlaufbahn hielt. Papa goss mir ein Glas Milch ein und beobachtete sorgenvoll, wie ich in langsamen Bewegungen frühstückte. Corinna stand von ihrem Stuhl auf, schenkte sich und Papa Kaffee nach, dann setzte sie sich wieder. Beide musterten mich mit einem Ausdruck ängstlicher Erwartung im Gesicht. Ich fühlte mich unbehaglich. Vielleicht hatten sie erwartet, dass ich bei der Nachricht einen Schreianfall bekommen, weinend zusammenbrechen oder ohnmächtig umkippen würde. Ich fragte mich, ob ich vielleicht etwas falsch gemacht hatte.

»Jonas, du musst heute nicht zur Schule und die nächsten Tage auch nicht«, sagte Papa. Ich nickte mit Schokobrot im Mund, weil ich wusste, dass sowieso Brückentag war und ich bis Dienstag nach Karneval schulfrei hatte. »Ich habe vorhin in deiner Schule angerufen, um dich beurlauben zu lassen. Es war allerdings nur ein

Band an.« Wieder nickte ich. »Oma und Onkel Dietmar kommen gleich, Jette auch, und sicherlich noch einige andere. Wenn du magst, bleib einfach hier unten bei uns. Wenn es dir zu viel wird, sag Bescheid, dann gehen wir raus in den Garten oder spazieren.«

»Okay«, schmatzte ich.

Kurz darauf klingelte es. Papa erhob sich schlafwandlerisch und ging zur Haustür. Sobald er sie geöffnet hatte, hörte ich Omas verzweifelte Stimme: »Oh, Hans-Dieter, mein Junge! Mein armer, armer Junge!«

»Hallo, Mutter«, hörte ich Papa leise antworten.

Oma kam mit ausgebreiteten Armen in die Küche, sah mich dort im Schlafanzug sitzen und riss mich in ihre Arme. Ich konnte gerade noch mein Schokobrot auf den Teller fallen lassen. »Oh, Jonas, mein Junge! Mein armer, armer Junge!«, schluchzte sie in meine Haare.

Sie drückte mich so fest an sich, dass ich kaum Luft bekam. Als ich mich nach einer gefühlten Minute vorsichtig aus ihrer Quetschumarmung befreite, wischte ich versehentlich meinen Mund an ihrer Bluse ab. Ich sah den Schokofleck auf ihrer rechten Schulter, was mir etwas unangenehm war.

Oma weinte ununterbrochen und konnte nur unvollständige Sätze unter heftigem Schluchzen hervorbringen. Papa schob ihr einen Stuhl hin, während Corinna ihr eilig eine Tasse Kaffee eingoss. Nach und nach kamen unsere engsten Familienmitglieder und Freunde. Es war den ganzen Tag ein Kommen und Gehen. Papa war kaum ansprechbar. Er saß am Ende der Eckbank, wo er geistesabwesend in seine abwechselnd volle und leere Kaffeetasse starrte. Die meiste Zeit weinte er still vor sich hin und redete nur, wenn er etwas gefragt wurde. Sein dunkler Bart glitzerte nass. Ich wusste nicht, wie ich ihn trösten sollte. Ich wusste überhaupt nicht, was in der Situation zu tun war.

Im Laufe des Vormittags erfuhr ich, dass Mama spätabends auf dem Nachhauseweg von einer Karnevalsveranstaltung mit ihrem Fahrrad von einem Auto angefahren worden war. Sie war so unglücklich gefallen, dass sie noch an der Unfallstelle gestorben war. Selbst ihr dickes, weißes Fellhasenkostüm hatte sie nicht schützen können. Der Autofahrer hatte nicht angehalten, weshalb die Polizei nach ihm fahndete.

Um die Mittagszeit fragte mich Jette, ob ich mit ihr zum Bäcker gehen wollte. Frische Luft und andere Geräusche würden uns bestimmt gut tun. Auf dem Weg zum Bäcker sah ich, dass ihr Gesicht ganz fleckig vom Weinen war und ihre Wimperntusche verschmiert. Sie erinnerte mich an einen Lemur. Nachdem Jette Berliner und ein paar andere lecker aussehende Sachen gekauft hatte, gingen wir langsam zu uns nach Hause zurück. Unterwegs aßen wir einen Berliner aus der Tüte. Danach klebten unsere Finger wie verrückt. Jette schleckte sich umständlich den Zucker von ihren Fingern und zog dabei ein ulkiges Gesicht. Wir lachten sogar ein bisschen albern herum. Als wir auf unser Haus zugingen, zog sich mir der Magen zusammen. Ich wusste, es hatte nichts mit meinem Schokobrot am Morgen oder dem Berliner auf dem Heimweg zu tun. Es hing mit dem Nachhausekommen zusammen. Von außen sah unser Haus aus wie immer. Nur innendrin war seit dem Morgen nichts mehr so, wie es war.

Wie ging Trauer überhaupt?

Vielleicht begriff man diese Art von Katastrophe auch nur als Erwachsener. Jedenfalls konnte ich nicht so trauern, wie alle anderen um mich herum. Jeder hatte seine ganz eigene Art, seinen Kummer zu erleben und seine Trauer zum Ausdruck zu bringen. Nur ich nicht. Ich kam mir deshalb ziemlich unnormal vor. Vielleicht hatte ich einen unerkannten Herzschaden.

Es war vergleichbar mit dem Essen von Bohnensalat, den jemand versehentlich aus grünen Peperoni statt aus Schnippelbohnen gemacht hatte. Jeder, der sich ahnungslos eine Gabel davon in den Mund steckte und loskaute, zeigte mehr oder weniger die gleiche Reaktion. Bei dem einen kam die Schärfe sofort, bei dem anderen leicht verzögert. Die Intensität der jeweils empfundenen Schärfe war auch unterschiedlich stark und die Reaktion darauf dementsprechend. Bei allen, außer bei mir. Ich war der Einzige, der kein Brennen im Mund spürte und ungerührt weiter aß. Es war auch nicht so, dass ich mich bemühte, das Brennen zu ignorieren, um den Helden am Küchentisch zu spielen. So wie Mama und ich im Sommer oft eine Rote-Johannisbeeren-Challenge gemacht hatten. Während ich richtig gut im Sauergesichtsunterdrücken gewesen war, hatte Mama einen unkontrollierbaren Sauerreflex gehabt, weshalb sie immer gegen mich verloren hatte. Doch so war das in dem Fall mit dem Peperoni Salat Beispiel nicht. Es brannte bei mir einfach nichts.

Trotzdem fragte ich mich, wann das Brennen bei mir einsetzen würde. Wann würde ich den Kummer und die Trauer um Mama spüren? Vor dem Moment hatte ich einen Riesenbammel. Vielleicht kamen die Gefühle auch nie. Hoffentlich hatte ich Glück und sie verirrten sich rettungslos auf dem Weg durch mein Gefühlslabyrinth, sodass sie es nicht bis zum Ausgang durch die Augen schafften. Oder die Gefühle gerieten über das Verfallsdatum, wenn ich sie nur lange genug in Schach hielt. Wenn sie sich dann irgendwann anbahnen wollten, müssten sie feststellen, dass sie leider verschimmelt waren. Pech gehabt!

In den Tagen nach Mamas Tod war unser Haus ununterbrochen voll mit Menschen, die heulend am Küchentisch oder im Wohnzimmer saßen, sich unterhielten und sich in ihrer Verzweiflung gegenseitig versuchten zu trösten. Manchmal wurde auch gelacht, wenn man sich an etwas Lustiges im Zusammenhang mit Mama erinnerte. Dann kamen sie mir vor wie Ertrinkende, die sich in ihrem Überlebenskampf im stürmischen Trauermeer kurz an einer Boje festhielten, um sich zu erholen, bis sie kurz darauf von der nächsten Heulwelle mitgerissen wurden.

Es wurde so unglaublich viel geheult, dass ich zwischendurch die verrückte Idee hatte, die Salzwassermengen zu berechnen. Dazu hätte ich allerdings die Tränen von allen auffangen und abmessen müssen. Wie lange konnten Augen eigentlich ohne Unterbrechung weinen? Unauffällig versuchte ich herauszufinden, ob beide Augen immer gleich viel Wasser verloren oder ob sie unterschiedlich auslaufen konnten. Wenn ein Auge trockenlief, konnte das andere dann noch weiterweinen? Das war für mich schwierig zu beobachten, weil sich alle ständig Taschentücher vor die Augen hielten und mir dadurch die Sicht versperrten. An dem Tag nach Mamas Unfall wurde eine komplette Küchenrolle weggeheult und an den Tagen danach war es auch nicht viel besser. Diese überdimensionierten Papierberge brachten unseren Küchenmülleimer an sein absolutes Limit. Warum benutzten sie keine Schwammtücher? Die hätte man auswringen und wiederverwenden können. Auf diese Weise hätte ich auch eine ungefähre Ahnung von der Menge der ausgeheulten Tränen gehabt, die ich dann eventuell in Flaschen hätte abfüllen können. Es hätte für mich auch den Vorteil gehabt, etwas Sinnvolles zu tun zu haben und nicht nur Zuschauer in diesem Full-Action-Trauerfilm zu sein.

In meiner Phantasie verglich ich unser Haus mit einem Marktplatz, auf dem es nur traurige Menschen zu sehen gab. Ich sah mich als Besucher über diesen Marktplatz schlendern und an den verschiedenen Ständen Menschen mit den unterschiedlichsten Reaktionen beobachten. Nur an einem Stand wurde gelacht, aber ich stellte mir vor, wie man dafür extra bezahlen musste.

Zwischendurch hielt ich immer wieder Ausschau nach etwas Normalem, aber keiner um mich herum war normal. Die vertrauten Menschen, die ganze Situation, alles war unnatürlich und nichts war mehr so, wie ich es kannte. Jeder war mit sich beschäftigt und litt vor sich hin. Nicht mal auf Onkel Dietmar konnte ich zählen.

Er heulte ununterbrochen, wo er doch sonst immer so fröhlich und unbesiegbar wirkte. Obwohl sich auch genug um mich gekümmert wurde, kam ich mir vor wie eine Insel in diesem Meer aus Erwachsenen im Ausnahmezustand. Ich fühlte mich alleine, das konnte ich als einziges fühlen.

In den Tagen wäre ich gerne ein Zauberer gewesen, der die Zeit zu dem Moment zurückdrehen konnte, an dem mein Leben noch nicht wie ein ausgekippter Eimer war. Ich wollte mein normales Leben zurück: Mama, Papa und ich zusammen zu Hause. Wie gewohnt zur Schule gehen. Freunde und Verwandte, die normal tickten. Stattdessen war alles ein riesiges Chaos, was alleine Mamas Schuld war. Einen Moment lang war ich fast so etwas wie sauer auf sie. Doch in der nächsten Sekunde schämte ich mich, dass ich gerade dieses Gefühl zugelassen hatte und so viele andere, die vielleicht sinnvoller gewesen wären, nicht. Ich kam mir gemein und herzlos vor. Gnadenlos unfähig und unfair.

Keiner im Haus schien meine unterentwickelten Gefühle in seinem eigenen Kummer zu bemerken, was mich nicht weiter störte. Ich nahm es so, wie es war. Ich ließ die Tatsache in meinen Kopf einsickern, dass Mama nie mehr wiederkommen und ich sie auch niemals wiedersehen würde. Jedes noch so kleine, traurige Gefühl aus meinem Inneren, leitete ich sofort an meinen Kopf weiter und wandelte es in einen Gedanken um. Das fühlte sich sicherer an. Ich wollte nur aus dem Kopf an Mama denken, nicht tiefer, denn davor hatte ich zu viel Angst. Ich gab mir Mühe, mich in den Tagen nach Mamas Unfall auf alte Gewohnheiten und neue Abläufe zu konzentrieren, und fand mich damit ab, dass Mama nicht mehr da war. Ich räumte sogar freiwillig mein Zimmer auf, was für meine Verhältnisse wirklich extrem unnormal war.

Am Tag von Mamas Beerdigung wurde es dann für alle noch mal richtig schlimm. In der Kirche schaffte ich es nur kurz, mich zusammenzureißen, was hauptsächlich an Papa und Oma lag. Während Papa, der krampfhaft gegen seine Tränen ankämpfte, meine rechte Hand zu fest quetschte, schüttelte sich Oma links von mir so heftig vor Weinen, dass ich automatisch mitvibrierte. Vielleicht lag es auch an Onkel Dietmars ununterbrochenem Nasehochziehen, was mir den Rest gab. Meine Nerven lagen auf einmal blank wie nichtisolierte Kabel: Schutzisolierung weg, Kurzschluss, Funken – in dem Fall Tränen. Ich wollte nicht heulen. Mein Klassenlehrer war schließlich mit der ganzen Klasse zu Mamas Beerdigung gekommen. Doch es überkam mich plötzlich wie eine Welle und riss mich mit sich. Ich konnte die tagelange Anspannung nicht mehr aushalten und merkte, wie sie sich löste. Ich ließ einige Tränen laufen, woraufhin Papa und Oma meine Hände noch fester umklammerten.

Oma flüsterte mir ins Ohr: »Es ist gut, dass du mal weinst, mein Junge. Du wirst sehen, danach geht es dir besser.« Damit zog sie eines ihrer umhäkelten Stofftaschentücher aus der Handtasche und reichte es mir. Es roch leicht nach Omas Parfüm und ich war froh, dass sie ein anderes benutzte als Mama. Nur dieses eine Mal erlaubte ich mir zu weinen. Doch niemand außer mir wusste, dass die nassen Augen nur wegen der unerträglichen Situation in der Kirche waren und ich nur mitweinte, weil alle um mich herum weinten. Ich weinte die Tränen nicht wegen Mama, aber das behielt ich für mich. Vielleicht hatte mein kurzes Gehenlassen auch mit dem blumengeschmückten Sarg vor uns in der Kirche zu tun.

Wenn vorher schon alles schlimm war, war es in dem Moment eindeutig nicht mehr auszuhalten. Während ich den Sarg in der Kirche betrachtete, hinter ihm her zum Grab ging und zusah, wie er ins Erdloch versenkt wurde, redete ich mir ein, dass das alles nicht wirklich passierte. Dass ich mich nur in einem üblen Traum befand, aus dem ich wieder aufwachen würde. Dann kam das Schlimmste – die symbolische Schaufel Erde – unter der der Sarg später zentnerschwer begraben sein würde.

Spätestens da verwurschtelte sich alles in mir zu einem unplanmäßigen Chaos: Lag da drin wirklich Mama? Wie tot war sie eigentlich? Tot als Körper oder auch tot als Geist? Wie tot konnte der Geist eigentlich sein? War er noch um uns herum? War Mama traurig oder war es schön da, wo sie jetzt war? Starb womöglich auch ihre Erinnerung an mich? Was passierte im Sarg unter der Erde? Konnte Mama vielleicht noch so etwas wie Angst empfinden, wo ihr Körper jetzt für immer alleine da draußen im Dunkeln lag?

Ich konnte und wollte nicht an all diese Fragen denken. Es war zu früh, zu spät, zu grausam, zu wild das Durcheinander. Ich wusste nicht, ob ich nur zu ängstlich war, um das Ganze auszuhalten, oder schlimmer, zu feige. Das Einzige, was ich wusste, war, dass ich es nicht konnte. Das Getöse in meinem Kopf wurde unerträglich und ich war kurz davor, durchzudrehen oder einfach umzukippen. Warum konnte ich nicht irgendwo in mir die Hauptsicherung ziehen? Strom aus. Ruhe.

Weil das nicht ging, stellte ich mir eine einzige letzte Frage: Was hatte der im Sarg liegende Mensch eigentlich mit meiner schönen Erinnerung an Mama zu tun, die mich ein paar Tage zuvor noch lachend in den Arm genommen hatte? Ich antwortete mir selbst: *Nichts.*

Also traf ich für mich in dieser quälend langen Zeit den Entschluss, dass der Inhalt des Sarges und meine Erinnerung an Mama nichts miteinander zu tun hatten. Die beiden Vorstellungen behinderten sich gegenseitig und verursachten in mir ein lähmendes Gefühl. Denn dachte ich an den Sarg, gingen meine schönen Erinnerungsbilder an Mama kaputt. Dachte ich an Mama, war der Gedanke an den Sarg unmöglich. Es fühlte sich an wie zwei Filme, die sich gegenseitig löschten. Also entschied ich, dass der eine Film mit dem anderen nicht das Geringste zu tun hatte und Sarggedanken für immer verboten waren. Ich beschloss, nie wieder an den Sarg zu denken, was bisher auch so geblieben war.

~

Mir war plötzlich kalt. Ich wusste nicht, wie lange ich auf der Bank gesessen hatte, während ich in diesen traurigen Erinnerungsfilm abgetaucht war. Wann kam Deniz endlich angetrabt? Seitdem waren jedenfalls nicht nur Sarggedanken gestrichen, sondern Weinen auch. Weinen konnte in mir unberechenbare Reaktionen auslösen und vielleicht den Drachen wecken ... *Nicht an den Drachen denken!*, befahl ich mir. Entschlossen zog ich den Reißverschluss meiner Jacke hoch und verbot meinen Gedanken, weiter zu dem Abend nach Mamas Beerdigung zu wandern. Denn auf keinen Fall wollte ich daran zurückdenken, als Papa ... »Jonas?« ... so schrecklich ... »Jonas!« Erschrocken fuhr ich hoch und sah Deniz vor mir stehen.

»Hey, alles okay?«, fragte er verunsichert. »Du siehst aus, als hätte dich ein Gespenst geknutscht.«

»Ähm ... ja, so ähnlich«, stammelte ich benommen und schüttelte reflexartig den Kopf, um die Vergangenheitsgedanken endgültig zu verscheuchen. »Ich musste gerade an etwas von früher denken.«

»War wohl nix Witziges.«

»Nicht wirklich.« Während ich steifbeinig aufstand, schielte ich unauffällig zu der Bank neben meiner, aber die beiden Frauen waren gegangen. Ich musste wohl wirklich tief in meinen Gedanken versunken gewesen sein, dass ich das nicht bemerkt hatte.

Deniz und ich trotteten zur Haltestelle und nahmen die S-Bahn in die Innenstadt. Es wurde schon langsam dunkel, als wir vom Neumarkt in die Fußgängerzone einbogen. Auf dem Weg zu Deniz Lieblingssportgeschäft kamen wir an einem Straßenmusiker vorbei. Er spielte Gitarre und hatte eine coole Art zu singen. Mir gefiel seine Lässigkeit. Fasziniert schauten wir ihm eine Weile zu.

»Hey, mach das doch auch mal.« Deniz sah mich grinsend an.

»Bist du bescheuert?«

»Wieso? Du spielst doch super Gitarre und singen kannst du auch.«

»Hak's ab! Dir in meinem Zimmer einen vorzuklimpern, ist was anderes, als vor wildfremden Leuten auf der Straße zu spielen.«

»Quatsch keinen Müll!«, meinte Deniz. »Du fängst an zu spielen und ich komme wie zufällig vorbeigeschlendert. Ich bleibe total geflasht stehen, mime den spontanen Superfan und applaudiere mir ununterbrochen die Flossen wund. Dann schmeiß ich dir lässig zwanzig Euro in deinen offenen Gitarrenkoffer, die du mir später natürlich wiedergibst.«

»Spinn dich aus!«

»Nein, im Ernst. Du wirst dich wundern, wie die Leute von mir angefixt auf deine Musik abfahren und massig Geld auspacken. Davon gibst du mir dann die Hälfte ab. So als Schmerzensgeld für meine geschundenen Klatschhände. Gecheckt?«

»Nee, hab gerade ein Funkloch.« Albern lachend zogen wir weiter in unserer Mission, für Deniz neue Turnschuhe zu kaufen. Wir mussten insgesamt vier Läden abklappern, bis er seine Wunschturnschuhe in der richtigen Farbe und passenden Größe gefunden hatte. Sie waren weiß und er hatte sie auch gleich angezogen. Seine alten Turnschuhe trug er in einer großen Papiertüte am Handgelenk, die er bei jedem Schritt lässig gegen seine Knie bollern ließ.

»Hey, sehen meine neuen Turnschuhe nicht wahnsinnig cool aus?«, fragte er alle paar Meter, bis ihm der erste in der dicht gedrängten Fußgängerzone versehentlich drauftrat. Deniz flippte aus! Wütend schnauzte er dem Typen etwas hinterher, bevor er sich bückte, um den Schmutzabdruck mit Spucke und seinem Jackenärmel wegzubekommen. »Jetzt sehen sie gar nicht mehr neu aus«, schnaubte er.

»Was hast du denn erwartet, wenn du dir knallweiße Turnschuhe kaufst und sie tatsächlich trägst? Wenn du willst, dass sie ewig wie neu aussehen, musst du sie zu Hause in eine Vitrine stellen und sie immer nur durch die Scheibe anhimmeln.«

»Mann, Logik ist was für Erwachsene«, maulte Deniz und kam wieder aus der Hocke hoch. »Ich will einfach nur länger als dreieinhalb Minuten Spaß an meinen brandneuen weißen Turnschuhen haben.«

Als die Bahn auf der Rückfahrt abrupt abbremsen musste, trampelte ihm noch eine übergewichtige Frau drauf und Deniz war mit den Nerven runter. Ich zog ihn mit seinem Weiße-Turnschuhe-Spleen auf und wir alberten rum wie blöd. Am Ende vergaß er die Tüte mit seinen alten Turnschuhen in der Bahn, was er nicht weiter tragisch fand. Die hätten eh gestunken, wie er meinte.

Zuhause angekommen wurde meine Laune gleich noch besser, als Papa verkündete, dass Onkel Dietmar vorbeikäme. Irgendwann nach Mamas Tod und Papas Rückzug in seine eigene Welt, die hauptsächlich aus tagsüber LKW-Fahren und abends im Keller Musikhören bestand, hatte Onkel Dietmar es sich zur Aufgabe gemacht, Papa aus seiner Trauerwelt herauszuholen. Er wollte ihn unbedingt wieder mit dem normalen Leben »da draußen in der Welt«, wie er es nannte, verdrahten. Unermüdlich versuchte er, Papa aus seinem Kummeruniversum raus ins Freie zu locken und ihm auf der Durststrecke seines Lebens ein paar unterhaltsame Stopps einzubauen. Die bestanden hauptsächlich aus abends mal auf ein Bier Ausgehen oder zum FC Spiel Mitkommen. Mit dieser Motivation kam uns Onkel Dietmar mindestens einmal pro Woche besuchen und hatte immer eine neue Idee im Gepäck, wie er Papas Lebensgeister wieder auf Vordermann bringen wollte. Papa hatte allerdings die Angewohnheit, sämtliche gutgemeinten Vorschläge rigoros abzulehnen. Da war er unübertroffen stur.

Das Problem an Onkel Dietmars originellen Ideen war, dass sie ausnahmslos seiner unkomplizierten und unbeschwerten Lebenseinstellung entsprangen. Wenn es nach ihm ging, musste man das Leben einfach nur feste bei den Ohren packen, wenn es nicht spurte. Diese lockere Einstellung zum Leben passte nur leider überhaupt nicht zu Papas hirnlastigen, komplizierten Art. Es gab nämlich keine unterschiedlicheren Typen als Papa und Onkel Dietmar. Während Onkel Dietmar wie ein fröhlicher Delfin unbekümmert durchs Leben plantschte, schnorchelte Papa wie ein schwermütiger Karpfen am schlammigen Grund entlang. Dennoch war es Onkel Dietmars größter Wunsch, aus Papa wieder den Menschen zu machen, der er vor Mamas Unfall gewesen war, weil er seinen langjährigen Freund im Leben »da draußen« vermisste.

Er war der Meinung, vier Jahre Rückzug und intensive Trauer seien allmählich genug. Die Zeit sei reif, dass Papa wieder unter Leute ging und am richtigen Leben teilnahm, und zwar mit ihm: Diddy, der Frohsinns-Coach für die schattigen Seiten des Lebens, wie er oft betonte. Aber Papa war eben Papa, weshalb bei Onkel Dietmars Besuchen lockere Gespräche zwischen den beiden häufig in leichte bis mittelschwere Auseinandersetzungen übergingen und meist mit einem notgedrungenen Waffenstillstand endeten. Der bestand aus einem Gang in den Keller, wo sie zusammen Musik hörten. Das einzige gemeinsame Erlebnis, das die beiden seit vier Jahren miteinander teilten.

Papa war nicht immer LKW-Fahrer gewesen. Eigentlich war er Physiker und hatte bis kurz nach Mamas Tod auch als solcher in einem Institut gearbeitet. Nachdem

Mama gestorben war, war es ihm immer schwerer gefallen, seine Gedanken auf wissenschaftliches Arbeiten zu konzentrieren. Er wollte lieber etwas Handfestes machen, etwas, das mehr mit körperlicher Arbeit und weniger mit Kopfarbeit zu tun hatte, so hatte er es mir erklärt. Er kündigte seinen Job im Institut und nahm ein paar Wochen nach Mamas Unfall eine Stelle als LKW-Fahrer bei einer Brauerei an. Den LKW-Führerschein hatte ihm sein Onkel Herbert zu Unizeiten spendiert, als Papa bei ihm als Fahrer in seinem Entsorgungsunternehmen gejobbt hatte. Die Arbeit als LKW-Fahrer gab ihm endlich die Freiheit, seinen traurigen Gedanken um Mama ausgiebig nachzuhängen. Denn seit Mamas Tod war er am liebsten für sich, außer der Zeit, die er mit mir verbrachte. Zuhause hatte er sich angewöhnt, im Keller um Mama zu trauern, indem er sich jeden Abend mit Musik zudröhnte. Wie ein Schiffbrüchiger trieb er auf den Schallwellen seiner und Mamas Musik und schien nie anzukommen. In den vier Jahren seit Mamas Unfall hatte er keinerlei Fortschritte darin gemacht, Mamas Wegsein zu akzeptieren. Er hing irgendwo in einem Transitbereich zwischen Vergangenheit und Gegenwart fest. Er funktionierte in der Gegenwart, lebte aber in der Vergangenheit. Deshalb kam mir Papas Welt eher wie ein intensives Träumen in einer Blase aus Musik und Erinnerungen vor als ein echtes Leben. Währenddessen wuchs ich heran, und das nicht nur in der Breite, sondern glücklicherweise auch in der Länge, und wurde irgendwie älter.

Onkel Dietmar kam also an diesem Dienstagabend wie immer blendend gelaunt bei uns vorbei.

»Hey, Johnnyboy«, rief er, als ich in die Küche kam, und boxte mir gegen die Schulter – unsere übliche Begrüßung.

Er war begeisterter Freizeitboxer und wollte mich seit meiner frühesten Kindheit mit seiner Leidenschaft anstecken. Zu meinem achten Geburtstag hatte er mir einen Sandsack samt Handschuhen und Trainings-DVD geschenkt. Seitdem testete er bei jedem Wiedersehen meine Boxkünste. Mir fehlten nur einfach seine Begeisterung und auch seine Disziplin. Gelegentlich haute ich etwas auf dem Sandsack herum, aber nur, weil ich mir in den dicken Handschuhen im Spiegel gefiel. Ansonsten hatte ich keinen Schimmer vom Boxen.

Als ich einen Gegentreffer landen wollte, wich er geschickt aus und nahm mich zum Spaß in den Schwitzkasten.

»Mich kannst du nicht treffen. Ich habe schließlich alle Rocky-Filme gesehen und zwar mehrfach. Die kann ich quasi synchron mitsprechen.« Lachend ließ er mich los.

»Dann sollte ich mir die besser auch mal reinziehen.«

»Absolut. Die sind Kult. Rocky Balboa – *The Italian Stallion!* Yeah!«, schwärmte er. »Hey, Superhirn, was heißt eigentlich *stallion*? So was wie Stahljunge?«, fragte er Papa.

»Nein, Hengst«, klärte Papa ihn auf, während er Bier und Limo auf den Tisch stellte.

»Klasse! Stellt euch ein Riesenbanner quer über den Rudolfplatz vor: Rocky Balboa – *Der Italienische Hengst* kämpft heute gegen Diddy Drechsler – *Der Kölsche Supermän* im Schwergewicht! Untendrunter steht noch: *Bring your own drinks!* und *Half-naked Ladies welcome!*«

»Dietmar, hier sind Kinder anwesend!«, ermahnte Papa ihn.

»Ich sehe hier nur eins und das wird sich ja wohl von ein paar leicht bekleideten Superbräuten nicht abschrecken lassen, oder, Jonas? Wann bist du denn endlich alt genug, dass wir zusammen ein paar Biere kippen können?«

»Im Moment bin ich vierzehn.«

»Na, dann schlag ein in meine große, starke Kölschkillerhand. Nächstes Jahr um die Zeit gehen wir beide zusammen in die Kneipe, abgemacht?« Er hielt mir seine Hand hin.

»Alkohol erst ab sechzehn!«, wandte Papa entschieden ein.

»Jonas, sag deinem Vater, er soll sich nicht so anstellen.«

»Das ist nicht verhandelbar. Ab sechzehn und Ende der Diskussion«, stellte Papa klar.

»Kumpel, du hast ja wohl nicht erst mit sechzehn dein erstes Bier getrunken, oder?«

»Nein, mit siebzehn und ich fand's eklig.«

»Du bist echt eine seltene Rarität«, seufzte Onkel Dietmar und zog seine Hand zurück.

»Raritäten sind immer selten«, belehrte Papa ihn.

»Sag ich doch. Aber wo wir gerade bei dir sind, Hansi, vielleicht solltest du außer LKW-Fahren und Musikhören auch mal etwas Sport treiben. Wie wäre es mit Kampfsport oder Boxen? Das würde dir bestimmt guttun und dich etwas aus deiner Lethargie herausholen.«

»Nett gemeint, Dietmar, aber so was ist nichts für mich. Mir tut schon die Schädeldecke weh, wenn mein Friseur mir die Haare frottiert. An Schläge will ich gar nicht erst denken.«

»Jetzt spiel nicht die Memme. Gelobt sei, was hart macht, mein Freund!«, zog Onkel Dietmar ihn auf. »Es gibt hier in Köln Managerboxen, vielleicht gibt es auch spezielles Physikerboxen. So eine Art lahmes Soft-Boxen für euch Kompliziertdenker mit besonderer Aversion gegen abrupte Bewegungen. Ich recherchiere mal im Internet für dich.« Papa fuhr sich an den Kopf und bezeichnete Onkel Dietmar als Spinner. »Ihr nehmt dann so weiche 18 Unzen Handschuhe, die sowieso mehr mit Kissenschlacht als mit Boxen zu tun haben, und berechnet bei jedem Treffer die Geschwindigkeit und Stärke der Schlagbewegung. Nachdem einer von euch Grübelheinis dann einen ordentlichen Jab vor seine empfindliche Denkerstirn bekommen hat, stoppt ihr die Zeit, bis der Niedergestreckte wieder stabil auf den Beinen steht und sein Kreislauf zurück auf hundert Prozent Leistung. Was denkst du?«

»Ich denke, du hast sie nicht mehr alle.«

»Nein, ohne Quatsch. Ihr Physiker könntet euch anschließend von dem Umgekippten, sobald er wieder aufrecht steht, Einsteins Relationstheorie rückw...«

»Relativitätstheorie«, verbesserte Papa ihn.

»Von mir aus auch die ... rückwärts erzählen lassen und dabei erneut die Zeit stoppen, wann sein Denkapparat wieder die volle Drehzahl erreicht.«

»Ich denke, du solltest Fitnesstrainer für gesellschaftliche Randfiguren werden. Besorge dir die Lehrlizenz »Hirnjogging für komplett Gestörte« und du wirst steinreich werden«, flachste Papa im Gegenzug.

»Hey, Jonas, dein Vater hat'n Witz probiert. Nicht schlecht, Kumpel, für vier Jahre Auszeit. Alle Achtung!« Er hob anerkennend die Augenbrauen und lachte. Ich musste mitlachen, während Papa angestrengt grinste.

»Wie wäre es damit: Du übernimmst für mich eine solche Probestunde beim Physikerboxen und berichtest mir dann, wie es war«, forderte Papa ihn heraus.

»Nix da. So was ist nichts für deinen knallharten Freund Diddy.«

»Ach komm schon, Dietmar.«

»Junge, ich war mal 'ne ganz große Nummer. Wenn ich früher zwei Meter an dir vorbeigeschlagen hätte, hättest du dich erkältet! Nee, nee, das machst du mal schön selber, Hansi. Sylvester Stallone hat schließlich auch nicht in der Muppet Show mitgespielt.«

»Doch, hat er«, sagte Papa, ganz der Alleswisser.

»Eins zu null für dich, Kumpel«, räumte Onkel Dietmar zähneknirschend ein. Kurz darauf verabschiedete ich mich Richtung oberes Stockwerk. Später hörte ich die beiden in den Keller gehen und gemeinsam Musik hören. Hauptsächlich Stücke aus der Anfangsphase von Papas abendlicher Musikhörsession. *House of Pain* und *Joy Division* brachten den Holzfußboden in meinem Zimmer zum Vibrieren. Es folgten ein paar gefälligere Songs, aber kein einziges Stück aus Papas ruhigerem Musikrepertoire. Die gehörten alleine ihm und seinem Kummer. Die teilte er mit niemandem, nicht einmal mit seinem besten Freund.

3

»Vielleicht wäre ich besser tot«, hörte ich Papa sagen.

Das war damals gewesen, am Abend nach Mamas Beerdigung.

Wie eine Harpune schoss mir diese Erinnerung in den Kopf und das nur wegen Raffas dummer Bemerkung ...

An dem Tag war ich nach meinem Klassendienst über den leergefegten Schulhof getrottet, dabei zum Spaß über Pfützen gesprungen und Zickzack um ein paar verstreute Trauben gelaufen, die wohl jemand verloren hatte. Ich hatte mir nichts dabei gedacht, bis ich Raffas gehässige Lache hörte. Er tauchte hinter dem Müllcontainerverschlag auf, gefolgt von den anderen. Normalerweise machte ich einen Riesenbogen um die vier, doch an dem Tag schienen sie auf mich gewartet zu haben.

»Ey, Specki, trainierst du jetzt für Paralympics?«

In einem Anfall von Leichtsinn beugte ich mich nach vorne und tat so, als müsste ich mich übergeben. »Falsch«, würgte ich. »Ich mache Street-Yoga für hochbegabte Bulimie Betroffene und wegen euch bekomme ich gerade einen Rückfall.«

»Scheinst es ja ziemlich eilig zu haben, dir eine einzufangen.« Er baute sich vor mir auf, während die anderen drei gespannt darauf lauerten, wie er mich diesmal schikanieren würde.

»Geh mir aus dem Weg!«, pflaumte ich ihn an.

»Daheim wartet doch keiner auf dich. Dein Alter hängt aufm Bierlaster und deine Mutter ist abgehauen.«

»Äh, Raffa, das ist jetzt vielleicht ein bisschen zu ... na ja, hart«, wagte Vince sich einzumischen.

»Wieso? Seine Mutter ist doch abgehauen oder nicht?« Auf Bestätigung hoffend drehte er sich zu seinen Kumpels um. Die blickten jedoch betreten zu Boden.

»Stimmt, Raffa«, sagte ich kühl. »Meine Mutter hat die Welt verlassen, weil sie die zunehmende Dichte von hirnlosen Schwachmaten nicht mehr ausgehalten hat. Du bist also mit schuld daran, dass ich mit meinem Vater alleine lebe.« Raffa sah aus, als hätte er einen außerplanmäßigen Denkanfall.

»Ach! Jonas der arme Halbwaise.« Er ließ sich das Wort genüsslich auf der Zunge zergehen. »Jetzt verstehe ich, warum du das Wort *Opfer* fett auf der Stirn stehen hast.«

»Besser Halbwaise als Vollidiot!«, konterte ich, als Raffa auch schon auf mich zuschoss und meinen Hoodie unterm Kinn packte.

»Hör zu, Fettbolzen. Nur weil du muttilos bist, heißt das nicht, dass du King Raffa beleidigen darfst!« Sein Griff drückte mir die Luft ab. Ich spürte einen Anflug von Panik, den ich mir aber verflucht nochmal nicht anmerken lassen wollte. »Mitleid ist nicht das, womit man mich weich kriegt, kapiert? Ich hab ein Herz aus Stein und eine Faust aus Stahl!« Er verstärkte seinen Krallengriff an meinem Hals und zog mich dichter zu sich heran. Ich konnte jede Pore in seinem Gesicht sehen. Sogar die Farbsprenkel seiner Augen. »Nächstes Mal wirst du auf Knien vor mir rumrutschen und um Gnade winseln, sollte dir noch mal so was Unverschämtes über deine Wurstlippen kommen. Ist das klar?«

Nie einknicken, hatte ich mir vorgenommen. Egal was es kostete. »Du stinkst brutal aus den Augenlöchern!«

»Alter, wenn hier einer stinkt, dann du! Du stinkst nach Versager.« Wütend stieß er mich von sich und ich landete hart auf dem Rücken. Er rotzte verächtlich neben mich auf den Boden, bevor er seiner Gang mit einer Handbewegung zu verstehen gab, ihm zu folgen. Dann zischten sie grinsend ab.

Am liebsten hätte ich Raffa mit seinem dämlichen Grinsen durch seine eigene Rotze gerieben, wusste aber insgeheim, dass ich mich das niemals trauen und höchstwahrscheinlich auch gar nicht schaffen würde. Frustriert rappelte ich mich auf. Ich fischte ein Papiertaschentuch aus meiner Jackentasche und drückte es gegen meine aufgeschürfte Handkante. Es brannte wie Feuer. Kraft hatte er ja, das musste man ihm lassen. Das war aber auch schon alles, was er außer einem widerlichen Charakter hatte. In der Schule gab es definitiv passendere Gegner als mich. Ich hatte ihm nichts getan. Außer zufällig auf die gleiche Schule zu gehen, übergewichtig zu sein und mir seine Beleidigungen nicht gefallen zu lassen.

Und was war eigentlich mit den anderen dreien los? Sie standen immer nur wie die Glotzaffen daneben, mischten sich selten ein und lachten bloß dämlich an den passenden Stellen. Sie klebten an ihm wie Schatten und es schien ihnen nicht das Geringste auszumachen, auf diesem dumm-passiven Level Raffas mieses Spiel mitzuspielen. Das war Rudelhörigkeit auf der primitivsten Stufe.

Was Raffas großkotzige Show anging, so konnte ich vielleicht noch grob nachvollziehen, dass er in seinem verklärten Muskeluniversum einfach nur Held sein wollte. Anscheinend hatte er keine anderen Träume oder Ziele. Seine Beweggründe waren primitiv und fanatisch, aber wie es aussah, hatte er keine Ausweichebene. Möglich, dass Raffa auch nur von anderen gemocht und akzeptiert werden wollte. Es war seine paradoxe Art, das eine zu wollen und das Gegenteil zu tun. Um mir allerdings die Beweggründe von Musta, Vince und Nico vorzustellen, fehlte mir jegliche Phantasie. Außer dass sie armselige Hänger waren, die jemanden brauchten, dem sie folgen konnten. Reinste Hirnmasseverschwendung, mir überhaupt über die Gang Gedanken zu machen.

Nach dem Ding mit Raffa hatte ich nicht mal Lust, mir am Kiosk meine täglichen Süßigkeiten zu kaufen. Stattdessen ging ich geradewegs nach Hause. Während ich so ging, veränderte ich meine Gangart, um wie ein unbesiegbarer Westernheld cool daherzukommen. Einer, der den Saloon durch die Doppelschwingtür verließ, nachdem er in einem harten Kampf für Gerechtigkeit und Ordnung gesorgt hatte. Ich wollte mir gerade einen Tauchgang in meine Phantasie gönnen, als ich das Schild vom Bäcker vor mir auftauchen sah. Es erinnerte mich daran, auf dem Schulweg ein Brot zu besorgen. Souverän legte ich den mentalen Kippschalter um: Träume aus, Wirklichkeit an!

Zuhause machte ich mir Musik an und kümmerte mich ums Abendessen. Raffas ungewohnte Bezeichnung von mir als Halbwaise kam mir wieder in den Sinn. Ebenso die Tatsache, dass Papa und ich seit Mamas Tod alleine lebten. Die Erinnerung an ein lange zurückliegendes, äußerst seltsames Gespräch zwischen Papa und mir bahnte sich einen Weg durch meine Synapsen. Gedanklich beamte ich mich vier Jahre zurück zu dem Abend nach Mamas Beerdigung.

~

Ich saß bei uns am Küchentisch, nachdem alle Trauergäste kurz zuvor gegangen waren. Papa hatte sich ein Bier aus dem Kühlschrank genommen und hing wie ein schlaffer Körperhaufen im dunklen Anzug auf seinem Stuhl. Ich knabberte auf dem Strohhalm meiner Limoflasche herum, Papa trank sein Bier und so saßen wir eine Weile einfach nur da, bis Papa leise anfing zu sprechen. »Tja, jetzt sind wir alleine, Jonas.«

Ich sah von meiner Limoflasche auf. »Stimmt doch gar nicht. Wir sind zu zweit, nur ohne Mama.«

»Dennoch fühlt es sich an, wie alleine sein. Als wären wir beide nicht genug, um weiterzumachen.« Ich beobachtete ihn dabei, wie er an der Bierflasche vorbei auf die

Tischplatte starrte. In Zeitlupe schob er ein paar verstreute Kuchenkrümel vom Nachmittag mit den Fingern zusammen und fabrizierte ein ordentliches Häufchen. Dann verteilte er sie wieder, um sie von neuem zusammenzuschieben, bis er unvermittelt Richtung Tischplatte sprach: »Ich weiß nicht, wie ich das schaffen soll.«

Mir war Papa in seiner trostlosen Stimmung unheimlich, weshalb ich mir gewünscht hätte, außer mir wäre noch jemand im Raum gewesen. Verunsichert sah ich ihn an. »Wäre es für dich einfacher, wenn ich statt Mama gestorben wäre?«

Bei meinen Worten schnellte sein Kopf in die Höhe. »Nein, nein. Sag so was nicht! Du bist das größte Geschenk in Mamas und meinem Leben.« Er legte seine Hand kurz auf meine, bevor er sie wieder wegzog. »Nur war Mama für mich auch wie ein Geschenk. Man kann nicht wählen, welches Geschenk man lieber hergeben möchte, wenn man beide absolut behalten möchte ... und man sich sein Leben weder ohne das eine noch ohne das andere vorstellen kann. Außerdem ist die Vorstellung, sein eigenes Kind zu verlieren, eine unvorstellbare Dimension, die sicher die des Verlusts eines Partners oder jedes anderen Menschen übersteigt.«

»Aber seine Mutter zu verlieren, ist auch Horror. Ich wünschte, ich wär tot, dann müsste ich es nicht ohne Mama aushalten.«

Papa sah mich erschrocken an. »So darfst du nicht denken, Jonas! Mama hätte das nie verkraftet, wenn dir etwas zugestoßen wäre, und ich auch nicht, glaub mir.«

»Aber ich verkrafte das genauso wenig!«

»Vielleicht wäre ich besser tot.«

Ich fühlte mich plötzlich hilflos in dieser seltsamen Unterhaltung. »Nein, Papa, du darfst so was auch nicht sagen! Ich hab euch beide lieb.«

»Mit Mama hast du nur viel mehr Zeit verbracht. Ihr hattet immer so viel Spaß miteinander. Mama und du, ihr wart wie eine Einheit. Manchmal war ich sogar ein wenig eifersüchtig auf euch beide.« Er lächelte traurig, während er am Etikett seiner Bierflasche herumknibbelte.

»Echt?«

»Hm. Wenn ich abends von der Arbeit heimkam oder von meinen Geschäftsreisen und ihr verschworen eure Geheimnisse hattet.« Er schien in seiner Erinnerung zu kramen. »Wenn ihr mir erzählt habt, was ihr alles zusammen erlebt hattet, habe ich mich manchmal wie jemand gefühlt, der nicht dazugehört. Du warst viel enger mit Mama verbunden als mit mir.«

»Trotzdem hab ich mich immer super auf dich gefreut, wenn du weg warst.« Ich setzte ein fröhliches Gesicht auf, um ihn zu trösten. »Und das Spielen und Toben mit dir war auch immer toll.«

»Mama war einfach viel fröhlicher und unbeschwerter, als ich es je sein könnte.« Papa starrte mit unscharfem Blick an mir vorbei, bevor er sich wieder sammelte und mich ansah. »Ich habe nie richtig verstanden, warum sie sich so einen kauzigen, introvertierten Typen wie mich ausgesucht hat.«

»Weil sie genug Fröhlichkeit für euch beide hatte und dachte, dass du davon vielleicht zu wenig hast? Das würde zu Mama passen. Sie wollte immer alle glücklich machen.«

Papas Augen bekamen einen feuchten Schimmer. »Ja, das wollte sie. Und das hat sie auch. Jedenfalls mich.«

Als ich antwortete, fing es in meinen Augen an zu brennen. »Mich auch!« Das Brennen wurde stärker, weshalb ich schnell an etwas Lustiges dachte. »Ich vermisse, wie Mama Luftgitarre spielt, damit ich mich kaputtlache.«

»Ich vermisse ihre Stimme und ...«, er schluckte, »... einfach alles! Ich fühle mich, als hätte jemand den Stecker gezogen. Diese leblose Stille, die sie hinterlassen hat – ja, die hat sie hinterlassen. Alles andere hat sie mitgenommen.«

»Wohin denn mitgenommen?« Ich war neugierig auf die Antwort, denn die Frage, wo Mama jetzt hingegangen war, hatte ich mir natürlich auch schon gestellt.

»Ich weiß es nicht.« Papa presste seine Lippen so fest zusammen, dass sie aussahen wie eingeklemmte Regenwürmer.

»Zu Gott?«, wollte ich wissen. »Oma hat heute gesagt, dass Mama jetzt bei Gott ist.«

»Gott ...!«, presste er abfällig hervor.

Misstrauisch hakte ich nach. »Was ist mit Gott? Ist Mama nicht da?«

»Doch, ich denke schon.« Seine Antwort klang jedoch wenig überzeugt.

Ich ließ nicht locker. »Kann man denn noch woanders hinkommen, wenn man stirbt? Außer zu Gott?«

Dann kam es aus ihm heraus wie ein Brechanfall: »Gott ist ein Arschloch!«

»Papa! Das darf man nicht sagen!«, rief ich erschrocken. »Nur Menschen können Arschlöcher sein. Gott ist ohne Körper, wie ein Geist, hat Oma gesagt. Dann kann er auch nicht das sein, was du gerade gesagt hast, was er ist.« Hoffentlich gingen Gott nicht die Nerven durch, weil Papa ihn Arschloch genannt hatte. Und Gott hatte hoffentlich auch nicht vor, ihn dafür zu bestrafen. In den letzten Tagen hatte Oma öfter von der Strafe Gottes gesprochen. Was wir wohl im Leben falsch gemacht hätten, dass er uns so ein schlimmes Schicksal erleiden ließ. Immerhin ginge sie jeden Sonntag in die Kirche und das schon ihr Leben lang. Was mich anging, so wusste ich definitiv nicht, wie Gott generell so drauf war.

»Gott oder Teufel! Sie können mich beide mal, falls sie nicht sowieso bloß eingebildete Figuren sind!« Papa schnaubte verächtlich. »Ich fürchte weder den einen noch den anderen. Einen Scheiß interessieren die mich! Sie bestimmen einfach aus einer Laune heraus, quasi per Knopfdruck, wann sie einen Menschen sterben lassen. Wem sie wann wieviel Kummer bescheren, wieviel Glück oder Pech.« Er schnippte die aufgehäuften Krümel wütend mit dem Finger über den Tisch. »Man selbst ist nichts weiter als eine unbedeutende, programmierte Spielfigur, die jederzeit austauschbar ist.«

Das war eine ziemlich seltsame, aber nicht uninteressante Denkweise. »Das wäre ja wie in einem Computerspiel.« Plötzlich war ich ganz aufgeregt.

»Vielleicht ist das tatsächlich so. Was weiß ich.« Er machte eine wegwerfende Handbewegung. »Womöglich sind wir alle nur Teil eines Riesencomputerspiels und da draußen sitzt irgendeine übermächtige, hyperdimensionale Energieform am Joystick und hat Langeweile ... und will dafür auch noch angebetet werden. Vielleicht ist das Gott oder wer oder was auch immer.«

Das warf viele Fragen auf. »Und warum bin ich dann getauft und zur Kommunion gegangen, wenn du grundsätzlich nichts von Gott und so religiösen Sachen hältst?«

»Das war eher Mamas Idee. Feierliche, beständige Rituale für deine Kindheit. Mama war eben gläubiger als ich und es war ihr wichtig.« Er machte ein konzentriertes Gesicht. »Aus meiner Perspektive machen Religionen wenig Sinn. Gott kann nicht bewiesen werden und ist daher nur eine geistesabhängige Vorstellung. Zumindest nach meinem Verständnis. Aber jeder darf glauben, woran er möchte, solange es ihm gut tut und er niemandem damit schadet.«

Ich hörte seinen Erklärungen nur mit halbem Ohr zu, weil mich die Sache mit dem Lebens-Computerspiel viel mehr interessierte. »Was wäre das nächste Fest?«

»Deine Firmung in ein paar Jahren.«

»Ist das dann so ähnlich, als würde ich auf verschiedene Spiellevel kommen? Also wenn ich dann in ein paar Jahren gefirmt werde, bin ich in dem Kirchenspiel wieder einen Level weiter?« Papa gab ein »Mmh ...« von sich, was mich schlussfolgern ließ, dass er anscheinend keine richtige Antwort darauf wusste. Ich bohrte weiter. »Was kommt nach Firmung?«

»Danach kommt nur noch Heiraten und die Krankensalbung, bevor man stirbt. Auf freiwilliger Basis gibt es noch die Beichte.«

Nur noch zwei Level im Erwachsenenalter? Was war das denn für ein langweiliges Spiel? »Und zwischen Heiraten und Sterben gibt es keine anderen Level?« Das konnte aus meiner Erfahrung, was Computerspiele anging, unmöglich wahr sein.

»Meines Wissens gibt es dazwischen keinen anderen zu erreichenden Level.« Er dachte kurz nach. »Es sei denn, man entscheidet sich für eine kirchliche Laufbahn. Dann könnte man noch drei weitere Level erreichen, wenn ich mich richtig erinnere.«

Ich war enttäuscht und das Spiel erschien mir etwas öde. Trotzdem wollte ich mehr darüber wissen. »Wieviel Macht hab ich in dem Spiel? Also welche Superkräfte, welche Zaubertricks und was für Waffen stehen mir als Spieler zur Verfügung?«

Papa überlegte konzentriert, während er auf den Kühlschrank starrte. »Auf das gesamte Lebensspiel übertragen, hast du zum Beispiel die Superkraft *Bewusstheit*.«

»Hä? Was meinst du damit? Und vor allem, was mache ich damit?«

»Dir bewusst sein über die Dinge, die du in deinem Leben tust.« Er suchte nach Worten. »Ursächlich sein in dem Sinne, dass du die Dinge, auf die du selbst Einfluss nehmen kannst, aktiv in die Hand nimmst und regelst.«

Ich nickte, obwohl ich keinen blassen Schimmer hatte, wovon er redete. »Papa, kannst du es mir nicht einfacher erklären?«

»Hm. Das ist ein schwieriges Thema, Jonas, und wahrscheinlich bist du mit zehn noch etwas zu jung für solch komplizierte Dinge das Leben betreffend. Aber um es abzukürzen: Verbring dein Lebensspiel nicht in einem Trancezustand, indem du dich mit unangenehmen Umständen oder Menschen stumpf abfindest, ohne den aktiven Versuch zu unternehmen, eine Veränderung der Situation herbeizuführen.« Papa war der geborene Kompliziertredner. »Oder einfacher ausgedrückt, an Missständen in deinem Leben eigeninitiativ etwas zu ändern, wenn es dir wichtig oder notwendig erscheint.«

Ich verstand auch die nachgeschobene Erklärung nicht wirklich, was mich ganz kribbelig machte. »Kannst du vielleicht noch eine Stufe oder besser gleich zwei Stufen in deinem Kopf runtergehen, damit ich dich verstehe?«

Er versuchte ein Grinsen, das ihm etwas schief im Gesicht hing, dann wuschelte er mir durch die Haare. »Heute Abend nicht mehr, Jonas. Ein anderes Mal.« Ich guckte enttäuscht. »Lass uns lieber mal schlafen gehen. Es war für uns beide heute ein anstrengender Tag und ich bin froh, dass er vorbei ist.«

»Okay.« Ich war wirklich enttäuscht. Doch für ihn war das Thema offensichtlich beendet. Er schlug vor, dass ich zuerst ins Bad gehen sollte, danach er. »Muss ich Zähne putzen oder darf ich das wegen des Horrortags heute ausfallen lassen?«

»Selbstverständlich musst du Zähne putzen! Zähne existieren unabhängig von unserem Kummer. Für sie ist heute ein Tag wie jeder andere. Deinen Zähnen ist es egal, ob heute Mittwoch, Weihnachten oder der Beerdigungstag deiner Mutter ist.«

Nachdem ich im Bad fertig war, umarmte ich Papa, der noch immer in seinem Traueranzug am Küchentisch saß. Ich ging nach oben in mein Zimmer, ohne zu ahnen, was danach ...

~

STOPP! Ich machte im Kopf eine Vollbremsung. Auf keinen Fall wollte ich an den Rest des Abends denken, weshalb ich mich schleunigst aus meiner Erinnerung in die Gegenwart zurückkatapultierte. Lieber ließ ich mir das, was Papa damals am Küchentisch zu mir gesagt hatte, noch einmal durch den Kopf gehen. Ich kam zu dem Schluss, dass er gegen seine eigenen Regeln verstieß. Bis auf seinen Jobwechsel hatte er sich seit vier Jahren nicht von der Stelle bewegt. Er hatte nichts in seinem Leben eigeninitiativ verändert und schlurfte traumwandlerisch durch die Welt. Vielleicht hatte er vergessen, dass er damals zumindest theoretisch gewusst hatte, wie es ging, ursächlich zu sein und sein Leben aktiv in die Hand zu nehmen. Anders konnte ich mir nicht erklären, warum er es nicht geschafft hatte, im Leben normal weiterzumachen. Vielleicht hatte er den Zugang zu sich und seiner Klugheit verloren. Oder aber er wollte sich nicht an seine Lebensphilosophie erinnern, weil ihm die praktische Umsetzung zu anstrengend war und er deshalb lieber in dieser trance-artigen Zwischenhölle gefangen blieb.

4

Wie üblich ging ich nach der Schule am Spielplatz entlang Richtung Kiosk. Es war ein sonniger, wenn auch kalter Februartag, weshalb ich mir die Kapuze meines Hoodies über die Ohren gezogen hatte. Mein Handy machte *Ping!* Es war eine Nachricht von Deniz, der anfragte, ob wir später eine Runde am Computer spielen würden. Im Gehen schrieb ich ihm zurück. Von der Sonne geblendet starrte ich hochkonzentriert aufs Display, als ich plötzlich auf etwas drauftrat und stolperte. Um ein Haar hätte ich mein Handy fallengelassen. Im nächsten Moment erschrak ich! Vor meinen Füßen saß ein Obdachloser, dem ich voll aufs Bein getreten war.

»Oh, Entschuldigung, ich ... es tut mir leid. Ich ... ich hab Sie echt nicht gesehen«, stammelte ich. Der Obdachlose schaute aus seiner sitzenden Position zu mir hoch. Seine Augen unter den buschigen Brauen musterten mich intensiv, aber nicht unfreundlich. »Hab ich Ihnen wehgetan?«, fragte ich betroffen.

»Mir nicht, aber möglicherweise meinem Bein. Frag es doch mal«, forderte der Obdachlose mich auf, während er den Blick neugierig auf mein Gesicht gerichtet hielt.

»Äh ... nein ... lieber nicht«, stotterte ich. »Wie gesagt, es tut mir wirklich leid, dass ich nicht aufgepasst habe.« Der Obdachlose schien amüsiert. »Auf Wiedersehen«, sagte ich deshalb schnell und wollte gehen.

»Hey, Junge, du könntest mir als kleine Entschädigung für mein malträtiertes Bein einen Kaffee am Büdchen besorgen.«

Ich war etwas überrascht von seiner Aufforderung, fand sie jedoch im nächsten Moment als Wiedergutmachung für meine Trotteligkeit ganz in Ordnung. »Ja, okay ... natürlich«, antwortete ich, bevor ich leicht verstört Richtung Kiosk losging.

»Drei Milch, sechs Zucker, neun Mal umrühren!«, rief mir der Obdachlose hinterher.

»Alles klar«, rief ich zurück und ging weiter. Was für eine krasse Begegnung! Erst trat ich einem auf dem Boden sitzenden Penner aufs Bein, dann kaufte ich diesem Typen auch noch einen Kaffee. Warum streckte der seine Haxen auch auf dem Bürgersteig aus? Okay, vielleicht war ich auch etwas zu dicht an der Mauer entlanggegangen. Wenn ich ihm einen Kaffee spendierte, würde ich jedenfalls ein besseres Gefühl haben. So viel war klar.

Inge, die Kioskbesitzerin, hatte Hochbetrieb. Es war Mittagszeit und eine Mischung aus Schulkindern und Handwerkern tummelte sich an ihrem Kiosk. Seit der Grundschulzeit war Inge eine verlässliche Konstante in meinem Leben. Ich mochte sie, weil sie sich nie veränderte und immer nett zu mir war. Außerdem war sie die Hüterin meiner Lieblingssüßigkeiten, was sie von Natur aus zu einem besonderen Menschen machte. Ich stellte mich an und sah ihr zu, wie sie die Bestellungen der einzelnen Kunden abarbeitete. Routiniert wirbelte sie in ihrem Büdchen umher, dabei schaukelte ihr langer Flechtzopf auf dem Rücken hin und her. Ihre Haare waren schon grauweiß, sodass ich sie vom Alter her auf irgendwas über sechzig schätzte. Da sie aber immer Jeans, Turnschuhe und Glitzer-Hoodies trug, wirkte sie jünger auf mich. Vielleicht lag das auch an ihrer Größe. Als Grundschulkind hatte ich sie immer als riesige Frau empfunden. Seit ich selbst gewachsen war, kam sie mir immerhin noch ziemlich groß vor.

Ich rückte in der Schlange weiter nach vorne. Unauffällig riskierte ich einen Blick Richtung Spielplatzmauer, wo ich den Obdachlosen immer noch an der gleichen Stelle sitzen sah. Insgeheim hatte ich gehofft, er könnte vielleicht weggegangen sein. Vor mir hörte ich Inge ein paar Worte mit einem Handwerker in Latzhose wechseln und dabei laut auflachen. Inge hatte das originellste Lachen, das ich je gehört hatte. Es klang heiser und irgendwie nach innen, nicht nach vorne raus. Als würde sie beim Lachen einatmen und sich dabei ulkig verschlucken. Außer Inge kannte ich niemanden, der rückwärts lachen konnte, was mich selbst immer ungewollt zum Lachen brachte. Angestrengt ließ ich es bei einem Grinsen und zählte stattdessen, wer noch alles vor mir dran war. Zwei Erwachsene und ein kleines Mädchen, das von der Größe her kaum bis zur Anrichte reichte. Als Inge sich aus dem Ausgabefenster beugte, um ihr das Tütchen mit den Süßigkeiten anzureichen, sah ich ihr silbernes Halskettchen in der Sonne aufblitzen. Ohne genauer hinsehen zu müssen, wusste ich, dass daran ein silberner Fußball und die Buchstaben *D* und *B* hingen. Inge hieß Brinkmann mit Nachnamen, wie auf dem Inhaberschild ihres Kiosks zu lesen war, weshalb das *B* vermutlich für ihren Nachnamen stand. Wer mit *D* gemeint war, wusste ich nicht. Ihr kleiner Mischlingshund hieß Roland. Er konnte mit dem Buchstaben also keinesfalls gemeint sein. Als ich endlich dran war, legte ich ihr einen Euro auf die Theke. Unserem täglichen Ritual folgend fragte sie: »Wie immer, Jonas?«

Als ich nickte, nahm sie ein Trinktütchen aus dem Kühlschrank und steckte zwei Speckmäuse und zwei Lakritzschnecken in ein Papiertütchen. Dann fiel mir der Kaffee ein, den ich über meine Gedanken an Inge beinahe vergessen hätte.

»Inge, ich nehme heute noch einen Becher Kaffee zum Mitnehmen dazu.« Sie stellte keine überflüssigen Fragen, was ich auch sehr an ihr schätzte. Einen Moment später reichte sie mir einen dampfenden Pappbecher mit Kaffee.

»Dann bekomme ich noch Eineurofünfzig von dir. Milch, Zucker und Rührstäbchen sind da vorne in den Sammelbehältern«, ließ sie mich wissen und zeigte auf eine Stelle neben dem Ausgabefenster. Ich bezahlte, nahm drei Milch, sechs Zucker und einen Rührer aus den Behältern und ging über den Spielplatz zurück zu der Stelle, an der der Obdachlose immer noch an die Mauer gelehnt auf dem Bürgersteig saß. Als ich mich näherte, drehte er seinen Kopf in meine Richtung.

»Hier ist Ihr Kaffee«, sagte ich, als ich bei ihm angekommen war. Hastig legte ich ihm die Kaffeezutaten in seine hingehaltene Hand, ohne ihn dabei zu berühren. Bestimmt war er schmuddelig und stank.

»Ich danke dir, Junge«, antwortete der Obdachlose erfreut und begann die Zutaten behäbig in seinen Kaffee zu schütten. Mir fiel auf, dass er eine angenehm ruhige, tiefe Stimme hatte.

»Also ich geh dann mal. Tschüss.«

»Auf Wiedersehen«, erwiderte der Obdachlose. Er sah kurz auf, dann widmete er sich wieder seinem Kaffee.

Auf dem Heimweg kam mir die ganze Angelegenheit wie eine unwirkliche Begegnung vor. Wie hatte das Gesicht des Obdachlosen ausgesehen? Was hatte er angehabt? Ich hatte doch auf sein Bein gestarrt, nachdem ich draufgetreten war, aber daran, wie seine Hose ausgesehen hatte, konnte ich mich nicht mehr erinnern. Überhaupt waren alle Bilder an ihn wie gelöscht. Ich wusste nur noch, dass er einen Bart und etwas zottelige Haare gehabt hatte. Vielleicht war ich in einen leichten Schockzustand verfallen, als ich mich beim Drauftreten so erschrocken hatte. Er hatte jedenfalls keinen strengen Geruch gehabt, das wusste ich mit Sicherheit. Denn das wäre mir spätestens in dem Moment aufgefallen, als ich ihm den Kaffee und die Zutaten aus nächster Nähe gereicht hatte. Seltsamer Typ, dachte ich bei mir, während ich mit meinen Fingern auf einem Stück Luftpolsterfolie in meiner Jackentasche herumdrückte. Es war ein zwanghafter Tick von mir, nie ohne ein Stück dieser Folie in meiner Jacke aus dem Haus zu gehen.

Daheim angekommen nahm ich mir zwei Schokokekse aus der Packung im Vorratsschrank. Im Vorbeigehen las ich Papas handgeschriebenen Zettel auf dem Küchentisch, der mich ans Aufhängen der Wäsche erinnerte. Krümelnd und kauend machte ich mich auf den Weg in den Waschkeller, um bei meinem Blick durch das Waschmaschinenbullauge erstmal einen Riesenschreck zu bekommen. Die ganze Wäsche hatte einen Rosastich, was wohl an meinem neuen roten Kapuzenpullover lag. Den hatte Papa unbedacht zusammen mit der hellen Wäsche in die Trommel gesteckt. Verflixt! Ich zog die Wäschestücke einzeln heraus und begutachtete den Schaden. Bei den weißen Sachen war die Verfärbung nicht zu übersehen, bei den anderen fiel sie nicht ganz so schlimm auf. Während ich den Hoodie auf die Wäscheleine hängte und die übrige Wäsche erneut anstellte, erinnerte ich mich an Omas gutgemeinte, wenn auch nervige Haushaltstipps aus der Anfangszeit ohne Mama. Theoretisch hatten Papa und ich auch all ihre Ratschläge gespeichert, nur haperte es im Alltag oft an der praktischen Umsetzung. Wieder oben, machte ich mir ein Müsli und setzte mich an den Küchentisch. Ich ließ mich von den rhythmischen Kaugeräuschen hypnotisieren und erlaubte meinen Gedanken eine Zeitreise zurück zu den Wochen unmittelbar nach Mamas Tod.

~

Nachdem Mama nicht mehr da war, kam Oma jeden Samstag aus der Eifel zu uns nach Köln, um uns mit Selbstgekochtem, Selbstgebackenem und jede Menge anderer Sachen zu versorgen, von denen sie annahm, dass wir sie dringend brauchten. Es war ihr wichtig, dass bei uns zumindest in Haushalt und Küche alles ordnungsgemäß lief. So hatte sie ihren Sohn, also Papa, ziemlich bald nach Mamas Tod in die Mangel genommen und ihm stundenlang Intensivnachhilfe in Sachen Haushaltsführung gegeben. Sie hatte es sicher gut gemeint, aber Papa damit extrem genervt.

An einem dieser Samstage begrüßte mich Oma wie üblich mit einer ihrer Quetschumarmungen und viel zu vielen Küssen, die sie großzügig über mein Gesicht verteilte. Dann kramte sie drei Päckchen aus ihrer Tasche hervor, die sie freudestrahlend vor mir auf dem Tisch ausbreitete.

»Schau mal, Jonas, ich habe dir ein Malbuch von *Bob der Baumeister*, Buntstifte und eine neue Bettwäsche mitgebracht«, verkündete sie in aufgeregter Erwartungshaltung der Freudenbekundungen, die darauf hoffentlich von mir folgten.

»Oh, danke, Oma!«, reagierte ich erwartungsgemäß. Oma vergaß manchmal, dass ich *Bob der Baumeister* mit ungefähr fünf toll gefunden hatte, aber mit mittlerweile zehn auf andere Sachen stand. Mein Blick fiel auf den weichen Stapel neben dem Malbuch und den Buntstiften. »Cool, Oma, STAR WARS Bettwäsche!« Die gefiel mir wirklich. Feuerrot-orangener Stoff mit grauen STAR WARS Figuren und weißen Lichtschwertern.

»Das freut mich, dass sie dir gefällt.« Oma wandte sich an Papa. »Hans-Dieter, guck doch mal, wie der Junge sich freut!«

Papa drehte sich von der Küchenanrichte aus um, wo er gerade Omas Riesenkühltasche mit den Vorratsdosen teils in den Kühlschrank, teils in den Gefrierschrank räumte. »Ja, die ist doch wirklich schön, Jonas. Da hat Oma recht.« Ich nickte, während Oma begeistert mit den Fingern über die Bettwäsche strich.

»Die ist schön kuschelig und bügelfrei. Ich würde Bettbezüge übrigens grundsätzlich auf links gedreht waschen und trocknen, das ist später beim Aufziehen praktischer. Am besten macht ihr sie vor dem Waschen unten zu, sonst verfangen sich kleinere Wäschestücke darin. Die sucht man dann Gott weiß wo und verdächtigt am Ende die arme Waschmaschine, dass sie Socken und Unterhosen frisst.«

»Das ist gut zu wissen, Mutter«, bemerkte Papa träge von der Küchenanrichte her, ohne sich umzudrehen.

Oma nickte zufrieden. Sie setzte sich zu mir an den Tisch und ließ ihre Augen durch die Küche schweifen. In der nächsten Sekunde bekam sie jedoch einen Röntgenblick. Ihre Augen verengten sich, als müsste sie schärfer sehen. »Was hast du denn da für eine wulstige Stelle am rechten Hosenbein?«, fragte sie Papa.

»Wo?« Papa blickte orientierungslos an seinem rechten Bein herunter.

»Na, da. Oberhalb vom Knie!« Oma ging auf ihren Sohn zu, um den Stoff fachmännisch an der besagten Stelle zu befühlen. »Hans-Dieter, sind das etwa Tackernadeln? Du hast doch nicht allen Ernstes ein Loch in deiner Hose zugetackert?«

»Ach, die Stelle meinst du. Doch, ja, sonst wäre der Riss weiter ausgefranst«, meinte er beiläufig.

Oma war sichtlich erschüttert. Sie belehrte Papa über die möglichen Gefahren von Tackernadeln an Hosenbeinen und wie das überhaupt aussähe. Unmöglich! Sie verlangte, dass er die Hose sofort auszog und ihr zum Nähen mitgab. Papa weigerte sich und teilte ihr mit, dass er nur zwei Hosen habe und keine davon entbehren könne.

»Wie, du hast nur zwei Hosen?« Omas Augen waren vor Erstaunen kugelrund.

»Ja. Mehr brauche ich auch nicht. Die eine habe ich an und die andere ist entweder in der Waschmaschine oder trocknet auf dem Wäscheständer.«

»Aber ein Mann braucht doch mehr als nur zwei Hosen!«, entrüstete sie sich. »Man muss doch auf sein Erscheinungsbild achten!«

»Mutter, ich bin kein Männermodel.«

»Hans-Dieter, man ist doch nicht gleich ein Männermodel, wenn man als Mann mehr als zwei Hosen im Schrank hat.«

»Vielleicht erinnerst du dich, dass ich Bierfässer und Kästen verlade und nicht Po wackelnd über einen Laufsteg tänzle«, merkte Papa genervt an. »Und falls du jetzt noch wissen möchtest, ob beide Hosen Werktaghosen sind oder eine davon für gut, so lass mich dir versichern, sie sind beide gleich gut.«

Oma verharrte in einer Mischung aus Fassungslosigkeit und Eingeschnapptheit und sagte eine Weile nichts mehr. Papa wurschtelte weiter am Küchentresen herum, während Oma mir dabei zuschaute, wie ich ihr zuliebe Bob auf dem Bagger ausmalte. Bis Papa plötzlich wieder anfing zu sprechen.

»Mutter, hast du schon gehört, dass Corinna ihre Arbeitsstelle wechseln muss?«

»Ach was! Im Ernst?«

»Ja. Das Steuerbüro, in dem sie erst vor kurzem angefangen hat, ist unglücklicherweise pleite gegangen. Corinnas Chef hatte wohl ein ziemliches Alkoholproblem und so ging der Laden über Wochen allmählich den Bach runter.«

Während sich Papa und Oma weiter unterhielten, erinnerte ich mich an ein Gespräch mit Corinna. Seitdem Mama nicht mehr da war, kam Corinna jeden Donnerstag nach der Arbeit, um bei uns unerschrocken das Chaos zu bekämpfen. Papa war meistens noch nicht von der Arbeit zurück, sodass ich ihr oft bei der Hausarbeit half. Das meiste von dem, was ich im Haushalt konnte, hatte ich von ihr gelernt. Bei der Gelegenheit unterhielten wir uns oft, sparten das Thema Mama allerdings bewusst oder unbewusst aus oder berührten es nur mal am Rande. Wir redeten über andere Dinge. Schule, Freunde und manchmal auch über ihre Arbeit. An einem dieser Putz- und Aufräumnachmittage hatte sie mir davon erzählt, wie betroffen ihr neuer Chef reagiert hatte, als sie ihm den Grund für diesen freien Donnerstagnachmittag genannt hatte.

»Dieser tragische Unfall Ihrer Schwester ist wirklich eine entsetzliche Tragödie. Und Ihr Neffe ist erst zehn? Da ist wahrhaftig eine helfende Hand gefragt«, hatte Corinna ihren Chef zitiert.

Sie hatte mir auch erzählt, wie sie ihm den Unfallhergang geschildert hatte und wie betroffen er reagiert hatte. »Herr Kowinski wollte wirklich alles ganz genau wissen. Erst fand ich das etwas vorwitzig, fast schon schaulustig, aber dann habe ich mich über sein Interesse und seine Anteilnahme gefreut. Ich hatte den Eindruck, Herr Kowinski meinte es fürsorglich, als er mich alles so ausführlich erzählen ließ«, hatte Corinna mir an dem Nachmittag anvertraut, während sie unseren Küchenboden gewischt hatte. »Vielleicht dachte er, es würde mir guttun, darüber zu reden. Für einen Steuerberater fand ich das ziemlich feinsinnig, wo sie doch normalerweise nichts als Zahlen und Tabellen im Kopf haben. Am Ende unseres Gesprächs hat er mir sogar das *Du* angeboten, und dass ich jederzeit ein paar Stunden früher Schluss machen kann, wenn meine Hilfe spontan bei euch gebraucht wird. Alfred scheint mir ein richtig feiner Mensch zu sein, was ich an einem Vorgesetzten natürlich sehr schätze.« Corinna hatte kurz im Wischen innegehalten, sich eine Haarsträhne hinters Ohr geklemmt und mich angesehen. »Im Nachhinein hat es tatsächlich gut getan, mir noch mal alles von der Seele zu reden.«

»Ich spreche nie mit jemandem über Mama«, hatte ich zugegeben. Corinna hatte angenommen, dass ich zumindest mit Papa über Mama reden würde. Ich hatte ihr erklärt, dass er das nicht verkraften würde und wir über andere Sachen redeten.

Während ich halb weggetreten über Corinna nachgedacht hatte, waren Papa und Oma wieder bei dem leidigen Thema Haushalt angelangt. Oma war dabei, ihrem Sohn die wichtigsten ihrer überlebensnotwendigen Tipps und Tricks rund um Küche und Ernährung einzubläuen, während Papa in einer Musikzeitschrift blätterte und seiner Mutter nur gelegentlich zunickte. Nach einer traumatisierenden Reise durch sämtliche Gefahren bei frischen Lebensmitteln wie Milch, Eier, Fleisch und Fisch, schloss Oma ihren Vortrag schließlich mit der korrekten Handhabung von Obst und Gemüse ab.

»Oberste Regel bei allen rohen Obst- und Gemüsesorten: Die müssen auf jeden Fall unter fließendem Wasser gut abgewaschen werden, am besten heiß, sonst bekommt ihr am Ende noch Würmer.«

»Aber wer Würmer hat, ist nie allein«, warf Papa ein, als er den Blick kurz von seiner Zeitschrift hob und dabei tatsächlich etwas sehnsüchtig aussah.

»Hans-Dieter, pfui! Mir wird gleich schlecht!«, entrüstete sich Oma.

Mir gefiel, wie sie Papa wie einen ungezogenen Bengel ausschimpfte. Dennoch musste ich über Papas Kommentar lachen. Aus seinem Mund hörte sich dieser irgendwann von Onkel Dietmar als Witz gemeinte Spruch wie eine ernstgemeinte Feststellung an. Eine Verherrlichung von Darmwürmern gegen die Vereinsamung der Menschen im 21. Jahrhundert. In meiner Phantasie stellte ich mir vor, wie Papa in seiner langatmigen und humorlosen Kompliziertheit ein tausendseitiges, tiefgründiges Mammutwerk über dieses Thema verfasste.

»Darmwürmer im Wandel der Zeit«
Wie Würmer unser Leben beeinflussen –
Vom Urwurm bis zum Ohrwurm
von Hans-Dieter Bertrams

»... so werden Jahrtausende nach dem Aussterben der Menschheit noch immer Spuren von Würmern in den Gehörknochen menschlicher Schädel nachgewiesen werden ... bla ... bla ... bla.« Ab der Hälfte des vollkommen langweiligen Buches würde er die Kernaussage, nur mit einem *S* mehr geschrieben, noch einmal neu beleuchten: *»Wer Würmer hat, isst nie allein«* ... *bla ... bla ... bla.* ... siehe Seite 467 *Bandwurm* ...« – womit bewiesen wäre, dass Wurmbuchautoren definitiv einen Sockenschuss haben, verfasste ich spontan eine rein persönliche Bewertung seines Buches.

Nach ihrem Besuch musste ich abends im Bett über Oma nachdenken, während Papa unten im Keller Musik hörte. *Rammstein* wummerte zu mir hoch und wirkte wie eine Abrissbirne auf meine Stimmung. Mühsam verbuddelte ich meine Ohren unters Kopfkissen, um den Krach auf ein erträgliches Maß runterzuregeln. Für Oma hielt ein ordentlich geführter Haushalt das Leben in der Umlaufbahn. Sie hatte uns erzählt, wie sehr sie damals nach Opas Tod Halt in der Ordnung gefunden hatte. Aber was für Oma funktionierte, funktionierte nicht für uns. Unser Haushalt war eine Katastrophe und den in den Griff zu bekommen, war für uns eindeutig nicht zu schaffen. Stattdessen erlaubten wir uns Freiräume und zwar jede Menge, die wir auch füllten, nur eben anders als Oma. Weniger hektisch, dafür absolut unproduktiv. Aber es klappte, auch wenn unsere jeweiligen Freiräume mit der Realität wenig zu tun hatten. Papa hatte seine Musik, in die er sich an den meisten Abenden flüchtete, und ich meine beiden geheimen Räume, in die ich gehen konnte, wann immer mir danach war. So hatte jeder von uns parallel zur Wirklichkeit seinen Weg gefunden, mit Mamas Wegsein umzugehen.

~

Das Geklapper des Löffels in der leeren Müslischale brachte mich zurück in die Gegenwart. Warum musste ich neuerdings so viel an früher denken? Diese intensiven Erinnerungstrips beunruhigten mich. Das Leben ging immer nach vorne, nie zurück. Mit der Vergangenheit wollte ich nichts mehr zu tun haben. Sie war vorbei und nicht mehr zu ändern. Um mich von meinen Gedanken abzulenken, beschloss ich, einen vergnüglichen Abstecher in meinen *Traumraum* zu machen und danach gezwungenermaßen einen Kurzbesuch im *Desasterraum* hinterherzuschieben, um dort nach dem Rechten zu sehen. Es war wieder mal an der Zeit, auch wenn ich mich am liebsten davor gedrückt hätte. Ich schwang mich die Treppe hoch in mein Zimmer und setzte mich aufs Bett.

Den Traumraum hatte ich mir ursprünglich als Gegenmaßnahme zu meinem Desasterraum geschaffen. Der war am Abend nach Mamas Beerdigung aus der Not heraus entstanden, weil mir nichts anderes eingefallen war. Insofern waren beide Räume in etwa so alt wie Mama tot war. Die beiden Räume, wovon ich den einen liebte und den anderen fürchtete, existierten parallel in meinem Kopf und waren durch komplizierte Zugangscodes gesichert.

Vor lauter Wirrwarr in meinem Kopf wegen meiner Reise in die Vergangenheit wäre mir um ein Haar der Zugangscode zum Traumraum nicht mehr eingefallen. Nach zwei Fehlversuchen konnte ich mich wieder präzise erinnern: Fünfmal mit den Fingern beider Hände schnipsen. Mit den Augen gegen den Uhrzeigersinn ein liegendes Rechteck in die Luft malen, ohne dabei den Kopf zu bewegen. Danach gleichzeitig den rechten Fuß dreimal links und den linken Fuß dreimal rechts herum kreisen lassen. Den Kopf langsam in den Nacken kippen, dabei das Wort Traumraum rückwärts aussprechen. Zum Abschluss einmal kräftig mit der Zunge schnalzen. *Zugang zum Traumraum gewährt!*, ertönte es in meinem Kopf. Ich war drin.

Mama schwebte wie immer als Engel am Ende des Raums über dem Boden und lächelte mir zu. Ich winkte lächelnd zurück. Meine Gitarre stand glänzend in ihrem Ständer, der Verstärker davor und beide warteten auf meinen Einsatz. Ich schaute mich weiter im Raum um. Die Hantelbank stand, wo sie immer stand, und auch der Boxsack hing bewegungslos an seiner Stelle. Fasziniert sah ich mich in den vielen Spiegeln reflektiert und freute mich über mein Spiegelbild: Schlank, durchtrainiert, coole Frisur. Selbstbewusst warf ich meine halblangen Haare über die Schulter nach hinten und grinste mich an. Unter dem T-Shirt zeichnete sich mein muskulöser Oberkörper ab und meine Röhrenjeans saß knalleng. Als ich meine Gitarre lässig vom Ständer nahm und sie mir umhängte, konnte ich das Muskelspiel meiner sehnigen Unterarme sehen, die nahtlos in einen perfekten Bizeps übergingen. Routiniert schaltete ich den Verstärker ein und spielte die ersten Akkorde von *Greenday* »Boulevard of Broken Dreams«, bis ich vollkommen mit der Musik verschmolz. Ich war eins mit meiner Gitarre und meine Finger tanzten von alleine übers Griffbrett. Kein Nachdenken, keine Anstrengung – einfach nur purer Genuss. Die Menge jubelte und ihre Körper bewegten sich vor der Bühne in Wellen. Ich hob meine Gitarre ...

»Jonas, bist du da?«, riss mich Papas Stimme von unten aus meinem Traum. Panisch stellte ich die Gitarre zurück in den Ständer, winkte Mama hektisch zum Abschied und schloss die Tür zum Traumraum hinter mir.

»Ja«, rief ich benommen. »Ich bin oben!«

»Ich koche jetzt und in einer halben Stunde gibt es Abendessen. Kommst du dann runter?«

»Mach ich«, rief ich zurück.

Er war unerwartet früh von der Arbeit zurück, was mich in dem Moment total stresste. Wenn ich meinen Traumraum besuchte, wollte ich auf keinen Fall gestört werden. Es brachte Unruhe in mich hinein, wenn ich ihn unkontrolliert verließ. Da das Glücksgefühl meines Bühnenauftritts durch das abrupte Ende sowieso schon fast verflogen war, setzte ich mein Vorhaben, in den Desasterraum zu gehen, in die Tat um. Papa würde in der Küche beschäftigt sein und kaum unerwartet hochkommen.

Im Desasterraum, der eher einer dunklen Höhle glich, hauste ein Drache. In ihn hatte ich seit dem Abend nach Mamas Beerdigung meine schlimmen Gefühle verbannt, damit sie nicht über mich herfallen konnten. Er hieß Dynamoterror. Sein vollständiger Name war *Dynamoterror dynastes*, was übersetzt »Mächtiger Herrscher der Angst« bedeutete. In einer Art Blitzvisite vergewisserte ich mich alle paar Tage, dass Dynamoterror tief und fest schlief, denn das musste er. Wenn er friedlich vor sich hinschlummerte, bedeutete das, dass auch meine Gefühle gezähmt waren. Es kostete mich immer ziemliche Überwindung, in den Desasterraum zu gehen. Zum einen war der Zugangscode wesentlich komplizierter als der zum Traumraum, zum anderen überkam mich immer ein beklemmendes Gefühl, sobald ich den höhlenartigen Raum betrat. Es war unheimlich dort. Aus Angst, Dynamoterror könnte durch meine Anwesenheit versehentlich aufgeschreckt werden, zwang ich mich, flach und lautlos zu atmen. Doch ich brauchte die Gewissheit, dass alles so war, wie es sein musste. Wenn er wie immer nur schlafend dalag, war ich beruhigt und hatte wieder ein paar Tage Pause von meiner Besuchsverpflichtung. Konzentriert quälte ich mich durch den unendlich langen Zugangscode, bis ich endlich vor der Tür stand und den schweren Eisenriegel vorsichtig zur Seite schob. Das Metall fühlte sich wie immer kalt an. Ich trat ein und zog die Tür hinter mir zu, aber so, dass sie nicht schloss. Es war düster und kalt und in der Luft hing ein modriger Geruch. Dynamo, so nannte ich ihn in Kurzform, lag am Ende des Raums und atmete ruhig.

Ich konnte die gewaltigen Buckel auf seinem massigen Körper sehen und auch vage hässliche Pocken erkennen. Wenn man nicht wusste, dass es sich um einen gefährlichen, schlafenden Drachen handelte, hätte man denken können, man schaue auf einen unebenen Erdhügel. Dynamos Kopf hatte ich noch nie wirklich gesehen. Den hatte er vom Eingang abgewandt seitlich neben sich gelegt.

Der schlafende Drachenhaufen nahm das gesamte hintere Drittel des Raums ein und reichte in der Höhe fast bis zur Decke. Es blieb jedoch genügend Platz zwischen ihm und mir, sodass ich nicht besonders nah an ihn herangehen musste, um ihn zu beobachten. Er schnaubte im Schlaf und gab gelegentlich ein tiefes Grunzen von sich. Ob Drachen träumten? Angeblich waren sie uralt, also hatten sie auch schon eine Menge erlebt. Hunde träumten auch im Schlaf, das wusste ich von Inges Hund Roland. Wahrscheinlich träumten Drachen vom Fliegen und grausamen Verwüstungen mit vielen Opfern. Vielleicht liefen gerade Bilder von Blutbädern, Feuerstürmen und fliehenden, vor Angst schreienden Menschen und Tieren vor Dynamos innerem Auge ab. Mich schüttelte es bei dem Gedanken, weshalb ich mich im Rückwärtsgang lautlos Richtung Tür bewegte. Draußen schob ich den schweren Eisenriegel wieder vor und verließ diesen furchterregenden Ort. Dynamoterror schlief, mehr hatte ich nicht herausfinden wollen.

Meine Gedanken wollten sich erneut auf den Weg in die Vergangenheit machen, um an den verhängnisvollen Abend nach Mamas Beerdigung zurückzukehren, als Papa mich glücklicherweise zum Essen rief. Dadurch konnte ich ihnen gerade noch so entkommen. Erleichtert ging ich runter in die Küche und deckte den Tisch. Während wir zu Abend aßen, erzählten wir uns wie üblich vom Tag und räumten anschließend die Küche zusammen auf.

»Jonas, ich gehe jetzt zum Musikhören in den Keller, okay?« Wie jeden Abend sah Papa mich an, als hätte er ein schlechtes Gewissen. »Wenn etwas ist, rufst du runter oder kommst in den Keller, falls ich dich nicht hören sollte.«

»Alles klar. Sollte etwas sein, schalte ich die Sicherung im Zählerkasten aus und mache den Keller stromtot. Dann weißt du Bescheid«, nahm ich ihn auf den Arm.

»Ach so, okay ...«, bemerkte er zerstreut und ging bereits Richtung Flurschrank. »Dann nehme ich besser eine Taschenlampe mit in den Keller, damit ich für den Fall der Fälle im Dunkeln etwas sehe.«

Ungläubig sah ich ihm zu, wie er in unserem übervollen Flurschrank nach einer Taschenlampe suchte. Er schien meinen Vorschlag vollkommen ernst genommen zu haben, anstatt ihn als Witz zu verstehen, was mir wirklich zu denken gab. Er verstand im Normalmodus, wenn er nicht bewusst auf Humor kalibriert war, eben alles wortwörtlich. Bei Papa fielen Worte plump wie Pflastersteine ungebremst auf den Boden seines Verstehens – es gab bei ihm keine Abfederungsmechanismen. Anders als andere Menschen besaß er anscheinend keinen dieser Filter, die ihn bestimmte Zwischentöne heraushören ließen, um Ironie oder Sarkasmus zu erkennen. Man musste ihn gezielt darauf hinweisen, sonst kam am Ende etwas völlig Unerwartetes dabei heraus.

»Ah, da ist ja das kostbare Stück«, hörte ich ihn kurz darauf erfreut ausrufen. Im nächsten Moment tauchte ein klobiges Ungetüm von Taschenlampe auf, das dem Aussehen nach aus dem letzten Jahrtausend stammte. »Unsere gute alte VARTA.« Er knipste sie an und ein orangegelber Lichtschein quälte sich mühsam durch das Glasfenster der Lampe. »Etwas schwach auf der Brust, aber für den kurzen Weg die Treppe hoch wird's schon reichen«, stellte er zufrieden fest, bevor er mit der dicken Taschenlampe in der Hand schnurstracks an mir vorbei zur Kellertür marschierte.

So war er eben: Nicht großartig verrückt, nur schrammte er gelegentlich knapp an der Normalität vorbei. Wie Mama das bloß immer ausgehalten hatte? Zu schade, dass sie mir nie irgendwelche hilfreichen Alltagstipps im Zusammenleben mit Papa gegeben hatte. Dann wäre ich auf seine Eigenarten besser vorbereitet gewesen.

5

Ich brannte darauf, Deniz von meiner Stolperaktion vom Vortag zu erzählen. Wir hatten nicht immer die gleichen Fächer, weshalb wir unsere Schultage nur teilweise zusammen verbrachten. Mit Kopfhörern auf den Ohren kam er über den Schulhof auf mich zugeschlendert.

»Mann, mir ist gestern was echt Chaotisches passiert«, platzte ich heraus. »Stell dir vor, ich bin voll auf einen Obdachlosen getreten!«

»Was? Du hast einen Obdachlosen k.o. getreten?« Deniz zog die Kopfhörer ab und glotzte mich fassungslos an.

»Nicht k.o. getreten! Nur auf sein ausgestrecktes Bein.«

»Wie das?«

»Er saß an der Spielplatzmauer auf dem Bürgersteig und ich war auf Autopilot am Handy. Voll dumme Aktion.«

»Und? Hat er Stress gemacht?«

»Eben nicht. Er hat ziemlich cool reagiert und wollte als Entschädigung nur einen Kaffee vom Büdchen. Echt krasse Begegnung! Seitdem geht mir der Typ nicht mehr aus dem Kopf.«

»Und jetzt willst du ihm wie zufällig auf das andere Bein latschen, damit ihr noch mal ins Gespräch kommt und er sich wieder einen Kaffee bei dir schnorren kann?«

»Genau, Deniz! Das ist der Plan«, quittierte ich seinen albernen Vorschlag.

»Aber wenn du ihm quasi aus Versehen auf das andere Bein treten willst, musst du aus der entgegengesetzten Richtung die Straße hochkommen, sonst erwischst du wieder das gleiche Bein, auf das du gestern getreten bist. Wäre ja zu blöd.«

»Dein Scharfsinn ist gerade ein bisschen erschreckend!«, zog ich ihn auf.

»Es sei denn, der Typ sitzt heute ausnahmsweise andersrum, also mit dem Hintern mitten auf dem Bürgersteig und die heiligen Beine als Vorsichtsmaßnahme Richtung Mauer ausgestreckt.« Deniz sah mich erwartungsvoll an, als würde er auf Anerkennung für seine smarte Analyse hoffen.

»Hör zu, ich will dem Typen auf überhaupt kein Bein treten«, stellte ich die Sache klar. »Ich möchte nur wissen, wie es ihm geht. Mehr nicht.« Ich fühlte mich von dem Obdachlosen seltsam angezogen. Aber das konnte ich Deniz nicht erzählen, wo ich doch selbst nicht genau wusste, warum ich den Obdachlosen unbedingt wiedersehen wollte. Er war mir auf unerklärliche Weise unheimlich und doch faszinierte mich etwas an ihm, obwohl wir ja kaum miteinander gesprochen hatten.

»Tja, wenn du meinst, den Typen noch mal treffen zu müssen, dann mach das. Ich geh jedenfalls Richtung Homebase. Meine Schwester hat für heute Mittag Pizza geplant und ich wollte dich eigentlich fragen, ob du mitkommst. Aber wie ich sehe, hast du Wichtigeres zu tun.«

»Von Pizzaessen bei euch wusste ich bis gerade nichts. Ich komm ein andermal mit. Versprochen! Die Sache ist mir heute irgendwie wichtig.«

»Schon gut. Wir sehen uns morgen. Bis dann.« Deniz setzte sich die Kopfhörer auf und zog los.

Mit gemischten Gefühlen schlurfte ich Richtung Spielplatz, wo ich den Obdachlosen schon von weitem an genau der gleichen Stelle sitzen sah wie am Tag zuvor. Beim Gehen grübelte ich darüber nach, wie ich das Gespräch anfangen sollte. Würde es seltsam oder im schlimmsten Fall sogar aufdringlich wirken, wenn ich ihn fragte, wie es seinem Bein ging? Oder war es nicht doch eine ganz normale Geste der Höflichkeit, jemanden, dem man versehentlich Schaden zugefügt hatte, noch mal aufzusuchen, um sich nach ihm zu erkundigen? Er hatte ja wirklich nichts dafür gekonnt und war unschuldig Opfer meiner Verpeiltheit geworden. Ich haderte noch mit meinem Vorhaben, als er unvermittelt den Kopf in meine Richtung drehte. Er hielt den Blick auf mich gerichtet, während ich mich ihm näherte. Plötzlich war ich nervös.

»Hallo«, sagte ich, als ich schließlich vor ihm stand. Die Hände hielt ich fest in meine Jackentaschen gebohrt.

»Guten Tag, junger Mann«, sagte der Obdachlose und sah neugierig zu mir hoch.

»Ähm ... vielleicht erinnern Sie sich an mich. Ich bin derjenige, der Ihnen gestern aufs Bein getreten ist und ...«

»Ja, richtig«, unterbrach er mich. Seine Augen blitzten belustigt. »So ein Zufall! Gerade eben bin ich aus der Unfallchirurgie des Krankenhauses entlassen worden.« Er lachte ein ausgelassenes Lachen, das wesentlich jünger klang als der Mann aussah. Aus Höflichkeit lachte ich kurz mit, weil ich annahm, dass er das Gesagte scherzhaft gemeint hatte.

»Tja, also ...«, stammelte ich unsicher und vergrub die Hände noch tiefer in meine Jackentaschen, »... also jedenfalls wollte ich mich nur vergewissern, dass es Ihnen wieder gut geht.«

»Aber mir ging es doch gestern nach dem leckeren Kaffee von dir schon wieder gut«, sagte er freundlich.

»Das freut mich. Ehrlich. Hätte ja sein können, dass es sich über Nacht verschlimmert hat. Also das mit Ihrem Bein.« Aus Verlegenheit hielt ich meinen Blick neben den Mann auf den Bürgersteig gerichtet. »Meine Mutter hat mir früher, wenn ich krank war, immer erklärt, dass sich so Sachen über Nacht gerne mal verschlimmern.«

»Früher? Bedeutet das, dass du heute nie mehr krank bist?«, fragte der Obdachlose interessiert.

»Äh ... doch schon. Das *früher* bezog sich auf meine Mutter. Sie ist ... gestorben.« Was machte ich da eigentlich, dachte ich erschrocken. Ich erzählte einem Wildfremden, dass Mama tot war.

»Das ist in der Tat tragisch«, bemerkte er und sah mich mit einem merkwürdig wissenden Ausdruck in den Augen an. Vielleicht hatte er so etwas Ähnliches selbst erlebt.

Ich räusperte mich und wandte mich zum Gehen. »Tja, dann ...«

»Sag, magst du mir nicht wieder so einen vortrefflichen, dampfend heißen Kaffee drüben am Büdchen holen und mir womöglich ein wenig Gesellschaft leisten?«

»Klar, gerne!«, antwortete ich erleichtert darüber, dass ich nicht gezwungen war, gleich wieder zu gehen. »Ich hole mir auch etwas.« Im Weggehen drehte ich mich noch mal um. »Wie war das noch? Drei Milch, sechs Zucker und äh ... einen Rührer zum neun Mal umrühren?«

»Jawohl! Das hast du dir prima gemerkt, mein Junge«, antwortete er und grinste. Seltsam, aber irgendein verborgener Teil in mir wollte unbedingt mehr über diesen obdachlosen Mann erfahren.

Ich ging quer über den Spielplatz und sah Inge mit jemandem vor dem Kiosk plaudern. Nachdem wir uns begrüßt hatten, gab ich ihr meine Bestellung durch: »Wie immer und einen Kaffee, bitte.«

Sie legte das Gewünschte auf die Durchreiche und stellte den dampfenden Becher Kaffee daneben. Ich bezahlte, nahm mir die Zutaten für den Kaffee und ging zurück zu dem Obdachlosen. Nachdem ich dem Mann den Kaffee gereicht hatte, hockte ich mich unsicher neben ihn auf den Bürgersteig. Erleichtert stellte ich fest, dass er nicht unangenehm roch. Nachdem er die Milch und die Unmengen Zucker in seinen Kaffee geschüttet hatte, zählte ich beim Umrühren unauffällig mit. Exakt neun Mal! Ich nahm einen Schluck von meinem Orangensaft, dann zog ich das Tütchen mit den Süßigkeiten hervor.

»Möchten Sie vielleicht eine Speckmaus oder eine Lakritzschnecke?«, bot ich ihm an.

»Sehr nett, aber nein, danke.« Er nahm genüsslich einen Schluck Kaffee, während ich mir eine Speckmaus zwischen die Schneidezähne schob, zubiss und sie mit den Fingern ordentlich in die Länge zog.

»Wie heißt du?«, fragte er im nächsten Moment.

»Jonas«, antwortete ich und zog dafür schnell die Speckmaus zwischen meinen Zähnen hervor. »Und Sie?«

»Ich heiße J.«, sagte der Obdachlose.

»Jot?«, wiederholte ich verwundert, bevor ich mir die labberige Speckmaus in den Mund gleiten ließ.

»Ja, J.«, bestätigte er. »Wie der zehnte Buchstabe im Alphabet.«

»Witzig. Gleicher Anfangsbuchstabe wie mein Name. Und für was ist J. die Abkürzung?«

»Keine Abkürzung. Einfach J.«, sagte er knapp, aber nicht unfreundlich.

»Ihr Name klingt wie Gott im Kölschen«, stellte ich belustigt fest. »Sie kennen doch bestimmt das Lied von den *Bläck Fööss*: Oh, leever Jott, jev uns Wasser, denn janz Kölle hät Doosch ...«, trällerte ich ihm vor. »Also Durst, falls Sie kein Kölsch verstehen.«

»Soso«, bemerkte er unbeeindruckt von meiner spontanen Gesangseinlage, lächelte mich dabei aber an. »Glaubst du an Gott?«

Die Frage überrumpelte mich. Ausgerechnet über Gott zu reden, wo wir uns doch überhaupt nicht kannten? Er sah zwar eigentlich ganz harmlos aus, doch was wusste ich, ob er nicht vielleicht so etwas wie ein religiöser Fanatiker oder ein atheistischer Extremo war. Was, wenn er auf mich losging, falls ich nicht seiner Meinung war?

»Also das ist eine schwierige Frage, Herr J.«, sagte ich ausweichend, weil ich ohnehin keine klare Antwort auf seine Frage hatte.

»Du kannst einfach J. sagen. Und das *Du* wäre mir auch lieber. Das macht das Unterhalten viel weniger kompliziert, nicht wahr?«

»Stimmt«, bestätigte ich und fand das Angebot nett von ihm. »Dann sage ich ab jetzt J. zu dir, okay?« Er nickte und ohne noch weiter darüber nachzudenken, fing ich an zu erzählen. »Um deine Frage zu beantworten, würde ich mal sagen, dass ich in meinem Glauben an Gott irgendwo zwischen meinem Vater und meiner Oma angesiedelt bin.« Er sah mich fragend an. »Mein Vater hat an dem Abend nach der Beerdigung meiner Mutter gesagt, dass Gott ein Arschloch ist, weil ... na ja, weil er bis zum Anschlag mit Trauer und Wut vollgepumpt war.« Unsicher schielte ich zu ihm rüber und sah ihn schmunzeln. »Tja, und meine Oma glaubt fest daran, dass Gott alles für einen regelt und einem hilft, wenn man nur genug betet und regelmäßig in die Kirche geht. Obwohl sie es auch ziemlich unfair von ihm gefunden hat, meine Mutter einfach so sterben zu lassen. Also ... ich denke schon, dass ich irgendwie an Gott glaube, weil ich so erzogen worden bin. Aber weil ich mir unter Gott nichts Konkretes vorstellen kann, frage ich eher meine Mutter, ob sie mir hilft, wenn es eng wird. Sie ist ja jetzt auch irgendwo da oben.« Ich deutete mit der Hand Richtung Himmel und kam mir im selben Moment kindisch vor. J. schaute meiner Hand nach. »Vermute ich zumindest«, schob ich deshalb schnell hinterher und starrte verlegen auf meine angewinkelten Knie.

»Hm«, machte er. »Glaubst du, es gibt einen Gott?«

»Du stellst echt komplizierte Fragen.«

»Du musst sie nicht beantworten. Es bleibt dir überlassen und für mich ist das eine so gut wie das andere.« Er schlürfte lautstark einen Schluck Kaffee, während ich über seine Frage nachdachte.

»Weißt du, ich komme mit der Religion und der Evolution immer irgendwie durcheinander. Ist'n bisschen unklar für meinen Geschmack. In der Bibel kommt meines Wissens kein einziger Dinosaurier vor, was mich schon in der Grundschule stutzig gemacht hat. Angeblich sollen ja originale Saurierskelette aus der Urzeit gefunden worden sein, wenn uns die Wissenschaft nicht angelogen hat und das alles *Fakes* sind.« Ich linste verstohlen zu J., um in seinem Gesicht eine mögliche Reaktion abzulesen, doch er hielt die Augen auf seinen Kaffeebecher gerichtet. »Wenn ich daran glauben soll, dass Gott die Welt und alles, was es hier gibt, erschaffen hat, kann ich nicht an den Urknall glauben. Wenn ich aber an die wissenschaftliche Theorie der Erdentstehung glauben soll, weiß ich nicht, wie Gott und die Schöpfungsgeschichte da reinpassen sollen. Das eine schließt das andere für mich aus, verstehst du?«

»Ja.«

»Wirklich?« Er konnte doch unmöglich nur *Ja* sagen.

»Ja.«

Ganz schön wortkarg dieser J., dachte ich bei mir. Ich versuchte konkreter zu werden. »Wenn es stimmt, dass vor dem Urknall NICHTS war, dann kann es auch keinen Gott gegeben haben. *Von nix kütt nix*, wie man hier in Köln sagt.«

»Aber wer behauptet denn, dass aus nichts NICHTS kommt?« J. sah mich amüsiert an. »Woher kommt ein Gedanke oder eine Idee?«

»Na, aus dem Kopf halt«, sagte ich schulterzuckend und verstand den Themensprung nicht.

»Woher kam dein Gedanke, mich noch mal zu besuchen, nachdem du gestern über mich gestolpert bist?«

»Das hab ich mich auch gefragt«, gab ich grinsend zu.

»Und was hast du dir geantwortet?«

»Äh, nichts natürlich ... ich meine, ich rede nicht mit mir selbst. Keine Ahnung, wo Gedanken in meinem Kopf herkommen. Sie sind auf einmal da oder ich hab eine Idee und dann mach ich irgendwas.«

»Woher der Gedanke kam, weißt du also nicht, aber jetzt bist du hier und wir unterhalten uns, weil du diesen Gedanken in eine Handlung umgesetzt hast.«

»Sieht so aus.«

»Man weiß tatsächlich nicht, was Gedanken genau sind und wo sie herkommen. Obwohl man bei einem Gedanken die Aktivität bestimmter Neuronen im Gehirn messen kann, weiß man nichts über die Herkunft und auch nichts über den Inhalt des Gedankens. Manche vermuten sogar, dass unser Gehirn lediglich als eine Art Antenne fungiert. Dass es nicht selbst denkt, sondern seine Impulse von woanders her empfängt. Woher, bleibt allerdings ein Rätsel. Aber auch das ist nur eine Theorie unter vielen.«

J. schien ganz schön was auf dem Kasten zu haben, wenn er sich sogar mit Gehirnen auskannte. »Verstehe«, sagte ich, um mein Gehirn auch nicht mickrig aussehen zu lassen.

»Die Sinneswahrnehmung eines Gedankens ist nicht physikalisch. Oder kannst du einen Gedanken fühlen, riechen, schmecken, hören oder gar sehen?«

»Nein, irgendwie nicht.« Es gab keine stinkigen Gedanken, aber weh taten manche schon, wenn man sie zuließ, kam es mir in den Sinn.

»Und dennoch gehorcht das Physikalische dem NICHTS oder dem Gedanken, indem du bewusst etwas machst oder auch nicht machst.«

»Also kommt ein Gedanke zwar aus dem NICHTS, aber er bewirkt nicht NICHTS? Willst du darauf hinaus?« Mein Gehirn lief auf Hochtouren, um seinen komplizierten Erklärungen zu folgen.

»So könnte man es ausdrücken. Die Idee ist die Grundlage des Erschaffens, was bedeutet, dass erst aus einem Gedanken eine Handlung wird.« J. betrachtete mich aufmerksam, als wollte er sich vergewissern, dass ich ihn verstand. »Auch wenn der Mensch über die Herkunft des Gedankens kein Bewusstsein hat und der Gedanke als solcher nicht beobachtbar ist, so lässt sich das physikalische Resultat dessen, was zuvor gedacht wurde, sehr wohl an der darauffolgenden Handlung beobachten oder messen. Insofern ist jede Handlung nichts anderes als eine verdichtete Idee.«

»Ich denke, ich hab Lust, Musik zu hören, weshalb ich zu meiner Anlage gehe und sie einschalte, ja?« Ich sah J. zur Bestätigung nicken, während sich ein weiteres Bild durch meine Hirnwindungen kämpfte. »Dann sind Gedanken also ähnlich unsichtbar wie Wind, den man auch nicht sieht, sondern nur spürt oder das sieht, was er bewegt.« J. nickte wieder, was mich schlussfolgern ließ, dass ich mit meinem Vergleich offenbar nicht ganz falsch lag. »Aber jetzt sind wir ganz vom Thema Gott und Urknall abgekommen.«

»Nicht ganz«, sagte J. schmunzelnd. »Wir haben nur einen kleinen Umweg gemacht, um zu beweisen, dass aus NICHTS sehr wohl etwas kommen kann, vorausgesetzt, das menschliche Bewusstsein ist anwesend.«

»Aha«, sagte ich und bekam bei dem Wort *Bewusstsein* leichtes Nervenzucken. Ich befürchtete, J. könnte ähnlich kompliziert sein wie Papa.

»Ohne Sinneswahrnehmung und ohne Zeit findet für das Bewusstsein kein Ereignis statt, obwohl es vielleicht tatsächlich stattgefunden hat. Jeder Eingriff unter Vollnarkose ist so. Dein Bewusstsein ist nicht dabei, und wenn du die Eingriffsspuren nicht sehen würdest, wüsstest du vielleicht nicht, dass du operiert worden bist.«

»Stimmt. Ich weiß nur mit Sicherheit, dass etwas so war, wie es war, wenn ich es tatsächlich bewusst miterlebt habe.«

»Vielleicht hilft es dir bei deinem Konflikt, dich für die eine oder andere Theorie entscheiden zu müssen. Wie der Name schon sagt: Es sind Theorien. Über beide gibt es keine Gewissheit, da sie auf Annahmen basieren. Vor der Entstehung der Welt gab es keine Zeit und kein Bewusstsein. Niemand war dabei. Insofern endet alles im NICHTS oder mündet im Glauben.«

»Hm«, machte ich, weil mir nichts anderes einfiel.

»Darüber hinaus gibt es noch jene, die den Einfluss von Kräften außerhalb unserer Welt auf die Entwicklung des Menschen als denkbare Möglichkeit in Betracht ziehen.«

»Darüber hab ich mal was gelesen. Krasse Nummer, wenn Gott in Wirklichkeit ein Alien oder eine K.I. wäre, oder?«

»In der Evolution gibt es viele Lücken, die Rätsel aufgeben. Wie gesagt, weder Gott noch die Evolutionsgeschichte lassen sich zweifelsfrei erklären.« J. zuckte die Schultern. »Und wer weiß, vielleicht muss der Mensch Gott auch gar nicht im Außen suchen. Was wäre, wenn das, was der Mensch Gott nennt, kein externes, höhergestelltes Wesen ist, das alles erschaffen hat und das Universum kontrolliert, sondern nur eine andere Form von Energie. Besser gesagt: Die Energie selbst. Die Quelle allen Lebens. Die Essenz in allem, was existiert. Reine Schöpferkraft, Lebensenergie, wenn du so willst, die in uns lebt, die durch uns lebt und die im Grunde jeder von uns ist. Was wäre, wenn der Mensch erkennt, dass das, wonach er sucht, in ihm selbst ist?«

Ohne konkrete Vorstellung davon, was er damit meinte, kam mir spontan ein Gedanke: »Dann würden alle Religionen kippen, oder?«

»Anzunehmen«, erwiderte J. ruhig. »Es sind nur Überlegungen, Jonas. Die absolute Wahrheit kennt niemand. Jeder Mensch hat jedoch die Freiheit, diese Dinge selbst für sich zu durchdenken – unabhängig von Schriften, Ideologien oder gesellschaftlich vereinbarten Glaubenssätzen. Die Gedanken sind frei.«

»Aber Tatsache ist doch, dass wir Menschen jetzt hier sind, egal wie das passiert ist.« Mir reichte diese Erkenntnis, denn mehr Wissen konnte mein Denkapparat kaum noch verarbeiten.

»Schon, aber der Mensch möchte hinter das Wesen der Dinge blicken, weshalb er Berechnungen, Hypothesen und Erklärungsmodelle bemüht, um sich dann mit der höheren Wahrscheinlichkeit zu verbrüdern, von der er annimmt, dass sie der Wahrheit am nächsten kommt.«

»Aber er weiß es nie wirklich, richtig?«, bemühte ich mich weiter, ihm zu folgen.

»Die absolute Gewissheit gibt es nie, selbst Erinnerungen können trügerisch sein. Aber deine bisherigen Erfahrungen und gewonnenen Erkenntnisse geben dir einen gewissen Glauben an die Zukunft.«

»Versteh ich jetzt nicht. Gerade waren wir doch noch bei der Vergangenheit.«

»Schau, jeden Abend glaubst du doch fest daran, dass du am nächsten Morgen wieder wach wirst, weil es in deinem bisherigen Leben immer so war, richtig?« Ich nickte. »Aber weißt du das mit Sicherheit? Oder anders gefragt, kannst du darauf Einfluss nehmen?«

»Nein, weder noch. Ich gehe immer davon aus, dass es klappt.«

»Weil du daran glaubst.«

»Klar, tut ja wohl jeder.«

»Dann sind wir bei der Wirklichkeit.«

»Wieso?«, fragte ich begriffsstutzig. Mein Hirn machte langsam schlapp.

»Wenn in einer Illusion viele vom Gleichen überzeugt sind, es also viele Übereinstimmungen gibt, wird die Illusion zur vereinbarten Realität.«

»Du meinst, Wirklichkeit ist das, was die meisten denken oder glauben?«

»Die allgemeine Wirklichkeit schon. Man könnte sie auch als künstliche Realität bezeichnen. Darüber hinaus gibt es allerdings noch die persönliche Wirklichkeit, die sich von der allgemeinen unterscheidet.«

»Jeder hat auch noch seine eigene Wirklichkeit?« An dem Punkt machte mein Kopf endgültig dicht. Ob Unterhaltungen mit J. immer in einen Denkmarathon ausarteten? Unser erstes Gespräch entpuppte sich jedenfalls nicht gerade als lockerer Spaziergang.

»Im Grunde schon, je nachdem, woran der Mensch glaubt oder wovon er überzeugt ist. Man könnte die persönliche Wirklichkeit als gefühlte Gewissheit bezeichnen, die jedoch nicht für die Allgemeinheit gilt.«

Mein Hirn erwachte auf Notstrom noch mal kurz zum Leben. »Stimmt. Der eine glaubt an Musik, der andere an Sport und noch ein anderer ist fest davon überzeugt, dass Leute mobben seinem Ego gut tut.« Hätte ich den Gedanken an Raffa doch nur nicht aus dem NICHTS in meinen Kopf gelassen, dann wäre mir J.s skeptischer Blick erspart geblieben. »Also glaubt jeder noch persönlich an irgendwas«, beeilte ich mich deshalb hinzuzufügen.

»Die Vermutung liegt nahe. Religiöse Menschen glauben, aber auch Wissenschaftler glauben. Sie glauben an die Mathematik, an die Physik und an handfestes Beweismaterial. Niemand glaubt nichts.« J. musterte mich aufmerksam. »Aber aus konträren Glauben erwachsen unterschiedliche Handlungen. Abhängig davon, worin der Mensch für sich seinen persönlichen Lebenssinn erkennt.« Wie kompliziert J. reden konnte, dachte ich für mich, und nahm das mit dem wortkarg in Gedanken zurück.

»Was dann erklärt, warum sowohl die Religion als auch die Wissenschaft für sich irgendwie recht hat. Je nachdem, wovon man überzeugt ist«, schloss ich.

»Es wäre eine denkbare Sicht auf die Dinge.« J. schwenkte seinen Kaffeebecher in der Hand. »Wie gesagt, vielleicht steckt hinter dem Ganzen etwas, das man als universelle Schöpferenergie oder intelligente Unendlichkeit bezeichnen könnte. Die, obwohl weder begreifbar noch wirklich benennbar, alles ist. Sie ist einfach da – überall und nirgendwo zur gleichen Zeit – evolutionär und expansiv und hält den Laden hier am Laufen. Der Mensch hat jedoch die Möglichkeit, diese bereitgestellte schöpferische Energie anzuzapfen. Je nach geistiger Entwicklungsstufe.«

»Hey, du weißt ganz schön viele Sachen.« Ich wollte nicht zugeben, dass ich auf meiner geistigen Entwicklungsstufe mit seinen Weisheiten leicht überfordert war.

J. schmunzelte und ließ sich genüsslich den letzten Rest Kaffee in den Mund laufen. »Ich weiß nichts und ich behaupte nichts. Ich stelle nur die Möglichkeit in den Raum, dass der Mensch vielleicht in einer Welt aus Illusionen lebt und er zu einem gewissen Grad selbst bestimmen kann, womit er in Übereinstimmung geht oder zu was er sich hingezogen fühlt. In seiner Illusion ist jeder selbst der Architekt.« Er schaute kurz in seinen leeren Becher, dann zu mir. »Weißt du, unterschiedliche Betrachtungsweisen können zum Nachdenken anregen, müssen es aber nicht. Freier Wille.«

Er sah irgendwie weise aus und ich fragte mich, wie er wohl auf der Straße gelandet war. Ich traute mich aber nicht, ihn danach zu fragen. »Du denkst anders als die, die ich sonst so kenne«, sagte ich stattdessen.

»Tue ich das?«, fragte er unbekümmert.

»Ja, schon.« Ich merkte plötzlich, wie geschafft ich vom Zuhören und Mitdenken war. Keine Ahnung, wie lange wir uns unterhalten hatten. Die Zeit und die Umgebung hatten neben uns her existiert, ohne dass ich sie wahrgenommen hatte. Es war, als erwachte ich aus einer seltsamen Trance. Wie hatte ich so intensiv mit einem Fremden reden können, ohne dabei mich oder ihn auch nur einen Moment in Frage zu stellen? Ich war mir selbst ein Rätsel und J. war es allemal. Ich zog mein Handy hervor und war überrascht, dass es schon später Nachmittag war. Auf dem Heimweg musste ich noch schleunigst ein paar Sachen für unseren Kühlschrank besorgen. »Ich sollte mal langsam los«, sagte ich deshalb. »War cool, sich mit dir zu unterhalten.«

»Die Freude war ganz meinerseits.« J. stellte den leeren Pappbecher neben sich auf den Bürgersteig.

Steifbeinig stand ich auf. »Also dann, Tschüss.«

»Auf Wiedersehen, Jonas, und danke für den köstlichen Kaffee.«

»Klar, gerne. Bis die Tage vielleicht.« Ich drehte mich um und ging. Das Leben war wirklich ein raffiniertes Karnickel. Erst lernte ich Elli unverhofft kennen, dann platzte dieser Obdachlose in mein Leben – oder besser gesagt, ich in seins. Was würde wohl noch alles passieren?

Abends im Bett dachte ich über J. nach, während Papa im Keller Musik von den *Guano Apes* hörte. Was faszinierte mich so an diesem J. und warum konnte ich mich nicht mehr an sein Gesicht erinnern? Ich hatte doch sonst ein gutes Bildergedächtnis. Doch je mehr ich mich anstrengte, umso mehr verschwand seine optische Erscheinung aus meiner Erinnerung.

Von J. wanderten meine Gedanken zu Papa, den ich unten im Keller zu seiner Ohrkrampfmusik herumtoben hörte. Er war mittlerweile zu einem Stück von den *Beasty Boys* übergegangen, was bedeutete, dass er sich noch in Phase I befand. Er hatte früher schon immer viel Musik gehört, doch seit Mamas Unfall war sie zu einer Art Sucht geworden. Um seinen Kummer wegen Mama auszuhalten, hatte er sich kurz nach Mamas Beerdigung dieses abendliche Ritual geschaffen, das ich für mich als »Papas Drache« bezeichnet hatte. Anders als mein Drache, der in einem verriegelten Raum lebte und meine Gefühle wegen Mama bewachte, bestand Papas Drache aus seiner Musik. Doch im Gegensatz zu mir, der seinem Drachen nur zu Kontrollzwecken gelegentlich einen Besuch abstattete, scheute Papa die Begegnung mit seinem Drachen nicht. Er schien sie sogar zu suchen und stellte sich Abend für Abend tapfer zum Kampf.

Jeden Abend erkundigte er sich, ob es für mich in Ordnung sei, wenn er runter in den Keller ginge. Ob die Musik auch nicht zu laut sei oder mich stören würde. Wir unterhielten uns oft über die Bands oder einzelne Songs, die er hörte. Wenn mich etwas besonders interessierte, teilte er begeistert sein Musikwissen mit mir. Dank Papa kannte ich mich mittlerweile auch ganz gut in Musik aus, die nicht unbedingt zu meiner Generation gehörte. Es verband uns, ohne dass ich ein aktiver Teil seines Musikhörens war. Denn der Abschnitt des Tages gehörte nur ihm und Mama. Da ich seine Musik seit vier Jahren jeden Abend mithören musste, hatte ich im Laufe der Zeit festgestellt, dass er sich immer durch drei verschiedene Phasen hörte. Denen hatte ich irgendwann Namen gegeben, wovon ich ihm nie erzählt hatte.

Phase I war die »Krachphase«. Laute Abreagiermusik von harten Bands, die er früher schon immer gehört hatte und die Mama nie besonders leiden konnte. Gefolgt von Phase II, der »Kraftsammelphase«. Gefälligere Musik, die den Ohren im Gegensatz zu Phase I weniger wehtat. Phase II bestand hauptsächlich aus den Stücken, die er und Mama gemeinsam gemocht hatten. Danach kam Phase III, die »Herzquälphase«. Überwiegend Mamas Musik, aber auch einige gefühlvolle Stücke aus seinem Repertoire, die sein Herz so richtig ausquetschten. Phase III war die ruhigste Etappe seiner Musikhörreise, auch wenn ich vermutete, dass sie Papas emotionalste und damit schlimmste Phase war. Die, die ihm wahrscheinlich genauso gut tat, wie sie ihn quälte. Aber um sich komplett durch seinen Kummer zu schwemmen, brauchte er anscheinend die volle Musikpalette. Ich stellte mir vor, wie er sich von den unterschiedlichen Musikfrequenzen treiben ließ und sich auch dazu bewegte. Letzteres war nur eine Vermutung. Denn auch wenn ich Papas Musik von meinem

Zimmer aus mitverfolgte, hatte ich ihm nie dabei zugesehen. Aber es kam vor, dass ich ihn zumindest in Phase I lautstark durch seinen Kellerraum wüten hörte, wie an diesem Abend auch.

6

»Ey, Dickie, wieder Kopfkino?«, riss mich Raffas Stimme unsanft aus meinen Gedanken, als ich nach meinem Klassendienst über den menschenleeren Schulhof ging.

»Uuui, Jonas, der Hauself, der ständig über seine viele Hausarbeit grübelt, weil
ihn daheim keiner auf Händen trägt«, lästerte Nico.

»Wie auch, bei dem Gewicht!« Vince lachte, als hätte er einen Kieferkrampf.

»Geht nur mit Gabelstapler«, setzte Musta noch einen drauf.

Also hatten sie doch mitbekommen, was ich Deniz auf dem Weg in die große
Pause erzählt hatte. Dass Papa und ich wegen Omas angekündigtem Besuch eine
verschärfte Attacke in Sachen Hausputz für den Nachmittag geplant hatten. Die
Vier waren hinter uns gegangen, was wir dummerweise nicht bemerkt hatten, bis
sie hämisch lachend an uns vorbeigezogen waren. Ärgerlich! Wieder mal hatte ich
ihnen unbeabsichtigt Futter für ihre gehässigen Gehirne gegeben.

»Lasst mich gefälligst in Ruhe und verzieht euch!«, sagte ich genervt.

Raffa grinste überheblich, drehte seine Cap nach hinten und nahm diese typische
Rapperpose ein. »Ey, yo, Jonas, gehst du Haushalt, sieh's' selbs' aus wie'n Schwamm
bald. Sch'weiß, du hast's nisch' drauf. Sch'rat dir, gib jetz' auf! Yo!« Übertriebener
Applaus der anderen drei und gegenseitiges Händeabklatschen.

»Raffa-Rap *forever*!«, bejubelten sie seine Ode an die Schwachsinnigkeit.

»Ey, Raffa, ist heute Tag der legasthenischen Liedermacher, oder was? Geh mal
zum Logopäden!«

»Ganz schön unverschämt, der dicke Mops!«, sagte Raffa zu seinen Jungs, bevor
er sich an mich wandte. »Schon mal was von Respekt gehört? Das schreit nach
Maul stopfen.«

»Ach ja? Nimm dein Stimmbandgewurxe doch mal mit dem Handy auf, dann
weißt du, wovon ich rede.«

»Hör zu, du Mutant, besorg du dir erst mal'n Hals, bevor du mit Leuten wie mir
redest, die zufällig einen haben«, schleuderte er mir entgegen. »Deine Kürbisrummel
sitzt ohne Verbindungsstück direkt auf den Schultern. Sieht voll scheiße aus.«

Alle vier Idioten grölten. Diese Bemerkung traf mich unerwartet heftig. Dass
Raffa sich über mein Übergewicht lustig machte, war ich gewohnt, aber dass er ein

optisches Merkmal so gezielt an mir benannte, war neu. Es fühlte sich ungewohnt beleidigend an. Mir war kurz nach einknicken zumute, aber lieber wäre ich gestorben. Ich holte tief Luft und versuchte zu vergessen, wie ich mich fühlte.

»Tja, weißt du, Raffa, viel Hirn braucht eben viel Stauraum. Du hast halt den Riesenvorteil, dass dein rosinengroßes Schrumpfhirn locker in dein Ohrläppchen passt.« Stinksauer wegen der Beleidigung wollte er auf mich losgehen, als Herr Gerlitsch, unser Hausmeister, in dem Moment zufällig mit Eimer und Besen über den Schulhof kam. Als er uns sah, kam er auf uns zu, was Raffa davon abhielt, mir eine zu verpassen.

»Fick dich!«, sagte er verächtlich und rotzte einen riesigen Schleimhaufen zwischen uns auf den Boden.

»Anatomisch unmöglich!«, schoss ich zurück, drehte mich um und ging. Wie schaffte er es bloß, spontan diese Unmengen an ekelhaftem Schleim auszuspucken? Derart extreme Auswürfe waren mir selbst nach vorherigem Sammeln unmöglich. Aber wegen Raffa wollte ich in meiner Freizeit nicht auch noch professionelles Rotzen üben müssen. Es wurde einfach höchste Zeit, dass ich gegen ihn ankam und diese ewigen Niederlagen aufhörten. Mann, wie ich davon träumte, diesem Raffa-Rudel eines Tages überlegen zu sein. Ich stellte mir vor, wie sie aus jeder verdammten Pore Fontänen schwitzten, wenn sie mich auch nur von weitem kommen sahen.

Um meinem Frust zu entfliehen, tauchte ich auf dem Heimweg in meine Phantasiewelt ab. Kurz darauf fand ich mich in einem schummrigen Raum wieder, fernab der Heimat, wo mir ein asiatischer Großmeister mit verschränkten Armen gegenüberstand. Er hatte Augenbrauen bis zum Ohrläppchen und einen langen weißen Schnauzbart, der ihm bis weit unter den Gürtel seines Kampfanzugs reichte. Ich war sein begabtester Schüler und er hatte mich die geheimsten und effektivsten Kampfkünste, die nur wenigen Schülern vor mir je zuteil geworden waren, gelehrt. In einer jahrelangen, knallharten Ausbildung, die mir alles abverlangt hatte, hatte er mir beigebracht, wie ich Wände hochlaufen konnte, rückwärts auf Mauern springen und mich im Flick Flack lautlos an Zimmerdecken entlang bewegen konnte. Nun war der feierliche Moment gekommen, in dem ich aus seiner Obhut entlassen werden sollte. Ich brannte darauf, meine Kampfkunst endlich anwenden zu dürfen, um in der Welt für Freiheit und Gerechtigkeit zu kämpfen. Wir nickten uns zu, dann verbeugte ich mich ehrfürchtig vor meinem Meister. Er hob die Hand und verlangte meine Aufmerksamkeit.

»Du, Jonas, der du nun bis auf die höchste Ebene unserer Kampfkunst alles erlernt hast, was nur den Besten aller Schüler vorbehalten ist, sollst nun am Ende deiner Lehrjahre das größte und schwerwiegendste Geheimnis unserer Kampfkunst erfahren.« In perfekter Geheimnisträgermanier und in Erwartung eines bedeutungsvollen Moments in meinem noch jungen Leben senkte ich den Kopf und spitzte die Ohren. Der Großmeister erhob seine Stimme zu einem donnernden Appell, der das Trommelfell meiner Ohren wie die Haut einer Taiko Trommel vibrieren ließ. »Unsere Kampfkunst ist mit einem uralten Fluch belegt! Nie darfst du jemandem von deiner Kampfkunst erzählen! Niemandem darfst du sie jemals zeigen und niemals, hörst du, niemals darfst du sie anwenden, in keiner Situation, auch wenn es deinen Tod bedeutet!«

Abrupt hob ich meinen in Ehrfurcht gesenkten Kopf, erwachte ernüchtert aus meinem Traum und war wieder mitten in Köln. Das Bild des Schnäuzerschwätzers verblasste im selben Moment. Der Traum war wirklich bescheuert gewesen und hatte mir absolut nichts gebracht, außer einer prima Entschuldigung, nie gegen Raffa gewinnen zu können. Das war besser als Nichts! Es war wenigstens Etwas!

Die gemeinsame Hausputzsession am Nachmittag entpuppte sich auch nicht gerade als Highlight des Tages. Papa verlor beim Staubsaugen die Nerven, als er mit dem Kabel des Saugers versehentlich an einer Bodenvase hängenblieb, die ausgerechnet zu Mamas Lieblingsstücken gehört hatte. Da sowohl die Vase als auch Papa am Boden zerstört waren, erklärte er den Hausputz kurzentschlossen für beendet. Nachdem wir ohne viel zu reden zusammen Abendbrot gegessen hatten, verzog er sich in den Keller.

Weil der Tag insgesamt wenig erfreulich gewesen war, wollte ich mir eine coole Zeit im Traumraum gönnen. Mir war bewusst, dass ich mich zum zweiten Mal an dem Tag aus der Wirklichkeit in meine Phantasiewelt flüchtete. Aber manchmal war das Leben einfach zu wahr, um schön zu sein. Außerdem wollte ich Mama noch *hallo* sagen. Gewissenhaft arbeitete ich mich durch den Zugangscode und trat ein. Mama schwebte wie immer in der gleichen Ecke des Raums. Sie lächelte mir liebevoll zu. Ich hatte Lust zu boxen und ging rüber zum Sandsack. Routiniert bandagierte ich mir die Hände, bevor ich meine Boxhandschuhe anzog. Nach ein paar Lockerungsübungen für meine muskulösen Schultern, donnerte ich einige gekonnte Probeschläge gegen den Sandsack und fühlte meine Kraft wie ein wildes Tier erwachen. Ich war fasziniert von meinen leichtfüßigen, tänzelnden Bewegungen und der explosiven

Schnellkraft meiner Arme. Durch unglaublich viel schweißtreibendes Training hatte ich meinen kompletten Bewegungsapparat so perfektioniert, dass ich für jeden Gegner zu einem unbesiegbaren Albtraum geworden war. Ich war unberechenbar in meiner taktischen Klugheit und meiner ausgefuchsten Kampftechnik. Ich wusste bereits, was der Gegner vorhatte, bevor er sich selbst über seine nächste Bewegung im Klaren war.

Als ich mich schweißüberströmt auf meine Hantelbank setzte, um die Handschuhe und die Bandagen abzunehmen, sah ich mich in einem der vielen Spiegel. Die anderen Jungs in der Schule beneideten mich wegen meines austrainierten Körpers. Die Mädchen himmelten mich an. Klar, ich genoss die Bewunderung, war aber deshalb nicht eingebildet oder überheblich. Wie viel Plackerei und Entbehrung hinter diesem gemeißelten Body steckte, verriet ich natürlich keinem. Während die anderen träge vor irgendwelchen Bildschirmen hingen, trainierte ich wie ein Besessener. Süßigkeiten, Softdrinks und Fastfood hatten in meinem Ernährungsplan Seltenheitswert. Es war alles eine Frage der Selbstdisziplin. Ich war eben ein Toptyp. Um mein Trainingsprogramm abzurunden, stemmte ich noch ein paar Gewichte an der Langhantel, bis ich wirklich nicht mehr konnte. Lässig zog ich mir das Stirnband vom Kopf und genoss den Moment der absoluten Erschöpfung. Nachdem ich etwas gechillt hatte, nahm ich meine Gitarre vom Ständer und spielte ein richtig schweres Stück von *Queens of the Stone Age*. Meine linke Hand flog nur so übers Griffbrett und ich spielte wie ein Gott. Ich hörte kreischende Jubelrufe und tosenden Applaus in meinen Ohren. Als ich mich verbeugte, fielen mir meine halblangen Haare in mein schönes Gesicht. Zum Abschied winkte ich meinen Fans selbstbewusst zu, stellte die Gitarre zurück in den Ständer und ging von der Bühne. Ich sagte Mama *Gute Nacht* und verließ beseelt den Traumraum.

Es war schon spät, als ich in die Wirklichkeit zurückkehrte. Wie jeden Abend schaute ich vor dem Schlafengehen unters Bett, in den Schrank und hinter die Vorhänge am Fenster. Ich entdeckte nichts Verdächtiges. Dieses Ritual hatte ich mir seit dem Abend nach Mamas Beerdigung angewöhnt. Ich konnte nicht einschlafen, wenn ich nicht vorher meinen Rundgang durchs Zimmer gemacht hatte. Ich löschte das Licht und lauschte beim Einschlafen Papas Musik aus dem Keller. Die Stimmen von *Prince* und *Rosie Gaynes* klangen zu mir hoch. »Nothing compares to you« war ein ständiger Wiederkehrer aus Papas dritter Musikphase. Mir gefiel das Lied, wenn nur das Saxophon nicht gewesen wäre. Es klang, als würde es weinen. Diese Töne berührten etwas ganz tief in mir drin, weshalb ich immer froh war, wenn die Solostelle vorbei war. Manchmal hatte ich sogar Angst, das Saxophon könnte Dynamoterror aufwecken. Schnell zog ich mir die Bettdecke über die Ohren, nahm mein Gehirn für den Tag konsequent vom Netz und kappte die Stromzufuhr zu meinem Kopf.

7

Ob er die Stadt verlassen hatte? Nach unserem Gespräch hatte ich J. nicht mehr wiedergesehen. Umso mehr freute ich mich, als er auf dem Heimweg nach der Schule plötzlich wieder an seinem ursprünglichen Platz saß. Aufgeregt ging ich zu ihm hin.

»Hey, J., cool, dass du wieder da bist! Wo warst du die letzten Tage?«

»Ich war ein paar Tage fort.« Er lächelte freundlich zu mir hoch. »Wie geht es dir?«

»Gut und dir?«, antwortete ich etwas enttäuscht darüber, dass er mir offenbar nicht sagen wollte, wo er gewesen war.

»Sehr gut, Jonas, danke der Nachfrage.« J. hielt den Blick auf mich gerichtet, nur hatte ich keine Idee, wie unser Gespräch weitergehen sollte.

Aus Verlegenheit schaute ich hoch in den Himmel. »Hm ... ganz schönes Wetter heute.« Ich kam mir vor wie ein Idiot und fühlte mich wieder genauso unsicher wie beim ersten Mal, als ich vor ihm gestanden hatte. Da sah ich zwei Männer mit Bierflaschen in der Hand auf uns zusteuern. Sie waren Obdachlose wie J. und ich hatte sie schon öfter in der Nähe von Inges Kiosk gesehen, kannte sie aber nicht.

»Hallo, Kumpel, wo hast du gesteckt?«, sagte der größere der beiden. Er roch streng und hatte eine Alkoholfahne.

»Überall und nirgendwo, Axel«, antwortete J. unbekümmert.

»Wir haben dich hier in unserem grünen Paradies vermisst, Junge«, sagte der andere.

»Das hört man gerne, Freddy«, ließ J. verlauten, bevor er sich von seiner Decke erhob. »Jonas, darf ich dir Axel und Freddy vorstellen?«, wobei er bei der Erwähnung der Namen auf denjenigen zeigte. Ich nickte unsicher. »Axel, Freddy, das ist Jonas. Er ist vor ein paar Tagen erst über mein Bein, dann in mein Leben gestolpert«, erklärte er amüsiert.

»Jonas, hi«, sagten beide im Chor und hoben ihre Bierflaschen zum Gruß.

»Wir wollten nicht stören«, entschuldigte sich Freddy. »Wenn du nachher ein, zwei Minütchen Zeit hast, kannst du ja mal zu uns rüberkommen.«

»Wir sitzen da vorne«, ergänzte Axel und zeigte in die Richtung eines großen Baums am Rand des Spielplatzes.

»Das werde ich bestimmt tun«, versprach J., »doch zunächst möchte ich mich gerne etwas mit meinem jungen Freund hier unterhalten, wenn es recht ist.«

»Aber sicher«, antworteten beide, dann zogen sie davon.

»Deine Freunde scheinen nett zu sein«, sagte ich mehr aus Verlegenheit, um die entstandene Gesprächslücke zu füllen.

»Sie sind wirklich nicht verkehrt.« J. setzte sich wieder auf seine Decke. »Jeder der beiden ist für sich das Resultat seiner Erfahrungen und Schlussfolgerungen im Leben.« Gemächlich streckte er seine Beine aus, während ich immer noch unschlüssig herumstand. »Das passiert, wenn dem Menschen die Dinge um ihn herum zu kompliziert erscheinen und er sich überwältigt fühlt. Dann erwischt es ihn manchmal auf dem falschen Fuß. Er fühlt sich verzweifelt und ausgeliefert und vergisst das Nachdenken. Wodurch sein Leben dann eine ungewollte Richtung einschlägt.«

»Klingt kompliziert, was du sagst«, bemerkte ich schüchtern.

»Magst du dich vielleicht zu mir setzen? Sonst bekomme ich vom Hochschauen noch eine Nackenstarre.«

Erleichtert hockte ich mich neben ihn auf den Bürgersteig. Ich überlegte, ob ich zum Büdchen gehen und uns das Übliche besorgen sollte. Vielleicht würde das unsere Unterhaltung auflockern.

»Ein schöner heißer Kaffee wäre jetzt auch eine feine Sache, was denkst du?«, sagte er da auch schon, als hätte ich meine Gedanken laut ausgesprochen.

»Coole Idee.« Ich sprang auf. »Bin schon unterwegs!«

Bei Inge am Kiosk war nicht viel los, sodass ich in kürzester Zeit zurück war. J. freute sich über seinen Kaffee und sog genüsslich den Duft des dampfenden Gebräus ein, bevor er sich Milch und Zucker hineinschüttete. Für ihn schien Kaffee ein besonders kostbares Getränk zu sein. Ich ließ mich neben ihm nieder, bohrte den Strohhalm in mein Alutütchen und nahm einen kräftigen Zug. Er stank wirklich nicht. Im Gegenteil, er hatte überhaupt keinen Geruch. So sehr ich auch unauffällig in seine Richtung schnupperte, er roch einfach nach nichts, stellte ich verwundert fest. Im nächsten Moment nahm ich jedoch etwas anderes wahr. Es war, als wäre die Luft um ihn herum seltsam aufgeladen. Was das genau war, konnte ich nicht beschreiben, nur empfinden, weil es mich augenblicklich einsog. Ihn schien eine Art Kraftfeld zu umgeben – das konnte ich spüren. Instinktiv hätte ich ihn gerne angefasst, aber ich wusste nicht, wie oder wo. So ließ ich es bleiben und fing stattdessen an zu reden.

»Was hast du eben damit gemeint, dass einen manchmal Dinge auf dem falschen Fuß erwischen und das Leben danach in eine ungünstige Richtung läuft?« Ich konnte es mir nicht erklären, aber ich wollte mich unbedingt wieder mit ihm unterhalten. Spätestens seit unserem letzten Gespräch hatte ich das Bedürfnis, sein Wissen weiter anzuzapfen, um durch ihn vielleicht mehr über die Zusammenhänge im Leben zu erfahren.

»Es geschehen manchmal Dinge, die dem Leben eines Menschen eine neue Weichenstellung geben. Wenn man dann nicht aufpasst, landet man womöglich unfreiwillig auf einem Gleis, auf das man gar nicht hinwollte und von dem man nur schwerlich oder gar nicht mehr herunterkommt«, erklärte J. und trank einen Schluck Kaffee. Spontan musste ich an Mamas Unfall denken und daran, dass Papas und mein Leben seitdem auch völlig anders verlief. Ob es ungünstig verlief, war schwer zu sagen. Es war nur nichts mehr so wie früher.

»Redest du von dir oder von jemand anderem?«

»Nein, von mir rede ich nicht. Aber jemand hat mir einmal anvertraut, dass er schuld am Tod eines Menschen ist und sein Leben seitdem in einer Abwärtsspirale verläuft, weil er damit nicht fertig wird«, sagte J. mit seiner ruhigen, tiefen Stimme.

»Würdest du mir die Geschichte erzählen oder darfst du nicht?«

»Nun, es geht einfach darum, dass jede Handlung im Leben eine Konsequenz hat. Derjenige hat sich jedoch den Konsequenzen seiner Handlung nicht gestellt, als er erfahren hat, dass durch ihn ein Mensch zu Tode gekommen ist. Er hat deshalb gesellschaftlich und materiell alles verloren und vor allem den Respekt vor sich selbst.«

»Heißt, er lebt jetzt auf der Straße? Trinkend und stinkend?« Im selben Moment wünschte ich, ich hätte das nicht so ausgedrückt. Schließlich lebte J. auch auf der Straße, der aber weder stank noch trank, außer seinem Kaffee natürlich.

»Das heißt es in dem konkreten Fall tatsächlich.« J. nickte mit einem unergründlichen Gesichtsausdruck. »Es zerreißt ihn, weil er nicht den Mut hatte, die Verantwortung für das Geschehene zu übernehmen. Es tut ihm unendlich leid, was er getan hat. Jede Sekunde seines Lebens. Aber jetzt laufen die Dinge unaufhörlich so weiter, wie sie laufen. Seinen Fehler sühnt er nun tagtäglich in seelischem und körperlichem Verfall, weil er sich dazu entschieden hat.«

»Könnte er sich nicht jetzt noch stellen?«

»Nicht jeder ist so mutig, sich all den Dingen im Leben zu stellen. Manches erscheint dem Menschen zu groß, als dass er es konfrontieren könnte. So trifft er manchmal aus Angst und Egoismus die Entscheidung, einen anderen Weg zu gehen.

Auch wenn die Konsequenzen für ihn womöglich schlimmer sind als das eigentliche Strafmaß.«

»Stimmt, wenn derjenige sich gestellt hätte, wäre er nur für ein paar Jahre ins Gefängnis gegangen und möglicherweise schon wieder draußen. So hat er sich selbst lebenslänglich auf der Straße verordnet«, sagte ich nachdenklich.

»Die Qualen, die sich der Mensch selbst antut, sind manchmal schlimmer als ein paar Jahre hinter Gittern. Die sind zwar nicht angenehm, gehen aber vorbei. In dem erwähnten Fall trifft das zu.«

»Das ist eine traurige Lebensgeschichte ohne Happy End.«

»Das hat derjenige selbst entschieden. Seine Tat könnte man als verhängnisvolles Versehen, als Schicksal bezeichnen, ohne dass er darauf viel Einfluss gehabt hätte. Er hat den anderen Menschen nicht aus Vorsatz getötet. Es war ein Unfall. Danach handelte er jedoch mit Bewusstheit und aus freien Stücken. Getrieben von Angst, Feigheit und Selbstsucht traf er die bewusste Entscheidung, sich nicht der Polizei zu stellen. Stattdessen entschied er sich für den Weg der Selbstzerstörung und hat damit seine Misere unendlich vergrößert.«

»Willst du damit sagen, dass unser Leben zum einen von Zufällen abhängt, auf die wir keinen Einfluss haben, und zum anderen davon, wie wir anschließend damit umgehen?«

»So ist es, Jonas. Wie gesagt, es kommt weniger darauf an, was du erlebst, sondern wie du darauf reagierst, welche Schlussfolgerungen du aus dem Erlebten ziehst.« Er sah mich aufmerksam an. »Darum lege ich dir ans Herz, die Dinge in deinem Leben in aller Konsequenz zu durchdenken und deine Handlungen mit Bedacht zu wählen.« Ich musste wieder an Mamas Unfall denken und daran, dass sich der Fahrer weder bei uns noch bei der Polizei gemeldet hatte. Vielleicht ging es demjenigen seitdem schlecht, weil ihn sein Gewissen ununterbrochen quälte. Vielleicht hatte er aber auch ganz normal weitergelebt, weil er vom Typ her völlig anders war als derjenige, den J. kannte. »Wie lange ist es her, dass deine Mutter gestorben ist?«, fragte J., als hätte er meine Gedanken gelesen.

»Fast genau vier Jahre. Ich war damals zehn. Sie ist an Weiberfastnacht auf dem Heimweg von einer Karnevalsfeier mit dem Fahrrad von einem Auto angefahren worden und so ungünstig gefallen, dass sie sofort tot war.«

»Hat man den Unfallverursacher ermitteln können?«

»Nein. Seitdem quält mich die Frage, warum derjenige, der meine Mutter auf dem Gewissen hat, nie versucht hat herauszufinden, wer die Frau war. Ob sie eine

Familie hat. Selbst wenn derjenige dachte, er hätte sie nur angefahren, hätte er anhand der vielen Zeitungsmeldungen und Radionachrichten nur eins und eins zusammenzählen und sich einen Schubs geben müssen. Ich hätte mir gewünscht, dass er ehrlich zu uns gewesen wäre. Wie kann man nur so feige sein?« Meine jahrelang aufgestaute Wut und Enttäuschung schossen wie ein Geysir an die Oberfläche. »Er hat meinen Vater und mich innerlich verrecken lassen, nur um seine eigene feige Haut zu retten!«

»Verständlicherweise siehst du die Welt so, wie *du* bist. Du betrachtest die Dinge aus deiner persönlichen Perspektive, fühlst mit deinem Herzen und schöpfst aus deiner bisherigen Lebenserfahrung. Man kann das jedoch schwer für jemand anderen tun, da jeder durch seine individuelle Lebensbrille schaut.« J. blickte mich verständnisvoll an. »Der Mensch muss nicht mutig sein, er darf nur nicht feige sein. Jeder ist im Grunde mutig, wenn ihm die Feigheit nicht dazwischenkommt.«

»Klingt schlau«, warf ich ein.

»Meist vergrößert sich das ursprüngliche Dilemma sogar noch, weil der Mensch zu feige war, um ehrlich zu sein. Das Ego funkt ihm dazwischen und schon kann er sich Ehrlichkeit nicht mehr stellen. Er zahlt wie in dem beschriebenen Fall einen viel höheren Preis als nötig und verwirkt im schlimmsten Fall sein Leben.« J. drehte den Kaffeebecher in seinen Händen. »Wer sich mit der Lüge verbrüdert, wird oft von einer verheerenden Wahrheit eingeholt.«

»Ich kann das Verhalten des Unfallfahrers trotzdem nicht nachvollziehen. Egal ob es ihm durch seine Unehrlichkeit jetzt dreckig geht oder er ein glückliches Leben führt, weil ihn der Unfall meiner Mutter überhaupt nicht juckt. Was weiß ich, was für'n Scheißkerl das war oder immer noch ist«, schnaubte ich.

»Weißt du, der Mensch neigt zu ungewöhnlichen Reaktionen, wenn ihn eine Situation überfordert.« J.s Blick war auf mein Gesicht gerichtet und ich konnte das intensive Blau seiner Augen sehen. »Wenn du Angst hast, womöglich alles zu verlieren, deine Familie, dein Zuhause, deine Arbeit und dein soziales Ansehen, dann scheint dir in deiner Ausweglosigkeit die Möglichkeit der Verheimlichung die vernünftigere und bessere zu sein. Auch wenn du weißt, dass sie selbstsüchtig und feige ist. Du versuchst, deine Existenz zu retten. Doch egal wie du es drehst und wendest, es ist dir unmöglich, damit Frieden zu schließen. Und so bleibt dein Vergehen in der Seele und im Herzen eine lebenslang klaffende Wunde, die nie heilt.«

Während ich J.s Worte in mir sacken ließ, stellte ich mir die Frage, ob *ich* unter den gleichen Umständen ehrlich und mutig genug gewesen wäre, mich der Polizei zu stellen. Oder ob ich nicht vielleicht genauso feige gehandelt hätte wie der Unfallfahrer. Aber dann dachte ich an Papa und mich. »Es hätte meinem Vater und mir geholfen, wenn derjenige zu uns gekommen wäre und uns gesagt hätte, was genau passiert ist. Diese Ungewissheit macht uns bis heute fertig.«

»Manchmal hat man keine andere Wahl, als die Dinge so zu akzeptieren, wie sie sind, weil es keine Alternative gibt«, sagte J. ruhig. »Du und dein Vater musstet akzeptieren, dass der genaue Unfallhergang nie geklärt werden konnte, und lernen, ein Leben ohne deine Mutter zu führen. Auch wenn es schwer fällt.«

»Damit umzugehen üben wir seit vier Jahren jeden Tag.«

»Diesen tragischen Unfall deiner Mutter kann man durchaus als neue Weichenstellung in eurem Leben bezeichnen. Womit wir wieder bei unserem ursprünglichen Thema angelangt wären. Hast du noch Geschwister?«

»Nein, nur mein Vater und ich leben zusammen. Mittlerweile klappt es sogar ganz gut alleine.«

»Wie seid ihr mit der Weichenstellung umgegangen? Was habt ihr für Entscheidungen getroffen, die euer jetziges Leben möglich machen?«

Einen Moment lang dachte ich angestrengt nach. Ich war mir nicht im Klaren darüber, ob ich J. tatsächlich von meinen geheimen Räumen erzählen sollte oder lieber nicht. Bisher hatte ich mit niemandem je darüber gesprochen, weshalb die geheime Existenz meinen Kopf nie verlassen hatte.

»Also meinen Vater hat der Tod meiner Mutter komplett aus der Bahn gehauen«, begann ich erstmal über Papa zu reden. »Er hat nach ein paar Wochen seinen Job als Physiker im Institut gekündigt und ist seitdem LKW-Fahrer bei einer Brauerei hier in Köln. Damit ist er ganz zufrieden, glaube ich. Außerdem flüchtet er sich fast jeden Abend in den Keller und hört sich in drei verschiedenen Musikphasen durch seine Gefühlswelt.«

»Hm«, machte J. und nickte. »Und wie ist es bei dir?«

»Na ja, ich bin seitdem vielleicht nicht mehr so viel Kind. Klar, jetzt mit vierzehn sowieso nicht mehr, aber in der Zeit dazwischen auch nicht besonders. Außerdem musste ich kochen und andere Sachen im Haushalt lernen, was andere in meinem Alter vielleicht nicht müssen.« Einem plötzlichen Impuls folgend wagte ich es doch, J. von meinen geheimen Räumen zu erzählen. »Ähm ... also ... ich hab mir im Kopf zwei Räume geschaffen, in die ich gehen kann, wenn ich Kraft beziehungsweise Gewissheit brauche. Die Räume kennt niemand außer mir und deshalb kann da auch keiner rein.« Selbst für meine Ohren klang diese Beschreibung völlig verrückt. Was musste J. erst davon halten?

»Was befindet sich in den Räumen, die du dir geschaffen hast?«

»Willst du das wirklich wissen?«

»Ja, es interessiert mich. Es sei denn, du möchtest nicht darüber reden, dann ist das auch in Ordnung. Wie du magst«, meinte er beiläufig.

»Also ... der eine Raum ist der Desasterraum und der andere ist mein Traumraum. Im Desasterraum haust ein grausamer Drache, der all meine Gefühle, die mit dem Tod meiner Mutter zu tun haben, bewacht. Am Abend nach der Beerdigung hab ich sie dort mit ihm eingeschlossen, um sie nicht aushalten zu müssen. Der Drache heißt Dynamoterror, wiegt Tonnen und ist riesig. Ich gehe immer nur kurz in seine düstere Höhle, um zu checken, ob er meine Gefühle auch gut in Schach hält, damit sie nicht ausbrechen. Er schläft ständig und macht dabei grauenhafte Geräusche.« All das vor jemandem auszusprechen, war so bizarr, dass ich mir wünschte, ich hätte nie davon angefangen. Mir war das Gesagte vor J. peinlich und ich merkte, wie meine Ohren heiß wurden. So redete doch kein Vierzehnjähriger! Erstaunlicherweise nickte J. nur und nahm die Information zur Kenntnis.

»Und der andere Raum?«, wollte er wissen.

»Der Traumraum ist viel schöner«, sagte ich begeistert. »Der ist ganz hell und voll mit Sachen, die ich mag. Ich bin da immer super cool drauf. In dem Raum kann ich alles sein, was ich mir wünsche.« Ich schloss die Augen, um meinen Traumraum in allen Einzelheiten zu sehen. »Da steht die weltbeste Gitarre in einem Ständer. Außerdem eine Hantelbank und ein Boxsack für einen durchtrainierten Körper und ...«, ich zögerte kurz, »... meine Mutter schwebt dort in einer Ecke als Engel.« In Worte verpackt klang das alles vollkommen durchgeknallt, obwohl es für mich in meiner Vorstellung seit Jahren normal war. Unsicher sah ich J. an, der aber einfach nur ungerührt dasaß.

»Wie sieht deine Mutter im Traumraum aus?«

»Sie hat Flügel auf dem Rücken und schwebt in der Luft, ohne ihre Flügel zu bewegen. Dabei lächelt sie mich immer liebevoll an. Ansonsten sieht sie so aus, wie ich sie in Erinnerung habe.«

»Wie stellst du dir Engel vor?«

»Mm ... sie haben imposante Flügel und tragen lange, helle Gewänder. Sie schweben, haben lange Haare und schöne Gesichter. Meistens gucken sie lieb und gutmütig.« Ich dachte kurz nach. »Ich stelle mir aber immer nur meine Mutter als Engel vor. Andere Engel kenne ich eigentlich nicht.«

»Gibt es in deiner Vorstellung auch männliche Engel?«

»Hab ich noch nie drüber nachgedacht.«

»Was ist mit den Erzengeln aus den religiösen Überlieferungen?«, fragte J. und schlürfte lautstark an seinem Kaffee.

»Ah, die meinst du. Die hatten auf jeden Fall gigantische Flügel. Das weiß ich, weil sie in manchen Kirchen als Gipsfiguren stehen oder auf Gemälden abgebildet sind. Ich erinnere mich, dass sie ziemlich selbstbewusst und entschlossen aussahen. Wie extrem fähige Überengel.«

»Denkst du, die Erzengel waren auch lieb und gutmütig?«, löcherte J. mich weiter mit seinen Engelsfragen.

»Die Beschreibung verbinde ich nicht unbedingt mit Männern – jedenfalls nicht mit denen, die ich kenne. Das ist eher ein Frauending.« Ich dachte an Papas unbeholfene Liebesbekundungen und Onkel Dietmars kämpferische Zuneigungsoffensiven.

»Den Überlieferungen zufolge waren die Erzengel sehr starke und mächtige Wesen, die recht kämpferisch unterwegs waren«, bemerkte J. mit einem in die Ferne gerichteten Blick. »Wie es heißt, waren sie weder gut noch böse, sondern gerecht und fair. Jedenfalls nach der schöpferischen Gerechtigkeit — die man als Gleichgewicht der Energien verstehen kann — die nicht unbedingt der menschlichen Gerechtigkeit entspricht.« Ich sah ihn fragend an. »Schau, was für den einen Menschen gut ist, muss nicht unbedingt für einen anderen Menschen gut sein. Was dem einen fair erscheint, mag für den anderen unfair sein. Es hängt vom Standpunkt des Betrachters ab.«

»Verstehe.«

»Es wird behauptet, dass die Erzengel sogar mit ziemlicher Brutalität für ein ausgewogenes Gleichgewicht unter den Menschen hier auf Erden kämpften. Sie waren klug und mächtig und mischten sich ein, wenn das Ungleichgewicht zwischen Gerechtigkeit und Ungerechtigkeit eine gewisse Schwelle überschritt. Soweit die Überlieferung.«

»Gibt es die noch hier auf der Erde?«, brannte es mir unter den Nägeln zu erfahren.

»Falls man der Idee Glauben schenken möchte, nur den gefallenen Erzengel Luzifer. Er ist den Erzählungen zufolge hier auf die Erde verbannt worden, weil er eine Art Wette mit Gott anzettelte. Luzifer verkörpert den Widerspruch zu Gott – er ist der Gegenspieler, der Verführer des Menschen hin zum Destruktiven oder zur bequemen Tatenlosigkeit. Da Gott sich angeblich auf die Wette eingelassen hat, kann auch dieser Gegenspieler als Teil der Schöpfung angesehen werden. Seither gibt es hier auf Erden den ewigen Widerstreit zwischen Gut und Böse oder Gott und dem Teufel, wenn du so willst. Seitdem unterliegt der Mensch dem Prinzip der Polarität.«

»Heißt?«

»Nun, Gott oder die Schöpfung hat es dem Menschen freigestellt, ob er konstruktiv oder destruktiv handelt. Du kannst mit einem Stein anfangen, ein Haus zu bauen, oder einen anderen Menschen damit erschlagen. Das Potential ist das gleiche, nur die Absicht eine andere. Der Mensch kann tun und lassen, was er möchte, aber ihm muss klar sein, dass er die Früchte seiner Entscheidungen trägt und damit sein Leben selbst bestimmt.« J. machte ein feierliches Gesicht. »Es ist ein fairer Deal, denn dem Menschen wurde der freie Wille gegeben, sich für die schöpferischen Maßstäbe zu entscheiden oder der Verführung zum Gegenteiligen zu unterliegen. Man könnte Verführung auch mit *Selbstsucht* und Gott mit *Bewusstheit* ersetzen. Der Mensch braucht jedoch beide Seiten für sein Streben, die Mitte zwischen beiden Polen zu halten, damit er nicht der Steuerung von nur einer der beiden Seiten unterliegt. Kurzum: Polarität ist das Spiel und Ausgewogenheit ist das Ding. Es braucht immer die Mitte – den Kompromiss zwischen den Extremen, denn dort ist die Freiheit, die meiste Ruhe und Energie.«

»Okay«, sagte ich, obwohl ich ihm nur mit halbem Ohr zugehört hatte. Meine Gedanken kreisten weiterhin um diesen Erzengel, der hier auf der Erde möglicherweise noch etwas zu sagen hatte.

»Wer weiß, vielleicht gibt es da draußen weder Gott noch Teufel, weil der Mensch beides selbst ist. Vielleicht erinnerst du dich an unser erstes Gespräch. Man könnte Gott auch als konstruktive, evolutionäre und allgegenwärtige Energieform bezeichnen. Diese Schöpferenergie ist in jedem Menschen, jedem Tier, jeder Pflanze, jedem Stein – in allem. Verstößt der Mensch dagegen, indem er destruktiv handelt, bestraft er sich selbst – das macht nicht Gott. Die Schöpferenergie richtet sich gegen ihn, sobald der Mensch sie eigeninitiativ in destruktiver Weise einsetzt. So ist das energetische Spiel.«

»Wenn es so ist, wie manche annehmen, hängt dieser gefallene Erzengel also noch hier auf der Erde fest, richtig?«, lenkte ich das Thema wieder zurück.

»Zumindest als geistig beeinflussende Instanz«, räumte J. ein. »Wie Gott auch, wenn man es genau nimmt. Im Grunde könnte man Gott und Teufel schlicht als zwei gegensätzliche Energien oder Konzepte eines ewigen kosmischen Spiels betrachten, die irrtümlich von Menschen personifiziert wurden. Ein von und für Menschen erschaffenes Glaubenskonstrukt, wenn man so will. Denn weder Gott noch Teufel wurden je gesehen.«

»Verrückt. Wir reden über unsichtbare, höhergestellte Wesen, an die die meisten Menschen glauben, obwohl keiner mit Sicherheit weiß, ob es sie überhaupt gibt.«

»Vielleicht sind Gott und Teufel beides Irrtümer, aber sie erschaffen Evolution – erbarmungslos – was in der Natur der Sache liegt. Evolution kennt kein Erbarmen. Wie gesagt, vielleicht dienen Gott und Teufel nur als Metaphern, um dem Menschen zu helfen, das eine vom anderen zu unterscheiden und sein Denken und Handeln entsprechend auszurichten. Ohne das Böse, gäbe es auch das Gute nicht, beziehungsweise wäre nicht erkennbar. Beides gibt dem Menschen eine Orientierung, nach welchen Maßstäben er sein Leben verbringen möchte. Er darf selbst entscheiden. Freier Wille.«

Während J. redete, hatte ich meine Aufmerksamkeit immer noch bei den Erzengeln. Irgendwie hatten sie sich an meiner Hirnrinde festgebissen. »Und was ist mit den anderen Erzengeln? Haben die hier auf der Erde auch noch etwas zu sagen?«

»Es wäre vorstellbar, dass sie hier noch mitmischen. Engel gelten als Boten oder Vermittler zwischen der stofflichen und der nichtstofflichen Welt.«

»Vielleicht kennt meine Mutter einen dieser mächtigen Erzengel, da wo sie jetzt ist.« Ich erntete von J. einen ungläubigen Blick. »Ich meine, wenn sie so gegen Ungerechtigkeit sind, wie du sagst, und zwischen hier und der unsichtbaren Welt vermitteln können, könnte einer von denen doch dafür sorgen, dass meine Mutter mich noch mal kurz besuchen darf, oder? Dass wir uns nicht verabschieden konnten, ist schließlich extrem unfair, und dass sie uns Knall auf Fall verlassen musste, ist doch an Ungerechtigkeit nicht mehr zu toppen!« Meine Phantasie kam wie ein Pferd im Streckgalopp angerannt und ich wuchtete mich aus dem Stand in den Sattel. »Hey«, jubelte ich und sprang auf die Füße. »Stell dir vor, meine Mutter dürfte mich besuchen und käme am Köln-Bonner Flughafen majestätisch von oben angesegelt. So als Megaengel! Am blauen Himmel würde ich sie schon von weitem als fliegenden Punkt sehen.«

»Und wenn der Himmel wolkenverhangen ist?«, unterbrach J. meinen Film.

»Dann würde ich sie eben erst später sehen, aber ich wüsste ja, dass sie kommt«, sagte ich ungeduldig. »Alle auf der Besucherterrasse würden ihre Augen auf Mama richten. Sie würde gegen den Wind zur Landung ansetzen: Füße nach vorne ausstrecken, Flügel etwas aufrichten und dann langsam den Boden berühren. Nach ein paar Metern würde sie zum Stillstand kommen und ihre Flügel einklappen.« Mir war klar, dass ich phantasierte wie ein halb so altes Kind, immer *Mama* statt *meine Mutter* sagte, aber es war mir egal. Ich war auf Film und drehte voll auf. »Mama würde auf dem Vorfeld nach mir Ausschau halten und mich in meiner grellen Neonweste, die mir die Ladeleute geliehen hätten, am Rand des Rollfeldes erblicken. Sie käme auf mich zugeschritten und würde *Jonas, mein Sohn, hier bin ich!* sagen. Ich würde zu ihr hinrennen und sie würde mich mit ihren riesigen, weichen Flügeln umarmen. Sie hätte aber beides, Flügel und Arme, weil das im Alltag sonst unpraktisch wäre. Mama würde riechen wie immer und ihre Stimme wäre auch genauso wie früher.«

»Nun, die Sache mit den Flügeln, lieber Jonas, ist möglicherweise eine nicht ganz richtige Vorstellung bei den Engeln«, riss J. mich brutal aus meinem sehr realistischen Traum. »Ein geisterhaftes, waberndes Wesen, das nicht wirklich physisch war, wurde wegen seiner schwebenden Erscheinungsform irrtümlich als beflügeltes Wesen beschrieben. Früher hatte man für Schweben nur die Idee von Vögeln.«

»Ist mir jetzt echt egal, was irgendwelche Leute früher falsch beschrieben haben. Meine Mutter hat jedenfalls gigantische Flügel«, wischte ich seinen Einwand weg wie eine Mücke auf meiner Hose. »Also wenn ein Adler ... nein, Stopp! Der Wanderalbatros ist einer der größten flugfähigen Vögel mit ungefähr sieben bis zwölf Kilo Körpergewicht. Nehmen wir mal grob die Mitte, also zehn, und einer Flügelspannweite von etwa dreieinhalb Metern«, spulte ich mein Naturkundewissen ab. »Dann müsste meine Mutter mit ungefähr sechzig Kilo Körpergewicht eine Flügelspannweite von ... unglaublichen ... Wow, rechne das mal hoch! Krass! Man müsste wahrscheinlich ein paar Frachtjumbos zur Seite schieben, damit sie landen kann«, schloss ich ehrfürchtig aus meiner unpräzisen Berechnung.

J. machte ein zweifelndes Gesicht. »Am besten, du fragst deinen Mathelehrer. Womöglich kann man die Flügelspannweite nicht dem Körpergewicht gemäß einfach so multiplizieren.«

»Ich geh doch nicht zu meinem Mathelehrer und frage ihn, wie lang die Flügel eines sechzig Kilo schweren Engels sind. Der denkt doch, ich hatte einen Kampf zu viel im Leben! Nee, das kannst du voll knicken.«

»Es war auch nur ein Vorschlag«, bemerkte J. amüsiert und hob beschwichtigend die Hände.

»Auch wenn ich die genaue Flügelspannweite meiner Mutter noch nicht weiß, hätte ich trotzdem als nächstes das Problem, wie ich sie vom Flughafen nach Hause bekomme«, drehte ich meinen Film weiter.

»Tja«, ließ J. wenig hilfreich verlauten und zuckte die Schultern.

»Mit so riesigen Flügeln kann ich ja nicht einfach mit ihr in den Flughafenbus steigen. Welche Busfahrkarte ziehe ich überhaupt? Gilt sie als ein Erwachsener oder wegen ihrer Größe als zwei Erwachsene, oder ziehe ich besser gleich ein Gruppenticket, damit der Busfahrer nicht rummotzt. Sie bräuchte wahrscheinlich die komplette hintere Rückbank. In Papas Auto würde sie auch niemals reinpassen.« Mein ganzer schöner Traum drohte an Mamas Transport zu zerbröseln. Dann hatte ich einen Geistesblitz. »J., ich hab's! Onkel Dietmar, mein Patenonkel, holt uns mit seinem Pickup ab und meine Mutter kommt hinten auf die Ladepritsche. Wir würden ihre Flügel mit Expandern umwickeln, damit sie durch den Fahrtwind auf der Autobahn nicht aus Versehen aufklappen und meine Mutter flöten geht. Sollte uns die Polizei anhalten, weil man hintendrauf keinen mitnehmen darf, würde ich ihnen zurufen: *Sie sehen doch, wenn Engel reisen ...* dann würde Onkel Dietmar Vollgas geben und weg wären wir.« Bei der Vorstellung musste ich breit grinsen. »Meine Mutter hätte einen Riesenspaß. Sie hat immer gerne verrückte Sachen gemacht. Da war sie ganz anders als mein Vater.«

Ich setzte mich wieder neben J. und checkte die Uhrzeit auf meinem Handy. Kurz nach vier. Verdammt! Ich war viel zu spät dran. Um vier hätte ich spätestens zu Hause sein sollen. »J., ich hab über meine Filmspinnerei komplett die Zeit vergessen. Mein Vater und ich wollen mit einer Autoladung Sperrmüll zum Abfallentsorgungs-Center fahren. Ich muss los!« Hektisch schnappte ich mir meinen Schulrucksack. »Danke fürs Zuhören und deine schlauen Sachen.«

»Es war mir ein Vergnügen«, erwiderte er lachend.

Auf dem Heimweg beschäftigten mich diese intensiven Bilder an ein spektakuläres Wiedersehen mit Mama immer noch. Auch die Sache mit den Flügeln ging mir nicht aus dem Kopf. Mir war bewusst, dass ich mich ziemlich kindisch benommen hatte. Nur war ich zwischen all den Erwachsenen in den letzten vier Jahren tatsächlich wenig Kind gewesen und hatte manchmal vielleicht so etwas wie ein Nachholbedürfnis.

Das mit dem Alter war überhaupt so eine Sache. Wenn man erwachsen war, war vieles eindeutig lockerer. Man durfte anziehen, was einem gefiel, und auch mehr oder weniger so sein, wie man sein wollte, ohne gleich als Außenseiter abgestempelt zu werden. Man galt sogar als besonders authentisch oder originell, wenn man anders war als die Masse und sich vom Durchschnitt abhob. Als Jugendlicher war alles wesentlich strenger geregelt. Es galten gnadenlose Gesetze, was man anzuziehen und wie man sich zu verhalten hatte. Um sich im sicheren Mittelfeld zu bewegen, durfte man nur minimal jünger oder älter wirken, als man auf dem Kalender tatsächlich war. Waren die Abweichungen zu auffällig, machten sich die Eltern Sorgen und man wurde von Gleichaltrigen gemobbt. Während ich so ging, musste ich an die Horrorgeschenke von Oma denken, die sie mir bei ihrem letzten Besuch einige Wochen zuvor mitgebracht hatte.

~

Es war Samstag und Oma war aus der Eifel gekommen. Wie gewohnt umarmte sie mich bei ihrer Begrüßung so fest sie konnte, bevor sie in ihre mitgebrachte Korbtasche abtauchte und ein weißes Stoffbündel hervorzog.

»Schau mal, Jonas, ich habe dir ein Dreierset richtig guter Markenunterhosen mitgebracht. Aus Rippenstrick mit Seiteneingriffsschlitz«, verkündete sie freudestrahlend. »Die hatte Opa früher auch immer und die halten mindestens zehn Jahre, selbst bei Kochwäsche.« Stolz und mit einer gewissen Ehrfurcht hielt sie einen der weißen Riesenbomber hoch. Meine Augen hatten sich vor Entsetzen wohl versehentlich geweitet, was Oma absolut fehlinterpretierte. »Oh, ich sehe, du freust dich darüber. Das hatte ich mir schon gedacht. Für solche Kinderunterhosen mit Comic-Motiven bist du jetzt wirklich zu alt.« Aber für solche Unterhosen definitiv nicht alt genug! Und bis dahin durfte sich das Leben auch schön locker Zeit lassen, beschwor ich die Zukunft. »Die stecke ich dann mal gleich in den Wäschesack. Man sollte neue Sachen, besonders Unterwäsche, vor dem ersten Tragen immer erst waschen.«

Damit eilte sie aus der Küche Richtung Waschkeller. Sobald Oma später weg wäre, musste ich diese Horrordinger dringend aus dem Wäschesack nehmen und sie irgendwo im Haus todsicher verstecken. Papa war da auch kein idealer Verbündeter. Angezogen wurde, was da war. Wie es aussah, war egal. Vielleicht würde ich diese altmodischen Stofflappen sicherheitshalber zerschneiden und sie bei nächster Gelegenheit in einem öffentlichen Mülleimer verschwinden lassen.

Oma kam aus dem Keller zurück und unterbrach meine destruktiven Gedanken. Sie bat mich, den Kuchen aus dem Auto zu holen und reichte mir ihre Schlüssel. Im Kofferraum entdeckte ich außer der Kuchentragebox eine Klappkiste mit gefüllten Frischhaltedosen … und einen in durchsichtiger Folie original verpackten Pullover. Ich befürchtete ein weiteres gutgemeintes, aber völlig unbrauchbares

Oma-Geschenk. Vielleicht hatte ich Glück und er war für Papa. Bei näherer Inspektion handelte es sich um einen weißen Fleece-Pulli mit einem riesigen runden »Eisbär-auf-Eisscholle-vor-blauem-Hintergrund« Aufnäher auf der Vorderseite. Oberhalb des Aufnähers las ich »*Arctic Adventure Fun Team*«, darunter »*Watch out for Polar Bears*«. Heilige Scheiße! *Oma, mal auf'n Kalender geguckt? Ich bin vierzehn und keine vier!* Da konnte sie den zarten Flaum meiner Selbstachtung auch gleich mit dem Bunsenbrenner abflämmen.

Oma brachte mir ständig Geschenke mit, die ihr passend für mich erschienen, aus meiner Sicht jedoch meistens ihr Ziel verfehlten. Vieles davon entsprach weder meinem Alter noch meinem Geschmack. Zumindest seitdem ich kein kleiner Junge mehr war. Außerdem hatte ich dauernd ein schlechtes Gewissen, weil die Sachen entweder nutzlos herumlagen, ich sie versteckte, zerstörte oder notgedrungen umfunktionierte. Aus dem Grund standen zwei der drei Beine meines Gitarrenständers seit vier Jahren in *Winnie Pooh* Gummistiefeln. Mir war aber klar, dass meine Ehrlichkeit ihr die Freude am Schenken auf jeden Fall verderben würde. Wie konnte ich sie davon abbringen, ohne dass sie allzu enttäuscht war? *Hirn an Cloud: Plan bitte!*, setzte ich gedanklich einen Notruf ab. Mit dem Kuchen und dem Pulli ging ich zurück ins Haus. Papa war draußen im Garten und hängte Wäsche auf. Plötzlich hatte ich eine Idee.

»Oma, hier ist der Kuchen und den Pulli hab ich auch mitgebracht. Ist der für mich?«, fragte ich scheinheilig.

»Ja, mein Junge, der ist für dich. Hübsch, nicht wahr?« Oma lächelte vergnügt.

»Jedenfalls schön bunt. Danke.« Ich gab mich locker und ließ meine Stimme möglichst beiläufig klingen. »Weißt du, ich hab nur schon so viele Anziehsachen und trage immer das Gleiche: Jeans, T-Shirts, Hoodies. Ich hab Unmengen von Büchern ... und meine Musik ziehe ich mir aus dem Internet oder höre die unendlich vielen Platten und CDs von Papa. Du weißt doch, wie sein Kellerraum aussieht, oder?« Omas Augen verengten sich argwöhnisch, weshalb ich schnell weiterredete. »Wie du siehst, läuft also alles ganz gut. Trotzdem gibt es etwas, womit du Papa und mir wirklich helfen könntest, aber ...«. Ich atmete absichtlich laut aus und tat so, als wüsste ich nicht, wie ich das, was ich sagen wollte, ausdrücken sollte.

Oma fragte auch gleich: »Was aber?«

»Ich glaube, das wäre zu viel verlangt.« Ich senkte den Blick wie die perfekte Dramaqueen und seufzte. Ich wusste, *zu viel verlangt*, wenn es um Papa und mich ging, gab es für Oma nicht. Diesen Umstand musste ich mir ausnahmsweise zunutze machen. »Oma, könntest du mir statt Anziehsachen und netten Geschenken nicht ein Rezeptbuch mit deinen leckeren Gerichten schreiben? Also natürlich nicht nur für mich, sondern für Papa *und* mich.« Nochmaliger Fokus auf ihren Sohn und Enkelsohn.

»Wie?«, fragte Oma begriffsstutzig.

Um sie aus dem Zustand der Orientierungslosigkeit zu holen, fütterte ich ihren Kopf gleich mit konkreten Bildern. »Ein Rezeptbuch in so einem praktischen DIN A4 Ordner. Am besten, du steckst die Rezepte in Klarsichthüllen, damit sie beim Kochen nicht verschmudeln.« Omas Augen dachten nach, weshalb ich schnell noch etwas Futter für ihre Vorstellungskraft hinterherschob. »Das Praktische an einem Ringbuchordner ist, dass wir die Rezepte beim Kochen einzeln herausnehmen und jederzeit neue Rezepte dazu heften können.« Boing!!! Oma war in einen trance-ähnlichen Zustand verfallen, was ich an ihrem unscharfen, starren Blick erkannte. »Klasse Idee, oder? Du könntest dich richtig austoben und der Kochordner wäre ganz allein dein Werk.«

Oma sprach mit geistesabwesender Stimme wie ein Medium, das von irgendwoher Informationen empfing und mechanisch Worte hervorbrachte. »Gar ... keine ... schlechte ... Idee. Ich ... müsste ... nur ...«

Sie schien gedanklich in die Kochecke ihres Gehirns abgedriftet, weshalb ich mit meiner manipulativen Ablenkungsstrategie weitermachte. Ich erklärte ihr, dass wir zwar jeden Tag satt würden, aber nichts so gut schmeckte wie ihr Gekochtes. »Mm ... verstehe«, leierte das Oma-Medium zurück. Garantiert würden wir niemals so gut kochen wie sie, befeuerte ich sie weiter, aber sie könnte uns dabei helfen, besser zu werden. Dabei betonte ich das Wort *helfen* übertrieben.

Oma kam wieder in die Gegenwart zurück und meinte, dass ihr die Idee gefiele. Gewissenhaft begann sie die Grundkenntnisse unserer Kochkünste abzuklopfen und stellte jede Menge Fragen. Ich ließ uns absichtlich wie die Volldeppen am Herd aussehen und spielte den Unbeholfenen.

»Du merkst, du musst die Kochanleitungen wirklich für Blöde schreiben. Heißt im Klartext, du darfst nicht das Geringste voraussetzen.«

»Besser ist das anscheinend«, seufzte sie schicksalsergeben. »Da muss ich mich wirklich um Präzision bemühen.«

Froh darüber, dass sie angebissen hatte, setzte ich mein fröhlichstes Gesicht auf und wurde konkret: »Oma, diese handgeschriebene Rezeptsammlung können wir aber nur unter einer Bedingung annehmen: Du musst mir versprechen, dir ab sofort keine Mühe mehr mit Geschenken für mich zu machen. Das Kochbuch ist bestimmt super viel Arbeit. Da wirst du Tage, wenn nicht Wochen dran sitzen.«

»Ach, Jonas, ich bin im Geiste bereits bei der Rezeptauswahl.« Sie rieb sich voller Tatendrang die Hände. »Das wird großartig werden. Gleich heute Abend fange ich an.«

Papa kam aus dem Garten zurück und ging Richtung Kaffeemaschine. »So, jetzt wollen wir mal …« Weiter kam er nicht, denn Oma war bereits aufgesprungen und zu ihm an die Küchenanrichte geeilt.

»Hans-Dieter, stell dir vor, Jonas und ich haben gerade beschlossen, dass ich euch eigenhändig ein Rezeptbuch mit all euren Lieblingsgerichten schreiben werde.« Sie setzte sich wieder hin, allerdings nur auf die Vorderkante ihres Stuhls.

»Ach ja? Das habt ihr beide beschlossen?«, fragte Papa verwundert. »Aber wir kommen doch ganz gut …« Ich hüstelte lautstark und tat so, als hätte ich mich verschluckt, woraufhin Papa mich direkt ansah. Ich durchbohrte ihn mit einem warnenden Bettelblick, dass er ja mitspielen solle. Erst schaute er irritiert, dann glättete sich seine Miene. Er hatte verstanden. »Mensch, super! Also wirklich, toll, toll, toll!« Begeistert zeigte er beide Daumen hoch und reagierte für seine Verhältnisse ziemlich übertrieben, wo er doch sonst emotional eher auf Sparflamme kochte. Zum Glück war Oma auf Kochfilm und bemerkte es nicht.

»Hans-Dieter, habt ihr eigentlich ein richtig scharfes Küchenmesser im Haus? So ein gutes mit Holzgriff?« Papa öffnete eine Schublade und zog eins mit grünem Plastikgriff hervor. Oma prüfte die Klinge mit der Unterseite ihres Daumens, um daraufhin verständnislos den Kopf zu schütteln. Das würde doch höchstens Apfelmus und warme Butter schneiden, wo doch gute Messer das A und O in jeder Küche seien. Papa und ich sahen uns betroffen an. Sie legte das Messer abschätzig auf den Tisch, dann stand sie abrupt auf. »Ich fahre jetzt auch mal. Ich habe ja nun wirklich eine Heidenarbeit vor mir, wenn es gut werden soll.«

Papa fragte, was denn mit ihrem Kuchen und einer gemütlichen Tasse Kaffee sei, aber Oma ging bereits in den Flur, nahm ihre Jacke vom Haken und meinte, dass wir den Kuchen sicher auch alleine schafften. Kurz darauf fuhr sie wie die Schutzpatronin der deutschen Hausmannsrezepte zurück in die Eifel.

»Was war denn das eben mit euch und diesem Rezeptbuch?«, wollte Papa auch gleich wissen, nachdem Oma weg war.

»Ich wollte Oma von diesen ewigen Geschenken für mich abbringen. Vielleicht ist dir aufgefallen, dass ich die meisten davon nicht gebrauchen kann.« Papa guckte skeptisch. »Ich wollte es ihr aber nicht so schonungslos sagen. Darum hab ich mir eine Alternativstrategie ausgedacht, die hoffentlich ihren Fokus auf Mitbringsel für mich umlenkt.«

»Jonas, Jonas, wie clever du bist!« Dabei sah er mich mit so viel Bewunderung und Stolz an, als hätte ich aus dem Stand eine bis dahin vollkommen unbekannte Quantentheorie rausgehauen.

Den Eisbär-Pulli stopfte ich in die hinterste Ecke meines Kleiderschranks, wo er in seiner Verpackung zeitlebens ein unbrauchbares Dasein im Dunkeln führen würde. Was die Altmänner-Unterhosen anging, so brachte ich es am Ende doch nicht übers Herz, sie zu zerschneiden. Stattdessen versteckte ich sie heimlich in den Untiefen unseres Flurschranks.

~

Als ich aus meinem Kopf auftauchte, war ich zuhause angekommen. Papa hatte die Sachen, die wir zum Entsorgen aussortiert hatten, bereits vor der Haustür gestapelt und war dabei, sie ins Heck unseres Autos zu laden. Ein paar Tage zuvor war unser Wäscheständer zusammengekracht. Bei der Gelegenheit hatten wir noch einen morschen Holzstuhl aus dem Garten und ein paar unverfängliche Dinge aus dem Hausinneren zusammengetragen. Ansonsten konnten wir uns nie wirklich von etwas trennen, hauptsächlich wegen Mama.

»Hey, du bist spät dran«, beschwerte er sich. Ich erzählte ihm, dass ich mich nach der Schule verquatscht hatte, und half ihm beim Einladen der restlichen Sachen. Auch wenn wir eine volle Autoladung zur Mülldeponie fuhren, konnten wir im Haus keinerlei Unterschied feststellen. Es gab nirgendwo erkennbare Lücken und deshalb auch keine nennenswerte Verbesserung der Gesamtsituation. Unser Haus blieb einfach unübersichtlich und vollgestopft mit zu vielen Dingen.

8

Während ich unseren Mathelehrer am nächsten Tag im Unterricht betrachtete, wägte ich ab, ob ich ihn tatsächlich – in abgewandelter Wahrheitsform verstand sich – um seine Hilfe bitten sollte. Herr Knötgen lief vor der Tafel auf und ab, während er hochkonzentriert mathematische Selbstgespräche führte. Mich fesselten diese gummiartigen Spuckefäden, die sich beim Sprechen hartnäckig in seinen Mundwinkeln hielten. Es sah wirklich unappetitlich aus, dennoch musste ich dauernd hinsehen. Mir war absolut nicht klar, wie man das nicht selbst merken konnte. Richtig extrem fand ich allerdings seinen unnormal struppigen Haarpelz, der ihm aus der Nase wucherte. In meiner Phantasie hatte ich ihn schon mehrfach abrasiert, abgefackelt und zu Dreadlocks verfilzt. Ich wollte mich aufs Thema konzentrieren und meinen Mathelehrer nicht unentwegt anstarren. Es gelang mir nicht.

Alle paar Schritte machte er seinen typischen Knötgen-Move: Mit der flachen Hand patschte er auf seine dicke Hornbrille und schob sie sich den Nasenrücken hoch, wodurch seine Brillengläser ewig verschmiert waren. Dahinter guckten zwei überdimensionale Glupschaugen wie erstaunte Murmeln aus dem Kopf, die ihn noch zusätzlich verpeilt wirken ließen. Trotz seines optischen Handicaps hatte Herr Knötgen den Durchblick und konnte sich für Zahlen und Formeln so abartig begeistern, dass er selbst uns Schüler manchmal damit ansteckte.

»Habt ihr das soweit verstanden?«, fragte er irgendwann in die Klasse. Dabei irrten seine Augen zunächst orientierungslos durch die Gegend, bis er sie fokussiert hatte. Nachdem niemand eine Frage gestellt hatte, nahm er einen Stapel Arbeitsblätter vom Pult und begann sie an jeden von uns persönlich zu verteilen. Während ich ihm dabei zusah, dachte ich, dass er wirklich ein grundsympathischer Typ war. In seiner authentischen Schrägheit erinnerte er mich an Papa. Vielleicht mochte ich ihn deswegen. Am Ende der Stunde wartete ich, bis die meisten meiner Mitschüler den Klassenraum verlassen hatten, und ging zu ihm nach vorne.

»Ja, also ... ich schreibe gerade an einer Fantasy-Geschichte und müsste etwas berechnen, das real sein soll und nicht erfunden«, beschrieb ich mein Problem. »Vielleicht könnten Sie mir dabei helfen, damit ich nichts Falsches schreibe.«

»Oh, da helfe ich dir gerne, wenn ich es denn kann.« Er fuhr sich verlegen durch seine unordentlichen Haare. »Um was handelt es sich denn genau?«

»Ich müsste die Flügelspannweite eines circa sechzig Kilo schweren flugfähigen Wesens berechnen«, erklärte ich. »Zum Vergleich habe ich den Wanderalbatros mit einem durchschnittlichen Gewicht von etwa zehn Kilo und einer Flügelspannweite von circa drei bis dreieinhalb Metern genommen. Das müsste ich jetzt auf das Wesen in meiner Geschichte hochrechnen.«

»Hm, ja«, sagte Herr Knötgen mehr zu sich selbst als zu mir, während er sich grübelnd übers Kinn strich. »Nun, die Spannweite geht linear, das Gewicht jedoch mit der Dreierpotenz ... oder man berechnet die Spannweite und Fläche der Flügel nach der Auftriebsformel.«

»Yep. In die Richtung hatte ich selbst auch schon hin und her überlegt«, gab ich mich selbstbewusst bei null Durchblick. »Meines Erachtens müsste dabei eine ziemlich hohe Zahl rauskommen.«

»Nicht unbedingt«, entgegnete er nachdenklich konzentriert. »Ich müsste mir dafür ein paar Minuten Zeit nehmen. Wie wäre es, wenn du gegen Ende der großen Pause zum Lehrerzimmer kommst. Bis dahin habe ich das ausgerechnet und kann dir dann auch den genauen Rechenweg erklären.«

»Cool, danke«, freute ich mich.

Wie vereinbart klopfte ich fünf Minuten vor Ende der großen Pause an die Tür zum Lehrerzimmer. Ein Lehrer, den ich nicht kannte, streckte den Kopf heraus. Ich fragte ihn nach Herrn Knötgen, der kurz darauf mit einem Blatt Papier in der Hand erschien. Er hatte mir den genauen Rechenweg aufgeschrieben, den er mir gerade erklären wollte, als ich das Ergebnis sah.

»Bei Ihrer Rechnung kommen nur etwa sieben Meter Spannweite heraus?«, entfuhr es mir, obwohl ich Herrn Knötgen damit unhöflich unterbrach. »Ich dachte, bei sechzig Kilo Körpergewicht käme eine viel höhere Zahl raus.«

»Nicht, wie ich es gerechnet habe.« Er blickte mich durch seine dicken Brillengläser aufmerksam an. »Bist du jetzt enttäuscht, weil die Schwingen des Wesens in deiner Geschichte imposanter hätten sein sollen?«

»Ja, schon«, gab ich zu.

»Das tut mir leid, Jonas«, sagte er mitfühlend. »Mathematik und Physik lassen leider wenig Spielraum für Phantasie. Sie sind sogar regelrechte Phantasiekiller.« Lächelnd reichte er mir das Blatt Papier. »Als Vergleich oder als Anregung könntest du vielleicht den Quetzalcoatlus, der angeblich größte bekannte Flugsaurier, der je auf der Erde gelebt haben soll, googeln. Er hatte bei einer Höhe von circa fünf Metern und einem Gewicht von etwa hundert Kilogramm, manche Quellen gehen sogar von zweihundert aus, eine Flügelspannweite von elf bis dreizehn Metern. Diesen schwierigen Namen habe ich dir ebenfalls hier auf dem Blatt notiert.«

»Okay, danke.«

»Sehr gerne, Jonas. Und wenn deine Geschichte fertig ist, wäre es mir eine Freude, sie zu lesen, wenn ich darf. Ich liebe Fantasy-Geschichten!«

»Natürlich«, log ich und verabschiedete mich. In Gedanken antwortete ich ihm noch: *Der Titel meiner Fantasy-Geschichte lautet übrigens: »Swoop oder Wie meine Mutter mit Stummelflügeln eine dramatische Bruchlandung hinlegt und dabei ihren geliebten Sohn plattwalzt.« Entschuldige, Mama!*

Nach der Schule sah ich J. zusammen mit Axel und Freddy auf einer Bank im Park sitzen. Ich ging zu ihnen hin, auch wenn ich lieber mit J. alleine gesprochen hätte.

»Äh, J.«, sagte ich, nachdem ich sie begrüßt hatte, »ich hab meinen Mathelehrer doch gefragt. Dabei ist herausgekommen, dass Mam... also die Flügelspannweite des Phantasiewesens, von dem ich dir gestern erzählt hab, doch nicht so irre groß ist, wie ich angenommen hatte. Nur ungefähr sieben Meter.« Ich zog das Blatt von Herrn Knötgen aus meiner Jackentasche und reichte es ihm.

Freddy riskierte einen Blick von der Seite auf das Blatt in J.s Hand, um gleich wieder wegzuschauen. »Früher kannte ich mich mit Zahlen auch ganz gut aus, aber das ist lange her«, bemerkte er seufzend. J. sah ihn mit einem seltsamen Flackern in den Augen an, bevor er das Blatt weiter aufmerksam studierte.

»So etwas Ähnliches hatte ich vermutet.« Er sah vom Blatt hoch und sagte aufmunternd: »Damit wäre dein Transportproblem doch nun gelöst.«

»Ja«, stimmte ich ihm missmutig zu, weil mein Traum vom Vortag nicht mehr so perfekt war.

»Siehst du, es gibt immer mehr Lösungen als Probleme, sonst würde nie ein Problem gelöst werden.«

Axel fing spontan an zu lachen. »Und, Freddy, was gilt bei uns, wenn größere Probleme auftauchen, he?«

»Abtauchen und warten, bis Gras drüber gewachsen ist!«, antwortete Freddy wie aus der Pistole geschossen, woraufhin beide schallend lachten. J. betrachtete die beiden stirnrunzelnd, während ich das Blatt einsteckte und mich zusammen mit meinen Träumen verabschiedete. Phantasie war eben manchmal auch wie ein Pferd, das im vollen Streckgalopp gegen den Lattenzaun knallte, um dann in einem klaren Knock Out aus dem Stand in die Wiese zu kippen. Das nannte man dann »Realität«.

Zuhause machte ich es mir mit meinen Englischvokabeln auf dem Bett bequem, indem ich mein Riesenplüschtier als Rückenstütze hinter mich stopfte. Während ich mit der einen Hand das Buch hielt, strich ich mit der anderen gedankenverloren über die samtweiche Pfote meines Bettmitbewohners. Den hatte ich einem glücklichen Zufall im Zusammenhang mit Papa und Onkel Dietmar zu verdanken. Außerdem hatte mein plüschiger Mitbewohner einen Teil seines Namens nicht zuletzt meinen Englischkenntnissen als Elfjähriger zu verdanken. Ich beamte mich zurück an einen Aprilabend drei Jahre zuvor.

~

Nachdem es Onkel Dietmar nach mühseliger Überredungskunst nicht gelungen war, Papa zum Mitkommen auf die Deutzer Kirmes zu bewegen, war er stinksauer alleine hingegangen. Umso überraschter waren wir, als er am Abend darauf den größten Schlumpf aller Zeiten anschleppte. Onkel Dietmar begrüßte uns freudestrahlend, bevor er den Riesenschlumpf auf die Eckbank quetschte.

»Ist der riesig!«, rief ich.

»Tja, der Bursche kann sich sehen lassen, was? Den hat euer Diddy im Schweiße seines Angesichts an der Schießbude *er-schossen*.« Voller Stolz schlug er sich mit der flachen Hand auf die Brust. »Diese tolle Trophäe könntet ihr an der Stelle auch gleich mit einem schönen kalten Bierchen honorieren.« Er setzte sich an den Küchentisch, während Papa kopfschüttelnd zum Kühlschrank ging. Fasziniert betrachtete ich dieses riesige blaue Schlumpfungeheuer. Es war irgendwie abartig und gleichzeitig großartig.

»Onkel Dietmar, weißt du, was Schlumpf auf Englisch heißt?«, gab ich an.

»Nee, du?«

»Ja. Smurf!«

»Echt jetzt? Smörf?«, amüsierte er sich. »Na, dann haben wir doch gleich einen prima Namen für diesen blauen Prachtburschen hier.« Onkel Dietmar stand mit seiner Bierflasche in der Hand auf, tätschelte die Mütze des Schlumpfs und verkündete mit erhobener Stimme: »Hiermit taufe ich dich feierlich auf den Namen *Smörfdiddy*, in guten wie in schlechten Zeiten, bis dass die Motten dich fressen!«

Daraufhin sprenkelte er großzügig Bier über den Schlumpf, weshalb Smörfdiddy anfangs noch eine ganze Weile danach stank. Er grinste Papa schelmisch an. »Hansi, wie wär's, wenn du den Schlumpf mit zu dir in den LKW nimmst? Eine Art Beifahrer der originelleren Sorte.«

Papa zog die Augenbrauen hoch. »Du erwartest doch nicht ernsthaft von mir, dass ich mir dieses Plüschungeheuer auf den Beifahrersitz setze, oder?«

»Warum nicht? Du könntest Smörfdiddy unterwegs mit den neuesten Quantentheorien vollsülzen und ihm in epischer Breite erklären, warum Quantensprünge nichts mit großen Füßen zu tun haben und ein Teilchenbeschleuniger keine Maschine aus dem Bäckerhandwerk ist. Stimmt's, Jonas?« Ich nickte grinsend. Stellte ich mir witzig vor: Papa neben diesem blauen Riesenschlumpf im LKW.

»So weit kommt's noch!«, protestierte Papa. »Ich fahre doch nicht mit einem nach Bier stinkenden, blauen Plüschungeheuer durch die Republik. Im Übrigen habe ich auch Kollegen. Die Jungs bei der Brauerei finden mich eh schon seltsam, weil ich nie mal abends mit ihnen einen trinken gehe. Da brauche ich nicht noch ein überlebensgroßes Kuscheltier auf dem Beifahrersitz.« Onkel Dietmar räkelte sich auf seinem Stuhl, während er Papa schmunzelnd zuhörte. »Zudem ist Alkoholgeruch in der Fahrerkabine nicht unbedingt das, worauf ich erpicht bin. Bei der nächsten Polizeikontrolle gerate ich dann womöglich massiv in Erklärungsnot oder verliere im schlimmsten Fall sogar meinen Führerschein.«

Onkel Dietmar stand daraufhin auf, haute Smörfdiddy eins auf die Mütze und rief theatralisch: »Böser, böser Schlumpf, du! Oh, du unheilbringendes Plüschmonster!« Er setzte einen irren Blick auf und lief als zähnefletschendes, krallenwetzendes Ungeheuer vor Smörfdiddy auf und ab, bevor er wieder normal wurde. »Junge, ich sehe schon die Schlagzeile auf der Titelseite: *Besoffener Horrorschlumpf beißt LKW Fahrer tot!* Knaller!«

»Von Totbeißen habe ich nichts gesagt«, beschwerte sich Papa. »Nur von Alkoholverdacht in der Fahrerkabine bei einer Verkehrskontrolle.«

»Ja, aber selbst in so scheinbar harmlosen Situationen kann manchmal eins zum anderen kommen und die Sache blitzschnell eskalieren.« Onkel Dietmar titschte durch die Küche. »Die Polizei will deine Papiere sehen und riecht den Alkohol. Der Schlumpf dreht durch, weil du so dämlich warst, die Scheibe runterzukurbeln, und macht kurzen Prozess! Bääähm!« Er schlug mit der flachen Hand auf den Tisch.

»Dietmar, bei Polizeikontrollen im LKW dreht man nicht einfach nur die Scheibe runter. Weißt du eigentlich, wie hoch so ein Fahrerhaus ist und wie klein so ein

Polizist davor?«, dozierte Papa fachmännisch. »Da musst du immer aussteigen und runterklettern.«

Onkel Dietmar rollte mit den Augen, dann wandte er sich an mich. »Tja, mich beschleicht der Verdacht, als hätten Smörfdiddy und dein Vater keine so rechte Zukunftsperspektive. Jonas, wie wär's, wenn du Smörfdiddy adoptierst?«

Es war der Beginn einer einzigartigen Freundschaft. An unserem ersten gemeinsamen Abend schaute ich vor dem Schlafengehen wie immer unters Bett, in den Kleiderschrank und hinter die Vorhänge, um mich zu vergewissern, dass da nichts Unheimliches war. Ich fühlte mich jedoch in der Pflicht, meinem neuen Zimmergenossen diese vielleicht etwas seltsame Angewohnheit zu erklären. »Bevor ich ins Bett gehe, checke ich mein Zimmer immer noch mal gründlich durch, damit sich nichts reingeschlichen hat, was hier nicht hingehört. Ich tue das für unsere Sicherheit, verstehst du?«, hörte ich mich dem Schlumpf erzählen.

~

Ich tauchte aus meiner Erinnerung auf und hielt immer noch Smörfdiddys Pfote in der Hand. Drei Jahre lebten wir nun schon auf engstem Raum zusammen und es fühlte sich immer noch gut an.

9

Ein paar Tage später. Es war Dienstag. Nach dem Schulschwimmen, als ich mich zum zweiten Mal im selben Film wiederfand. Ich sah Elli an der gleichen Ampel stehen, an der wir uns zum ersten Mal begegnet waren. Als die Ampel auf Grün sprang, blieb sie jedoch stehen, als würde sie auf jemanden warten. Ich verlangsamte meinen Schritt, weil ich nicht wusste, wie ich mich verhalten sollte. J. war auch nirgends zu sehen, sonst hätte ich mich zu ihm geflüchtet. Langsam ging ich weiter und tat so, als wäre ich hochkonzentriert mit meinem Handy beschäftigt. Nur ließ sich dieses »Ich-bin-ja-so-in-meine-Welt-versunken-Spiel« nicht endlos weiterführen, denn irgendwann war ich an der Ampel angekommen.

»Hi, Jonas«, sagte Elli, als ich schon fast auf ihren Füßen stand. Ich schaute auf und bemühte mich, einen orientierungslosen Blick hinzubekommen. So als käme mein Bewusstsein für die Gegenwart in dem Moment von weit her angereist.

»Oh, hi, Elli«, tat ich super überrascht. »Stehst du schon länger hier?« Oh Mann! Wie bescheuert war ich eigentlich? Man konnte niemanden fragen, ob er schon länger an einer Ampel stand, wenn man es nicht zuvor beobachtet hatte. Ampeln waren im Normalfall Ausbremser auf dem Weg irgendwohin. Keine Sehenswürdigkeiten, an denen man sich gerne mal länger aufhielt, weil die Farben so schön wechselten.

»Ich hab auf dich gewartet«, sagte Elli grinsend, als hätte sie mein Übersehmanöver glatt durchschaut. »Ich wollte dich fragen, ob du vielleicht Lust und Zeit hast, mit zu Giuseppe zu kommen. Irgendwie sitze ich doch nicht so gerne alleine in einer Pizzeria und ... na ja, ich dachte, wir könnten uns etwas über Musik oder so unterhalten.«

In dem Moment war ich ehrlich überrascht. »Ja ... also ... klar, ich kann gerne mitkommen«, stammelte ich. Schnell schaute ich auf die Uhr meines Handys, um mich zu vergewissern, dass ich in meinem bis zum Anschlag vollgepackten Leben auch wirklich Zeit hatte. »Ich muss auch noch nicht sofort nach Hause. Erst so in zwei Stunden.«

»Klingt super. Mehr Zeit hab ich auch nicht.« Die Ampel sprang zum dritten Mal auf Grün, seitdem Elli dort gewartet hatte. Wir überquerten gemeinsam die Straße und unterhielten uns ein bisschen auf dem Weg zur Pizzeria. Ellis Ungezwungenheit ließ mich unterwegs lockerer werden. Bei Giuseppe angekommen, war ich fast wieder normal. Da die Sonne schien, setzten wir uns kurzentschlossen nach draußen, auch wenn es noch ziemlich kalt war.

Kurz darauf erschien Giuseppe höchstpersönlich mit einem Küchenhandtuch wedelnd. »*Eeh, ciao, Jonas, ciao, bella ragazza!*«, begrüßte er uns lautstark. »Was wolle trinke oder vielleicht esse? Elena hate neue Pizzasorte mit ohne alles von Tiere gemackt. Isse frisch aus die Ofen. Mit *peperone, pomodoro, funghi e un poco di* ... ah, isse Geheimnis von Elena.« Elli und ich tauschten einen unschlüssigen Blick.

»Ich möchte nur eine Cola, bitte«, antwortete Elli schüchtern. Giuseppes italienischer Begeisterungssturm hatte sie wohl etwas überwältigt. Obwohl ich nach dem Schwimmen einen Mörderhunger hatte, bestellte ich auch nur eine Cola.

»*Va bene*«, sagte Giuseppe und ging zurück in seinen Laden.

»Sprichst du Italienisch?«, fragte Elli.

»Nee. Du?«

»Nein, aber du scheinst alles verstanden zu haben, was Giuseppe gesagt hat.«

»Ich kenne ihn schon länger und mittlerweile verstehe ich das meiste von dem, was er sagt. Wann immer mein Vater und ich etwas nicht verstehen, sagt Giuseppe es noch mal auf Italienisch oder auf Deutsch oder irgendwas dazwischen.«

Kurz darauf erschien Giuseppe mit einem großen Tablett, auf dem zwei Gläser Cola und zwei lecker aussehende Stücke Pizza angerichtet waren. »Pizza isse auf die Haus«, verkündete er, während er alles vor uns auf dem Tisch arrangierte.

»Oh, danke und *mille grazie*, Giuseppe«, sagte ich lässig, um Elli zu beeindrucken. Elli lachte und sagte ebenfalls: »*Mille grazie.*«

»Pizza mit nix von Tiere. *Ma che vuoi fare?*« Er rollte mit den Augen, bevor er sich mit einem gekonnten Schwung das Küchenhandtuch über die Schulter warf. »Musse macke heute, wo junge Mensche nix mehr esse, was fruher lecker. *Mamma mia! Il mondo è impazzito!*« Er machte vor seinem Gesicht eine Handbewegung für »verrückt«.

»Du findest das übertrieben?«, fragte ich höflichkeitshalber, denn statt mich zu unterhalten, hätte ich lieber in mein noch heißes Pizzastück gebissen.

»*Naturalmente!* Kuhe gebe Milch un Huhner lege Eier, war immer so. *E allora?* Warum nichte? Habbe die ganze Tag nix zu tun, außer fresse, kacke, bisje Eier lege un Milch macke«, sagte Giuseppe überzeugt, dabei gestikulierte er wild, als ginge es um die Verteidigung einer Straftat. »Isse gut, eeh? Tiere bekomme keine *depressione* von

Langeweile!« Er nahm das Küchenhandtuch und steckte es sich energisch in den Bund seiner Kochschürze. »Isse neumodische Quatsch!« Dabei sprach er Quatsch wie *Kuatsch* und nicht wie *Kwatsch* aus.

»Manche finden es gesünder, keine Tierprodukte zu essen. Auch wegen der Tiere«, wandte Elli ein.

»Gesunder? Was isse mit *formaggio*, eeh?« Giuseppe sah uns provozierend an. »Kunstliche Käse schmeckte wie radioaktive Plastik! Isse ungesund! Un Pizza ohne *formaggio* isse keine *Pizza italiana. Basta!*« Elli und ich nickten synchron. »*Allora, buon appetito!*« Daraufhin verschwand er auf Italienisch vor sich hin schimpfend im Laden.

»Wusstest du, dass richtige Veganer nicht mal Bienenhonig essen?«, fragte Elli, bevor sie in ihr Pizzastück biss.

»Wieso? Honig ist doch von Blüten oder Bäumen und deshalb pflanzlich.«

»Eben nicht. Die Honigsorten bezeichnen nur die Pflanzenarten, von denen die Bienen überwiegend ihren Nektar gesammelt haben. Honig ist, wenn man es genau nimmt, Blütennektar vermischt mit Bienenspucke und Bienenkotze und deshalb für Veganer ungeeignet«, erklärte Elli.

»Bienenkotze?«, würgte ich heraus und dachte im selben Moment, dass ich meinen *Banana Wrapublic*, der einzig süße unter meinen Wraps, mit Bananen, Honig und Cornflakes, dringend überdenken musste.

»Ja. Und für den Waldhonig oder Tannenhonig saugen die Bienen den zuckerhaltigen Honigtau, also die tropfenförmigen Ausscheidungen von Pflanzenläusen auf Nadelbäumen auf.«

»Ist ja ekelhaft«, stöhnte ich. »Ich möchte nie wieder Honig essen, wenn er aus Bienenkotze und verarbeiteter Läusepisse besteht.«

»Ach Blödsinn, nur weil du jetzt weißt, wie die Bienen ihn herstellen.« Sie lachte wegen meines angewiderten Gesichts.

»Das muss ich dringend meinem Vater erzählen. Er isst jeden Morgen Honigbrote zum Frühstück«, sagte ich mehr zu mir selbst als zu Elli, weil mich die Vorstellung der Honiggewinnung komplett abtörnte.

»Du sprichst immer nur von dir und deinem Vater. Sind deine Eltern getrennt?«

»Nein, meine Mutter ist vor vier Jahren gestorben.«

»Oh, das wusste ich nicht«, sagte Elli betroffen. »War sie krank?«

»Nein. Sie hatte auf dem Heimweg von einer Karnevalsfeier einen Fahrradunfall. Ein Auto hat sie angefahren. Dabei ist sie so unglücklich gefallen, dass sie sofort tot war«, erklärte ich ihr Mamas Unfall so sachlich, wie ich ihn J. erklärt hatte.

»Wie Horror!« Elli legte ihr Pizzastück zurück auf den Teller.

»Deshalb leben mein Vater und ich alleine, um deine Frage zu beantworten.«

»Wussten das alle in der Schule, dass deine Mutter gestorben war?«

»Damals war ich noch in der Grundschule und da wusste es schon jeder. An- fangs hatte ich deshalb auch Narrenfreiheit, was ich ein paar Wochen lang ziemlich ausgereizt hab«, gab ich grinsend zu, woraufhin Elli mich neugierig ansah. »Es fing damit an, dass ich mich im Unterricht überhaupt nicht mehr wie früher an- strengen musste. Jeder hatte wahnsinnig viel Verständnis für meine Situation und ich wurde mit Samthandschuhen angefasst.« Ich erzählte ihr nicht, dass ich in Wahrheit keinerlei Trauergefühle zustande gebracht hatte und für mich alles wie ein seltsamer Film gewesen war. »Im Unterricht oder bei Klassenarbeiten sollte ich immer nur so viel machen, wie ich mich konzentrieren konnte, und mich nicht überfordern. Den Ratschlag hab ich mir dann auch schwer zu Herzen genommen und ihn als Freibrief fürs Faul- und auch fürs Frechsein missbraucht.«

»Du und frech?« Elli lachte auf. »Kann ich mir gar nicht vorstellen. Du wirkst immer so vernünftig und zurückhaltend.« Nette Umschreibung für unsicher und verklemmt, fand ich.

»Es war wie ein Spiel. Ich wollte wissen, wie weit ich mit diesem Sonderstatus gehen konnte, und hab's wirklich drauf angelegt«, erinnerte ich mich. »Ich hab absichtlich irgendwelchen Blödsinn gemacht. Jemanden grundlos geschubst oder gehauen. Beim Sport in der Umkleidekabine heimlich mein Schulbrot in die Schuhe eines Mitschülers gestopft oder eine Banane auf der Rutsche verschmiert. Ich war einfach neugierig, was passieren würde.«

»Und? Wurdest du bestraft?«

»Selten. Meistens lief es so ab: Sobald mich ein Lehrer strafend angeguckt hat oder losmotzen wollte, hab ich meine Körperspannung in Sekundenschnelle auf »Muskelloser-Sack« runtergeregelt und gleichzeitig meinen »Rehkitz-im-Kugel- hagel-Blick« aufgesetzt. In der Zeit war ich ein wahrer Meister der Blitzver- wandlung.« Elli kicherte und wollte wissen, wie es für mich ausgegangen sei. »Wenn die Lehrer mich nicht sowieso kannten, haben sie nach meinem Namen gefragt, und sobald klar war, wer ich war, bekam ich mildernde Umstände. Es endete fast immer damit, dass ich nur ermahnt wurde, meinen Blödsinn in Zukunft sein zu lassen oder mit einem Lehrer meines Vertrauens zu sprechen, falls ich mich wieder mal »un- ausgeglichen« fühlen würde. Dann wurde mir tröstlich auf die Schulter geklopft und ich durfte gehen. War echt witzig, bis mir diese Mitleidsschiene irgendwann zu erbärmlich vorkam und ich damit aufgehört hab. Ein anderer Grund dafür war, dass mein Vater zu einem Gespräch einbestellt wurde und in meinem Beisein darüber diskutiert wurde, ob ein Wechsel auf die weiterführende Schule mit meinen schlechten Noten und meinem unkalkulierbaren Verhalten überhaupt sinnvoll wäre.«

Elli machte große Augen. »Du hättest fast die vierte Klasse wiederholt?«

»Total knapp davor. Darum hab ich mich für den Rest des Schuljahrs vorbildlich benommen und im Unterricht richtig Gas gegeben.«

Giuseppe erschien. »Un? Wie war?«, fragte er gespannt.

»Ich fand sie super lecker«, sagte Elli, was ich begeistert bestätigte.

»*Bravo!*«, sagte Giuseppe erfreut, während er die Teller und das Besteck zusammenräumte.

Nach einem Blick auf ihr Handy gab Elli mir zu verstehen, dass es Zeit war, aufzubrechen. Wir bezahlten unsere Getränke, bedankten uns für die Pizza und standen vom Tisch auf.

Giuseppe legte mir beim Abschied einen Arm um die Schultern und flüsterte mir lautstark ins Ohr: »Eeh, haste gute Geschmack, Jonas.« Er zwinkerte mir zu. »*La ragazza* hate hübsche Gesicht un isse auch *molto simpatica!*« Er imitierte einen Kussmund und brach in schallendes Gelächter aus, als er sah, dass ich rot wurde. »*Sei diventato rosso come un pomodoro!*« Nachdem er meine Gesichtsfarbe mit einer Tomate verglichen hatte, klopfte er mir väterlich auf die Schulter. »Bisse noch jung, eeh! Musse ausprobiere viele Mädchen, aber *solo una* für die Leben. *Capisce?*«, dabei hob er mahnend den Zeigefinger. Elli war etwas entfernt stehengeblieben und wartete auf mich. »*Tanti saluti* an dein Papa, *sì?*« Er wedelte mit seinem Küchenhandtuch. »*Alla prossima!*«

»Klar, richte ich aus«, versprach ich. »Bis bald.«

»*Ciao, Jonas! Ciao, bella ragazza!*«, rief er zur Verabschiedung. Elli und ich riefen ihm noch ein lässiges »*Ciao, Giuseppe*« hinterher, bevor wir uns auf den Weg Richtung Ellis Gesangslehrerin und in meinem Fall nach Hause machten.

»Was heißt *bella ragazza*?«, fragte Elli, nachdem wir ein paar Schritte gegangen waren.

»Hübsches Mädchen.«

»Ah, okay.« Sie kicherte verlegen. »Typisch italienischer Charme.«

»Wieso? Giuseppe hat doch nicht gelogen.« War das schon Flirten?

»Na ja, hübsch heißt nichts und ist auch nicht so wichtig. Charakter ist das Ding.«

»Beides ist auch nicht schlecht.« Schon wieder.

»Meine Freundin Cille hat mal gesagt, ich würde sie an Trinity aus dem Film *Matrix* erinnern. Aber nicht vom Aussehen her, sondern weil Trinity cool ist und weiß, was sie will.« Elli schielte unsicher zu mir rüber. »Klingt blöd, aber darüber hab ich mich echt voll gefreut.«

»*Matrix*. Krasser Film.«

»Absolut. Wobei ich die Idee, nur ein Embryowesen in einer überdimensionalen Brutanlage für Menschen zu sein, das in einem verkabelten Schleimtank existiert, nicht besonders prickelnd finde.«

Ich lachte. »Nee, ich auch nicht. Die Idee von einer Erlebnismaschine sprengt sogar meine Phantasie. Stell dir vor, alles, was wir als echt empfinden, wäre nur eine interaktive, neuronale Simulation der Welt.«

»Dann wären wir nichts weiter als Spielfiguren in einer computergenerierten Traumwelt. Ziemlich irre Vorstellung.«

»Der Schauspieler, der Neo gespielt hat, soll mal in einem Interview gesagt haben, dass *Matrix* kein Film, sondern eine Doku ist.«

»Im Ernst?« Elli machte ein erstauntes Gesicht. »Glaubst du das?«

»Keine Ahnung«, sagte ich schulterzuckend. »Ich weiß nicht, ob wir nur in einer Simulation leben und unser Leben bloß träumen oder ob das alles hier real ist.« Ich musste an mein erstes Gespräch mit J. denken, als er davon gesprochen hatte, dass unser Leben möglicherweise nur eine Illusion ist. »Da durchzusteigen, ist wahrscheinlich kompliziert. Tatsache ist, dass wir jetzt hier in der Matrixwelt leben und das Beste draus machen sollten.«

»Genau.« Elli war stehengeblieben und zeigte lachend nach rechts. »Also egal, ob ich nur ein Gehirn im Tank oder tatsächlich echt bin, ich muss jetzt hier lang.«

»Ich da lang«, sagte ich nach links zeigend.

»War cool, mit dir abzuhängen.«

»Mit dir auch.« Ich fühlte mein Gesicht wieder rot werden. Peinlich!

Auf dem Heimweg stellte ich mir vor, ich wäre Neo, wie er so gut wie tot von Trinity, also Elli, geküsst wird, damit er nicht stirbt. Die Vorstellung überwältigte mich spontan, sodass ich ergriffen schluckte. Allerdings wäre der Film dann anders ausgegangen. Ein Kuss von Elli und ich wäre erst recht gestorben. Saublödes Ende!

Zuhause machte ich mich gleich an die Arbeit. Ich war dran mit Badputzen. Nachdem Papa und ich abends vorher gewürfelt hatten, hatte er die Küche gewonnen und ich das Bad. Für dieses wöchentliche Glücksspiel hatten wir eigens einen Würfel präpariert, auf dem wir die Zahl 1 mit einem B für Bad und die Zahl 6 mit einem K für Küche übermalt hatten. Ich zog mir die Gummihandschuhe an, die über dem Waschbeckenkrümmer hingen, und legte los. Während ich die Kacheln über der Badewanne mit Kalkreiniger bearbeitete und mir dabei fast die Atemwege wegätzte, musste ich an eine folgenschwere Episode einige Zeit nach Mamas Tod denken. Ich erinnerte mich daran, wie Papa in einem Anfall von übertriebenem Aktionismus, unsere Haushaltsführung zu optimieren, Riesenmist gebaut hatte. Zumindest sollte Papas Mutter, also Oma, seine Badputzaktion später als solchen bezeichnen.

~

Omas Samstagsbesuch lief ab wie üblich: Erst begrüßte sie mich mit einer ihrer Quetschumarmungen, dann packte sie ihre Essensschätze aus, über die wir uns wie immer freuten. Beim gemeinsamen Kuchenessen hielt Oma wieder einen ihrer gefürchteten Lehrvorträge über eine bessere Haushaltsführung. Dabei schaute sie sich immer wieder prüfend in unserer Küche um, als suchte sie nach passenden Objekten oder eindeutigen Tatorten, um ihre gutgemeinten Belehrungen mit einem handfesten Beweis zu untermauern. Ihr Blick fiel auf eines unserer Geschirrtücher, das am Griff der Backofentür hing. Es sah in seinem undefinierbaren Schlechtwettergrau wirklich leicht schmuddelig aus. Oma warf Papa vor, dass er unsere Wäsche offensichtlich immer noch farblich unsortiert und bei falscher Temperatur wusch. Das Gespräch ging hin und her, bis Papa sie stoppte.

»Mutter, ehrlich gesagt wäre es mir lieber, du würdest mir im Badezimmer ein wenig zur Hand gehen.« Papa guckte zerknirscht, was Oma nicht entging. »Ich habe versucht, die Kalkflecken auf den Kacheln mit *WD-40* wegzubekommen, was anscheinend keine so gute Idee war.«

»Wiederhol noch mal den Namen des Zeugs, womit du die Kacheln geputzt hast«, forderte Oma streng.

»WD-40.«

»Ist das so was wie Scheuermilch oder Kalkreiniger?«

»Nein. WD steht für »Water Displacement« und wurde von einem Mann namens Norman Lawson 1953 in den USA erfunden. Die Zahl 40 steht für seinen vierzigsten Versuch, bis er die richtige Formel herausgefunden ...«

»Hans-Dieter, sag mir einfach klipp und klar, was das für ein Zeug war, das du da benutzt hast, und lähme mich nicht mit wissenschaftlichen Vorträgen, wenn es um simples Kachelputzen geht«, regte Oma sich auf.

»Also WD-40 ist eine Art Kriechöl, wird aber auch als Korrosionsschutzmittel verwendet«, dozierte Papa weiter.

»Was? Du hast die Badezimmerkacheln mit Caramba eingesprüht? Bist du noch zu retten?« Oma wirkte ernsthaft entsetzt.

»Mutter, deshalb musst du doch nicht in so schrillem Ton unsere Fensterscheiben an ihre Belastungsgrenze bringen«, beschwerte sich Papa. Oma guckte immer noch fassungslos, während Papa sich bemühte, sie aus ihrem Schockzustand herauszuholen. »Um es kurz zu machen: Die Kacheln sind total schmierig und das ganze Bad riecht nach Autowerkstatt. Meinst du, du könntest mal versuchen, die Schmiere wieder wegzubekommen?«

»Junge, ich kann dir versichern, Britta hätte dir den Hals umgedreht, wenn du euer schönes Badezimmer derart verschandelt hättest!«, wetterte Oma.

Ich hatte das Hin und Her über einen Comic gebeugt mitverfolgt, schaute jedoch bei Omas letzten Worten alarmiert hoch. Mamas Namen und Hals in einem Satz? Extrem ungünstige Wortkombination. Ich sah zu Papa, der seine Mutter mit einem streitlustigen Blick anstarrte, was sie jedoch nicht zu bemerken schien. Kopfschüttelnd band sie sich ihre mitgebrachte Schürze um und stapfte energisch Richtung Badezimmer.

Zwei Stunden lang hörten wir sie fluchend und lautstark klappernd im Badezimmer hantieren, was nur durch ausgiebige Wassereinsätze aus dem Duschkopf regelmäßig gedämpft wurde. Papa sah immer mal nach ihr, um die Lage zu checken und ihre Verfassung zu überprüfen. Als Oma ihre schwere Plackerei in unserem Badezimmer beendet hatte, trank sie mit Papa noch schweigend eine Tasse Kaffee, bevor sie sich fertig zum Heimfahren machte. Papa begleitete sie zum Auto, danach ließ er sich erschöpft auf die Eckbank fallen.

»Puh. Das war heute anstrengend mit Oma, findest du nicht?«, fragte er auf Zustimmung hoffend.

»Mich strengt das weniger an als dich. Vielleicht weil sie deine Mutter ist und du ihr Sohn.«

»Tja, das könnte durchaus an diesem einzigartigen Verwandtschaftsverhältnis liegen«, bemerkte er seufzend.

»Oma meint es doch gut. Sie bringt kiloweise Essen von zu Hause mit, räumt auf und putzt und möchte damit auf ihre Art helfen, dass es uns gut geht, auch ohne Mama.«

»Ja, das tut sie«, stimmte er missmutig zu.

»Außerdem bist du gerade etwas undankbar. Immerhin hat sie sich heute stundenlang abgerackert, deinen Badezimmerschlamassel wieder in Ordnung zu bringen.«

»Ja, ja, das weiß ich doch auch«, sagte er in einer Mischung aus schuldbewusst und genervt. »Ich habe nur immer das Gefühl, in ihren Augen hier zu Hause nichts richtig hinzubekommen. Das geht mir eben auf die Nerven. Sie meint es gut, aber ich fühle mich dabei nicht gut.«

»Kann ich nachvollziehen«, sagte ich großzügig.

»Vielleicht sollten wir langsam versuchen, ohne die Hilfe anderer hier im Haus zurechtzukommen. Was meinst du?«

»Ich denke, das wäre machbar.«

»Ernsthaft?«

»Klar. Mal ehrlich: Es ist doch kein Drama, dass du nicht der perfekte Hausmann bist und auch nicht so talentiert wie diese weltberühmte japanische Ausmist- und Wegwerffachfrau, von der ich mal im Radio gehört hab«, wollte ich ihn aufmuntern. »Es muss bei uns nicht alles perfekt sein. Es reicht doch, wenn es einigermaßen klappt.« Er nickte zustimmend. »Wir halten uns einfach an ein paar echt wichtige Regeln, dann schaffen wir das schon.«

»Die da wären?«, fragte er gespannt.

»Kein Ungeziefer im Haus, keine löchrigen Klamotten, nicht stinken, das Haus nicht zu einer Müllkippe verkommen lassen und regelmäßig genug leckere Sachen einkaufen, damit wir satt werden.«

»Du meinst, wir sollen es mal drauf ankommen lassen und schauen, was am Ende dabei herauskommt?« Ich wollte ihm gerade zustimmen, als er auch schon weiterredete. »Wenn es nicht klappt, können wir uns immer noch jemanden suchen, der uns gegen Bezahlung ein bisschen hilft«, schob er sicherheitshalber hinterher.

Für mich hörte sich das nicht besonders überzeugt an und schon gar nicht nach einer astreinen Erfolgsstrategie. Eher nach gezücktes Schwert gleich wieder einpacken, sobald man den Gegner am Horizont auftauchen sah. Aber um ihn nicht in eine Volldepression rauschen zu lassen, sagte ich: »Klingt nach einem Plan.«

»Na dann, abgemacht!« Er schien sich ehrlich zu freuen. Wir drückten unsere jeweils rechte Faust aneinander und besiegelten damit unser zukünftiges häusliches Chaos. Ein Versprechen auf Lebenszeit!

Kurze Zeit nach Omas und Papas Caramba-Krise führten wir an einem Samstagvormittag ein klärendes Mutter-Sohn-Enkel-Gespräch in unserer Küche. Papa erklärte Oma, dass wir beschlossen hatten, einen Anfang in Sachen selbständiger und unabhängiger Haushaltsführung zu machen. Erst weinte Oma ziemlich, weil sie so gar nicht mehr gebraucht würde und sich ohnehin in ihrem Alter zu nichts mehr nütze fühle. Parallel zu ihrem eigenen Kummer befürchtete sie für uns das Allerschlimmste in Sachen körperlicher Verwahrlosung und verlotterndem Haushalt. Die Gefühle kochten ziemlich hoch, bis Oma es irgendwann verstand. Schließlich hätte sie auch ihr eigenes Leben in der Eifel, in das ihr keiner reinreden und schon gar nicht reinpfuschen dürfe. Wir waren, glaube ich, alle etwas erleichtert, als jeder seine Freiheit und sein eigenes, wenn auch für uns ungewohntes Leben wieder zurück hatte. Außerdem, tröstete Oma sich und betupfte dabei ihre rotgeweinten Augen mit einem umhäkelten Stofftaschentuch, sei ihr Hans-Dieter ja schon einmal groß geworden. Jetzt müsse er eben noch ein weiteres Mal groß werden. Und so wurde ich an diesem Samstagvormittag zum ersten Mal und Papa zum zweiten Mal ins eigenständige Leben ausgewildert.

~

Während ich in meinen Gedanken über Oma und unseren Haushalt versunken gewesen war, hatte ich das Bad fertig geputzt. Zur Belohnung nahm ich mir eine Limo aus dem Kühlschrank und ging runter in den Keller, um etwas in Papas Musik herumzustöbern. Meistens ließ er die Platten und CDs vom Vorabend vor seiner Anlage liegen, weshalb ich selten lange suchen musste, um ein bestimmtes Stück zu finden. An dem Nachmittag wollte ich mir von *The Velvet Underground* das Stück »Pale Blue Eyes« noch mal anhören. Es hatte ein cooles Gitarrensolo, das mir abends im Bett aufgefallen war. Danach hörte ich mich durch jede Menge andere Musik, drehte den Lautstärkeregler richtig auf und beamte mich in eine andere Galaxie. Irgendwann ertappte ich mich dabei, wie ich ausgelassen durch Papas Kellerraum tanzte und dabei an Elli dachte. Die gemeinsame Zeit bei Giuseppe war super toll gewesen. Ich wollte mich an alles erinnern, was sie gesagt und wie sie dabei ausgesehen hatte. Als ich schließlich fertig mit Musikhören war, legte ich alles wieder so hin, wie ich es vorgefunden hatte. Bestimmt hätte Papa nichts dagegen gehabt, wenn es ihm aufgefallen wäre. Ich fühlte mich nur immer wie ein Eindringling in seine Welt, denn schließlich konnte er auch nicht in meine.

10

Vielleicht war er für immer weggegangen. Der Gedanke überkam mich morgens beim Müslikauen, nachdem ich J. wieder eine Weile nicht gesehen hatte. Ich fragte mich, wo er bloß seine Zeit verbrachte, wenn er nicht da war. Manchmal sah ich ihn tagelang nicht, dann saß er plötzlich wieder an seinem Platz und benahm sich, als sei er nie weggewesen. Die Sache beschäftigte mich immer noch, als ich nach der Schule am Spielplatz entlangtrottete. Prompt riss mich seine Stimme aus meinen Grübeleien, als hätten sich meine Gedanken klammheimlich in seinen Kopf geschlichen. Ich sah ihn mit einem Becher Kaffee in der Hand auf dem Mäuerchen am Spielplatz sitzen. Es war nicht seine gewohnte Stelle, so hatte ich ihn übersehen.

»Hey, J.! Du warst wieder weg und ich dachte schon, wir sehen uns nie mehr.«

»Nun, ich hatte etwas zu erledigen.«

»Was denn?«

»Das ist unwichtig«, entgegnete er mit seiner ruhigen, tiefen Stimme und erstickte damit meine Neugier. »Umso schöner, dass wir uns an diesem wundervollen Sonnentag wiedersehen, nicht wahr?«

»Und ob. Darf ich mich zu dir setzen oder hast du keine Zeit?«

»Wir haben alle Zeit, die wir brauchen, Jonas«, sagte er geheimnisvoll und bohrte seine schlauen Augen in meine. Das klang seltsam, hielt mich aber nicht davon ab, mich neben ihm niederzulassen. »Wie geht es deiner Mutter im Traumraum?«

Ich hatte mich mittlerweile an seine Direktheit gewöhnt, dennoch überrumpelte mich seine Frage. Tatsache war, dass ich mir selbst nicht genau im Klaren darüber war, wie es Mama im Traumraum ging. Seit unserem letzten Gespräch über Engel, Erzengel und meiner Phantasiegeschichte im Zusammenhang mit Mama als Jumboengel hatte sich in meiner Vorstellung etwas verändert, das ich selbst noch nicht genau verstand.

»Es ist komisch, aber seit unserer letzten Unterhaltung kann ich mir meine Mutter nicht mehr so richtig als Engel vorstellen. Als ich nach unserem Gespräch das nächste Mal in den Traumraum gegangen bin, war sie für mich nicht mehr so deutlich zu sehen. Ein anderes Mal war sie da, dann wieder nicht. Seltsam, aber ich spüre sie, auch wenn ich sie nicht sehe. So, als wäre sie trotzdem da.«

»Hm«, sagte J. und nickte.

»Es ist sogar so, dass ich meine Mutter intensiver um mich herum spüre, seitdem ich nicht mehr so auf ihre optische Erscheinung im Traumraum fixiert bin.« Was ich nicht sagte, war, dass ich sie seitdem auch viel mehr vermisste, was nicht gut war. Ich hatte Angst, dieses neue Gefühl könnte Dynamo wecken, was definitiv nicht passieren durfte.

»Nun, Engel sind nicht stofflich und vielleicht nur ein Zustand. Wer weiß das schon«, bemerkte J. mit einem Augenausdruck, den ich nicht deuten konnte. »Deine Mutter ist überall da, wo du ihr begegnen möchtest, unabhängig von Zeit, Raum oder Bildern.« Ich hätte mir gewünscht, dass er noch mehr dazu gesagt hätte, doch stattdessen wechselte er abrupt das Thema. »Was macht dein Schuppenlutz?«

»Wer?« Ich blinzelte irritiert.

»Dein Drache. Wie heißt er noch gleich?«

»Ach so, du meinst Dynamoterror.«

»Und, hast du dich etwas mit ihm anfreunden können?«

»Mit ihm anfreunden? Hölle nein! Ich bin doch nicht lebensmüde!«

»Dann lass ihn verhungern«, schlug er vor, als handelte es sich um einen Bandwurm.

»Ich füttere ihn doch gar nicht.«

»Doch«, behauptete er überzeugt.

»Nein!«, beharrte ich. »Womit füttere ich ihn denn bitteschön? Ich bring ihm nicht tonnenweise Mettbrötchen rein, falls du das denkst.«

»Du fütterst ihn mit deinen Ängsten, Zwängen und Vermeidungsstrategien.«

»Und davon wird der satt?«, fragte ich ungläubig und zog J. zum ersten Mal ernsthaft in Zweifel.

»Wie du siehst, hält es ihn zumindest seit nunmehr vier Jahren am Leben«, stellte er sachlich fest.

»Er schläft doch sowieso die ganze Zeit«, erklärte ich ihm Dynamos Lebensinhalt. »Meiner Einschätzung nach ist sein Stoffwechsel auf so ziemlich die niedrigste Stufe runtergefahren.«

»Was ist, wenn er doch mal wach wird?« Mir wurden seine Fragen langsam unangenehm. Ich wollte nicht so intensiv über den Desasterraum reden. Das konnte Unruhe hineinbringen.

»Wird er nicht!«, sagte ich deshalb überzeugt.

»Warum nicht?« J. war wie eine Bohrmaschine.

»Weil ich im Desasterraum immer extrem leise bin, um Dynamo nicht aufzuschrecken, und auch sonst auf meine Gefühle achte. Darum!«

»Wäre es nicht schön, wenn dein Drache irgendwann fort wäre?«

»Doch, klar. Dann müsste ich nicht mehr in den Desasterraum gehen und vor Dynamo Angst haben.« Ich wusste allerdings auch, was das bedeuten würde. Meine Gefühle wegen Mama kämen frei und das wollte und konnte ich mir nicht vorstellen. Darum war der Wunschgedanke von Dynamos Verschwinden für mich Spinnerei.

»Dann versuch ihn zum Weggehen zu bewegen.«

»Und wie soll ich das machen?« Er schien von Drachen wirklich keine Ahnung zu haben.

»Überleg dir was.«

»Ich kann doch nicht locker zu ihm reinlatschen, zweimal in die Hände klatschen und rufen: *So, Dynamo, alter Junge, genug gepennt jetzt. Nachdem ich dich jahrelang mit meinen Ängsten durchgefüttert hab, ist es Zeit, dass du dir'ne neue Bude suchst. Und jetzt ab mit dir, aber flott. Hopp, hopp!* Dann steht der doch nicht schlaftrunken auf, furzt nach all den Jahren noch mal ordentlich und trottet aus dem Raum wie'n Kirmespony.« Ich sah J. an. »Oder doch?«

»Das wäre zu einfach.«

»Ach ja? Wie schwierig wird's denn?«, wollte ich daraufhin dringend wissen.

»Das kommt ganz darauf an, wie viel du bereit bist, dafür zu tun, und wie stark du auf der Fähigkeitsebene bist.«

»Heißt im Klartext?«

»Ob du willens und fähig bist, all das, was dein Drache bewacht, deine Befürchtungen, deine Ängste und Zwänge, zu konfrontieren und die möglichen Folgen daraus zu tragen.«

»Hm …«, grübelte ich und kam ungefähr einen Meter weiter. Nämlich genau einen Meter von der Eingangstür des Desasterraums in Richtung Dynamos Liegeplatz. Ab da wollte ich nicht mehr weiter. Wie immer.

»Deinen Drachen zu zähmen erfordert einiges an Mut und Überwindungskraft«, las J. meine Gedanken, während mir im selben Moment eine irrwitzige Idee durch den Kopf schoss.

»Hey, du redest jetzt nicht zufällig von »*Drachenzähmen leicht gemacht*«, oder? Die Fernsehserie hab ich früher immer geguckt.«

»Nein, von einer Drachenserie im Fernsehen rede ich nicht.«

»Och, schade. Ich dachte, wir hätten jetzt ein richtig *nices* Thema. So auf Augenhöhe.«

Ich sah J. die Stirn runzeln, während er sich erhob. »Vielleicht machst du dir noch mal ein paar Gedanken über deine Ängste und Zwänge. Ich gehe jetzt rüber zu Inge und lasse mir die Leere aus meinem Kaffeebecher entfernen.«

»Okay«, sagte ich enttäuscht.

»Wer weiß, vielleicht ist dir bis zu unserem nächsten Treffen etwas eingefallen, wie du deinen Drachen zum Weggehen bewegen kannst. Ich bin gespannt.« Damit schulterte er seinen Rucksack, klemmte sich seine Decke unter den Arm und ging Richtung Kiosk davon.

Auf dem Heimweg ließ ich meinen Gedanken freien Lauf. Sie streunten zunächst ziellos durch die Gegend, bis sie kurz darauf bei Dynamoterror und dem verhängnisvollen Abend nach Mamas Beerdigung hängenblieben.

Abgesehen davon, dass ich in den Tagen nach Mamas Unfall unfähig gewesen war, richtige Trauergefühle zu empfinden, hatte der Abend nach Mamas Beerdigung für die absolute Verbannung all meiner schlimmen Gefühle gesorgt ... und für Dynamos Einzug. Ich war davon überzeugt, dass ich keine Wahl gehabt hatte und es jederzeit wieder so machen würde. Die Erinnerung an den Abend ließ mich innerlich zusammenschrumpfen.

~

Nachdem Papa und ich dieses seltsame Gespräch übers zu zweit Alleinsein, Gott und die Selbstbestimmtheit im Leben geführt hatten, ging ich ins Bad, danach todmüde ins Bett. Ich fühlte mich erschöpft, wollte an nichts denken und nichts fühlen. Doch je mehr ich mich anstrengte, leer zu sein, desto unruhiger wurde ich. Ein unangenehmes Gefühl im Kopf oder vielleicht sogar tiefer in mir drin hielt mich wach. Es fühlte sich an, als wären all die losen Gedanken, Gefühle und Bilder der vergangenen Tage plötzlich müde vom Herumfliegen und wollten sich endlich in mir absetzen. Wie umherwirbelnde Flocken in einer Schneekugel, die nach dem Schütteln langsam auf den Boden sanken. Ich ahnte, was das bedeutete.

Nein, das durfte nicht sein! Das würde ich niemals aushalten! Was stimmte plötzlich nicht mit mir? Es hatte doch seit Mamas Unfall alles gut geklappt. Mein Nichtfühlen hatte mich davor bewahrt, so gequält draufzukommen wie die anderen. War ich jetzt auch fällig? Blieb ich doch nicht von den Qualen verschont? Das war ausgeschlossen – ich war doch viel zu ängstlich! Oder war ich am Ende zu feige? Musste ich mich dafür schämen, dass ich mich nicht traute, meine Gefühle hochkommen zu lassen? Gedanken hin oder her, ich merkte, wie ein Teil in mir anfing, weh zu tun, und sich alles in mir verkrampfte. Es fühlte sich an wie ein klumpiges Gefühl im Magen mit gleichzeitigem Würgereiz und Heulreflex.

Vorsichtig fühlte ich noch mal in mich hinein. Etwas Beängstigendes rollte eindeutig in mir hoch und wollte unbedingt aus mir heraus. Es bewegte sich von ganz tief unten, durch den Magen, hoch in den Brustkorb, in die Kehle und wollte wahrscheinlich durch die Augen ins Freie. Der Anflug von Übelkeit wurde stärker. Vielleicht hatte ich nachmittags auf dem Beerdigungskaffee doch zu viel durcheinandergefuttert und bestimmt auch zu viel Limonade getrunken, redete ich mir zur Beruhigung ein. Aber ich wusste im selben Moment, dass das nicht der Grund für mein mieses Gefühl war. Es war definitiv nichts, was man sehen oder anfassen konnte – kein querliegendes Käseschnittchen und auch kein verrutschtes Puddingteilchen. Was sich in mir drin bewegte, war etwas Unsichtbares, etwas ohne Form. Verzweifelt versuchte ich, dieses undefinierbare Ding in mir niederzukämpfen, doch es benahm sich wie ein wildes Tier. Ich wusste nicht, was es war. Ich wusste nur ganz sicher, dass es zu gewaltig und angsteinflößend war, um es zuzulassen. Ich zwang mich, ruhig zu atmen und an etwas Witziges zu denken, um das wilde Ungeheuer in mir zu besänftigen. Leise summte ich ein Lied, zählte von hundert rückwärts und buchstabierte komplizierte Wörter. Doch egal, was ich unternahm, ES ließ sich nicht zähmen.

Smaug! Ungewollt musste ich an diesen Horrordrachen aus der Filmreihe *Der Hobbit* denken. Smaug war ein so grauenhaftes Ungeheuer, dass ich mich regelrecht im Sessel verkrochen hatte, als Deniz und ich uns die Filme verbotenerweise, da erst ab zwölf, bei ihm zu Hause angesehen hatten. Schnell setzte ich mich im Bett auf und knipste die kleine Lampe über mir an. Das schwache Licht tat gut, konnte mich aber nicht beruhigen. Mein Mund war ausgetrocknet. Mein Brustkorb fühlte sich gequetscht an. Im nächsten Moment fingen meine Augen an zu brennen und ich merkte erste Anzeichen von heißen Tropfen. Ich wollte das nicht. Was auch immer es war, es war mir zutiefst unheimlich und ich wollte ihm nicht begegnen. Ich hatte Angst, dieses ETWAS würde so wehtun, dass es mich in tausend Stücke fetzen würde. Plötzlich wollte ich nicht mehr alleine sein. Ich beschloss, runter zu Papa zu gehen.

Hastig stieg ich aus dem Bett und machte mich barfuß auf den Weg nach unten.

Bereits von der Treppe aus sah ich, dass noch Licht in der Küche brannte. Ich war erleichtert. Papa war noch wach. Die Tür stand einen Spaltbreit offen und ich trat näher heran. Ich sah Papa im Schlafanzug vornübergebeugt am Küchentisch sitzen. Er hatte seinen Kopf auf die Unterarme gelegt und machte einen seltsamen Buckel. Dann hörte ich es. Er weinte und wie er weinte! Er weinte so schlimm, wie ich es noch nie gehört hatte. Sein Oberkörper zuckte unkontrolliert, dabei hörte ich gespenstische Laute, die eindeutig aus Papa kamen. Er schluchzte und röchelte gequält. Dazwischen gab er glucksende Geräusche von sich, die sich anhörten wie ein verstopfter Abfluss. Meine Welt schoss aus ihrer Umlaufbahn, als ich Papa dort so verzweifelt weinen sah. Etwas passierte mit mir. Ich hielt es nicht aus, ihn so zu sehen. Warum war er nicht stärker? Er sah so hilflos und schwach aus, dass ich mich nicht traute, zu ihm zu gehen. Dabei hatte ich doch gehofft, er würde mir helfen, dieses Ungeheuer in mir zu verscheuchen. Aber er hatte seinen eigenen Kampf. Mir wurde klar, dass ich mich auf mich selbst verlassen und die Sache alleine regeln musste.

Ich drehte mich um und schlich geräuschlos die Treppe hoch. Nachdem ich die Zimmertür leise hinter mir geschlossen hatte, machte ich die helle Deckenlampe an und blickte mich im Zimmer um. Es sah alles gleich aus und doch war alles anders. Es fühlte sich fremd an. Das war es. Vielleicht war ich unten im Flur vor der Küchentür ein Anderer geworden, sodass meine Augen mit einem veränderten Gefühl auf die bekannten Gegenstände schauten. Nichts war mehr vertraut, wie es vorher gewesen war, als ich mich ins Bett gelegt hatte. Mein Zimmer war wie ein unbekannter Raum, den ich zum ersten Mal betrat. Ich sah mich erneut um und richtete meinen Zeigefinger in Richtung jeden Gegenstands, den ich flüsternd benannte: »Das ist mein Schrank! Kenn ich. Sessel? Kenn ich. Lampe überm Bett, Gitarre, Bücher, Anlage? Kenn ich, kenn ich.«

Es war doch alles wie immer, warum fühlte es sich dann so ungewohnt an? Ich setzte mich aufs Bett und zog im nächsten Moment erschrocken die Beine hoch. Ich hatte plötzlich Angst, die Füße auf den Boden zu stellen. Vielleicht war etwas Gefährliches unterm Bett, wo doch alles in meinem Zimmer so anders war. Vorsichtig stieg ich vom Bett und schaute drunter. Ich öffnete die Türen des Kleiderschranks und sah sicherheitshalber hinein. Hinter die zugezogenen Vorhänge schaute ich auch noch. Da war nichts. Ich war erleichtert.

Trotz des hellen Lichts im Zimmer und meines Ausflugs die Treppe hinunter, wurde ich dieses bedrohliche Gefühl in mir nicht los. Seitdem das Bild von diesem furchterregenden Drachen in meinem Kopf aufgetaucht war, hatte ich diesem unheimlichen ETWAS zumindest einen Namen gegeben: Smaug! Aber es war *mein* Drache, der in mir hauste. Deshalb brauchte dieses Ungeheuer auch einen Namen, den ich ihm gab. Vage erinnerte ich mich an eine Typusart aus meinem Dinosaurierlexikon mit dem Namen »Dynamoterror«. Für mich klang der Name bedrohlich und angsteinflößend genug, um ein würdiger Ersatz für Smaug zu sein. Probehalber sprach ich den Namen Dynamoterror ein paar Mal laut aus, bis er auf meiner Zunge wie das pure Grauen schmeckte. Mit dieser Namensgebung gelang es mir, dieses unsichtbare, grauenhafte Unding in mir zu zähmen und damit umzugehen. Ich sperrte Dynamoterror als Wächter über meine Gefühle in diesen höhlenartigen, dunklen Raum, den ich Desasterraum taufte. Dort würde er schön schlafen, solange ich gefühlsmäßig alles unter Kontrolle behielt. Leise begann ich ein Schlaflied vor mich hin zu summen. Es beruhigte Dynamoterror, es beruhigte mich und irgendwann schlief ich darüber ein.

Am nächsten Morgen kam mir alles wie ein Albtraum vor, den ich jedoch größtenteils abgeschüttelt hatte. Ich konnte die Ängste des Vorabends zwar noch erahnen, doch das bedrohliche Gefühl war verflogen. Der überwiegende Teil in mir fühlte sich praktisch wieder normal an. An dem Morgen nahm ich mir vor, gefühlsmäßig in Zukunft immer möglichst entspannt zu bleiben, damit Dynamoterror im Desasterraum nicht aus Versehen aufgeschreckt wurde. So kam es, dass ich all meine Gefühle wegen Mama in Dynamoterror verbannte, ähnlich wie Aladin den bösen Geist in seine Lampe. Während Aladin die Lampe nie zerbrechen durfte, durfte ich den Drachen niemals wecken.

Es war mir damals nicht bewusst gewesen, aber in den Minuten vor der Küchentür hatte ein Teil von mir aufgehört, ein zehnjähriger Junge zu sein. Dieser Teil war in einem Fingerschnips zu einem älteren Jungen geworden, der im Körper eines Zehnjährigen steckte. Vielleicht hatte mein Körper deshalb in der Breite mithalten wollen, um Raum für diesen älteren Jungen in mir zu schaffen. Anders konnte ich mir nicht erklären, warum ich relativ bald darauf anfing, mehr zu essen. Vielleicht hatte ich auch nur versucht, das Loch, das Mama in unser Leben gerissen hatte, mit Essen zu stopfen.

~

Unterwegs nach Hause hatte sich der komplette Film in meinem Kopf abgespult, als hätten dazwischen keine vier Jahre gelegen. Meine ausgetrocknete Zunge klebte am Gaumen und ich fühlte mich tonnenschwer. J. hatte leicht reden. Ich konnte Dynamo nicht einfach so rauslassen und weg wäre er. Wenn Dynamo auszog, fielen meine Gefühle über mich her, was ich auch nach vier Jahren auf keinen Fall aushalten wollte und konnte. Es war doch auch okay, so wie es war. Außerdem war ich kein Fan von zwanghafter Optimierung um jeden Preis. Wenn der Preis zu hoch war, sollten die Dinge eben so bleiben, wie sie waren. Ich ging nicht gerne in den Desasterraum, aber ich tat es. Alles war gut und würde auch gut bleiben. Ich hatte alles im Griff. Mir selbst gut zuredend bog ich in unsere Straße ein und stand kurz darauf vor unserer Haustür. Beim Aufschließen stellte ich verwundert fest, dass Papa schon daheim war.

»Nicht erschrecken«, begrüßte er mich. »Mein LKW hatte eine Panne und ich musste meine Tour mittendrin abbrechen, was bedeut…« Er stoppte mitten im Satz, um mich stirnrunzelnd zu betrachten. »Stimmt was nicht?«

»Wieso?«

»Du siehst aus, als hättest du einen schlechten Tag gehabt.«

»Nein, ehrlich, alles in Ordnung. Bin nur'n bisschen schlapp vom langen Schultag«, sagte ich bemüht locker.

»Dann ruh dich vor dem Abendessen noch etwas aus. Übrigens kommt Onkel Dietmar später.« Die Vorfreude darauf verscheuchte spontan die Nachwirkungen des Erinnerungsfilms auf meine Stimmung. Sein Besuch würde wieder Leben in die Bude bringen. Ich ging hoch in mein Zimmer, legte mich aufs Bett und hörte Musik, bis Papa mich zum Essen rief.

Als wir gerade fertig waren, klingelte es. Im nächsten Moment erschien Onkel Dietmar, wie üblich blendend gelaunt und bis zum Anschlag energiegeladen. Papa klopfte er kumpelhaft auf die Schulter, bevor wir uns mit einer unserer spaßigen Boxeinlagen begrüßten.

»Johnnyboy, du musst an deiner Deckung arbeiten.« Lachend knuffte er mich in die Seite. Dann setzte er sich auf die Eckbank und legte entschlossen ein mitgebrachtes Buch auf den Tisch. Ich zog mich unter dem Vorwand, Lateinvokabeln lernen zu müssen, in unser von der Küche nur halbabgetrenntes Wohnzimmer zurück. Das tat ich gelegentlich, um die beiden alleine zu lassen, auch wenn ich ihre Unterhaltungen immer mithören konnte. Das war für mich wie Kino.

Onkel Dietmar hatte sich auch prompt eine neue Strategie zurechtgelegt, die er als »knallharte Konfrontationsstrategie« bezeichnete. Mit der wollte er Papa endlich wieder zu dem Hans von früher machen. Einzige Voraussetzung: Papa müsse an einem der kommenden Karnevalstage wenigstens einmal mit ihm Feiern gehen. Mittlerweile wären doch vier Jahre vergangen und Karneval sei ja nicht grundsätzlich für Mamas Tod verantwortlich. Es sei eben nur ein unglücklicher Zufall gewesen, dass ihr Unfall ausgerechnet in der fünften Jahreszeit passiert sei. Da er Papas Abneigung gegenüber dieser Zeit allerdings sehr gut verstehen könne, habe er ihm zuliebe ein Buch über Traumabewältigung gekauft und es sogar von der ersten bis zur letzten Seite gelesen, wie er stolz verkündete. Daraufhin sei ihm die Idee gekommen, dass es das Beste für Papa sei, wenn er sich kopfüber in den Karnevalstrubel stürzte und sich seinem Trauma beinhart und wie ein Mann stellte.

»Du ziehst mein Gorillaganzkörperkostüm an, dann sieht keiner dein gramvolles Gesicht. Und wenn du flennst und dein ganzer Kummer in Strömen aus dir heraussprudelt, merkt das keiner ... außer dass die Fellmaske von innen nass wird«, schlug er begeistert vor.

»Och Dietmar! Ich im Gorillakostüm! Geht's noch bekloppter?«

»Hä, wie jetzt?«, fragte Onkel Dietmar verdattert. »Ich dachte, du hast nur ein Karnickeltrauma, bist du jetzt auch noch gorillagestört?«

»Du bist wirklich so was von geschmacklos!«, fuhr Papa ihn an.

»Versuch es doch wenigstens und komm mal raus aus deinem schwarzen Loch«, verteidigte Onkel Dietmar seine gutgemeinte Idee. »Das Leben geht weiter, jeden Tag.«

»Mir kommt es eben so vor, als sei es gestern gewesen«, sagte Papa verbittert. »Als würde sich die Zeit nicht bewegen.«

»Doch, die bewegt sich, nur du dich nicht mit ihr.«

»Du hast leicht reden, Dietmar. So einfach ist das nicht. Man kann seine Gefühle nicht vor- oder zurückspulen, wie es einem gerade in den Kram passt. Mich gibt es eben derzeit nur in dieser eingeschränkten Version.« Papa klang resigniert.

»So oder so, ich vermisse dich da draußen, Kumpel!«, beharrte Onkel Dietmar.

»Mag sein.«

»Weißt du noch? Du und ich Rosenmontag beim »*Kölsche Pitter*« in Holzhackermontur mit Kettensäge und allem Drum und Dran?«, lockte er Papa mit einer nostalgischen Erinnerung an glorreiche Zeiten.

»Ich erinnere mich. Du hast im Suff angefangen, das Mobiliar zu zersägen, und wir konnten gerade noch abhauen, bevor die Polizei kam.«

»Junge, ich weiß noch, wieviel Spaß wir an dem Abend hatten«, schwärmte Onkel Dietmar.

»Na ja, du hast einer Frau durch die Handtasche gesägt, woraufhin sie dich ver-prügeln wollte«, korrigierte Papa Onkel Dietmars verklärte Version des Abends.

»Oh Mann, das war *The Ultimate Diddy Lumberjack*! Komm, Hansi, wir trinken gemütlich ein paar Kölsch, stehen etwas herum und du konfrontierst dein Trauma. Sobald es dir mit dem Konfrontieren zu viel wird, box ich uns da raus und wir sind im Nullkommanix draußen, okay? Goldenes Diddy-Ehrenwort!«

»Dietmar, lass es doch einfach.« Damit war für Papa die Sache erledigt und ein weiterer von Onkel Dietmars gutgemeinten Resozialisierungsversuchen für die Tonne. Sie waren einfach zu verschieden, als dass sie einen gemeinsamen Weg aus Papas Schattenwelt gefunden hätten. Nachdem Onkel Dietmar gegangen war, kam Papa zu mir ins Wohnzimmer und ließ sich mit dem Buch über Traumabewältigung in seinen Lieblingssessel fallen.

»Hast du vor, das Buch zu lesen?«, fragte ich gespannt, wo er es schon mit ins Wohnzimmer gebracht hatte.

»Mal sehn. Dass sich Onkel Dietmar jetzt zum Psychologen berufen fühlt, ist schon rührend und bestimmt gut gemeint, aber ich weiß nicht …«, sagte er nach-denklich, während er das Buch auf seinem Schoß betrachtete. »Es kann ja nicht scha-den, wenn ich mal einen Blick hineinwerfe, oder?« Ich nickte, als eine Erinnerung wie ein U-Boot aus den Tiefen meines Gedächtnisspeichers auftauchte.

»Weißt du noch, als ich damals, kurz nachdem Mama nicht mehr da war, zu die-sem seltsamen Kinder- und Jugendpsychologen gehen musste, weil ihr dachtet, es würde mir helfen?«

»Stimmt, der mit diesem komplizierten Doppelnamen: Dr. Wilfried Wizt-schnewszky-Teidelkamp«, sagte Papa schmunzelnd.

»Ich hab's kein einziges Mal geschafft, seinen Namen richtig auszusprechen.«

»Verrückt!«, pflichtete er mir bei und öffnete das Buch von Onkel Dietmar.

Ich erinnerte mich, dass mir die Maßnahme damals ziemlich seltsam vorgekommen war, weil ich der Meinung gewesen war, auch ohne »professionelle Hilfe« ganz gut in meinem veränderten Leben zurechtzukommen. Aber was tat man als Kind nicht alles, von dem die Erwachsenen annahmen, dass es für einen unbedingt notwendig sei.

~

In der allerersten Therapiestunde hatte mir Herr Wiszchwnesky Bilder von Gegen-ständen, geometrischen Figuren und undefinierbaren Farbklecksen gezeigt. Ich hatte damals eine Art Sehtest dahinter vermutet. Die weiteren Sitzungen hatten hauptsächlich aus Bildern bestanden, die er mich malen ließ, um meine Gefühle und meine Trauer in Zeichnungen zu verarbeiten, wie er es formuliert hatte. Leider hatte mich schon nach dem ersten Bild der Verdacht beschlichen, dass er mit meiner Phantasie leicht überfordert war. Das Bild hatte aus einem stürmischen Meer bestanden, in dem weinende Menschen herumzappelten. Sie hatten aufgerissene Münder und riesige, schreckgeweitete Augen mit einer Minipupille, aus denen massenhaft Tränen sprudelten. Dazwischen einzelne Menschen, die sich an ein Stück Treibholz oder eine Boje klammerten. Oberhalb vom Meer flog ein Raumschiff, das Han Solos Millennium Falken aus STAR WARS ziemlich ähnlich sah. Aus einer Klappe im Schiffsrumpf fielen rotweiße Rettungsringe heraus, woran sich die Menschen im Wasser festhalten konnten. Herr Witsnzchewnksi hatte wissen wollen, wer denn die Menschen im Meer seien. Ich hatte ihm erklärt, dass sie keine Namen hätten, sondern einfach nur trauernde Erwachsene, die versuchten, in einem Meer aus Tränen nicht unterzugehen. Ihre traurigen Gefühle seien eben wie ein Sturm, in dem sie ums Überleben kämpften.

Herr Winzschiwzky hatte ein nachdenkliches »Hmhm« gegrunzt und mich gefragt, wo *ich* denn in dem Bild sei. Ich hatte ihm zu verstehen gegeben, dass ich nie in so einem Unwetter gewesen sei. Außerdem, hatte ich ihm erklärt, sei ich schließlich der Beobachter. Derjenige, der die Szene mit Kamerablick einfing und auf Papier brachte.

In der Woche darauf hatte ich mich am Anfang der Therapiesitzung an den Marktplatz voller trauriger und verzweifelter Menschen erinnert, den ich mir in den ersten Tagen nach Mamas Unfall vorgestellt hatte. Da ich noch nicht so oft auf einem Wochenmarkt gewesen war, hatte ich mich für einen Zoo entschieden.

~

Ich tauchte aus meinem Kopf auf. Das Bild musste noch irgendwo in meinem Zimmer sein. Papa war mit dem Traumabuch auf dem Schoß im Sessel eingenickt. Er schnarchte entspannt vor sich hin, als ich leise aufstand und das Wohnzimmer verließ. Ich kramte das Bild unter meinem Bücherregal hervor, rollte es vorsichtig auseinander und ließ es in allen Einzelheiten auf mich wirken.

Über die gesamte obere Breite zog sich eine Art Banner mit übergroßen Buchstaben: *Trauerzoo mit Heulenden zum Staunen und Streicheln*

Ich sah Gehege, dazwischen Wege und Bäume. Die einzelnen Gehege hatte ich mit Figuren ausgefüllt, die mit offenen oder geschlossenen Augen weinten, mal mit wenigen Tränen, mal mit ganzen Bächen. Besucher gingen über die Wege. Meist kleine Familien, Schulkinder mit Ranzen auf dem Rücken und ein paar ältere Leute. Einige der Kinder hielten knallgelbe Wein-Emoji-Luftballons in der Hand. Neugierig las ich die Sprechblasen, die ich damals als Zehnjähriger verfasst hatte.

Ein Schulkind sagt zu einem anderen: »Hey, lass uns mal da vorne hingehen, da weint einer gerade richtig hammermäßig!« Das Schulkind daneben: »Guck mal, wieviel Wasser die Frau aus den Augen verliert! Das spritzt richtig!« Die Lehrerin schimpft: »Hallo, ihr zwei, geht mal nicht so dicht an den Zaun, sonst bekommt ihr noch nasse Jacken!« Ein Junge sagt zu einem Mädchen: »Boah, der Mann auf dem Felsen dahinten zuckt beim Heulen voll krass!«

Am Eingang des Zoos befand sich eine Anzeigetafel mit einer besonderen Ankündigung: *14:00 Uhr – Fütterung der hysterischen Weiner*

Ein älterer Mann sagt zu seiner Frau: »Schau mal, wie flink sich die Frau da vorne ein Papiertaschentuch aus der Schachtel zieht. Da! Jetzt hat sie es schon wieder gemacht.« Die Frau zu ihrem Mann: »Beeindruckend! Aber guck mal da hinten. Siehst du die ältere Frau?« Ich folgte ihrem ausgestreckten Arm, der in Richtung eines runden Geheges zeigte. »Sie benutzt sogar noch Stofftaschentücher mit Häkelbordüre. So was sieht man heutzutage nur noch ganz selten.«

Ein Kind mit einer Eiswaffel in der Hand steht neben seiner Oma: »Oma, da unter dem Baum mit den langen Zweigen, da sitzt einer, der macht gar nichts! Der starrt nur geradeaus!« Oma von dem Kind: »Meinst du den Mann mit dem Bart?« Kind: »Ja. Der bewegt sich schon die ganze Zeit nicht. Ist der ausgestopft?« Oma: »Nein, Attrappen dürfen die hier bestimmt nicht aufstellen.« Kind jammert: »Was ist denn mit dem? Der ist mir unheimlich!« Oma: »Vielleicht ist er der Traurigste von allen. Ihn hat es wahrscheinlich am schlimmsten erwischt. Sollen wir ihn mal streicheln gehen?«

Ich erkannte ein Zoo-Café, das draußen auf einer Werbetafel ein Sparmenü anbot: *Kleine Packung Weingummis + 0,5l reines Tränenwasser - Vom Ursprung her vollkommen! (inkl. Strohhalm) – Komplett für nur 2,99€!!*

Daneben gab es einen Shop, der Trauerzoo-Souvenirs verkaufte: *Trostpflaster, Rotzlöffel, Weingläser, Heulbojen, Wimmertrimmer für den Garten mit Touchbutton für den Original Trauerzoosound, eingetopfte »Trauerweide« und »Tränendes Herz«*

Für das Trauerzoo-Bild hatte ich damals vier DIN A3 Blätter aneinandergeklebt und zwei komplette Therapiesitzungen gebraucht. Ich hatte es als gnadenlos gelungenes Meisterwerk empfunden und auf Bewunderung für meine Zeichenkünste von Herrn Wiszschischnksy gehofft. Stattdessen hatte er nur wieder wissen wollen, wo ich denn in dieser »*traurigen und zugleich lebhaft-dramatischen Szenerie*« sei. Aus Enttäuschung hatte ich ihm pampig geantwortet, dass ein Dirigent auch nicht gleichzeitig im Orchester mitspielte, jedenfalls nicht an unserer Schule. Am Ende der Sitzung hatte er mir empfohlen, mich mehr mit meinen Gefühlen anzufreunden, da ich von ihnen abgespalten sei. Aus dem Grund hatte ich noch eine weitere Attraktion auf eine Anzeigetafel gekritzelt, als er kurz aus dem Raum gegangen war: *16:00 Uhr – Wettkampf der Gefühlsabspalter - Der Gewinner bekommt eine Original Trauerzoo-Spaltaxt geschenkt!!*

Ich erinnerte mich, dass die Therapiestunde in der darauffolgenden Woche dann auch schon meine letzte bei dem Herrn mit dem unaussprechlichen Namen gewesen war. Nachdem ich seine Vorstellungskraft mit meinem Bild über die »Peperonisalat-Esser« endgültig gesprengt hatte, hatte ich für mich das Ende unserer gemeinsamen Trauerbewältigungszeit beschlossen. Dabei hatte ich mich ihm zuliebe sogar selbst, genüsslich und unbekümmert Peperonisalat kauend, in die Tafelrunde der Gequälten gemalt. Papa hatte ich erklärt, dass ich keine Lust mehr auf diese Sitzungen hätte und mir auch langsam die Motive für die Bilder ausgingen. Er war ganz erleichtert gewesen, weil er sich für diese wöchentliche Nachmittagsstunde immer einen halben Tag freinehmen musste. So war das Kapitel Trauertherapie nach weniger als der Hälfte der angedachten Zeit zu Ende gegangen. An sich war Herr Winkiswnschky nicht verkehrt gewesen, außer dass er in einer komplett anderen Welt als ich gelebt hatte. Einer, in der Geheimnisse und verborgene Räume nicht erlaubt waren, weshalb wir eindeutig zu verschieden gewesen waren, um miteinander klarzukommen. Bestimmt hatte er die ganze Zeit auf eine spontane Trauerreaktion oder sogar einen waschechten Gefühlsausbruch von mir gehofft, aber den Gefallen hatte ich ihm nicht getan. Obwohl er sich wirklich Mühe gegeben hatte, meine eingesperrten Gefühle zu befreien, hatte ich das Projekt »Mach den Drachen wach« nach dieser Stunde für mich als unvollendet beendet erklärt.

Ich rollte das Bild wieder sorgfältig zusammen und legte es zurück.

11

Es war der Tag unseres jährlichen Schulfests und der erste richtig warme Frühlings-tag. Vielleicht war das der Grund, dass so viele Menschen kamen und unsere Schule fast zum Platzen brachten. Deniz und ich hatten den ganzen Nachmittag am Waffel-stand geholfen. Uns war ein bisschen schlecht von all den Waffeln, die wir in den Phasen, in denen wenig am Stand los gewesen war, in uns reingefuttert hatten. Wir waren deshalb froh, als wir den Stand endlich verlassen und uns Richtung Aula trollen konnten. Abends gab es wie jedes Jahr eine »Disco«, bei der Schüler, Eltern und Lehrer eingeladen waren. Papa hatte versprochen, nach der Schicht auf einen Sprung vorbeizukommen. Dieses Versprechen hatte mich tagelange Überredungs-kunst gekostet. Dabei war ich mir fast wie Onkel Dietmar vorgekommen, nur nicht so phantasiebegabt. Genau wie er wollte ich unbedingt, dass Papa mal etwas unter Leute kam und sich nicht immer nur zuhause verkroch.

»Papa, kommst du jetzt zur Schuldisco?« Mit der Frage hatte ich ihn mehrfach gelöchert.

»Du weißt doch, ich gehe nicht gerne auf solche Massenveranstaltungen, wo so viele Menschen um mich herum sind. Das habe ich noch nie besonders gemocht und ohne deine Mutter komme ich mir da sowieso fehl am Platz vor«, hatte er sich herausgeredet.

»Mama hätte das toll gefunden, wenn du hingehst«, hatte ich nicht locker ge-lassen.

»Aber ich bin noch nie die super Stimmungskanone gewesen und lockerer Small Talk mit Fremden liegt mir eh nicht«, hatte er es weiter versucht. »Für flotte Unter-haltungen war deine Mutter immer zuständig.«

»Du kannst auch nur mit einem Getränk rumstehen, Leute gucken und dich mit meinem Physiklehrer über Themen unterhalten, die dich interessieren. Er kommt auf jeden Fall, hat er gesagt.«

»Das ist doch auch gekünstelt«, hatte er behauptet. Wobei die beiden beim Thema Physik das perfekte Duo waren, was sogar bei Elternsprechtagen unübersehbar war.

»Komm, Papa, jetzt versuch nicht alles schlechtzureden. Mama wäre stinksauer auf dich, wenn sie wüsste, dass du dich mit lausigen Ausreden vor so was Harmlosem wie einem Schulfest drücken willst.« Er hatte daraufhin ein mürrisches Grunzen von sich gegeben, aber der letzte Satz war wohl ein Treffer an der richtigen Stelle gewesen.

Gegen sechs Uhr sah ich ihn die Aula betreten und unsicher in die Menge spähen. Ich beeilte mich, ihm entgegenzugehen. Mein Klassenlehrer hatte ihn auch schon gesehen und ich sah sie ein paar Worte wechseln. Papa fühlte sich sichtlich unwohl, weshalb ich es für eine gute Idee hielt, erstmal zum Getränkeausschank zu gehen. Dann konnte er sich beim Herumstehen zumindest an einem Becher festhalten. Ich besorgte uns zwei Cola und wir gingen zurück zu der Stelle, an der Deniz und ich gestanden hatten. Deniz war jedoch spurlos verschwunden. So standen wir eine Weile herum und beobachteten die Leute in der Menge. Viele Erwachsene und auch einige Schüler tanzten. Papa schien die Musik zu gefallen, denn er begann sich etwas auf der Stelle zu bewegen.

»Ist es okay für dich, dass du hier bist?«, fragte ich dicht an seinem Ohr.

»Ja«, gab er zurück. »Wenn ich mich etwas an die vielen Menschen und den Partylärm gewöhnt habe, bin ich sogar nicht einmal vom Tanzen abgeneigt.«

Super, dachte ich. Läuft! Etwas weiter entfernt sah ich Raffa und die Gang zusammenstehen und alberne Faxen in unsere Richtung machen. Wahrscheinlich machten sie sich über mich und in dem Fall auch über Papa lustig. Dabei hatte er doch extra sein cooles *Ramones* T-Shirt angezogen. Mein Physiklehrer steuerte wie gehofft auf uns zu. Ich wusste, die beiden würden genug Redestoff haben, um Papa ein Gefühl der Sicherheit zu geben. Er schien sich während der Unterhaltung tatsächlich zu entspannen, weshalb ich mich auch gleich besser fühlte. Aus den Augenwinkeln sah ich Deniz mit ein paar anderen aus unserer Klasse am Rand der Tanzfläche stehen. Sie schienen ihren Spaß zu haben. Ich gab Papa zu verstehen, dass ich gleich wieder zurück sei, und ging zu ihnen rüber. Im Vorbeigehen sah ich Elli in einer Gruppe Mädchen stehen. Ich winkte ihr lässig zu, als sie sich zufällig in meine Richtung drehte. Als sie lächelnd zurückwinkte, hatte mein Herz einen kurzen Stolperer. Auch wenn wir mittlerweile schon öfter miteinander gesprochen hatten, war ich immer noch aufgeregt, wenn wir uns begegneten. Anders als meine sonstigen Gefühle hatte ich die für Elli nicht unter Kontrolle.

Keine Ahnung, wie lange ich bei meinen Freunden gestanden hatte, aber irgendwann sagte Deniz: »Hey, guck mal, dein Vater tanzt!« Als ich interessiert zu Papa rüberschaute, merkte ich, dass auch die anderen aus der Gruppe ihn beobachteten. Ich hatte ihn noch nie tanzen gesehen, weshalb ich selbst etwas erstaunt, um nicht zu sagen sprachlos war. Sein Tanzstil sah vollkommen bizarr aus.

Er bewegte sich in einer seltsamen Mischung aus Ausdruckstanz und Freistilringen, ohne dass seine Bewegungen zum Tempo oder zumindest halbwegs zum Rhythmus der Musik gepasst hätten. Es sah aus, als hätte er seine eigene Musik im Kopf. Er vollführte einen dramatischen *Stop and Go* Tanz, der aus Anlauf! – Brems! – Bück! und Vorwärtsstolper! – Rückwärtsschlurf! im Wechsel bestand. Wie jemand, den man im Video pausenlos vor- und zurückspulte. Mir kam der Gedanke, dass er auf der menschlichen Evolutionsskala von mal angenommen sieben Stufen, also vom Affen über den Steinzeithonk bis hin zum aufrecht gehenden Menschen, bewegungstechnisch schätzungsweise auf Stufe drei unterwegs war. Papas Primatenpogo war auf der ganzen Welt wahrscheinlich einzigartig. Ich wollte gerade zu ihm hingehen, um ihn unter irgendeinem Vorwand unauffällig von der Tanzfläche zu locken, als Elli plötzlich neben mir stand.

»Hi, Jonas«, schrie sie gegen die Musik der *Red Hot Chilli Peppers* an.

»Hi, Elli«, rief ich zurück und fühlte mich mit der Situation überfordert, der Sohn desjenigen auf der Tanzfläche zu sein, der von allen wie ein Außerirdischer mit psychomotorischen Störungen angestarrt wurde.

Elli wies auch gleich mit dem Kopf in Richtung Papa. »Mega cool, wie der Mann da vorne tanzt, oder?«

»Findest du? Sieht aber schon auch irgendwie schräg aus.« Mir war Papas Tanzschrittvollstreckung wirklich peinlich.

»Nein, überhaupt nicht. Weißt du, wer das ist?«

»Äh, ja …«, stotterte ich verlegen. »Mein Vater!?«

»Echt?« Sie strahlte mich an. »Voll klasse, wie dein Vater sich bewegt. Er scheint keinen um sich herum wahrzunehmen und tanzt einfach. Den juckt das nicht, was andere denken. Echt lässig.« Das widersprach definitiv meinen vorherigen Überlegungen, weshalb ich schleunigst versuchte, Papa mit Ellis Augen zu sehen. »Ich wünschte, meine Eltern wären auch so locker.« Sie zeigte unauffällig zum gegenüberliegenden Rand der Tanzfläche, wo ich ein gut aussehendes, schick gekleidetes Paar stehen sah. »Schau sie dir an! Sie stehen nur verklemmt da, als hätten sie einen Stock im Hintern.«

Ich musste darüber lachen, wie sie das sagte, und sah genauer hin. Ellis Vater hatte eine Hand in der vorderen Hosentasche, mit der anderen hielt er sein lässig über die Schulter geworfenes Sakko. Er wippte mechanisch vor und zurück, als wäre er ungeduldig oder nervös. Ellis Mutter schien sich unwohl zu fühlen, jedenfalls vermittelten ihre steife Körperhaltung und ihr unruhig umherwandernder Blick den Eindruck.

Elli beugte sich zu mir und schrie mir ins Ohr: »Niemals würden sich meine Eltern unter Leuten unverkrampft verhalten. Sie hätten Angst, man könnte über sie reden.« Sie schnaubte abfällig. »Immer schön Fassade bewahren.«

Das klang nicht besonders nett, was sie von ihren Eltern erzählte. »Kommt ihr nicht so gut klar, du und deine Eltern?«

»Doch, wir kommen super klar, solange ich alles mache, was sie wollen. Es wird nur problematisch, wenn ich etwas Eigenes machen will, was zufällig nicht ihren Traumvorstellungen entspricht.«

»Ist doch normal in Familien, oder?« Die Musik wechselte von den *Red Hot Chilli Peppers* zu *Percy Sledge* und einige auf der Tanzfläche kamen zum Slow-Dance zusammen. Nur Papa tanzte stur in seinem abgehackten Stolperstil weiter, als hätte die Musik nicht gewechselt. Unfassbar! Aber weil Elli Papas Tanzstil toll fand, bemühte ich mich, ihn auch nicht mehr so tragisch zu finden.

»Bei uns ist *nichts normal*«, antwortete Elli in normaler Lautstärke, weil die Musik deutlich leiser geworden war.

»Bei uns auch nicht. Nur anders *nicht normal* als bei euch, vermute ich mal.« Wir lachten beide, dann verabschiedeten wir uns. Ich bahnte mir einen Weg Richtung Ausschank, um Papa und mir noch etwas zu trinken zu holen, als mich Raffa und die Gang abfingen.

»Ey, Mampfi, hat dein Vadder öfter so Koliken, wenn der Musik hört?«, ließ Raffa auch gleich einen gehässigen Kommentar fallen.

»Nee, deiner?«, fragte ich abgebrüht zurück, denn keiner hatte Papa zu beleidigen.

»Yo, der könnte ohne Schauspielunterricht in *Planet der Affen* mitspielen«, höhnte Vince.

»Oder bei *Gorillas im Disconebel*«, grölte Musta hinterher.

Und ihr wärt die Traumbesetzung für den Film »Idiocracy«, dachte ich, während ich meinen Blick demonstrativ über die Menschenmenge wandern ließ. »Wo sind eigentlich eure Eltern, damit ich auch ablästern kann?« Keiner der vier Idioten sagte etwas, doch für einen kurzen Moment blickten sie sich gegenseitig ratlos an.

»Nicht gekommen? Oooh, kein Elternteil, das sich für seine kleinen Racker interessiert. Tse!«

»Verpiss dich!«, rotzte Raffa mir verächtlich entgegen, dann schwirrten sie ab. Ich beschloss, dass ich genug vom Schulfest hatte, und ging zu Papa, der mittlerweile aufgehört hatte zu tanzen und in der Nähe des Ausgangs stand. Wir verließen die Aula und überquerten den Schulhof. Nach der dröhnenden Musik tat die Stille draußen gut.

»Hattest du Spaß?«, wollte Papa wissen.

»Ja. Und du?«

»Auch, ja. Ich bin froh, dass ich mich dazu durchgerungen habe, zu kommen ... und so schlimm war es gar nicht«, gab er grinsend zu und knuffte mich beim Gehen in die Seite. »Ich habe das Tanzen sehr genossen.«

»Sah so aus.«

»Es scheint Ewigkeiten her zu sein, dass ich getanzt habe. Außer im Keller natürlich, da mache ich das schon mal.«

»Ich hab dich vorher noch nie tanzen gesehen.« Ich sah ihn gespannt an, ob er wohl etwas zu seinem eigenwilligen Tanzstil sagen würde.

»Tja, Onkel Dietmar hat meinen Stil früher immer als den speziellen »Hanstanz« bezeichnet, dessen Choreographie außer mir kein Mensch beherrscht.«

»Stimmt, den nachzumachen ist wahrscheinlich unmöglich«, pflichtete ich ihm bei und musste lachen. Er lachte mit, als er mir seinen Arm um die Schultern legte, was ziemlich ungewöhnlich war.

»Wer war denn das hübsche Mädchen, mit dem du dich eine Weile unterhalten hast?«, fragte er neugierig.

»Das war Elli aus meiner Parallelklasse.« Ich wunderte mich, dass er das mitbekommen hatte, wo er doch so geistesabwesend gewirkt hatte.

»Sie sieht nett aus«, bemerkte er und zwinkerte mir zu.

»Ist sie auch«, gab ich zu. »Sehr nett sogar.« Schüchtern schaute ich zu ihm hoch.

»Habt ihr schon geknutscht?«

Wie bitte? Ich konnte es nicht fassen, dass er mich das fragte, und wurde rot. »Mann, Papa!«

»Was denn?«, mimte er den Unschuldigen.

»So was fragt man nicht! Das ist voll indiskret!« Unwirsch schüttelte ich seinen Arm ab.

»Wieso?«, entrüstete er sich gespielt. »Ich bin dein Vater, da darf ich doch wohl mal fragen.«

»Nein, eben genau deshalb nicht!«

»Du musst ja nicht antworten, wenn es dein Geheimnis ist«, zog er mich weiter auf.

»Boah, Papa! Wir haben nicht geknutscht und werden es auch nicht. Wir sind nur so befreundet, wie Freunde halt.« Er merkte, dass ich von dem peinlichen Thema genervt war, und schwenkte um.

»Wer waren eigentlich diese unfreundlich aussehenden, größeren Jungen, die dich umzingelt haben?« Auch das hatte er also mitbekommen.

»Ach, die«, tat ich das ebenso peinliche Thema mit einem Schulterzucken ab. »Die sind alle aus der Neunten und ticken nicht ganz sauber. Aber die hab ich gut im Griff.« Sicherheitshalber blickte ich auf meine Füße, für den Fall, dass mir die Lüge im Gesicht anzusehen war.

»Wirklich?«

»Klar, sonst würde ich es dir doch erzählen«, log ich weiter.

»Sie sahen übel aus, als führten sie nichts Gutes im Schilde.«

»Tun sie auch nicht, aber sie sind harmlos. Die haben bloß eine übertrieben große Klappe bei einem unterirdischen IQ und wollen mit ihrer peinlichen Hulk-für-Arme-Nummer auffallen. Aber ganz ehrlich, hab ich einen Boxsack im Zimmer oder hab ich keinen?« Hoch gepokert!

»Du prügelst dich mit so großen Typen?«, fragte er besorgt und sah mich stirnrunzelnd an. Nein, nicht ich die, sondern die mich, wäre die Wahrheit gewesen.

»Normalerweise nicht. Aber wenn die Vernunft gegenüber Schwachsinn keine Schnitte hat, muss man eben manchmal eine sehr deutliche andere Sprache sprechen.« Das klang toll, hatte nur mit meiner Wirklichkeit rein gar nichts zu tun.

»In Ausnahmefällen mag das schon mal die einzige Lösung sein. Aber grundsätzlich bin ich ein Gegner von Gewalt.«

»Meinst du vielleicht, ich nicht?«, tat ich empört. »Man kann sich aber nicht alles gefallen lassen, nur weil man sich einbildet, Intelligenz mäßig überlegen zu sein. Wenn man sich dann trotz Grips immer wieder eine fängt, weil man sich nicht entsprechend wehrt, ist man nicht klug, sondern ein Trottel.« Die Weisheit stammte natürlich aus einem meiner Gespräche mit J. und ich war selbst überrascht, wie souverän ich sie vor Papa abgespult hatte. Allerdings musste ich mir eingestehen, dass ich selbst oft genug genau diesem Trotteltypus entsprach. Spontan beschloss ich, über diesen unangenehmen Gedanken einen mentalen Bocksprung zu machen.

»Manchmal überraschst du mich«, sagte Papa mit unüberhörbarem Stolz in der Stimme.

»Du mich auch«, gab ich grinsend zurück, als ich an seine Tanzeinlage dachte. Wir mussten beide lachen und gingen den Rest des Nachhausewegs gut gelaunt nebeneinander her.

12

Am Montag darauf ging ich nach der Schule ohne Umweg nach Hause. Papa und ich hatten uns für den Nachmittag wieder mal vorgenommen, unser Haus von Grund auf aufzuräumen und auszumisten. Es war ein regnerischer Tag und an solchen Tagen war J. ohnehin selten da. Dennoch hielt ich auf dem Heimweg gewohnheitsmäßig nach ihm Ausschau, konnte ihn aber nirgends entdecken.

Trotz unserer hartnäckigen Bemühungen, unser Chaos unter Kontrolle zu bringen, klappte es wie immer nicht, weil wir doch lieber alles behalten wollten. Vieles von dem, was nie benutzt wurde, hatte eben mit Mama zu tun, weil es ihr entweder gehört hatte oder zumindest an sie erinnerte. Deshalb gaben wir irgendwann am späteren Nachmittag erschöpft auf. So ging das jedes Mal, wenn wir den Vorsatz des Ausmistens in die Tat umsetzen wollten. Für diese Art von Qual, uns alle paar Sekunden für oder gegen ein Teil entscheiden zu müssen, waren wir eindeutig nicht geschaffen. Da angefangenes, aber unvollendetes Aufräumen schlimmer war, als geordnetes Chaos, hinterließen wir alle Räume noch unordentlicher, als sie es vorher gewesen waren. Darüber tiefenfrustriert aßen Papa und ich missmutig zusammen zu Abend, bevor jeder seinen abendlichen Ritualen nachging.

Später hörte ich Papa länger als sonst in Phase I durch seinen Kellerraum toben, während ich einen erneuten Versuch startete, zumindest in meinem Zimmer Ordnung zu schaffen. Mein Ziel war es, von der Tür bis zum Bett hindernisfrei gehen zu können. Nach zwei Stunden harter Arbeit sah mein Zimmer wie ein halbwegs gemütlicher Raum aus und nur vereinzelte Ecken erinnerten noch an das ursprüngliche Flair einer Abstellkammer. Zufrieden machte ich mich fertig fürs Bett und knipste kurz darauf das Licht aus, um es sofort wieder anzuknipsen. Vor lauter Müdigkeit hatte ich glatt vergessen, unters Bett, in den Schrank und hinter die Vorhänge zu gucken. Es war wie immer alles in Ordnung und meine Augen entdeckten nichts Ungewöhnliches. Hundemüde legte ich mich zurück ins Bett, löschte das Licht und tagträumte noch eine Nanosekunde von *Scheinwerfer an!*, bevor ich auf einer Bühne mit der weltbesten Gitarre in der Hand noch vor dem ersten Akkord einschlief.

*

Am darauffolgenden Tag erzählte mir Elli im Schwimmbad, dass ihre Gesangsstunde wegen eines Zahnarzttermins am Nachmittag ausfiele. Natürlich hatte ich mich schon heimlich auf unser Treffen gefreut und war enttäuscht, als nichts daraus wurde. Um meine Stimmung aufzumöbeln, ging ich nach dem Schwimmen bei Inge am Kiosk vorbei. Ich hatte mir zwar fest vorgenommen, weniger Süßkram zu essen, doch aus Frust über die geplatzte Verabredung mit Elli blendete ich mein Speckrollen-über-der-Badehose-Trauma großzügig aus. Wie üblich hoffte ich, J. zu treffen, aber er war nicht da. Es war schon wieder ein paar Tage her, seit ich ihn zuletzt getroffen hatte, und seine Abwesenheit beunruhigte mich.

Inge hatte viel zu tun. »Wie immer, Jonas?«, fragte sie, als ich endlich an der Reihe war.

Ich nickte und legte ihr einen Euro auf die Theke. Mit meinem Tütchen in der Hand wollte ich mich gerade auf den Heimweg machen, als ich J. entdeckte. In der Zwischenzeit musste er von irgendwo hergekommen sein, denn er saß an seinem üblichen Platz. Ich bestellte bei Inge noch einen Kaffee und ging zu ihm rüber.

»Hi, J., da bist du ja wieder!«

»Hallo, Jonas, ebenfalls schön, dich zu sehen.« Ich reichte ihm den Kaffee samt Zutaten, worüber er hocherfreut war. Nachdem ich mich zusammen mit meinem Schulrucksack neben ihn fallengelassen hatte, packte ich mein Orangensafttütchen aus.

»Wie ist es dir die letzten Tage so ergangen? Hm?«, fragte J. zwischen zwei Schlucken Kaffee.

»Ganz gut. Bis auf die Tatsache, dass mein Vater und ich gestern wieder versucht haben, unser Haus auszumisten, was hinten und vorne nicht geklappt hat. Du hast keine Ahnung, wie es bei uns aussieht. Absolutes Chaos, überall.«

»Hm«, machte J. nur.

»Man denkt, man sortiert die vielen Stapel, räumt die Sachen entweder sinnvoll zusammen oder wirft sie weg, und die Sache ist geritzt. Aber ganz ehrlich, so einfach ist das nicht«, erzählte ich drauflos. »Zwischen *nicht-mehr-brauchen* und *zu-schade-zum-Wegwerfen* klafft eine riesige Verwertungslücke. Außerdem erinnert vieles an meine Mutter, was die Sache für uns zusätzlich schwer macht. Wir sind damit echt überfordert, aber unser Haus langsam auch mit uns, verstehst du?«

»Nun, ich bemühe mich«, sagte J. in seiner trockenen Art.

»Manche Sachen sehen so einfach aus, entpuppen sich dann aber als etwas Hochkompliziertes, das bloß noch extreme Superstrategen, also das Gegenteil von meinem Vater und mir, geregelt bekommen.«

»Wenn dir etwas zu kompliziert erscheint, analysiere es und reduziere es auf eine einfache Ebene, damit du dich nicht in der Komplexität verlierst«, bemerkte J. unbekümmert. »Das Geheimnis von allem liegt im Einfachen.«

»Das ist wieder so ein typischer J.-Satz, mit dem ich nichts anfangen kann«, beschwerte ich mich.

»*Ihr müsst werden wie die Kinder* oder anders ausgedrückt, *denken* wie die Kinder, um ein weitbekanntes, im Wortlaut leicht abgewandeltes Zitat heranzuziehen.«

»Was heißt das? Soll man sein Leben lang mit einem beschränkten Horizont durch die Gegend laufen und sich nicht weiterentwickeln?« Das schien mir unlogisch.

»Nein. Es bedeutet, dass der Mensch so *einfach* wie ein Kind denken soll.« J. beugte sich im Sitzen vor, um einen kleinen Stein vom Boden aufzuheben. »Wenn du mehrere Wahlmöglichkeiten hast, nimm die Einfache. Wobei *einfach* nicht mit *bequem* zu verwechseln ist!«

»Aber wie soll man einfach denken, wenn einem die Dinge über den Kopf wachsen oder man mit etwas überfordert ist? Das Problem ist doch, dass solche Dinge genau das Gegenteil von einfach sind, sonst könnte man sie ja sofort regeln.«

»Du schaffst das, indem du das, was dir unüberwindlich erscheint, auf eine für dich machbare Ebene bringst.«

»Hört sich gut an, aber schwierig.«

»Eigentlich nicht. Du musst etwas Großes in seine einzelnen Bestandteile zerlegen, sodass dabei am Ende für dich verdaubare Brocken herauskommen. Man könnte es auch die Schritt-für-Schritt-Strategie nennen.« J. warf den kleinen Stein, den er in der Hand gehalten hatte, hoch und fing ihn wieder auf.

»Du meinst, wenn mich etwas überfordert, soll ich es so aufteilen, dass ich mit meinen Mitteln und Fähigkeiten damit klarkomme?«

»So ist es.« Er ließ den Stein von der einen in die andere Hand kullern, bevor er ihn neben sich ablegte. »Ich frage dich: Wie isst man einen Elefanten?«

»Einen Elefanten kann man nicht essen, weil er viel zu groß ist.«

»Das würde ich nicht sagen, Jonas«, entgegnete J. ruhig. »Einen Elefanten kann man sehr wohl essen. Die Frage war auch nicht, *ob* man einen Elefanten essen kann, sondern *wie* man ihn essen kann. Es ist ein Gedankenmodell. Ein abstraktes Beispiel dafür, dir die Schritt-für-Schritt-Strategie näherzubringen.«

Ich joggte gedanklich im Nebel. »Mir fällt nichts ein.«

»Du solltest nicht so groß und kompliziert denken, nur weil dir die Sache, in dem

Fall der Elefant, als zu groß und überwältigend erscheint. Wenn du dir erst überlegst, wie du deinen Kiefer erweiterst, deinen Magen vergrößerst oder gar den Elefanten schrumpfst, um ihn zu essen, übersiehst du eine viel einfachere Möglichkeit.«

»Ich komm aber nicht drauf«, nörgelte ich. »Es sei denn, ich denke gar nicht, beiße irgendwo rein und futtere mich durch.«

»Nun, nicht ganz, aber du bist auf dem richtigen Weg«, lobte er mich. »Du fängst tatsächlich irgendwo an und isst dich in für dich machbaren Portionen Stück für Stück durch, allerdings nicht, ohne dir vorher einen Plan gemacht zu haben. Wenn du den hast, machst du tatsächlich einfach stur weiter, bis du das von dir angestrebte Resultat erreicht hast.«

»Klingt nach Ausdaueressen.«

»Das Geheimnis liegt darin, sich mit dem Resultat einer Sache zu beschäftigen, nicht mit Verhinderungsstrategien. Was will ich, wie komme ich dahin, was muss ich dafür tun?«

»Und das heißt jetzt genau was?« Manchmal hatte J. wirklich eine zähflüssige Art, die gelegentlich mit meiner Ungeduld kollidierte.

»Du stellst zunächst eine Rechnung auf. Mathe kannst du doch gut, hast du mir erzählt.« Ich nickte. »Stell dir vor, unser Elefant hätte ein Gesamtgewicht von drei Tonnen. Davon würdest du alle nichtverzehrbaren Anteile abziehen und den essbaren Teil übrig behalten. Angenommen, du wärst in der Lage, jeden Tag fünfhundert Gramm Fleisch zu essen. Dann müsstest du die verzehrbare Fleischmenge in Pfund umrechnen, würdest die Anzahl der Tage erhalten, die du dann in Monate oder Jahre umrechnest. Somit hättest du einen Zeitplan und wüsstest, wie lange du bräuchtest, um den Elefanten in deinen täglich abgewogenen fünfhundert Gramm Portionen zu verspeisen. Du würdest jeden Tag stur weiteressen, bis der Elefant irgendwann aufgegessen und dein Problem aus der Welt geschafft wäre.«

»Müsste ich die Fleischstücke roh essen? Oder dürfte ich sie auch braten und Ketchup und Mayo drauf tun?«

»Jonas, das ist ein Gedankenexperiment, keine *Low-Carb* Diät«, gab J. mir eindringlich zu verstehen. »Ich versuche, dich klüger zu machen, und du denkst nur ans Essen.« Ich fühlte mich ertappt. »Vielleicht ist das Beispiel des gordischen Knotens in deinem Fall besser geeignet, um dir das Prinzip des Einfachdenkens nahe zu bringen. Oder bekommst du bei der Erwähnung von Seilen auch Essgelüste?« Er sah mich mit einem spöttischen Blick von der Seite an.

»Normalerweise nicht, es sei denn, sie sind aus Lakritz«, alberte ich und sah J. grinsen.

»Vielleicht kennst du die Geschichte vom gordischen Knoten oder zumindest den Ausdruck.«

»Die Geschichte nicht, den Ausdruck schon. Bei meinen ersten Schnürsenkel-Selbstbindeversuchen hab ich das von meinen Eltern schon mal gehört«, erinnerte ich mich.

»Die Geschichte des gordischen Knotens stammt aus der griechischen Antike, also der Zeit von etwa 1200 vor bis ca. 600 Jahre nach Christus. Das Land Phrygien, in dem die Geschichte sich abspielte, ist die antike Bezeichnung einer Region im westlichen Zentralasien, der heutigen Türkei.« J. lehnte sich vor, um den kleinen Stein wieder aufzusammeln. »Am Hof des phrygischen König Gordios stand ein Streitwagen, dessen Deichsel durch einen kunstvoll geflochtenen Seilknoten untrennbar mit dem Zugjoch verbunden war. Das Orakel prophezeite, dass derjenige, der in der Lage wäre, diesen als unentwirrbar geltenden Knoten zu lösen, über ganz Kleinasien herrschen würde. Fast tausend Jahre lang versuchten viele kluge und starke Männer vergebens, den verhexten Knoten des König Gordios zu entflechten. Bis der Feldherr Alexander der Große im Jahr 333 vor Christus mit dieser scheinbar unlösbaren Aufgabe der Entwirrung des Knotens beauftragt wurde. Er durchschaute den Trick des gordischen Knotens und durchschlug den Knoten mit einem einzigen Schwerthieb, was ihn später zum größten Herrscher der Antike machte.«

»Krass, wie simpel er die Angelegenheit gelöst hat. Genial!«, sagte ich beeindruckt. »Er hat alle anderen einfach so ausgetrickst!«

»Was hat Alexander der Große deiner Meinung nach anders gemacht als all die anderen, die es vor ihm versucht haben?«

»Ich denke, er hat sich nicht durch die gescheiterten Versuche der anderen vom eigentlichen Ziel ablenken lassen, sondern einfach an das Ergebnis gedacht«, antwortete ich selbstbewusst. »Knoten soll weg? Kein Ding für'n King. Zack! Durchgehauen.«

»So in etwa vermutlich«, sagte J. schmunzelnd, bevor er wieder ernst wurde. »Er hat hinter die komplexe Erscheinung des Problems auf die Einfachheit des Inhalts geschaut. Er hat seine Energie nicht wie alle anderen auf der komplizierten Ebene der Entwirrung des Knotens verschwendet, sondern erfasste kurzerhand den Zweck hinter der Form. Der Knoten war nur ein Trick, der ihn dazu verleiten sollte, die Lösung auf einer Ebene zu suchen, wo sie nicht lag. Verstehst du oder ist es zu schwierig?«

»Er hat einfach die Denkebene gewechselt, oder?«

»Genau.« J. nickte zustimmend. »Was haben den Anderen nun ihre ganzen komplizierten Entwirrungsstrategien genutzt?«

»Nix!«

»Richtig. Jemand Berühmtes hat mal gesagt, dass das Problem auf der Ebene, auf der es entstanden ist, nicht lösbar ist. Oder anders ausgedrückt, Probleme kann man nie mit derselben Denkweise lösen, durch die sie entstanden sind, wie die Geschichte des gordischen Knotens ganz gut beweist.«

»Einfachdenken ist also der ultimative Lifehack für alle komplizierten Probleme«, fasste ich das Gesagte für mich in Kurzform zusammen.

»Nun, es hilft zumindest öfter, als dass es schadet.« J. lehnte sich entspannt gegen die Mauer. »Der einfache Geist ist immer überlegen.«

»Merk ich mir«, antwortete ich entschlossen.

»Neulich erzählte Axel mir, dass er Fingernägel kaut, und wollte wissen, was er dagegen tun soll.«

»Was hast du ihm geraten?«

»Lass es doch einfach sein, wenn es dich stört, habe ich ihm geantwortet.«

»Das hast du zu ihm gesagt?«, fragte ich ungläubig und musste lachen. »Wenn er süchtig nach Nägelkauen ist, dann reicht dieser Tipp doch nicht wirklich, oder?« Sofort musste ich an meine Sucht nach Süßigkeiten und Essen denken.

»Doch, wenn es dich stört, dass du Fingernägel kaust, dann mach es doch einfach nicht mehr. Wenn du dem Verlangen nicht mehr nachgibst, hört es irgendwann auf. Wie gesagt, die meisten Dinge sind einfach, haben jedoch immer mit einer bewussten Entscheidung zu tun. Das Beispiel lässt sich auf viele Probleme übertragen. Wenn sich jemand mit seinem Übergewicht unwohl fühlt, sollte er einfach weniger oder das Richtige essen.« Wieder fühlte ich mich ertappt, und mich beschlich wie schon einige Male zuvor der Verdacht, dass J. in meinen Kopf hineingucken konnte. Das war mir unheimlich. »Schau, unsere gesamte Realität besteht aus drei simplen Grundelementen: Protonen, Elektronen und Neutronen. Nun sieh dich um, wie komplex die Welt ist, und doch besteht alles nur aus diesen drei läppischen Stoffen. Es ist wirklich so einfach.«

»Also ist alles im Leben einfach, wie du es sagst, ja?«, bohrte ich nach und der Gedanke kam mir beinahe tröstlich vor.

»Nein, es ist nicht immer einfach. Allerdings kannst du die Dinge, die dir kompliziert erscheinen, für dich so vereinfachen, dass du mit ihnen umgehen kannst, womit wir wieder am Anfang unseres Gesprächs wären.«

Sein Gesicht nahm einen zufriedenen Ausdruck an. Wir schwiegen beide. J. war der einzige Mensch, mit dem ich schweigen konnte, ohne dass es sich unangenehm anfühlte. Während J. gedankenverloren in die Weite blickte, hatte ich plötzlich das Bedürfnis, ihm von Elli zu erzählen.

»Ich hab übrigens ein Mädchen aus der Parallelklasse kennengelernt. Ihr Name ist Elli. Wir waren vor ein paar Tagen zusammen eine Cola trinken.«

»Soso«, bemerkte J. schmunzelnd.

»Was meinst du mit *soso*? Ist das das Gegenteil von *osos*?«, alberte ich, um meine Verunsicherung wegen seiner undefinierbaren Antwort zu überspielen.

»*Soso* sagt man, wenn man eine neue Information zur Kenntnis genommen hat, aber in dem Augenblick nicht mehr dazu sagen möchte oder kann.«

»Soso«, sagte ich. »Verstehe.«

»Und? Ist sie nett?«, fragte er und erhob sich.

»Ja, schon.« Blöderweise bekam ich einen roten Kopf. Schnell sprang ich auf die Füße und bückte mich nach meinem Schulrucksack.

»Das freut mich. Es ist immer eine Bereicherung im Leben, wenn nette Menschen hinzukommen.« Ich nickte und fühlte mich seltsam erleichtert, ihm mein Geheimnis anvertraut zu haben. Wir verabschiedeten uns und J. ging Richtung Spielplatz davon. Auf den Heimweg wollte ich mir J.s schlaue Sachen mit dem Elefanten und dem Seilknoten noch mal durch den Kopf gehen lassen. Meine Gedanken wollten allerdings lieber um Elli schwirren, was ich ihnen großzügig durchgehen ließ.

13

Es war wieder Dienstag und ich fühlte mich nach dem Schulschwimmen absolut super. Das lag weniger an der Sporteinheit, sondern vielmehr an der Aussicht, mit Elli zusammen zu Giuseppe zu gehen, nachdem es in der Woche zuvor nicht geklappt hatte. Wir hatten uns nach dem Schwimmen an »unserer« Ampel verabredet. Elli war wie immer vor mir da. Während ich auf sie zuging, stellte ich erleichtert fest, dass ich nicht mehr das Bedürfnis hatte, mich künstlich unauffällig oder geistesgestört benehmen zu müssen. Auf dem Weg zu Giuseppe unterhielten wir uns locker über dies und das. Ich genoss es so sehr, dass ich fast das Denken vergaß. Hypnotisiert lauschte ich ihrer schönen, für ein Mädchen ungewöhnlich tiefen Stimme. In meinen Ohren bauten sich ihre Wörter in eine Melodie um, sodass ich kaum darauf achtete, was sie erzählte.

»Hey, Giuseppe hat zu«, hörte ich sie plötzlich sagen. »*Wegen Familienfeier heute geschlossen*«, las sie vom Schild an der Tür ab. »Was machen wir jetzt? Gibt es hier sonst noch einen Laden?«

Moderates Achselzucken meinerseits. Mir fiel in dem Moment keine Alternative ein, abgesehen von der Möglichkeit, zu uns nach Hause zu gehen. Ich überlegte noch, ob ich das tatsächlich vorschlagen sollte, als meine Stimmbänder auch schon loslegten. »Äh … wir können auch zu mir gehen … wenn du magst. Ich wohne nur ein paar Minuten von hier entfernt.« Von meinem Spontanvorschlag selbst überrascht, sah ich sie entsprechend verlegen an.

»Tolle Idee«, stimmte Elli fröhlich zu. »Dann sehe ich auch mal, wo du wohnst.«

Mit dieser ahnungslosen Bemerkung sank mir der Mut in die Kniekehlen. Ich hatte oft versucht, unser Haus durch die Augen eines Erstbesuchers zu sehen. Immer war ich zu dem Schluss gekommen, dass es eine Zumutung für jeden sein musste, der grundsätzlich eine gewisse Ordnung gewohnt war. Unser Einrichtungsstil und das daraus resultierende Wohnambiente ließen sich grob als misslungene Mischung aus Trödellager, Umzugsdurcheinander und halbfertigen Renovierungsarbeiten beschreiben. Das war Folter für jeden Normalo und wirklich nur etwas für Schmerzfreie. Ich fühlte mich in Erklärungsnot.

»Tja, weißt du …«, druckste ich herum, »mein Vater und ich schaffen es mit dem Aufräumen und Putzen im Haus nicht so perfekt, seitdem meine Mutter nicht mehr da ist.« Verlegen kratzte ich mich am Kopf. »Es sieht ziemlich chaotisch bei uns aus, vor allem wenn uns jemand spontan besucht, so wie du jetzt.«

»Ach komm schon. So schlimm wird's nicht sein.«

»Doch, ist es. Es ist sogar so schlimm, dass das heute dein erster und gleichzeitig letzter Besuch bei uns sein könnte.«

»Nur weil wir eine Haushälterin haben, heißt das doch nicht, dass ich mich in einem unordentlichen Zuhause unwohl fühle.« Sie lächelte mich an. »Bei uns sieht es in jedem Raum wie in einem Möbelausstellungshaus aus. Alles ist perfekt durchgestylt, aber es fehlt die Gemütlichkeit. Ich fühle mich bei meiner Freundin Cille daheim viel wohler, weil da überall persönliche Sachen rumliegen und hängen.«

»Okay … wenn das so ist, wirst du dich bei uns bestimmt pudelwohl fühlen. Aber hätte ich gewusst, dass du mitkommst, hätte ich vorher aufgeräumt.«

»Mach dich locker. Du kannst ja mal mit zu uns kommen, dann testen wir, wer sich bei wem unwohler fühlt. Ich wette, mein Zuhause gewinnt.« Wir lachten und meine Anspannung ließ etwas nach.

Vor unserem Haus angekommen schloss ich die Eingangstür auf und verbeugte mich feierlich. »Hereinspaziert in unsere Chaoshütte.« Ich bahnte uns einen Weg durch den Wust aus verstreut herumliegenden Schuhen und Kartons Richtung Küche. Elli ging kichernd hinter mir her. Auf dem Küchentisch stand noch das Frühstücksgeschirr und die Hälfte der Stühle war mit Zeitungen bedeckt. Auf der Eckbank türmte sich ein Stapel Wäsche, der noch sortiert und auf unsere Schränke verteilt werden musste. Ich war erleichtert, dass obendrauf T-Shirts und keine Unterhosen von uns lagen. Elli sah sich neugierig um, hatte aber keinen schockierten Ausdruck im Gesicht. Interessiert blieb ihr Blick an einem gerahmten Foto neben dem Küchenradio hängen. Sie ging näher heran und fragte, ob ich das mit meiner Mutter sei.

»Ja. Da war ich vier.«

»Du siehst deiner Mutter total ähnlich. Du dir selbst auch, nur kleiner.«

»Und dünner«, fügte ich grinsend hinzu.

»Hey, ich war mit vier auch dünner als jetzt, ist doch wohl logisch.« Sie lachte ihr perliges Lachen.

»Magst du eine Apfelschorle?« Sie nickte. Während ich die Apfelschorle in zwei Gläsern mixte, überlegte ich fieberhaft, was wir als Nächstes machen oder worüber wir reden sollten. Bei uns zu Hause hatte ich das Gefühl, für Unterhaltung und Wohlfühlstimmung sorgen zu müssen, worin ich keine Übung hatte. Außer Deniz kam nie jemand mit zu mir. Ich reichte Elli das Glas, woraufhin sie gleich einen kräftigen Schluck nahm. Ich konnte nicht anders, als diese lockere, ungezwungene Art an ihr zu bewundern. Auch schien sie von unserem chaotischen Durcheinander kein bisschen abgeschreckt zu sein. Sie wanderte ins angrenzende Wohnzimmer und sah sich in Ruhe um.

»Du hattest recht. Es ist wirklich ganz schön voll bei euch. Aber es ist überhaupt nicht schlimm, wie du behauptet hast. Man spürt, dass ihr hier wohnt.« Sie ließ ihren Blick erneut durch unsere Küche und unser Wohnzimmer schweifen. »Hast du deine Gitarre hier unten? Ich würde dich gerne mal spielen hören.«

»Sie steht oben in meinem Zimmer«, sagte ich und fühlte mein Gesicht rot anlaufen. »Jetzt wo du gesehen hast, wie chaotisch es bei uns ist, muss mir mein Zimmer auch nicht mehr peinlich sein.« Sie folgte mir die Treppe hoch.

»Wahnsinn!«, rief Elli begeistert, als sie Smörfdiddy auf meinem Bett liegen sah. »Das ist der größte Schlumpf, der mir je begegnet ist.« Schnurstracks ging sie zu meinem Bett und umfasste einen von Smörfdiddys Riesenarmen. Es war ein klasse Bild: Smörfdiddy, der in meiner rot-orangenen STAR WARS Bettwäsche wie Anakin Skywalker in der Lava lag, und davor Elli, die sich kichernd über ihn beugte.

»Elli, darf ich vorstellen, das ist Smörfdiddy. Smörfdiddy, das ist Elli.« Sie schüttelte ihm lachend die Pfote.

»Smurf, heißt Schlumpf auf Englisch, soviel weiß ich. Aber warum Diddy?«

»Er ist nach meinem Patenonkel Dietmar benannt, der ihn auf der Deutzer Kirmes geschossen hat.«

Elli setzte sich auf die Bettkante. Die einzige Sitzgelegenheit, denn auf meinem Sessel stapelten sich Klamotten und Schulsachen. Schnell räumte ich ihn frei und bot ihn ihr an. Sie winkte lächelnd ab, als ihr Blick auf den Sandsack und die am Haken baumelnden Boxhandschuhe fiel.

»Du boxt?«, fragte sie neugierig und stand auf, um mit dem Sandsack auf Tuchfühlung zu gehen. Sie gab ihm einen Schubs und fing ihn wieder auf.

»Ja und nein«, antwortete ich wahrheitsgetreu. »Den Boxsack hat mir auch mein Onkel Dietmar geschenkt. In der Hoffnung, dass ich seine Leidenschaft fürs Boxen irgendwann mit ihm teile und ihn, wenn ich älter bin, im Notfall aus der Kneipe raushauen kann.«

»Scheint ein cooler Typ zu sein, dein Onkel Dietmar. Und, hast du's mittlerweile drauf mit dem Boxen?«

»Um ehrlich zu sein: Nö. Ich boxe immer noch wie Barbie im Sparring.« Lieber hätte ich ihr gesagt, dass ich eine Kanone im Boxen bin und sie keine Angst zu haben braucht, solange sie mit mir unterwegs ist. Dass ich sie beschützen kann, falls ihr einer zu nahe kommt, und sie bei mir sicher ist. Aber das waren Gedanken aus meinem Traumraum, die mit der Wirklichkeit nichts zu tun hatten. »Bei einem meiner ersten Versuche, auf dem Boxsack rumzuhauen, hab ich mich so unnormal blöd angestellt, dass ich mir das rechte Handgelenk übelst verstaucht hab und wir ins Krankenhaus fahren mussten. Seitdem genießt der Sandsack hier in meinem Zimmer Narrenfreiheit und kann tun und lassen, was er will. Abhängen, Rumbaumeln und Verstauben.«

Elli lachte und meinte, dass ihr meine Ehrlichkeit imponieren würde. Die meisten anderen Jungs hätten bei der Frage garantiert mit ihren Boxkünsten angegeben.

»Darf ich die Handschuhe mal anziehen?« Ich ging zu ihr, nahm die Handschuhe vom Haken und pustete den Staub ab. Ungeschickt half ich ihr, sie anzuziehen. Dabei berührte ich versehentlich ihren Arm. Es fühlte sich an wie ein Stromschlag, sodass ich reflexartig einen Schritt zurücksprang. »Was ist?«, fragte Elli erschrocken.

»Nichts. Ich dachte nur, ich wäre dir auf die Zehen getreten. Sorry!«, log ich. Nachdem ich das Klettband des zweiten Handschuhs um ihr zierliches Handgelenk gewickelt hatte, zeigte ich ihr die Grundposition samt einfachem Geradeausschlag. Elli sah wunderschön aus und glich einer richtigen Kämpferin, wie sie sich in den dicken Boxhandschuhen am Sandsack abmühte.

»Puh, ich kann nicht mehr«, keuchte sie nach wenigen Minuten. Ich half ihr aus den Handschuhen, woraufhin sie ihre Hände erleichtert ausschüttelte. »Hey, du wolltest mir doch etwas auf der Gitarre vorspielen«, erinnerte sie sich.

»Falsch. Du wolltest, dass ich dir etwas vorspiele, nicht umgekehrt«, korrigierte ich sie grinsend. Ich nahm die Gitarre vom Ständer und setzte mich in den Sessel. »Kennst du »I'm Yours« von *Jason Mraz*?«

»Cool. Kenn ich.« Ich spielte die ersten Akkorde und traute mich auch zu singen, was mich vor Elli ziemliche Überwindung kostete. Sie saß auf der Bettkante, hatte die Arme auf ihren überkreuzten Oberschenkeln abgelegt und wippte mit dem Fuß zum Takt. Als der letzte Abschlag ausklang, klatschte sie Beifall. »Hey, du kannst ja beides: Gitarre spielen und richtig gut singen«, freute sie sich. »Vielleicht sollten wir mal ein Stück zusammen probieren.«

»Was für Musik hörst du denn?«

»Hm, ich mag viele der britischen Singer-Songwriter wie *Ed Sheeran, James Arthur, Sam Smith, River Matthews* und seit neuestem *Tom Odell*...« Sie überlegte.

»Ich höre aber auch so Bands wie *Greenday* und *Coldplay* gerne ... *Radiohead* finde ich auch gut.«

Ich kannte alle bis auf einen. »Tom Odell?«

»Er spielt Klavier und hat ein ziemlich schönes Lied mit *Alice Merton* zusammen aufgenommen und ... er ist echt süß.« Elli setzte einen verträumten Blick auf. »Wobei er auch einen richtig klasse Saxophonspieler in seiner Band hat. Wenn ich mir ein Instrument im Leben aussuchen sollte, würde ich gerne Saxophon spielen. Ich finde die Form und den Klang toll und irgendwie auch die Typen cool, die es spielen.«

»Okay, hab verstanden«, witzelte ich. »Ab morgen nehme ich Saxophonunterricht und benutze meine Gitarre nur noch als Kleiderständer.« Als ich das gesagt hatte, war ich über mich selbst erschrocken und wurde rot.

»Nein, bloß nicht!« Ellis Gesicht wechselte ebenfalls in einen Rosaton. »Gitarre passt super zu dir. Ich meinte, nur für mich würde ich es toll finden.«

»Du könntest dazu aber nicht singen.«

»Stimmt. Komm, lass uns mal eins zusammen machen. Du spielst, ich singe.«

Wir einigten uns auf »Impossible« von *James Arthur*. Um es zu spielen, brauchte ich die Tabs oder die Akkorde. Elli hatte bereits ihr Handy aus der Hosentasche gezogen und tippte darauf herum. Nachdem sie etwas Geeignetes gefunden hatte, stellte sie es vor mich auf den Notenständer. Während ich versuchte, den Tabs zu folgen und den passenden Anschlag hinzubekommen, sang sie den Text leise mit. Offenbar kannte sie ihn auswendig.

Nachdem wir es uns ein zweites Mal angehört hatten, legten wir los. Ich spielte das Intro, dann hörte ich Elli zum ersten Mal singen. Es haute mich fast aus dem Sessel! Ihre Stimme – unglaublich! Klar und kraftvoll, besonders wenn sie hoch ging, aber auch in tieferen Lagen. Ich war absolut geflasht! Leider konnte ich sie nicht so lange anschauen, wie ich es gerne getan hätte, weil ich mich aufs Gitarrespielen konzentrieren musste.

»Hey, klappt ja richtig gut«, sagte Elli begeistert, als das Stück zu Ende war. »Das nächste singen wir zusammen. Mal hören, wie unsere Stimmen so klingen.«

Ein schneller Blick auf meine Zimmeruhr zeigte, dass wir komplett die Zeit vergessen hatten. »Das soll jetzt kein Rauswurf sein, aber deine Gesangsstunde fängt in sieben Minuten an.«

»Verdammt!«, rief Elli panisch. »Ich darf auf keinen Fall zu spät kommen. Da ist meine Gesangslehrerin total streng.« Sie stopfte sich ihr Handy in die Hosentasche, schnappte sich ihre Jacke samt Umhängetasche und jagte die Treppe hinunter. »Wie gehe oder besser laufe ich von hier aus am besten?«

»Ich komme mit und zeig dir den kürzesten Weg.« Schnell griff ich mir meine Schlüssel vom Küchentisch, warf mir meine Jacke über und ließ die Haustür krachend hinter uns zufallen. »Es sind wirklich nur drei Minuten. Schaffen wir locker.« Dann joggten wir los. Elli lief leichtfüßig wie die geborene Sportlerin, während ich mein Bestes gab, nicht wie ein Yak-Kalb neben ihr her zu traben. Schnaufend verabschiedeten wir uns an der Eingangstür, bevor Elli im Treppenhaus des hohen Mietshauses verschwand.

Daheim googelte ich als erstes Tom Odell, den Elli angeblich so *süß* fand ... grrr! Ich wusste, es war armselig und kindisch auf einen Popstar eifersüchtig zu sein. Aber so lief das eben: Sobald Gefühle ins Spiel kamen, verzog sich die Logik schmollend in eine Ecke. Ich hörte mir ein paar Stücke von diesem Tom Odell an und auch einige seiner Interviews. Zugegeben, er war ein ziemlich sympathischer Typ, der dazu auch noch gut aussah. Rücklings überfiel mich die nüchterne Erkenntnis, dass ich neben so einem Typen wie Tom Odell natürlich vollkommen verblasste. Wenn sie jemanden wie ihn süß fand, würde so jemand wie ich doch nie für sie in Frage kommen. Ich war eben einfach kein cooler Typ. Ende! Frustriert warf ich mein Handy neben mich aufs Bett. Vielleicht reichte es auch, nur miteinander befreundet zu sein, ohne richtig zusammen zu sein. Im Grunde wusste ich nicht mal, ob ich verliebt oder nur fasziniert war und was genau ich erwartete. Eigentlich spielte es auch keine Rolle. Um mich von meinen wirren Gedanken abzulenken, ließ ich mir die kostbare Elli-Zeit vom Nachmittag noch mal Bild für Bild durch den Kopf gehen. Das Tom Odell Stück, das Elli so mochte, wurde eigentlich von Klaviermusik begleitet, doch nach ein wenig Suchen im Internet fand ich die passenden Gitarrenakkorde dazu. Ich übte den restlichen Nachmittag, um Elli bei der nächsten Gelegenheit damit zu überraschen. Es war tatsächlich ein perfektes Lied zum zusammen Singen.

14

»Was ist denn mit dir passiert, Jonas?«, hörte ich J.s besorgte Stimme. »Du siehst aus, als würdest du jeden Moment explodieren.« Er saß gemütlich in einer Nische wenige Meter von der Stelle entfernt, an der er sonst saß, sodass ich ihn nicht gesehen hatte.

»Wir haben nach der Schule mit ein paar Leuten Fußball gespielt. Ich bin fix und fertig.« Halbtot ließ ich mich neben ihn fallen. Mit dem Ärmel wischte ich mir den Schweiß aus dem Gesicht und trank den Rest meiner Wasserflasche in einem Zug aus.

»Von dem bisschen Fußballspielen?«, fragte er belustigt.

»Hey, ich bin die ganze Zeit hin und her gerannt und hab nicht nur dem Ball zugeguckt«, verteidigte ich mich. »Das war super anstrengend, jedenfalls für mich. Ich bin eben zu dick.«

»Dick im Vergleich zu wem?«

»Äh, dick im Vergleich zu ungefähr jedem in meiner Schule vielleicht!?«, trötete ich ihm aufgebracht entgegen. In solchen Momenten fand ich ihn echt schräg. Er hatte doch Augen im Kopf und gesehen, was für ein Brocken ich war.

»Du vergleichst dich also.«

»Logisch. Wer tut das nicht?«

»Alle vergleichen sich also«, bohrte er weiter.

»Glaub schon.«

»Würdest du dich denn auch zu dick fühlen, wenn alle anderen Kinder ebenfalls dick wären?« Langsam nervte J. mit seinen komischen Fragen, aber ich überlegte trotzdem.

»Ich weiß nicht«, sagte ich schulterzuckend. »Eigentlich fühle ich mich ganz wohl in meiner Haut, wenn ich nicht gerade in einer Badehose quer durchs Hallenbad gehen muss. Okay, ich kann nicht so schnell laufen wie die anderen und bin schneller groggy. Deshalb fühle ich mich im Sportunterricht meistens wie die absolute Niete. Außer beim Schwimmen, da läuft's ganz gut.« Es war seltsam, die Dinge so ehrlich auszusprechen.

»Warum isst du dann nicht weniger und machst mehr Sport?« J.s direkte Art konnte wirklich anstrengend sein.

»Mann, du siehst doch was passiert, wenn ich Sport mache. Ich sehe aus wie ein Kirschplunder und bekomme tierisch Hunger. Hast du heute schon was gegessen? Ich könnte uns bei Inge zwei belegte Brötchen holen«, schlug ich vor, womit ich mir von J. einen tadelnden Blick einhandelte.

»Jetzt lenk nicht vom Thema ab, Jonas.«

»Wieso? Ich hab eben Hunger«, sagte ich eingeschnappt. »Ein stinknormales menschliches Bedürfnis. Körperliche Anstrengung verursacht Hunger! Gegenmaßnahme: Essen! Magen voll, Hunger weg, Mensch glücklich! Reine Biologie und Psychologie, verstehst du?«

»Nein, sag's noch mal«, schäkerte J., bevor er wieder ernst wurde. »Manche Wissenschaftler behaupten, die Stigmatisierung von Übergewicht in unserer Gesellschaft mache die Betroffenen kränker als das Gewicht selbst. Dennoch sollte man Unausgewogenheit oder Maßlosigkeit beim Essen und die daraus resultierende Dickleibigkeit nicht bagatellisieren. Die Figur wird in der Küche gemacht, das ist nun mal so, und Bewegung ist wichtig, weil sie den Organismus fit hält und stärkt.«

»Ich weiß, dass ich mich, was Essen und Bewegung angeht, dringend etwas disziplinieren müsste«, gab ich ungerne zu.

»Es hat wie immer mit einer Entscheidung zu tun, Jonas, und mit dem entsprechenden Handeln. Vom Nichtstun oder dem ewig gleichen Tun verändert sich nichts.«

»Schon klar«, sagte ich mürrisch.

»Dann weißt du ja auch, dass es gesünder ist, nicht übergewichtig zu sein. Und gegen körperliche Fitness gibt es wirklich nichts einzuwenden. Im Gegenteil, sie ist sogar sehr wichtig für deine Gesundheit. Dein Körper wird es dir danken.« Ich zog ein schmolliges Gesicht. »Aber die Zeit ist dann reif, wenn sie reif ist. Der Körper folgt der Seele, nicht umgekehrt. Oder anders ausgedrückt, der Geist formt die Materie beziehungsweise deine Handlung.«

»Heißt, wenn meine Seele beschließt, schlank zu werden, wird auch mein Körper schlank?« Ich musste demnächst wohl mal ein ernstes Wörtchen mit meiner Seele reden, beschloss ich stillschweigend.

»Im Grunde schon. Nur die Seele beschließt nicht, sie wertet nicht, sie betrachtet nur. Es ist der Körper, wozu auch das Gehirn zählt, der hier auf Erden in unser jeweiliges Tun eingebunden ist. Die Seele bleibt stets in der übergeordneten Position. Sie ist der *Observer* und kann nicht direkt mit dem Physikalischen interagieren.«

Ich war mit J.s Erklärungen wieder mal überfordert und meine Laune ging den Bach runter. »Schnall ich nicht«, maulte ich.

»Die Seele oder dein geistiges Wesen, also das, was dich umgibt und mit dem du auf metaphysischer Ebene verbunden bist – manche sprechen auch vom Bewusstsein im Quantenfeld – gibt den Impuls, was sich wann, wie in deinem Leben ändern soll, in Form eines Gedankens oder einer Idee in deinen Kopf. Aktiv handeln, also den Gedanken in die Tat umsetzen, muss der Körper, folglich du.« J. sah mich aufmerksam an. »Die Energie folgt der Aufmerksamkeit. Also worauf richtest du deine Aufmerksamkeit? Auf Essen oder auf Sport?«

»Aber du nimmst sechs Zucker in jeden Kaffee und bist schlank. Joggen hab ich dich auch noch nie gesehen. Bist du so was wie ein seelischer Sonderfall?«, fragte ich streitlustig zurück.

J. schmunzelte. »Vielleicht wirst du irgendwann einen Impuls bekommen. Dem kannst du folgen oder es lassen, wenn du ihn lieber ignorierst. Das entscheidest nur du alleine. Wie gesagt: Freier Wille.«

»Der schon wieder«, stöhnte ich.

»Wenn du dich aus Bequemlichkeit dagegen entscheidest, läuft alles so weiter wie bisher. Wenn du dich dafür entscheidest, ist mit der Entscheidung erst einmal nur die Richtung festgelegt. Den aktiven Startpunkt für eine Veränderung bildet dein darauffolgendes Tun. Dafür musst du Disziplin aufbringen. Denn ganz ohne Entbehrung und ein wenig Anstrengung wird es nicht gehen.« J. zog die Augenbrauen hoch. »Du kannst nicht ein Anderer werden wollen, aber der Gleiche bleiben, besser gesagt, das Gleiche tun. Das physikalische Universum verlangt aktives Handeln, damit etwas werden kann – kein tatenloses Wunschdenken.«

»Und wann denkst du, wird das so in etwa sein?«

»Du wirst es wissen, wenn es soweit ist.«

»Ist ja extrem beruhigend«, motzte ich.

J. lachte sein ausgelassenes Lachen und schien sich köstlich zu amüsieren. »Um deine Stimmung etwas aufzuheitern, lass mich dir Folgendes sagen: Würdest du in einem anderen Teil der Welt leben, wäre deine Beleibtheit sicherlich ein Segen, weil du eine Hungersnot besser überstehen könntest als ein dünner Mensch. Wärst du in einem anderen Zeitalter geboren, sagen wir zur Zeit der Römer, wärst du mit deiner Figur ein super Gladiator, weil du nach einer Verletzung nicht sofort ausbluten würdest. Du hättest einen Vorteil gegenüber denen, die weniger Speck auf den Rippen haben.«

»Aber in den Filmen über Arenakämpfe sind die Gladiatoren immer muskelbepackte, austrainierte Typen«, wandte ich ein. »Die sehen alle aus wie Herkules, nicht wie Puddingteilchen.«

»In den Filmen wird das immer so dargestellt, weil es bei den Zuschauern besser ankommt. Vorausgesetzt, die geschichtlichen Überlieferungen stimmen, sah die Wirklichkeit damals anders aus. Gladiatoren mussten viel Speck haben, damit ein Stich oder Hieb nicht sofort zu einer tödlichen Verletzung führte. Die Speckschicht war ein optimaler Schutz, zumindest für Fleischwunden. Ein muskelbepackter Gladiator ohne Fettschicht wäre bei der ersten Stichverletzung verblutet.«

»Klingt cool, aber ich lebe in einer deutschen Großstadt im 21. Jahrhundert und bin für die heutigen Überlebensanforderungen und nach den aktuellen Schönheitsidealen nur unnötig dick. Heißt im Klartext: Meine Speckschicht sichert weder mein Überleben noch hat sie sonst einen klar erkennbaren Vorteil. Im Gegenteil.« Missmutig trommelte ich mit der leeren Wasserflasche auf meinem Oberschenkel herum. »Ein Typ aus der Schule, er heißt Raffa, hat's voll auf mich abgesehen. Ich bin mir sicher, das hat auch mit meiner Speckigkeit zu tun. Dick oder hässlich sein sind so typische Opferkriterien für die, die gerne auf anderen rumhacken.«

»Was ist das für ein Typ, dieser Raffa?«

»*Dieser Raffa*«, betonte ich, »der sich selbst King Raffa nennt, ist ein siebzehnjähriger Großkotz aus der Neunten. Ungefähr einsneunzig und Bodybuilder. Er ist ziemlich brutal und prügelt jeden, den er nicht leiden kann. Am liebsten übrigens mich.« Ich schnaubte frustriert. »Er ist zwar stark, weil er mega Armmuskeln und ein Sixpack hat, aber in der Birne etwas unterbelichtet, würde ich mal behaupten.«

»Wärst du gerne wie dieser Raffa?«

»Was seine Muskeln und seine Kraft angeht, schon. Nicht was seine Intelligenz betrifft«, schränkte ich meinen Wunsch ein. »Raffa bekommt immer, was er will, und die meisten haben ziemlichen Respekt vor ihm.«

»Ein muskelbepackter Bodybuilder zu sein, findest du also ein erstrebenswertes Ziel?«

»Irgendwie schon. Das sieht an einem selbst klasse aus und imponiert den anderen. Mir würde das für mich gefallen. So ein richtig ausgeprägtes Sixpack sieht aus, als würde sich ein wildes Tier unter der Haut rauf und runter bewegen. Diese beweglichen Muskelhubbel hab ich mal in einem Video gesehen. Echt irre!«

J. schmunzelte, bevor er in seinen Kopf abtauchte. »Das ist gar nicht so abwegig, wenn du bei einem Sixpack von einem Tier unter der Haut sprichst«, sagte er nachdenklich. »Diese Muskeln am Bauch des Menschen, die übrigens jeder hat, auch wenn man sie je nach Speckschicht nicht immer sehen kann, sind ein Überbleibsel aus der Urzeit, als wir noch kriechende wurm- beziehungsweise schlangenartige Lebewesen waren. Sie sind uns aus der Reptilienzeit erhalten geblieben, wenn man die mutmaßliche Entwicklung des Menschen evolutionstheoretisch und nicht biblisch betrachtet.«

»Uargh! Jetzt finde ich ein Sixpack antrainieren doch nicht mehr so toll.« Wenn ich später zuhause wäre, müsste ich mir dringend meinen Traumraum vorknöpfen.

»Es lässt sich nicht leugnen, dass sich dieser Bodybuilding-Trend in den letzten Jahrzehnten zu einem regelrechten Kult entwickelt hat. Vielleicht gehen die Anfänge dieses Körperkults zurück bis zu den ersten Tarzan-Filmen mit *Johnny Weissmüller*, die in den 30er Jahren des letzten Jahrhunderts die Menschen weltweit in die Kinos lockten und begeisterten. Wobei ...«

»Tarzan ist doch so was wie die erwachsene Version von Mogli aus dem Dschungelbuch, oder?«, fiel ich ihm ins Wort, um auch mal etwas Schlaues zu unserer Unterhaltung beizutragen.

»So ähnlich«, pflichtete er mir bei. »Jedenfalls galt es danach in der westlichen Welt als männliches Schönheitsideal, seine Muskeln zu trainieren und zur Schau zu stellen.«

»Und? Was war daran falsch?«

»Falsch daran war, dass dieser aufrecht gehende Affenmensch mit den dicken Muskeln, wie er in den Filmen dargestellt wird, nie im Dschungel hätte überleben können. Ein solch muskelbepackter, schwerer Körper wäre im Dschungel völlig unzweckmäßig gewesen.«

»Wieso?«

»Schau dir die Affen im Dschungel an. Sie haben lange, sehnige Arme und Beine und hangeln sich damit flink von Ast zu Ast. Außerdem bewegen sie sich in gebückter Haltung fort, nicht aufrecht.« Ich stimmte ihm nachdenklich zu. »Dicke Muskeln sind eher hinderlich, da sie den Körper schwer und lahm machen. Außerdem brauchen sie sehr viel Sauerstoff und ermüden schneller als lange, sehnige Muskeln. Ein Bodybuilder-Schwergewicht wäre in kürzester Zeit erschöpft, wenn er gegen einen athletischen Boxer oder Kampfsportler antreten müsste. Der Athlet würde den Bodybuilder nur durch ausdauerndes hin und her Tänzeln und flinkes Wegducken recht schnell ermüden können und hätte dann die Chance, ihm gemütlich ein K.O. zu verpassen. Er dürfte sich von dem massigen Bodybuilder nur nie erwischen lassen, denn dann hätte er natürlich schlechte Karten. Aber dafür sorgen ja seine Schnelligkeit und Ausdauer.«

»Hammer!« Das musste ich dringend Onkel Dietmar erzählen, dass er in Zukunft nur noch mit Bodybuildern Streit anfangen sollte, um auf der Gewinnerseite zu sein.

»Also was nützen dem Bodybuilder nun seine Muskelpakete im Vergleich zu der Ausdauer, Flinkheit und klugen Strategie eines athletischen Sportlers?«

»Nix.«

»Eben.«

»Aber ich bin ja jetzt weder das eine noch das andere. Wobei mir flink und ausdauernd gerade wesentlich besser gefällt als muskelbepackt und lahm.«

»Daran kann man arbeiten, Jonas. Das kann man sich erschaffen«, behauptete J. überzeugt. »*Ihr müsst von dem umgeben sein, was ihr werden wollt, so, als ob es bereits geschehen wäre*, um eine weitbekannte Weisheit zu bemühen. Damit ist das beharrliche Hineinversetzen in die Empfindung des Zielzustands gemeint, während man im Erschaffungsprozess ist. Die bloße Vorstellungskraft des angestrebten Ziels reicht dabei nicht aus. Das dazugehörige Gefühl ist das alles Entscheidende, da es die passende Körperchemie baut. So erschafft man auf Sicht neue Zustände.«

»Aber wie soll ich auf einmal flink und ausdauernd werden, wo ich doch seit Jahren auch ohne Muskeln plump und schwer bin?«

»Denk an den Elefanten«, sagte J. und ich verstand die Welt nicht mehr.

»Hä? Bei flink und ausdauernd soll ich ausgerechnet an einen Elefanten denken?« Ich glotzte ihn begriffsstutzig an. »Da würde mir eher so was wie ein Gepard oder ein Jaguar einfallen.«

»Vielleicht machst du dir noch mal ein paar Gedanken über das, worüber wir zuletzt gesprochen haben«, sagte er und erhob sich. »Die Sache mit der Reduzierung auf eine überschaubare Ebene, wenn man sich mit etwas Unüberwindbarem oder zu Großem konfrontiert sieht. Geh Schritt für Schritt in gut zu bewältigenden Etappen vor.«

»Ach so, das meinst du.« Ich stand ebenfalls auf. »Hoffentlich kann ich mich noch an alles erinnern.«

»Ganz sicher kannst du das.« Er bückte sich, um seine Decke vom Boden aufzuheben. »Dein Sixpack liegt hinter der Stirn, mein Junge. Das hast du nur noch nicht begriffen.«

»Meinst du?«

»Nein, weiß ich. Vielleicht ist das, was du hinter der Stirn hast, mehr wert im Leben als dicke Muskeln an Armen, Beinen und Oberkörper.« J. schüttelte den Dreck von seiner Decke, dann rollte er sie zu einem Bündel. »Du denkst aber, jemand wie dieser Raffa hätte als Sixpackträger mit dicken Ärmchen mehr Macht als du. Deshalb sehnst du dich danach, so zu sein wie er.« Er band eine Kordel um seine Decke und knotete die Enden zusammen. »Zum einen hat jeder Mensch nur die Macht, die ihm durch andere verliehen wird. Aus sich selbst heraus hat er meistens keine. Wisse, dass Nichts und Niemand Macht über dich haben kann, wenn du es nicht zulässt. Also verleihe diesem Raffa schlicht keine Macht. Zum anderen ist Verstand und Klugheit das Ding der Überlegenheit.« J. versenkte seine Augen in meine. Sie hatten ein seltsames Funkeln. »Es ist die Intelligenz, die sich in der Natur durchsetzt, Jonas, nicht die Muskeln. Schau dir die Evolution an. Wenn man der Wissenschaft glauben darf, waren die Dinosaurier die muskulär stärksten Tiere. Sie waren Giganten, die die Erde beherrschten. Tonnenschwere Kolosse mit hundert Gramm Gehirn. Aber überlebt haben die kleinen, intelligenten Tiere, aus denen auch der *Homo sapiens*, also wir, hervorgegangen ist.«

»Echt krass«, nutzte ich J.s kurze Denkpause, um auch mal etwas zu sagen.

»Das Gehirn, das zwar biologisch gesehen kein Muskel ist, sondern aus unzähligen Nervenzellen besteht, ist jedoch durch Reize ähnlich trainierbar wie ein Muskel. Dazu kommt, dass es jedem Muskel deines Körpers übergeordnet ist. Das bedeutet natürlich nicht, dass wir deshalb die Muskeln im restlichen Körper verkümmern lassen dürfen. Denn ohne Körper nützt das Gehirn dem Menschen verständlicherweise auch nichts. Deshalb sind gesunde Ernährung und Bewegung wichtig.« Ich nickte notgedrungen. »Jede Entscheidung und jede Handlung wird im Gehirn formuliert und lediglich von den anderen Muskeln im Körper ausgeführt. Dein Bizeps und dein Trizeps können nicht denken, sie können nur auf Befehl deines Gehirns etwas anheben oder absetzen. Zudem ist das Gehirn ein Organ, das sich in unendlich viele Richtungen und vor allem in immer komplexere Bereiche trainieren lässt. Ein wahres Wunderwerkzeug.«

»Ich werde noch ein richtiger Fan von meinem Gehirn«, sagte ich grinsend.

»Dann benutze es doch mal und rechne dir aus, wie du Schritt für Schritt dein Gewicht reduzieren kannst.«

»Nichts leichter als das«, sagte ich spöttisch. »Mathematische Quizaufgaben gefallen mir ja grundsätzlich, aber dafür muss ich zumindest die genaue Aufgabenstellung kennen.«

»Nun, um einen groben Richtwert zu bemühen, entspricht ein Kilogramm Körpergewicht in etwa siebentausend Kilokalorien. Das ist zwar nur ein Durchschnittswert, denn Fettabbau und Gewichtsabnahme müsste man sicherlich differenzierter betrachten. Aber lass uns diesen mittleren Wert dennoch mal zugrunde legen. Wenn du also täglich fünfhundert Kalorien weniger zu dir nimmst, als du es normalerweise tust, hättest du in vierzehn Tagen ein Defizit von siebentausend Kalorien und somit ein Kilo Körpergewicht weniger«, rechnete er mir vor. »Wenn du dann durch ein wenig Sport noch zusätzlich Kalorien verbrennst, geht die Sache noch zügiger.«

»Hey, klingt gut. Auf die Idee werde ich meinen Denkapparat auf jeden Fall mal ansetzen!«

»Die Absicht wird im Gehirn formuliert: Was will ich? Anschließend überlegst du dir, wie du dahin kommst und was du dafür tun musst. Wie gesagt, die Dinge sind eigentlich ganz einfach. Keine Hexerei. Glaub einfach an dich.«

Ich musste wieder an Raffa denken. »Wenn du das sagst, klingt das überzeugend. Aber selbst glaube ich nicht an mich, speziell was die Sache mit Raffa angeht.«

»Ich frage dich: Wer glaubst du, ist überlebensfähiger? Der, der bärenstark ist, aber wenig Verstand hat, oder der, der weniger stark ist, dafür aber schlau ist?«

»Ich weiß nicht, worauf du hinauswillst«, sagte ich erschöpft. »Eben sagtest du doch, dass in der Evolution schlau vor stark kommt.«

»Ich will darauf hinaus, dass je nach Situation vielleicht keiner ohne die Eigenschaften des anderen optimal zurechtkommt. Ideal wäre natürlich, wenn beides in einer Person vereint wäre. Wenn das aber nicht der Fall ist, wäre es die perfekte Synergie, wenn sich beide zusammen täten: Schlau und Stark.«

»Yo. Raffa hat die Muckis, ich den Grips und zusammen machen wir einen auf Superduo? Verdammt einsame Idee!«

»Wer weiß?«, sagte J., bevor er seinen Rucksack schulterte und Richtung Park davonging. Nach ein paar Metern drehte er sich noch einmal zu mir um. »Frag doch bei Gelegenheit diesen Raffa, ob er derjenige ist, der jeden verprügelt, und schau, was passiert.« Ich sah ein rätselhaftes Lächeln über sein Gesicht huschen, als er auch schon weiterging. Ich stand mit offenem Mund da. Diesen hirnrissigen Vorschlag konnte er unmöglich ernst gemeint haben. Vielleicht hatte das Leben unter freiem Himmel doch irgendwelche Spuren in seiner Psychozentrale hinterlassen.

Auf dem Heimweg brummte mir der Schädel. Vermutlich Konzentrationsschmerzen von zu viel Input. Zu Hause trank ich als erstes ein großes Glas Wasser, bevor ich schnell unter die Dusche sprang. Danach vollführte ich im Eiltempo den Zugangs-code zum Traumraum, trat ein und schmiss die Hantelbank raus. Wieder draußen beschloss ich spontan, eine kleine Runde durch unser Viertel zu joggen. Mit einem Impuls fing es an, hatte J. gesagt, aber dann musste die Handlung folgen.

Das Laufen fiel mir schwer. Nach nur wenigen Minuten war mein Puls gefühlt am Endanschlag. Ich spürte meinen Speck über der Sporthose wabbeln und hätte am liebsten frustriert kehrtgemacht. In langsamem Tempo hielt ich schwer atmend und unter Seitenstechen trotzdem eine halbe Stunde durch. Ich war mächtig stolz auf mich. Nachdem ich zum zweiten Mal an dem Nachmittag geduscht hatte, nahm ich mir einen Apfel aus dem Obstkorb und setzte mich mit meinem Mathearbeitsblatt an den Küchentisch. Normalerweise ging mir Mathe leicht von der Hand, doch an dem Nachmittag war meine Konzentration instabil. Entweder war mein Hirn solche Unmengen von Sauerstoff durch die Lauferei nicht gewohnt oder es hatte wegen der vielen Informationen von J. seine Kapazitätsgrenze für den Tag erreicht.

J. war wirklich raffiniert. Wie schaffte er es, dass ich immer das Bedürfnis hatte, seine Ratschläge in die Tat umzusetzen, obwohl er mich nie ausdrücklich dazu auf-forderte? Irgendwie war und blieb er rätselhaft. Auch wenn ich mich nie an sein Aussehen erinnern konnte, sobald ich von ihm weg war, blieb doch jedes Wort von ihm in meinem Gedächtnisspeicher hängen. Man konnte eben nicht alles haben. Immerhin teilte er sein Wissen mit mir, wovon ich auf Sicht nur profitieren konnte. Ich empfand es als äußerst klugen Schachzug vom Leben, dass es mich über J. hatte stolpern lassen. Ob Mama ihre Finger dabei im Spiel gehabt hatte? Der Gedanke gefiel mir und ich fühlte mich ihr nah.

*

Während ich mich am nächsten Tag im Deutschunterricht tödlich langweilte und kurz vorm Eindösen war, fiel mir das Gespräch mit J. wieder ein. Ich schlug eine leere Seite in meinem Spiralblock auf und notierte all meine überflüssigen Füllstoffe, wozu leider alles aus Inges Kiosk gehörte. Ebenso meine nachmittäglichen Langeweile-Schokokekse, die ich mir zwischendurch einverleibte, während ich Hausaufgaben machte oder Musik hörte. J. hatte gesagt, man müsse sich nicht unnötig mit Diäten oder übertriebenen Fitnesstorturen quälen, aber ganz ohne Verzicht und ein wenig Anstrengung würde es nicht gehen. Ich hatte plötzlich das Gefühl, das schaffen zu können, wenn ich es mir nur fest vornahm und eisern bei meinen Prinzipien blieb.

Bei Inge konnte ich mir auch nur eine Flasche Wasser kaufen, wenn ich mein tägliches Ritual beibehalten wollte. Meine innere Keksessstimme würde ich ignorieren und bewusstlosem Zwischendurchessen sowie raffinierten Gewissensablenkungen den Kampf ansagen. Und die Sache mit dem Sport würde ich auch durchziehen, egal wie mühsam es war. Anfangs war alles Neue schwer. Das wusste ich spätestens, seit Mama gestorben war. Doch irgendwann gewöhnte man sich daran. Ich fühlte mich hochmotiviert und der Gedanke an ein schlankeres Leben versetzte mich in Topstimmung.

Zuhause googelte ich die Kalorien meiner aufgeschriebenen Genusslebensmittel. Es war erstaunlich, wie viele überflüssige, also für mich in Zukunft verzichtbare Kalorien dabei herauskamen. Mein tägliches Ein-Euro-Gedeck bei Inge hatte etwas mehr als zweihundert Kalorien. Rechnete ich meine nachmittäglichen Schokokekse dazu, so kam ich locker auf fünfhundert Kalorien, die ich täglich nur durch Weglassen einsparen konnte. Also würde ich ansonsten meine Mahlzeiten beibehalten können: Frühstück, Schulbrote, Abendessen und nachmittags Obst oder ein Müsli. Klang gar nicht so übel!

15

Einen Tag später sah ich Raffa auf dem Pausenhof lässig gegen eine Wand gelehnt stehen, tief in sein Handy versunken. Mir kam J.s bescheuerter Vorschlag wieder in den Sinn, als ich Raffa dort alleine stehen sah. Es war die perfekte Gelegenheit, seinen Vorschlag auf die Probe zu stellen. Wobei mir keine Spur nach Prügel kassieren war, die auf jeden Fall vorprogrammiert waren. Aber irgendein Gefühl der Neugier trieb mich zu ihm hin.

»Hi, Raffa.« Er sah überrascht von seinem Handy auf. Bei meinem Anblick wechselte sein Gesichtsausdruck in eine gehässige Fratze.

»Was willst du?«

»Ich hab gehört, du bist der, der jeden verprügelt, der ihm nicht passt. Stimmt das?« Ich starrte ihn dabei an, um meine Unsicherheit zu überspielen.

»Alter, was?«

»Du hast doch nichts an den Ohren«, sagte ich ruhig. »Also hast du mich auch genau verstanden.« Raffas Augen verengten sich zu Schlitzen, sodass ich jeden Moment mit einem seiner Ausraster rechnete.

»Ich und prügeln? Sagt wer?«, fragte er argwöhnisch.

»Hat sich so rumgesprochen.«

»Willst du'n paar in die Fresse?«, zischte er und trat in einer Drohgebärde einen Schritt auf mich zu. Ich bewegte mich keinen Millimeter von der Stelle.

»Wieso? Ich hab doch nur eine Frage gestellt«, schaffte ich es zu sagen, ohne mit der Wimper zu zucken. Raffa war wütend, doch es passierte nichts. Anscheinend hatte ihn meine Frage aus seinem normalen Verhaltensprogramm geworfen. Schließlich stellte er sich breitbeinig vor mich hin.

»Hör zu, Rollmops, ich hab gerade keine Sprechstunde für verhaltensgestörte, dicke Kinder. Wenn du Überdruck in der Glocke hast, texte einen anderen zu, aber verschon mich gefälligst.« Genervt steckte er sein Handy ein und ging. Das war's. Keine hässliche Szene, keine Prügel. Nicht mal ein ernstzunehmendes Wortgefecht. Nichts! Konnte es etwa sein, dass jemand, den man mit dem konfrontierte, was er in Wirklichkeit war, es in dem Moment nicht sein konnte? Direktes und ehrliches Fragen war also manchmal gar nicht so verkehrt. Klasse Tipp von J., musste ich schon zugeben.

Nach der Schule sah ich J. neben Inge am Büdchen stehen. Er hatte einen Becher seines Lieblingsgetränks in der Hand und sah wie immer zufrieden aus.

»Na, was hat dir denn so den Tag versüßt?«, fragte Inge. »Du strahlst ja übers ganze Gesicht!«

»Ich bin einfach super drauf. Außerdem hab ich beschlossen, ab sofort weniger Süßkram zu essen. Deshalb nehme ich heute nur eine kleine Flasche Wasser und nicht das Übliche«, posaunte ich heraus.

»Hört, hört. Wenn das keine großen Pläne sind, dann weiß ich es nicht.« Sie ging lachend in den Kiosk und reichte mir kurz darauf mein Wasser. »Dafür bekomme ich von dir auch nur einen Euro, inklusive Pfand. Ich möchte weder deine Pläne noch deine gute Laune gleich durch finanzielle Nachteile trüben.« Ich bedankte mich und legte ihr einen Euro auf den Bezahlteller. J. hatte uns amüsiert beobachtet.

»Gehe ich recht in der Annahme, dass du dein Gehirn bemüht hast und mir nun von deinem Ergebnis berichten möchtest?«, fragte er grinsend.

»Erraten! Natürlich nur, wenn du Zeit hast.« J. nickte und gemeinsam gingen wir über den Spielplatz zu seinem Stammplatz. Ich konnte es kaum abwarten, ihm von meinen Berechnungen zu erzählen und natürlich von der Begegnung mit Raffa. »Stell dir vor, als ich vorgestern nach unserem Gespräch heimkam, hab ich tatsächlich eine Joggingrunde gedreht und meinen Impuls oder besser deine Anregung gleich in die Tat umgesetzt.«

»Und? Wie hat es geklappt?«

»Es war die absolute Folter, aber ich hab's durchgezogen«, erzählte ich stolz. »Dann hab ich gestern all meine überflüssigen Fressalien in Kalorien umgerechnet. Fakt ist, dass ich nur durch Weglassen von ein paar Sachen auf schätzungsweise fünfhundert Kalorien weniger am Tag komme. Super, oder?« Ich konnte kaum still neben ihm sitzen. »Dann haut deine Rechnung hin. In vier Wochen könnte ich zwei Kilo abspecken und mit etwas Sport nebenher in ein paar Monaten richtig schlank werden.«

»Beeindruckend, oder? So einfach ...«

»Hey, Speckbacke«, wurde J. von einer unfreundlichen Stimme unterbrochen. »Hängst du neuerdings mit Pennern ab?« Wie aus dem Nichts standen Raffa und die Gang vor uns und sahen verächtlich auf uns herab.

»Was willst Du?«, fragte ich genervt.

»Tja, so kann's gehen! Erst vom hohen Ross schiffen und dann im Rinnstein aus Pfützen saufen.« Er schob seine Hände lässig in die Jackentaschen. »So ein Abstieg kann manchmal rasend schnell gehen.«

»Ey, Raffa, keiner von uns hat hier Bock auf dein blödes Gequatsche.« Mir waren seine abfälligen Sprüche vor J. peinlich. Ich wollte nicht, dass er sie mitbekam. Wobei J. nicht im Geringsten betroffen wirkte und völlig gelassen neben mir saß.

»Aber ich bin ja kein Unmensch. Ich hab ein Herz für *Loser*«, machte Raffa überheblich weiter. Die anderen drei lachten gehässig. »Ich kauf dir gerne ab und zu ein Tütchen mit deiner Lieblingsplörre, wenn du mich ganz lieb darum bittest. Eine Speckmaus spendiere ich dir auch noch obendrauf. Aber nur, wenn du meinen spektakulären Bizeps küsst.« Selbstgefällig nahm er die Hände aus den Taschen und spannte seine Oberarme an.

Raffas lächerliches Muskelgetue machte mir nicht das Geringste aus, aber dass er es wagte, mich vor J. zu demütigen, ging mir absolut quer runter. Woher wusste er überhaupt, was ich mir normalerweise bei Inge am Kiosk kaufte? Ich hatte doch nur mein Wasser neben mir stehen. Konnte er mich bespitzelt haben?

»Lass uns in Ruhe und schwirr ab«, sagte ich gereizt, dabei fühlte ich meinen Wutpegel rasant ansteigen.

»Och, hab ich dein kleines Speckherzchen jetzt beleidigt?«, machte er sich weiter über mich lustig.

»Hau ab! Du bist peinlich und nervst!«, rief ich wütend.

»Hör zu, Fettwarze, King Raffa sagt keiner, was er zu tun oder zu lassen hat! Ist das klar?«, fuhr er mich an.

»Ich hab gesagt, du sollst abhauen!«

Raffa kniff die Augen zusammen. »Bist du taub, oder was? Anscheinend bekommt das Gossenleben deinen Lauschern nicht. Ich entscheide, was ich mache oder nicht, kapiert?« J. zeigte keinerlei Reaktion, während ich wütend und gequält neben ihm saß. Raffa drehte sich zu seiner Gang um. »Kommt, Jungs. Wir wollen das Lumpenpack nicht weiter vom Jammern über ihre verkorkste Existenz abhalten.« Im Weggehen stieß er nicht nur verächtlich mit seinem Fuß gegen meinen Rucksack, er hatte auch noch die Frechheit, neben meine Wasserflasche zu rotzen.

Ich war stinksauer – auf Raffa, auf mich, aber vor allem auf J. – und hielt es keine Sekunde länger aus, damit hinterm Berg zu halten. »Warum hast du nichts gesagt?«, ging ich ihn an.

»Warum sollte ich?«, fragte er verwundert.

»Raffa hat doch nicht nur mich, sondern auch dich beleidigt! Da musst du dich doch wehren!«

»Da gibt es doch nichts zu wehren«, stellte er gelassen fest.

Fassungslos starrte ich ihn an. »Wie bitte? Er hat dich Penner genannt und du fühlst dich nicht angegriffen?«

»Jemand, der so lebt wie ich, wird eben allgemein üblich als Penner bezeichnet. Raffa hat nur die Wahrheit gesagt. Aus seiner Sicht hat er doch recht.« J. sah mich fragend an. »Findest du also immer noch, dass ich angegriffen worden bin?«

»Ja, klar! Du hättest dich wehren müssen, weil es unverschämt von Raffa war, so was zu dir zu sagen!«

»Aber um mich von seinen Worten angegriffen zu fühlen und mich deshalb wehren zu wollen, müsste ich mich ja für jemand anderen halten. Ich bin der, der ich bin. Wie die Leute mich sehen, ist mir unwichtig. Raffa hat nur gesagt, was er sieht.«

Seine bescheuerte Gelassenheit brachte mich restlos auf die Palme. »Ich bin echt so super enttäuscht von dir!«, ließ ich meinen Gefühlen freien Lauf. »Nie hilfst du mir!«

»Wie soll ich dir denn genau helfen?«

»Wie man einem Kind eben hilft!«

»Du denkst, Erwachsene sollten Kindern alle Probleme aus dem Weg räumen? Warum sollten Kinder nicht ihre eigenen Erfahrungen machen, daraus lernen und starke Persönlichkeiten werden?«

Ich ignorierte seine Frage. »Du hättest Raffa mal eine Kostprobe deiner Intelligenz um die Ohren hauen können und ihm damit eine bewusstseinserweiternde Lektion verpasst. Das hätte diesem großkotzigen Affen bestimmt gut getan ... und mir im Übrigen auch. Dann hätte er mal gesehen, mit was für coolen, überintelligenten Leuten ich im Gegensatz zu ihm zu tun habe.«

»Und warum hast du ihm nicht selbst eine Kostprobe deiner Intelligenz gegeben?« Damit packte er mitten in die Wunde. Ich erkannte mich in dem Spiegel, den er mir vorhielt, und was ich sah, war ein feiges Weichei. Dieses Spiegelbild brannte sich mir durch die Netzhaut frontal ins Gehirn. Meine Wut und mein mickriges Selbstwertgefühl vermischten sich zu einem giftigen Cocktail.

»Zu mir ist Raffa immer so, das bin ich gewohnt. Aber dass du wie ein Lappen dasitzt und dich von diesem hirnamputierten Rotzer beschimpfen lässt, geht mir nicht in den Kopf!« Ich sprang auf. Ich hielt das Sitzen nicht mehr aus. Obwohl mir bewusst war, dass ich J. gegenüber absolut respektlos war, konnte ich nicht aufhören. »Was nützt dir all deine Weisheit und dein kluges Gequatsche, wenn du nichts davon ausspielst, wenn es drauf ankommt? He? Und wenn es dir für dich egal war, hättest du es zumindest für mich tun können! Das kotzt mich voll an!«

Meine Augen brannten vor Wut und Enttäuschung. Ich stampfte mit dem Fuß auf.
»Du kotzt mich an!«

»Bist du gerade nicht vielleicht mehr von dir selbst enttäuscht als von mir?«
Dabei sah er mich ohne jede Spur von Verärgerung an.

»Nein, auf mich bin ich überhaupt nicht sauer und ich lass mir von dir auch
nicht das Gegenteil eintüten. Vielleicht bist du wirklich nichts weiter als ein blöder
Heckenpenner, der super schlau labert, aber den Mund nicht aufkriegt, wenn es
wirklich mal um was geht!«, kam es mir verächtlich über die Lippen.

»Aber ich bin zufrieden und du ganz offensichtlich nicht, Jonas«, stellte er trocken fest.

»Du kannst mich mal! Ich hau ab!«, schnauzte ich, schnappte mir meinen Schulrucksack und stapfte grußlos davon.

Zuhause rammte ich die Haustür auf und ließ sie krachend hinter mir zufallen.
Mein Blick fiel auf meine Sportschuhe im Flur, die ich zwei Tage zuvor achtlos vor
dem Schuhregal liegengelassen hatte. Wütend versetzte ich ihnen einen Tritt und
stiefelte entschlossen in die Küche. Ich riss den Kühlschrank auf, nahm mir einen
Sahnepudding heraus und im Vorbeigehen vier Schokokekse aus der Packung, die
einladend auf der Küchenanrichte lag. Wutschnaubend löffelte ich den Pudding
in mich hinein und verschlang die Kekse so unbeherrscht, dass ich kaum mit dem
Kauen hinterherkam. Danach war mir schlecht. Meine Wut war verpufft und ich
fühlte mich mieser als miserabel. Geknickt sackte ich auf der Eckbank in mich zusammen.

Mir war klar, dass ich mich unmöglich benommen hatte. Ich war J. gegenüber aus-
fallend geworden und auf Raffas primitives Niveau gesunken. Außerdem hatte ich
bei der ersten unpässlichen Gelegenheit meiner Fressstimme nachgegeben. *Prüfung
nicht bestanden!*, dröhnte es in meinem Kopf. Bei meinem ersten richtigen Diszip-
test hatte ich komplett versagt. Wie ein Volltrottel war ich in die Falle meiner Ge-
wohnheitsmuster getappt. Heroische Entsagungssprüche waren anscheinend nur
etwas, wenn man satt und gut drauf war. Wenn es dann unvorhergesehen drauf
ankam, war man willenlos und schwach. Trotzdem war ich mir sicher, dass ich das
wieder in den Griff bekommen würde. Ich hatte die Taktik der Verführung begriffen:
Sie packte einen in schwachen Momenten, wenn man Sehnsucht nach seinen alten
Gewohnheiten hatte, und schlug zu. Simple, aber clevere Strategie.

Viel schlimmer als meine Fressattacke war die Sache mit J. – wie hatte ich mich nur so gehen lassen können? Ausgerechnet J., der mir als Freund so viel bedeutete und der es immer gut mit mir meinte. Ich hatte ihn behandelt wie den letzten Dreck. Was war bloß in mich gefahren, dass ich mich ihm gegenüber so unterirdisch respektlos benommen hatte? Ich widerte mich selbst an und schämte mich für alles, was seit der Begegnung mit Raffa am Spielplatz passiert war. J. gegenüber war ich am Nachmittag keine Spur besser gewesen als Raffa. Das war für mich eine zermürbende Erkenntnis. *So ein Abstieg kann manchmal rasend schnell gehen*, hallten Raffas verächtliche Worte in mir wider, womit er, jedenfalls was mein Benehmen J. gegenüber anging, ausnahmsweise recht hatte.

Und was J. betraf, so hatte er auch mit allem richtig gelegen. Ich hatte erwartet, dass er sich gegen Raffa stellen und sich behaupten würde. Das hatte er nicht getan, worüber ich wütend und enttäuscht gewesen war. Aber es war meine Erwartung gewesen, nicht seine. Im Nachhinein fragte ich mich, warum *ich* eigentlich nicht auf die Idee gekommen war, für J. einzustehen? Vielleicht weil ich immer das Gefühl hatte, dass er alleine klar kam. Auf mich wirkte er wie jemand, der nichts und niemanden brauchte. Wie ein stabiler Felsbrocken: Geerdet, fest und unverrückbar. Wie eine perfekte, in sich geschlossene Einheit. Das musste sich toll anfühlen, dachte ich neidisch. Und was war ich? Ich war Raffa gegenüber feige und J. gegenüber gemein gewesen, wofür ich mich selbst hasste.

Zur Strafe ging ich eine Runde joggen, während ich mir vornahm, meinen inneren Schweinehund in Zukunft enger an die Kette zu legen. Beim Laufen spürte ich meine Oberschenkel unangenehm aneinander flappen, dazu den Sahnepudding zusammen mit den Keksen in meinem Magen herumbollern. Zwischendurch dachte ich sogar, ich müsste mich übergeben. Weil sich der Sahnepudding und die Kekse nicht einig wurden, wer von ihnen als Erstes wieder rausdurfte, blieb es bei einem Würgereiz. In reduziertem Tempo quälte ich mich über die gesamte Strecke. Als ich halbtot zu Hause ankam, war Papa schon da.

»Du hast freiwillig Sport gemacht?«, wunderte er sich, als ich verschwitzt und mit hochrotem Kopf in die Küche gestolpert kam.

»Ich wollte meiner Fitness und meiner Figur eine zweite Chance geben«, japste ich. Sein Blick fiel auf den leeren Sahnepuddingbecher und die angebrochene Keks-packung und kehrte zweifelnd zu mir zurück. »Äh, ja, kleiner Ausrutscher eben nach der Schule.«

»Nun, Rom wurde auch nicht an einem Tag erbaut.« Aufmunternd klopfte er mir auf die Schulter. Ich war erleichtert, dass er mir meine deprimierte Stimmung nicht anmerkte.

»Ich geh mal duschen.«

»Okay, aber beeil dich. Onkel Dietmar kommt gleich und bringt Pizza mit«, verkündete er, während er drei Teller auf den Tisch stellte. Über die Aussicht freute ich mich ehrlich. Weniger wegen der Pizza, sondern weil sein Besuch eine willkommene Ablenkung von meiner runtergekommenen Laune war. Als hätte er ein Gespür dafür, kam Onkel Dietmar in letzter Zeit häufig dann, wenn ich seine positiven *Vibes* dringend nötig hatte. Ich kam gerade aus dem Badezimmer, als es klingelte.

»Seid gegrüßt, Fürst der Finsternis! Ich ward berufen, Licht in Euer ewig düstres Schattenreich zu werfen«, schallte Onkel Dietmars Stimme im nächsten Moment durchs Erdgeschoss.

»N'Abend, Dietmar«, hörte ich Papa.

»Hinfort mit euch, ihr lausigen Teigfladen, den tiefen Schlund hinab in die Untiefen unseres Verdauungstraktes«, rief Onkel Dietmar theatralisch, als er nacheinander drei Pizzakartons auf den Tisch wirbelte. Als er mich im Türrahmen stehen sah, begrüßte er mich mit einem kumpelhaften Schlag gegen die Schulter. Bevor er mich in den Schwitzkasten nehmen konnte, flüchtete ich mich auf die Eckbank.

»Na, Hansi, wie läuft's in den Katakomben deines Lebens?«, erkundigte er sich bei Papa.

»Gut, gut. Eigentlich überdurchschnittlich unverändert, würde ich mal behaupten.«

»Na, wenn das keine unterdurchschnittlich hervorragenden Neuigkeiten sind«, antwortete Onkel Dietmar in seiner typisch spöttischen Art, bevor er sich auf einen Küchenstuhl pflanzte und sich ans Öffnen der Pizzaschachteln machte. Wir langten alle mächtig zu, redeten mit vollem Mund durcheinander und hatten super Stimmung, bis Onkel Dietmar wieder mit seinem Lieblingsthema anfing.

»Hansi, wann kommst du denn jetzt endlich mal auf ein Bier mit?«, fragte er schmatzend. »Ich finde, es wird wirklich langsam Zeit, dass du wieder unter Leute gehst und dein Mikro-Universum aus LKW-Fahren, Haus und Keller erweiterst. Hm?« Er lud sich ein weiteres Pizzastück auf den Teller, während er Papa erwartungsvoll ansah.

»Ach Dietmar«, grummelte Papa. »Dieses leidige Thema. Ich sage dir schon Bescheid, wenn mir irgendwann danach sein sollte. Du wirst garantiert der Erste sein, der es erfährt. Versprochen!«

»Aber was tust du denn dafür? Seit vier Jahren bewegst du dich mit angezogener Handbremse durchs Leben und hoffst, dass sich von alleine etwas ändert.«

»Lass es doch einfach und setz mich nicht immer so unter Druck«, sagte Papa genervt.

»Du bleibst einfach stur in deiner Trauerverschalung und bewegst dich kein Fitzelchen von der Stelle«, regte Onkel Dietmar sich auf. »Du bist wie eine gefrorene Currywurst, die sich mit Händen und Füßen dagegen wehrt, aufzutauen!«

Papa sah ihn stirnrunzelnd an. »Das mit den Händen und Füßen bei der Currywurst sollten wir bei Gelegenheit noch mal anatomisch durchdenken.«

»Ich glaube langsam, du bist echt nicht mehr zu retten, Kumpel.«

»Ich weiß eben nicht, wie und wo ich anfangen soll.«

»Und deshalb machst du seit vier Jahren nichts«, schnaubte Onkel Dietmar. »Kitzel dich doch mal komplett durch und guck, ob du dadurch einen Einstieg zurück in den Frohsinn findest.«

»Man kann sich nicht selbst kitzeln, weil das Gehirn den Zeitpunkt der Berührung mit der eigenen Hand voraus berechnen kann und deshalb alle Nervensignale des entsprechenden Körperteils dämpft«, dozierte Papa.

»Dann fang halt mit was anderem an und beobachte, ob du irgendeine Veränderung in dir spürst, egal wie mickrig. Auf der baust du dich dann ganz langsam auf. Immer im Visier, dass du nicht zu viel von dir verlangen darfst, sonst trainierst du im Negativbereich.« Onkel Dietmar fuchtelte wild vor Papa herum. »Die Fortschritte in Sachen Frohsinn müssen wohldosiert sein und dürfen nicht zum Zwang werden. Viel hilft da nicht immer viel. Weniger ist in dem Fall mehr, wenn du verstehst, was ich meine.«

»Absolut«, versicherte Papa, als er aufstand, um den Tisch abzuräumen. Onkel Dietmar drückte ihn zurück auf den Stuhl und baute sich vor ihm auf.

»Hans, solche Gespräche haben wir schon zigmal geführt. Wenn ich euch das nächste Mal besuche, hat sich wieder nichts in deinem Leben geändert. Diddy kennt doch seine Pappenheimer.«

»Dietmar, jetzt beruhige dich doch mal. Du musst mein Leben nicht führen. Du hast deins und ich habe meins«, wollte Papa das für ihn leidige Thema zum Abschluss bringen.

»Du bist aber nie mit mir da draußen.« Onkel Dietmar zeigte aufgebracht durchs Küchenfenster. »Du lebst seit Jahren in deinem abgedunkelten, spaßbefreiten Karton. Mir fehlt das *wir*. Nicht du hier und ich da«, wobei er wieder zum Fenster zeigte. »Das genügt mir nicht. Ich will, dass wir beide hier und da sind!«

»Aber du bist doch hier.«

»Ich hätte aber auch gerne, dass du mal mit mir da wärst!«, forderte Onkel Dietmar.

»Aber ich bin doch da«, stellte Papa gelassen fest. Das war zu viel für Onkel Dietmars Gehirn. Er zog die Notbremse und ließ seine Augenballen im Leerlauf hin und her kullern. Das sah ziemlich witzig aus, auch wenn er mir etwas leidtat.

»Verdammt, Kumpel, jetzt haben wir uns in eine verzwickte Sackmühle hineinmanövriert«, meldete Onkel Dietmars Gehirn, als es nach dem Kollaps wieder anruckelte.

»Hm, sieht so aus«, stimmte Papa ihm nüchtern zu.

»Du verstehst mich einfach nicht oder willst mich nicht verstehen. Wie dem auch sei, Hansi, ich weiß nicht, ob dich jemals irgendwer retten kann, außer du selbst.« Er ließ sich auf seinen Stuhl fallen und blickte über unseren wüst aussehenden Küchentisch. »Anscheinend kann ich nicht der Froschkönig sein, der dich aus deinem Dornheckenschlaf erweckt.«

»Dietmar, bevor sich die Meister der Märchenerzählkunst vor Empörung leibhaftig aus dem Grabe erheben, um dich bei lebendigem Leibe an Rotkäppchen und die sieben Geißlein zu verfüttern, hole ich dir noch ein Bier«, machte Papa Gebrauch von seinem jedes Mal Wunder wirkenden Beruhigungsmantra.

»Das würde mich für den Moment wirklich extrem entstressen«, willigte Onkel Dietmar widerstandslos ein. Er sah richtig mitgenommen aus. Für all das bewunderte ich ihn: Er kämpfte wie ein rosa Schwein im Kettenhemd, wenn es drauf ankam. »Was meinst du, Jonas? Siehst du irgendwo einen Lichtschein am dunklen Papa Horizont?«, wurde ich von ihm gefragt, als Papa zum Kühlschrank ging.

»Also wir hätten da noch eine alte VARTA im Flurschrank«, antwortete ich und zwinkerte Papa zu, der daraufhin laut auflachte. Onkel Dietmar verstand den Scherz nicht, weshalb er erst nur verwirrt den Kopf schüttelte, dann aber aus Solidarität mitlachte.

16

Am nächsten Tag war J. nicht da, was mich deprimierte. Unser Streit hing wie ein Rucksack voller Steine an mir, und ich wollte nichts mehr, als mich bei ihm entschuldigen. Erst am darauffolgenden Tag sah ich ihn auf seinem üblichen Platz sitzen. Ich ging erst zu Inge ans Büdchen, um ihm einen Versöhnungskaffee mitzubringen und mir zur Abwechslung ein Orangensafttütchen zu gönnen. Mit den Getränken in den Händen ging ich über den Spielplatz zu ihm hin. Er hatte mich offenbar nicht kommen sehen, denn er hob überrascht den Kopf, als ich vor ihm stand. Ich zögerte noch, ihm den Kaffee zu reichen, weil ich nicht wusste, ob er von so jemandem wie mir überhaupt noch einen Kaffee annahm.

»Ähm, hallo, J.«, sagte ich unsicher. »Ich wollte mich bei dir entschuldigen. Also ... ich hab echt gemeine Sachen gesagt. Ich war wütend auf dich, aber noch mehr auf mich.« Ich konnte ihn dabei nicht anschauen. »Jedenfalls hab ich nichts von dem, was ich gesagt hab, wirklich gemeint. Ich war ein Idiot und es tut mir leid. Ehrlich.«

»Nun, die Zunge ist ein kleiner und gefährlicher Teil des Körpers«, sagte J. bedächtig und versenkte seine Augen in meine, bevor er sie auf den Kaffee in meiner Hand richtete. Erleichtert reichte ich ihm den Becher, dann kramte ich seine drei Milch, sechs Zucker samt Rührer aus meiner Jackentasche hervor. Ich ließ mich neben ihm nieder und sah ihm zu, wie er sich seine Zutaten in den Kaffee schüttete. »Wie läuft's in der Schule?«

»Gut.«

»Und mit Elli?«

»Auch gut. Wir haben neulich bei mir zusammen gesungen und Gitarre gespielt. Sie hat eine echt tolle Stimme. Du müsstest sie mal hören.« Während ich das sagte, kam mir eine grandiose Idee. Was, wenn Elli und ich zusammen ein Straßenkonzert veranstalteten? Genau hier – am Spielplatz! Ich war selbst überrascht von dem Gedanken. Besonders nachdem ich Deniz beim Turnschuhkauf in der Innenstadt einen Vogel gezeigt hatte, als er mir mit diesem behämmerten Vorschlag gekommen war. Vielleicht musste man sich manchmal etwas Neues trauen, egal wie verrückt es sich erstmal anfühlte. Wenn man nie etwas wagte, blieb man immer nur ein Träumer. Ich nahm mir vor, Elli bei unserem nächsten Treffen von der Idee zu erzählen, und war gespannt, was sie davon hielt. Während ich kurz meinen Gedanken nachgehangen hatte, parkte direkt vor uns ein Auto ein.

»Seltsam, oder? Autos, die man kaum noch hört. Das muss ein Elektroauto sein«, bemerkte J. und nahm schlürfend einen Schluck Kaffee.

»Ist es. Aber der neueste Hype in der Autoszene sind selbstfahrende Autos.«

»Davon habe ich gehört. Offensichtlich hat die Autoindustrie ihren Fokus für die Zukunft auf autonomes Fahren gelegt. Dabei drängt sich einem die Frage nach dem Warum auf, findest du nicht?«

»Ich denke, hauptsächlich wegen des technischen Fortschritts. Aber vielleicht auch, um die Zeit im Auto besser nutzen zu können. Wenn man sich nicht aufs Fahren konzentrieren muss, kann man sich mit anderen Sachen beschäftigen.«

»Womit denn beschäftigen? Lesen, Telefonieren, am Laptop arbeiten, sich ins Handy vertiefen? Meinst du das?«

»Ja. All das könnte man machen, wenn man nicht auf den Verkehr achten muss.«

»Aber wäre es nicht auch ein Ablegen der eigenen Verantwortung, wenn ein Computer über die persönliche Sicherheit im Straßenverkehr bestimmt?« Ich zuckte die Schultern. »Man darf sich fragen, warum die Forschung so erpicht darauf ist, dass der Mensch seine Eigenverantwortlichkeit aufgibt und sein Schicksal blind in die Hände eines Computers legt. Warum sollte es ein erstrebenswertes Ziel in der Zukunft sein, dass Computer oder auch diese unzähligen Apps dem Menschen wichtige Entscheidungen abnehmen? Was genau ist der Vorteil? Noch mehr Bequemlichkeit oder gar Trägheit? Womöglich Kontrolle von anderer Stelle? Warum möchte der Mensch seinem Verstand und auch seinem Körper immer weniger Aufgaben zumuten und vor allem zutrauen?«

»Wir sollen uns eben an dieses Computerzeitalter gewöhnen. Computer bestimmen unseren Alltag. Es wäre vielleicht altmodisch oder fortschrittverweigernd, wenn man sich dagegen sperrt. Ich kann mir ein Leben ohne Handy oder Computer überhaupt nicht vorstellen.«

»Das verstehe ich aus deiner Sicht. Eure Generation ist damit aufgewachsen und ihr stellt das alles nicht in Frage. Ihr kennt kein anderes Leben, weshalb es euch ganz natürlich vorkommt.«

»Stimmt. Du bist älter und hast auch computerlose Zeiten erlebt.«

»Heute ist alles zeitoptimiert und bei all den Geräten im Haushalt, der fortschrittlichen Telekommunikation und den rasant schnellen Fortbewegungsmitteln sollte man doch annehmen, dass der Mensch unendlich viel Zeit gewonnen hätte. Dem ist aber nicht so. Der Mensch klagt über zunehmende Zeitknappheit, selbst die Freizeit wird durchgeplant. Er scheint in einem permanenten Tätigkeitstaumel gefangen zu sein. Was macht der Mensch also falsch, wenn ihm die durch die Moderne gewonnene Zeit offenbar unaufhaltsam durch die Finger rinnt?«

»Vielleicht packen die meisten zu viel in ihren Tag oder haben zu hohe Anforderungen an sich selbst. Alles soll eben möglichst optimal laufen. Außerdem verlangen manche Jobs einen enormen Zeitaufwand, dafür verdient man dann auch einen Haufen Geld.«

»Du denkst, es ist der Zeitgeist?«

»Möglich.« Wobei mir nicht klar war, was genau er damit meinte.

»Könnte es nicht auch etwas mit Maßlosigkeit und Genusssucht zu tun haben? Ein überentwickelter Selbstverwirklichungstrieb, gepaart mit einer zwanghaften Vorstellung von Perfektionierung seiner selbst, der die Menschen zunehmend befällt? Haben Narzissmus und Egozentrismus dieser Tage nicht Hochkonjunktur?«

»Keine Ahnung.«

J. sah mich aufmerksam an, bevor er mit seinen Überlegungen fortfuhr. »Lässt sich der Trend, sich mehr und mehr in einer virtuellen Computerwelt zu bewegen, in der sich der Mensch vielfach mehr zu Hause fühlt als in seinem wirklichen Leben, nicht immer stärker beobachten? Liegt es nicht auch an diesem selbstdarstellerischen Trieb, sich und anderen in dieser digitalen Scheinwelt etwas vorzugaukeln, was man in Wirklichkeit nicht ist? Dieses Unterfangen frisst täglich eine Menge Zeit, die offenbar gerne investiert wird.«

»Hm, kann sein. Ich denke, das liegt wahrscheinlich auch am Zeitgeist«, sagte ich souverän, weil man auf den bestimmt alles schieben konnte, was gerade so Trend war. »Klar, das mit dem Zeitfressfaktor stimmt natürlich. Wenn ich vorm Bildschirm sitze, vergeht die Zeit unwirklich schnell. Aber wie du es beschreibst, klingt es wie eine Seuche. Es macht doch auch total Spaß, im Cyberspace unterwegs zu sein.«

»Gegen Spaß ist gewiss nichts einzuwenden, und dass die Menschen viel Freude bei dieser Form von Ablenkung haben, lässt sich nicht leugnen. Nur sollte dabei ihr Bewusstsein für die Gegenwart nicht zwangsläufig in einem Dämmerzustand vor sich hindösen.«

»Choarrrchch«, imitierte ich ein eingeschläfertes Bewusstsein, was J. ein Grinsen entlockte.

»Hattest du schon mal eine von diesen *Virtual Reality* Brillen auf?«

»Ja. War echt irre«, erzählte ich, auch wenn ich mich wunderte, dass er so etwas Modernes kannte. »Bei der Demoveranstaltung stand ich ganz normal auf dem Boden einer Halle und hätte zum Gehen nur einen Fuß vor den anderen setzen müssen. Als ich die VR-Brille aufhatte, stand ich plötzlich irgendwo oben zwischen zwei Hochhäusern und sollte über ein schmales Brett gehen. Ich sage dir, es ging nicht. Ich war wie gelähmt. Ich bekam Herzklopfen, mir wurde flau im Bauch und sogar richtig schwindelig. Mann, ich dachte, ich bin wirklich da oben auf diesem Scheißbrett.«

J. nickte bedächtig. »Jetzt hast du bereits eine Idee davon, was passiert, wenn eine solche Brille auf den visuellen Sinn Einfluss nimmt. Das neuronale System reagiert bereits, als sei es die Wirklichkeit. Es kann offensichtlich die Illusion nicht von der Realität unterscheiden.«

»Genau. Ich konnte meinem Gehirn damals absolut nicht klarmachen, dass ich noch immer auf dem Boden dieser Halle stand und nichts passieren konnte. Dass es nur eine Simulation war und nichts davon echt. Mein System ließ sich einfach nicht umstellen. Unglaublich, wie raffiniert dabei das Gehirn ausgetrickst wird.«

»Wissenschaftler forschen bereits seit längerem intensiv daran, für diese *Virtual Reality* Brillen, die in der Zukunft wahrscheinlich eher Masken oder Hauben sein werden, eine Schnittstelle zum zentralen Nervensystem zu finden. Damit wäre eine solche Maske an alle Sinne, sprich an alle menschlichen Gefühle, angeschlossen. Kannst du dir ausmalen, was das bedeuten würde?« J. sah mich über den Rand seines Kaffeebechers gespannt an.

Ich überlegte. »Mithilfe dieser Masken könnten wir dann nicht nur sehen und hören, sondern auch riechen, schmecken und sogar Dinge anfassen?«

»Das wäre durchaus vorstellbar. Du würdest möglicherweise alles genauso empfinden wie im echten Leben. Aber nicht nur das. Es könnte in der Zukunft sogar so sein, dass du selbst auf den jeweiligen Film Einfluss nehmen kannst. Du würdest ihn dir nicht bloß anschauen, sondern die Möglichkeit haben, dir die jeweilige Handlung individuell zu gestalten und selbst darin mitzuspielen. Du wärst in der Lage, zu jeder Zeit Orte, Umstände, Menschen und dich selbst nach deinem Geschmack zu erschaffen, zu verändern oder zu beseitigen. Alles, was du dir unter der Maske vorstellst, würde sich wie das echte Leben anfühlen. Du könntest zwischen Illusion und Wirklichkeit nicht mehr unterscheiden.« J. sah ernst aus, wenn nicht sogar ein wenig besorgt. »Die Menschen würden zu selbstprogrammierten Träumern.«

»Ich würde nicht wie jetzt ein Computerspiel spielen und die Figuren auf dem

Bildschirm bewegen, sondern ich wäre selbst eine Figur in einem von mir erschaffenen Film?«

»Das könnte vermutlich so sein. Es mag sich zunächst phantastisch anhören, wenn du dir deine eigenen Helden-, Action- oder Liebesfilme nach deiner Phantasie erschaffen könntest und den Film mit all deinen Sinnen wirklich erleben ...«

»Kommt ehrlich gesagt ziemlich abgefahren rüber!«, fuhr ich ihm aufgekratzt dazwischen.

»Es bestünde allerdings die Gefahr, dass dem Menschen sein eigenes, reales Leben als zu durchschnittlich, langweilig oder mühsam vorkommen könnte, sobald er die Maske absetzen und aus seiner Traumwelt herauskatapultiert würde. Er wäre dann wieder abrupt mit seinem wirklichen Leben in der Gegenwart konfrontiert, was ihm möglicherweise nur noch wenig erstrebenswert oder sogar wertlos erscheinen könnte. Es ist anzunehmen, dass er im wirklichen Leben nicht so gutaussehend, stark, heldenhaft mutig und großartig sein kann, wie in seinen Phantasiefilmen.« J. blickte ziellos in die Ferne. »Es könnte das Ende der Evolution bedeuten.«

»Aber ich hab doch auch meinen Traumraum, in dem ich mit meiner Phantasie abhänge und mir Sachen ausdenke, die für mich ziemlich real sind. Danach gehe ich da auch meistens mit einem super Gefühl raus. Trotzdem kann ich doch mein echtes Leben noch ertragen.«

»Du tauchst dort in deiner Phantasie nur in eine Art Tagtraum, in dessen Schutz du dir großartige Dinge für dich vorstellst. Bestimmt hast du nach Verlassen des Raums auch ein Wohl- oder Kraftgefühl in deiner wirklichen Welt. Der Unterschied ist jedoch, dass du dir trotz deines geistigen Ausflugs in deinen geschützten Raum stets bewusst bist, dass das eine mit dem anderen nichts zu tun hat. Du kannst bewusst zwischen deinem Traumraum und der wirklichen Welt unterscheiden, weil du es auch musst.«

»Stimmt. Spätestens, wenn ich Hunger hab, verlasse ich den Traumraum und gehe runter in die Küche. Deshalb verstehe ich nicht, was du mit Ende der Evolution meinst.« Die Sache mit den Traumfilmen schien mir einen gravierenden Haken zu haben.

»Es ist nur eine Gedankenreise, Jonas, aber ich habe die Angewohnheit, die Dinge möglichst bis zum Ende durchzudenken. Man sagt, wer im Traum stirbt, stirbt auch im wirklichen Leben. Bisher bist du in keinem deiner Träume gestorben, egal wie schlimm sie waren. Du bist daraus immer wieder aufgewacht, sonst säßest du nicht hier. Richtig?« Ich nickte. »Aber es bestünde die Möglichkeit, dass der Mensch in

160

seiner virtuellen Traumwelt beschließen könnte zu sterben, und zwar freiwillig, weil es im Film für ihn selbst ein spektakulär tolles Ende darstellen würde.«

»Kann ich mir nicht vorstellen, ehrlich. Das wäre doch komplett schwachsinnig.«

»Nicht wenn man es von der Warte des träumenden Menschen aus betrachtet. Was wäre, wenn er in seinem Phantasiefilm neuronal ein unbeschreiblich glorreiches Gefühl entwickeln würde, wie er dort als heroischer Menschenretter oder als Superheld sterben würde? Vergiss nicht, dass der Mensch unter einer solchen Maske die Illusion möglicherweise nicht mehr von der Wirklichkeit unterscheiden kann. Während des Films wären beide Welten eins und er hätte kein Bewusstsein darüber, dass er nur träumt. Im Gegensatz zu seinem echten Leben wäre sein Traumfilm kalkulierbar, was auf ihn eine ungeheure Anziehungskraft haben könnte. Vielleicht würde er sein eigenes, reales Leben nicht mehr ertragen können und es schlichtweg nicht mehr wollen. Es wäre möglich, dass er lieber als Held sterben wollte, als real zu leben. Für ihn würde es sich anfühlen, wie die bessere Wahl.«

»Klingt irgendwie horrormäßig!«

»Es wäre insofern Horror, wie du sagst, weil der Mensch sein wirkliches Leben mit all seinen bunten Facetten, seinen angenehmen wie unangenehmen Seiten, nicht weiter erleben könnte und es einfach – mit einem guten Gefühl natürlich – wegwerfen würde. *Un wat fott is, is fott!*, so sagt man doch hier in Köln, nicht wahr?« Ich musste über seinen Humor lachen. »Er wäre tatsächlich tot, sowohl in seinem Traumleben als auch in seinem wirklichen Leben.«

»Boah, die Art von Zukunftsschau ist mir echt zu düster.«

»Nun, sie wäre in der Tat recht dramatisch für die Menschen. Wir sind nämlich eigens hierher auf diese Welt gekommen, um in unserem jeweiligen Leben mit dem uns gegebenen Körper Dinge zu erfahren und zu erleben. Das Leben ist eine Reise voller Höhen und Tiefen. Es stellt uns manchmal vor große Herausforderungen und doch gibt es so viel Schönes in dieser Welt, das entdeckt werden möchte. Dafür sind wir hier. Das Leben ist ein kostbares Geschenk! Dessen sollte man sich stets bewusst sein.« J. hatte wieder diesen feierlichen Ausdruck in den Augen. »Freiwilliger Tod als Flucht vor dem Leben kann deshalb niemals der ursprünglichen Schöpferidee entsprechen, da diese Art von Handlung antievolutionär ist.«

»Hört sich auch nicht besonders verlockend an, wenn ich ehrlich bin. Eher so nach Leben schwänzen mit Höchststrafe.«

J. nickte zustimmend. »Die Schöpferenergie oder vitale Urkraft, wie man sie auch immer nennen mag, ist evolutionär, expansiv und konstruktiv. Sie ist eine

Vorwärtsenergie, keine Rückwärtsenergie und vor allem kein Stillstand.« Er schlürfte geräuschvoll einen Schluck Kaffee und schien kurz nachzudenken. Ich dachte an Mama und daran, wie schnell das Leben vorbei sein konnte, behielt den Gedanken aber für mich. »Es gibt viele Erklärungsmodelle für das, was wir Seele nennen, jedoch keine Gewissheiten. Vielleicht könntest du es dir so vorstellen: Die Seele möchte durch unseren Körper hier in der physikalischen Welt Dinge erleben, weil sie es selbst nicht kann. Sie ist nicht physisch.« Er lächelte mir aufmunternd zu. »Kannst du mir folgen oder ist es zu kompliziert?«

»Doch, ich glaube, ich verstehe, was du meinst«, sagte ich nachdenklich. »Wir sind dazu verdonnert, in unserem Leben mit dem klarzukommen, was ist, und sollten das Beste draus machen, ohne uns zu sehr in künstliche Welten zu flüchten. Klingt nur alles nicht besonders prickelnd.«

»Um deine ursprüngliche Frage, warum es möglicherweise das Ende der Evolution bedeuten könnte, abschließend zu beantworten, so wäre das Traumfilmbeispiel eine denkbare Möglichkeit, wie sich die Menschheit selbst reduziert.«

»Weil viele in ihrem jeweiligen Film freiwillig sterben?«

»Möglich. Die Menschen würden sich mit einem Grinsen im Gesicht selbst erledigen.« J. schaute leicht amüsiert. »Vielleicht muss der Mensch keine Erdkatastrophe, keine pandemischen Seuchen, Kriege oder Angriffe aus anderen Welten fürchten, weil die perfekte Illusion der weltweite Virus sein würde. Alle nähmen ihn freiwillig in sich auf. Unglaublich, aber denkbar«, schloss er sein apokalyptisches Gedankenspiel für die Zukunft ab. Ich sah ihn wenig begeistert an. Andererseits faszinierte es mich auch. Als hätte ich durch J. einen Hauch von Zukunftsvision bekommen, wenn auch keine besonders rosige. Sie war eher wie eine kalte Dusche, wo ich doch Computerspiele grundsätzlich toll fand. Die Begeisterung dafür hatte J. mir allerdings mit seiner Zukunftssicht ziemlich vermiest. Mitfühlend tätschelte er meine Schulter, als hätte er meine Gedanken erraten. »Keine Sorge, Jonas. Ich behaupte ja nicht, dass es so kommen wird. Es könnte nur theoretisch eine unter vielen anderen denkbaren Möglichkeiten für die Zukunft sein. Ich beobachte und analysiere Tendenzen und rechne Wahrscheinlichkeiten hoch, mehr nicht. Es schadet nicht, gewisse Dinge durch die Linse der Vernunft zu betrachten. Schau im Leben einfach genau hin, dann wirst du schon wissen, was zu tun ist.«

»Und wenn nicht? Was ist, wenn ich selbst zu so einem Cyberopfer werde, weil ich es gnadenlos cool finde und alle anderen um mich herum auch?«

»Freier Wille, Jonas. Jeder hat ihn und jeder darf davon Gebrauch machen, wenn er bewusst Einfluss auf sein Leben nehmen möchte. Wähle mit Bedacht und wähle gut.« Er leerte seinen Kaffeebecher und stellte ihn neben sich auf den Bürgersteig.

Ich betrachtete das zerknautschte Trinktütchen in meiner Hand, auf dem ich während unseres Gesprächs herumgedrückt hatte. »J., woher weißt du das alles? Ich sehe dich nie Computer spielen und ein Handy hast du auch nicht, soviel ich weiß. Zockst du vielleicht irgendwo heimlich?«

»Nein, das tue ich nicht. Es ist unwichtig, woher ich meine Gedanken beziehe«, stellte er trocken fest.

»Aber wer bist du, dass du so viel zu sagen hast?«

»Das spielt keine Rolle. Ich bin J. und jetzt bin ich hier.« Er lächelte mich an.

»Ehrlich, du könntest mit deiner Klugheit alles sein. In die Forschung gehen und die Wissenschaft auf den Kopf stellen oder ganze Länder anführen. Warum gibst du dich mit so wenig zufrieden?«

»Das beruht auf einer Entscheidung, Jonas. Ich wirke lieber im Kleinen als im Großen.«

»Dennoch könntest du mit deinem Wissen unglaublich Großes bewirken«, beharrte ich.

»Das Kleine ist genauso wichtig wie das Große. Manchmal bewirkt das Kleine sogar mehr als das Große.« Er richtete seine Augen wieder in die Ferne. »Bescheidenheit ist das Ding von Größe.«

»Trotzdem ist es ungewöhnlich, aus so viel Wissen nichts Besonderes zu machen.«

»Ich weiß nichts, ich hinterfrage nur oder rege zum Nachdenken an. Denn das Scheinbare muss nicht das Wahre sein«, sagte er schmunzelnd. Mit einem Ausdruck seiner klugen Augen gab er mir zu verstehen, dass es mehr darüber nicht zu sagen gab. Kurz darauf stand er auf und machte sich fertig zum Gehen. Nachdem wir uns verabschiedet hatten, hing ich auf dem Heimweg meinen Gedanken nach.

J. war wirklich ein eigenwilliger Mensch, daran ließ er keinen Zweifel. Für mich war er so etwas wie ein philosophischer Physiker, der mir geduldig die Zusammenhänge im Leben erklärte, auch wenn er dabei stabil geheimnisvoll blieb. Zumindest was ihn selbst anging. Das lag nicht zuletzt daran, dass in meiner Erinnerung immer nur ein Gefühl von ihm zurückblieb, kein einziges Bild. Seltsam war auch, dass J. nie etwas bestimmte. Er zeigte mir immer nur verschiedene Sichtweisen auf und ließ mich selbst entscheiden, was ich daraus machte.

Vieles von dem, was J. sagte, wirkte auf mich wie ein Energydrink. Es kurbelte meine Gedanken und auch mein Selbstbewusstsein an, während anderes den Effekt von mentalen K.O.-Tropfen auf mich hatte. Sein leidenschaftlicher Sinn für Realität sog mich oft leer, weil Realität nun mal Gift für jede Art von Phantasie war. Anfangs war ich nach Gesprächen mit ihm schnurstracks in den Traumraum gegangen, um meinen Akku mit neuer Kraft aus meiner Wohlfühlwelt aufzuladen. Sein Denklevel war mir oft auch entschieden zu hoch, weshalb ich meine Hirnmasse regelmäßig zu mentalen Klimmzügen zwingen musste. Das war anstrengend, doch dafür konnte J. nichts. Es hatte allein mit meinem beschränkten Horizont zu tun.

17

Es war Dienstag nach dem Schwimmen. Ich war meine persönliche Bestzeit im 100 Meter Freistil geschwommen und befand mich in Hochstimmung. Selbst Raffa und die Gang hatten mich bis auf einen blöden Kommentar im Vorbeigehen ausnahmsweise in Ruhe gelassen. Als ich angezogen und mit meinen nassen Schwimmsachen in der Hand zurück in die Sammelumkleide kam, wollte ich mir einen Kaugummi aus meiner Jacke herausnehmen. Erschrocken stellte ich fest, dass der Reißverschluss meiner Jackentasche offenstand, was definitiv nicht ich gewesen war. An dem Tag hatte ich besonders darauf geachtet, weil ich mir morgens die zwanzig Euro von Oma eingesteckt hatte, die sie mir bei ihrem letzten Besuch geschenkt hatte. Davon wollte ich mir nach der Schule neue Gitarrensaiten im Musikladen kaufen. Sofort fühlte ich in die Jackentasche hinein, fand das Päckchen Kaugummi und ein Stück Noppenfolie, doch der Zwanzigeuroschein war weg. Hektisch sah ich in der anderen Tasche nach. Auch dort war der Reißverschluss offen und die Tasche wie zu erwarten leer. Wer von meinen Mitschülern war so hinterhältig drauf, Geld aus Jackentaschen zu klauen, dachte ich wütend. Deniz bemerkte meine hektische Sucherei und wollte wissen, was los sei.

»Verdammt, ich hatte zwanzig Euro in meiner Jackentasche und jetzt sind sie weg!«

»Hast du überall nachgeguckt?«

»Ich weiß genau, dass das Geld in der Jackentasche war und ich den Reißverschluss hundertpro zugezogen hatte«, sagte ich aufgebracht.

Ich bemerkte, wie Raffa und die anderen drei uns aus den Augenwinkeln beobachteten und sich eindeutige Blicke zuwarfen. Raffa hatte ein fettes Grinsen im Gesicht und begann vor sich hinzupfeifen. Ich hatte verstanden. Wer sollte es auch sonst gewesen sein? In erster Linie ärgerte ich mich über meinen eigenen Leichtsinn, doch direkt danach hatte ich eine Stinkwut auf Raffa, weil er mir wieder einen reingewürgt hatte. Für ihn war ich echt das geborene Opfer. Das wollte ich nicht auf mir sitzen lassen. *Benutze deinen Hirnmuskel und mach Gebrauch von deinem Sixpack hinter der Stirn*, hörte ich plötzlich J.s Stimme in meinem Kopf. Deniz fragte, ob er mir noch beim Suchen helfen solle, sonst würde er schon mal Haare föhnen gehen.

Ich verneinte und sah auch die anderen Jungs nach und nach die Sammelumkleide verlassen. Nico, Vince und Musta riefen Raffa übertrieben laut zu, dass sie draußen auf ihn warten würden, bis er fertig sei. Dann zogen sie gehässig lachend ab. Wie auffällig sie sich benahmen. Am liebsten wäre ich gleich auf Raffa losgegangen und hätte ihm eine reingehauen, egal wie es für mich ausgegangen wäre. Aber J. hatte mal gesagt, dass Gewalt immer Gegengewalt erzeugte und man bei Gewalt nie ganz als Gewinner hervorging.

Ich pfiff meine Wut zurück und zwang mich, ruhig zu bleiben, um meinen Denkapparat nicht durch Stress und Affekthandlungen zu blockieren. In der Situation war Nervenbehalten angesagt. Was hatte J. noch gesagt? *Du musst dich in deinen Gegner hineinversetzen und aus seiner Perspektive denken.* Soweit die Theorie, aber mir fehlte der Plan. Ich machte mich daran, meine nassen Sachen sorgfältig zusammenzurollen und in die mitgebrachte Plastiktüte zu stecken. Raffa hatte ich den Rücken zugedreht, sah aber im Spiegel, wie er seine Sachen ebenfalls in Zeitlupe packte und sich in aller Ruhe die Schuhe anzog. Etwas in meinen Gedanken begann eine Form anzunehmen und mir war, als würde J. in meinem Kopf einziehen. Ich erinnerte mich plötzlich glasklar an eines unserer vielen Gespräche, in dem J. mir erzählt hatte, dass man sein Gegenüber in Kampfsituationen – was Raffas zwanzig Euro Klau für mich eindeutig war – genau analysieren und sowohl seine Stärken als auch seine Schwachstellen erkennen musste. *Versetze dich in ihn hinein! Denke wie er! Fühle wie er! Ahne seinen nächsten Schritt voraus!*, hörte ich J.s Stimme wie ein Mantra auf mich einreden.

Was wollte ich und was bezweckte Raffa? Ich wollte meine zwanzig Euro zurück und mich von Raffa nicht als Vollidiot vorführen lassen. Irgendwie musste ich ihn austricksen. Was konnten Raffas Beweggründe sein, mir die zwanzig Euro zu klauen, außer dass er sie haben wollte? Ich begab mich auf seine Ebene und versuchte, so zu denken wie er. In erster Linie wollte er mir seine Überlegenheit demonstrieren und vor seinen Kumpels angeben. Er war skrupellos, steckte aber auch voller Komplexe. Seine Schwäche war Größenwahn. Aber vor allem war Raffa eitel. Er wollte sich bestimmt lieber klug und edel fühlen als primitiv und armselig. Ich musste ihn mit etwas locken, das ihn an seiner Ehre und seiner Selbstverliebtheit packte. Er musste sich mit dem identifizieren, was ich ihm vorgab. Zunächst wollte ich ihm die Genugtuung geben, über den Diebstahl regelrecht verzweifelt zu sein, damit er sich ausgiebig an meiner Situation weiden konnte. Ich tat so, als führte ich Selbstgespräche, ohne von Raffa Notiz zu nehmen.

»Mann, wer aus meiner Schule zieht so'ne Bullshitnummer ab?« Ich rückte die Tüte mit meinen nassen Schwimmsachen von der rechten in die linke Ecke meiner Sporttasche. »Keiner, der was auf sich hält, klaut heimlich Geld aus Jackentaschen. Der Penner kann sich doch nie mehr im Spiegel angucken, ohne zu würgen!«, wetterte ich vor mich hin. Langsam zog ich den Reißverschluss meiner Sporttasche zu, um ihn sofort wieder aufzumachen, weil ich mein Duschgel absichtlich vergessen hatte. »Wieso war ich auch so blöd, die zwanzig Euro von meiner Oma lose in die Jacke zu stecken und die auch noch hier hängen zu lassen?«, machte ich mir überzeugend Selbstvorwürfe. Raffa trödelte mit einem selbstgefälligen Grinsen im Gesicht weiter herum. Es lief genau in die richtige Richtung. Dann tat ich so, als wäre mir seine Anwesenheit plötzlich aufgefallen, und drehte mich zu ihm um. »Ach Raffa, du bist auch noch da. Du hast nicht zufällig gesehen, ob einer an meiner Jacke rumgefummelt hat, als ich weg war? Mir hat nämlich einer zwanzig Euro geklaut.«

»Ey, bin ich dein Kindermädchen, oder was?«, antwortete er verächtlich, doch sein Gesichtsausdruck verriet, wie sehr er die Situation genoss.

»Wär mir neu. Egal, hätte ja sein können, dass du was gesehen hast«, sagte ich beiläufig. Raffa stand vor dem hohen Spiegel und mühte sich ab, die Hängematte über seinem Undercut hochzukleistern. Sein Kakadu-Stil sah absolut albern aus. Während ich in Faultiergeschwindigkeit meine Schuhe anzog, redete ich weiter mit mir selbst. »Ist doch echt keine Heldentat, in die leere Umkleide zu gehen und Jackentaschen zu plündern. Das muss ein absoluter Idiot gewesen sein oder aber ...«, ich machte eine wohldosierte Pause, »jemand sehr Intelligentes, der mir eine knallharte Lektion fürs Leben erteilen will. Einer, der richtig was auf dem Kasten hat. Der das Leben kapiert hat. Der weiß, wie es läuft, und mir mit dem Geldklau demonstrieren will, in Zukunft nicht mehr so leichtsinnig zu sein. Manches muss man eben auf die harte Tour lernen.«

»Genau, Fettbolzen, du hast es mit deinem Spatzenhirn erfasst!«, fuhr Raffa mich an. »Wie blöd bist du eigentlich? Im Wasser einen auf Delfin machen und zwanzig Euro in deiner Jacke am Haken hängen lassen!« Er zog den Zwanzigeuroschein aus seiner vorderen Hosentasche und warf ihn mir vor die Füße. Kaum zu glauben, er hatte tatsächlich angebissen und ausgepackt. »Ich wollte dir eine Lektion erteilen, weil du anscheinend nix im Leben kapiert hast!« Anscheinend hatte ich ihn an der richtigen Stelle gebauchpinselt. »Trau keinem und sei nicht so naiv! Es gibt immer Typen, die sich an deinen Sachen vergreifen, weil es ihnen egal ist, wem sie schaden. Pure Raffgier und Gehässigkeit!«, belehrte er mich überheblich und hätte sich selbst nicht passender beschreiben können. »Also, Ballongesicht, pass in Zukunft besser auf deine Sachen auf. Eine zweite Chance bekommst du von mir nicht, kapiert?«

»Klar«, sagte ich knapp, um nicht zu lachen. Mit verschränkten Armen stand er breitbeinig vor mir und schien auf einer Welle der Selbstverherrlichung zu surfen. Lächerlich, wie verliebt er in die Rolle des lebenserfahrenen Lehrmeisters war.

»Sei misstrauisch und wachsam! Vertrauen ist nur was für *Loser*! Sackt das in deine Hohlbirne?«

»Und wie«, antwortete ich gelassen und hoffte, dass er langsam genug von seiner Egoshow hatte und die Bühne verließ. Unverhofft beschleunigte Deniz den Abgang, als er den Kopf zur Tür reinsteckte.

»Mann, wo bleibst du?«

»Bin schon da«, trällerte ich, hob den Zwanziger vom Boden auf, steckte ihn ein und folgte Deniz.

Was die Benutzung meines Sixpacks hinter der Stirn statt meiner Fäuste anging, hatte J. in dem Fall tatsächlich richtig gelegen. Im Stillen bedankte ich mich bei ihm für seine telepathische Hilfe und fühlte mich wie Superman, als ich mich auf den Heimweg machte. Über die Sache mit Raffa hatte ich sogar Elli vergessen, wie mir schlagartig bewusst wurde, als ich sie an »unserer« Ampel stehen sah. Verdammt, die Nummer mit Raffa hatte bestimmt zehn Minuten gedauert und so lange musste sie schon gewartet haben. Ich gab Gas wie blöd. Ob sie wohl sauer war?

»Hey, tut mir leid, dass ich zu spät bin«, japste ich bei ihr angekommen.

»Okay, ich dachte schon, du hättest nicht mehr an unser Treffen gedacht.« Dabei wirkte sie eher verlegen als sauer. Erst schüchtern, dann immer selbstbewusster erzählte ich ihr, was passiert war. »Hey, das war sauschlau«, fand sie und pfiff durch die Zähne.

»Quatsch. Purer Zufall, dass das geklappt hat«, antwortete ich bescheiden, schließlich hatte J. mir irgendwie dabei geholfen. Wie auch immer er das gemacht hatte. Auf dem Heimweg gingen wir kurz in den Musikladen. Während ich die Saiten aussuchte, beobachtete ich aus den Augenwinkeln, wie Elli sich neugierig im Laden umschaute und mit der Hand verstohlen über ein Saxophon strich.

Zu Hause nahmen wir uns etwas zu trinken und setzten uns an den Küchentisch. Wir redeten über ein paar Leute aus der Schule, bis Elli das Thema wechselte.

»Cille und ich haben uns gestern den Film *About a Boy oder: Der Tag der toten Ente* angesehen.«

»Den haben wir als DVD auch irgendwo im Regal. Meine Mutter war ein absoluter Nick Hornby Fan, also der, der das Buch zum Film geschrieben hat.«

»Wir fanden den Soundtrack von *Badly Drawn Boy* total super. Cille und ich haben die Stelle im Film fünfmal zurückgespult, um das Lied »Silent Sigh« zu hören. Der Videoclip zu dem Lied ist auch echt klasse.« Sie kramte ihr Handy hervor und tippte darauf herum. »Es ist ein Sci-Fi Video. Nachdem die Ente im See von dem steinharten Bio Brot, mit dem der Junge sie im Film füttern will, aus Versehen erschlagen wird, friert die Erde im Zeitraffer komplett zu. Schnitt. Zweitausend Jahre später landet ein kleines Raumschiff auf der vereisten Erde und ein Space Roboter steigt aus. Und dann ... voll das Happy End! Hier, guck selbst.«

Sie reichte mir ihr Handy, damit ich mir den Clip ansehen konnte. Der Space Roboter sieht die Füße der eingefrorenen Ente aus dem Eis ragen, schneidet sie mit einem Laser als Eisblock aus und nimmt sie mit in sein Raumschiff. Nachdem er die Ente gescannt und aufgetaut hat, lädt er ihre Erinnerungen mithilfe fortschrittlicher Technik herunter. Als er das tragische Schicksal der Ente gesehen hat, löscht er alle traurigen Bilder aus ihrem Speicher und ersetzt sie mit glücklichen, sodass sie in der Rückschau ein schönes Entenleben hatte.

»Cool. So was wie *Matrix* für Enten.«

Elli fragte, ob ich »Silent Sigh« spielen könnte. Ich holte meine Gitarre von oben und wir setzten uns ins Wohnzimmer. Wie immer war es Elli, die in ihrem Handy die passende Seite suchte, während ich in unserem Durcheinander Platz zum Sitzen schaffte. Nach zweimal Hören und Mitklimpern, legten wir los. Es lief richtig gut, weshalb ich beschloss, meiner Idee eine Chance zu geben.

»Hey, sollen wir nicht mal zusammen auf der Straße spielen?«

»Du meinst ein richtiges Straßenkonzert?«, fragte Elli verblüfft. »Mann, Jonas, das ist die bescheuertste Idee aller Zeiten, aber einfach genial!«

»Echt, findest du?«

»Jaaa! Das wird mega cool!«, jubelte sie, sprang auf und tanzte ausgelassen durchs Wohnzimmer.

»Soweit der Plan, aber bis dahin müssen wir uns noch ordentlich ins Zeug legen. Außerdem müssen wir uns um einen Verstärker kümmern.«

»Schon klar. Dann sollten wir jetzt sofort eine Songliste erstellen, damit wir schon mal mit irgendwas anfangen.« Sie griff in ihre Schultasche, nahm Papier und Stift heraus und schrieb *Songliste – Jonas und Elli* an den oberen Rand. So kam es, dass an dem Nachmittag die Idee für unser gemeinsames Straßenkonzert geboren wurde.

Abends im Bett malte ich mir Ellis und meinen Straßenauftritt in den tollsten Farben aus. Als ich gerade einen richtigen Köpper in meine Phantasie machen wollte, fiel mir der Elternbrief ein, den Papa noch dringend unterschreiben musste. Es ging um unsere Klassenfahrt nach England. Von meinem Klassenlehrer hatte ich nur widerwillig einen zusätzlichen Tag Aufschub bekommen, weshalb ich den unterschriebenen Zettel auf keinen Fall noch mal vergessen durfte. Den Brief einfach auf den Küchentisch zu legen, damit Papa ihn morgens vor der Arbeit unterschreiben konnte, kam mir zu riskant vor. Um auf Nummer sicher zu gehen, wollte ich ihn persönlich runter zu ihm in den Keller bringen. Ich lauschte kurz und erkannte im nächsten Moment »You've lost that lovin' feelin'« von *Tom Jones*. Papa war mitten in Phase III. Denkbar ungünstiger Zeitpunkt, aber ich hatte keine Wahl. Hektisch sprang ich aus dem Bett, durchwühlte meinen Schulrucksack und zog den bereits ziemlich zerknitterten Elternbrief hervor.

Den Zettel unterwegs glattstreichend marschierte ich barfuß erst runter ins Erdgeschoss, dann die Kellertreppe hinunter. Leise näherte ich mich der Tür zu Papas Kellerraum und sah durch den Spalt, dass Papa ... auf dem Boden kniete und seine Arme vor sich ausgestreckt hielt, als würde er um etwas bitten. Verdutzt blieb ich stehen. Warum hockte er da auf Knien wie ein eierloser Ritter? Dann hörte ich Tom Jones seine Liebste auf Knien herzzerreißend anflehen, dass sie ihn doch wieder so lieben sollte, wie sie es früher getan hatte. Wie angewurzelt stand ich vor dem Türspalt und traute meinen Augen nicht. So sah also Papas allabendlicher tapferer Kampf mit seinem Drachen aus. Den hatte ich mir in meiner Phantasie vollkommen anders vorgestellt. Hoffentlich setzte er nur den Text von Tom Jones schauspielerisch um, was mir als Möglichkeit wesentlich besser gefiel als die Vorstellung eines ziemlich lächerlich aussehenden Drachenkampfes.

Wie Papa da so entrückt im Keller kniete und dabei den Text lautlos mitsang, war sowohl schlimmstes Drama als auch Comedy pur für mich. Es sah echt abgedreht aus. Dennoch bewegte es mich, ihn so zu sehen. Wie er sich seinen Gefühlen so ehrlich stellte und sich dabei kein bisschen albern vorkam. Hut ab! Er hatte wirklich Mumm, auch wenn man es ihm auf den ersten Blick nicht ansah. Da ich mich zwischen Papa Umarmen und Auslachen nicht entscheiden konnte, entschloss ich mich zum Rückzug. Lautlos verduftete ich die Kellertreppe hoch und schlich in die Küche, wo noch das kleine Licht über der Anrichte brannte. Mit einem dicken Edding schrieb ich Papa einen DIN A4 Zettel, dass er meinen Schulwisch DRINGENDST!! unterschreiben müsse, und legte ihn zusammen mit dem Elternbrief auf den Küchentisch. Ich schrieb noch drei weitere Zettel, wovon ich einen flurseitig mit einem Klebestreifen an der Küchentür befestigte und einen weiteren am Badezimmerspiegel. Den letzten spießte ich mit einem Dartpfeil auf seinem Kopfkissen auf. Selbst für jemand so Zerstreuten wie Papa wäre es nahezu unmöglich, all diese Botschaften zu übersehen. Sollte es dennoch passieren, müsste er dringend zum Augenarzt oder gleich zum Neurologen. Es würde bestimmt klappen und er müsste nie erfahren, dass ich ihn zufällig bei seiner experimentellen Trauerbewältigungsmaßnahme im Keller beobachtet hatte.

Am nächsten Morgen hatte Papa mir ebenfalls vier Zettel, allerdings wesentlich kleiner und mit Ein-Wort-Nachrichten, an den unterschiedlichsten Stellen im Haus hinterlassen, von denen er wusste, dass ich sie trotz morgendlichen Torkeltums garantiert finden würde. Zusammengefügt ergaben sie die Nachricht: *Habe deinen Elternbrief unterschrieben!* Eine weitere Nachricht mit dem Text: *P.S. Ich bin nicht geistesgestört … und das nächste Paket Druckerpapier kaufst du von deinem Taschengeld!*, hatte er mit einem Gummi um die Milchpackung im Kühlschrank gewickelt. Hinter seinen Text hatte er noch ein Zwinker-Smiley gemalt. Ich musste grinsen und an die komische Szene vom Abend vorher denken. Papa war schon ein cooler Typ, auch wenn er etwas speziell war.

Leider hatte ich seit dem unbeabsichtigten Zwischenfall im Keller ein gespaltenes Verhältnis zu Tom Jones im Allgemeinen und zu dem Hinknie-Lied im Speziellen, was wirklich schade war, denn ich mochte seine Musik.

18

»Gratuliere! Wieder herrlich versagt!«
»Halt die Klappe!«
Machte es überhaupt jemals Sinn, sich mit seiner inneren Stimme anzulegen?

An dem Tag mussten wir eine Mathearbeit schreiben, und jeder, der abgegeben hatte, durfte bereits in die Pause gehen. Da ich zwanzig Minuten vor der Zeit fertig war, ging ich raus auf den Schulhof, setzte mich auf ein Mäuerchen und tüftelte weiter an der Songliste für unser Straßenkonzert. Ich hörte mir auf dem Handy ein paar Lieder an, während ich mir auf meinem Block Notizen machte. Elli hatte mir am Morgen einen Zettel mit ihren zehn Lieblingsliedern gegeben, als wir uns für den Nachmittag bei mir verabredet hatten. Zum ersten Mal sah ich ihre Handschrift von Nahem, und überhaupt war es die allererste und einzige Sache, die ich persönlich von ihr besaß. Der Zettel kam mir deshalb wie ein kostbarer Schatz vor. Ich schnupperte sogar am Papier, aber nur ganz kurz. Enttäuscht stellte ich fest, dass es nur nach meinem Salamibutterbrot roch, das in meinem Rucksack vor sich hin dünstete. Ich war gerade dabei, »Say you won't let go« von *James Arthur* in die Liste aufzunehmen, als ein Schatten auf meinen Block fiel. Erschrocken blickte ich hoch und sah Raffa mit seiner Gang vor mir stehen. Wo waren die so plötzlich hergekommen? Die Pause hatte doch noch gar nicht angefangen. Wahrscheinlich schwänzten sie den Unterricht.

»Hey, Moby, schreibst du an einem Psychothriller für Vorschulkinder?« Raffa stellte einen Fuß neben mich auf die Mauer und stützte sich lässig auf seinem angewinkelten Knie ab. Die anderen standen mit den Händen in den Taschen blöd grinsend daneben.

»Spitzenwitz! Ich schmeiß mich weg!«, sagte ich schlechtgelaunt. »Aber ganz falsch liegst du nicht. Ich arbeite tatsächlich an einem Buch, einem echten Hammerbuch. Die Story wird dein Gehirn wegblasen. Es heißt *Fritzjen und die Außenwelt* und ist ein Elternratgeber für verhaltensgestörte Siebzehnjährige.« Raffa lachte gehässig auf, bevor er mir mit einer blitzschnellen Bewegung den Block aus den Händen riss. Reflexartig sprang ich auf und ging auf ihn los. »Gib den Block her, du Arsch!« Mit einem Sprung zur Seite wich er meinem Angriff aus.

»Oh, ist der Kleine jetzt ganz doll zornig?«, machte er sich über mich lustig. »Na, na, du weißt doch, was passiert, wenn du andere Mitschüler beleidigst, oder?« Er wedelte mit dem Block vor meinem Gesicht herum. »Du kommst in die Schämecke im Sekretariat, wo dein Papsi dich dann abholen muss. Zur Strafe gibt's eine Woche keine Süßigkeiten und Kuscheltierverbot.« Seine idiotische Bande fand das gigantisch witzig.

Stinkwütend versuchte ich erneut, ihm meinen Block abzunehmen und ihm gleichzeitig eine zu verpassen. Er duckte sich flink weg und schnippte mir im Gegenzug mit dem Finger hart gegen die Stirn. Es tat höllisch weh, trotzdem wollte ich nicht klein beigeben. Als ich wutentbrannt wieder auf ihn losgehen wollte, stellte mir Vince seine verflixte Haxe in den Weg. Ich fiel der Länge nach hin. Schadenfrohes Gelächter über mir. Gedemütigt rappelte ich mich auf und zog mir die Jacke gerade, als sie anfingen, sich aus Spaß meinen Block gegenseitig zuzuwerfen. Dabei landete Ellis Zettel im Dreck. Bevor ich ihn aufheben konnte, trampelte Musta so lange auf ihm herum, bis er zerrieben auf dem Schulhof lag.

»Was wollt ihr Psychokrüppel eigentlich von mir?«, brüllte ich sie an. »Haut einfach ab oder verprügelt euch gegenseitig, wenn ihr nix zu tun habt!«

Raffas Reaktion war nur ein selbstgefälliges Grinsen, bevor er meinen Block genauer unter die Lupe nahm. »*Die zwanzig besten Gitarrensongs für ein Straßenkonzert*«, las er den anderen laut vor. Er zog verächtlich die Oberlippe hoch. »Und als Zugabe ... uuaaah, gähn ... tief einschlafen!« Die Meute johlte begeistert. »Dann wollen wir unseren jungen Jimi Hendrix mal nicht weiter in seiner Schaffenskrise aufheitern!« Er warf mir meinen Block vor die Füße, dann zogen sie lästernd ab. Ich hob den Block auf und das, was von Ellis Zettel übrig war: Lose, unleserliche Fetzen, die ich wütend zurück auf den Schulhof schleuderte.

Meine Stimmung war im Eimer und das nicht nur, weil Ellis kostbarer Zettel Müll war, sondern weil ich mir wie ein erstklassiger Versager vorkam. Mich kotzte meine Niederlage dermaßen an, dass ich volles Rohr gegen meinen Schulrucksack trat. Noch lieber hätte ich Anlauf genommen und dem Leben einen Arschtritt verpasst. Ich hatte eine Stinkwut auf mich selbst, aber vor allem auf Raffa und die Gang. Die ganze Bande hing mir Dreimeterachtzig aus dem Hals! Was waren das eigentlich für Typen und was stimmte mit denen nicht? Was reizte sie immer wieder aufs Neue? Ja, ich hatte keine Schnitte gegen sie. Längst kapiert. Für mich stand fest, dass sie im Leben hirntechnisch irgendwo falsch abgebogen waren und deshalb ständig diese Freakshow abzogen. Überflüssigerweise musste ich daran denken, wie J. mal gesagt hatte, dass man dem Unfairen nie die alleinige Schuld geben könne, weil auch der, der sich Unfairness gefallen ließ, eine Mitschuld trage. Es gehörten immer zwei dazu: Einer, der einen anderen ungerecht behandelte, und einer, der das mit sich machen ließ. Diese Erkenntnis versetzte meiner verhunzten Laune nicht gerade einen Aufwärtskick. Ich sah Deniz über den Schulhof kommen und ging ihm entgegen.

»Was ist passiert? Du siehst komisch aus.« Sein Blick fiel auf meinen ramponierten Block.

»Raffa und seine Bande hatten wieder mal Langeweile«, schnaubte ich.

»Langsam reicht's echt!« Deniz kickte einen Stein beiseite. »Total kaputt in der Birne, die Typen.«

»Definitiv! Aber sie kommen als Durchgeknallte bestens klar. Jedenfalls besser als so Normalos wie ich, die auch noch zu blöd sind, sich richtig zu wehren.« Deniz runzelte die Stirn, sagte aber nichts.

Mittags gingen wir gemeinsam Richtung Kiosk, wo Deniz sich Süßkram kaufen wollte. Aus der Entfernung sah ich J. mit Inge am Büdchen stehen.

»Hey, siehst du den Mann neben Inge?« Deniz sah genauer Richtung Kiosk und nickte. »Das ist J., der Obdachlose, mit dem ich befreundet bin. Ich fänd's cool, wenn ihr euch kennenlernt.« Deniz war der Einzige, dem ich von J. erzählt hatte. Am Kiosk angekommen begrüßte ich beide, dann deutete ich auf Deniz.

J. hob seinen Kaffeebecher zum Gruß. »Schön, dich kennenzulernen.«

»Auch cool, Sie mal kennenzulernen. Jonas hat mir von Ihnen erzählt.«

»Tatsächlich, hat er das?«, fragte J. mit einem belustigten Unterton. Ich wurde rot, weil ich nicht wusste, wie er das fand, dass ich mit Deniz über ihn gesprochen hatte. »Nun, das ist erfreulich«, sagte er zu meiner Erleichterung, als wüsste er über meine Gedanken Bescheid.

»Deniz wollte sich nur etwas am Kiosk besorgen und ich bin auf dem direkten Weg nach Hause. Elli und ich sind heute Nachmittag um drei bei mir zum Proben verabredet«, berichtete ich ihm, woraufhin er uns viel Spaß wünschte. Unterwegs bot Deniz mir etwas von seinen Süßigkeiten an, was ich heldenhaft ablehnte. Ich wollte mich schließlich eisern an meinen Speckschmelz-Plan halten.

Zu Hause setzte ich mich mit unserem Laptop an den Küchentisch, der noch vom Frühstück vollstand. Deniz und ich hatten für Physik ein Lernvideo aufgenommen und uns im Computerraum mit dem Schnitt und der Hintergrundmusik richtig viel Mühe gegeben. Nachdem ich ein paar minimale Änderungen vorgenommen hatte, kopierte ich das Video auf den USB-Stick, den wir von der Schule mitbekommen hatten.

Ein Blick auf die Küchenuhr zeigte, dass mir noch knapp dreißig Minuten blieben, um unsere Küche einigermaßen aufzuräumen und an den schlimmsten Stellen durchzusaugen. Schnell räumte ich alles Herumstehende entweder in die Spülmaschine oder in den Schrank, bevor ich mit dem Staubsauger alle wichtigen Stellen abklapperte. Zunächst schnorchelte ich die Küchenanrichte ab, die es dringend nötig hatte, danach den Herd. Als nächstes wanderte ich zum Kühlschrank. Tür auf, alles Lose in den Fächern wegsaugen – Uups! – eine uralte, vertrocknete Lauchzwiebel hatte sich nicht genug festgehalten und verschwand im Staubsaugerrohr. Routiniert arbeitete ich mich quer durch die Küche bis unter den Tisch vor, wo ich jede Menge Brotkrümel und vertrocknete Nudeln in Sicherheitsverwahrung nahm. Als Letztes saugte ich vorsichtig um meine Schulsachen auf dem Tisch herum, bis es plötzlich ein metallisches *Klacker! Flrrrrkkkk!* machte. Hektisch schaltete ich den Staubsauger aus und scannte die Tischplatte. Verdammt, mein USB-Stick war weg! Ich hatte ihn original eingesaugt! Ungläubig guckte ich ins Staubsaugerrohr, doch er war in den ekligen Eingeweiden des Staubsaugerbeutels verschwunden.

Was sagte die Uhr? Noch sechzehn Minuten, bis Elli kam. Mist, das wurde knapp. Ich schnappte mir den Flurläufer, legte ihn in die Küche und begann mit spitzen Fingern den Staubsaugerbeutel auf ihm auszuräumen. Nachdem ich geschätzt Dreiviertel des Beutelinhalts auf den Läufer gehäuft hatte – selbst die Mumie von Lauchzwiebel war wieder aufgetaucht – ertastete ich den Stick endlich im Staubgewöll. Vorsichtig zog ich ihn heraus. Was für'n Murks!

Sieben Minuten vor drei und in der Küche sah es zehnmal schlimmer aus als vor meiner Aufräumaktion. Aus Angst, die Klingel nicht zu hören, traute ich mich nicht, den Staubsauger einzuschalten und alles wegzusaugen. So machte ich mich angewidert daran, den Haare-Staub-Wust wieder zurück in den Staubsaugerbeutel zu stopfen. Was, wenn Elli ein paar Minuten früher kam und sie diesen Dreckhaufen mitten in der Küche sah? Kaum fertig gedacht, klingelte es auch schon. Ich öffnete ihr die Tür und erzählte ihr auch gleich von meiner Panne.

»Soll ich dir helfen?«, bot sie sich an.

»Nein, schon gut. Jetzt, wo du da bist, muss ich nicht mehr auf die Klingel lauern und kann alles wegsaugen.« Erleichtert schaltete ich den Staubsauger ein und gab mein Bestes, den Dreck wieder wegzubekommen. Hätte sich der blöde Teppichläufer nicht dauernd mit angesaugt, wäre die Sache wesentlich schneller gegangen.

»Ich muss zugeben, ich hab noch nie in meinem Leben gestaubsaugt«, bemerkte Elli, als das Getöse des Staubsaugers aufgehört hatte.

»Da hast du nichts verpasst. Es gehört nicht gerade zu den spirituellen Erfahrungen im Leben.« Elli lachte und sagte, sie wolle es demnächst trotzdem mal ausprobieren, sofern ihre Haushälterin sie ließe.

Wir gingen hoch in mein Zimmer und probten eine ganze Stunde lang. Es klappte richtig gut, auch wenn wir an manchen misslungenen Stellen Lachanfälle bekamen. Trotzdem merkten wir, wie wir immer besser wurden. Nach dem Proben setzten wir uns auf den Teppich, während im Hintergrund ein selbst zusammengestellter Musikmix lief. Wir knabberten Erdnussflips und redeten über Musik, bis Elli mich plötzlich seltsam anstarrte.

»Was ist?«

»Du bist echt nett. Also wie ein sehr guter Freund oder ein Bruder.« Sie lächelte und spielte verlegen mit ihren Haaren. »Ich hab mir immer einen Bruder gewünscht.«

»Wir sind gleich alt. Wir könnten keine Geschwister sein«, versuchte ich meinen Anflug von Enttäuschung mit Logik zu überspielen.

»Dann eben Zwillinge.«

»Optisch unmöglich. Du bist schlank und hübsch und ich dick und ... na ja, alles andere als der Prototyp eines Sunnyboys.« Als ich das gesagt hatte, wusste ich nicht, wohin mit meinen Augen, weshalb ich schnell auf den Teppich vor mich starrte.

»Blödsinn! Nur weil du nicht schlank bist, heißt das doch nicht, dass du nicht trotzdem schön bist. Jeder Mensch ist auf seine Art schön.«

»Schön dick in meinem Fall«, scherzte ich.

»Hey, jetzt verdreh mir nicht die Worte im Mund, nur weil du mit deiner Figur unzufrieden bist«, beschwerte sie sich. »Außerdem sagt man doch: Wahre Schönheit kommt von innen. Von Innen bist du ja wohl total schön.«

»Echt? Woher weißt du das? Hast du mal'ne Röntgenaufnahme von mir gesehen?«

Elli lachte spontan drauflos und warf dabei ihre Haare zurück. »Nein. Mit *von Innen* meine ich deine Persönlichkeit ... äh, wie du bist, also das, was in dir wohnt. Dein Geist oder so.«

»Is' klar! Der Geist in der Flasche.« Ich tat so, als wäre ich gekränkt.

»Mann, hör auf mit dem Quatsch! Manchmal drücke ich mich eben schief aus. Raffa und die Gang sind Flaschen. Du nicht.« Sie zupfte an einer Haarsträhne herum. »Ich finde deine Art und deinen Humor gut. Ich mag einfach, wie du bist.«

»Ich mag auch, wie du bist.« Ein kurzes, peinliches Schweigen entstand, bis Elli weiterredete.

»Ich fühle mich wohl mit dir. Bei dir kann ich so sein, wie ich bin.« Sie blickte verlegen auf die bunten Schnürsenkel ihrer Chucks. »Außerdem himmelst du mich nicht die ganze Zeit an.«

»Nee, wieso auch?«, sagte ich schulterzuckend und bemühte mich um ein ernstes Gesicht. Elli schmiss sich wieder weg und ich lachte schüchtern mit.

»Weißt du, wenn jemand hübsch ist, hat er es viel einfacher im Leben als jemand, der nicht so viel Glück mit dem Aussehen hat. Das ist unfair.«

»Unfair?«

»Ja. Nicht so hübsche Menschen müssen sich viel mehr anstrengen, um nett gefunden oder überhaupt beachtet zu werden. Man übersieht sie eher, während hübsche Menschen immer gleich aus der Menge herausstechen.«

»Also mit dem Übersehenwerden hab ich bei meiner Figur eigentlich keine Probleme. Das ist vielleicht das einzig Gute am Dicksein«, versuchte ich weiter, witzig zu sein.

Elli kicherte. »So hatte ich das nicht gemeint. Du hast Tiefgang, du bist klug und du bist witzig. Du hast eine eigene Persönlichkeit entwickeln müssen, um Jemand zu sein. Deine ganze Art ist das Gegenteil von oberflächlich, weil dir vielleicht nicht alles vom Kleinkindalter an zugeflogen ist.«

»Du denkst, gut auszusehen macht oberflächlich?«

»Ich behaupte nicht, dass alle hübschen Menschen auch gleichzeitig oberflächlich sind. Sie haben nur eine größere Neigung dazu. Die Notwendigkeit, eine überzeugende Persönlichkeit zu entwickeln, besteht nicht in dem Maße wie bei weniger schönen Menschen. Ihr optischer Vorteil ermöglicht ihnen vieles, ohne dass sie sich dafür anstrengen müssen.«

»Sprichst du aus Erfahrung?«

»Also ... klingt vielleicht jetzt blöd, aber irgendwie schon. Mich mögen immer gleich alle, weil sie denken, *hübsch* bedeutet automatisch auch *nett*. Bei den Lehrern kommt blöderweise auch noch *klug* dazu. Das ist wie ein Bonus, den ich gar nicht möchte und meistens auch gar nicht verdiene.«

»Ich dachte immer, gut Aussehen hat nur Vorteile.«

»Weiß nicht. Mich stresst das oft, weil ich mich unter Druck fühle, dieser Erwartungshaltung gerecht zu werden, um keinen zu enttäuschen. Dazu kommt, dass meine Eltern ziemlich viel Kohle haben und ich deshalb noch zusätzlich bewundert werde.« Sie seufzte. »Manchmal geht mir das alles auf die Nerven.«

»Da hab ich ja Schwein gehabt, dass mich das Leben da in jeder Hinsicht verschont hat«, sagte ich grinsend. »Ich sollte mir erst mal einen Hals besorgen, bevor ich mitreden kann, hat Raffa neulich zu mir gesagt.« Elli sah mich verdutzt an. »Weil mein Gesicht so moppelig ist, sieht man meinen Hals wohl nicht besonders.«

»Ey, du weißt doch, Raffas Seele ist ein Dixi Klo und sein Charakter besteht zu neunzig Prozent aus Anomalien. Alles, was der Typ von sich gibt, ist Ohrmassaker.«

»Passt!«, stimmte ich ihr zu.

»Sieh's mal so: Dafür brauchst du im Winter keinen Schal«, witzelte sie. »Aber jetzt im Ernst, sobald du etwas abspeckst, wirst du dich wundern, was da für ein Wahnsinnshals zum Vorschein kommt. Mach mal den Kopf hoch.« Ich hob den Kopf an und schob mein Kinn so weit es ging nach vorne. »Guck jetzt mal in den Spiegel. Du hast da doch voll den Hals.« Sie lachte begeistert, während ich hocherhobenen Hauptes zu meinem Wandspiegel ging.

»Stümmt. Zöhn Külo wönigo und mür wöchst oin Hols«, nuschelte ich.

»Siehst du, alles kein Drama!« Sie sah mir zu, wie ich mich wieder hinsetzte. »Ich glaube, es ist sowieso nur im ersten Moment wichtig, wie man aussieht. Ein bestimmtes Erscheinungsbild weckt erst mal nur das eigene Interesse. Man hat plötzlich Aufmerksamkeit auf jemandem, aber das hat noch nichts mit Mögen zu tun. Eher mit Interesse oder Faszination. Um jemanden wirklich zu mögen, sind ganz andere Dinge wichtig. Dinge, die einen hier innendrin berühren.« Sie trommelte sich aufs Herz. »Ich bin mir sicher: Jemanden zu mögen oder sogar zu lieben, hat nur mit einem drinnen zu tun und gar nicht so viel mit dem Äußeren. Das eine sind die Augen, das andere die Gefühle. Die Gefühle sagen immer, wo es lang geht. Die Augen treffen nur eine Vorauswahl.«

»Du meinst, sobald man die Eigenschaften von jemandem mag, wird das Aussehen zweitrangig? Aber bevor man die Person mag, ist die Optik erst mal wichtig?«

»Irgendwie so. Augen können bloß gucken, aber sie können nicht fühlen. Sie sind eingeschränkt und irgendwie eindimensional. Gefühle sind mehrdimensional. Blinde Menschen verlieben sich schließlich auch.« Gut analysiert, fand ich. »Aber um herauszufinden, was man von außen nicht sieht, muss man erst mal Zeit miteinander verbringen. Da reicht ein oberflächliches Kennenlernen oder Schwärmen nicht aus.«

»Stimmt. Das äußere Erscheinungsbild kann ziemlich täuschen. Das erinnert mich gerade an J.«, sagte ich nachdenklich.

»Wer ist Jot?«, wollte sie wissen.

»J. ist ein Obdachloser, mit dem ich befreundet bin.«

»Du bist mit einem Obdachlosen befreundet?« Sie machte große Augen.

»Er ist ein echt klasse Typ. Schon älter, grundgechillt und super klug. Er checkt die Welt anders als alle, die ich kenne. So viel Weisheit vermutet man erst mal nicht, weil er eben auf der Straße lebt.«

»Und er heißt wirklich Jot? Woher kommt er, dass er diesen seltsamen Namen hat?«

»Keine Ahnung, wo er herkommt. Ich weiß nur, dass er so heißt, wie der zehnte Buchstabe im Alphabet. Ich treffe ihn meistens am Spielplatz in der Nähe der Schule oder nebenan im Park.«

»Klingt spannend.« Sie lächelte mich fröhlich an, woraufhin mein Herz einen Purzelbaum machte. Vielleicht war es diese kurze Vibration, die mich anspornte, ihr gegenüber ehrlich zu sein.

»Hm, ohne jetzt übertrieben schleimig bei dir rüberzukommen, aber oberflächlich trifft auf dich absolut nicht zu. Im Gegenteil, du machst dir Gedanken über Sachen. Das mag ich, weil ich das auch oft tue.«

»Nett, dass du das sagst.« Sie wurde rosa im Gesicht und ich fand sie noch hübscher. »Das Gleiche gilt auch für dich. Ich mag unsere Gespräche. Danach fühle ich mich immer irgendwie geerdet.«

»Könnte an meinem Gewicht liegen«, brachte ich unser Gespräch wieder auf eine spaßige Ebene, weil ich mich dort sicherer fühlte. Elli tat mir den Gefallen und lachte. Immer wenn ich mit ihr Zeit verbrachte, lauerte in mir die Angst, an irgendeinem Punkt unserer Unterhaltung keine passende Antwort zu finden. Ich wusste nicht, ob ein Mädchen Treffen immer so stressig war, aber anscheinend hatte ich kein großes Talent dafür. Der restliche Nachmittag verlief zum Glück ohne größere Peinlichkeiten.

19

Ping! meldete sich mein Handy auf dem Küchentisch, als ich einige Tage später dabei war, das Abendessen vorzubereiten. Eine Sprachnachricht von Elli, was mich überraschte, denn bis dahin hatten wir uns noch nie welche geschickt. Gespannt hielt ich mir das Handy ans Ohr. Ellis Stimme überschlug sich fast, sodass ich Mühe hatte, ihr zu folgen. Sie berichtete, dass Raffa und die Gang vorhatten, in Inges Kiosk einzubrechen und ihn danach abzufackeln. Zuvor wollten sie ihn ausspionieren, um herauszufinden, wie er gesichert war. Die geplante Aktion sollte am kommenden Mittwoch um halb zehn abends stattfinden. Die Nachricht war der absolute Schocker! Wie waren sie bloß auf diese hirnrissige Idee gekommen? Dass die Gang in einem mehr oder weniger intelligenzbefreiten Kosmos lebte, war mir längst klar, aber dass sie etwas richtig Kriminelles vorhaben könnten, hätte ich nie von ihnen gedacht. Ausgerechnet Inge, die immer nett war und mithilfe ihres Kiosks ein bescheidenes Leben führte. Ich brannte darauf zu erfahren, woher Elli diese Information hatte und wie verlässlich sie überhaupt einzuordnen war. Hektisch schrieb ich ihr, ob wir telefonieren könnten. Kaum hatte ich die Nachricht abgeschickt, klingelte mein Handy.

»Hi, Elli. Horrorstory! Wie hast du davon erfahren?«

»Ich hatte dir doch erzählt, dass Nico im gleichen Haus wie meine Freundin Cille wohnt. Heute Nachmittag hat sie zufällig ein Telefonat zwischen Nico und Raffa mitgehört. Nico hat nicht nur die Angewohnheit, bei offenem Fenster laut Musik zu hören und mit seinen Kumpels zu telefonieren. Er ist auch noch so blöd und telefoniert auf dem Balkon. Man kann alles mithören, wenn man wie Cille heute selbst auf dem Balkon ist.«

»Wenn das tatsächlich ihr Plan ist, sollten wir Inge informieren oder gleich zur Polizei gehen. Heute ist Montag, uns bleiben also zwei Tage.«

»Wir haben nichts in den Händen. Außer einer Vermutung, die sich auf ein zufällig mitgehörtes Telefonat stützt. Das wird uns die Polizei bestimmt nicht ernsthaft abkaufen. Ich bin mir auch nicht sicher, ob wir ohne Eltern einfach zur Polizei gehen und einen eventuell bevorstehenden Einbruch melden können.«

Während des Zuhörens kam mir eine Idee. »Noch wollen sie nur die Lage um den Kiosk herum checken. Das könnten wir beobachten. Danach wissen wir mehr.

Vielleicht stellen sie sich beim Ausspionieren schon so dilettantisch an, dass wir uns um einen Einbruch keine Sorgen machen müssen.« Ich hörte Elli kichern. »Sie sehen eigentlich aus, als wären sie zu blöd, ein einfaches Fahrradschloss zu knacken.« Verschwommen erinnerte ich mich an das dicke Vorhängeschloss an Inges Kiosk Tür und auch an die verschließbaren Rollläden vor dem Ausgabefenster. »Aber vielleicht unterschätze ich die Gang auch. Möglich, dass zumindest Raffa mehr kriminelle Erfahrung hat, als wir annehmen.«

»Was schlägst du vor?«

»Deniz und ich könnten uns Mittwochabend auf die Lauer legen und den unkoordinierten Haufen aus der Deckung heraus beobachten. Ich ruf ihn an, okay?«

»Klingt gut.« Wir verabschiedeten uns und ich rief Deniz an. Wie zu erwarten fiel er aus allen Wolken, als ich ihm erzählte, was Sache war. Er war aber gleich von der Idee begeistert, die vier Chaosbrüder Mittwochabend auszuspionieren, um hoffentlich Näheres über ihre konkreten Pläne zu erfahren. Ich hätte J. gerne von unserem Geheimplan erzählt und seine Meinung dazu gehört. Auf seine klugen Ratschläge konnte ich mich immer verlassen. Doch an keinem der beiden folgenden Tage bekam ich ihn zu Gesicht. Wo er nur wieder steckte?

*

Am Mittwoch kam Deniz nachmittags zu mir. Wir machten uns in der Küche einen *Bubble Wrap*, bestehend aus Rührei, Schnittlauch, mini Pilzen aus dem Glas, kleinen Strauchtomaten und dem pflichtmäßigen Salatblatt. Danach sahen wir uns einen Film an, bis es Zeit war, uns fertig zu machen. Um daheim keinen Verdacht zu erregen, hatten wir geplant, gegen sieben loszugehen und bei Giuseppe die Zeit zu überbrücken. Für unsere spätabendliche Geheimaktion wollten wir uns tarnen und träumten davon, so auszusehen wie Ninjas. Wir hatten unsere dunkelsten Klamotten rausgesucht und sogar selbstgebastelte Strumpfmasken am Start. Deniz hatte eine schwarze Leggings seiner Schwester umfunktioniert und ich mir auf die Schnelle eine ausrangierte dunkelblaue Kompressionsstrumpfhose von Jette organisiert. Ein Bein hatte ich in Kniehöhe abgeschnitten, den Fuß aber sinnvollerweise drangelassen, damit ich nichts zunähen musste. Wir gingen hoch in mein Zimmer und zogen uns um. Dann testeten wir unsere Masken. Deniz hatte zu Hause zwei gut sitzende Sehlöcher in das Stoffbein der Leggings geschnitten und sie oben professionell zugetackert. Er sah richtig gefährlich aus. Ich zog Jettes Strumpf über den

181

Kopf und testete die Sicht. Die Augenlöcher saßen optimal! Das Problem war nur, dass sich der Strumpf ultrastramm über mein Gesicht spannte und dabei meine Nase plattquetschte.

»Ich krieg zu wenig Luft!«, näselte ich durch meinen Strumpfüberzieher. Warum war mir das nicht beim ersten Anprobieren, als ich die Augenlöcher reingeschnitten hatte, aufgefallen? Ich nahm eine Schere, kniff etwas Stoff über meiner Nase zusammen, zog ihn auf Abstand und schnitt ein ordentliches Loch rein. Aah, endlich Luft! Ich drehte mich zu Deniz um, der im selben Moment einen Lachflash bekam.

»Boah, guck mal in den Spiegel!«, prustete er. Neugierig schaute ich in den Spiegel und war von meinem bizarren Aussehen selbst überrascht. Oben auf meinem Kopf baumelte der Fuß von Jettes Strumpfhose wie der Zipfel von Smörfdiddys Mütze. Dann kamen zwei halbwegs gutgeschnittene Augenlöcher und in der Mitte meines Strumpfgesichts stach meine Nase wie eine sehr helle Marzipankartoffel heraus. Ich wackelte mit dem Kopf und sah den Strumpffuß hin und her flappen. »Hey, Johnny, wir sind Ninjas, keine Comicfiguren!« Fasziniert schaute ich noch mal in den Spiegel. Ich sah echt bescheuert aus. »Du siehst aus wie ein Wesen vom Planeten »Nasigoreng«, das seine hochentwickelte Schaltzentrale in einem Schlabberbeutel vom Kopf hängen hat«, alberte Deniz. Wir lachten wie die Idioten.

»Deniz, hör auf, sonst pinkel ich mir vor Lachen in die Hose.« Aber er bekam sich nicht mehr ein. Über mein Bett wälzend schlug er übermütig auf Smörfdiddy ein, weshalb ich meinen Zimmergenossen mit erhobenem Zeigefinger ermahnte: »Smörfdiddy, du musst an deiner Deckung arbeiten!«

»Mann, wegen dir hab ich mir die Maske vollgerotzt.« Deniz zog sie sich vom Kopf und wedelte sie zum Trocknen durch die Luft. Wir gingen runter in den Flur, um aufzubrechen. »Sollten wir nicht besser eine Taschenlampe mitnehmen?«

»Gute Idee.« Ich ging zum Flurschrank, griff nach unserer alten VARTA und knipste sie an. »*Time to shine!*«, ermunterte ich sie und sah Deniz erstaunte Augen machen.

»Was ist das denn für'ne Funzel? Bei der sieht man ja nur, dass sie an ist, wenn man vorne reinguckt. Habt ihr keine andere? Nicht nur, dass sie kaum leuchtet, die wiegt ja auch mindestens ein Kilo.«

»Stimmt, sie ist schon etwas unpraktisch«, gab ich zu.

»Wir haben ja notfalls unsere Handys.«

»Die sind zu grell. Außerdem geht erstmal das helle Display an, bevor man die

Taschenlampe benutzen kann. Könnte ungünstig sein. Besser, wir schalten unsere Handys komplett aus.«

»Und deshalb lieber diesen kiloschweren Trümmer, der kaum leuchtet, mitnehmen? Johnny, du bist echt der Knaller. Na los, steck ein, aber ich schlepp den schweren Oschi von Lichtmaschine nicht.«

In dem Moment kam Papa nach Hause und sah uns mit überraschten Gesichtern im Flur stehen. Zum Glück hatten wir unsere Masken bereits weggesteckt. Die VARTA ließ ich schnell unter meiner Jacke verschwinden.

»Hallo, ihr beiden. Ihr seht aus, als wolltet ihr noch weggehen«, sagte er verwundert. Ich hatte völlig vergessen, ihm Bescheid zu sagen oder zumindest einen Zettel zu hinterlassen, dass ich später heimkommen würde. Ich ließ meine Phantasie fliegen und improvisierte blitzschnell.

»Tja, also, wir gucken in der Schule für Bio ... nee, für Erdkunde mit der ganzen Klasse den ersten Teil von *Der Hobbit*«, fing ich an zu erzählen. »Wir ... wir untersuchen die Flora und Fauna des Auenlandes.« Papa schien beeindruckt und wollte wissen, ob Geologie dabei auch ein Thema sei. »Ähm ... ja, wir analysieren die Hausmauern von Bilbo Beutlins Wiesenhaus ...«

»... und die Randsteine entlang der Mooswege in seinem Dorf Hobbingen«, half Deniz mir aus. Papa fragte, ob wir kein Schreibzeug mitnähmen, woraufhin wir ihm erklärten, dass wir das praktischerweise morgens in der Schule gelassen hätten. Er klopfte uns auf die Schulter und wünschte uns viel Spaß.

»Äh, Papa ...«, druckste ich herum. »Es könnte eventuell etwas später werden. Du kannst dir bestimmt vorstellen, wie ultralang so ein Hobbit-Filmabend gehen kann. Ich hab mein Handy aber dabei.«

»Okay. Ich nehme meins mit in den Keller. Ruf an, wenn ich dich irgendwo abholen soll.« Ich zeigte ihm den Daumen hoch, dann verließen wir das Haus.

»Dein Vater ist echt cool«, bemerkte Deniz beeindruckt, als wir ein paar Meter gegangen waren. »Wie er so getan hat, als würde er uns diese beschrubbte Hobbit-Story glauben, und extra noch so interessiert nachgefragt hat. Stark!«

»Er hat nicht so getan, als ob«, klärte ich ihn auf.

»Hat er nicht? Du meinst, er hat uns das tatsächlich abgekauft? Echt jetzt?« Er zog ungläubig die Augenbrauen hoch.

»Ja. Er lebt in seiner eigenen Gedankenwelt und versteht meistens alles wortwörtlich. Außerdem unterstellt er anderen generell nichts Unehrliches.«

»Jetzt hab ich voll das schlechte Gewissen, weil wir ihn so angelogen haben.«

»Kenn ich. Manchmal ist diese Verhaltensauffälligkeit an meinem Vater aber auch ganz praktisch. Sie hat mich schon oft gerettet, wenn ich irgendwelche dummen Aktionen von mir vertuschen wollte«, gab ich grinsend zu.

»Klingt wie ein Heimvorteil.«

»Nicht immer. Wenn wir alleine sind, kann er auch ganz schön anstrengend sein. Oft schalte ich mittendrin ab, weil er mir zu kompliziert ist. Mein Vater kann Schachtelsätze im Flächenformat einer Cornflakes-Packung formulieren, ohne zu merken, dass er mich unterwegs abgehängt hat.« Deniz lachte. »Einen richtigen Totalschaden hat er nicht, er tickt nur anders als andere.«

Wir waren bei Giuseppe angekommen, um dort die restliche Zeit totzuschlagen, bis wir in unserem Versteck Stellung beziehen würden. Giuseppe begrüßte uns gut-gelaunt und brachte uns kurz darauf unsere bestellten Getränke. Wir sahen uns Clips auf dem Handy an und ich las Deniz die Nachricht von Elli vor, in der sie uns viel Glück bei unserer »Raffa-ist-ein-Kotzbrocken-Mission« wünschte. Dann war es Zeit, Richtung Park zu gehen, um aus der Dunkelheit heraus die Lage zu beobachten. Unterwegs schalteten wir unsere Handys aus.

»Bist du aufgeregt?«, fragte ich Deniz.

»Ja, schon. So was Geheimes hab ich noch nie vorher gemacht. Ist schon seltsam im Dunkeln … Scheiße!«, jaulte er auf.

»Was ist?«, fragte ich erschrocken und sah Deniz auf einem Bein humpeln.

»Ich bin mitten in einen fetten Hundehaufen getreten! Verdammt! Gib mal die Taschenlampe.« Deniz leuchtete auf seinen linken Turnschuh. Im schwachen Licht-schein konnten wir erkennen, dass die Hundekacke bis über die Seitenränder der Sohle hochgequollen war. Absoluter Volltreffer! Dummerweise war es keine überschaubare kleine Wurst gewesen, sondern ein pfundschwerer, frischer Riesenhaufen. »Ist das ekelhaft! Die Kacke hat die Profilrillen bis in die letzte Ritze abgedichtet. Boah, ich kotz gleich! Das war's dann wohl mit meinen neuen Turnschuhen«, schnaubte er.

»Streif mal die Sohle an der Bürgersteigkante ab«, versuchte ich zu helfen. Vor sich hin fluchend mühte er sich ab, trotzdem klebte immer noch reichlich Kacke im Profil und an den Rändern. Deniz Laune war hin. Wir hatten keine Zeit, uns damit aufzuhalten, und gingen weiter Richtung Spielplatz. Als wir noch etwa hundert Meter davon entfernt waren, zogen wir uns die Masken über. Unser Versteck, ein be-tonierter Stromkasten, ungefähr zwanzig Meter vom Kiosk entfernt, hatte ich bereits am Vortag im Hellen ausgelotet, als ich die Gegend unauffällig durchkämmt hatte.

Es war kurz nach neun, also noch genügend Zeit, bis die Bande aufkreuzen wollte. Aus sicherer Entfernung checkten wir den Park ab. Es war alles ruhig. Nichts Verdächtiges. Inges Kiosk lag im Schatten, war aber im schwachen Licht der umliegenden Straßenlaternen gut zu erkennen. Vorsichtig schlichen wir uns hinter den Stromkasten. Die Zweige des trockenen Gestrüpps knackten unter unseren Füßen, als wir uns dahinter hockten. Autsch! Ein langer, dorniger Ast peitschte gegen mein Handgelenk und hinterließ einen brennenden Striemen. Wir testeten die Sicht. Ich konnte, ohne mich zu bewegen, links am Kasten vorbeischauen, Deniz rechts. So warteten wir eine Weile dicht nebeneinander und schwiegen. Wir lauschten den Umgebungsgeräuschen und ekelten uns vor dem bestialischen Gestank, der von Deniz Turnschuh aufstieg. Von irgendwoher hörten wir gedämpfte Technomusik. Plötzlich sah ich Schatten auf den Kiosk zu huschen.

»Ich sehe Leute«, flüsterte ich.

»Ich auch. Sie schwirren aus. Um den Kiosk herum.«

Ich konnte vier Gestalten erkennen, dunkel gekleidet, die Kapuzen tief ins Gesicht gezogen. »Der lange Schatten ist Raffa«, murmelte ich. Ich erkannte die Reflektoren seiner Turnschuhe. Schließlich hatte ich oft genug mit ihnen auf Augenhöhe im Dreck gelegen.

»Bist du sicher? Ich sehe noch einen längeren. Vor der Trittstufe am Eingang.«

»Wer ist das?«, hauchte ich.

»Keine Ahnung. Jedenfalls keiner von den vier Idioten. Den hab ich noch nie gesehen.«

»Hilfe, der ist ja noch mindestens einen Kopf größer als Raffa!« Schweigend beobachteten wir die Szene weiter, während mich ein mulmiges Gefühl beschlich. Mit dem langen Typen im Schlepptau durfte bei unserer Belauschaktion auf keinen Fall etwas schiefgehen.

»Der sich am Rollo zu schaffen macht, muss Nico sein. Der trägt links diesen klobigen Ring. Er reflektiert etwas, wenn er die Taschenlampe bewegt. Die tragen nicht mal Handschuhe. Sind die blöd!« Deniz atmete gequält aus. »Mann, ist mir schlecht von dem Hundekackegestank. Außerdem schlafen mir die Beine ein.«

Der Gestank war wirklich kaum auszuhalten. Immer wenn Deniz sein Gewicht verlagerte, stieg eine ekelhaft stinkende Wolke hoch. Deniz Nase war zumindest von seiner Maske bedeckt, während meine dem widerlichen Geruch schutzlos ausgesetzt war. Zudem machte sich auch in meinen Unterschenkeln ein unangenehmes Taubheitsgefühl breit.

»Der Lange hockt jetzt vorm Eingang und fummelt an der Tür rum. Raffa an der Schlosskette«, hörte ich Deniz flüstern. »Die anderen drei stehen Wache und glotzen blöd durch die Gegend.«

»Achtung! Einer kommt in unsere Richtung. Kopf weg, Gesicht runter!«, zischte ich.

Wir hörten Schritte. Mit dem Gesicht nach unten stank es noch abartiger. Ich atmete flach und unregelmäßig. Die Schritte näherten sich. Dann hörten wir ein leises, aber eindringliches »Psst! Vince. Komm mal hierher!« vom Kiosk her. Es war eine unbekannte Stimme. Wahrscheinlich gehörte sie dem Typen, den wir nicht kannten. Die Schritte entfernten sich hastig. Wir atmeten erleichtert aus und wagten einen erneuten Blick am Kasten vorbei. Wir hörten den Langen etwas murmeln, bevor einer mit einem minimalen Lichtkegel auf den unteren Rand des runtergelassenen Rollos am Kioskfenster leuchtete. Etwas Metallisches blitzte auf. Ein Werkzeug? Ein Messer? Es war nicht zu erkennen. Dann erlosch der Lichtkegel wieder. Deniz stöhnte leise und verlagerte sein Gewicht. Dabei fiel ihm die VARTA, die er sich zwischen Oberkörper und Beine geklemmt hatte, ins trockene Geäst. Es gab ein kurzes, dumpfes Aufprallgeräusch.

Die fünf Gestalten froren jede in ihrer Bewegung ein und scannten den Park in alle Richtungen. Wir zogen augenblicklich die Köpfe zurück. Mein Herz bollerte. Ich hörte das Blut in meinen Ohren rauschen. Jeder Muskel, der nicht mangels Durchblutung abgestorben war, war angespannt wie die Saite eines Bogens. Außerdem stank Deniz Schuh so widerwärtig, dass ich mich gerne übergeben hätte. Wir bewegten uns keinen Millimeter und lauschten angestrengt. Aus der Entfernung hörten wir hektisches Gemurmel und schließlich schlurfende Schritte auf Sandboden.

»Verdammt, sie kommen in unsere Richtung!«, nuschelte ich in den Jeansstoff meiner Knie. *Bitte, Mama*, flehte ich im Stillen, *lass uns hier im Versteck unentdeckt bleiben. Lass Raffas Horde taub und schäl sein. Ich gehe auch morgen an dein Grab und bringe frische Blumen mit. Versprochen!* Aus Angst trauten wir uns kaum zu atmen, während die Gang an uns vorbeizog und sich die Schlurfgeräusche mehr und mehr entfernten. Wir hielten unsere unbewegliche Kauerstellung noch eine gefühlte Ewigkeit bei und verharrten wie Statuen weiter in unserem Versteck. Irgendwann sagte ich leise: »Sollen wir den Kopf mal heben und gucken?«

»Ich trau mich nicht. Ich hab Angst vor dem langen Typen«, flüsterte Deniz.

»Ich auch. Nur können wir in unserem stacheligen Hundekacke-Nest auch nicht übernachten.« In Zeitlupe hob ich den Kopf und spürte im nächsten

Moment, wie die Luft merklich besser wurde. Deniz hob ebenfalls den Kopf. Wegen seiner Maske konnte ich nicht erkennen, wieviel Angst er hatte. Für meine Maske war ich in dem Moment jedenfalls ziemlich dankbar. Vorsichtig schauten wir rechts und links am Betonkasten vorbei und horchten. Die Luft schien rein zu sein. Ich richtete mich etwas auf und spähte hinter uns in den Park hinein. Es gab keine erkennbaren Anzeichen dafür, dass die fünf Gestalten noch irgendwo in der Nähe waren. Nur ein Mann mit Hund kam gemächlich vom Kiosk her in unsere Richtung.

Deniz versuchte hochzukommen, blockierte aber auf halber Höhe. »Meine Beine sind komplett abgestorben. Ich kann nicht stehen. Boah, mir rauscht gerade eine eiskalte Welle in die Waden.« Er stöhnte.

»Egal. Wir müssen hier weg. Der Hund wird uns auf jeden Fall wittern und Alarm schlagen.« Ich tastete nach der VARTA am Boden, dann stieß ich Deniz an. »Los, lass uns abhauen. Jetzt!« Auf wackligen Beinen schlichen wir uns aus dem Gestrüpp und gingen Richtung Sandkasten. Der Weg lag im Schatten der überhängenden Bäume, was uns ein Gefühl der Sicherheit gab. Allmählich nahmen wir die Welt um uns herum wieder voll wahr.

»Guten Abend, Jonas«, sagte da eine Stimme aus dem Dunkel. Mein Herzschlag stoppte, als mein Oberkörper auch schon in Richtung der Stimme flog. Schemenhaft konnte ich eine Gestalt auf einer der Bänke unter den Bäumen erkennen und analysierte blitzschnell den Klang der Stimme.

»J., bist du es?«

»Ja. Stell dir vor, ich halte mich hier manchmal auf«, sagte er fröhlich.

Ich trat näher zu ihm hin, um mich zu vergewissern, dass er es tatsächlich war. »Aber wie hast du mich erkannt?« Wir trugen unsinnigerweise immer noch unsere an Mund und Nase vollkommen durchgesabberten Masken.

»An deiner Nase.« Er lachte kurz auf.

»Echt jetzt?« Ungläubig fasste ich mir an den runden Knubbel, die einzig freiliegende Stelle in meinem Strumpfgesicht.

»Nein, nein«, amüsierte er sich. »Ich habe mir nur einen kleinen Scherz erlaubt. Um ehrlich zu sein, habe ich dich an deinen Turnschuhen erkannt. Sie haben doch dieses gebogene, reflektierende Dingszeichen da an der Seite.« Er zeigte von der Bank aus mit dem Finger drauf. Ich zog mir die Maske vom Gesicht und empfand es als absolute Wohltat, dieses stramme Ding endlich loszuwerden.

»Mann, J., ich freu mich gerade echt voll dich zu sehen«, sagte ich erleichtert.

»Hallo, J.«, begrüßte Deniz ihn, der ebenfalls seine Maske abnahm und in seiner Jackentasche verstaute.

»Guten Abend, Deniz.« Wir ließen uns neben ihn auf die Bank fallen. »Was macht ihr zwei in dieser Mumienverkleidung um die Uhrzeit hier im Park? Sollten Kinder in eurem Alter nicht schon längst sicher in ihren Betten liegen? Hm?« Er sah uns mit hochgezogenen Augenbrauen an. Ich berichtete ihm, was los war, woraufhin seine Augenbrauen in den Spagat sprangen. »Das ist wahrhaftig ein haarsträubendes kriminelles Vorhaben!«

»Richtiger Drecksplan!«, meinte Deniz.

»Wir wollten auskundschaften, wie sie vorgehen. Darum haben wir uns da vorne hinter dem Betonkasten versteckt.« Ich deutete mit dem Arm in die Richtung, aus der wir gekommen waren.

»Das war zugegebenermaßen recht leichtsinnig und waghalsig von euch«, bemerkte J. besorgt. »Die Tatsache, dass sie älter sind als ihr, zudem in der Überzahl, hätte ...«

»Sieh mal einer an! Wen haben wir denn da?« Ruckartig drehte ich mich um. Mein Herz setzte einen Schlag aus, als ich Raffa in zwei Metern Entfernung hinter der Bank erkannte. Die anderen schwärmten wie die Heuschrecken aus dem Nichts heran und umzingelten uns. Deniz und ich sprangen entsetzt von der Bank auf. Die VARTA fiel mir aus der Hand und landete dumpf auf dem Boden. Vor Schreck bekam keiner von uns einen Ton heraus. »Also haben wir uns vorhin doch nicht verhört. Ihr habt irgendwo im Gebüsch gehangen und uns bespitzelt, ihr kleinen Ratten!« Raffa spuckte auf den Boden.

»Kennst du die?«, fragte der lange Unbekannte barsch und nickte verächtlich in unsere Richtung. Er war älter als Raffa und hatte von Nahem einen brutalen Gesichtsausdruck. Seine Schultern sahen aus, als steckte der Kleiderbügel noch in der Jacke.

»Die zwei Idioten sind bei mir an der Schule. Der Penner haust hier im Park und ist mit dem Dicken da befreundet.« Raffa zeigte mit einer abfälligen Geste auf mich. Seine Stimme klang selbstbewusst, hatte aber anders als sonst einen leicht unterwürfigen Ton. Es war klar, dass der lange Typ das Sagen hatte. Der schnippte auch gleich mit dem Finger und kommandierte seine Truppe.

»Musta, du übernimmst den Dicken. Vince, Nico, ihr schnappt euch den anderen. Raffa, du behältst den Alten im Auge.«

Musta kam auf mich zugeschossen. Er packte mich, bevor ich reagieren konnte, drückte mir den Hals mit seiner Armbeuge zu und drehte mir einen Arm auf den Rücken. Ein heftiger Schmerz schoss durch meine Schulter, während ich gleichzeitig nach Luft schnappte. Vince und Nico waren sofort auf Deniz losgegangen. Der duckte sich geschickt weg und sprang außer Reichweite. In Kampfstellung tänzelte er vor und erwischte Vince mit einem Hackenschlag am Oberschenkel. Vince stolperte rückwärts, fing sich fluchend wieder und ging erneut auf Deniz los. Nico wusste wohl nicht, wie er eingreifen sollte, und stand irritiert am Rand des Zweikampfs.

»Hey, Vince, ist der Streifen auf deiner Jeans Hundekacke? Riech doch mal!«, rief Deniz ihm zu, während er weiter um ihn herumtänzelte.

Vince schaute allen Ernstes auf seine Hose. Deniz nutzte das aus, um ihm in einer blitzschnellen Vorwärtsbewegung einen ordentlichen Schlag auf den Oberarm zu verpassen. Vince taumelte zur Seite und verzog das Gesicht zu einer schmerzverzerrten Grimasse. Deniz war schon wieder in sichere Entfernung zurückgewichen, behielt aber auch Nico im Blick, der weiterhin nur verunsichert herumstand. Vince war jetzt richtig sauer. Zum zweiten Mal hatte er eine abbekommen. Wütend sprang er mit geballten Fäusten auf Deniz zu. Statt zurückzuweichen, bewegte sich Deniz angriffslustig auf ihn zu. Vince schlug nach Deniz Kopf. Der sprang flink zur Seite, wodurch Vince ins Leere boxte. Gekonnt traf Deniz ihn mit einem schnellen Seitenkick oberhalb des Knies. Vince verlor das Gleichgewicht und fiel hin. Wutentbrannt sprang er zurück auf die Füße, während sich ein weiterer brauner Streifen auf seiner Hose zeigte. Gerade wollte sich Deniz Vince wieder nähern, als er plötzlich zu Boden stürzte. In seiner Fokussierung auf Vince, hatte er seinen anderen Gegner leichtsinnigerweise außer Acht gelassen. Nico hatte seine Chance genutzt und Deniz aus dem ausgeblendeten Sichtradius heraus angegriffen.

Es war das Aus für Deniz. Er versuchte sich noch wegzurollen und Nico mit einer Beinschere zu Fall zu bringen. Doch der wich aus, kam blitzschnell zurück und drückte Deniz mit seinen Knien auf den Boden. Im nächsten Moment stürzte Vince sich auf ihn, riss ihn hoch und rammte ihm sein Knie in den Bauch. Deniz kippte gekrümmt auf den Boden zurück. Brutal zogen sie ihn an den Schultern hoch, drehten ihm beide Arme auf den Rücken und quetschten ihn zwischen sich ein. Deniz jaulte kurz auf, bevor sein Kopf nach vorne sackte. Der ganze Kampf hatte weniger als eine Minute gedauert. Obwohl sich Deniz profimäßig zur Wehr gesetzt hatte, hatte er den Kampf verloren.

Der Lange pfiff anerkennend durch die Zähne. »Machst wohl'n bisschen

Kampfsport, was, Kleiner? Nicht schlecht für dein Alter, aber nicht gut genug, wie du siehst.« Er lachte abfällig.

»Lasst mich los, ihr Scheißkanalratten!«, schrie Deniz und versuchte sich zu befreien. Aber Nico und Vince hatten ihn so fixiert, dass er sich nicht bewegen konnte. Zumindest schaffte er es noch, ihnen mit seinem linken Siffturnschuh ein paar Mal ordentlich auf die Füße zu treten. Sie packten ihn härter, sodass Deniz vor Schmerz aufschrie.

»Habt ihr'n Knall, oder was? Lasst ihn los und schafft euch ab, ihr widerlichen Bastarde!«, brüllte ich und wollte mich losreißen. Doch Musta verstärkte seine Würgezange um meinen Hals, gleichzeitig drückte er meinen Arm höher Richtung Schulter. Ungewollt zuckte ich unter der Schmerzwelle zusammen. Ich hustete und japste nach Luft.

»Boah, Alter, stinkst du!«, hörte ich Nico angewidert zu Deniz sagen. Ihm war wohl nicht klar, dass Vince Hose mindestens genauso stank wie Deniz Turnschuh.

»Mann, wir brauchen einen Seuchenschutzanzug mit Gasmaske. Wir gehen hier k.o. bei dem Gestank!«, rief Vince dem Langen zu, den das nicht zu interessieren schien. Der Lange stellte sich breitbeinig vor mich hin, fasste in seine Jackentasche und nahm sich einen Kaugummi heraus, den er sich gemächlich in den Mund schob.

»Wie heißt du?«, schmatzte er.

»Sag mir erst, wie du heißt. Du scheinst ja hier der Babo zu sein«, presste ich hervor und fühlte Musta härter zupacken.

»Ziemlich große Klappe.« Er trat vor und schlug mir mit der flachen Hand ins Gesicht. Es brannte höllisch und meine Augen liefen voll. »Dein Name!«

»Jonas«, quetschte ich heraus.

»Jonas. Aha.« Er machte eine Kaugummiblase. »Und wie heißt dein Lumpenfreund da auf der Bank?«

»Ich heiße J.«, sagte J. ruhig. Der Lange drehte nicht mal den Kopf, als J. sprach. Ich sah Raffa einen Schritt näher an die Bank heranrücken.

»Jot heißt dein Bettelfreund also. Ist ja richtig witzig. Jot, wie jottverdammter Penner.« Er lachte hohl. »Ein Jottesfreak.« Lautes Schmatzen mit halboffenem Mund und ein noch hirnrissigeres Lachen. »Und ihr zwei seid also miteinander befreundet. Richtig?« Ich sagte nichts, weil ich auf keinen Fall wollte, dass J. mit in die Sache hineingezogen wurde. »Antworte gefälligst, wenn du was gefragt wirst!«

»Wir sind uns schon mal begegnet«, sagte ich knapp.

»Weißt du, Big Siggi mag es gar nicht, wenn er bespitzelt wird. Aber noch weniger mag er es, wenn er belogen wird.« Er taxierte mich mit einem angriffslustigen Blick. »Deshalb wirst du gleich eine kleine, abschreckende Erfahrung machen. Eine Art Lehreinheit für hinterfotzige Halbstarke.« Seine Drohung jagte mir einen eiskalten Schauer über den Rücken. Ich bekam noch mehr Angst, als ich ohnehin schon hatte. Zumindest kannte ich jetzt seinen Namen. Hektisch sah ich rüber zu Deniz, der schlaff in der Umklammerung von Vince und Nico hing. Sein Gesicht war blass und hatte einen gequälten Ausdruck. Hoffentlich wurde er nicht ohnmächtig. Ich schaute zu J., der halb verdeckt von Raffa war, sodass ich sein Gesicht nicht sehen konnte. Der Lange ließ mich nicht aus den Augen. »Na, hilft dir jetzt keiner? Och, das tut mir aber leid. Aber weißt du was, kleiner Jonas, du brauchst auch gar keine Hilfe von deinen Freunden.« Er grinste gehässig. »*Ich* helfe dir. Ich helfe dir, eine Lektion fürs Leben zu lernen.«

Angst war in der Situation definitiv der falsche Ratgeber. Ich musste mein Hirn zusammenhalten und frech sein. Vor allem nicht vor seinen Drohgebärden einknicken. »Es gibt nichts, was ich von dir Großkotz lernen könnte«, hörte ich mich sagen und hoffte, dass keiner mein trampelndes Herz mitbekam.

»Da irrst du dich. Du wirst nämlich gleich lernen, wie es sich anfühlt, wenn ein Freund verprügelt wird und man rein gar nichts tun kann, um ihm zu helfen. Dieses abscheuliche Gefühl, wenn man sich wünscht, man würde selbst verprügelt anstelle des anderen, an dem einem etwas liegt. Das ist richtig *nice*!« Er lachte selbstgefällig, bevor er erneut eine Kaugummiblase machte, die unkontrolliert platzte und zur Hälfte auf seiner Oberlippe hängenblieb. Er leckte sie mit der Zunge zurück in den Mund. »Das wird dir eine Lehre sein und deinem Pennermessias die Gottesmacke austreiben.« Dabei zeigte er mit dem Finger auf J., ohne mich aus den Augen zu lassen. Mir wurde abwechselnd heiß und kalt.

»Saugeile Idee!«, jubelte Raffa. »Ich bin dabei, Siggi!«

»Lasst J. aus dem Spiel!«, schrie ich sie an. »Er hat dir nie was getan, Raffa! Euch allen hat er nie was getan! Keiner von euch kennt ihn!«

»Das ist egal, Kleiner. Opfer wird man auch, ohne etwas getan zu haben. Man ist einfach zum falschen Zeitpunkt am falschen Ort. Oder man wird auserkoren, weil das andere bestimmen. Nämlich so welche wie ich, die sich mit so großmäuligen Schwächlingen, wie ihr es seid, hin und wieder ein unvergessliches Späßchen erlauben.« Siggi grinste überlegen und war von sich selbst hin und weg. »Ich gehöre zufällig zu denen, die ihre eigenen Spielregeln haben, um die Welt auf Kurs zu halten.« Das klang so hohl, dass ich für einen kurzen Moment lieber gelacht hätte, als Angst zu haben. So redete einer, kurz bevor die letzte Gehirnzelle abstirbt.

»Genau, Welt auf Kurs halten!«, blökte Raffa wie ein Schaf in die Herde. Mit einem Mal verstand ich Raffas überhebliches Getue. Er war eine kleinere Kopie von Siggi. Ein alberner Klon. Ich ignorierte Siggis Geschwafel und ging stattdessen Raffa an.

»Sprichst du immer in Echos?«, rief ich ihm zu. Seine breitbeinige Machohaltung wurde kurz instabil. Das saß. Ich wägte meine Möglichkeiten ab: Deniz war mehr oder weniger handlungsunfähig, J. offensichtlich nicht kampfwillig und vielleicht auch körperlich nicht dazu in der Lage, was ich mir selbst auch eingestehen musste. Diesen Siggi kannte ich zu wenig, aber ich wusste, wie Raffa funktionierte. Er folgte wie ein Primat seinen Reflexen. Er war ein Opfer seiner reizreaktiven Impulse. Auch wenn er an dem Abend Siggis unterwürfiger Depp war, würde er seine Impulse niemals so weit im Griff haben, dass er sie einfach ausschalten konnte. Ich musste nur weitermachen und Raffa provozieren. Vielleicht gelang es mir damit, diesen Siggi von J. abzubringen. Raffa ignorierte meine beleidigende Bemerkung und biederte sich stattdessen Siggi an.

»Womit soll ich anfangen, Siggi? Ein Tritt in die Rippen? Du wirst dich wundern, was ich drauf hab. Du warst ein super Vorbild, echt!«

»He, Raffa, schleim dich nicht mit schmierigen Komplimenten bei deinem Anführer ein. Ist ja ekelhaft!« Ich imitierte ein Würgen, so gut es ging.

»Halt die Fresse, Fettschwabbel!«, rief Raffa mir wütend zu.

»Möchten sich die aufgebrachten Gemüter nicht vielleicht ein wenig beruhigen?«, hörte ich J. sagen. »Es ist doch bisher nichts Schlimmes passiert. Eine kleine Rangelei unter ...«

»Nein, möchten sie nicht!«, schnauzte Raffa ihn an. »Die Scheißtypen haben uns bespitzelt! Das nennst du nichts passiert?« Er spuckte verächtlich auf den Boden. »Uns bespitzelt keiner ungestraft und verarschen lassen *wir* uns schon gar nicht! Dafür gibt's aufs Maul! Hast du das kapiert, du vergammelter Kleidersack?«

»Aber vielleicht könnte King Raffa – so nennst du dich doch – sein Temperament etwas zügeln und seiner Vernunft einen kurzen Moment der Einkehr gewähren, damit ...«

Raffa holte aus und schlug ihm ins Gesicht. Ich zuckte schockiert zusammen.

»Halt's Maul und nenn mich nicht King Raffa! Das steht nur dem King selber zu.«

»Ey, Raffa, jetzt beherrsch dich mal! Du machst hier nur was, wenn ich es dir sage. Verstanden?«, ging Siggi Raffa an, der eingeschüchtert sofort den Mund zuklappte.

Entsetzt sah ich zu, wie J. seinen zur Seite geflogenen Kopf langsam aufrichtete und ihn wieder mittig zwischen seine Schultern platzierte. Sein Gesicht sah schmerzverzerrt aus. In dem Moment knallte bei mir eine Sicherung durch. Nie gekannte Wut schoss wie eine Feuerkugel in mich ein und war zeitgleich überall. Diese Wut war vernichtend und angstfrei. Sie war wie eine Invasion, die jedes ohnmächtige Gefühl in mir niedertrampelte und mich schlagartig besetzte. Mit einem Ruck riss ich meinen Kopf zur Seite und biss Musta, so fest ich konnte, in den Arm. Er schrie auf und ließ mich fluchend los. Ich stolperte nach vorne und wollte losrennen, als Musta mich schon wieder von hinten packte. Er rammte mir sein Knie in den Rücken und riss meine Arme an den Handgelenken brutal nach unten. Der Schmerz raste wie ein Tornado in meine Schultern. Doch meine Wut hatte das Kommando. Ich dachte an J., an Deniz und an Mama.

»Raffa, ich hasse deine dumme Visage! Du bist nichts als ein hirnamputierter Vollidiot mit einer großen Fresse!«, schrie ich los wie ein Irrer. In Warpgeschwindigkeit saugte ich alle mir bekannten Schimpfwörter und Beleidigungen aus jedem noch so entlegenen Winkel meines Erinnerungsspeichers und komprimierte sie zu einem gigantischen Wortschwall. »Du brauchst eine Mannschaft um dich, weil du alleine zu feige bist! Richtige Typen ziehen ihr Ding alleine durch. Die brauchen keine Anhänger und keine lauwarme Bewunderungspisse. Aber zu denen gehörst du nicht, weil du ein scheißmickriger Wurm bist!« Von Siggis Einlauf ausgebremst, starrte Raffa mich nur hasserfüllt an. Siggi sah mit den Händen in den Taschen zu und schien sich sogar zu amüsieren. Ich machte weiter und brüllte mir alles aus dem Leib, was ich ihm schon lange hatte sagen wollen, wenn ich den Mut dazu gehabt hätte. Es war wie eine Befreiung. Es fühlte sich gut an. Armageddon in meinen Stimmbändern!

»Du bist mit Abstand der hohlste Typ, den ich kenne! Dein ranziges Hirn pumpt 24/7 nichts als Schwachsinn! Darum bist du neidisch auf jeden, der sein Hirn normal in Betrieb hat. Mit deinen aggressiven Ausrastern in Dauerschleife willst du nur von deiner eigenen Beschränktheit ablenken. Du bist komplett geistesgestört!« Die Sätze sprudelten aus mir heraus wie Schmutzwasser aus einem Abflussrohr. Ich ließ laufen, mir war alles egal.

»Die ganze Schule lacht über dich! Alle durchschauen dein affiges Rambo-Getue und lästern hinter deinem Rücken. Nur du Idiot merkst das nicht! Du bist ein Versager! In der Schule sowieso und auch sonst im Leben. Du bist ein Unnötiger für die Welt. Ein Versehen. So Typen wie du und wie ihr alle ...«, ich blickte von Raffa zu den anderen, »... ihr seid die Sackgasse der Evolution!«

Musta riss meine Arme ruckartig nach unten, um mich in meiner Beleidigungswelle zu stoppen. Ein neuer rasender Schmerz jagte durch meine Schultern und drehte mir den Magen um. Ich hielt mich stur auf den Beinen und starrte Raffa weiter an. Ich wollte, dass er sich bloßgestellt fühlte, lächerlich gemacht vor seinem Bandenchef und seinen Kumpels. *Pack ihn an der empfindlichsten Stelle, die du dir vorstellen kannst!*, wütete eine Stimme in mir.

»Seit heute Abend ist mir außerdem klar, dass du nur eine alberne Kopie von Siggi bist. Die großkotzige Show, die du immer abziehst, ist plump von ihm abgekupfert. Nicht mal angeben kannst du alleine, du Luftpumpe! Und du, Siggi«, ich taxierte den Langen, »wen äffst du nach? Django für Arme?«

Siggi nahm die Hände aus den Taschen, bevor er sich an Raffa wandte. »Na, das willst du dir doch bestimmt nicht gefallen lassen, oder?«

»Natürlich nicht! Ich hätte dem Schwabbel längst die fette Fresse eingeschlagen, aber du hast mich ja nicht gelassen! Ich sollte ja den Alten in Schach halten.«

»Den Alten übernehme ich. Du darfst dich jetzt entsprechend wehren.« Siggi ging zu J., packte ihn an den Schultern und schubste ihn von der Bank in den Dreck. Es war die widerwärtigste Szene, die ich je gesehen hatte.

Doch sobald Siggi sich gesetzt hatte, passierte alles gleichzeitig. Raffa schoss wie eine Rakete auf mich zu, als Musta mich vor Schreck losließ. Bevor ich reagieren konnte, flog mir Raffas Faust ungebremst ins Gesicht. Meine Nase explodierte, meine Oberlippe fühlte sich an wie geplatzte Ravioli. Eine Millisekunde später durchfuhr mich der schlimmste Schmerz meines Lebens. Ich merkte, wie mir etwas Warmes in den Mund lief. Es schmeckte metallisch – mir wurde übel. Im nächsten Moment grapschte Raffa nach meiner Jacke, packte zu und drehte sie bis zum Kinn hoch. Ich bekam kaum Luft, in meiner Nase tobte der ultimative Schmerz und meine Augen brannten, sodass ich nur verschwommen sah. Ich hörte Deniz »Ihr verdammten Pisser!« schreien und auch J. rief etwas, das ich nicht verstehen konnte. Verbissen konzentrierte ich mich aufs Atmen und darauf, die Augen aufzulassen.

»Ich bin noch lange nicht fertig mit dir, Fettsack!«, zischte Raffa dicht an meinem Ohr.

»Sabber mir nicht deine Hirnrotze ins Ohr ...«, schaffte ich noch zu nuscheln, bevor er mir sein Knie brutal in den Magen rammte. Reflexartig spuckte ich etwas Undefinierbares aus, dann wurde mir schwarz vor Augen. Meine Beine gaben nach wie gekochte Nudeln und ich sackte zu Boden. Wenn sich mein Kreislauf verabschiedete, wär's das. Mit geschlossenen Augen hörte ich einen Fuß auf Sand kratzen und befürchtete im nächsten Moment einen Tritt.

»Raffa, das reicht!«, hörte ich Siggi rufen. Angestrengt blinzelte ich durch meine verwässerten Augenschlitze. Raffa ging ein wenig auf Abstand, blieb aber in meiner Nähe. »Lass den Dicken. Ich denke, die zwei Kriecher haben kapiert, dass sie besser das Maul halten. Wir haben hier noch einen Erwachsenen, der blöd quatschen könnte.«

»Mir wayne, was du mit dem Alten machst!«, rief Raffa ihm zu. »Box ihn ins Nirvana, tacker ihn an die Rutsche oder knote ihn auf der Schaukel fest! Ich will das fette Schwein hier weiter quälen.«

Verschwommen sah ich Siggi von der Bank aufstehen und J. mit voller Wucht in die Rippen treten. J. kippte zur Seite und blieb liegen. »Damit das ganz klar ist: Ein Mucks zu den Bullen und du bist Geschichte! Kapiert, du alter ...«

»N'Abend, Freunde! Bisschen tatkräftige Hilfe gefällig?« Wie aus dem Nichts traten Axel und Freddy aus dem Schatten der Bäume hervor. Ich traute meinen Augen nicht. Axel drehte lässig einen Baseballschläger in der Hand, während Freddy eine Art dicken, schulterhohen Kampfstock bei sich trug. Beide wirkten viel größer und kräftiger, als ich sie aus unseren gelegentlichen Begegnungen in Erinnerung hatte. »Wenn einer von euch fünf aufgeplusterten Typen jetzt auch nur falsch zuckt, kloppen wir jeden von euch einzeln aus der Hose!«, warnte Axel die Meute. »Und zweifelt keine Sekunde daran, dass ich das nicht ernst meinen könnte.« Axel wippte seinen Baseballschläger locker in der Hand, bevor er ihn ein paar Mal von der einen in die andere Hand jonglierte. Siggi stierte ihn verblüfft an. Raffas Augen waren vor Überraschung geweitet und die Gesichter der anderen spiegelten eine Mischung aus Verunsicherung und Angst. Wahrscheinlich hatten sie alle spontan Fluchtgedanken. »Die einzige Bewegung, die ihr Kreaturen gleich auf Anweisung machen werdet, ist, euch schnellstmöglich aus dem Park zu verziehen. Ansonsten wird sich der Abend noch verdammt lange in eurer Erinnerung einbrennen. Ihr werdet im Krankenhaus nämlich wahnsinnig viel Zeit haben, um über eure Schäbigkeit nachzudenken«, bestimmte Axel in ultimativem Ton. Sein Auftreten war absolut beeindruckend.

»Wehrlose in der Unterzahl brutal zusammenzuschlagen. Ihr seid so was von feige und abartig! Schade, dass wir davon nicht früher Wind bekommen haben«, polterte Freddy.

Axel kam näher. »Ich zähle jetzt bis drei«, rief er. »Bei »eins« rückt ihr von den beiden Jungs und unserem Kumpel ab. Bei »zwei« geht ihr geschlossen genau da raus«, er zeigte zum Ausgang. »Und bei »drei« seid ihr hier verschwunden!«

»Eins!«, zählte Axel bedrohlich. J. setzte sich langsam vom Boden auf und Siggi rückte von ihm ab. Raffa ging zu Siggi, die anderen folgten hinterher. So standen sie wortlos und zögerten mit dem Weggehen, als würden sie ihren möglichen Handlungsspielraum abwägen. Ich hatte eher den Eindruck, als warteten sie wie in Hypnose auf Axels nächste Zahl. J. hob die Hand und Freddy half ihm auf die Bank. Er reichte ihm seinen langen Stock, den er zwischen J.s Knie auf dem Boden aufstellte. Ich sah J. seine Hände drum herumlegen, als er plötzlich anfing zu sprechen.

»Bevor ihr geht, möchte ich euch fünf jungen Menschen Folgendes mit auf den Weg geben.« Seine Stimme war erstaunlich klar und kraftvoll. Sie hörte sich nach einem viel jüngeren und weniger verletzten Mann an. Fünf Köpfe drehten sich verblüfft in seine Richtung. »Unsere Narben verheilen, eure nie. Wir werden das alles vergessen, aber ihr werdet das hier heute Abend niemals vergessen. Eure Tat wird wie ein dunkler Fleck für immer in eurer Erinnerung haften bleiben. Deshalb frage ich euch fünf: Wer hat jetzt den größeren Schaden?« Alle schwiegen. J. durchbohrte sie mit seinem Blick, bevor er fortfuhr. »Was sind ein paar Tage Schmerzen gegenüber siebzig Jahren oder mehr, die ihr jeden Tag an diese Schandtat denken müsst? Denn das werdet ihr. Obwohl wir verletzt sind und ihr euch überlegen vorkommt, wer von uns zahlt jetzt den höheren Preis? Ihr oder wir?« J. fixierte die fünf weiterhin mit seinen Augen, die von weitem wie Leuchtsteine aus seinem Gesicht herausstachen. Vielleicht eine Spiegelung irgendeines Lichts? Ich wusste nicht, von welcher Lichtquelle dieses Leuchten hätte kommen sollen. Es gab keine. Es sah unheimlich aus. Dann gab er Axel ein Zeichen und der zählte: »Zwei!« Die fünf Antihelden beeilten sich, Richtung Ausgang zu kommen. »Drei!« Sie waren weg.

Axel ging zu J. und Freddy kam zu mir. Er reichte mir seine Hand, um mich hochzuziehen. Ich rappelte mich auf und fuhr mir mit dem Handrücken vorsichtig über den Mund. Freddy hielt mir eine Packung Papiertaschentücher hin. »Wisch dir damit übers Gesicht, Junge. Du blutest.« Dann zog er eine kleine Flasche Wasser aus seiner Manteltasche. »Sie ist unbenutzt. Trink einen Schluck, danach befeuchte eins der Tücher damit. Blut klebt immer.«

Auf dem Weg zu Axel und J. sah ich ihn Deniz kumpelhaft auf die Schulter klopfen. Deniz stand gekrümmt und hielt sich den Bauch. Mit der Flasche Wasser in der Hand schleppte ich mich zu ihm rüber.

»Bist du okay?«, fragte ich ihn. Er richtete sich auf und ich sah sein nasses Gesicht. Als er merkte, dass ich es gesehen hatte, drehte er sich weg und schluchzte kurz auf.

»Scheiße, Mann ... war mir alles zu viel ...«, stammelte er.

Unbeholfen legte ich ihm den Arm um die Schultern. »Ist doch klar. So was Brutales haben wir noch nie erlebt.« Mir ging es nicht anders. Meine Beine fühlten sich an wie Wackelpudding, dazu hatte ich überall Schmerzen.

»Ich muss dringend auf Toilette«, stöhnte Deniz gequält und wischte sich mit dem Handrücken über die Augen.

»Pinkeln?« Er schüttelte den Kopf. »Verstehe.« Ich dachte kurz nach. »Pass auf, Inge muss hier irgendwo in der Nähe wohnen.« Einige Wochen zuvor hatte sie mich mal gebeten, kurz im Kiosk die Stellung zu übernehmen und auf Roland aufzupassen, weil sie ihr Telefon in der Wohnung vergessen hatte. Sie sei gleich wieder zurück, hatte sie gesagt, und war tatsächlich nach wenigen Minuten wieder da gewesen. Es konnte also wirklich nicht weit sein. »Wir finden ihre Klingel und gehen zu Inge. J. braucht auch Hilfe.« Ich sah hinüber zur Bank, wo sich Axel und Freddy gedämpft mit J. unterhielten, der gekrümmt dasaß. Ich hörte ihn leise etwas zu den beiden sagen, woraufhin sie kurz auflachten. Wir gingen zu ihnen rüber.

»Äh, J. ...«, begann ich. »Deniz muss dringend auf Toilette, und ich denke, du brauchst auch Hilfe.« Erst da sah ich, dass J. eine schlimme Platzwunde an der Schläfe hatte. Durch Siggis Tritt in den Oberkörper hatte er am Ende noch andere Verletzungen, was alles meine Schuld war. Ich fühlte mich hauptverantwortlich für alles, was passiert war, auch wenn ich nicht ahnen konnte, dass unsere harmlose Belauschaktion zum schlimmsten Albtraum aller Zeiten eskalieren würde. »Inge vom Kiosk wohnt nicht weit weg von hier. Wenn wir ihr Haus finden, können wir bestimmt zu ihr gehen. Vielleicht kann sie dir einen Kaffee kochen, damit es dir wieder besser geht.«

»Jonas, du scheinst Gedanken lesen zu können. Ein frisch gebrühter Kaffee würde meine Lebensgeister wahrhaftig wieder auf Trab bringen.« Er lächelte mich etwas gequält, aber aufmunternd an.

»Okay, wartet hier auf uns. Es dauert bestimmt nicht lange.« Axel und Freddy nickten uns zu, dann zogen wir los.

»Ich mach mein Handy an, damit wir vernünftiges Licht haben«, sagte Deniz unterwegs und fischte es aus seiner Hosentasche. Es war schon nach zehn, wie ich darauf erkennen konnte, als wir den Spielplatz überquerten und uns zu der Häuserreihe hinter dem Kiosk aufmachten. Wir gingen Haus für Haus ab und suchten auf den Klingelschildern nach dem Namen »Brinkmann«. Beim siebten Haus wurden unsere Hoffnungen belohnt. Wir klingelten. Es dauerte einen Moment, dann wurde ein Fenster im zweiten Stock geöffnet.

»Wer klingelt da?«, erklang eine empörte Stimme von oben. Wir traten beide einen Schritt zurück und sahen Inge, die sich oben aus dem Fenster beugte.

»Inge, wir sind's. Jonas und Deniz«, rief ich zu ihr hoch.

»Was macht ihr um die Uhrzeit da unten? Ist etwas passiert?«, fragte sie alarmiert.

»Wir hatten etwas Stress mit ein paar Typen im Park. Uns geht's nicht so gut. Deniz müsste mal zur Toilette und J. braucht dringend einen Kaffee«, rief ich zurück.

»Ich mache euch auf. Wo ist J.?«

»Im Park. Wir gehen ihn holen und kommen dann zu dir hoch.« Ich drehte mich bereits um, um den Weg zurück in den Park einzuschlagen, als Deniz mich am Ärmel festhielt.

»Äh, ich muss wirklich dringend. Ich schaff's nicht mehr in den Park und wieder zurück.«

»Inge, kann Deniz schon mal hochkommen? Ich komme gleich mit J. nach.« Inge, die immer noch am offenen Fenster stand, winkte und ein paar Sekunden später summte der Türöffner. Deniz war bereits ins Treppenhaus verschwunden, als ich ihm flüsternd hinterherrief, seine stinkigen Turnschuhe vor Inges Wohnungstür auszuziehen. Dann ließ ich die Tür ins Schloss fallen.

Auf halbem Weg Richtung Park kamen mir Axel, Freddy und J. bereits entgegen. Vielleicht hatten sie unsere Stimmen vor Inges Haus aus der Ferne gehört. Sie hatten J. in die Mitte genommen und stützten ihn beim Gehen. Vor Inges Haustür verabschiedeten sich die beiden, nachdem Freddy mir noch Papas dicke Taschenlampe in die Hand gedrückt hatte. Ich klingelte und wartete auf den Summton des Türöffners, während sich J. mit einer Schulter an die Hauswand lehnte. Ich wollte ihm behilflich sein, als er sich schwerfällig die zwei Stockwerke bis zu Inges Wohnung hochschleppte. Er lehnte höflich ab, weil er das Treppengeländer als Stütze besser geeignet fand. In Inges Wohnung angekommen begrüßte uns Roland schwanzwedelnd, bevor er freudig an uns hochsprang. Deniz saß auf einem kleinen Sofa in der Küche, in der es nach frisch gebrühtem Kaffee roch, und trank an einem Glas Cola. Seine Gesichtsfarbe war schon fast wieder normal. Als er uns sah, stand er auf, um für J. Platz zu machen.

»Guten Abend, Inge. Wir bitten höflichst um Entschuldigung für die Störung zu so später Stunde, aber dürften wir von deiner großzügigen Gastfreundschaft wohl ein wenig Gebrauch machen?«, fragte J. lächelnd, bevor er sich aufs Sofa fallen ließ.

»Freilich dürft ihr das. Um Himmels Willen, wie seht ihr nur aus!«, rief sie entsetzt, als sie uns im hellen Küchenlicht betrachtete. »Jonas, du siehst furchtbar aus, und du, J., auch nicht viel besser.«

»Nun ja, da magst du nicht ganz Unrecht haben, geschätzte Inge«, sagte er grinsend.

»Deniz hat mir kurz erzählt, dass ihr eine Rauferei im Park hattet und euch Axel und Freddy zu Hilfe gekommen sind. Ich möchte auch gar keine näheren Beweggründe für euer Treffen im Park wissen, sonst rege ich mich nur auf«, schimpfte sie.

Anscheinend hatte Deniz ihr nichts von dem geplanten Einbruch in ihren Kiosk erzählt. Das war klug gewesen. Keine Pferde scheu machen, wenn sich die Gefahr vielleicht noch abwenden ließ. Inge goss Kaffee in eine große Tasse, gab reichlich Milch und Zucker hinein und reichte J. das dampfende Getränk. Er nahm die Tasse, schloss die Augen und sog erst den Duft ein, bevor er einen Schluck nahm. Mir goss sie ein Glas Cola ein, das ich gierig runterkippte. Beim Trinken merkte ich, wie weh meine Kehle nach der ganzen Würgerei tat. Außerdem brannte meine Lippe wie Feuer.

»Jonas, du gehst dir am besten dein Gesicht in der kleinen Gästetoilette waschen. Im Flur die zweite Tür rechts. Im Regal neben dem Waschbecken liegen Waschlappen und Handtücher. Nimm lauwarmes Wasser und etwas Seife. Dann siehst du gleich wieder aus wie neu. Und für dich hole ich meine Erste-Hilfe-Hausapotheke, damit ich deine Platzwunde am Kopf verarzten kann«, sagte sie an J. gerichtet.

»Ach was, Inge, das ist nicht nötig. Es ist nicht so schlimm, wie es aussieht.«

»Keine Widerrede, sonst nehme ich dir den Kaffee wieder weg«, sagte sie gespielt streng. J. setzte ein bestürztes Gesicht auf und umklammerte seine Tasse noch fester. Inge lächelte ihm zu, J. zwinkerte zurück. Zwischen ihnen schien eine enge Vertrautheit zu herrschen. Nach dem furchtbaren Abend tat es irgendwie gut, das zu beobachten.

Ich ging in den Flur, um Inges Gästetoilette zu suchen. Es roch noch etwas streng, als ich den kleinen Raum betrat, obwohl Deniz das Fenster ganz aufgemacht hatte. Ich wusch mir vorsichtig das Gesicht und inspizierte es im Spiegel. Meine Nase war ziemlich geschwollen, fühlte sich aber ansonsten ganz intakt an, als ich vorsichtig an ihr herumwackelte. Nur meine Oberlippe sah irgendwie Botox verunfallt aus und tat bei jeder Mundbewegung höllisch weh. Wie sollte ich das bloß Papa später erklären? Mir würde schon etwas einfallen.

Während ich so vor dem Spiegel am Waschbecken stand, fiel mir ein Bild hinter mir auf. Neugierig drehte ich mich um. Es war ein Poster von David Beckham in Fußballmontur mit einem siegessicheren Grinsen im Gesicht. Cooles Bild, fand ich. Das Poster war an den Ecken mit Kreppband an der Wand festgeklebt. Meine Augen wanderten weiter durch den kleinen Raum. Überall hingen Ausschnitte aus Zeitungen und Magazinen, die ausnahmslos David Beckham alleine oder mit seiner Frau Victoria zeigten. Es war unglaublich. Inge schien ein Riesenfan von den Beckhams zu sein.

Dann fielen mir die gelben Klebezettel auf, die immer neben Beckhams Frau angebracht waren. Sie waren mit der Hand geschrieben und stammten anscheinend alle von Inge. Erstaunt las ich: »*Victoria Beckham lacht aus dem Hinterkopf!*«. Auf dem Bild darunter: »*Victoria B. hat Oberschenkel wie Godzilla!*«. Ungläubig las ich den Satz noch mal. Also wenn von stämmigen Oberschenkeln die Rede war, konnte niemals Victoria Beckham gemeint sein. Sie sah doch aus wie ein Lauch. Auf einem ganzseitigen Zeitschriftenfoto von David Beckham, auf dem er lässig einen Fußball in der Hand balancierte, hatte Inge mit schwarzem Filzstift »*David, du bist ein toller Junge!*« seitlich neben seinen Kopf geschrieben. Wow! Inge schien David Beckham wirklich toll zu finden. Allerdings schien das nicht auf seine Frau zuzutreffen. Ich las weitere gelbe Haftnotizen mit Inges handgeschriebenen Beleidigungen. Es war wirklich unglaublich! So viel Fanatismus und Gehässigkeit hätte ich ihr gar nicht zugetraut, fand es aber eigentlich ganz lustig. Das musste ich unbedingt Deniz zeigen. Durch den Flur ging ich zurück Richtung Küche. Ich sah Inge, wie sie sich der Wunde an J.s Kopf widmete und sich leise mit ihm unterhielt. Ich winkte Deniz vom Flur aus heran und ging zurück zur Gästetoilette. Er folgte mir in den kleinen Raum, woraufhin ich auf die Bilder und Poster an den Wänden deutete.

»Sieh dir das an. Ist das nicht irre?« Fasziniert ließ ich diese seltsame Bildergalerie erneut auf mich wirken. Deniz betrachtete die Ausschnitte und las einige der Klebezettel. Er staunte nicht schlecht und wunderte sich, dass ihm die Wanddekoration bei seinem Toilettengang nicht aufgefallen war.

»Wahnsinn! Inge ist voll der Beckham Fan, aber seine Frau scheint sie absolut zu hassen«, stellte er beeindruckt fest, während er weiter Inges witzige Hass-Zettel las.

»Vielleicht ist Inge eifersüchtig auf sie, weil sie so viel jünger ist und aussieht wie ein Model.«

»*Was ich koche, wenn David zu Besuch kommt*«, las Deniz von einem linierten Zettel vor, den ich zuvor übersehen hatte. Darunter hatte Inge die komplette Speisefolge notiert. Deniz sah mich verdutzt an. »Inge plant, was sie kocht, wenn David Beckham zu Besuch kommt? Ich meine, wir reden hier von David Superstar Beckham! Hallo!? Der kommt doch nicht einfach so zum Essen vorbei.«

»Scheint aber, als würde sie davon ziemlich realistisch träumen.« Wir waren vollkommen geflasht. Es war wie eine phantastische Reise durch Inges geheimste Träume, weshalb ich mir plötzlich wie ein Gaffer vorkam. »Komm, Deniz, lass uns gehen. Es könnte Inge vielleicht peinlich sein, dass wir das alles hier entdeckt haben.«

»Wieso? Sie hat uns doch freiwillig hier reingelassen.«

»Schon, aber es fühlt sich irgendwie komisch an.« Ich sah mich noch mal in dem kleinen Raum um. In Wirklichkeit faszinierte mich die Vorstellung, dass Inge offensichtlich auch so etwas wie einen Traumraum hatte. Deniz wusste nichts von meinen Räumen, weshalb ich meine Gedanken nicht mit ihm teilen konnte. Überhaupt hatte ich mit niemandem außer mit J. je darüber gesprochen. Wir schlossen die Tür und gingen zurück in die Küche.

J. hatte sich auf der Couch ausgestreckt und die Augen geschlossen. An seinem Kopf hatte Inge ein sauberes, weißes Wundpflaster angebracht, das ziemlich professionell aussah. Sie wusch einen Waschlappen in der Spüle aus und hatte uns den Rücken zugedreht. Ein seltsames Schweigen hing in der Küche, als wir uns an den Tisch setzten. J. schien eingeschlafen zu sein, denn ich hörte seine regelmäßigen, tiefen Atemzüge. Seine Bronchien quietschten leise im Schlaf. Von der Neugier getrieben wollte ich mehr über Inges Traumraum herausfinden.

»Inge, wir wussten gar nicht, dass du so ein Fußballfan bist.«

»Hm?«, fragte sie geistesabwesend, als sie sich zu uns umdrehte.

»Na ja, deine Gästetoilette ist mit Bildern von David Beckham volltapeziert.«

»Ach so, das«, sagte Inge leicht verlegen und drehte sich wieder Richtung Spüle.

»Du scheinst aber eindeutig kein Fan von seiner Frau zu sein«, bemerkte Deniz grinsend.

»Wir hätten angenommen, dass du vom Alter her eher auf so jemanden wie Günter Netzer stehst, wenn du Fußball magst.«

»Ja, also ... es ist so ...«

»Ey, komm, Johnny, Günter Netzer hat mehr Zähne als der weiße Hai!«, platzte Deniz mitten in ihren Satz, woraufhin Inge spontan in ihr originelles Rückwärtslachen ausbrach.

»Abgesehen davon, dass ich Günter Netzer als sportliche Legende der deutschen Fußballgeschichte sehr schätze, bin ich kein wirklicher Fußballfan.« Sie bedachte uns mit einem mütterlichen Blick. Dann drifteten ihre Augen irgendwo Richtung Küchenwand ab. »Wisst ihr, die Sache mit den ganzen Bildern von David Beckham ist nicht so, wie ihr vielleicht denkt. Es ist kein Verliebtheitsding zwischen Mann und Frau, falls ihr das angenommen habt. Es ist eher so etwas wie ... wie eine Mutter-Sohn-Idee.«

»Hast du denn einen Sohn?«, wollte ich wissen.

Inges Blick schweifte wieder ab. »Fast hätte ich einen gehabt.«

»Was meinst du mit fast?«, fragte ich vorsichtig nach.

»Er starb, als er zwei Wochen alt war. Das war damals alles sehr, sehr tragisch für uns. Danach hat es mit dem Kinderkriegen nie mehr geklappt.« Inges Augen sahen leer aus, als sie sich zu uns an den Tisch setzte. Deniz und ich wechselten einen Blick, weil keiner von uns wusste, was er darauf sagen sollte. Es war so eine ähnliche Sache wie mit Mamas Tod, bei der man, egal was man sagte, daneben lag.

»Das tut mir leid für dich«, sagte ich mechanisch und blickte auf die Tischplatte.

»Kannst du ja auch nichts für, mein Junge.« Seufzend tätschelte sie meine Hand.

»Und dein Mann?«, fragte Deniz.

»Detlef? Gewiss, für ihn war es genauso schlimm. Er hatte sich immer einen Sohn gewünscht, mit dem er Fußballspielen und zusammen ins Stadion gehen könnte, sobald der Kleine Laufen gelernt hätte. Es hat uns beiden das Herz gebrochen. Irgendwie sind wir nie richtig darüber hinweggekommen. Detlef ist vor acht Jahren gestorben.« Sie nippte geistesabwesend an ihrem Kaffee.

»Mann, harte Geschichte, echt«, sagte Deniz betroffen.

»Tja, Kinder, so ist das Leben. Dem einen schenkt es, dem anderen nimmt es. Oder es schenkt erst und überlegt es sich nach zwei Wochen wieder anders.«

»Hast du dir deshalb diesen Traumraum mit den vielen Bildern geschaffen und dir vorgestellt, David Beckham wäre dein Sohn?« Auch wenn ich mir neugierig vorkam, ich wollte es unbedingt wissen.

»Falls man ein zwei Quadratmeter großes Gästeklo als Traumraum bezeichnen kann, ja.« Sie nahm einen tiefen Atemzug. »Wenn man das Gefühl hat, dass das Leben nicht mehr viel zu bieten hat oder man unerträgliche Löcher stopfen muss, schafft man sich eben Traumräume, in die man sich flüchten kann, wann immer einen die Sehnsucht überfällt.« Ein trauriges Lächeln flog über ihr Gesicht. »Aber für solche Weisheiten einer alten Frau seid ihr beide viel zu jung.« Wenn sie nur gewusst hätte, wie sehr ich sie verstand.

»Und warum magst du Beckhams Frau nicht?«, hakte Deniz nach.

»Wisst ihr, anders als David lächelt sie auf Fotos so gut wie nie. Meistens verzieht sie keine Miene. Guckt ernst oder launisch drein, obwohl sie doch wirklich alles hat: Schönheit, einen tollen Mann, vier prächtige Kinder und Geld wie Heu. In meiner Vorstellung wollte ich sie einfach nicht gerne als Schwiegertochter. Sie würde nicht zu mir passen. Ich hätte von einem Sohn wie David geträumt, aber ihm schon lieber eine andere Frau an die Seite gewünscht.« Sie gab einen Seufzer von sich. »Wahrscheinlich tue ich ihr Unrecht und sie ist im wirklichen Leben ein fröhlicher, lebenslustiger Mensch. Vielleicht mag sie einfach keine Pressefotografen, weshalb sie immer so guckt, wie sie guckt.« Wir mussten lachen. Inge lenkte ihren Blick auf die Küchenuhr, dann zurück zu uns. »So ihr beiden. Es ist schon nach elf und bei euch daheim machen sie sich bestimmt schon Sorgen. In sieben Stunden muss ich den Kiosk aufmachen und ältere Frauen wie ich brauchen ihren Schönheitsschlaf. Also trinkt eure Cola aus und dann heim mit euch. Ich rufe euch ein Taxi«, verkündete sie bestimmt. Während sie ins Wohnzimmer ging, um zu telefonieren, tranken wir aus und zogen unsere Jacken an.

»Inge, könntest du mir vielleicht eine Plastiktüte für meine Turnschuhe geben? Ich bin vorhin in Hundekacke getreten und will das Taxi nicht vollstinken.«

»Aber natürlich.« Sie griff in eine Schublade und zog zwei Tüten heraus. Eine davon reichte sie Deniz, die andere mir. »Pack deine Jacke da rein, Jonas, sonst bekommt dein Vater einen Riesenschreck, wenn du mit der zur Haustür reinkommst. Sie ist vorne voller Blut. Fahr im Pulli nach Hause und steck die Jacke bei der nächsten Buntwäsche unauffällig zu den anderen Sachen.«

»Inge, du hast die besten Ideen. Danke noch mal, dass wir zu dir kommen durften und J. hierbleiben kann.« Ich sah hinüber zu J., der immer noch tief und fest zu schlafen schien.

»Danke, echt. Du warst unsere Rettung«, bedankte sich Deniz ebenfalls.

»Keine Ursache, Kinder. Es war eine gute Idee von euch, hierherzukommen. Ich bringe euch noch runter vor die Tür.« Vorher reichte sie Deniz noch ein Paar ausgelatschte Männerpantoffeln aus dem Flurschrank und meinte, damit nach Hause zu kommen sei allemal besser, als auf Socken daheim aufzukreuzen.

Vor der Haustür wartete bereits das Taxi. Inge öffnete die Beifahrertür und wechselte ein paar Worte mit dem Fahrer. Dann ließ sie uns hinten einsteigen und drückte mir einen Zwanzigeuroschein in die Hand. »Der Fahrer weiß Bescheid, dass er zwei Adressen anfahren soll. Das Geld dürfte für die Fahrt reichen. Gute Nacht ihr zwei und schlaft euch gut aus.«

Ich versprach, ihr das Taxigeld am nächsten Tag vorbeizubringen, wovon sie nichts hören wollte. Wir nannten dem Taxifahrer unsere Adressen, dann fuhr er los. Es fühlte sich seltsam an, in einem abgedunkelten Taxi zu sitzen.

»Bist du schon mal alleine Taxi gefahren?«, flüsterte Deniz, weil er wohl den gleichen Gedanken gehabt hatte. Ich schüttelte den Kopf. »Ich auch nicht. Fühlt sich irgendwie cool an.« Er schaute kurz aus dem Seitenfenster, dann zurück zu mir. »War echt'n harter Abend, oder?«

»Oh Mann, und wie. So was kenn ich nur aus Filmen. Was macht dein Magen?«

»Geht wieder, seitdem ich auf Toilette war. Und dein Gesicht?«

»Ist erträglich. Du hast übrigens toll gekämpft. Absolut profimäßig.« Ich wollte ihn wissen lassen, wie sehr ich ihn dafür bewunderte.

»Ich hab nur Nico übersehen. Wie konnte ich so blöd sein?« Er schlug sich an die Stirn. »Im Training üben wir sogar solche Kämpfe, also mit mehr als einem Gegner. Aber da kämpft man unter Trainingsbedingungen. Da ist keine Angst im Spiel. Nur Ehrgeiz und reine Konzentration auf die richtigen Bewegungen. Im Park hatte ich *Real-Life*-Bedingungen. Das kannte ich bisher nicht.«

»Kann ich mir vorstellen.«

»Krass, wie du Raffa vor allen zerlegt hast. Echt stark!«

Ich musste grinsen. »Hat sich irgendwie super angefühlt, alles rauszubrüllen, was ich von ihm denke. Aber gebracht hat es nichts. Mein Ablenkungsmanöver war komplett umsonst, weil J. von diesem widerlichen Siggi trotzdem brutal misshandelt wurde. Er hatte absolut nichts mit der Sache zu tun. Deshalb fühle ich mich voll mies.«

»Irgendwie seltsam, aber J. hat sich kein einziges Mal gewehrt. Denkst du, er konnte nicht oder wollte er vielleicht nicht?« Deniz sah mich fragend an.

»Ich hatte eher den Eindruck, dass er nicht wollte. Warum, kann ich dir auch nicht erklären. Mein Instinkt sagt mir aber, dass bei J. nichts zufällig passiert, auch wenn es so aussieht. Irgendwie steckt hinter allem ein Plan.« Ich wollte vor Deniz nicht zugeben, dass mir J. manchmal selbst unheimlich war. Deniz nickte und sah wieder aus dem Fenster, während ich der Radiomusik von vorne lauschte.

»Äh ... Johnny, ich wollte dich noch fragen, ob ... also kannst du mir einen Gefallen tun?«, unterbrach Deniz kurz darauf unser Schweigen.

»Hau raus.«

»Erzählst du bitte keinem, dass ich heute Abend geflennt hab wie das letzte Weichei? Sonst bin ich geliefert bis ans Ende aller Tage und noch lange danach.«

»Klar, Mann. Ehrensache!«

»Korrekt. Schlag ein!« Wir donnerten unsere Handflächen aneinander und schworen uns ewige Freundschaft, was allerdings meiner Nase nicht gut bekam.

»Mist! Meine Nase blutet wieder«, warnte ich Deniz, um seinen Übermut zu bremsen. Ich legte meinen Kopf nach hinten, fischte das Paket Taschentücher von Freddy aus der Seitentasche meines Hoodies und hielt mir eins unter die Nase. »Boah, meine Nase hat auch schon bessere Tage gesehen«, näselte ich mit dem Kopf im Nacken.

»So, das erste Ziel wäre erreicht«, verkündete der Taxifahrer und sah zu uns nach hinten. »Wer von euch beiden muss jetzt hier raus?«

»Ich«, antwortete Deniz. »Also Johnny, bis morgen.« Ich nickte. Deniz verabschiedete sich von unserem Taxifahrer und stieg aus. Nachdem sich das Taxi wieder in Bewegung gesetzt hatte, richtete sich der Fahrer an mich.

»Wie kommt es, dass so Knirpse wie ihr noch so spät unterwegs sind? Ich fahre um die Uhrzeit selten Kinder. Und was ist mit deiner Nase passiert? Die blutet ja ganz schön.« Er sah mich im Innenspiegel fragend an.

Mir war so gar nicht nach reden. Ich war müde und der Abend kam mir vor wie ein halbes Leben. Andererseits wollte ich auch nicht unhöflich sein. »Tja, also ... mein Freund und ich waren bei meiner Tante (*voll gelogen*) zu Besuch und haben etwas zu wild rumgetobt (*rumgesessen mit rumgetobt vertauscht*). Dabei hab ich einen Fuß (*abgefälscht, eine Faust*) auf die Nase gekriegt. Meine Tante hatte ihren Bruder zu Besuch (*komplett frei erfunden*) und hat aus Versehen ein Bier getrunken (*falsch, mit Absicht einen Kaffee*). Deshalb wollte sie nicht mehr Auto fahren (*keine Ahnung, ob Inge überhaupt ein Auto hatte*) und hat uns ein Taxi gerufen.«

»Das war sehr umsichtig von deiner Tante Inge«, sagte er verständnisvoll in den Innenspiegel, bevor er seine Augen wieder auf die Straße richtete. Den Rest der Fahrt sagte er nichts mehr, worüber ich erleichtert war. Dennoch fragte ich mich, woher er eigentlich wusste, dass meine »Tante« *Inge* hieß? Ich hatte ihren Namen doch gar nicht erwähnt. Dann erinnerte ich mich schwach daran, dass Inge ihn mit Namen begrüßt hatte, als sie die Tür des Taxis geöffnet hatte. War mir auch egal! Sollte er doch denken, was er wollte. Wen interessierte es schon, ob der Taxifahrer herausfand, dass ich gelogen hatte. Mein schlechtes Gewissen hob vorwurfsvoll den Zeigefinger! J. hatte mal gesagt, dass Wahrheitsager die wirklichen Helden waren, nicht Lügenerzähler. Lügen waren etwas für Feiglinge. Aber das bisschen Unwahrheit durfte ich mir nach dem Horrorabend doch wohl mal erlauben, nahm ich mich vor meinem

Gewissen selbst in Schutz. Während ich noch meinen Gedanken nachhing, hielt das Taxi auch schon vor unserem Haus.

»Wieviel macht das?« Ich zog den Zwanzigeuroschein aus der Hosentasche.

Der Fahrer stoppte die Uhr und drehte sich zu mir um. »Gib mir'n Zehner, Junge. Dann sind wir quitt.« Das war viel zu wenig. Zwischendurch hatte die Taxiuhr bereits einen Betrag von über sechzehn Euro angezeigt. Er schaltete die Innenbeleuchtung ein und griff nach seiner Geldbörse in der Türverkleidung. Von hinten reichte ich ihm den Geldschein, woraufhin er mir zehn Euro zurückgab. Ich bedankte mich und wünschte ihm einen schönen Abend. Das war nett von ihm gewesen. Kaum hatte ich die Haustür aufgeschlossen, kam Papa auch schon aus der Küche auf mich zugeeilt.

»Mensch, Jonas, da bist du ja endlich. Es ist wirklich schon spät und dein Handy war aus. Ich habe mir richtig Sorgen gemacht.«

»Tut mir leid, Papa, wir haben irgendwie die Zeit vergessen.« Ich trat meine Turnschuhe aus und kickte sie vor unser Schuhregal. Die Tüte mit meiner Jacke und der VARTA ließ ich unauffällig daneben fallen.

»Wie war's denn beim Filmabend? Spannend? Du meine Güte, was ist mit deinem Gesicht passiert?« Entsetzt zog er mich unter die Flurlampe. »Hattest du eine Schlägerei?«

Vorsichtig befühlte ich meinen schmerzenden Zinken. »Nee, Quatsch ... Deniz und ich haben nach dem Film noch Orks gespielt und es vielleicht ein bisschen übertrieben«, tat ich die Sache als Lappalie ab.

»War wohl ein harter Kampf, was? Du siehst ganz schön ramponiert aus«, stellte er mit einem mitfühlenden Grinsen fest. »Tut's weh?«

»Fast nicht mehr«, log ich.

»Ihr seid manchmal richtig übermütige Jungs, was?«

Ich atmete ein »Ja, klar« aus und setzte noch einen drauf: »In der Schule nennt man uns auch *Die wilden Kerle aus der Acht.*«

»So muss das sein in eurem Alter«, meinte er, dabei tätschelte er unbeholfen meine Schulter.

Erschöpft schleppte ich mich ins Bad und machte den Typen im Spiegel bettfertig. Müdigkeit trommelte in meinem Kopf und meine Augenlider wimmerten nach Schlaf, als ich endlich eingerollt unter der Bettdecke lag. Der ganze Abend kam mir unwirklich vor. Zu erschöpft, um irgendeinen Gedanken stabil zu halten, verschwammen Bilder und Wörter in meinem Kopf zu einem Nebel. Ich war gerade dabei, alles loszulassen, als ich erschrocken die Augen wieder aufriss. Ich hatte meinen Zimmerpatrouillengang vergessen! Das war mir in letzter Zeit schon häufiger passiert und ich begann an mir zu zweifeln. Im Halbschlaf kletterte ich noch mal aus dem Bett, machte die Deckenlampe an und klapperte routiniert alle Stellen ab. Es war wie immer nichts und niemand da. Dennoch war ich froh, mich vergewissert zu haben. Der Unters-Bett-Guck-Quälgeist konnte mit mir zufrieden sein, dachte ich, als ich zurück ins Bett fiel und endlich einschlafen durfte.

20

Am darauffolgenden Tag waren Deniz und ich verschärft auf der Hut. Wir waren uns sicher, Raffa und die Gang würden die Sache im Park nicht einfach auf sich sitzen lassen und uns bestimmt eine Abreibung verpassen wollen. Doch Raffa war nirgends zu sehen und die anderen drei taten so, als wären wir Luft. Da ich meine beiden Versprechen vom Vortag nicht vergessen hatte, ging ich nach der Schule erst zu Inge ans Büdchen, bevor ich zum nahegelegenen Blumenladen gehen wollte. Ich sah Inge mit einem Becher Kaffee in der Hand vor dem Kiosk stehen und sich angeregt mit einem Mann unterhalten. Beim Näherkommen erkannte ich den Taxifahrer vom Abend vorher. Am liebsten hätte ich sofort kehrtgemacht. Widerwillig beschloss ich, meiner Feigheit die Stirn zu bieten und hinzugehen.

»Hallo, Inge«, sagte ich unsicher.

»Jonas, wie schön«, begrüßte sie mich lächelnd. Ich sah den Taxifahrer schmunzeln.

»Äh ... also, ich wollte dir nur die zwanzig Euro von gestern vorbeibringen.« Ich reichte ihr den Geldschein.

»Du Jeck! Das Geld steckst du mal schön wieder ein«, wehrte sie ab, als sie auf den Taxifahrer neben sich zeigte. »Bei der Gelegenheit möchte ich dir meinen Bruder Fritz vorstellen.«

»Das ist dein Bruder?«, fragte ich entgeistert.

»Ja, in der Tat. Fritz, das ist Jonas. Jonas, das ist Fritz.« Sie nippte amüsiert an ihrem Kaffee.

»Hi, Jonas. Wie geht's deinem Schmollmund?«, erkundigte er sich grinsend.

»Öh ... besser als gestern Abend auf jeden Fall«, murmelte ich verlegen. Er wusste, dass die ganze Geschichte im Taxi erstunken und erlogen gewesen war, und hatte Inge bestimmt davon erzählt.

»Das freut mich zu hören«, sagte er immer noch breit grinsend.

»Gut, also ... ich geh dann mal«, stammelte ich, weil ich mich wie ein kleiner Junge ertappt fühlte. Inges Bruder bemerkte wohl meine Verlegenheit, weshalb er mich kurzerhand an der Schulter packte und einmal heftig durchschüttelte. Ich erschrak über die unerwartete Wucht seines Griffs und hatte Angst um meine Schulter, die unter seiner kräftigen Pranke eine Etage tiefer sackte.

»Nichts für ungut, Kleiner! In deinem Alter hab ich ganz andere Sachen gemacht, als mir harmlose Geschichten auszudenken, glaub mir«, sagte er lachend. Ich schluckte, als er mich wieder losließ.

»Woher solltest du auch wissen, dass ich überhaupt kein Bier mag«, sagte Inge und tätschelte meine Bruchschulter.

»Das wusste ich echt nicht.« Ich fühlte mein Gesicht rot anlaufen. »Es tut mir leid, dass ich das erfunden hab und noch ein paar andere Sachen, aber … gestern Abend war eben alles unnormal und ich …«

»Ist doch alles gut, Jonas, und nun sag mir, ob du etwas aus dem Kiosk brauchst«, unterbrach Inge meinen Entschuldigungsversuch.

»Nichts. Danke. Ich bin nur gekommen, um dir das Geld zu bringen.« Inge nickte und ich wollte mich schon verabschieden, als mir noch etwas Wichtiges einfiel. »Hast du J. heute schon gesehen?«

»Nein, er war schon weg, als ich um fünf heute Morgen aufgestanden bin. Tagsüber war er auch nicht hier.« Das schien mir kein gutes Zeichen. Vielleicht war er doch verletzter, als wir angenommen hatten.

»Ich hätte nur gerne gewusst, ob es ihm gut geht.«

»Ganz bestimmt geht es ihm gut, Jonas. Du kennst doch J., den haut so schnell nichts um«, sagte sie überzeugt.

Vom Kiosk machte ich mich auf den Weg zum Blumenladen, um einen kleinen Strauß für Mamas Grab zu kaufen. Auf der kurzen Bahnfahrt zum Friedhof musste ich daran denken, was J. mal übers Wünschen gesagt hatte. Damals hatte ich mich über die vielen Pickel in meinem Gesicht beschwert und mir reine Haut gewünscht. In Gedanken an unser Gespräch versuchte ich mir J.s Gesicht vorzustellen, was wie immer nicht klappte, aber daran, was er gesagt hatte, konnte ich mich noch genau erinnern.

Wünschen sei gar nicht so einfach, wie man sich das vorstelle, hatte J. mir an dem Nachmittag erklärt. Es sei sogar eine hochkomplexe Wissenschaft, die akribische Denkarbeit verlange. An der Stelle hatte er den Zeigefinger erhoben, um die Wichtigkeit seiner Worte zu unterstreichen. Deshalb müsse man bei seinen Wünschen äußerst vorsichtig sein und sie so präzise wie möglich formulieren. Ansonsten kämen die sonderbarsten Dinge dabei heraus und man sei unter Umständen sehr lange mit dem Umwünschen oder Gegenwünschen beschäftigt. Das Leben besäße nun mal unbegrenzte Möglichkeiten, um Wünsche wahr werden zu lassen. Daher täte man gut daran, bei der Wunschformulierung möglichst viele unerwünschte Nebenwirkungen zu beachten beziehungsweise auszuschließen, um den unendlichen

Spielraum des Lebens einzugrenzen. Ich hatte das nicht so richtig verstanden, weshalb er mir die Geschichte von einem Mann erzählt hatte, der hochverschuldet gewesen war und sich sehnlichst wünschte, schnellstmöglich zu Geld zu kommen. Das Leben erfüllte ihm seinen Wunsch, jedoch auf gänzlich andere Art, als er es wahrscheinlich erhofft hatte. Denn leider hatte er dem Leben vergessen zu sagen, was bei der Umsetzung seines Wunsches auf keinen Fall passieren durfte, weil er ihn ansonsten nicht erfüllt haben wollte.

Es geschah, dass der Zug, in dem der Mann reiste, entgleiste und er mit vielen anderen Fahrgästen aus dem Zug geschleudert wurde. Er erwachte neben einem toten Mitreisenden, der einen Koffer voller Geld bei sich hatte und den der Mann schnell an sich nahm. Er selbst verlor bei dem Zugunglück ein Bein. So war der Wunsch des Mannes tatsächlich in Erfüllung gegangen, doch musste er dafür seine Gesundheit einbüßen und ein anderer Mensch sterben. Er war danach wunschgemäß ein reicher, jedoch verkrüppelter Mann, statt ein armer, gesunder. Da hätte er wohl doch lieber die Zeit zurückgedreht.

Um J. zu beweisen, dass ich seine Demogeschichte einwandfrei verstanden hatte, hatte ich das abstrakte Beispiel von dem einbeinigen, reichen Mann für mich auf die Pickel-Ebene runtergebrochen. »Angenommen mein Wunsch geht tatsächlich in Erfüllung. Dann gehe ich vielleicht an meinem ersten pickelfreien Tag nicht wie sonst zum nächstbesten Drogerieladen wegen einer ultimativen Pickel-Killer-Creme, sondern zu einem weiter entfernt liegenden Frisör, weil ich mir passend zu meiner tollen Haut einen neuen Haarschnitt gönnen will«, hatte ich ihm erklärt. »In meinem Freudentaumel laufe ich beim Überqueren der Straße blöderweise einem Radfahrer vor die Reifen. Der muss wegen mir ausweichen und fährt einer Oma unkontrolliert hinten über ihren kleinen Hund. In ihrem Kummer über ihren verletzten Hund drischt die Oma mit ihrer Handtasche wild auf den Radfahrer ein, bis der Radfahrer der armen Oma aus reiner Notwehr eine runterhaut. Das Ganze geht aber unentschieden aus, weil sich beide plötzlich daran erinnern, dass ich schließlich schuld an dem Unfall war, und mich eiskalt anzeigen. Mein Vater kommt wegen Verletzung seiner Aufsichtspflicht gegenüber seines minderjährigen Sohnes vor Gericht und dann jahrelang ins Gefängnis. Ich selbst wachse bei Onkel Dietmar auf, wo ich vor lauter Frust wegen meines idiotischen Fehlers und den Horrorfolgen unrettbar auf die schiefe Bahn gerate ...« Ich hatte ergriffen geschluckt. »Oh Mann, wie würde ich mir jeden verdammten Tag wünschen, bloß einen Haufen ekliger Pickel im Gesicht zu haben, als so ein verkorkstes Leben, aber ... dann wäre ich ja wieder beim verflixten Wünschen.«

Am Ende meiner schicksalhaften Pickel-Tragödie hatte J. verständnisvoll genickt und seine Antwort bedächtig formuliert: »Wie du siehst, zieht jede Handlung, wozu auch das Wünschen gehört, sowohl für einen selbst als auch für andere Konsequenzen nach sich. Drum wähle gut! Präzises Handeln setzt präzises Denken voraus – das gilt auch fürs Wünschen.«

Der Wunsch des Mannes in der Geschichte sei schlicht zu ungenau formuliert gewesen, weshalb er dem Leben zu viele Möglichkeiten zur Verwirklichung überlassen habe, hatte J. mir erklärt. Zu viele Möglichkeiten bargen zu viele Risiken. Seinen Wunsch hätte er besser mit der Einschränkung formuliert, dass niemand, weder er selbst noch andere, durch seinen Wunsch zu Schaden kommen mögen. Das Schicksal oder das Leben habe nun mal kein Mitgefühl und besäße auch keinen logischen Verstand, so hatte J. es beschrieben. Zwar könne man dem Leben keine konkreten Resultate vorschreiben, wie es was genau zu machen habe. Man könne es aber in gewisser Weise bei der Auswahl seiner Möglichkeiten einschränken, indem man unerwünschte Dinge nach dem Ausschlussprinzip in die Wunschformulierung miteinbezog. Darauf, wie das Leben den Wunsch letztlich konkret verwirkliche, habe man jedoch keinen Einfluss, weil sich die Zukunft nun mal nicht in die Karten schauen lasse.

Damals hatte ich J.s komplizierte Erklärungen nur ansatzweise verstanden, doch er schien davon überzeugt, dass ich zu gegebener Zeit schon noch dahinterkäme. Erstaunlicherweise hatte ich sie wohl spätestens am Abend zuvor im Park begriffen, als mein Wunsch offensichtlich zu unpräzise gewesen war. Mama hatte mir meinen Wunsch tatsächlich erfüllt, redete ich mir ein, indem wir in den angstvollen Minuten hinter dem Stromkasten von Raffas Meute unentdeckt geblieben waren. Im Nachhinein wurde mir jedoch klar, dass ich meinen Wunsch sinnvollerweise auf den ganzen Abend hätte ausdehnen müssen. Dann wäre uns die spätere Entdeckung vielleicht erspart geblieben. Ich hatte dummerweise den Faktor Zeit bei der Wunschformulierung nicht miteinbezogen, was uns dann eingeholt hatte. Das Leben dachte eben kein bisschen logisch mit, was J. absolut richtig durchschaut hatte. Leider waren mir J.s Weisheiten übers Wünschen in dem Moment nicht eingefallen.

Am Seiteneingang des Friedhofs angekommen ging ich die Gänge entlang bis zu Mamas Grab. Es war lange her, seit ich es zuletzt besucht hatte, und das erste Mal, dass ich dort alleine hinging. Die Tatsache, dass ich Sarggedanken seit dem Tag der Beerdigung für mich gestrichen hatte, machte Besuche am Grab für mich immer schwierig. Früher hatte ich mich bei solchen Besuchen immer zu Andacht und Zwiegesprächen mit Mama genötigt gefühlt, hauptsächlich wenn ich mit Oma hingegangen war. Stattdessen hatte ich meist irgendwelchen Insekten auf den Grabpflanzen zugeschaut oder mich intensiv mit Vogelschissen auf der steinernen Grabumrandung beschäftigt. Ich hatte dabei versucht, ihre Form und Farbe zu analysieren und sie mit etwas zu vergleichen, das ich kannte. Wenn es auf dem Grab selbst nichts Interessantes zu entdecken gab, hatte ich die Vögel auf den Bäumen des Friedhofs beobachtet oder mich vom Treiben der anderen Friedhofsbesucher ablenken lassen. Anfangs waren Papa und ich regelmäßig, später seltener und irgendwann, nachdem ich ihm von meiner Entscheidung am Tag der Beerdigung erzählt hatte, gar nicht mehr zusammen zum Grab gegangen. Ich hatte ihm gegenüber zugegeben, dass ich keinerlei Beziehung zu diesem Ort hatte, was Papa ohne größere Überredungsversuche hingenommen hatte. Wie er Oma meine mangelnde Besuchsbereitschaft erklärt hatte, wusste ich nicht, aber sie hatte mir diesbezüglich nie irgendwelche Fragen gestellt.

So stand ich an dem Tag alleine mit meinem kleinen Blumenstrauß am Grab und starrte auf den Grabstein. Ich las Mamas Namen, ihr Geburts- und Sterbedatum, und wie immer hatten diese Daten für mich nichts mit ihr zu tun. Zu meiner Erinnerung an Mama kamen nie neue Bilder. Sie war wie ein vertrauter Film, der mit den frühesten Kindheitserinnerungen begann und an Mamas Todestag endete. Er war verlässlich und unterlag keinen Veränderungen oder Überraschungen, an die ich mich hätte anpassen müssen. Außer dass mit dem Älterwerden die Perspektive auf manches verwischte. Einiges rückte mehr in den Vordergrund, anderes dafür in den Hintergrund. Ein paar Bilder wurden unschärfer oder verblassten sogar ganz. Ansonsten blieb der Erinnerungsfilm unverändert schön. Er spielte in einer intakten, glücklichen Welt, in der es nichts Trauriges gab. Außerdem konnte ich den Film jederzeit abspielen, wann immer mir danach war.

Als ich vom Grab aufschaute und meinen Blick über den Friedhof wandern ließ, veränderte sich schlagartig etwas in mir. Widerwillen kroch wie eine Spinne von unten an mir hoch, während sich von oben etwas Schweres auf meine Stimmung senkte. *Mama, ich kann hier nicht mit dir reden*, teilte ich ihr in Gedanken aufgebracht mit. *Überall sonst auf der Welt, aber nicht hier, weil du hier am wenigsten bist!* Ich schluckte. *Ich fühle dich hier nicht.* Bei dem Gedanken, dass Mama nirgendwo weiter von mir entfernt war als an ihrem eigenen Grab, fingen meine Augen an zu brennen. *Es tut mir leid, Mama, ich muss jetzt gehen – ich halte dein Grab nicht aus,* redete ich in Gedanken hektisch weiter, während ich die Blumen aus dem Papier wickelte und behutsam auf die Grabumrandung legte. Dann hörte ich mich doch leise flüstern: »Danke, für gestern. Es war nicht deine Schuld, dass wir doch noch entdeckt wurden. Es war allein meine Schuld, weil ... weil ich zu blöd zum Wünschen war.« Ich verabschiedete mich und beeilte mich, zurück zur Straße zu kommen. Ich hatte Angst, es könnte Dynamo in Aufruhr versetzen, wenn ich noch eine Minute länger an diesem Ort blieb.

21

Von Raffa war auch am darauffolgenden Tag keine Spur zu sehen. Dennoch waren Deniz und ich extrem wachsam. In der großen Pause traf ich Elli auf dem Schulhof. Wir hatten uns nach dem Zwischenfall im Park noch nicht gesehen. Nur am Vortag miteinander telefoniert, als ich ihr die ganze Sache in groben Zügen erzählt hatte. Sie begrüßte mich fröhlich, und wie immer, wenn ich sie traf, hatte mein Herz eine kurze Rhythmusstörung.

»Dein Gesicht geht doch schon wieder. Hatte ich mir wesentlich schlimmer vorgestellt«, sagte sie zwinkernd. »Hey, wir haben doch noch unsere Wette ausstehen, wer sich bei wem zu Hause unwohler fühlt, erinnerst du dich?«

»Klar, erinnere ich mich.« Ich vergaß überhaupt nie ein einziges Wort von dem, worüber wir sprachen, aber das musste Elli ja nicht wissen.

»Magst du heute nach der Schule mitkommen? Dann machen wir den Unwohlfühltest bei uns zu Hause, damit du weißt, wovon ich rede.« Sie sah mich begeistert an, während ich noch überlegte, ob ich zusagen oder schnell eine Ausrede erfinden sollte. »Oder hast du nach der Schule schon was vor?«

»Nein, nichts, an das ich mich erinnern könnte, nachdem ich gerade vier Sekunden darüber nachgedacht hab.«

»Du kommst also mit?«

»Ja … also wenn das bei euch zu Hause keinem Umstände macht«, sagte ich unbeholfen, weil ich mir noch immer nicht im Klaren darüber war, ob ich so ganz ohne mentale Vorbereitung mit zu Elli gehen wollte. Außerdem genierte ich mich wegen Raffas Demolierungsspuren in meinem Gesicht.

»Macht es nicht, ganz sicher. Toll! Dann um eins am Schultor.«

Die restlichen Unterrichtsstunden konnte ich mich kaum konzentrieren. Meine Gedanken kreisten ausschließlich um den Besuch bei Elli. Eine Mischung aus Vorfreude und Nervosität hatte sich in meiner Bauchgegend breitgemacht und lenkte mich ab.

Elli wartete nach Unterrichtsende bereits auf mich. Wir nahmen den Bus und gingen von der Haltestelle ein paar Minuten zu Fuß bis zu ihr nach Hause. Lindenthal war ein ziemlich schicker Stadtteil im Kölner Westen und viele der Häuser, an denen wir vorbeigingen, sahen eher aus wie Villen als normale Wohnhäuser. Ich war wirklich nervös. Wie es wohl sein würde, bei reichen Leuten zu sein? Gleichzeitig war ich auch neugierig. Ich wollte sehen, wie Elli wohnte und wie ihre Eltern so drauf waren. Ganz sicher anders als Papa, das war klar. Unsere Wette stand: Wer fühlte sich bei wem unwohler? Während ich angenommen hatte, unser chaotisches Haus würde sie komplett abtörnen, was sich als falsch herausgestellt hatte, war Elli davon überzeugt, dass ihr Zuhause definitiv abschreckender sei.

»Elli, um was haben wir bei unserem Unwohlfühltest eigentlich gewettet?«

»Den Test haben wir nur so beschlossen, ohne ihn an einen Gewinn zu binden, aber das können wir ja noch ändern.« Nachdenklich gingen wir nebeneinander her, bis Elli einen Vorschlag machte. »Wie wäre es, wenn derjenige, der verliert, vom Gewinner etwas lernen muss, was er selbst nicht kann?«

»Ui! Das klingt für mich schwer nach Risiko. An was hast du gedacht? Hoffentlich nicht an so was wie Flick Flack.«

»Quatsch! Ich kann nur Purzelbaum vorwärts«, sagte sie kichernd. »Pass auf, wenn du gewinnst, bringst du mir ein paar Griffe bei, weil ich definitiv Gitarre lernen will. Wenn ich gewinne, zeige ich dir Atemtechniken, die fürs Singen echt wichtig sind.« Ihr Vorschlag gefiel mir und ich stimmte zu.

Wir gingen an einer hohen, weißgetünchten Mauer entlang, als Elli plötzlich vor einer massiven Metalltür stehenblieb und auf eine Klingel drückte. Auf der Klingel stand *Kronberg*. Mir fiel auf, dass ich bis dahin nicht gewusst hatte, wie Elli mit Nachnamen hieß.

»Ich hab heute Morgen meinen Hausschlüssel vergessen«, entschuldigte sie sich. Sie schaute hoch und winkte in eine Kamera, die mir erst in dem Moment auffiel. Ein Summer ertönte, woraufhin Elli die schwere Tür aufstieß. Ein Kiesweg führte durch einen perfekt angelegten Vorgarten zum Haus. Es sah cool aus und erinnerte mich an einen dieser Wohnwürfel, wie ich sie früher aus Lego gebaut hatte. Mein Blick fiel auf zwei protzige Steinlöwen, die an der Treppe zur Eingangstür auf Sockeln hockten.

»Ganz schön bescheidene Behausung.«

»Für mehr Prunk hat das knappe Budget meiner Eltern nicht gereicht«, sagte Elli und zwinkerte mir zu. Im nächsten Moment wurde die Eingangstür geöffnet und eine kleine, ältere Frau mit einem netten Lächeln erschien.

»Hola, Signorina Elisabeth«, sagte die Frau fröhlich. Zum ersten Mal erfuhr ich, dass Ellis richtiger Name Elisabeth war.

»Hallo, Maria.« Elli gab ihr einen Kuss auf die Wange. »Das ist Jonas, ein Freund von mir.« Sie trat zur Seite und ich gab der älteren Frau die Hand, die sie begeistert schüttelte.

»Hola, Jonas. So schön, wenn die Signorina Besuch mitbringt«, sagte die Frau mit südländischem Akzent und ließ uns eintreten. Drinnen im Flur, der eher einem Foyer glich, wurde mir die Größe des Hauses erst richtig bewusst. Es sah von Innen aus wie eine geräumige Betonhalle, deren graue Wände durch Fenster in unterschiedlichen Höhen und Formen unterbrochen wurden. Ich war noch dabei, das Haus auf mich wirken zu lassen, als eine schick gekleidete Frau die riesige Steintreppe herunterkam und mich neugierig musterte. Aus der Ferne hatte ich Ellis Mutter ja bereits auf dem Schulfest gesehen.

»Hallo, Vivian. Das ist Jonas, ein Freund von mir aus der Schule, der mich heute besucht«, erklärte Elli sachlich und sah dabei erst ihre Mutter, dann mich an. Etwas Entschuldigendes lag in ihrem Blick. Weil sie ihre Mutter mit deren Vornamen anredete? War ihr ihre Mutter peinlich? Oder war ich ihr am Ende peinlich?

»Guten Tag, Jonas«, begrüßte mich Ellis Mutter, während sie lächelnd auf mich zukam und mich gleichzeitig mit Scannerblick begutachtete. »Schön, dich kennenzulernen.« Sie reichte mir ihre Hand zur Begrüßung, die sie jedoch nur für den Bruchteil einer Sekunde lose in meine Hand legte und gleich wieder zurückzog, ohne das geringste Zudrücken.

»Hallo, Frau Kronberg«, sagte ich und fand das eine seltsame Art, jemandem die Hand zu geben. Außerdem stimmte beim Lächeln mit ihrem Gesicht etwas nicht.

»Möchtest du mit uns zu Mittag essen, Jonas?«, fragte sie bemüht freundlich. Ich aß grundsätzlich nicht gerne woanders, aber das konnte Ellis Mutter ja nicht wissen.

»Nein, danke«, gab ich deshalb höflich zurück.

»Aber wir würden uns wirklich sehr freuen, nicht wahr, Elisabeth?« Sie sah zu ihrer Tochter, doch Elli gab keine Antwort. »Ihr könnt ja schon mal ins Esszimmer gehen, während Maria noch für eine weitere Person eindeckt und ich eine passende Hintergrundmusik auswähle.« Maria nickte und verschwand, während ich unschlüssig neben Elli und ihrer Mutter im Foyer stand. »Jonas, magst du Vitello Tonnato?«

»Äh, ich weiß nicht …«, stotterte ich. »Wer ist das denn?«

»Ach Gottchen, bist du goldig!«, rief sie aus, was sich für mich eher nach »Ach Gottchen, bist du *blöd!*« anhörte. Sie lachte übertrieben schrill. Also nur ihre Zähne lachten, der Rest ihres Gesichts blieb unbewegt und lachte einfach nicht mit.

»Okay, Vivian, bevor du noch hässliche Lachfalten bekommst – ist gut jetzt.

Vielleicht steht Vitello Tonnato nicht bei jeder Familie an einem normalen Freitagmittag auf dem Speiseplan«, fuhr Elli ihre Mutter genervt an. Wie auf Befehl stoppte das Lachen ihrer Mutter und ihr Mund schloss sich abrupt in ihrem seltsam steifen Gesicht. Elli wandte sich an mich. »Was meine Mutter meinte, ist ein Gericht aus dünnen Kalbfleischscheiben mit einer Thunfischsoße.« Ich fühlte mich restlos durchblamiert.

»Okay, verstehe«, antwortete ich ihr. Dann wandte ich mich an ihre Mutter, die auf dem besten Weg war, geradewegs bei mir unten durch zu sein. »In dem Fall, nein, danke. Ich bin Veganer«, log ich.

Ellis Mutter blickte erstaunt an mir herunter und wieder hoch. »Ach, ich dachte, vegane Kost macht schlank?«, brachte sie ihre Gedanken verdutzt zum Ausdruck. »Also eine Freundin von mir, die ernährt sich seit vier Monaten vegan und hat schon etliche Kilo abgenommen ...«

»Vivian!«, fuhr Elli ihrer Mutter in scharfem Ton dazwischen und blitzte sie warnend an. Ihre Mutter zog ein beleidigtes Gesicht, bevor sie ansetzte, einen diplomatischen Ausweg aus dieser entgleisten Unterhaltung zu finden.

»Oh ... also ... entschuldige bitte, Jonas, ich wollte damit nicht sagen, dass du *nicht* schlank bist, es ... ja, es kommt wahrscheinlich darauf an, was man so Veganes isst, nicht wahr?«, versuchte sie stammelnd, die Kurve zu kriegen. Elli schaute betreten zu Boden, während ich anfing, die Situation witzig zu finden. »Es gibt ja auch vegane Schokolade und anderen Naschkram, habe ich von meiner Freundin erfahren ...«

»Vivian, wenn du deine Endlosschleife mal kurz anhalten könntest. Jonas und ich gehen jetzt hoch in mein Zimmer. Wir müssen ein paar Sachen für die Schule vorbereiten.« Damit ging Elli die Treppe hoch und signalisierte mir, ihr zu folgen, was ich nur zu gerne tat.

»Du isst also auch nichts zu Mittag, Elisabeth?«

»Nein, null Hunger«, erwiderte Elli pampig und marschierte weiter die Treppe hoch. Mann, war sie drauf! Sie konnte ganz schön schnippisch sein, wenn ihr etwas gegen den Strich ging.

»Aber denk bitte daran, dass wir um halb vier bei den von Bernstätters zum Kaffee eingeladen sind. Ludger kommt nach der Arbeit auch direkt dorthin«, rief uns ihre Mutter noch hinterher.

Elli stöhnte genervt. »Muss das ausgerechnet heute sein?«

»Aber natürlich muss das heute sein! Das ist seit Wochen geplant«, gab ihre Mutter empört zurück. »Um fünfzehn Uhr ist Abfahrt.«

»Jaja, werd's schon nicht vergessen«, leierte Elli mürrisch nach unten. Am Ende der Treppe angekommen steuerte Elli auf eine Zimmertür neben einer riesigen Stehlampe zu, die anscheinend auch tagsüber brannte. Sie öffnete die Tür, ließ mich eintreten und warf sie hinter sich zu. Sie sah mich entschuldigend an, bevor sie sich auf ihrem riesigen, flauschigen Teppich in den Schneidersitz fallen ließ. Ich setzte mich ihr gegenüber und blickte mich neugierig im Zimmer um.

Eigentlich hatte Elli nur ein Bett, einen Sessel, einen großen Schrank und einen perfekt aufgeräumten Schreibtisch. Was mir sofort ins Auge stach, war ein wirklich tolles Aquarium. Es diente als eine Art Raumteiler zwischen Bett und Schrank. Über ihrem Bett hing eine Korktafel mit angepinnten Zeichnungen, Postkarten und Fotos. Ansonsten ließ wenig auf Ellis Persönlichkeit oder ihre Kindheit schließen.

»Tut mir leid, aber meine Mutter ist manchmal unmöglich, wenn sie meint, sie muss ihr Theater abziehen.« Ellis Gesicht hatte einen gequälten Ausdruck. »Sie ist immer so, wenn sie jemanden nicht kennt, und es nervt mich, wie du bestimmt gemerkt hast. Meine Mutter ist eigentlich ganz nett, wenn sie nicht ihr künstliches Getue veranstaltet.«

»Ist schon in Ordnung«, spielte ich die peinliche Angelegenheit ihr zuliebe herunter. Ich dachte daran, dass Papa auch unbeabsichtigt peinlich sein könnte, wenn man ihn nicht kannte.

»Und zu diesem blöden Kaffeetrinken bei den Freunden meiner Eltern will ich auch nicht mit. Der Typ ist ein Geschäftsfreund meines Vaters, gehört zur Kölner High Society und ist im gleichen Tennisklub wie meine Eltern.«

»Klingt eher nach Krampf als nach einem lockeren Nachmittag.«

»Das trifft's! Außerdem haben sie einen Sohn, der ist zwei Jahre älter als ich und heißt Hubertus ...«

»Hubertus? Ernsthaft? Haben die Eltern einen Dachschaden, ihrem Kind so einen Onkelnamen zu verpassen? Knaller!«, prustete ich los. »Sorry, aber der Name räumt mich weg!« Ich bekam mich nicht mehr ein und zusammen kugelten wir uns auf dem Teppich herum.

»Der Name ist nicht mal das Schlimme, sondern der Typ selber ist so was von beknackt!«, sagte Elli unter Lachtränen. »Ein Typ wie Raffa vom Großkotzverhalten her, nur in ein teures Polohemd gestopft und mit ein bisschen mehr Hirn.« Ich stellte mir diese Mischung vor und hatte nicht mal mit einem Hauch von Eifersucht zu kämpfen. »So ein hochnäsiger, verwöhnter Schnösel, der denkt, man fliegt auf ihn, wenn er nur seinen Namen und die Privatschule nennt, auf die er geht.«

»Klingt nach einem, der es auf unserer Schule keinen einzigen Tag aushalten würde.« Hoffentlich bediente ich keine klischeehaften Vorurteile, was reiche Kinder auf Privatschulen anging. Doch nach Ellis Beschreibung dieses Hubertus schien mir das ziemlich wahrscheinlich.

»Der müsste schon in der ersten Pause von seiner Mami abgeholt werden, weil er sich knatschend in der Jungentoilette eingeschlossen hätte«, lästerte Elli. »Meine Eltern wollten mich ursprünglich auch auf diese Privatschule schicken, aber ich wollte nicht von meinen Freunden weg. Die Schule ist ein Internat, wohin ich auf keinen Fall gehen wollte. Nach langem Hin und Her, um genau zu sein, hab ich eine Woche kein Wort mit ihnen geredet, fanden meine Eltern die Idee auch nicht mehr so prickelnd.«

»Und mit dem Typen sollst du dich jetzt möglichst anfreunden, damit nicht nur die geschäftlichen, sondern auch die privaten Beziehungen eurer Familien stimmen?«, kramte ich ein weiteres Klischee aus meiner Mottenkiste.

»Yep! Deshalb mach ich immer einen auf voll gelangweilt und angeödet. Manchmal bin ich sogar extra zickig, weil ich so durchschaubare Spielchen nicht mitmache. Jedenfalls nicht, wenn sie mich betreffen. Meine Eltern gehen davon aus, dass es nur eine vorübergehende pubertäre Laune von mir ist, die sich garantiert wieder gibt.« Elli setzte ein triumphierendes Gesicht auf. »Aber hey, niemals!«

»Klingt alles ganz schön altmodisch, dafür, dass ihr so eine moderne Familie mit diesem spacigen Betonhaus seid.«

»Ja, voll hängengeblieben meine Eltern. Ihr rückständiges Gekrampfe ist so was von abgelutscht und out!« Auf einmal war ich froh, dass es bei uns zu Hause so normal und ungezwungen war. Manchmal musste man vielleicht etwas anderes erleben, um das eigene besser wertschätzen zu können. »Hey, ich wollte dir unbedingt die Gitarre von meinem Vater zeigen, wo du schon mal hier bist. Ich möchte wissen, ob sie sich als Anfängergitarre eignet, wenn ich demnächst mit Spielen anfange.«

Sie verschwand kurz und kam mit der tollsten Gitarre zurück, die ich je gesehen hatte. Es war eine Gibson Hummingbird. Legendär! Ich kannte sie aus Papas Musikmagazinen, aber noch nie hatte ich eine im Original gesehen und erst recht keine in der Hand gehalten. Schnell sprang ich auf die Füße, um die Gitarre aus Ellis ausgestrecktem Arm ehrfürchtig entgegenzunehmen.

»Gefällt sie dir?«, fragte sie gespannt.

»Ob sie mir gefällt? Wow, Elli, die ist der Hammer!« Bewundernd fuhr ich mit der Hand über die glatte Holzoberfläche, drehte und wendete sie, um sie mir von allen Seiten anzuschauen. Ich schnupperte sogar an ihr. Das Holz roch alt und erfahren und so sah es an manchen Stellen auch aus. »Woher hat dein Vater die?«

»Keine Ahnung«, erwiderte Elli schulterzuckend. »Ich weiß nur, dass er nie auf ihr spielt und sie seit Jahren in seinem Büro herumsteht.«

Vorsichtig setzte ich mich mit der Gitarre auf den Teppich und spielte ein paar Akkorde. Sie war völlig verstimmt und nichts erinnerte an diesen unantastbaren Sound, von dem in den Musikmagazinen immer berichtet wurde. Die Saiten waren angelaufen und schienen Ewigkeiten nicht gewechselt worden zu sein. Ich gab mein Bestes, sie nach Gehör zu stimmen, doch der Klang blieb dumpf. Mit neuen Saiten würde man die Engel singen hören, davon war ich überzeugt. Ich begann »Wish you were here« von *Pink Floyd* zu spielen, soweit ich die Akkorde auswendig kannte. Elli fing spontan an mitzusingen und ich war überrascht, dass sie das Lied kannte. Ich würde es in die Songliste für unser Straßenkonzert aufnehmen, sofern Elli damit einverstanden wäre.

»Elisabeth, es ist gleich Zeit, dass wir fahren. Wir können Jonas gerne ein Stück mitnehmen«, unterbrach Ellis Mutter unsere Session vom unteren Stockwerk her.

»Jaha!«, rief Elli gelangweilt zurück. Ich reichte ihr die Gitarre, die sie behutsam aufs Bett legte, und sprang vom Teppich auf. Wir gingen runter, wo Ellis Mutter bereits voll gestylt am Fuß der Treppe wartete. Durch einen Seiteneingang verließen wir das Haus und gingen zu einem schnittigen Cabrio mit geschlossenem Verdeck, das vor einer der drei Garagen parkte. Ellis Mutter schlug vor, dass ich vorne auf dem Beifahrersitz sitzen sollte, um mich unterwegs besser rauslassen zu können. Das Tor zur Ausfahrt ging automatisch vom Auto aus auf und hinter uns auch gleich wieder zu. Wir waren erst ein paar Meter gefahren, als Ellis Mutter am Armaturenbrett herumhantierte und gleich darauf Musik von *Helene Fischer* durch das Innere des Wagens dröhnte. In einem Reflex schaute ich erst Ellis Mutter entsetzt an, dann nach hinten zu Elli. Ich sah sie die Augen verdrehen, weil ihr die Musik sichtlich peinlich war.

»Helene Fischer fährt übrigens das gleiche Cabrio, hab ich mal gelesen«, dachte ich mir spontan aus, um Elli ein besseres Gefühl zu geben. Ich zwinkerte ihr zu, damit sie wusste, dass die Situation für mich okay und das Gesagte erfundener Blödsinn war. Sie verstand und grinste.

»Ach tatsächlich?«, fragte Ellis Mutter interessiert.

»Ja. Nur in einer anderen Farbe«, flunkerte ich weiter und hörte Elli von hinten kichern. Die kurze Fahrt verlief schweigend und ruckzuck waren wir in meiner

Gegend angekommen. Ich bedankte mich bei Ellis Mutter, verabschiedete mich und stieg aus. Bevor ich die Tür zuschlug, rief ich noch nach hinten ins Auto: »Du hast übrigens gewonnen!« Ich sah Elli lachen und ihre Mutter ein fragendes Gesicht machen. Elli würde sich bestimmt erklären müssen, aber ihr würde schon etwas einfallen.

Einem spontanen Impuls folgend ging ich Richtung Spielplatz statt nach Hause. Vielleicht war J. da. Seit dem Abend im Park hatte ich ihn nicht wiedergesehen, was mich ernsthaft beunruhigte. Außerdem nagte das schlechte Gewissen an mir, weil er durch mich in die Sache hineingeraten war. Um mich abzulenken, drückte ich mit den Fingern auf dem Stück Noppenfolie in meiner Jackentasche herum.

Irgendwann nach Mamas Tod hatte ich mir diesen Tick mit der Luftpolsterfolie angewöhnt. Es hatte eigentlich ganz harmlos angefangen. Ich war im Keller auf dem Weg zur Waschmaschine zufällig auf ein Stück Luftpolsterfolie getreten, als mich diese coolen *knack!* und *pfft!* Geräusche spontan begeistert hatten. Sofort war ich noch mal draufgetreten, dann noch mal, bis ich wie ein Verrückter auf der Folie herumgesprungen war. Diese Platzgeräusche hatten eine seltsam hypnotische Wirkung auf mich gehabt. Ich war auf die Suche nach einem weiteren Stück dieser Noppenfolie gegangen, hatte es mit hoch in mein Zimmer genommen und die Knubbel genüsslich zwischen meinen Fingern zerdrückt.

Es war der Beginn einer Art Hassliebe zwischen mir und dieser verflixten Folie. Anfangs hatte ich das Gefühl des Zerdrückens zwischen meinen Fingern und die Geräusche einfach nur interessant gefunden. Später hatte es mir beim Nachdenken oder auch beim Nichtdenken geholfen und mir als eine Art Spannungsentlader gedient, wenn ich mich gestresst fühlte. Als ich jedoch anfing, von den *knacks!* und *pffts!* Erfolge oder Misserfolge abhängig zu machen, war das Zerdrücken der Luftpolster in einen waschechten Zwang ausgeartet. Für diese persönliche Challenge zwischen mir und der Folie hatte ich mir in meiner Zwanghaftigkeit gewisse Spielregeln ausgedacht: Ich musste in drei Versuchen, mehr erlaubte ich mir nicht, je sieben Polster in einer Reihe zerdrücken, wobei die Richtung egal war und auch diagonal kein Regelverstoß bedeutete. Schaffte ich es, bei fünf von den sieben Knubbeln ein *knack!* hinzubekommen, hatte ich ein Erfolgsgefühl und bezog es auf irgendetwas, das mir gelingen würde. Das konnte mit der Schule, meiner Gitarre oder meinem Computerspiel zu tun haben. Wenn es zu oft hintereinander nur *pfft!* machte und ich nur vereinzelte *knacks!* oder gar keins hinbekam, fühlte ich mich miserabel. Ich befürchtete einen persönlichen Misserfolg oder dass Glücksgötter mir eins reinwürgen wollten.

Es ging sogar so weit, dass ich davon überzeugt war, die Wetterlage mit meinen *knacks!* beeinflussen zu können. Je nachdem, ob Freibad oder Grillfest (Sonne), Wandertag in der Schule (Hagelsturm) oder eine Klassenarbeit (Orkan mit Starkregen) anstanden oder welches Wetter mir auch immer gerade in den Kram passte. Mein Ehrgeiz hatte dabei auch nichts mit der Sehnsucht nach Bewunderung von anderen zu tun. Allein für mich wollte ich die absolute Gewissheit haben, dass ich derjenige auf der Welt war, der das konnte. Ich wollte es so unbedingt, wie ich selten etwas gewollt hatte. So kam es irgendwann, dass ich nie das Haus ohne ein Stück Noppenfolie verließ. Ich war abhängig von ihr, weil mich das Gefühl, sie zwischen meinen Fingern zu spüren, sowohl beruhigte als auch herausforderte, je nach Situation. Eine Zeitlang hatte sie mich so fest im Griff, dass sie mir manchmal die Luft abdrückte, wenn ich etwas zwingend wollte oder mich etwas enorm stresste. Dann konnte es passieren, dass ich mich vor lauter Angst, keine fünf *knacks!* hinzubekommen, so reinsteigerte, dass sich mein Hirn gefühlt zusammenkrampfte, bis ich kurz vorm Überschnappen war. Ich sah schon den Beipackzettel in jedem zukünftig zugestellten Karton, weil die Verpackungsindustrie diese neue Gefahr dank mir erkannt hatte: »*Warnung! Luftpolsterfolie von zwangsgestörten Kindern unbedingt fernhalten! Durchdrehgefahr!*« Im Laufe der Zeit mit J. hatte sich mein Zwang erstaunlicherweise ohne größeres Zutun gelegt. Irgendwann befand ich mich wieder auf dem ursprünglichen Stand, als mir die Noppenfolie nur beim Ablenken oder Entspannen geholfen hatte. Das war eine Riesenbefreiung für mich, weshalb ich mich nur ungern an diese grausame Folien-Folter erinnerte. Die Knubbelfolie blieb dennoch mein vertrauter Begleiter, in guten wie in schlechten Zeiten.

Als ich fast am Spielplatz angekommen war, hatte ich das Stück Folie komplett plattgedrückt. Es fühlte sich angenehm warm und weich an. Ich sah J. schon von weitem, weshalb ich erleichtert einen Zahn zulegte. Als hätte er mich gewittert, drehte er seinen Kopf in meine Richtung. Ich winkte ihm zu und rannte das letzte Stück.

»Mann, bin ich froh, dich endlich zu sehen!«, schnaufte ich ihm entgegen.

»Die Freude ist ganz meinerseits, Jonas«, entgegnete er in seiner unaufgeregten Art.

»Wie geht's deiner Kopfwunde?«, erkundigte ich mich als erstes, bevor ich mich neben ihn setzte.

»Sie ist so gut wie weg. Danke der Nachfrage.«

Ich versuchte die Stelle, die Inge so fachmännisch verarztet hatte, an seinem Kopf zu entdecken. Er hatte recht: Bis auf eine leicht gerötete Stelle sah man nichts mehr.

»Bei dir scheint alles rasend schnell zu heilen, oder?«, bemerkte ich verblüfft, worauf er nicht weiter einging.

»Was machen deine Blessuren?«, fragte er stattdessen und betrachtete aufmerksam mein Gesicht.

»Lippe und Nase sind noch etwas geschwollen, was ziemlich bescheuert aussieht, ansonsten geht's. Der Kölner Zoo hat mir übrigens ein Angebot für eine Statistenrolle im Stumpfnasenaffen-Gehege gemacht. Musste ich leider ablehnen, weil die Kohle nicht stimmte«, alberte ich und sah J. schmunzeln. »Aber jetzt ohne Spaß. Es tut mir echt leid, dass du da vorgestern mit reingeraten bist und auch noch ordentlich was abbekommen hast.«

»Interessant, dass Inge auch so etwas wie einen Traumraum hat, findest du nicht?«, wechselte er das Thema, ohne auf meine Entschuldigung einzugehen.

»Woher weißt du das? Du hast doch tief und fest geschlafen, als wir uns am Küchentisch darüber unterhalten haben. Oder warst du auch auf Inges Gästetoilette?«

»Nein, ich bin nach zwei Stunden aufgestanden und habe Inges Wohnung verlassen. Ich bin nicht gerne in geschlossenen Räumen.«

»Woher weißt du es dann?«

»Ich weiß es einfach«, sagte er gelassen.

»Bist du irgendwie Hellseher oder kannst du durch Wände gucken?«, ließ ich nicht locker. Ich wollte unbedingt hinter seine geheimen Fähigkeiten kommen.

»Weder das eine noch das andere. Aber wie du siehst, kennt der Mensch viele Wege, um sich von der Realität eine Verschnaufpause zu gönnen und sich für seine Träume und Sehnsüchte einen Rückzugsort zu schaffen.«

»Der Gedanke kam mir vorgestern in Inges Wohnung auch. Anscheinend bekommt man es manchmal nicht anders auf die Reihe, als sich zu flüchten.«

»Als vorübergehende Maßnahme, um einen Verlust besser ertragen zu können, ist es vielleicht eine brauchbare Möglichkeit. Auf Dauer lässt sich die Realität allerdings nicht verleugnen oder aussperren.«

»Oder wie in meinem Fall einsperren?«

»Auch das. Besser, du nutzt deine Vorstellungskraft, um deine Realität zu erschaffen, nicht, um ihr zu entfliehen.«

»Wenn man sich die Realität auch nach Jahren nicht anschauen will oder kann, ist so ein Geheimraum allemal besser, als an seinem Verlust draufzugehen. Das musst du schon zugeben.«

»Für den einen ist die Zeit dann reif, wenn sie reif ist, um sich der Realität zu stellen, und für den anderen vielleicht nie. Je nachdem, wofür er sich entscheidet.«

»Was ist das denn für'n Wischiwaschi Satz?«, beschwerte ich mich. Ich verstand nicht, worauf er hinauswollte.

»Vielleicht wirst du irgendwann wissen, was ich meine. Möglicherweise stehst du dann selbst vor der Entscheidung, die Wirklichkeit so anzuschauen und anzunehmen, wie sie ist, oder dich weiterhin in Phantasieräumen davon abzulenken.« Er ließ seinen Blick in die Ferne schweifen.

»Was du sagst, klingt bedrohlich nach Unwetter in meinem Leben«, bemerkte ich alarmiert.

»Manchmal braucht es das Chaos, damit daraus eine größere Ordnung entstehen kann«, bestätigte J. indirekt meine Befürchtung für die Zukunft. Ich war bedient und beschloss, keine weiteren Fragen zu dem Thema zu stellen. Als hätte J. meine Gefühle gespürt, erhob er sich und machte sich bereit zum Gehen.

»Musst du los?«, fragte ich, obwohl ich auch etwas erleichtert war, dass unser schwermütiges Gespräch anscheinend zu Ende war. Er nickte und begann seine Decke zusammenzurollen. Kurz darauf verabschiedeten wir uns und jeder ging seiner Wege.

Als ich heimkam, war Papa schon da und machte Abendessen. Yeah, es gab Pfannkuchen! Die konnte Papa richtig gut und er wusste, wie sehr ich sie mochte. Ein Stapel fertiger Pfannkuchen türmte sich bereits auf einem Teller neben der Herdplatte, was mir das Wasser im Mund zusammenlaufen ließ. Sollte Elli jemals bei uns essen, gäbe es jedenfalls keine fremdartigen Gerichte, so viel stand fest. Papa sagte, ich könne schon anfangen, er müsse nur noch den letzten fertig backen. Das ließ ich mir nicht zweimal sagen. Ich angelte mir einen Pfannkuchen vom Stapel, balancierte ihn zum Tisch und quetschte mich auf die Eckbank. Nachdem ich den Pfannkuchen üppig belegt hatte, rollte ich ihn zusammen und schloss für den ersten Bissen die Augen. Wow, er schmeckte umwerfend!

»Papa, du bist der *King of Pancake*, ungelogen!«, schmatzte ich.

Er hatte sich mittlerweile an den Tisch gesetzt und war dabei, sich seinen ersten Pfannkuchen zu belegen. Beim Essen unterhielten wir uns mit mehr oder weniger vollem Mund. Mama hätte einen Anfall bekommen. Wenn allerdings Besuch da war oder wir woanders aßen, fielen uns natürlich unsere guten Manieren wieder ein. Nach dem Essen beschloss ich, mit Papa darüber zu reden, was mich seit dem Nachmittag beschäftigte.

»Kann ich dich etwas fragen?«

»Immer!« Er sah mich erwartungsvoll an.

»Wäre es dir lieber, ich würde in Zukunft Hans zu dir sagen statt Papa?«

Er legte erstaunt die Stirn in Falten. »Wie kommst du darauf?«

»Ich hab heute Elli zu Hause in Lindenthal besucht und sie nennt ihre Eltern beim Vornamen. Vivian und Ludger.«

»Und du meinst, das hört sich irgendwie, wie soll ich sagen, fortschrittlicher an?«

»Ich möchte nur wissen, ob wir vielleicht der Zeit hinterherhängen, weil ich auch mit vierzehn noch Papa zu dir sage. Vielleicht ist das zu uncool für mein Alter oder zu altmodisch, deshalb wollte ich dich fragen.«

»Jonas ... also ... mir ist schon bewusst, dass ich kein wirklich guter Vater für dich bin. Also nicht so ein fürsorglicher Vater im klassischen Sinne.« Er machte ein betretenes Gesicht und ich war erschrocken über die Wendung des Gesprächs. »Ich kann Mama nicht für dich ersetzen und als Vater tauge ich auch nicht besonders viel.«

»Nein, Papa, so hatte ich das nicht gemeint. Echt nicht!«

»Wir führen wohl eher eine Art Wohngemeinschaft als ein typisches Vater-Sohn-Leben«, sagte er mit einem entschuldigenden Grinsen. »Ich bemühe mich, dir ein verlässlicher und liebevoller Vater zu sein. Aber ich befürchte ... ich bin nicht so gut, wie ich es gerne wäre. Obwohl du mir alles bedeutest. Du bist mir das Wichtigste und Wertvollste im Leben.«

»Das weiß ich doch. Im Ernst, du bist ein toller Vater. Ich kann mir keinen besseren als dich vorstellen.«

Er lächelte, schien aber wenig überzeugt. »Ich weiß, dass ich mit meiner komplizierten, manchmal fast weltfremden Art etwas sonderbar bin. So war ich schon immer. Früher vielleicht etwas aufgetauter und lebensfroher. Mama war der Gegenpart zu mir und so hatten wir beide und später wir drei ein gutes Gleichgewicht.« Er seufzte. »Es war ausgewogener. Früher. Vorher.«

»Es ist auch jetzt gut, wie es ist. Wir machen jeden Tag das Beste draus. Jeder so, wie er kann, und es läuft doch, oder?«, wollte ich ihn aus seiner melancholischen Stimmung holen.

»Sicher. Ich könnte nur manchmal zugänglicher sein, mehr Zeit mit dir verbringen und vor allem mehr mit dir unternehmen.« Er strich sich nachdenklich über den Bart. »Mich weniger im Keller mit meiner Musik verkriechen und mich dem Leben da draußen, wie Onkel Dietmar immer sagt, stellen. Ich habe mir eine

Parallelwelt geschaffen, weil ich einen Zufluchtsort für meinen Kummer brauchte. Und ich fürchte, den brauche ich immer noch.«

»Hab ich doch auch«, gab ich zu, verriet aber nichts von meinen geheimen Räumen und erwähnte auch J. nicht. Ich kannte Papa gut genug, um zu wissen, dass er nicht nachfragen würde, woraus denn meine Parallelwelt bestand. »Und was die Unternehmungen angeht: Damit würdest du eher Onkel Dietmar einen Gefallen tun als mir. Mir reicht das, so wie es ist. Ich bin absolut zufrieden.«

»Ehrlich?«

»Ja, wirklich«, bestätigte ich. »Wenn allerdings eine gute Fee angerauscht käme und mich fragen würde, was ich mir wünsche, vorausgesetzt, sie hätte nicht die Fähigkeit, Tote zum Leben zu erwecken, würde ich mir wünschen, dass du dich wieder kompletter fühlst. Auch ohne Mama. Dass du weniger tiefe Löcher hättest.«

»Das wäre ein guter Wunsch«, meinte er. Dabei hatte er wieder diesen gequälten Ausdruck in den Augen, den ich seit vier Jahren nur zu gut kannte. Zeit für einen Illusions-Hack.

»Papa, stell dir vor, du dürftest nur noch hundertmal traurig sein, dann stirbst du. Was würdest du machen?«

»Allmächtiger! Was für eine Vorstellung!« Erschrocken riss er die Augen auf, ließ sie aber sofort wieder auf Normalgröße schrumpfen. »Ich würde mich bemühen, mehr glücklich zu sein.«

»Siehst du. Ändere das Programm in deinem Kopf und du baust deine Welt neu.«

»Wenn das so einfach wäre.« Er grinste, dann sah er sich nach allen Seiten um. »Ich sehe hier zwar weit und breit keine gute Fee im Anmarsch, aber wenn ich jetzt einen Wunsch frei hätte, würde ich mir wünschen, dass du weiterhin Papa zu mir sagst. Darüber würde ich mich wirklich freuen und alles bliebe wie bisher. Mit Veränderungen tue ich mich immer schwer, wie du weißt. Ich mag feste Rituale.« Er tauchte in seinen Kopf ab. »Zudem ist *Papa* nicht bloß ein Wort, das man einfach mit dem Vornamen austauschen kann. Dem Wort *Papa* oder *Mama* ist eine empfundene Bedeutung zugemessen. Beim Aussprechen oder Hören werden bestimmte Gefühle ausgelöst. Falls es dich beruhigt, ich bin schon seit Jahrzehnten erwachsen und nenne Oma auch immer noch »Mutter« und nicht Gertrud. Das könnte ich gar nicht.« Er hatte recht. Papa plötzlich Hans zu nennen, würde aus ihm einen anderen Menschen für mich machen. »Außerdem gibt es auf der ganzen Welt nur einen einzigen Menschen, der Papa zu mir sagen kann, und das bist du.«

»Okay, dann bleibt also alles beim Alten. Einverstanden, PAPA?«

»Jawohl, SOHN!«, bestätigte er lachend, woraufhin wir unsere jeweils rechte Faust über den Tisch hinweg aneinanderdrückten.

Wir räumten die Küche auf, dann zog sich jeder in seine eigene Welt zurück. Kurz darauf hörte ich Papa zu absoluter Krachmusik durch den Keller trollen, dass der Boden unter meinen Füßen zitterte. Während zwei Etagen tiefer der Schlagzeuger von *Hüsker Dü* die Drums verprügelte, klimperte ich etwas auf der Gitarre herum. Dabei versuchte ich krampfhaft, nicht an Elli zu denken. War nicht an jemanden denken wollen, nicht auch an ihn denken? Warum hatte mich nie jemand davor gewarnt, dass Gedanken und Gefühle ein unkontrolliertes Eigenleben führten, sobald man ein Mädchen toll fand?

Irgendwann wurde es leiser im Keller und auch in meinem Kopf. Später im Bett hörte ich Papa in Phase III zu »Blue Moon Revisited« von den *Cowboy Junkies* mitjaulen. Es war ein langsames, eher trauriges Stück. Mama hatte dieses Lied und auch die Band sehr gemocht, wenn sie, was höchst selten vorgekommen war, in melancholischer Stimmung gewesen war. Früher hätte sich Papa bei den Cowboy Junkies mit Schallschutzkopfhörern in den Keller geflüchtet. Doch seit Mamas Tod quälte er sich ihr zuliebe durch diese schwermütigen Lieder und gab sich die volle Dröhnung.

Mir gefiel die Musik. Sie lullte mich ein und machte mich schläfrig. Licht aus, Träume an – Halt! Schon wieder hätte ich fast mein abendliches Ritual vergessen. Widerwillig quälte ich mich noch mal aus dem Bett, machte genervt das Licht an und sah überall nach. Im Grunde wusste ich, dass alles so sein würde wie immer und ich nichts Verdächtiges finden würde. Zum ersten Mal kamen mir Zweifel an der Sache. Brauchte ich das Ritual wirklich noch oder war es nur eine zwanghafte Gewohnheit? Was mir anfangs Sicherheit gegeben hatte, empfand ich mittlerweile als Quälerei. An dem Abend war ich jedoch zu müde, um mir über Sinn und Unsinn dieser Gewohnheit ernsthaft Gedanken zu machen. Weil ich alles so machte wie immer, ließ der Unters-Bett-Guck-Quälgeist von mir ab. Beim Einschlafen hörte ich ihn selbstzufrieden seufzen, was mich ärgerte. Was bildete er sich eigentlich ein, wer er wäre? Einfach über mich zu bestimmen und mich jeden Abend so zu stressen. Der Quälgeist hatte wohl Wind von meinen feindseligen Gedanken bekommen, weshalb er mich kurzerhand einschläferte, damit ich ihm nicht doch noch an die Gurgel gehen konnte ...

22

Am Montag der darauffolgenden Woche war es dann nach Schulende soweit. *Showdown!* Raffa und die Gang sprangen hinter dem Müllcontainerverschlag hervor, drängten Deniz und mich geschickt aus dem dichten Schülergewühl in ihre versteckte Ecke und umzingelten uns. Es war die absolute Überrumpelungstaktik und ging so schnell, dass unsere Reflexe in dem Moment schockgefroren waren.

»Na, ihr Luschen, haben wir wegen Mittwochabend nicht noch was zu klären?« Raffa baute sich provozierend vor uns auf.

»Ich wüsste nicht was«, tat ich abgebrüht, auch wenn meine Angst vom Gegenteil überzeugt war. Ich steckte die Hände in die Jackentaschen und wollte unerschrocken an Raffa vorbei, um Hilfe zu holen. Er schubste mich zurück und stellte sich mir breitbeinig in den Weg. Die anderen hielten Deniz auf Abstand. Aus Nervosität begann ich die Noppenfolie in meiner Jackentasche zu zerquetschen.

»Ihr dachtet wohl, ihr könnt uns mit ein paar abgefuckten Pennertypen eins auswischen, was?« Raffa schnalzte verächtlich mit der Zunge.

»Dachten wir nicht, haben wir«, gab ich souverän zurück. Fieberhaft drückte ich auf der Folie herum. Die Sache musste schnell beendet sein, solange noch andere auf dem Schulhof unterwegs waren.

»Ihr Schwachmaten habt anscheinend immer noch nicht kap...« Raffa stockte mitten im Satz, als hätte er einen Stromausfall. »Was ist das für'n Geräusch?«

»Du meinst das hier?« Ich drückte weiter auf der Folie herum und die Luftpolster taten mir den Gefallen, mit einem satten *knack!* zu zerplatzen. »Das klingt bei mir immer so, wenn ich meine Hirnritzel im Stand fünf Gänge runterschalte, um mich mit jemandem wie dir zu unterhalten.«

»Willst du im Stand sofort wieder eine auf die Fresse?«

»Reg dich ab!« Ich zog das Stück labberige Folie aus meiner Jackentasche und hielt es ihm hin. »Ist bloß'n Tick von mir, um mich vom Essen abzuhalten. Zufrieden?«, wollte ich mich auf der Schiene der Selbstironie aus der Situation retten.

»Scheint ja nicht viel zu bringen, wenn ich mir dich Speckbombe so anschaue.« Er blickte demonstrativ an mir herunter.

»Wow, Raffa, aus dir spricht ein wahrhaft scharfsinniger Analytiker!« Ich nickte gespielt beeindruckt. »Wo Hirn ist, ist auch Hoffnung!« Dummerweise brachte das die anderen drei zum Lachen, was Raffa fuchsteufelswild machte. Er grapschte blitzschnell nach meiner Jacke und zog mich mit einem Ruck zu sich heran.

»Hör zu, du widerlicher Speckbrocken, wenn ich noch ein einziges Mal«, er verstärkte seinen Krallengriff, »ich wiederhole, nur ein einziges Mal von dir oder deinen ...«

»Und wenn *ich* noch ein einziges Mal erlebe, dass du hier irgendwen auf dem Schulgelände anfasst, Raffael, werde ich persönlich dafür sorgen, dass du endgültig von der Schule fliegst!«, polterte eine bedrohlich tiefe Männerstimme. Raffa ließ erschrocken meine Jacke los und schubste mich fast sanft von sich. »Du kommst sofort mit und ihr drei auch«, befahl Herr Knötgen Raffa und seinen Jungs. »Euer Benehmen ist unter aller Sau!« Wütend stapfte er mit dem Haufen Richtung Schulgebäude davon, während wir ihnen mit offenem Mund hinterherstarrten. Nie hätten wir diesem unsicheren und zerstreut wirkenden Mann ein solches Durchsetzungsvermögen zugetraut.

»Alter! Kneif mir mal einer ins Hirn!«, fand Deniz als Erster seine Sprache wieder.

»Boom!!, würd ich sagen.«

»Zwei Sekunden später und du hättest dir von Raffa eine eingefahren. Ich hab dich schon mit Gesichtsprothese gesehen«, bemerkte Deniz grinsend, obwohl uns der Schreck noch in den Knochen saß.

Zumindest waren wir um eine Erkenntnis reicher: Besser, man unterschätzte Menschen nicht, egal wie unscheinbar sie wirkten. Prompt nahm ich mir vor, künftig niemanden mehr aufgrund seines Erscheinungsbildes oder seiner Wirkung nach außen in eine Schublade zu stecken. Da konnte man sich doch schwer vertun, wie ich zugeben musste. Eigentlich hatte ich diese Erkenntnis bereits gewonnen, nachdem ich J. kennengelernt hatte, aber doppelt kapiert hielt besser.

Am Nachmittag ging ich zuerst in den Desasterraum, um dort nach dem Rechten zu sehen. Ich hatte mich schon tagelang vor diesem Kontrollbesuch gedrückt. Dynamoterror schlief, alles war wie immer und beruhigt schob ich den Riegel wieder vor die Tür. Anschließend belohnte ich mich mit einem Besuch im Traumraum. Nach der Begegnung mit den vier Idioten war mir dringend nach Akku auftanken. Ich spielte »Neon« von *John Mayer*, das anspruchsvollste Stück, das ich überhaupt auf der Gitarre kannte, und geriet auf der Bühne in einen ekstatischen Zustand. Meine

Gitarre und ich verschmolzen mit der Musik, was die Zuschauer vor der Bühne in Begeisterungsstürme versetzte. Am Ende verbeugte ich mich vor der Menschenmenge und verließ den Traumraum vollkommen *high*. Gedanklich zurück in meinem Zimmer spielte ich auf diesem Glücksgefühl surfend die Songs für unser Straßenkonzert. Als die Saiten anfingen, schmerzhafte Rillen in meinen Fingerkuppen zu hinterlassen, stellte ich die Gitarre zurück in den Ständer. Eigentlich hatte ich noch eine Joggingrunde drehen wollen, doch da hörte ich Papa heimkommen und sprang die Treppe hinunter.

Nachdem wir uns begrüßt hatten, erzählte er, dass sich Jette und Onkel Dietmar zum Abendessen angekündigt hätten. Das Beste an der Nachricht war, dass Jette Essen mitbrachte und wir von der lästigen Kocharbeit befreit waren. Wir nutzten die Zeit, um auf die Schnelle das gröbste Chaos zu beseitigen. Das machten wir immer, wenn sich Besuch ankündigte. Besonders wenn Oma kam, gaben wir uns die allergrößte Mühe. Denn der Zustand unseres Hauses war für sie der Anzeiger unserer Überlebenschancen. Nur bei Onkel Dietmar machten wir eine Ausnahme. Er zählte nicht als Besuch und wie Papa behauptete, störten sich Männer an Unordnung generell weniger als Frauen. So zumindest seine Theorie.

Um kurz nach sieben klingelte es und Jette erschien mit einer riesigen Auflaufform randvoll mit Lasagne, die uns das Wasser im Mund zusammenlaufen ließ. Papa stellte sie gleich zum Überbacken in den Ofen.

»Hey, Jonas, wie geht's dir? Schule, Freunde, Gitarre – läuft alles?«, fragte Jette, als sie sich zu mir an den Tisch setzte.

»Ja, alles im Lack.«

»Jonas hat sogar ein nettes Mädchen aus der Parallelklasse kennengelernt«, konnte Papa sich nicht beherrschen zu sagen, als wäre das besonders wichtig.

»Echt? Hast du jetzt eine richtige Freundin?« Sie zwinkerte mir zu.

»Nein! Papa übertreibt und redet Blödsinn. Wir treffen uns nur ab und zu. Ihre Gesangslehrerin wohnt hier um die Ecke und Elli muss dienstags nach der Schule zwei Stunden überbrücken. Mehr nicht.« Um das Thema in eine unverfänglichere Richtung zu lenken, erzählte ich ihr von meinem ersten Besuch bei Elli. Ich berichtete ihr von der Haushälterin, dem kameraüberwachten Eingangstor und den protzigen Steinlöwen an der Treppe zur Haustür. Sie wollte gerade etwas dazu sagen, als es klingelte und Onkel Dietmar im nächsten Moment in die Küche spazieren kam. Er begrüßte erst mich, dann Jette.

»Ach, schöne Jette, warum hast du dein Herz an jemand anderen verschenkt, anstatt mich zu heiraten?«, jammerte er wie immer, wenn sie sich sahen.

»Weil du mir zu bekloppt bist!«, antwortete Jette gewohnheitsgemäß, woraufhin sie sich ausgelassen umarmten.

»Jonas hat gerade davon gesprochen, dass er Elli, ein Mädchen aus der Parallelklasse, zu Hause in Lindenthal besucht hat und sie ein ziemlich schickes Haus haben«, klärte Jette Onkel Dietmar auf.

»Lindenthal? Da wimmelt es von Reichen. Ein richtiges Nest. Und? Wie war es für dich als Junge aus normalbürgerlichen Verhältnissen?«

»Sind schon anders drauf als wir.« Zum Abschluss ließ ich noch eine Bemerkung über meinen Besuch bei Elli fallen, von der ich wusste, die würde alle in der Küche aus den Latschen hauen. »Stellt euch vor, Ellis Mutter hat im Auto volle Kanne Helene Fischer gehört!«

»Grundgütiger! Schlagermusik mit zwei Teenagern im Auto? Ziemlich gewagt!«, entfuhr es Jette in gespieltem Entsetzen. »Aber ansonsten ist Ellis Mutter nett?«

»Joa ... schon. Ihr Gesicht sieht zwar aus wie eine Maske, wenn sie lacht, aber ansonsten scheint sie ganz okay zu sein«, verzerrte ich die Wahrheit ein wenig.

Jette fing an zu kichern. »Also ihr werdet es nicht glauben, aber kürzlich musste ich auf einem langen Nachtflug tatsächlich an einen Liedtitel von Helene Fischer denken.«

»Im Ernst? Ich dachte, wir stehen alle nicht auf Schlager. Hattest du Fieber oder nur Sauerstoffmangel von der Luft in der Flugzeugkabine?«, fragte Onkel Dietmar schonungslos.

»Weder noch. Ich konnte in der Pause vor lauter Müdigkeit nicht einschlafen und dachte in meiner Koje darüber nach, wie es später zum Frühstücksservice wieder diese heißen Aluschalen mit blässlich gelbem Eierwabbel geben würde. Würg! Wo doch die Kabinenluft nach so vielen Stunden menschlicher Ausdünstungen sowieso schon stinkt.«

»Und an welches Lied hast du da im Speziellen gedacht? »Flieger« oder »Die Hölle morgen früh«?«

»Keins von beiden, Dietmar, wobei die vom Titel her auch gut gepasst hätten. Ich habe an »Atemlos durch die Nacht« gedacht«, antwortete Jette lachend.

»Aha!?«, wunderte sich Onkel Dietmar und Papa fragte: »Wieso?«

»Na, weil ich plötzlich diesen phantastischen Wachtraum hatte. Ich habe mir ausgemalt, wie es wohl wäre, wenn man die Stoffwechselprozesse der Passagiere auf einem Langstreckenflug auf ein Minimum herunterfahren könnte. Natürlich ohne damit gravierende Schäden bei ihnen zu verursachen.«

Ich sah sie fragend an. »Was ist denn so schlimm an den Stoffwechselprozessen der Passagiere?«

»Schau, sie verstoffwechseln gasförmig in jeder erdenklichen Form, außer vielleicht Verwesung. Sie riechen aus dem Mund, furzen hemmungslos, strecken ihre Käsefüße in alle Himmelsrichtungen von sich und dünsten säuerlichen Schweiß aus. Dazu gesellen sich häufige Toilettengänge und gelegentliche Übelkeitsattacken, bei denen sie natürlich auch noch Duftmarken vom Allerfeinsten hinterlassen.«

»Jette, du bist selbst schuld, wenn hier gleich allen der Appetit auf deine Lasagne vergeht«, warnte Papa sie eindringlich.

»Ach was, hier lässt sich doch wohl keiner von ein paar Furzwolken, Schweißmief oder stinkendem Fäulnisatem die Lust auf meinen leckeren Nudelauflauf verderben, oder?« Sie blickte belustigt in die Runde. Onkel Dietmar und ich schüttelten brav die Köpfe, bei Papa war ich mir nicht so sicher. »Manchmal ist es wirklich hart. Besonders wenn du einen empfindlichen Geruchssinn hast, was bei mir leider der Fall ist. Aber natürlich kann ich die Passagiere auch verstehen. Sie sind, zumindest in der hinteren Klasse, mit zweihundert bis dreihundert anderen auf engstem Raum zusammengepfercht und zu stundenlanger Bewegungslosigkeit in einem engen Polstersitz verdonnert. Ich kann und darf es ihnen eigentlich nicht verübeln, wenn sie ihren metabolischen Grundbedürfnissen nachgehen und aus lauter Langeweile alles vollmiefen.«

»Du meinst, dafür kann keiner was?«, fragte Onkel Dietmar nach.

»Es wird zumindest recht freizügig mit den eigenen geruchsintensiven Ausdünstungen umgegangen.« Sie rümpfte die Nase. »Ihr glaubt nicht, wie eklig das ist, wenn euch jemand beim Frühstücksservice mit seinem toten Aufwachatem und Flüssigküken im Mund mit den langgezogenen Worten *Kaahhffee* oder *Coohhffee* anhaucht. Ich schwöre euch, da wollt ihr fliehen!«

»Oder *Cooolaaa*«, fiel mir ein und Onkel Dietmar ergänzte: »Boah, oder *Tooomaaatensaaft*.« Er hielt sich die Hand vors Gesicht, um zu testen, wieviel Atem bei dem Wort aus seinem Mund kam. »*Tooomaaatooojuice*.«

»Oh ja, ganz schlimm wegen all der Vokale.« Jette schüttelte sich angewidert.

»Ehrlich, darüber habe ich noch nie nachgedacht«, sagte Onkel Dietmar halb nachdenklich, halb amüsiert. »Man könnte ja etwas Vokalfreundlicheres bestellen. Etwas mit kurzen oder spitzen Vokalen, wie zum Beispiel *Tee*, im Englischen *Tea* oder einfach *Bier*, was im Englischen genauso kurz ist.«

»Bier zum Frühstück?«, fragte Papa ungläubig.

»Warum nicht? Je nach Zeitzone ist bei manchen Passagieren gefühlt Abend«, argumentierte Onkel Dietmar.

»Und was war jetzt der Plan in deinem Tagtraum?« Ich war gespannt, wie man ein so schwieriges Miefproblem für alle Beteiligten optimal lösen wollte.

»Wie ich schon sagte: Alle Passagiere müssten ihre Stoffwechselprozesse auf ein absolutes Minimum herunterfahren. So, dass es gerade noch zum Überleben reicht und nichts bei ihnen abstirbt. Also Atem, Ausdünstungen und Verdauung quasi bis zur Landung auf Notlauf schalten.«

Onkel Dietmar hielt sich die Nase zu und imitierte eine Mikrofonstimme. »Sehr geehrte Fluggäste, bitte schalten Sie nun Ihren Stoffwechsel bis zur Landung in den Flugmodus und fahren Sie ihn erst nach Verlassen des Flugzeugs auf Normalfunktion hoch. Vielen Dank!«

»Ah, jetzt kapier ich, warum du gerade an das Lied gedacht hast«, bemerkte ich und fand, dass Jette eine klasse Phantasie hatte.

»Seitdem hat das Lied für mich eine ganz neue Bedeutung. Atemlos durch die Nacht auf einem Langstreckenflug! Wow, wenn das Wirklichkeit werden könnte, ich schwöre euch, ich würde das Lied jeden Tag bis zur Rente hören.«

»Hoffentlich übernimmst du dich da nicht«, warf Papa ein, womit er uns alle zum Lachen brachte.

Onkel Dietmar fummelte unterdessen grinsend an seinem Handy herum und wies Papa an, unsere Bluetooth-Box aus dem Wohnzimmer zu holen. Kurz darauf schallten die ersten Töne von »Atemlos durch die Nacht« aus dem Lautsprecher, woraufhin er wie ein Showmaster verkündete: »Bühne frei und Hände hoch für – *the one and only* – Jette mit »Furzlos durch die Nacht«! *Take it!*«

Er zog Jette vom Stuhl hoch und ab da war sie nicht mehr zu bremsen. Übermütig riss sie vier Bananen vom Strunk in unserer Obstschale, die sie jedem von uns als Mikrofon reichte. Papa winkte lachend ab, während wir anderen in die Show miteinstiegen. Jette löste ihre langen dunklen Haare aus der Spange, schwang sie theatralisch zurück und sang lauthals mit. Nachdem sie ihre Schuhe von den Füßen gekickt hatte, stieg sie auf einen Küchenstuhl, wo sie übertrieben schrille Tanzbewegungen vollführte, die wirklich bühnenreif waren. Auch Onkel Dietmar und ich lieferten eine Performance ab, die sich sehen lassen konnte. Zusammen grölten wir lautstark in unsere Bananenmikrofone und hatten richtig Spaß. Zwischendrin musste ich an Mama denken. Sie hätte diesen verrückten Quatsch geliebt. Papa stand an die

Küchenanrichte gelehnt und schaute uns zu. Er hatte wohl ähnliche Gedanken, denn er sah aus, als täte ihm die Realität weh.

»Leute, es gibt dazu ein passendes Gegenlied von *Whitney Houston*«, rief Onkel Dietmar. Es hieß »Exhale« und dröhnte kurz darauf aus der Box. Ich kannte das Lied nicht, weshalb ich beim Tanzen nur das »... *shoop-shoop-shoop-be-doop* ...« mitsang.

»Wenn die Superstars nun langsam zum Ende kommen könnten«, unterbrach Papa unsere Spitzenshow. »Nach der Färbung des Käses zu urteilen, ist die Lasagne fertig.« Wir schalteten die Musik aus, setzten uns an den Tisch und Papa stellte die dampfende Lasagne in die Mitte. Sie schmeckte zum Ausflippen gut, weshalb Jette von uns überschwänglich für ihre Kochkünste gelobt wurde.

Während ich später im Bett aufs Einschlafen wartete, dachte ich, dass es ein echt cooler Abend gewesen war. Unser Haus hatte sich so lebendig angefühlt. Fast wie früher, als Mama noch da war. Mein Unters-Bett-Guck-Quälgeist meldete sich empört, aber ich ignorierte ihn und blieb erstmal liegen. Ich erlaubte mir zum zweiten Mal an dem Abend, an Mama zu denken, wenn auch nur ganz kurz, denn mehr hielt ich nicht aus. Ich vermisste sie – das war nicht gut. Der Quälgeist wurde immer ungeduldiger und forderte meine Dienste ein. Doch zum ersten Mal verweigerte ich mich. »Klappe!«, befahl ich ihm und stellte mich schlafend.

23

Zwei Tage später verabredeten Elli und ich uns nach der Schule bei mir zum Proben. Schließlich rückte der große Tag immer näher. Wir wollten, dass unser Auftritt richtig gut wurde, deshalb gaben wir ein paar Tage ordentlich Gas. Aus der Entfernung sah ich J. an seinem üblichen Platz sitzen und freute mich.

»Elli, wenn du magst, kann ich dir meinen Freund J. vorstellen. Er sitzt da vorne am Spielplatz an der Mauer. Wir gehen gleich an ihm vorbei.«

»Klar, gerne. Soll ich ihm die Hand geben oder lieber ...«

»Du denkst, er könnte schmuddelige Hände haben? Hat er nicht, alles gut.« Während ich das sagte, drehte J. den Kopf in unsere Richtung und beobachtete uns beim Näherkommen. Mir war nicht klar, warum, aber auf einmal war ich nervös. Bei ihm angekommen lächelte er zu uns hoch.

»Guten Tag, Jonas. Wie ich sehe, bist du heute in Begleitung.«

»J., das ist Elli.« Sie beugte sich zu J. hinunter, um ihm die Hand zu reichen.

»Sehr erfreut, Elli«, sagte J. lächelnd, als er ihre ausgestreckte Hand schüttelte.

»Nun, wie ihr aussieht, habt ihr etwas Gemeinsames vor.«

»Wir wollen zusammen proben, damit unser Straßenauftritt nicht im peinlichsten Reinfall aller Zeiten endet.«

»Also hat Jonas Ihnen davon erzählt?«, fragte Elli neugierig und blickte von J. zu mir. Er bestätigte ihre Frage mit einem Nicken. Natürlich hatte ich ihm davon erzählt. Er hatte mich sogar ermutigt, die Idee in die Tat umzusetzen. »Ich kann es kaum noch aushalten, bis es endlich so weit ist. Auch wenn ich zwischendurch richtige Panikwellen schiebe und alles abblasen will«, gab Elli lachend zu. Ich war erleichtert, dass sie sich so locker mit J. unterhielt.

»Das gehört sicherlich dazu, wenn man sich etwas Neues traut. Das Gefühl danach ist dann umso schöner, wenn man sich bewiesen hat, dass man trotz Lampenfieber und Selbstzweifeln nicht gekniffen hat«, sagte J. in seiner ruhigen Art.

»Das wird sich erst zeigen, wenn wir es hinter uns haben, oder, Jonas?« Ich antwortete mit einem Grinsen. Wir verabschiedeten uns und machten uns auf den Weg zu mir nach Hause. Als wir ein Stück gegangen waren und Elli nichts sagte, beschlich mich ein mulmiges Gefühl.

»Alles okay?«, fragte ich vorsichtig nach.

»Ja, alles cool. Dein Freund J. scheint ein echt netter Typ zu sein.« Gedankenverloren zwirbelte sie eine Haarsträhne zwischen ihren Fingern. »Wir könnten ihm die Einnahmen unseres Auftritts schenken, auch wenn vielleicht nur ganz wenig Geld dabei zusammenkommt.« Ich stimmte ihrer Idee begeistert zu und unser Vorhaben war beschlossene Sache.

Zu Hause gingen wir in mein Zimmer und probten erst »Good Riddance« von *Greenday*, was uns immer super eingroovte. Danach spielten wir »Say you won't let go« von *James Arthur*. Auch wenn der Song von einem Mann an eine Frau gerichtet war, übernahm Elli den Gesangspart. Wir wollten das nicht so eng sehen. An der Textstelle, wo er ihr die Haare zurückhält, während sie sich nach zu viel Alkohol übergeben muss, dachte ich träumerisch, dass mit Elli einfach alles schön wäre. Selbst ihr die Haare bei einem Kotzanfall aus dem Gesicht zu halten. Über den Gedanken kam ich beim Anschlag aus dem Takt, woraufhin Elli aufhörte zu singen und mich fragend ansah.

»Sorry, kleiner Ausrutscher an der Kotzstelle. Lass uns noch mal anfangen.« Elli kicherte und stellte netterweise keine weiteren Fragen.

Nach zwei Stunden ließ unsere Konzentration nach, sodass wir die Session beendeten. Ich ging runter in die Küche und kam mit zwei Gläsern Wasser mit je einem zum Grund abgetauchten Gummibärchen und einer Zitronenscheibe auf dem Gläserrand zurück. Elli saß auf der Bettkante und brach spontan in ihr perliges Lachen aus, als sie mich mit den Wassergläsern reinkommen sah. Fasziniert sah ich sie an und lauschte ihrem Lachen vielleicht einen Moment zu lange.

»Was ist?«, fragte sie verdutzt und hörte augenblicklich auf zu lachen.

»Du lachst immer so schön.« Ich war selbst überrascht, wie souverän ich meiner Schüchternheit ein Schnippchen geschlagen hatte.

»Lacht nicht jeder schön, wenn er sich freut oder etwas lustig findet?«

»Nicht jeder.« Ich reichte ihr ein Glas meines Spezialwassers. »Manche lachen gehässig, manche gekünstelt, manche rückwärts, manche jünger als sie aussehen und nur ganz wenige so, dass man sich automatisch mitfreut.« Du, Elli, aber das behielt ich für mich.

»So viele Lachsorten kennst du? Über was du dir alles Gedanken machst.« Sie schüttelte den Kopf.

»Manchmal denke ich sogar stundenlang rückwärts.«

236

»Spinner!«

»Spaß.« Ich grinste. »Aber ich bin wirklich so was wie ein Umgebungsstaubsauger, der sich pausenlos alles reinzieht. Ich beobachte und analysiere ständig, was um mich herum passiert. Ich hab Hightech-Antennen, ungelogen. Mir entgeht nichts.« Ich nahm einen Schluck Wasser, dabei schubste ich versehentlich die Zitronenscheibe mit der Nase ins Glas.

»Elli an Jonas-Zentrale: Biibiibiibiiiiep ... krork ... örks ... prfft. ICH HABE HUNGER!«

»Tja, dann ist die Zeit *wreif* für deinen ersten *wrichtigen Wraptor*«, versuchte ich lachend, ein vernünftiges englisches *R* auszusprechen. »Ich hab Hackflaaaiiischsch da ... Wuuuooaaahhh!« Klauenhändig imitierte ich einen T-Rex und trabte in Zeitlupe auf sie zu.

»Hilfe, Hilfe! Nicht beißen!«, quietschte Elli in gespielter Panik.

»Doooch! Grrrr! Ich beiß dir jetzt dein Lachen ab!«, knurrte ich in meiner tiefsten Stimme. Grinsend legte ich mein Horrorgehabe ab. »Komm, nix wie ab in die Küche! Es gibt Wraps.« Elli sprang auf und wir liefen die Treppe hinunter.

Voll den Küchenprofi mimend nahm ich das Paket mit den Wraps, einen Kopfsalat und das Hackfleisch aus dem Kühlschrank. Elli sah mir interessiert zu, wie ich ein paar Blätter vom Salat abriss und unter fließendes Wasser hielt.

»Kann ich dir irgendwie helfen?«, fragte sie.

»Du könntest eine Zwiebel in dünne Ringe schneiden.« Ich legte ihr eine aufs Schneidebrett und reichte ihr das Küchenmesser. Sie nahm das Messer und mühte sich ab, die Zwiebel in Scheiben zu zersägen, wobei sie ihr immer wieder ausbüxte. Es war ganz offensichtlich die erste Zwiebel, mit der sie jemals näheren Kontakt gehabt hatte. »Öh, man muss sie übrigens erst schälen, bevor man sie schneidet«, wagte ich anzumerken.

»Warum hast du mir das nicht gleich gesagt?«, beschwerte sie sich kichernd, bevor sie sich ungeschickt ans Abschälen der trockenen Schale machte. Ich bot ihr an, zu helfen. Während ihr das peinlich zu sein schien, fand ich ihre Unerfahrenheit süß. Ich schnitt ihr eine Zwiebelhälfte vor, die andere überließ ich ihr. Sie säbelte an der Zwiebel herum und wischte sich zwischendurch immer wieder mit dem Ärmel übers Gesicht. »Woah, das brennt mega in den Augen«, jammerte sie, bevor sie das Messer hektisch auf dem Schneidebrett ablegte und sich die Handballen auf die Augen drückte.

»Ich hab mal gehört, man soll beim Zwiebelschneiden die Zunge raushängen lassen, weil die beißenden Zwiebelsäfte die nächstbeste Schleimhaut ansteuern, die sie erwischen«, spulte ich Onkel Dietmars nie überprüfte Zwiebelschneidetheorie ab. »Dann brennen die Augen nicht so hart und der Zunge macht das wohl nichts.«

»Ich soll aussehen wie ein sabbernder Hund, wenn ich Zwiebeln schneide?«

»Besser Zunge raus und zwei Minuten albern aussehen, als verätzte Augäpfel, oder?«

»Hast du keine Taucherbrille?«

»Nee, nur Flossen«, witzelte ich und sie lachte unter Zwiebeltränen.

Sie sah mir dabei zu, wie ich das Hackfleisch in der Pfanne anbriet, Gewürze, frische Paprikastreifen und eine kleine Dose Mais dazugab und das Ganze groß-zügig mit Ketchup ablöschte. In einer kurzen Umrührpause zeigte ich ihr, wie man Salatblätter in einem Küchenhandtuch trockenschleudert, dann nahm ich drei Teller aus dem Schrank.

»Drei?«, wunderte sie sich.

»Dann kann sich mein Vater später an den gedeckten Tisch setzen«, erklärte ich ihr. »Er liebt meinen *Wraptor* und freut sich immer, wenn es ihn gibt.«

»Ihr scheint gut klarzukommen.«

»Meistens schon. Einer von uns beiden kocht und beim Essen erzählen wir uns, was tagsüber so los war. Danach macht jeder sein eigenes Ding. Mein Vater geht zum Musikhören in den Keller und ich hoch in mein Zimmer.«

»Streitet ihr euch nie?«

»Selten. Wir lassen uns beide mehr oder weniger so sein, wie wir sein wollen. Ich mach wenig Unfug und die Aktionen meines Vaters sind auch ziemlich kalkulier-bar.«

»Klingt paradiesisch«, meinte sie, woraufhin ich große Augen machte. Dass bei uns etwas paradiesisch sein könnte, wäre mir nie in den Sinn gekommen. Aber durch Ellis Augen betrachtet schillerte unser Alltag plötzlich in Öl-in-Pfütze-Farben. Ziemlich ungewohnte Vorstellung.

Als das Hackfleisch fertig war, zeigte ich ihr, wie man einen original *Wraptor* baute. Ich legte den Teigfladen flach auf den Teller und gab mittig einen ordent-lichen Streifen Hackfleisch drauf. Den verzierte ich mit Sandwichgurken, getrock-neten Zwiebeln und einem graphischen Mayonnaise-Muster je nach Phantasie. Den Abschluss bildete das alles entscheidende Salatblatt. Danach alles aufwickeln, unten umklappen und mit Butterbrotpapier umwickeln. Augen zu, alle Geschmacksnerven auf Empfang und feste hineinbeißen.

Elli baute begeistert ihren ersten *Wraptor* und mampfte hungrig drauflos. Ihre Mundwinkel waren schon nach dem ersten Reinbeißen mit Soße verschmiert. »Voll lecker dein Vegetarier-Suizid!«, sagte sie kauend. Leider platzte ihr *Wraptor* nach zwei weiteren Bissen unten auf und die Füllung klatschte ihr auf den Teller. Ich reichte ihr eine Gabel und ein Blatt von der Küchenrolle. Elli fand ihn auch vom Teller lecker und aß munter weiter.

Ich biss in meinen *Wraptor* und schmatzte: »*Zimbabwe.*«

»Hä?«

»Bestes Wort mit vollem Mund. Los, sag!« Sie traute sich nicht. »*Wimbledon* geht auch.«

Mit vollgestopften Backen testeten wir immer neue Wörter und lachten total rum. Bei *Wallabyschnauze* kullerten ihr Lachtränen aus den Augen, was echt süß aussah, bei *Nuschelchallenge* mussten wir aufhören ... wegen zu unappetitlich und so.

Als wir gerade dabei waren, uns einen zweiten *Wraptor* zusammenzubasteln, hörte ich die Haustür und im nächsten Moment Papa im Flur nach mir rufen. Er war ungewöhnlich früh von der Arbeit zurück.

»Hi, Papa, wir sind in der Küche!«

»Hallo, Jonas. Oh, ich sehe, wir haben Besuch. Wie schön. Du bist bestimmt Elli.« Papa freute sich richtig, Elli endlich kennenlernen zu dürfen, und reichte ihr zur Begrüßung die Hand über den Tisch. Elli wollte gerade danach greifen, als sie feststellte, dass ihre Hand mit Hackfleischsoße bekleckert war, weshalb sie sie schnell wieder zurückzog.

»Hallo, Herr Bertrams. Leider ist meine Hand klebrig«, entschuldigte sie sich.

Papa lachte und tat so, als schüttelte er ihre Hand in der Luft. »Du kannst übrigens gerne Hans zu mir sagen, wenn du magst.«

»Cool, danke.« Sie schien nicht so recht zu wissen, ob sie nun ihren *Wraptor* weiterbauen oder lieber warten sollte, bis Papa sich an den Tisch gesetzt hatte.

»Toll, es gibt *Wraptor*!« Papa rieb sich den Bauch. »Esst ruhig weiter. Ich komme gerade vom Zahnarzt und gehe mir erstmal die Hände waschen.«

Nachdem er aus der Küche gegangen war, sah ich Elli immer noch mit dem Belegen ihres Teigfladens zögern.

»Hey, mein Vater ist wirklich locker, iss einfach weiter«, ermunterte ich sie. »Gleich wirst du sehen, wie hemmungslos er zulangt. Da endet jede Form von vornehmer Zurückhaltung in einem Kampf ums Sattwerden«, übertrieb ich Papas Essgewohnheiten, um Elli zu ihrer Ungezwungenheit zurückzubewegen. Sie lachte daraufhin und schien sich von Papas unerwartetem Erscheinen wieder erholt zu haben. Papa kam zurück in die Küche, setzte sich zu uns an den Tisch und bediente sich.

»Hast du wegen deines Zahnarzttermins heute früher Schluss gemacht?«, fragte ich ihn.

»Hm«, machte er, kaute aber erst zu Ende, bevor er antwortete. Unsere goldene Benimmregel, wenn Besuch da war – Onkel Dietmar ausgenommen. »Der Termin war um vier und ich kam sofort dran, weshalb ich schon so früh zurück bin.«

»Wie war's denn?«, fragte ich weiter und sah Elli Papa aufmerksam anschauen, während sie aß.

»Tja, der Zahnarzt sagt, meine Zähne sind in Ordnung«, er hüstelte gekünstelt hinter vorgehaltener Hand, »aber das Zahnfleisch muss raus.«

Elli bekam daraufhin einen so extremen Lachanfall, dass sie sich hektisch die Hand vor den Mund hielt. Sie nuschelte eine Entschuldigung, weil ihr beim Lachen ein paar Brocken durch die Finger auf den Tisch geflogen waren, lachte aber weiter. Ich musste mitlachen und Papa freute sich, dass sein Scherz so gut angekommen war.

»Schön, wenn ihr so viel lacht, nutze ich die Zeit, um die Pfanne und die Teller leer zu essen«, flachste Papa weiter. Ich wusste, er bemühte sich mir zuliebe, Elli möglichst nicht mit einer seiner unbeabsichtigten Schrägheiten zu vergraulen, wo ich doch so selten Besuch hatte. Sicherlich ahnte er auch, dass sie mir nicht egal war.

»Tut mir leid. Zu Hause spucke ich normalerweise nie über den Tisch, aber wir erzählen uns beim Essen auch nicht so lustige Sachen«, erklärte Elli, als sie sich wieder gefangen hatte.

»Ach was, bei uns darf jeder so sein, wie er sich wohlfühlt, ehrlich ... außer natürlich mit vollem Mund lachen und dabei die Teller der anderen voller machen, als sie vorher waren«, stellte Papa in gespieltem Ernst klar.

»Boah, Papa, jetzt hör auf, so eklige Sachen zu sagen, sonst kommen mir die *Wraps* wieder *wraus*!«, wollte ich seine Phantasie ausbremsen, bevor Elli sich vielleicht ernsthaft veräppelt fühlte. Doch ich hatte sie unterschätzt.

»Jetzt *wreicht's*, Mister *Häns* and Mister *Dschonäs*! Man *wrufe* mir augenblicklich ein Taxi. Das *wreinste* Irrenhaus hier!«, tat Elli empört. Dabei betupfte sie sich den Mund demonstrativ vornehm mit dem zerknautschten Stück Küchenrolle. Ihre gespielt hochnäsige Art war wirklich ulkig und wir lachten uns weg. Nach einem kurzen, einvernehmlichen Blickwechsel zwischen Papa und mir wischten wir uns wie die Vandalen den Mund am Ärmel ab. Das machten wir nach dem Essen gelegentlich

240

aus Jux. Normalerweise rülpsten wir danach auch noch so laut wir konnten, doch das ließen wir in gegenseitigem Einverständnis vor Elli bleiben. Sie lachte ausgelassen und ich freute mich, dass sie sich wohlzufühlen schien. Wir aßen zu Ende, redeten über dies und das, bis Papa die Tafelrunde beendete.

»Lasst bitte alles so stehen. Ich räume die Küche später auf.« Er schob seinen leeren Stuhl an den Tisch und sagte an Elli gerichtet: »Es war schön, dich kennenzulernen, und ich hoffe, du kommst uns bald wieder besuchen, auch wenn es hier wie im Irrenhaus ist. Selten hat jemand unseren Haushalt so treffend beschrieben, oder, Jonas?« Ich nickte heftig.

»Das hab ich wirklich nur im Spaß gesagt!«, beteuerte Elli. Die beiden verabschiedeten sich, Papa verschwand im Keller und wir holten Ellis Sachen von oben. Bevor sie ging, sagte sie, dass es ein cooler Nachmittag gewesen sei, was mich freute. Dann war sie weg.

Ich räumte die Küche auf, weil ich besser nachdenken konnte, wenn ich mich mit etwas beschäftigte. Außerdem hatte Papa sich wirklich von seiner allernettesten und witzigsten Seite gezeigt, wofür er auf jeden Fall einen küchenfreien Abend verdient hatte. Überhaupt war ich erstaunt, wie fröhlich er sein konnte, wenn er sich eine Auszeit von seinem Kummer nahm und für eine Weile vergaß, dass Unbeschwertheit auch ohne Mama erlaubt war. Mama hätte sich darüber gefreut. Sie hatte Spaßbremsen oder länger anhaltende Stimmungsschräglagen nie gemocht. Natürlich konnte ich nicht wissen, wie Mama sich verändert hätte, wenn Papa an ihrer Stelle gestorben wäre. Nur in einem Punkt war ich mir ziemlich sicher: So lange wie Papa wäre sie nie chronisch auf der Trauerstufe geblieben. Dafür war sie viel zu lebensfroh und optimistisch gewesen. Sie hätte bestimmt früher als Papa wieder zurück ins normale Leben gefunden. Ihr wäre bewusst gewesen, dass Papa nie gewollt hätte, dass sie so lange traurig blieb. Das Gleiche hätte Papa auch von Mama wissen müssen.

Seit Mamas Tod hatte ich allerdings beobachtet, dass Trauer etwas sehr Eigensinniges und auch ziemlich Egoistisches war. Sie hörte auf niemanden und machte, was sie wollte. Ihr war es egal, wieviel sie kaputt machte. Sie war unberechenbar und im Grunde auch anarchisch. Wobei das auch auf jedes andere intensive Gefühl, das ich kannte, zutraf. Solche Gefühle zeckten sich in einem fest und ließen einen zum ferngesteuerten Idioten werden. Sie blockierten einfach das logische Denken. Am Ende meiner Überlegungen zum Thema Trauer kam ich zu dem Schluss, dass man ihr aus Selbstschutzgründen verbieten musste, sich wie eine Klette dauerhaft an einem festzukrallen. Besser war das!

Nachdem ich mit Aufräumen fertig war, ging ich nach oben. Im Flur hörte ich Papas Musik aus dem Keller und wunderte mich, dass er nach so kurzer Zeit bereits in Phase II war. Hatte er Phase I nicht sogar ausgelassen? Ganz sicher hatte er das, denn Phase I Musik war in unserem Haus selbst bei laufender Spülmaschine unüberhörbar. Ich erinnerte mich, wie ich am Abend vorher versucht hatte, Englischvokabeln zu lernen, während sich *The Prodigy* und *Limp Bizkit* im Keller die Stimmbänder wundschmirgelten. Mein Hirn war kurz vorm Ausklinken gewesen, weshalb ich das Englischbuch notgedrungen zugeklappt hatte, bis Papa mit Phase I durch war. Auf dem Weg die Treppe hoch lauschte ich dem Songtext von »Lord, if I ever needed someone« von *Van Morrison*. Ich kannte ihn auswendig, so oft wie Papa das Lied in den vergangenen vier Jahren gehört hatte. Van Morrison sang in dem spirituell angehauchten Lied von seinem Draht nach oben, wo Papa doch nicht unbedingt religiös überzeugt war. Eine Passage des Liedtextes passte zufällig erstaunlich gut zu meinen Gedanken beim Küchenaufräumen.

24

Endlich war er da: Der Tag unseres Straßenkonzerts! Ich sprang hellwach aus dem Bett und überprüfte noch mal, ob ich abends auch wirklich alles korrekt gepackt hatte. Meine Gitarrentasche platzte aus allen Nähten, der Rest war in meinem Schulrucksack verstaut, einschließlich der schriftlichen Genehmigung für unseren Straßenauftritt, die Papa uns bei der Stadt besorgt hatte. Obwohl es in Köln neuerdings verboten war, mit einem Verstärker auf öffentlichen Plätzen zu spielen, waren sowohl Papa als auch unser Musiklehrer der Meinung gewesen, dass wir es dieses eine Mal einfach draufankommen lassen sollten. Schlimmstenfalls müssten wir mittendrin aufhören oder *unplugged* weiterspielen. Während einer unserer Proben hatte Elli die Idee gehabt, Smörfdiddy als Hingucker mitzunehmen, um die Passanten anzulocken.

»Heute wirst du dein erstes richtiges Abenteuer erleben«, erzählte ich ihm aufgeregt, als ich ihn die Treppe hinunterschleppte.

Papa hatte mir abends vorm Schlafengehen bereits viel Glück gewünscht, mir aber auch noch einen handgeschriebenen Zettel neben meiner Müslischale hinterlassen. *Gib alles und flieg so hoch du kannst!!*, hatte er geschrieben und daneben eine Gitarre gemalt, die mehr an eine Birne mit Gitter im Bauch erinnerte. Während ich den Zettel als Glücksbringer in die Hosentasche steckte, fiel mir mein Einschlafgedanke vom Vorabend wieder ein. Ich hatte mir überlegt, Smörfdiddy mit einem betexteten Schild auszustatten, damit die Zuschauer durch Lesen vielleicht eher stehenblieben. Müslikauend durchsuchte ich die Ecke unserer Altpapiersammelstelle nach einem geeigneten Stück Pappe und entdeckte einen alten Pizzakarton. Mit der Küchenschere schnitt ich den Deckel in ein Rechteck, klebte ein Blatt Papier über die Fettflecke und schrieb mit einem dicken Filzstift den Text, den ich mir ausgedacht hatte. Schneller als gedacht zeigte die Küchenuhr sieben Uhr dreißig, also Abmarsch!

Ich sprang in meine Turnschuhe und hängte mir meine Gitarrentasche samt Schulsachen um. Als ich schon fast zur Tür raus war, fiel mir ein, dass Smörfdiddy doch noch mitmusste. Papa hatte dafür extra unseren alten Fahrradanhänger aus dem Keller geholt und vor der Haustür angekettet. Ich wuchtete Smörfdiddy in den Anhänger, danach meinen Schulrucksack als Beschwerung auf seine Beine. Ich war spät dran. Mit meinem skurril aussehenden Plüschtiertransporter marschierte ich stramm drauflos, bis es mich nach wenigen Metern durchzuckte: Das Pappschild! Mist! Im Laufschritt machte ich eine riskante Kehrtwende, raste zurück ins Haus und schnappte mir das Schild vom Küchentisch. Hektisch stopfte ich es neben Smörfdiddy in den Anhänger und sprintete los.

Tags zuvor hatte ich mit Herrn Gerlitsch ausgemacht, dass ich meine Musiksachen und unser »Maskottchen« bis nach Schulschluss in seinem Hausmeisterkabuff parken würde. Unser Musiklehrer hatte vorgeschlagen, den von der Schule ausgeliehenen tragbaren Verstärker sowie die beiden Mikrofonständer ebenfalls bei Herrn Gerlitsch zu deponieren, sodass alles an Ort und Stelle war. Abgehetzt kam ich vier Minuten vor Unterrichtsbeginn bei ihm an. Im Eiltempo friemelte ich das Kettenschloss an den Anhänger, stellte meine Gitarrentasche bei ihm ab und rammte ihm Smörfdiddy in die Arme.

»Ach du lieber Himmel, was für ein Ungetüm!«, rief Herr Gerlitsch halb entsetzt, halb amüsiert. »Da bleibt in meinem Kabuff ja kaum noch Platz für mich!«

»Tut mir leid, eine kleinere Version hab ich nicht. Danke, Herr Gerlitsch, und bis später um drei«, rief ich im Weglaufen.

Pünktlich zum Gong ließ ich mich fix und fertig neben Deniz auf meinen Platz fallen. In den darauffolgenden Unterrichtsstunden konnte ich mich kaum konzentrieren. Vorfreude und Lampenfieber wechselten sich ab, wobei letzteres definitiv größer war. Meine Gedanken kreisten ununterbrochen um den bevorstehenden Auftritt, bis mir erst mulmig, dann richtig flau wurde. Elli war absolut stimmsicher, aber was, wenn ich mich dauernd verspielte? Plötzlich hatte ich Angst, meine Finger könnten mir vor lauter Aufregung nicht mehr gehorchen und alles würde in einer Riesenschlappe enden. Mit einem Mal erdrückte mich die Vorstellung, vor Menschen Gitarre zu spielen und zu singen. Wessen hirnverbrannte Idee war das überhaupt gewesen? Ach so, ja, meine. Dafür hätte ich mich an dem Vormittag am liebsten selbst pausenlos in den Hintern getreten.

Meine Gedanken erreichten Katastrophenniveau, bis ich in meinem Kopf die Notbremse zog. Solche Gedanken führten zu nichts, außer zu einer Blockade, machte ich mir selbst klar. Stattdessen beamte ich mich gedanklich zurück zu unseren Probestunden. Ich wollte das entspannte Gefühl in mir abspeichern, um es dann im Notfall anzuzapfen, falls die Nervosität zu groß wurde. *Wenn dir etwas zu groß oder unüberwindlich erscheint, zerlege es in handhabbare Brocken*, kamen mir J.s Worte in den Sinn. Also konstruierte ich mir eine mentale Schritt-für-Schritt-Checkliste für den

Ablauf, die ich später am Nachmittag nur abarbeiten musste. Sie begann mit: *Um drei mit Elli und Deniz am Hausmeisterkabuff treffen, alles in den Anhänger laden (wir alle)* ... und endete mit: *Verstärker anstellen, Soundcheck durchführen – Losspielen und dabei schön locker bleiben! (Elli und ich)*

Im Kopf spielte ich den Ablauf ungefähr elfundneunzigmal durch, bis ich wieder einigermaßen Bodenhaftung hatte. Am Ende bestand meine Hauptangst nur noch darin, dass Raffa und die Gang unsere Aktion vermasseln könnten. Ich sah sie uns bodenlos albern finden und unseren Auftritt durch blöde Faxen ins Lächerliche ziehen. Die Vorstellung ließ eine erneute Stresswelle in mir hochkommen, die ich mit allen Mitteln niederkämpfte. Ich redete mir ein, dass sie ganz sicher nicht kommen würden, und falls doch, wäre ich ihnen diesmal nicht alleine ausgeliefert.

In der großen Pause hüpfte Elli aufgekratzt vor uns herum. »Mann, ich bin mega aufgeregt und freu mich so!« Dabei drehte sie eine Pirouette auf ihrer Turnschuhferse. Ihre ungebremste Vorfreude warf mich komplett aus der Bahn. Nachdem ich den ganzen Morgen damit verbracht hatte, hochkonzentriert an die Sache heranzugehen und meine Befürchtungen abzuwimmeln, kam mir Ellis Begeisterung absurd vor.

»Ich hoffe, es klappt alles und endet nicht in einer Katastrophe«, seufzte ich.

»Hey, warum sollte es?«, fragte Elli verwundert. »Wir machen alles so wie bei dir zuhause und der Auftritt wird super klappen.«

»Ich dachte dabei eher an die Technik«, redete ich mich heraus, um vor Elli nicht den *Downhill*-Experten für positive Stimmung abzugeben.

»Bullshit! Dein Musiklehrer hat uns versprochen, dass der Verstärker einwandfrei läuft und voll aufgeladen um drei beim Hausmeister steht. Deine Gitarre, deine Mikrofone, alles hat bei den Proben bestens funktioniert. Da kann nichts schiefgehen.«

»Was ist, wenn ich plötzlich keinen einzigen Akkord mehr sauber greifen kann, mein Rhythmusgefühl mich im Stich lässt oder meine Stimmbänder abschmieren?«, rückte ich dann doch mit der Wahrheit heraus. Elli sah mich mitfühlend an, weil sie meine geheimen Ängste plötzlich verstand.

»Mann, oder auf einmal der Asphalt unter dir einkracht und du mit deinem kompletten Equipment in die Kölner Kanalisation fällst?«, zog Deniz mich auf. »Oder ein Wolkenbruch nur über dir runtergeht und du vom Verstärker einen so hammermäßigen Stromschlag bekommst, dass du aus den Nasenlöchern qualmst? Das wär der Klopper!« Aus Spaß boxte ich ihn gegen die Schulter. »Aua!«, beschwerte er sich. »Man wird ja wohl noch auf naheliegende Gefahren hinweisen dürfen, oder?«

245

»Ohne Spaß, du spielst richtig gut Gitarre. Deine Stimme hört sich klasse an, wenn du singst, und selbst wenn ein Akkord mal nicht perfekt sitzt – juckt keinen!«, sagte Elli überzeugt. »Wir rocken das! Es ist unser allererster Auftritt und es geht doch um nichts.«

»Doch! Ums sich nicht blamieren.« Mir wurde wieder flau im Bauch.

»Boah, du redest wie meine Eltern!« Sie verdrehte die Augen. »Komm, lass uns heute Nachmittag einfach Spaß haben und gucken, was passiert, okay?«

»Und wenn die Leute »*Buh!*« oder *Sch'hab' Hörsturz!*« rufen, gehen wir mit eurer Sammeldose durch die Zuschauermenge, wo sich jeder als Entschädigung für die leichte Körperverletzung etwas Geld rausnehmen darf«, schlug Deniz grinsend vor. Elli fing an zu lachen und ich musste ungewollt mitlachen.

Endlich war Unterrichtsende. Wie verabredet trafen wir uns pünktlich um drei am Hausmeisterkabuff, wo Herr Gerlitsch uns beim Beladen des Fahrradanhängers half. Unser Musiklehrer kam sogar extra vorbei, um uns noch mal alle Einstellungen des Verstärkers zu erklären. Wir vereinbarten, dass ich das Gerät und die beiden Mikrofonständer nach dem Auftritt zurück zu Herrn Gerlitsch bringen würde. Deniz klemmte sich Smörfdiddy unter den Arm und redete ununterbrochen blödes Zeug auf ihn ein, bis wir aufgekratzt an der Straßenecke am Spielplatz ankamen. Aus der Ferne sah ich J. neben Inge am Kiosk stehen. Ich winkte ihnen zu. Meine mentale Checkliste erwies sich als höchst praktikabel, sodass der Aufbau wie am Schnürchen klappte. Deniz setzte Smörfdiddy vor die beiden Mikrofonständer und war gerade dabei, ihm das Pappschild auf die Beine zu stellen, als er plötzlich anfing zu lachen. Wir sahen überrascht zu ihm hin, als er das Schild hochhielt und Elli meinen Text laut vorlas: »*Holt mich aus dem Schlumpfsumpf! – Ich bin ein Kofferradio!*« Darunter in etwas kleinerer Schrift: »*Wir akzeptieren keine 500€ Scheine!*«

»Ist das mit Smörfdiddy abgesprochen?«, alberte Deniz und Elli fragte, was denn ein Kofferradio sei.

Für den finalen Soundcheck machte ich ein paar Fingerlockerungsübungen auf der Gitarre, während Elli sich ein wenig einsang. Dann gaben wir uns ein Zeichen, ich zählte *eins, zwo, drei, one, two, three* und wir spielten unser erstes Lied: »Blind Man in Amsterdam« von *George Ezra*. Der Song war kurz, hatte aber einen coolen Rhythmus, weshalb er sich optimal als Anfangsstück eignete. Während ich spielte, konzentrierte ich mich nur auf die Musik. Alles andere um mich herum blendete ich aus. Das erste Stück klappte reibungslos und meine Anspannung ließ etwas nach. Als es zu Ende war, riskierte ich einen Blick nach vorne. Ich sah J. samt Axel und Freddy, die sich zu Deniz gesellt hatten und uns begeistert applaudierten. Elli belohnte sie mit einem fröhlichen »Dankeschön« und einer angedeuteten Verbeugung.

Unser zweites Stück »Say you won't let go« von *James Arthur* wirkte tatsächlich wie ein Magnet auf die Passanten, sodass immer mehr stehenblieben. Der Applaus war zwar immer noch lausig, aber doch schon lauter als zuvor.

Da wir einen guten Mix aus neueren und älteren Songs spielen wollten, begann ich mit dem Intro zu »Cry to me« von *Solomon Burke*. Wenn Elli in tieferen Lagen sang, hörte sie sich eher samtig an, fast heiser. Wenn sie jedoch in höhere Tonlagen wechselte, jagte es einem Schauer über den Rücken. Es war aber nicht nur ihre außergewöhnliche Stimme, die einen umhaute. Es war die Art, wie sie ihre Stimme variierte und damit spielte, die jedes Lied von ihr einzigartig machte. Trotz meiner Konzentration aufs Gitarrespielen konnte ich spüren, wie Ellis Energie die Menge flutete. Aus den Augenwinkeln sah ich weitere Passanten stehenbleiben und uns zuhören. Als das Stück endete, brach unter den Zuschauern donnernder Beifall aus. Verrückt!

Langsam entspannte ich mich und nahm mir ein Beispiel an Elli, die ganz lässig am Mikrofon stand und der die Sache eindeutig Spaß machte. Sie winkte ihrer Freundin Cille aufgeregt zu, die sich zusammen mit ein paar anderen aus ihrer Klasse zu der überschaubaren Traube von Menschen gesellt hatte. Es wurden sogar schon Münzen in die Sammeldose geworfen, was uns freute. Schließlich wollten wir das Geld J. schenken. Elli stellte uns beide vor und verkündete, dass wir als nächstes ein gemeinsames Lied singen würden. Sie war die geborene Unterhalterin, während ich etwas steif, aber um Lässigkeit bemüht, mit meiner umgehängten Gitarre am Mikro stand. Im Stillen erinnerte ich mich an das Gefühl während meiner Bühnenauftritte im Traumraum, bei denen ich immer so ultracool und zum Umfallen selbstbewusst war. Es klappte nicht. Ich stand nun mal ziemlich verkrampft mitten in der Realität. Traum war eben Traum!

Elli hatte sich gewünscht, dass wir das Lied »Half as good as you« von *Tom Odell* und *Alice Merton* spielten. Blöderweise verhaute ich mich zweimal in den Akkorden, was außer mir anscheinend niemandem aufgefallen war. Der Applaus war jedenfalls enorm, manche pfiffen sogar vor Begeisterung. Ein Blick zu Elli, ein Lächeln hin und zurück, bevor sie sich ausgelassen für uns beide bedankte. Die Zuschauermenge war mittlerweile doch ganz schön angewachsen, auch wenn es ein stetiges Kommen und Gehen gab. Manche blieben nur kurz, andere hörten länger zu, und dann war da natürlich der treue Kern unserer Freunde und Mitschüler. Sogar Herr Knötgen war zusammen mit unserem Musiklehrer gekommen, was mich echt freute.

Nachdem Elli ihrer Gesangslehrerin zugewinkt hatte, gab sie mir ein Zeichen, dass es mit unserem nächsten Lied weitergehen konnte. Wir spielten »My old Friend the Blues« von *Steve Earle* für die Country Fans. Wildes Pfeifen und Klatschen unseres Musiklehrers, den der Song offenbar komplett vom Hocker riss. Mit seinem Beifallsausraster steckte er sogar andere an. Das war ziemlich witzig!

»Good Riddance« von *Greenday* durchbrach schließlich die Schallmauer und heizte dem Publikum so richtig ein. Nach dem letzten Ton jubelte und tobte die Menge. Die Dynamik war episch! Ich konnte nicht anders, als diesen Begeisterungssturm gierig in mich aufzusaugen. Mein Glücksgefühl kam dem meiner Bühnenauftritte im Traumraum immer näher.

Auf unser vorletztes Lied freute ich mich ganz besonders. Es war eines von Papas und Mamas Lieblingsliedern. Ich befestigte das Blatt für »Wish you were here« von *Pink Floyd* am Notenständer, obwohl ich es komplett auswendig konnte. Schnell nahm ich noch einen Schluck Wasser aus der kleinen Flasche, die Deniz uns bei Inge besorgt hatte, und begann mit dem Intro. Ich wagte einen kurzen Blick in die Menge, um an den Gesichtern der Zuschauer abzulesen, wie dieser unverkennbare Anfang auf sie wirkte. An einem Gesicht blieb ich abrupt hängen – einem sehr vertrauten Gesicht. Ich konnte es kaum glauben, es war tatsächlich Papa! Vor lauter Überraschung verspielte ich mich, lief rot an und sah Papa grinsen. Ich grinste zurück, woraufhin er mir den Daumen hoch zeigte. Elli schien ihn ebenfalls gesehen zu haben, denn ich sah sie kurz in seine Richtung nicken.

Nach dem kurzen Akkordstolperer strengte ich mich doppelt an, um für Mama und Papa alles zu geben, was ich auf der Gitarre draufhatte. Elli hatte ich erzählt, wieviel mir das Lied bedeutete, und sie schien sich spätestens bei Papas Anblick daran zu erinnern. Ihre Stimme flog wie ein Schwarm schillernder Vögel zwischen den Häuserwänden hoch und brachte gefühlt den ganzen Stadtteil zum Schwingen. In diesen Minuten war ich bis zum Anschlag glücklich. Es war gigantisch, das zusammen mit Elli zu erleben. Auch dass Papa da war und J. und so viele andere, die uns begeistert zuhörten, und von Raffas Bande keine Spur zu sehen war. Als ich kurz vom Griffbrett aufblickte, sah ich Papa besorgniserregend antirhythmisch auf seinen Füßen wippen. Sein Oberkörper schaukelte vor und zurück, und ich hoffte ultimativ, dass er nicht anfing zu tanzen. Im Stillen flehte ich Mama an, ihm doch bitte einen Wadenkrampf zu schicken, der ihm seinen Tanzimpuls vergeigte. *Spiel einfach weiter und guck nicht hin*, ermahnte ich mich, damit ich auf der Zielgeraden nicht noch alles vermasselte. Das Stück endete, Papa hatte es erfreulicherweise beim Wippen auf der Stelle belassen und wir ernteten Riesenbeifall.

Wir kündigten unser letztes Stück an – ein echter Klassiker für Gitarre. Elli nahm einen Schluck aus ihrer Wasserflasche, dann gab sie mir ein Zeichen. Ich spielte die ersten Töne von »Hallelujah« in der *Jeff Buckley* Version. Das Stück gehörte eindeutig Elli, die es mit so viel Gefühl sang, dass mir fast das Herz rausflog. Sie schien alles, was in ihr steckte, in ihre Stimmbänder zu packen, und war einfach unglaublich. Ein letzter begeisterter Applaus, ein letztes Dankeschön und eine überglückliche Elli, die mich spontan – kurz, aber stürmisch – umarmte.

»Das war doch spitzenmäßig, oder?«, rief sie aufgedreht.

Ihre impulsive Umarmung legte für einen kurzen Moment mein Sprachzentrum lahm. Außerdem war meine Nase noch dabei, den Hauch von Kokosduft ihrer Haare zu verarbeiten. Nach einer minimalen Verzögerung, in der ich meine Systeme wieder bootete, antwortete ich ihr mit einem begeisterten: »Ja, fand ich auch!«

Unser erstes Straßenkonzert war zu Ende und ein voller Erfolg gewesen. Es wurden noch Münzen in die Sammeldose geworfen und einige gratulierten uns sogar zu unserem Auftritt. Ich sah Papa kurz mit Herrn Knötgen sprechen, bevor er zu uns rüberkam.

»Hey, Papa, cool, dass du gekommen bist!«

»Du glaubst doch nicht, dass ich mir den ersten Straßenauftritt meines Sohnes durch die Lappen gehen lasse, oder? Das hatte ich doch schon längst auf der Arbeit organisiert. Nur wusste ich bis zum letzten Moment nicht, ob es wegen Verkehr und Stau tatsächlich klappen würde.« Er seufzte. »Leider habe ich doch den Großteil verpasst.« Elli kam zu uns rüber und wollte auch gleich von Papa wissen, wie es ihm gefallen hatte. »Es war großartig, wirklich. Ihr wart perfekt zusammen!«, sagte er begeistert.

Die Menge zerstreute sich und wir fingen an abzubauen. Papa bot an, alles im Auto mit nach Hause zu nehmen, samt Fahrradanhänger und Smörfdiddy, sodass ich nur noch den Verstärker und die Mikrofonständer zur Schule zurückbringen musste. Deniz verabschiedete sich kurz darauf zum Training und auch Elli musste ziemlich bald weg, weil sie mit ihren Eltern etwas Dringendes zu erledigen hatte. Vorher zählten wir noch gemeinsam das Geld aus der Sammeldose. Wir kamen auf sechsundsiebzig Euro und dreiundzwanzig Cent, was wir überraschend viel fanden.

Gegen Ende des Konzerts hatte ich J. aus den Augen verloren. Kurz hatte ich sogar überlegt, ihn und Papa miteinander bekannt zu machen, doch die Idee hatte sich damit erübrigt. Auf der Suche nach ihm ließ ich meine Augen über den Spielplatz und den angrenzenden Park wandern, konnte ihn aber nirgends entdecken. Als meine Augen zurückwanderten, saß er wie aus dem Boden gewachsen an seinem gewohnten Platz. Ruhig und entspannt, wie er immer dort saß. Ich musste ihn wohl in der Aufregung übersehen haben. Elli schüttete das Geld aus der Dose in einen kleinen Stoffbeutel, den sie extra dafür mitgebracht hatte. Wir freuten uns darauf, J. das Geld zu überreichen, schließlich ahnte er von nichts.

»Hallo, ihr beiden«, sagte er, als wir bei ihm angekommen waren. »Ich würde mal behaupten, ihr habt das ganze Viertel gerockt! So sagt man doch heutzutage, nicht wahr? Es war ein wirkliches Vergnügen, euch zuschauen und zuhören zu dürfen.«

»Cool, danke«, freuten wir uns. »J., wir haben etwas Geld eingenommen, das wir dir schenken möchten«, platzte ich mit unserer Überraschung heraus, woraufhin er uns verwundert ansah.

»Nun, das ist in der Tat sehr nett von euch und ich schätze eure überaus großzügige Geste durchaus«, sagte er bedächtig. »Aber ich brauche wirklich nichts.« Wir waren beide etwas perplex und tauschten einen unschlüssigen Blick.

»Aber wir dachten, du …«, stotterte ich, »… also wir können verstehen, wenn du …«

»Es wäre eine wundervolle Geste der Großherzigkeit, wenn ihr vielleicht meinen Freunden Axel und Freddy mit dem Konzerterlös eine Freude machen könntet. Es würde ihnen eine kurze Zeit des Wohlergehens ermöglichen, die sie natürlich nach ihrem Geschmack gestalten dürfen«, schlug er umständlich vor. Im ersten Moment waren wir enttäuscht, doch Elli hielt sich nicht lange damit auf.

»Das ist in Ordnung für uns«, stimmte sie zu. Ich nickte gezwungenermaßen. »Hauptsache, jemand freut sich darüber. Bestellen Sie Ihren Freunden schöne Grüße von uns«, womit sie J. den kleinen, schweren Stoffbeutel reichte.

»Das werde ich tun. Ich habe später noch eine Verabredung mit einem der beiden und über euer Geschenk werden sie sich ganz sicher freuen.« Elli hatte recht. Es war doch egal, wem das Geld half. Es passte auch zu J., nichts zu brauchen und nichts anzunehmen, außer einem gelegentlichen Becher Kaffee. Ich hätte es wissen müssen. Es war eine nette Idee von uns gewesen, nur hatte sie nichts mit seinen Bedürfnissen zu tun, die mir bis auf seine Leidenschaft für Kaffee sowieso unbekannt waren.

»Tja, dann sagen wir mal Tschüss«, verabschiedete sich Elli fröhlich und wandte sich an mich. »Du musst die Sachen noch zurückbringen und ich schleunigst nach Hause.«

Nachdem Elli gegangen war, schleppte ich den Verstärker und die beiden Mikrofonständer gemächlich zurück zur Schule. Im Weggehen blickte ich mich noch einmal um, sah Inge ihren Kiosk für den Feierabend einräumen und die menschenleere Ecke, an der Elli und ich gestanden hatten. Nichts erinnerte mehr an die unvergessliche Stunde unseres Auftritts. Als ich die Ausrüstung zurück zu Herrn Gerlitsch gebracht hatte, beschloss ich, einen kleinen Umweg nach Hause zu gehen. Nach dem aufregenden Nachmittag hatte ich keine Lust auf die Stille daheim. Vielleicht konnte ich meine aufgescheuchten Gefühle bei einem Spaziergang besser sortieren.

Falls man so etwas wie eine emotionale Hüpfburg in sich haben konnte, dann hatte ich die definitiv. Durch unseren Auftritt irgendwie mit Endorphinen vollgepumpt, fühlte ich mich von den Haaren bis in die Zehennägel komplett durchgefreut. Am liebsten hätte ich Anlauf genommen und die ganze Welt umarmt. Ich konnte mich nicht erinnern, wann ich zuletzt so glücklich gewesen war. Mein Körper trabte nicht wie sonst schwer in seinen Sneakern, sondern fühlte sich an wie der eines Tänzers, der im Längsspagat durch die Luft segelte. Dieses unbeschwerte Gefühl verlieh mir eine ungewohnte Kraft. Ich zog die Schultern zurück und federte bei jedem Schritt.

War das immer noch ich, der da so beschwingt und locker durch die Gegend spazierte oder war das jemand anderes, der aus Versehen in mich hineingeschlüpft war? Ich wollte das Gefühl unbedingt festhalten, ohne es zu erschrecken. Ich hatte Angst, es könnte wie der Blitz verschwinden, wenn ich es mir zu sehr bewusst machte. Also ging ich weiter, federnd und leicht. Ich summte eines der Lieder vom Nachmittag und fühlte mich ... ja, wie eigentlich? Ich horchte doch mal kurz in mich hinein und schnell wieder weg. Die Antwort, die ich bekam, war, dass sich meine Gedanken und Gefühle perfekt mit meinem Körper gekoppelt hatten – ohne taube Stellen und verstopfte Leitungen. Mein Glücksfrequenzregler am Mischpult stand auf Maximum. Es war sensationell! Alles kam mir vor, wie ein verdammt guter Traum. Elli, ihre Stimme, unser gemeinsamer Auftritt, der Applaus ... ihre Umarmung und ihr Duft nach Kokosnuss ... Einfach irre!

Während ich so auf der Welle meiner Glücksgefühle dahinsurfte, zog sich das berauschende Gefühl urplötzlich und unerwartet zurück. Ich merkte, wie es sich von mir entfernte. So schnell es gekommen war, schien es wieder zu verschwinden. Ich stoppte mitten in meinem unbeschwerten Trab, weil ich hoffte, dieses tolle Gefühl am Weggehen zu hindern, wenn ich nur kurz stehenblieb. Doch die Empfindung, eine Feder zu sein, war meiner gewohnten Plumpheit gewichen.

Dieses vertraute Gefühl überrumpelte mich, setzte sich tonnenschwer auf mich und doch war etwas an ihm anders als sonst. Es fühlte sich schlimmer an, bedrohlich schlimmer! Mein Herzschlag kam ins Stolpern und ich schnappte nach Luft. Ich war maximal beunruhigt. Hektisch schlug ich mir mit der Hand auf die Brust und sog gierig Luft ein. Mein Magen zog sich zusammen und verdichtete sich zu einem Klumpen. Mir wurde schlecht. Irgendwas trieb Unfug in mir. Nicht gut. Gar nicht gut. Überhaupt nicht gut! Ich begann zu zucken, erst leicht, dann immer heftiger. Mit einem Mal wusste ich, was los war: Dynamo! Etwas hatte Dynamo geweckt!

Verdammt! Ich hatte nicht aufgepasst und meine übliche Wachsamkeit, was meine Gefühle anging, vernachlässigt. Wie ein naiver Trottel hatte ich mich von diesem Glückstaumel mitreißen lassen. Dynamo hatte mich ausgetrickst und ich war voll drauf reingefallen! Ich hatte ihn unterschätzt und zu eindimensional gedacht, indem ich nur in die eine Richtung Wache gehalten hatte. Immer hatte ich aufgepasst, dass ich keinen Kummer oder allzu große Sehnsucht zuließ, denn das, hatte ich geglaubt, würde Dynamo aufwecken. Nie hätte ich es für möglich gehalten, dass ein unbändiges Glücks- und Schwerelosigkeitsgefühl den gleichen Effekt auf ihn haben könnte. Das war zu raffiniert, um es vorauszuahnen. Es war jenseits meiner Vorstellung gewesen. Ich fing an, im Kopf auf ihn einzureden. *Dynamo, das kannst du nicht machen! Komm, sei ein lieber Drache und beruhige dich. Schscht! Leg dich wieder fein schlafen, alles ist gut. Ich bin wie immer.* Es half nichts. Je mehr ich mich bemühte, in eine neutrale Gefühlslage zu kommen, umso schlimmer wurde das unruhige Gefühl in mir. Ich kam mir vor wie in einer ägyptischen Grabkammer, in der ich aus Versehen den falschen Stein bewegt hatte und die Kammer unaufhaltsam mit Sand volllief, ohne dass es einen Fluchtweg gab.

Mein Mund war staubtrocken, mein Magen spielte verrückt. Etwas Unsichtbares quetschte meinen Brustkorb ein, dazu wurde es eng in meinem Hals, zu eng. Ich atmete flach und zuckte immer heftiger. Irgendein Hohlraum in mir füllte sich mit etwas Unerträglichem, ein anderer sog sich voll mit lähmender Angst, die ich nie hatte erleben wollen. Ich torkelte. Meine Augen brannten und taten höllisch weh. Etwas drückte von innen gegen meine Augäpfel. Ich bekam Panik. Um nicht aus der Gegenwart zu driften, flüsterte ich meinen Namen vor mich hin: »Jonas, Joonaas, ich heiße Jonas ... Mama? ... mein Name ist Jonas Bertrams ... ich bin vierzehn Jahre alt ... Dynamo ... Mama ... nein, bitte! Ich will nicht! Nicht jetzt!«

Alles verschwamm in meinem Kopf – Namen, Bilder, Gefühle. Dynamo begann sich zu seiner vollen Größe aufzurichten und breitete seine Flügel aus. Er testete seine Kraft. *Du bist zu groß, Dynamo, viel zu groß für mich, verstehst du? Ich halte dich nicht aus!* Er war nicht zu bremsen. *Sei brav. Roll dich wieder zusammen und schlaf ein*, bettelte ich ihn in Gedanken an. In meiner Verzweiflung sang ich ihm ein Schlaflied: »*Schlafe, mein Drache, schlaf ein, es ruh'n Schäfchen und Vögelein ...*« *Nein, nein, nein*, befahl ich mir selbst, *nicht an das Lied denken!* Das hatte Mama mir immer vorgesungen. *Denk an das Gegenteil!* Rammstein – ja, Rammstein war gut. Mit grober Stimme stammelte ich im Kopf irgendwelche Textfetzen aus ihren Liedern. Ich wollte brutal klingen, um Dynamo Angst einzujagen.

Dynamo ließ sich nichts sagen. Unerbittlich erwachte er zum Leben. Er war riesig, er war furchteinflößend ... und grausam. Erinnerungen bohrten sich wie Giftpfeile in mein Herz. Das Gift waren meine Gefühle – ich kannte ihr ätzendes Brennen. Ich wollte vor ihnen weglaufen, aber ich klemmte in meiner Angst fest. Dynamo peitschte mit dem Schwanz und reckte seinen Hals. Er gewann an Kraft. Ich konnte sogar sein schreckliches Grunzen hören. *Verflucht, Dynamo! Hörst du nicht?*, schrie ich im Kopf und schlug um mich. Um Dynamos Geräusche zu übertönen, zwang ich mich, bei meinem Rammstein-Gestammel noch tiefer, noch lauter, noch furchterregender zu klingen. Es half nichts.

Ich fühlte eine Druckblase in mir aufsteigen, die ich nicht stoppen konnte. Waren das all meine Gefühle, die Dynamo nicht mehr bewachte und jetzt bereit zum Ausbruch waren? Aus allen Richtungen spürte ich grausame Wellen auf mich zurollen, die sich zu einer riesigen Monsterwelle auftürmten. All diese Gefühle hatte ich immer in mir gehabt, aber sie in Dynamo und seinem Höhlenraum eingesperrt, damit sie mir nichts anhaben konnten. Verboten und vertrieben, verleugnet und verbannt. Ich hatte sie vom Lebendigsein abhalten wollen, aber sie hatten genug davon. Sie verlangten Beachtung. Tapfere, unterdrückte Gefühle, trotzig und mutig, die darum kämpften, erlebt zu werden. Jedes von ihnen ein verzweifelter Einzelkämpfer, aber zusammen waren sie übermächtig.

Panisch riss ich die Augen auf. Wo war ich überhaupt? Ich versuchte mich zu orientieren. Der Zaun hinter mir gehörte zu einem Friedhof, aber es war nicht Mamas Friedhof. Wie war ich da hingekommen und was wollte ich da? Was war an dem Tag vorher gewesen? Träumte ich oder war ich vielleicht gerade gestorben und befand mich auf einer unwirklichen Zwischenebene? Ich hörte vorbeifahrende Autos und entferntes Kirchenläuten. Wie spät war es? Die Blase, die von unten in mir hochstieg, quetschte meine Organe ein. Meine Ohren rauschten, meine Augen waren kurz vorm Platzen. Ich wollte mich übergeben und musste dringend pinkeln. Vielleicht war ich doch nicht tot. Ich stöhnte gequält, während ich weiter gegen meine Angst ankämpfte.

»Jonas?« Ich hörte meinen Namen. »Jonas!« Von irgendwoher rief jemand meinen Namen.

»Mama?«, rief ich ungläubig.

»Nein, ich bin's doch.« Jemand fasste mich an der Schulter. Es war Inge. »Jonas, was ist mit dir? Hast du so etwas wie einen Anfall?«, fragte sie bestürzt und zog Roland an der Leine zu sich heran.

»Nein, ich … ich … bin zu feige, Dynamo auszuhalten. Ich kann mich ihm nicht stellen, er ist übergroß!« Inges Hand glitt von meiner Schulter zu meinem Handgelenk. »Du kannst mir nicht helfen. Keiner kann mir helfen!« Meine Stimme klang schrill. »Lass mich los, ich muss weglaufen!« Verzweifelt wollte ich mich losreißen, doch Inge hielt mich fest. Sie war erstaunlich stark.

»Du bist ja ganz außer dir. Dein Gesicht ist knallrot und du scheinst Schüttelfrost zu haben«, sagte sie besorgt.

»Ist doch so was von egal! Wen interessiert das schon?«, schnauzte ich.

»Komm, sag mir, wo du wohnst. Ich bringe dich heim«, hörte ich sie sagen, während ich verbissen versuchte, mich aus ihrem Griff zu befreien. »Ist bei euch jemand zu Hause?«

»Ich hab kein Zuhause!«, brüllte ich sie an. »Meine Mutter ist tot und seitdem wohnt bei uns keiner mehr! Sie hat alles zusammengehalten, aber seit sie weg ist, sind wir lose! Kapierst du das nicht?« Ich starrte sie wutentbrannt an. »Meine Mutter … sie kommt nie mehr nach Hause! Mein Vater ist eine Insel und ich bin viele Inseln!« Der liebevolle Blick in Inges Augen gab mir den Rest. Meine Augen platzten und glühend heißes Wasser lief mir wie Lava übers Gesicht. Es fühlte sich an, als würde ich mein Innerstes durch die Augenlöcher auskotzen. Inge nahm mich in den Arm und ich ließ es zu. Ich spürte Roland fiepend an meinem Bein hochspringen. »Ich will zu J.! Nur J. kann mir helfen!«, schluchzte ich in ihren Oberarm.

»Dann komm«, sagte sie entschieden und zog mich mit sich.

Ich wusste nicht, wie lange wir gingen. Durch meine verwässerten Augen nahm ich die Umgebung nur undeutlich wahr. Geräusche schwollen an und wieder ab. Ich hatte keine Orientierung. Dafür hatte ich Inge an meiner Seite. *Bitte, Mama, lass J. da sein!*, flehte ich sie an. Ich merkte, wie sich der Sturm in mir weiter zusammenbraute und wusste, dass mein kurzer Ausbruch vor Inge nur ein erster Vorbote dessen gewesen war, was über mich hereinzubrechen drohte.

Meine Gefühle hatten luftdicht verschlossen vier Jahre auf ihre Zeit gewartet, bis ich versehentlich selbst in dieses Vakuum gestochen hatte. Es war soweit! Sie brachen aus wie wilde Pferde. Rannten den Zaun ein und trampelten sich wild entschlossen ihren Weg in die Freiheit. Unvorstellbar, diese entfesselte Herde ohne J. zu überleben. Papa würde mir auch nicht helfen können. Seine ramponierte Welt würde von meinem Ausbruch nur noch mehr Schlagseite bekommen, als sie es seit Mamas Tod ohnehin schon hatte.

Irgendwann in meiner verstörten inneren Abgeschiedenheit hörte ich vertraute Stimmen. Dazwischen ein helles, jugendliches Lachen und ein eher grobes Gegröle. J. war in der Nähe, ich konnte es spüren. Wir blieben stehen und ich fokussierte meine Augen. Wir waren auf dem Spielplatz. Auf einer Bank vor uns saßen J. und Axel, deren Unterhaltung bei unserem Eintreffen augenblicklich verstummte.

Inge räusperte sich. »Hallo, J., Jonas scheint etwas sehr Dringendes auf dem Herzen zu haben und wollte unbedingt zu dir und nicht nach Hause gebracht werden.«

»Oha, das sieht mir schwer nach Liebeskummer aus, oder, Junge?«, ergriff Axel das Wort und zwinkerte mir zu. Ich hätte mir gewünscht, es wäre so einfach gewesen.

»Vielleicht ist es auch etwas ganz anderes«, hörte ich J. mit seiner ruhigen Stimme sagen. »Axel, macht es dir etwas aus, wenn wir uns später weiter unterhalten?«

»Überhaupt nicht, Kumpel. Walte deines Amtes als Seelenretter und bring den Jungen wieder auf Vordermann.« Axel erhob sich ächzend und ging seiner Wege. Inge schob mich neben J. auf die Bank, tauschte noch einen Blick mit ihm, dann ging auch sie mit Roland an der Leine über den Spielplatz davon.

»Was ist geschehen?«, fragte J. und die zuversichtliche Ruhe in seiner Stimme ließ mich auf der Stelle in mich zusammenfallen.

»Scheiße, Mann, ich hab Dynamo geweckt, weil ich nach dem Straßenkonzert auf Wolke Sieben geschwebt bin!«, brach es aus mir heraus. Im selben Moment liefen meine Augen über. »Ich wusste nicht, dass der Desasterraum einen zweiten Ausgang hat. Eine versteckte Hintertür, die ich nie bemerkt hab!« Ich zog die Nase hoch und wischte mir mit dem Handrücken über die Augen. »Dynamo hat mit seiner fetten Wampe immer davor gelegen und sie verdeckt, damit ich sie ja nicht sehen konnte. Diese zweite Tür ist mir wirklich nie aufgefallen! Ich hab den Raum auch kein einziges Mal auf weitere Türen überprüft. Die Idee ist mir überhaupt nicht in den Sinn gekommen. Ich war so ein Idiot!« Wütend schlug ich mir an die Stirn.

»Hm«, machte J. nur und ich redete einfach weiter.

»Ich bin immer davon ausgegangen, dass der Desasterraum nur diese eine Tür hat, die gleichzeitig Eingang und Ausgang ist. Mann, wie blöd kann man sein? Ich hätte doch wissen müssen, wie raffiniert Dynamo ist. Er hat mich so was von eiskalt reingelegt und ich Vollpfosten falle natürlich prompt auf seinen miesen Trick rein!«

»Meinst du mit zweiter Tür, dass dein Drache nicht nur durch deine Kummergefühle aufgeschreckt werden konnte, sondern auch durch übermäßig schöne Gefühle?«, fragte J. sachlich.

»Ja!«, stöhnte ich.

»Vielleicht meint dein Drache es gut mit dir, dass er die zweite Tür freigegeben hat.«

»Spinnst du?«, platzte es unter Tränen aus mir heraus. »Dynamo ist kein Drache, der es gut mit einem meint. Und auch keiner von der Sorte, der zu einem schmusen kommt! Dynamo hat nur meinen Untergang im Sinn. Erst lässt er meine Gefühle auf mich los und dann, wenn ich so gut wie erledigt am Boden liege, fällt er über mich her. Nur das, verstehst du?« Ich sah J. durch meine verwässerten Augen an, um zu prüfen, ob er mich verstand. Sein Gesichtsausdruck ließ weder Verstehen noch Nichtverstehen erkennen. »Dann leckt er sich sein blutrünstiges Maul und verschwindet zufrieden.«

»Und was macht dein Drache jetzt gerade, während du hier sitzt?«, wollte J. wissen.

»Er ist wach und meine Gefühle laufen frei herum. Auf einmal sehe ich meine Mutter und alles kommt hoch, was ich nach ihrem Unfall nicht fühlen konnte … oder wollte.« Es fiel mir schwer, darüber zu reden. »Ich hab so viele Fragen ohne Antworten. Ich hab Gefühle, die ich nie wollte, weil sie so verdammt wehtun. Ich … hab Angst … eine Scheißangst vor all den grausamen Sachen in mir. Und Angst ist ein Arschloch … falls du es nicht weißt!«

»Nein, Angst ist ein Lügner. Sie ist kein Gefühl, selbst wenn sie sich in manchen Schreckmomenten als solches tarnt. Angst ist in Wahrheit eine Entscheidung. Keine Angst zu haben ebenso. Dazwischen liegt das bewusste Analysieren und die Wahl.«

Ich begann so heftig zu heulen, wie ich noch nie geheult hatte. Schnell hielt ich mir einen Arm vors Gesicht. Ich wollte mich selbst nicht so sehen. »Ehrlich, ich hab noch kein einziges Mal richtig wegen meiner Mutter geweint … ich … ich schäme mich so! Vielleicht denkt sie die ganze Zeit, es wäre mir egal, dass sie gestorben ist …« Ich spürte J. meine Schulter tätscheln. »Vielleicht ist sie enttäuscht von mir, weil sie mehr von mir erwartet hätte. Ich fühle mich wie ein Versager, weil ich ihr nicht genug bewiesen habe, wie viel sie mir bedeutet hat und wie sehr ich sie vermisse.

Aber sie hat immer lieb gelächelt, als sie noch als Engel im Traumraum war. Da konnte ich nichts davon merken ... also dass sie irgendwie nicht gut auf mich zu sprechen war. Vielleicht hat sie auch die ganze Zeit gewusst, wie ich mich gefühlt hab, auch wenn ich es nicht so zeigen konnte. Kann ja sein, dass sie in mich reingucken konnte.« Rotze lief mir aus der Nase und ich hoffte, dass kein Hirn mitkam. Sie schmeckte salzig, wie meine Tränen auch.

»Hältst du deine Zweifel und Sorgen für begründet oder könnte es nicht so sein, dass solche Gedanken vielmehr unserer begrenzten irdischen Vorstellungskraft entspringen, weil wir uns diese andere Dimension ohne Raum, Zeit und Körper nur schwer vorstellen können?«

»Woher soll ich das wissen? So Gedanken und Bilder turnen eben in mir herum. Wenn ich das jetzt nicht alles ausspreche, geh ich da dran kaputt«, schluchzte ich.

»Das eine schließt das andere nicht aus.«

»Ich vermisse sie so und mich quält die Frage, ob sie in dem Moment, als sie gestorben ist, an mich gedacht hat ... und ob ... ob sie immer noch an mich denkt. Ich wüsste einfach gerne, ob ich ihr noch etwas bedeute oder ob sie mich vergessen hat, da wo sie jetzt ist. Vielleicht ... hat sie da jemand ähnlichen wie mich ... und denkt gar nicht mehr an ihr Leben hier bei uns, verstehst du?«, hörte ich mich selbst sprechen und heulte weiter hemmungslos drauflos.

»Ich kann dir folgen«, sagte er bedächtig.

»Sie hat mir an unserem letzten Morgen, bevor ich zur Schule gegangen bin, wie immer gesagt, dass sie mich lieb hat. Und an dem Abend, vor dieser Feier, hat sie es auch noch mal gesagt ... Ich hoffe, sie hat das über den Weltenwechsel nicht vergessen ... Es ist schließlich schon so lange her und ich vergesse auch oft die einfachsten Sachen ...«, kroch es aus einer meiner verborgensten Ecken hervor.

»Glaubst du, jemanden Liebhaben gehört zu den einfachsten Sachen im Leben?«

»Gefühle kann man aber nicht sehen, wenn derjenige nicht mehr da ist! Es gibt keinen Beweis dafür – nichts, was ich anschauen könnte, wenn ich Zweifel hab. Ich kann ihre Liebe eben nicht wie eine Schachtel aus dem Regal nehmen und mich vergewissern.«

»Du trägst ihre Anwesenheit und ihre Liebe immer in dir. Du bist ein Teil von ihr, somit ist sie überall, wo du bist«, entgegnete J., was mehr wehtat, als es half.

»Ich halte die Erinnerung an sie nicht aus, jetzt, wo sie so richtig aufgetaucht ist. Ich sehe ihr Gesicht so deutlich, wie damals zuletzt mit zehn. Ich kann sie riechen, ihre Stimme hören und ... und ... ihr Lachen, als wäre sie immer noch da. Aber sie ist nicht mehr da. Ein anderer Teil in mir weiß das ... und der weiß auch darüber Bescheid, wie mir alles an ihr fehlt. Ich vermisse sie so hart. Ihre Fröhlichkeit und ihren Drive. Seitdem ist zu Hause alles so ... leblos.« Ich fuhr mir mit dem Ärmel übers Gesicht. Vier Jahre alte Tränen, die mir aus den Augen liefen und überraschend frisch schmeckten. Eine andere entsetzliche Erinnerung bahnte sich ihren Weg in mein Bewusstsein. »Meine Mutter hatte noch einen Rest Schnurrbartschminke von ihrer Hasenbemalung im Gesicht, als ... als sie schon tot im Krankenhaus auf der Liege im Neonlicht lag. Sie hätte friedlich ausgesehen, wie eingeschlafen, hat Papa am Morgen danach meiner Tante Corinna erzählt. Seitdem hab ich das Bild eines schlafenden Kaninchens im Kopf, aber als Bilderbuchfigur. Meine Mutter sieht als Tote in meiner Erinnerung aus wie Miffy, dieser weiße Zeichentrickhase«, ließ ich J. eines meiner schlimmsten Geheimnisse wissen. »Ich bin vierzehn und krieg Miffy nicht raus! Wie peinlich ist das? Dieser verflixte Hase verarscht mich seit vier Jahren! Sobald ich etwas mit Miffy sehe, auch wenn es nur ein Radierer ist, kippt sofort meine Stimmung.«

»Du bist mit einer blühenden Phantasie gesegnet, Jonas, die dir wundervolle Einfälle gibt, dich manchmal allerdings auch zu sehr in den Schwitzkasten nimmt, wenn ich mir erlauben darf, das zu sagen.«

»Damals, als meine Mutter gestorben ist, wusste ich nicht, wie Trauer geht, aber jetzt weiß ich es! Es tut einfach so saumäßig weh, wenn all deine Gefühle auf dich eindreschen. Sie kommen wie die Heuschrecken aus allen Richtungen angeschwirrt und fallen gnadenlos über dich her.« Meine Verzweiflung schlug ohne Vorboten in Wut um. »Es ist wie ein Krieg, der dir aufgezwungen wird. Du selbst bist nur ein Scheißopfer dieses Gefühlskriegs, der brutal und unfair ist, weil du absolut keine Waffen hast, um dich zu wehren. Du bist dazu verdonnert, alles kampflos über dich ergehen zu lassen, ohne dass du irgendwas dagegen tun kannst. Ich wollte es damals nicht und ich will es jetzt nicht: Dieses erbärmliche Gefühl, ohnmächtig zu sein. Du weißt nicht, wie ich das hasse!«

»Hm«, hörte ich J. brummen.

»Die brutale Erkenntnis, dass jemand für immer aus deinem Leben verschwunden ist, ist wie ein lebensfeindlicher Übergriff. Danach folgt Angriffswelle auf Angriffswelle von schrecklichen Gefühlen, die du aushalten musst. Ob du willst oder nicht! Auch wenn du denkst, du verreckst daran. Jeden Tag nach dem Aufwachen hoffst du, dass das alles nur ein echt beschissener Traum war. Aber nach zweimal Blinzeln fällt dir wieder ein, dass es wahr ist und du dein ganzes bescheuertes Leben neu lernen musst, weil alles, was du gewohnt bist, nicht mehr geht«, kam es verächtlich aus mir heraus. Diese Riesenwut in mir fühlte sich wie eine längst fällige Abrechnung mit der Vergangenheit an.

»So könnte man es vermutlich beschreiben. Verlust und Trauer sind ein untrennbarer Teil des Lebens. Es gibt kein Entkommen. Doch jeder Mensch empfindet Trauer auf seine Art, ohne dass es dafür Regeln oder allgemeingültige Beschreibungen gäbe«, fasste J. im Prinzip das zusammen, was ich mir selbst damals als Frage gestellt und auch so ähnlich beantwortet hatte. »Für manches im Leben reichen Worte nicht aus, um deutlich zu machen, was man tatsächlich empfindet oder sagen möchte.«

Während ich ihn reden hörte, explodierten in mir weiter Gedanken und Gefühle wie in einer Kettenreaktion, die mich zwangen, Worte für sie zu finden. »Ich hab Angst, dass ein Teil von mir für immer in der Zeit zwischen null und zehn eingefroren bleibt und nicht mitwächst. Dass ich aus zwei Hälften bestehe und deshalb nur halb real bin.«

»Das wäre nur dann der Fall, wenn du selbst diesen Teil in der damaligen Zeit gefangen hältst und ihn am Mitwachsen hinderst.«

»Was hab ich damit zu tun? Der Teil von mir macht, was er will, wie du siehst! Wenn er sich wie jetzt kurz zeigt und sich dann hoffentlich wieder verzieht, weil ich ihn nicht aushalte.«

»Könnte es nicht so sein, dass du selbst es bist, der das entscheidet?«

»Ich? Nein! Der Teil mit all meinen Gefühlen um meine Mutter ist ein Gesetzloser, der auf keinen hört. Deshalb hab ich doch auch so brutal Angst vor ihm. Ich merke doch, wie er mich innerlich zerfetzt, weil er all das ist, was ich nicht erleben will.«

»Vielleicht hat sich dieser Teil mittlerweile auch schon ziemlich ausgetobt, nachdem du nun einiges an Unterdrücktem zugelassen und durchlebt hast. Du hast Unausgesprochenes in Worte verpackt und hast sie jemandem, in dem Fall mir, mitgeteilt.« Seine Augen waren wie ruhige Seen, als er mich ansah. »Fühlt es sich nicht vielleicht schon ein wenig so an, als hätte dieser verborgene Teil in dir einen Großteil seiner aufgestauten Energie verloren?«

»Weiß nicht«, antwortete ich schulterzuckend und nahm einen stotternden Atemzug. »Es fühlt sich eher so an, als wäre ich von innen komplett aufgeschlitzt. Ich heule zwar ununterbrochen, aber in Wahrheit blutet mein Herz in Strömen. Es stirbt gerade ab.«

»Dein Herz stirbt nicht ab. Es passt sich nur den Dingen an, die du in deinem Leben durchlebst. Das kann sich durchaus schon mal schlimm anfühlen«, sagte J. gelassen. »Ich höre dein Herz jetzt in diesem Moment.«

»Und was sagt es?«

»Das, was du auch hörst.«

Eine erneute Tränenwelle schoss mir in die Augen und meine Nase wollte auch nicht klein beigeben. J. reichte mir ein riesiges, kariertes Stofftaschentuch, von wo auch immer er das hergezaubert hatte. Es roch nach etwas seltsam Vertrautem. Etwas, das mich kurz tröstlich ablenkte. »Dein Taschentuch riecht nach Speckmaus«, schluchzte ich aus dem Stofflappen heraus.

J. griff in seine Jackentasche und förderte zwei weiße Speckmäuse zutage, die er mir nebeneinander auf seiner Handfläche hinhielt. »Die eine ist für dich, die andere für mich«, sagte er mit einem verschmitzten Lächeln.

»Wieso hast du Speckmäuse dabei?«, fragte ich verwundert und nahm mir eine.

»Speckmäuse scheinen in guten wie in schlechten Zeiten eine Art Universaltherapeutikum zu sein. Soweit ich das beobachten konnte, vergrößern sie das Wohlbefinden und entspannen in Stresszuständen«, bemerkte er trocken, bevor er beherzt in den Kopf der Maus biss, an ihrem Ende zog, bis sie doppelt so lang und halb so dünn war, und sie sich genüsslich in den Mund gleiten ließ.

»Du hast dir bei unseren Treffen doch nicht etwa gemerkt, wie ich Speckmäuse esse, oder?« Ungläubig starrte ich ihn an und vergaß für einen Moment meinen Kummer.

»Boch, wie bu wieft«, nuschelte er kauend.

»Du bist der unglaublichste Mensch, den ich kenne«, sagte ich schniefend, behielt meine Speckmaus jedoch in der Hand. Mir war nicht nach Essen.

»Hm«, antwortete J. unbeeindruckt, bevor er den Rest seiner Speckmaus runterschluckte und mich erneut mit seiner beruhigenden Stimme einlullte. »Vielleicht wäre es heilsam, wenn du all die Dinge aus den Tiefen deines Inneren an die Oberfläche kommen lässt. Schau sie dir an, fühle sie und fürchte sie nicht. Versuche alles genau so zu sehen und anzunehmen, wie es ist. Mit der Zeit kann daraus vielleicht eine tiefere Ordnung erwachsen.«

»Ich will aber nicht!«

»Auch das Gefühl gehört dazu. Genauso wie die Phasen der Verzweiflung, der Wut und der deprimierenden Traurigkeit. Wenn du all diese Gefühle durchlebst und sie annimmst, anstatt vor ihnen zu fliehen oder dich mit anderen Dingen von ihnen abzulenken, ist die Wahrscheinlichkeit hoch, dass du sie irgendwann loslassen kannst.«

»Klar, das wäre schön«, sagte ich ausdruckslos.

»Vor der Läuterung muss die Pein liegen. Genauer gesagt: Ohne Schmerz keine Heilung. Wenn du den Schmerz nicht durchleben willst, bleibt er für immer in dir eingeschlossen und belastet dich ein Leben lang.«

»Ist doch einfach nur Scheiße!«

»Das Leben bewertet nicht. Es verlangt nur von dir, dass du gewisse Prozesse durchläufst, damit du dich weiterentwickeln kannst. Alle Emotionsphasen müssen durchlebt werden. Man kann keine auslassen oder überspringen oder die Realität im Kopf nachträglich korrigieren.«

»Schade aber auch.«

»Wenn du versuchst, eine der Emotionsphasen zu überspringen, verursacht es eine Art Riss in deiner persönlichen Entwicklung. Dieser Riss hält dich dort an der Stelle, wo du aus Furcht oder Bequemlichkeit über etwas hinweggegangen bist, für immer fest.«

»Was du sagst, beschreibt genau meine Angst, ein Teil von mir könnte in der Vergangenheit festgefroren bleiben.«

»Verstehen macht dich schlau und Erleben macht dich schlau.« J. zwinkerte mir aufmunternd zu.

Ich hatte gar nicht gemerkt, wie es im Laufe unseres Gesprächs nach und nach ruhiger in mir geworden war. Die Wellen hatten sich tatsächlich gelegt, auch wenn ich mich vollkommen ausgepumpt fühlte. Weinen war ein schwieriger Zustand. Es kostete Überwindung, es war anstrengend und erniedrigend, aber danach war alles klarer.

»Meinst du nicht, es wäre an der Zeit, deinen Drachen aus seiner Höhle zu entlassen?«, unterbrach J. meine Gedanken.

»Du meinst, Dynamo lässt sich einfach so wegschicken?« Sein Vorschlag ließ einen winzigen Hoffnungsschimmer in mir aufflackern.

»Vielleicht ist er sogar froh darüber, wenn du ihm seine Freiheit zurückgibst und er aus seiner Höhle herausdarf.«

»Wie meinst du das?«

»Möglicherweise ist er nicht ganz freiwillig all die Jahre dort in deinem Desasterraum eingesperrt.«

»Willst du damit sagen, dass nicht er sich da dreist eingenistet hat, sondern dass ich ihn da drin gefangen gehalten habe?« Der Gedanke war für mich genauso befremdlich wie faszinierend.

»Nun, es ist als Möglichkeit nicht auszuschließen, nicht wahr? Vielleicht solltest du dir bei Gelegenheit ein paar Gedanken darüber machen oder deinem Drachen schlicht einen Besuch abstatten.«

»Okay«, brummte ich freudlos.

»Vielleicht erinnerst du dich an eines unserer Gespräche über Illusionen, in dem es darum ging, dass wir selbst die Betrachtungsweisen und Überzeugungen in unserem Leben bestimmen. Wir sind die Schöpfer unserer Realität und auch unserer Träume.« J. versenkte seine klaren Augen in meinen und ich hakte mich an ihnen fest wie an einem Rettungsring. »Darum sind wir selbst auch diejenigen, die Illusionen verändern können, wenn sie ausgedient haben oder uns nicht mehr gut tun. Wir können alte ablegen und neue erschaffen, wie es uns behagt. In unserem eigenen Universum sind wir der Boss.«

Während ich ihm zuhörte, fühlte ich eine neue Welle von unten in mir hochrollen. Verdammt! Es war noch immer nicht vorbei. Ich schluckte und drückte mir mit den Fingern die Augen zu, um die Welle am Rausschwappen zu hindern. Doch bei dem Gedanken, in den Desasterraum zu gehen und einem wachen Dynamo zu begegnen, überrollte mich die pure Panik. Gleichzeitig lockte mich die Vorstellung, Dynamo könnte vielleicht für immer verschwinden und ich endlich frei sein. Ich musste mich nur noch ein einziges Mal überwinden und all meinen Mut zusammennehmen, dann wäre das Kapitel Desasterraum vielleicht für immer beendet. J.s Worte verursachten in mir ein schwindelerregendes Gefühl der Vorfreude. Wassermassen bahnten sich an und ich ließ sie willenlos laufen. Ich kam mir vor wie eine Regentonne, deren Hahn jemand aufgedreht hatte und die unkontrolliert auslief.

»Weinst du jetzt um dein Haustier, weil es vielleicht von dir weg möchte?«, fragte J. nach einer Weile und zwinkerte mir zu. Sollte wohl witzig gemeint sein, aber der Satz zog mir komplett den Stecker. Ich verlor jegliches Zeitgefühl und wusste nicht, ob ich danach eine Minute oder eine Stunde durchheulte. Irgendwann war ich offenbar trockengelaufen.

»Ich hab Durst«, teilte ich ihm mit, als ich J. durch meine verquollenen Augen ansah. Er griff in seinen Rucksack und kramte gemächlich zwei Trinktütchen hervor. Es hätte mich kein bisschen gewundert, wenn er auch noch eine Gitarre von irgendwo hervorgezogen hätte. Ich nahm mir eins, rammte den Strohhalm in die

Aluminiumhaut und trank es gierig in einem Zug leer. »Danke«, rülpste ich und entschuldigte mich sofort für meinen unkontrollierten Reflex.

J. war noch dabei, den Strohhalm aus der Plastikverpackung zu friemeln. Ich sah ihm zu, wie er danach unbeholfen versuchte, den Strohhalm in die Aluminiumwand zu bohren. Es endete damit, dass er versehentlich durch die Vorder- und Rückwand stach, woraufhin ihm ein Schwall klebriger Brühe durch die Finger auf die Hose lief. Durch beide Wände zu bohren, war ein typischer Anfängerfehler. Ich half ihm.

»Bei weitem nicht so einfach, wie es aussieht«, kommentierte er seinen misslungenen Versuch und nahm einen vorsichtigen Zug. »Nicht schlecht«, sagte er schluckend, »aber zu süß für mich«, womit er mir sein Tütchen reichte.

»Sagt der, der sechs Ladungen Zucker in seinem Kaffee trinkt!« Ich nahm sein Angebot dankbar an, tauschte die Strohhalme und trank seins ebenfalls aus.

»Apropos, Kaffee«, meldete sich sein Koffein-Bedürfnis. »Ich denke, den werde ich mir jetzt irgendwo besorgen. Und du solltest dich zu Hause etwas ausruhen. Du warst sehr tapfer.« Seine Augen ruhten auf meinem Gesicht. Peinlich berührt schaute ich auf meine Knie und lief rot an. Ich hatte ihm stundenlang die Hucke vollgeheult und schämte mich plötzlich, dass ich mich so gehengelassen hatte. »Alles hat seine Zeit«, sagte er, als hätte er meine Gedanken gelesen. »Heute war vermutlich ein bedeutsamer Tag in deinem Leben und du kannst stolz auf dich sein. In jeder Hinsicht.«

Damit erhob er sich von der Bank und ich taumelte ebenfalls auf die Beine. Ich fühlte mich schlapp und ausgelaugt, aber mein Gefühl für die Gegenwart war ungewöhnlich wach. J. schulterte seinen Rucksack, während ich unschlüssig neben ihm stand. Ich hatte das Gefühl, noch etwas sagen zu müssen.

»Äh, J.?«

»Hm?«

»Danke!« Er nickte freundlich, klopfte mir zur Verabschiedung auf die Schulter und ging über den Spielplatz davon.

Den Heimweg legte ich in einer seltsam feierlichen Stimmung zurück. Etwas Tonnenschweres war von mir abgefallen und hatte statt einer Lücke neuen Raum geschaffen. Wie klobige Möbelstücke, die schon lange unnötig Platz im Haus weggenommen hatten und längst hätten ausrangiert werden sollen. Ich fühlte mich, als hätte jemand nach dem Möbelausräumen auch gründlich Hausputz gemacht. Alle Fenster und Türen aufgerissen, um die Räume nach langer Zeit mit frischer Luft und Tageslicht zu fluten.

Papa war noch nicht zu Hause. Ich erinnerte mich, dass er nach dem Konzert noch einkaufen und zu Stavros zum Haareschneiden gehen wollte. Nachdem ich zwei Gläser Wasser auf ex getrunken hatte, ging ich duschen. Es tat gut, den Tag mit allem, was er mir abverlangt und auch geschenkt hatte, abzuspülen. Danach fühlte ich mich besser, auch wenn ich noch eine letzte Sache zu erledigen hatte, bevor ich wirklich Frieden in mir haben würde. Bei dem bloßen Gedanken schrumpften mir die Eingeweide. Egal, ich wollte es hinter mich bringen!

Entschlossen ging ich in mein Zimmer und setzte mich aufs Bett. Ich hätte gerne Smörfdiddy neben mir gehabt, doch der war noch mit Papa unterwegs. Ich lehnte mich zurück, holte tief Luft und ging konzentriert durch die Prozedur des Zugangscodes zum Desasterraum. Zum letzten Mal, wenn alles gut ging. Kurz darauf stand ich vor der schweren Eingangstür. Der Riegel war wie immer vorgeschoben. Logisch, schließlich waren all meine Gefühle durch die Hintertür ausgebüxt. Insgeheim hoffte ich, dass Dynamo auf die gleiche Idee gekommen war und ich den Raum leer vorfand. Langsam schob ich den Riegel beiseite und stieß die Tür Zentimeter für Zentimeter auf. Der Raum schien heller als sonst. Ich sah Dynamo wie immer auf der gegenüberliegenden Seite des Raums, aber er schlief zum ersten Mal nicht. Er hatte den Kopf in meine Richtung gedreht und sah mich aufmerksam an, als hätte er mich erwartet. Angst kroch in mir hoch, packte mir an den Hals und nahm mich in den Würgegriff. Mir wurde kotzschlecht. *Reiß dich zusammen!*, befahl ich mir. *Rede mit ihm! Du bist hier der Boss. Er hat zu tun, was du ihm befiehlst!*

Dennoch überkam mich der Gedanke, dass ich Dynamo auch etwas schuldete. Wie ein treuer, wenn auch furchteinflößender Wächter hatte er über meine Gefühle gewacht und sie für mich in Schach gehalten. Das hätte nicht jeder getan. Nie hatte ich ein gutes Wort für ihn gehabt. Hatte ihn immer nur gefürchtet und verachtet. Seine Dienste hatte ich wie selbstverständlich all die Jahre in Anspruch genommen, aber seine Existenz nie wertgeschätzt. Plötzlich wich der Teil in mir, der im Desasterraum als energischer Befehlsgeber auftreten wollte, einem Teil, der wie ein Freund sein wollte. Ich wusste allerdings nicht, wie Dynamo darüber dachte. Woher sollte ich wissen, ob er tatsächlich nur diese von mir unterstellte zerstörerische Seite hatte? Die pure Absicht, mich zu erledigen. Was, wenn er wirklich nur froh war, seine Verantwortung los zu sein und weggehen zu dürfen? Für mich war sein Job erfüllt, aber würde er das genauso sehen? Ich blickte genauer zu Dynamo hinüber und sah, dass auch er mich aufmerksam mit seinen Augen taxierte. Bei genauerer Betrachtung fiel mir auf, dass er nicht feindselig, sondern eher neugierig und erwartungsvoll zu mir herüberschaute. Vorsichtig wagte ich mich ein paar Schritte in den Raum hinein. Dynamo behielt ich dabei im Auge.

Auf einmal bewegte er sich und trottete auf mich zu. Mein Herz rutschte aus seiner Verankerung und landete mit einem *Rums!* irgendwo in der Magengegend. Er schnaufte laut. Ich wollte weglaufen, aber etwas ließ mich wie angewurzelt auf der Stelle stehenbleiben. War es meine Angst, die mich lähmte, oder war es mein verzweifelter Wunsch, Dynamo zu begegnen und ihn oder mich ein für alle Mal auszulöschen, je nachdem wie es ausging? Dynamo kam näher und näher, bis mich ein plötzlicher Atemstoß aus seinen Nüstern gegen die Wand blies. Verängstigt sackte ich rücklings an ihr entlang auf den Boden und war auf das Schlimmste gefasst. Ich wusste, Dynamos Terrorherrschaft würde, egal wie die Begegnung endete, gleich vorbei sein. Er kam noch näher. Ich schloss die Augen. Ich konnte seinen Atem im Gesicht spüren, doch nichts passierte. Vorsichtig blinzelte ich durch einen Wimpernschlitz. Ich sah, wie er seinen Hals langsam zu mir herunterbeugte, seinen riesigen Kopf vorschob und an mir schnupperte. Mein Herz stand still. Sachte stupste er mich mit seinen Nüstern an die Schulter, dann drehte er den Kopf Richtung Tür und ging. Im Weggehen schrumpfte er erst auf die Größe eines Leguans, dann einer Eidechse und schließlich war er verschwunden.

Wo war meine Angst? Ich spürte sie nicht mehr. Ein letztes Mal sah ich mich im leeren Desasterraum um, bevor ich ihn für immer verließ. Ich ließ die Tür offen und war frei. Danke, Dynamoterror dynastes – Mächtiger Herrscher der Angst, dass du da warst und mir treu gedient hast. Auch wenn mich deine Existenz und die Angst vor dir all die Jahre gequält haben.

25

Seit unserem Straßenkonzert und meinem anschließenden Zusammenbruch waren ein paar Tage vergangen. Alles in mir fühlte sich seitdem echter an und ich war empfunden, voll da. Manchmal passierte es, dass eine tiefe Traurigkeit durch mich durchvibrierte, wenn ich an Mama dachte, aber ich blieb nicht draufhängen. Vielleicht, weil ich keine Angst mehr vor ihr hatte. An einem Abend hatte ich mich sogar getraut, intensiv an Mama zu denken. Ich hatte zugelassen, dass sie mir fehlte und ziemlich viel geheult. Nicht solche Wasserfälle wie an dem Nachmittag mit J., aber doch genug, um wenig später auf einem nassen Kopfkissen einzuschlafen. Ich schuldete Mama und mir vier Jahre Ehrlichkeit, die mit einmal Auseinanderfallen nicht erledigt waren. Ich wollte definitiv keinen Riss in mir und auch keine eingefrorenen Teile. Deshalb hatte ich mir vorgenommen, alles so lange zuzulassen, bis es für mich genug war. Schmerz heilt Schmerz, hatte J. gesagt. Es war dann vorbei, wenn es vorbei war. Vielleicht auch nie. Mit diesem neuen, echten Gefühl ging ich an dem Nachmittag in den Keller, wo ich mich eine gefühlte Ewigkeit in Papas Musik verlor. Ich ließ mich von den Frequenzen berauschen, sang lauthals mit und geriet beim Tanzen in einen tranceähnlichen Zustand. Getragen von den Beats spürte ich die Bässe durch meinen Körper wummern. Irgendwann bekam ich von zu viel Bass im Bauch Hunger und ging hoch in die Küche. Auf dem Weg durch den Flur fischte ich mein Handy aus der Jackentasche und war überrascht, als das Display drei entgangene Anrufe und eine Nachricht von Elli zeigte. »*Ruf mich bitte soooforrrt an!!*«, las ich, als meine Finger bereits im Anrufspeicher herumtippten. Etwas musste passiert sein. Nach zweimal Klingeln ging sie dran.

»Hi, El...«, weiter kam ich nicht.

»Mann, Jonas, endlich!«, rief sie aufgebracht.

»Entschuldige, ich war ...«

»Hör zu«, unterbrach sie mich, »in Sachen Raffa und Kiosk gibt es Horrorneuigkeiten! Heute Nachmittag ist Cille zusammen mit ihrem Bruder Anton zum Fahrradladen gefahren, um sein brandneues Fahrrad abzuholen. Der gleiche Laden, in dem auch Vince jobbt. Als sie im Innenhof auf Anton gewartet hat, wollte sie mit Kopfhörern Musik von ihrem Handy hören ...«

»Elli, lass ...«, keine Chance, sie zu unterbrechen.

»Nach einer Minute war ihr Akku tot, was echt voll nervig ...«

»Elli, bitte! Komm zum Punkt. Ich muss wissen, was los ist.«

»Ja, okay, sorry ... Jedenfalls kam es dann, dass sie trotz Kopfhörern auf den Ohren plötzlich eine bekannte Stimme hinter so einem Container gehört hat. Die Stimme hat zwar ganz leise und gedämpft gesprochen, aber Cille ist ja nicht blöd und hat sich näher drangestellt. Natürlich ohne ihre Kopfhörer abzuziehen, damit sie immer noch unauffällig wirkte, falls jemand sie dabei gesehen hätte ... und rate mal, wessen Stimme das war.« Elli sog hörbar die Luft ein. »Es war Vince!«

»Was genau hat Cille gehört?«, fragte ich ungeduldig.

»Halt lauter so abgehackte Brocken, wie ... *Echt? ... Diese Woche schon? ... Mit dem Benzin geht klar ... Handschuhe, logisch! ... Der kommt auch mit? Hat Siggi das gesagt?* ... Die Kurzversion ist die: In der Nacht von Donnerstag auf Freitag, zwei Uhr, Inges Kiosk ausrauben, anstecken und abhauen.«

»Fuck, verdammt!«, fluchte ich. Das kam absolut unerwartet! Ich war davon ausgegangen, dass sich die Bande ihre hirnrissige Idee spätestens nach dem Zwischenfall im Park aus dem Kopf geschlagen hatte.

»Was sollen wir jetzt machen?«, hörte ich Elli fragen.

»Nichts so Leichtsinniges wie beim letzten Mal, so viel steht fest«, sagte ich überzeugt, wo ich doch von unserer letzten Spontanaktion die Nase noch gestrichen voll hatte.

»Polizei?«

»Elli, ich muss nachdenken und am besten mit J. darüber reden.« Hastig schaute ich auf den Wandkalender in unserer Küche. »Heute ist Montag und bis Donnerstag sind es noch drei Tage. Ich halte dich auf dem Laufenden und du mich auch, falls du noch mehr erfährst, okay?«

»Alles klar«, antwortete Elli und legte auf. Die Küchenuhr zeigte kurz nach vier, es war also noch helllichter Nachmittag. Die Chancen standen gut, dass J. am Spielplatz oder im Park war, falls er denn überhaupt da war. Seit dem Straßenauftritt hatten wir uns nur einmal gesehen, als ich ihm von Dynamos Freilassung und der Auflösung des Desasterraums erzählt hatte, aber das war einige Tage her.

Ich beeilte mich, zum Spielplatz zu kommen, und joggte sogar die halbe Strecke, weil ich es kaum abwarten konnte, herauszufinden, ob J. da war oder nicht. Er ging immer alles gelassen und mit Vernunft an, weshalb ich meine ganze Hoffnung auf ihn setzte. Tatsächlich hatte ich kurz überlegt, Papa alles zu erzählen. Doch ich ließ es bei der Idee. Zu viele Fragen, zu viele väterliche Sorgen, zu viele Geheimnisse, die ich hätte preisgeben müssen. Außerdem hatte er eindeutig zu viel Trauer in den Knochen, um sich noch mit meinen Problemen herumzuschlagen.

Für wie blöd hielten Raffa und seine Truppe uns eigentlich? Dachten sie allen Ernstes, über unsere Erinnerung an ihren miesen Plan sei dickes Gras gewachsen, nur weil sie eine Zeitlang abgewartet hatten? Man sollte eben nie von sich auf andere schließen, besonders wenn es um Blödheit ging, beschwor ich Raffa. Während ich meinen Gedanken im Kopf zugehört hatte, näherte ich mich dem Spielplatz. Ich stellte meine Augen auf Fernsicht und überflog in Windeseile das Gelände. Tatsächlich, J. saß auf seinem gewohnten Platz. Mann, hatte ich ein Glück!

»Hi, J., gut, dass du da bist!«, japste ich ihm entgegen, bevor ich mich neben ihn fallen ließ.

»Ist etwas passiert oder wolltest du nur Sport machen?«

»Keine Zeit für Späße«, keuchte ich. »Stell dir vor, Ellis Freundin Cille hat durch ein belauschtes Gespräch erfahren, dass Siggi, Raffa und die Gang in der Nacht von Donnerstag auf Freitag Inges Kiosk ausplündern und abfackeln wollen. Sie machen tatsächlich Ernst! Was sollen wir jetzt machen? Inge Bescheid sagen oder gleich zur Polizei gehen?«

»Ich nehme an, du hast keine Beweise für deine Vermutung, richtig?« Ihn schien die Nachricht nicht weiter zu beunruhigen, wie ich verwundert feststellte.

»Natürlich nicht, aber es muss doch reichen, wenn man die Absicht einer Straftat meldet. Dann wird die Polizei der Sache doch nachgehen müssen.«

»Ich denke schon.«

»Gut, dann können wir den Einbruch vielleicht mithilfe der Polizei verhindern.« Mir fiel ein Stein vom Herzen.

»Nun«, sagte J. und an seiner Stimme hörte ich bereits, dass er eine ganz andere Idee im Kopf verfolgte, »wie wäre es, wenn du Raffa den Plan ausredest?«

»Wie bitte? Ausgerechnet ich soll Raffa davon abbringen? Dir ist schon klar, dass ich dafür die absolute Fehlbesetzung bin, oder?«

»Vielleicht bist du der Einzige, der sowohl den Grips als auch den Mumm hat, es zu versuchen. Wer weiß, vielleicht kannst du ihn durch kluge Argumente dazu bringen, von seinem Vorhaben abzulassen«, untermauerte er seinen absurden Vorschlag.

»Aber warum? Selbst jemand wie Raffa wird wissen, dass ein Einbruch schwerwiegende Folgen für alle Beteiligten haben kann. Wenn die Sache schiefgeht, versaut er sich eben seine Zukunft. Das hat er sich dann selbst eingebrockt. Niemand zwingt ihn dazu, etwas Kriminelles zu machen. Freier Wille, wie du immer sagst.«

»Sicher«, sagte J. ruhig.

»Und freier Wille ist'ne *Bitch*, wenn du dumm bist! Und wie dumm Raffa ist, siehst du an dem hirnrissigen Plan, den er durchziehen will. Ist also sein Problem, nicht meins.«

»Fühlst du dich nicht bemüßigt, ihn etwas von deinem Wissen spüren zu lassen? Ihm eine Demonstration deiner Kraft zu geben, wo du doch meist das Gefühl hast, ihm unterlegen zu sein?«

»Du meinst, ich soll meinen Verstand gegenüber seinen miesen Absichten einsetzen?«

»Es wäre zumindest einen Versuch wert. Du könntest Raffa möglicherweise vor Schlimmerem bewahren und dir selbst Achtung in der Gang verschaffen.«

»Aber was hat Raffa je für mich getan, außer mich zu schikanieren, zu quälen und mir zwanzig Euro zu klauen, die ich ihm nur Dank deiner Hilfe abluchsen konnte, dass ich ihm so einen Gefallen tun sollte?«

J. hob abwehrend die Hände. »Ich hatte damit nicht das Geringste zu tun. Das hast du nur dir selbst zu verdanken.« Ich glaubte ihm ausnahmsweise nicht.

»Ich schulde ihm nichts. Im Gegenteil, ich hab allen Grund, ihm die Hölle zu wünschen. Aber weißt du was, ich wünsche ihm gar nichts. Er soll mir nur aus der Sonne gehen!«

»Das hat Diogenes angeblich auch zu Alexander dem Großen gesagt«, bemerkte J. schmunzelnd.

»Und wer war jetzt noch mal Diogenes?«, fragte ich aus reiner Höflichkeit, denn im Grunde interessierte es mich in meiner aufgewühlten Verfassung einen Furz.

»Diogenes war ein griechischer Philosoph, der den Überlieferungen zufolge in einer Tonne lebte.«

»Mal ehrlich, im Zusammenhang mit Raffa über griechische Philosophen zu reden, ist wie … auf einer Death Metal Party Schlager aufzulegen. Passt so gar nicht.« Ich fing an, mich richtig aufzuregen.

»Du hast doch das Zitat gewählt, ohne zu wissen, dass es weltberühmt ist«, verteidigte sich J. amüsiert, was mich noch mehr zur Weißglut brachte. »Sieh dich nur an!«, sagte er lachend.

»Wie denn? Ich hab dummerweise keinen Wandspiegel in der Hosentasche«, gab ich pampig zurück.

»Wieviel Wut und Energie du in diesen Raffa steckst. Ist er es wert, dass du dich emotional so verausgabst?«

»Keine Ahnung«, sagte ich gereizt. »Aber Raffa helfen, klingt wie: Liebe deine Feinde. Hab ich echt keinen Bock drauf!«

»Nein, nicht lieben, allerdings auch keine wertvolle Eigenenergie sinnlos an Raffa verschwenden. Das führt zu keinem Ergebnis, außer dass er im übertragenen Sinne deine Energie frisst, die du besser für sinnstiftende Dinge einsetzen solltest.«

»Was meinst du mit Eigenenergie verplempern? Ich unternehme doch gar nichts, bei dem ich Energie verlieren könnte, außer dass ich Wut auf Raffa hab, ihn nicht leiden kann und deshalb auch nichts für ihn tun will.«

»Wenn man Emotionen als eine Form von menschlicher Energie betrachtet, so sind Wut und Ärger ebenso Energieträger wie Liebe oder Freude. Simple mentale Physik, wenn du so willst.« *Er würde sich garantiert gut mit Papa verstehen*, meldete meine innere Stimme aus dem Off. »Der Energie ist es grundsätzlich egal, wofür wir sie nutzen. Sie ist einfach da. Ähnlich wie Strom, nur eben nicht unerschöpflich. Mit unserer Art zu denken und zu fühlen geben wir der Energie erst eine Bestimmung. Die kann entweder sinnvoller oder sinnloser Natur sein. Je nachdem, für was wir sie einsetzen.«

»Willst du darauf hinaus, dass man seine Energie auf ein bestimmtes Ziel lenken soll?«

»Richtig, denn setzt du sie zweckgebunden ein, bewirkst du vielleicht etwas im Ergebnis und behältst deine Energie. Im besten Fall gewinnst du sogar noch welche hinzu. Zerstörerische Energien wie Wut, Hass oder Neid sind wahre Energiefresser, solange sie am Aktionshorizont an nichts Konstruktives gebunden sind. Behältst du sie in dir, ohne sie in etwas Zielführendes umzuwandeln, stauen sie sich auf und schwächen dich auf Sicht.«

»Du meinst, ich soll meine Wutenergie sinnvoll nutzen und mit meinen Fähigkeiten etwas gegen Raffa unternehmen, anstatt ihn nur zu hassen und dadurch meine Energie sinnlos zu verschleudern?«

»Schon. Analysiere Wut und du wirst feststellen, dass Wut nichts anderes ist als nicht respektierte Grenzen. Aber Wut ist auch eine sehr starke Kraft, die du dir zunutze machen kannst. Überzeuge Raffa von deiner Stärke, dann musst du keine negative Energie mehr in ihn hineinstecken, die man durchaus als Fehlinvestition betrachten könnte«, fasste J. das Gesagte noch mal für den praktischen Gebrauch zusammen.

»Aber du hast ihm neulich am Spielplatz, als er uns blöd angemacht hat, auch nichts von deiner Überlegenheit gezeigt. Warum sollte ich das jetzt tun?« Ich war genervt und wollte mich keinesfalls so einfach geschlagen geben.

J. sah mich ernst an. »Du bist derjenige, der etwas lernen soll. In dem Fall, Raffa anders überlegen zu sein, als er es kennt. Was Raffa daraus lernt, spielt eine untergeordnete bis gar keine Rolle.«

»Warum sollte ich ihn von irgendwas überzeugen wollen? Er kann mir doch egal sein. Mir ist nur Inge nicht egal«, maulte ich weiter.

»Du wirst mit ihm noch lange zu tun haben und kannst ihm mit deinen Mitteln zeigen, wie man gewisse Angelegenheiten ohne kriminelle Gewalt und Brutalität lösen kann. Auch negative Energien können ein Antrieb sein. Sie können dich motivieren und mobilisieren. Kanalisiere deine Wutenergie in eine konstruktive Handlung.«

»Aber ich hasse ihn! Er ist brutal und … irgendwie bin ich auch neidisch auf ihn. Er kriegt immer, was er will, und alle haben Respekt vor ihm. Das hab ich dir schon mal erzählt«, gab ich hitzig zurück.

»Bewunderst du ihn immer noch?« J. ließ nie locker, wenn er wollte, dass ich durch einen Punkt hindurch und nicht drum herumging.

»Wenn ich ehrlich bin, schon«, gab ich widerwillig zu.

»Wenn du mit arroganter Überheblichkeit, die in den meisten Fällen auf einem persönlichen Trugschluss beruht, und brutaler Gewalt deine Konflikte lösen würdest, wärst du dann glücklicher?«

»Ich bin kein Schlägertyp und will im Grunde auch keiner werden. Aber wenn ich so brutal wäre wie Raffa, würde ich nicht mehr von ihm und der Gang gemobbt. Ich wäre jemand, vor dem man Respekt hat und den man bewundert.«

»Weshalb möchtest du ein Anderer sein? Ist es nicht ein Segen, dass du so bist, wie du bist?« Ich zuckte mit den Schultern. »Tausche deine Authentizität und Echtheit niemals gegen die Anerkennung anderer ein. Sei immer selbst und wisse, dass du nicht jemand anderes zu sein brauchst.« J. bohrte seine klaren Augen in meine. »Werde dir deiner Einzigartigkeit bewusst.«

»Wenn du das sagst, klingt das wie eine Freundschaftsanfrage von mir an mich selbst.« Darüber musste ich trotz meiner miesen Laune lachen.«

»Und was deine Sehnsucht nach Bewunderung angeht, die übrigens auch eine Form von Energie ist, allerdings Fremdenergie, so ist es ein Irrtum zu glauben, dass dir Bewunderung je gehört. Sie wird dir von anderen immer nur verliehen. Sobald du aufhörst, in ihrer Gunst zu stehen, oder an Beliebtheit verlierst, nehmen sie sie dir wieder weg und geben sie jemand anderem.«

»Mir egal.«

»Außerdem gerät man leicht in eine Art Zugzwang, die Erwartungshaltung anderer zu erfüllen, damit sie einen weiterhin bewundern.«

»Bewundert zu werden fühlt sich eben toll an«, verteidigte ich meine Sehnsucht, wo ich doch bisher im Leben so wenig von dieser kostbaren Bewunderungsenergie abbekommen hatte.

»Für den Moment schon, weil man sich darin behaglich fühlt. Möchte man dieses angenehme Gefühl dagegen immer weiter haben, birgt es einen nicht zu unterschätzenden Sucht- und Abhängigkeitsfaktor. Bewunderung ist eine Falle.«

»So hab ich das noch nie gesehen.«

»Schau, wenn dir die Bewunderungsenergie wieder genommen wird, leidest du unter dem Entzug. Du glaubst, etwas verloren zu haben, was dir in Wirklichkeit nie gehört hat. Besser, du hütest dich vor Bewunderungspartikeln. Nimm sie gar nicht erst an und falls doch, nur in homöopathischen Dosen.«

»Mann, dauernd pinselst du mein Weltbild um!«

»Ich pinsele es nicht um. Ich stelle dir lediglich eine größere Auswahl an Farben zur Verfügung, mit denen du dein Weltbild nach deinem Geschmack gestalten kannst.«

»Um noch mal auf Raffa und den geplanten Einbruch zurückzukommen: Welche Strategie schlägst du vor? Ich brauche etwas Werkzeug an die Hand, um den Brocken zu stemmen, falls ich mich überhaupt traue.«

»Du stellst mir Fragen, deren Antworten du selbst kennst.«

»Ey, ich pack's nicht! Du kannst mich doch jetzt nicht hängenlassen, wo es um eine so verdammt wichtige Sache geht, die ausgerechnet ich regeln soll! Klar, du hast mir Unmengen kluges Zeug erzählt und mir auch wirklich viel beigebracht, aber ich kann mir das doch nicht alles merken! Und selbst wenn, wüsste ich doch bei den meisten Sachen überhaupt nicht, wie ich sie praktisch umsetzen soll.«

»Hast du dir nicht schon einmal bewiesen, dass du es kannst?« Ich vermutete, dass er die Sache im Schwimmbad meinte.

»Schon, aber ...«

»Versetze dich in Raffa hinein und denke in alle Richtungen über die möglichen Konsequenzen seines Vorhabens nach. Emotionslos. Denn in dem Maße, wie die Emotion steigt, sinkt das rationale Denken.« J. war der härteste Lehrmeister aller Zeiten. Dagegen konnte der asiatische Großmeister aus meinem Tagtraum einpacken.

»Heißt decodiert?«, fragte ich patzig. Mir saß die Panik im Nacken. Was, wenn er mir nicht das Geringste an Hilfestellung gab?

»Was denkst du?«, fragte er zurück.

»Ich denke, dass Raffa selbst in Konsequenzen denken kann und ich weder sein Kindermädchen noch sein Bodyguard bin! Wenn er zu blöd ist, sich über die möglichen Folgen eines Einbruchs Gedanken zu machen, ist er eben selbst schuld. Wahrscheinlich geht er einfach davon aus, dass alles gut geht und er nicht erwischt wird. Gedanke zu Ende!«

»Ich dachte, du wolltest in erster Linie Inges Kiosk retten.«

Wie raffiniert er war. Dagegen hatte ich natürlich kein Argument, außer dem Vorschlag, die Angelegenheit der Polizei zu überlassen, womit wir uns dieses ganze Gespräch hätten sparen können. »Will ich auch immer noch«, stimmte ich notgedrungen zu.

»Nun, falls es dir in deiner Argumentation gegenüber Raffa von Nutzen ist, so könnte die ausgewählte Nacht ein eher ungünstiger Zeitpunkt für einen Einbruch hier am Spielplatz sein.«

»Wieso? Ist Vollmond?«

»Nein, das Mondlicht spielt in dem Fall keine Rolle. Aber vielleicht sind Raffa und seine Kumpanen nicht die Einzigen, die im Schatten der Nacht ihr Unwesen treiben, wer weiß?«, sagte J. in seiner notorisch geheimnisvollen Art.

»Willst du etwa behaupten, dass in der Nacht …?«

»Ich behaupte gar nichts, nur dass die Möglichkeit besteht«, unterbrach er mich mit einem seltsamen Blick, den ich nicht deuten konnte. »Sie besteht immer.«

»Wow! Dann haben Raffa und die Gang richtig Scheiße am Hacken. Die Polizei wird sie hops nehmen und alle werden verknackt. Und ich hab endlich Ruhe vor ihnen.«

»Du allein entscheidest, ob du Raffa überzeugen und damit ihm und vor allem Inge helfen möchtest«, klärte er mich erneut über meine Möglichkeiten auf. »Wenn du dich dagegen entscheidest, ist das auch okay. Dann nehmen die Dinge ihren Lauf. Auch das ist eine Entscheidung, die es zu akzeptieren gilt.«

Ich hatte mich bereits entschieden, auch wenn ich es mir im Grunde nicht zutraue. Wie unter einer Last erhob ich mich, verabschiedete mich von J. und trottete nach Hause.

»Alles beginnt mit dem Glauben an dich selbst! Glaube an dich, Jonas!«, rief er mir noch hinterher.

Abends im Bett zermarterte ich mir den Kopf darüber, wie ich das Gespräch mit Raffa angehen sollte. Ich hoffte auf ein Synapsen-Gewitter, das meinen Kopf mit grandiosen Einfällen flutete. Doch absolute Fehlanzeige! Auch nach stundenlangem Hirnauswringen hatte ich nicht den Schatten eines Plans. Von meinem Gehirn eiskalt im Stich gelassen, schlief ich irgendwann frustriert ein. Ich verzichtete sogar darauf, unterm Bett und an den anderen Stellen nachzugucken und brach zum zweiten Mal bewusst mit meinem Ritual. Es war mir an dem Abend restlos egal. Ich hatte andere, weitaus größere Sorgen, als schleimige Horrorkreaturen in irgendwelchen verborgenen Ecken meines Zimmers. *Monster schlafen nicht unter deinem Bett. Sie schlafen in deinem Kopf!*, hörte ich J. sagen.

∗

Zwei Tage vor dem geplanten Einbruch sah ich Raffa nach Unterrichtsende zusammen mit seinen Jungs auf dem Schulhof stehen. Kurz überlegte ich, hinzugehen, um Raffa unter vier Augen zu sprechen. Ich ließ die Gelegenheit verstreichen, auch wenn mir der Mut immer mehr sank, je näher der Donnerstag rückte. Am darauffolgenden Tag sah ich ihn gegen Ende der großen Pause mit einem Lehrer sprechen. Sie schienen in ein ernsthaftes Streitgespräch verwickelt zu sein, was ich an Raffas eingezogenen Schultern und dem aufgebrachten Gefuchtel des Lehrers erkannte. Als der Lehrer ihn stehen ließ, beobachtete ich, wie er sich in eine entlegene Ecke des Schulhofs verzog. An eine Mauer gelehnt zog er sein Handy hervor und starrte synapsenlos drauf. Von den anderen war keiner zu sehen. Unsicher folgte ich meinem Impuls und ging mit Minimum Mumm einer maximalen Mutprobe entgegen. Ich hatte kein Konzept, aber redete mir ein, ein undurchdringliches Schutzschild von J. vor mir herzutragen. *Schutzschild aktiviert!*, meldete mein System. Mein Schritt wurde fester, während ich mit gestrafften Schultern auf Raffa zuging.

»Ich muss mit dir reden«, sagte ich selbstbewusst, als ich vor ihm stand.

Er sah gereizt von seinem Handy auf. »Was willst du?«

»Ich hab gehört, du willst mit Siggi und den anderen in den Kiosk einbrechen und ihn in Brand stecken.«

»Ich weiß nicht, wovon du redest, Verfresski!«, giftete er. Ich sah einen Muskel in seinem Gesicht zucken.

»Jetzt spiel nicht den Unschuldigen. Donnerstagnacht. Ich weiß sogar die Uhrzeit«, sagte ich ruhig.

»Aha? Und wer hat dir den Schwachsinn erzählt?«

»Spielt keine Rolle. Es reicht, dass ich es weiß.«

»Was du glaubst zu wissen oder nicht, interessiert mich einen Scheiß! Kapiert, Moby?« Er rotzte zwischen uns auf den Boden.

»Klar. Ich hab nur ein Problem damit, dass ihr in den Kiosk einer unschuldigen Frau einbrechen wollt. Das finde ich zufällig zum Kotzen.«

»Ach, ist die schräge Alte jetzt so was wie deine Ersatzmutti? War ja klar, wo du da jeden Tag vorbeieierst, weil sich bei dir daheim keiner um dich kümmert.« In seiner Sucht nach Gehässigkeit hatte er seine neutrale Haltung gegenüber meiner Anschuldigung kurz vergessen.

»Auch wenn ich Inge, so heißt die Inhaberin des Kiosks übrigens, nicht kennen und mögen würde, fände ich euer Vorhaben skrupellos.«

»...*fände ich euer Vorhaben skrupellos*«, äffte er mich nach. »Du hältst dich wohl für besonders schlau, was?«

»Keine Ahnung. Ich halte nur eure Idee mit dem Einbruch für nicht besonders gut durchdacht, das ist alles«, antwortete ich mit einem Schulterzucken.

»Ich kann mich nicht erinnern, dich Lusche nach deiner Meinung gefragt zu haben. Was wagst du es überhaupt, mich anzusprechen?« Raffa schob verächtlich sein Kinn vor und trat einen Schritt näher.

Für einen Augenblick spürte ich einen Anflug von Angst, die ich gleich zurückkommandierte. Ich musste einen kühlen Kopf bewahren, andernfalls wäre die Chance auf ein Gespräch in eine sinnvolle Richtung vertan. »Vielleicht mache ich mir Sorgen um deine Zukunft, weshalb ich mir die Mühe mache, mich mit dir über die geplante Sache zu unterhalten.«

»Oh, wow, echt? Ist ja der Brüller! Pass auf, um meine Zukunft muss sich keiner Sorgen machen. Vor allem nicht so Nullen wie du.«

»Du machst dir also keine Gedanken darüber, was eure bescheuerte Aktion für Folgen haben kann?«

»Bin ich *Der Mentalist* oder was? Außerdem weiß ich, wie gesagt, überhaupt nicht, wovon du redest. Also zieh Leine, Fettbolzen, und misch dich nicht in Angelegenheiten, die dich nichts angehen und deinen Horizont massiv übersteigen.«

»Gut, nur mal angenommen, ihr hättet genau das vor, was ich anfangs gesagt habe« – bewusste kurze Pause – »was ihr aber natürlich nicht habt, weil ihr ja clever genug seid, euch nicht auf so einer primitiven Schiene zu bewegen. Ihr hättet natürlich viel bessere Ideen, um an Kohle zu kommen, als euch aus purer Raffgier am Kiosk einer älteren Frau zu vergreifen und dafür ein extrem hohes Risiko ...«

»Quatsch keine Schachtelsätze und komm zum Punkt. Ich hab Wichtigeres zu tun, als mir von Kinderphantasien die Zeit plattmachen zu lassen. Was genau willst du? Du hast sechzig Sekunden Sprechzeit – ab jetzt.« Er starrte demonstrativ auf sein Handy.

Ich war verblüfft, dass er sich überhaupt auf ein Gespräch mit mir einließ. Zum einen, weil er ja behauptete, nichts von einem Kioskeinbruch zu wissen, zum anderen, weil er wegen der Sache im Park einen gesteigerten Hass auf mich hatte. Vielleicht hoffte er, von meiner Sichtweise der Angelegenheit zu profitieren. Unbeeindruckt von seinem Sechzig-Sekunden-Countdown bebilderte ich die Sache mit einer konkreten Zukunftsschau.

»Ich spinne die Sache einfach mal weiter. Was ist, wenn euer Plan einen viel größeren Rattenschwanz nach sich zieht, als du dir vorstellen kannst? Mal abgesehen von den Konsequenzen, die so ein Einbruch für dich und deine Kumpels haben kann, was ist mit den unkalkulierbaren Folgen für denjenigen, dem ihr damit schadet?«

»Pech für denjenigen, oder? Einen trifft's immer!«, sagte er kalt.

»Du nimmst Inges sicheren Existenzverlust locker in Kauf, damit du und deine Kumpels ein paar lausige Euronen mehr habt und ihr euch super cool vorkommt? Was ist, wenn Inge wegen der Sache eine Depression bekommt, vielleicht dem Alkohol verfällt oder am Ende aus lauter Verzweiflung Selbstmord begeht?«, bombardierte ich ihn weiter mit möglichen Konsequenzen.

»Ey, lass mal'n Hirnscan machen, mit deiner Phantasie stimmt doch was nicht.«

»Du willst Held sein und die fette Kohle machen, weiter denkst du nicht. Aber welchen Preis bist du bereit, dafür zu zahlen? He? Es könnte nicht schaden, wenn du die Risiken noch mal in alle Richtungen durchdenkst. Was ist, wenn etwas Unkalkulierbares für euch dazwischen kommt?«

»*No risk, no fun!*«, tönte er großkotzig.

»Interessiert dich nicht? Du fliegst von der Schule. Du landest vielleicht im Jugendknast. Du bist vorbestraft. Deine Zukunft läuft in negativen Bahnen, weil du eine kleinkriminelle Vergangenheit hast. Ist dir alles egal?«

»Egal oder nicht egal? Das ist die 100 Millionen Euro Frage! Darf ich meinen Papi im Bierlaster anrufen?«, zog er mich mit einer Piepsstimme ins Lächerliche. Ich blieb ruhig und konzentriert.

»Wo du gerade von Geld sprichst. Wie hoch kann euer Gewinn eigentlich sein im Vergleich zum Risiko eurer idiotischen Aktion? Meine Logik sagt mir, dass in Inges Kiosk weder Goldbarren noch wertvolle Uhren rumliegen. Also reden wir über Zigaretten und Alkohol, was auf dem Schwarzmarkt verkauft werden muss.

Machst du das oder überlässt du das Siggi, weil er die besseren Kontakte hat und abgezockter ist als du?« Ein Zucken in seinem Gesicht verriet, dass ich mich der unbequemen Wahrheit näherte. »Woher weißt du, ob Siggi euch nicht über den Tisch zieht? Was ist, wenn du für ihn nur ein nützlicher Idiot bist, der seinen Plänen dient? Siggi imponiert dir und du hast ziemlichen Respekt vor ihm. Aber für ihn bist du vielleicht nichts weiter als ein Hilfswilli, auch wenn er auf deine Bewunderung bestimmt voll abfährt.«

»Selten so'n Schrott gehört!«

»Schrott also. Dann rechne ich den Einbruch für dich mal kurz durch, weil mir die Ausbeute im Verhältnis zum Risiko lächerlich gering vorkommt. Angenommen, eure Beute wird durch fünf geteilt und jeder von euch geht mit fünfhundert oder tausend Euro nach Hause.« Selbstbewusst nahm ich die Hände aus den Taschen. »Ich meine, den popeligen Betrag kannst du doch locker in ein paar Wochen auf ehrliche Art und vor allem risikolos durch Jobben verdienen, ohne dabei mit einem Bein im Knast zu stehen. Was hält dich davon ab, im Supermarkt Regale einzuräumen oder im Getränkemarkt Kästen zu stapeln? Anpacken kannst du doch schließlich mit deinen dicken Kamellen an den Armen oder sind die bloß Deko?«

»Weil das nur Blöde machen. Die Klugen nehmen sich einfach, was sie wollen.«

»Äh, du verwechselst jetzt nicht gerade klug mit korrupt, oder?«

»Ich bin nicht korrupt, nur moralisch flexibel, falls du verstehst, was ich meine.«

»Vielleicht schadet dir die ganze Aktion mehr, als sie dir einbringt. Du gefährdest deine eigene Zukunft plus die Existenz und Zukunft eines anderen Menschen. Inge hat dir nie was getan. Nur weil sie das Pech hat, ihren Kiosk hier in deiner vertrauten Gegend zu haben, ist sie jetzt fällig, oder wie?«

»Aus dir spricht ein Feigling!«

»Ob aus mir ein Feigling spricht oder aus dir ein Leichtsinniger, wird sich zeigen. Es wird sich vielleicht auch zeigen, ob gewisse Dinge zu durchdenken feige oder intelligent ist. Wenn du übermorgen leben willst, musst du das Morgen mit einberechnen«, ließ ich einen Satz von J. vom Stapel, den ich mir irgendwann gemerkt hatte.

»Dein Ernst, Moby, du willst mir einen vom Leben verklickern? Mich mit deinem geistesgestörten Brei auf den rechten Weg bringen? Yo, das haben schon andere probiert und sind brutal an mir gescheitert.«

»Hoffentlich scheiterst du nicht irgendwann an dir selbst. Sich das einzugestehen, ist bestimmt härter als verdammt hart.«

»Du musst es ja wissen«, sagte er von oben herab. »Wenn ich mich in deinen Schwabbelbody reinversetze, verstehe ich, was du mit »härter als verdammt hart« meinst.« Er lachte gehässig. »Von meinen Muskeln können so Typen wie du nur träumen!«

»Pump dir nicht das Hirn über meine Träume kaputt. Benutz es besser für euer geplantes Ding mit dem Kiosk, damit du keinen Fehler machst. Vielleicht bist du gerade nur in deine eigene Phantasie verliebt und vergisst dabei, dass dir die Realität ungünstig in deinen Heldentraum grätschen könnte. Am Ende hast du weder Geld noch Ansehen und musst deinen Traum mit deiner Freiheit bezahlen.«

»Die sechzig Sekunden sind um«, verkündete er gönnerhaft und wollte mich stehenlassen. Reflexartig hielt ich ihn am Ärmel fest, weil ich nicht das Gefühl hatte, genug erreicht zu haben. »Pack mich nicht an!«, fauchte er und schlug meine Hand weg.

»Reg dich ab, Mann!«, reagierte ich genervt. »Eine letzte Sache noch, danach kannst du machen, was du willst.«

»Woohoo, jetzt bin ich gespannt!«

»Wenn du etwas nicht genau einschätzen kannst, lass lieber die Finger davon. Denk einfach noch mal in Ruhe über alles nach und entscheide dann erst. Vielleicht bist du klüger, als du es selbst weißt. Du könntest dir beweisen, dass du eine der wenigen Ausnahmen bist, die tatsächlich beides haben: Muskeln und Grips«, wollte ich ihn an seiner Eitelkeit packen.

»Alter, ich kotz gleich!« Mit einem Ruck schob er sich einen Jackenärmel hoch und spannte seinen Bizeps an. »Junge, so müssen Arme aussehen, die dich raketenmäßig in eine goldene Zukunft tragen. Nicht so Puddingärmchen wie deine.« Raffa lachte triumphierend, ohne zu merken, wie lächerlich er sich machte. Es war zwecklos! Er war unbelehrbar und mein ganzes Überzeugungsgequatsche umsonst gewesen. Ich hatte versagt, weshalb ich auf der Vernunftebene aufgab.

»Genau, Raffa, wahrscheinlich hast du recht und ich keine Ahnung. Wenn du demnächst vorm Jugendrichter stehst, lässt du nur deinen Bizeps ein bisschen spielen, dann bekommst du bestimmt mildernde Umstände.«

»Echt? Meinst du, auf so was stehen die da?«, fragte er allen Ernstes und starrte mich gespannt an.

»Ja, klar. Der Richter wird denken: Hey, einer mit so'nem Bizeps, der kann einfach nicht verkehrt sein. So läuft das vor Gericht. *Safe!*«

»Abgefahren!«, staunte er und schien mir diese Fantasy-Geschichte tatsächlich zu glauben. Damit lieferte Raffa den Beweis für J.s Behauptung, dass die Menschen nur sahen, was sie glaubten und nicht glaubten, was sie tatsächlich sahen oder was beweisbar näher an der Realität war. Am absoluten Nullpunkt unseres Gesprächs angekommen, spielte ich meine Trumpfkarte aus.

»Hör zu, Raffa, wenn all meine Argumente dich nicht überzeugen können, den idiotischen Einbruch sein zu lassen, dann lass *das* mal kurz auf deine Großhirnrinde wirken: Vielleicht seid ihr nicht die Einzigen, die genau in der Nacht an exakt der Stelle im Dunkeln etwas vorhaben.« Ich hatte versucht, genauso geheimnistuerisch zu klingen, wie J. es mir gegenüber getan hatte. Raffas Augen bekamen einen wachsamen Blick. Bei meinem letzten Satz schien er hellhörig geworden zu sein.

»Was willst du damit sagen?«

»Nichts Spezielles. Nur, dass so was durchaus vorkommen kann. Damit muss man immer rechnen. Zu jeder Zeit, an jedem Ort. Manchmal überlappen sich Zeit und Ort ungünstig, ohne dass man damit gerechnet hat.«

Wütend packte er mich an der Jacke. »Verarsch mich nicht! Was genau weißt du?«

»Nichts! Ich spiele nur alle Möglichkeiten für dich durch, weil du anscheinend zu blöd bist, deine drei Gehirnzellen anzuschmeißen und selbst über die Konsequenzen nachzudenken«, quetschte ich heraus.

»Wage es nie wieder, etwas über meine Intelligenz zu sagen! Die ist unantastbar!«, zischte er mir ins Gesicht.

»Das ist eben dein Problem. Wo nichts ist, kann man auch nichts ertasten.« Raffas Ohrfeige kam so irre schnell, dass ich nicht mal den Hauch einer Chance hatte, ihr auszuweichen. Ich stolperte rückwärts und schmeckte im selben Moment Blut.

»Brutal, aber nachhaltig!«, tönte er und ging.

Na, Mensch, das hatte ja übertrieben gut geklappt. J. konnte stolz auf mich sein. Ironie *off!* Ich war über meinen Schatten gesprungen und die Landung war verdammt hart ausgefallen. J. würde zugeben müssen, dass er meine Intelligenz gewaltig überschätzt und Raffas Blödheit massiv unterschätzt hatte. *Projekt Brainsharing mit Raffa 1.0 – Fehlgeschlagen! Game Over!*, meldete mein Gehirn. Daraufhin tat ich ihm den Gefallen und entsorgte das ganze Ding in meinen mentalen Mülleimer.

26

In der Nacht von Donnerstag auf Freitag schlief ich schlecht und wachte immer wieder auf. Die Sorge um Inges Kiosk ließ mich nicht los. Am Morgen beeilte ich mich, Richtung Schule zu kommen. Beim Frühstück hatte ich die Lokalnachrichten im Radio verfolgt, jedoch nichts über einen ausgeraubten oder abgebrannten Kiosk gehört. Das musste nichts heißen. Ich ging schneller als sonst und spürte mein Herz in meinem Brustkorb jagen, je näher ich dem Spielplatz kam. Als ich um die Ecke bog, sah ich das Gelände in der Morgensonne vor mir liegen und ... ich konnte es kaum glauben, Inges Kiosk! Es stand dort wie immer: Unversehrt und heimelig. Ich sah sogar Inge draußen einen Zeitungsständer befüllen. Offensichtlich hatte der Einbruch nicht stattgefunden, was mir einen tonnenschweren Stein vom Herzen fallen ließ. Allerdings musste ich bis zur großen Pause warten, um zu erfahren, warum er nicht stattgefunden hatte. Elli wartete am Eingang zum Schulhof auf mich, was mich umso mehr freute.

»Hast du gesehen? Alles sieht normal aus«, empfing sie mich aufgeregt. »Vielleicht hat dein Gespräch mit Raffa doch etwas bewirkt und sie haben es sich anders überlegt. Oder – Überraschung! – sie haben doch einen Winzfunken Ehre.«

»Egal wie, Hauptsache, Inges Kiosk steht noch, was hauptsächlich dir und Cille zu verdanken ist.«

»Quatsch! Purer Zufall, dass Cille zum zweiten Mal zur richtigen Zeit am richtigen Ort war.« Es gebe keine Zufälle, nur Synchronizitäten, die einen Grund hatten, hatte J. mal gesagt, aber den Gedanken behielt ich für mich. »Du warst es, der versucht hat, Raffa den bescheuerten Einbruch auszureden. Das war echt mutig.«

»Es war J., der mich dazu überredet hat ... nachdem er den Waschlappen in mir erst Ewigkeiten überzeugen musste«, schränkte ich ihr Lob ein, woraufhin Elli ihr ansteckendes Perlenlachen lachte. Mit einem Blick auf die Uhr stellte ich fest, dass uns noch genau drei Minuten blieben, um in unsere jeweiligen Klassenräume zu kommen. Das wurde knapp. Wir verabschiedeten uns hektisch, dann sprinteten wir in unterschiedlicher Richtung los.

In der Pause war ich auf der Suche nach Deniz, der aus seiner Französischstunde kam, während mir der Kopf von Latein brummte.

»Hey, Jonas, bleib mal stehen!«, hörte ich eine Stimme hinter mir.

Als ich mich umdrehte, stand Raffa vor mir. Hatte er mich tatsächlich bei meinem richtigen Namen genannt oder hatte ich mich verhört? »Was willst du?«, fragte ich eisig. Die letzte Ohrfeige war mir noch in glasklarer, schmerzhafter Erinnerung. Außerdem hatte ich wegen ihm in der Nacht zuvor kaum ein Auge zugemacht.

»Du hast uns mit deinem Wink den Arsch gerettet! Warum hast du das gemacht? Was verlangst du dafür? Willst du Geld?«, tönte er, als er sich mit verschränkten Armen vor mir aufbaute.

Ich war baff, ließ es mir aber nicht anmerken. »Ich will, dass du mich in Zukunft in Ruhe lässt und sich unsere Wege nicht mehr kreuzen«, antwortete ich selbstbewusst, wobei ich nicht wusste, was er mit »Arsch retten« gemeint hatte.

»Lässt sich einrichten«, gab er in weniger aggressivem Tonfall zurück. »Eine Sache noch: Woher wusstest du von dem Riesendrogendeal gestern Nacht im Park?«

»Keine Ahnung, wovon du redest«, sagte ich desinteressiert. Was war im Park passiert?

»Klar, würde ich auch nicht verraten wollen, wenn ich du wäre.« Er zwinkerte mir verschwörerisch zu.

Ich ließ mich nicht einwickeln. »Du bist aber nicht ich und ich bin nicht du und das ist auch gut so«, erwiderte ich kühl.

»Stimmt, ist mir auch schon länger klar.« Er starrte verlegen auf seine Turnschuhe. »Aber davon abgesehen interessiert es dich vielleicht ... dass ich schon etwas nachgedacht hab ... na ja, über das, was du so gesagt hast. Äh ... also ein paar Sachen von deinem Hirnkrempel waren gar nicht so blöd ... und mit einigem hattest du auch nicht ganz unrecht ...« Es fiel ihm sichtlich schwer, so ehrlich zu sein, und ich traute meinen Ohren nicht. »Jedenfalls hatte ich mich nach ein bisschen Nachdenken schon dagegen entschieden ... und die anderen waren auch dafür ... also gegen den Plan ... außer Siggi ... der ist ausgerastet und will nichts mehr mit uns zu tun haben. Hammer ... echt ...«

»Ist das heute dein erster Tag mit 'nem neuen Gehirn? Spul mal vor«, unterbrach ich ihn unfreundlich, auch wenn ich sehnsüchtig darauf brannte, die ganze Geschichte der geheimnisvollen Nacht zu erfahren.

»Große Klappe heute, was? Aber unter den besonderen Umständen will ich dir das mal großzügig durchgehen lassen«, verkündete er selbstgefällig.

»Ich schnappe über vor Freude!« Daraufhin sah ich Raffa grinsen und verstand die Welt nicht mehr.

»Trotzdem wollte ich wissen, ob du mit deiner Andeutung nur geblufft hast, um dich wichtig zu machen, oder ob an der Sache tatsächlich was dran war. Deshalb hab ich mich mit meinen Jungs in einem Hofeingang versteckt, um den Park zu beobachten. Wir wollten schon fast heimgehen, weil nichts Besonderes passierte, als plötzlich ein paar Gestalten aus dem Nichts im Gebüsch herumgeisterten. In der nächsten Sekunde wimmelte die ganze Anlage von Bullen. Sie hatten sogar Hunde dabei und grelle Flutlichter. Wir konnten gerade noch aus unserem Versteck abhauen. Die Szene war absolut filmreif, echt«, erzählte er wichtigtuerisch.

»War's das?« Ich hatte genug erfahren und keine Lust auf weiteren Kontakt mit diesem seltsam friedlichen Raffa.

»Ja, also, ich wollte dir bloß sagen ... äh, dass du mir den Tipp gegeben hast und mir auch all das mit den möglichen Folgen gesagt hast ... also was du gemacht hast, hätte nicht jeder gemacht, schon gar nicht, wo ich dich immer so mies behandle ...«

»Sonst noch was?«, unterbrach ich ihn genervt, weil ich mit der Situation mehr und mehr überfordert war. Raffa, der normal mit mir sprach, war mir unheimlich und ich traute ihm nicht.

»Warum hast du nicht entspannt dabei zugeguckt, wie wir in die Falle gehen, anstatt mich zu bequatschen?«

»Weil ich selbst für so einen charakterlosen Typen wie dich nicht wollte, dass er im Jugendknast landet«, log ich, denn eigentlich war es mir ja egal gewesen.

»Du wolltest das nicht?«, fragte er verdutzt. »Ich hätte mein heiliges Versace-Käppi darauf verwettet, dass du deinen kompletten Süßigkeiten Vorrat verschenkst, wenn du den Tag erleben darfst.«

»So denke ich aber nicht«, log ich weiter. »Ich hab einfach die unrealistische Hoffnung, dass aus dir vielleicht doch noch ein ganz normaler Siebzehnjähriger wird, ohne King-Kong-Faxen und übertrieben große Klappe.«

»Und das, wo ich dich immer schikaniere?«, wunderte er sich.

»Versteh ich selbst auch nicht so ganz, wenn ich ehrlich bin«, gab ich schulterzuckend zu und hoffte, dass diese Ehrlichkeit meiner Würde keinen Abbruch tat.

»Bist du irgendwie masochistisch veranlagt oder leidest du unter einem Weltverbesserungszwang?«

»Nicht, dass ich wüsste. Aber wo du schon so direkt fragst: Hast du so was wie eine sadistische Störung mit Hang zum Größenwahn?«

»Schon möglich«, räumte er ein und lachte zum ersten Mal über sich statt über mich. »Vielleicht sollten wir trotz unserer Psychomacken irgendwie versuchen, miteinander klarzukommen.«

»Du bist echt ein seltsamer Typ, Moby.«

»Vorschlag: Ich versuche, meine masochistische Neigung, wie du es nennst, in den Griff zu bekommen und du deinen Hang zum Quälen. Kannst du dir ja mal überlegen.« Es war von mir ein großzügiges Handreichen, was er hoffentlich zu schätzen wusste.

»Yo, mach ich, wenn ich mal Schikanierpause hab«, sagte er grinsend ohne seine übliche Gehässigkeit. »Schlag ein, Alter«, und der neue Raffa hielt mir seine Hand zum Abklatschen hin. Zögernd schlug ich ein. »Du bist zwar'n *Loser*, aber gar nicht so blöd. Dich kann man brauchen. Wenn du so weiter machst, darfst du mich gelegentlich beraten.«

Das haute mir echt den Vogel raus. »Sehr großzügig, Raffa. Danke, aber nein, danke. Erstens bist du mir zu bescheuert, zweitens lässt sich so jemand wie du bestimmt nicht gerne von einem *Loser*, wie du mich nennst, etwas sagen.«

»Hey, komm, das war nicht so ernst gemeint. Ich bin derjenige, der fast ein *Loser* geworden wäre, wenn du nicht gewesen wärst. Deshalb biete ich dir als ehrliche Geste der Dankbarkeit diese Beraterfunktion an. Das hab ich noch nie einem angeboten, deshalb ist das eine große Ehre.«

Sein gestörtes Selbstbild war wirklich therapiereif. »Unter den Umständen kann ich dir höchstens ein Berater in anständigen Sachen sein, die mir persönlich zusagen. Für die krummen Dinger suchst du dir besser jemand anderen.« Das kam mir wie eine halbwegs gelungene Kompromisslösung vor.

»Passt! Ab sofort stehst du bei mir unter Naturschutz, Digga!«

Der Typ hatte einfach eine Vollmeise. Kommentarlos zog ich die Augenbrauen hoch, als ich Deniz über den Schulhof auf uns zukommen sah. Bei uns angekommen blickte er erst von mir zu Raffa, dann wieder zurück.

»Alles klar?«, fragte er stirnrunzelnd.

»Ja, alles okay«, beruhigte ich ihn. »Raffa und ich haben uns schon fertig unterhalten und wollten uns gerade verabschieden.« Raffa tippte sich ans Käppi, bevor er in seinem Schlurfgang wegging.

»Unterhalten? Ohne Hauerei? Mit einem Gruß verabschieden? Los erzähl, was ist passiert?« Deniz bekam den Mund nicht mehr zu, als ich ihm von dem Drogendeal im Park und Raffas und meinem frisch geschlossenen Waffenstillstand berichtete.

Nach der Schule ging ich geradewegs zu J., der am Spielplatzmäuerchen in der Sonne saß. Nachdem wir uns begrüßt hatten, erzählte ich ihm von den Ereignissen des Vormittags.

»Das sind erfreuliche Neuigkeiten.« Ein zufriedener Ausdruck zeigte sich auf seinem Gesicht.

»Du wusstest von Anfang an, was hier in der Nacht abgehen würde, oder?«

»Nun, ich hatte so etwas gehört«, sagte er ausweichend.

»Du hattest so was gehört?« Ungläubig zog ich die Augenbrauen hoch.

»Ich hatte durch eine vertrauenswürdige Quelle erfahren, dass genau in der Nacht ein nicht unbedeutender Drogendeal hier im Park stattfinden sollte, wovon die Polizei Wind bekommen hatte. Es war ein Riesencoup und topgeheim.«

»Und du möchtest mir nicht zufällig verraten, wer diese Quelle war, oder?«

J. beugte sich näher zu mir heran und senkte seine Stimme. »Den Tipp hatte ich von Axel und Freddy. Sie haben ihre Kontakte, zumindest Axel. Er hat eine ziemlich bewegte Vergangenheit und kennt die dubiosesten Typen hier in Köln, auch wenn er aktiv nichts mehr macht. Er hat der kriminellen Seite irgendwann den Rücken gekehrt und ist auf die rechtschaffene gewechselt. Freddy ist da ein eher unbeschriebenes Blatt, was diese Art von Lebenserfahrung angeht. Axel passt daher auf Freddy auf, aber Freddy auch ein bisschen auf Axel.«

Ich ließ diese Information sacken und fühlte mich plötzlich seltsam hintergangen. »Warum hast du mir das nicht gleich gesagt? Dann hätte ich Raffa nur damit kommen müssen und mir den ganzen Umweg über meine mühsame Überzeugungstaktik sparen können. Zum Dank hat er mir noch eine gezogen, was richtig ätzend war, damit du es weißt. Außerdem bin ich mir sicher, dass ihn sowieso nur meine Andeutung, mehr hatte ich ja nicht, dass hier vielleicht noch andere in derselben Nacht Mist bauen, von seinem Plan abgehalten hat.«

»Wäre das nicht zu einfach gewesen, Jonas?« Ich zuckte die Schultern. »Glaubst du denn, es hätte das gleiche Ergebnis erzielt, wenn du den direkten Weg ohne weitere Argumente gegangen wärst?« J. hielt seine seltsamen blauen Augen auf mich gerichtet.

»Keine Ahnung. Wahrscheinlich schon.«

»Was die Rettung von Inges Kiosk betrifft, vielleicht, aber es hätte nicht das Gleiche in deinem und Raffas Umgang bewirkt. Du hättest dir keine klugen Gedanken gemacht und durch das plumpe Verraten des geheimen Tipps nur kurzzeitig in Raffas Gunst gestanden. Mehr nicht. Er hätte angenommen, dass du nur einer von denen sein möchtest, die von ihm beachtet werden wollen. Aber so hast du dir durch dein kluges Vortragen nachhaltig Anerkennung und Respekt verschafft, wie du an Raffas Friedensangebot gesehen hast. Durch deine Mühe hast du einen Unterschied in der Qualität eures zukünftigen Miteinanders bewirkt. Wie du siehst, liegt der wahre Sieg oft nicht im Kampf, sondern im Verstand und in der Strategie.«

»Hm«, machte ich nachdenklich.

»Du kannst es mit Stolz für dich verbuchen, dass du Raffa mit deiner taktisch geschickten Herangehensweise zum Nachdenken gebracht hast, was ihn zumindest an seinem Vorhaben zweifeln ließ. Schlussendlich hast du Inges Kiosk gerettet und ihn samt seiner Kumpels vor Schlimmerem bewahrt.«

»Klingt ganz passabel, oder?« Unsicher schielte ich zu ihm rüber.

»So könnte man es sagen. Vielleicht ist es sogar mehr als das.« Er klopfte mir freundschaftlich auf die Schulter. »Für den Moment hast du eine Veränderung für dich und die gesamte Situation bewirkt. Das war das angestrebte Ziel. Was daraus werden wird, wird sich zeigen. Niemand vermag etwas über die Zukunft zu sagen. Nichts bleibt, wie es ist. Und nichts ist, wie es scheint. Alles hängt jedoch mit allem zusammen, alles ist in Wechselwirkung zueinander, wie du weißt. Somit hat alles, was wir denken, sagen oder tun, eine Konsequenz. Immer und zu jeder Zeit.«

»Yep«, sagte ich nickend. Wir schwiegen eine Weile, bis ich mich traute, das anzusprechen, was mich schon lange beschäftigte. »Es ist seltsam, aber ich kann mich nie an dein Aussehen erinnern, sobald ich von dir weg bin. Alle Bilder an dich sind wie gelöscht. Übrig bleibt immer nur ein Gefühl von dir.«

»Nun, ich habe die Angewohnheit, alles mitzunehmen, wenn ich gehe. Ich hinterlasse nichts von mir, auch keine optische Erinnerung.« J.s Augen hatten ein geheimnisvolles Flackern, als er mich ansah.

»Warum machst du das?«

»Es ist, wie es ist«, sagte er schmunzelnd.

»Aber es ist seltsam, findest du nicht?«

»Ich lasse dir das gesprochene Wort da. Ist das nichts?«

»Doch, klar, das ist total viel und ich will mir das auch alles merken. Es fühlt sich in deiner Abwesenheit nur immer so an, als hätte ich dich nie getroffen, nie mit dir gesprochen und dich mir nur eingebildet.« J. betrachtete mich mit einem rätselhaften Blick, der mich verunsicherte. Plötzlich kam ich mir ihm gegenüber undankbar vor. »Entschuldige, wenn ich zu neugierig war, aber ich wollte es einfach wissen.«

»Du musst dich nicht entschuldigen, Jonas. Es ist wichtig, dass du nachfragst, wenn du etwas nicht verstehst. Nur sind die Antworten, die du bekommst, nicht immer befriedigend. Dann hast du keine andere Wahl, als mit dem umzugehen, was ist, und zu akzeptieren, dass etwas so ist, wie es ist.«

Kurz darauf verabschiedeten wir uns. Auf dem Heimweg grübelte ich darüber nach, was J. über sich selbst gesagt hatte. Man konnte sich doch nicht aus den Köpfen anderer mitnehmen – unmöglich! Das war Science Fiction und keine normale Sache. Aber mir blieb nichts anderes übrig, als zu akzeptieren, dass es so war, wie es war. J. war eben J. und nicht irgendwer. Er war mein Freund und weiser Berater, und dank ihm waren Raffa und ich aktuell keine Feinde mehr, auch wenn wir nie Freunde werden würden.

27

Ein paar Tage später war ich auf dem Pausenhof unterwegs, als ich Raffa und seine Jungs auf mich zusteuern sah. Auch wenn mich alle seit dem Tag nach dem geplatzten Kioskeinbruch in Ruhe gelassen hatten und es bis auf einen kurzen Gruß im Vorbeigehen keine Berührungspunkte gegeben hatte, war ich auf der Hut. Umso mehr, als die Truppe vor mir stehenblieb.

»Hey, Moby«, sagte Raffa breit grinsend.

»Hi, Raffa.« Ich bemühte mich um einen neutralen Gesichtsausdruck.

»Hey«, sagten die anderen drei im Chor. Ich hob die Hand zu einem knappen Gruß.

»Wir hängen nächste Woche Samstag am Stadion ab und machen so'ne Art Party mit ein paar Leuten. Wenn du nicht bügeln oder die Welt vor so Typen wie mir retten musst, kannst du ja mal vorbeikommen.« Raffa sah mich selbstbewusst an und genoss offenbar mein überraschtes Gesicht. »Natürlich nur, wenn du Bock hast.«

»Okay ... coole Idee«, sagte ich unsicher und bekam einen hochroten Kopf. Mist! »Ja, also ich guck mal, wie die Lage der Nation so ist.« Wir grinsten uns an, was vermutlich ziemlich ungeschickt aussah.

»Deine Zuckerschnecke kannst du natürlich auch mitbringen.«

»Wen?«

»Denk mal stramm nach!«

»Du meinst Elli?«

»Yep, genau die.« Raffa und der Rest gaben ein unterdrücktes Lachen von sich. »Deinen Freund natürlich auch, falls du dich damit sicherer fühlst.« Er zwinkerte mir zu.

Das war alles ziemlich verwirrend. »Sprichst du von Deniz?«

»Mehr Freunde hast du ja wohl nicht.« Blöderweise wurde ich wieder rot. »War'n Scherz, Moby!«

»Okay.« Ich deutete ein Nicken an. »Bis vielleicht Samstag nächster Woche dann.« Im Weggehen fragte ich noch, was ich für die Party mitbringen sollte, falls ich käme.

»Nichts, außer guter Laune und einem coolen Groove! Yeah!« Raffa hampelte wild auf der Stelle herum und wedelte seine Cap durch die Luft. Die anderen applaudierten. Es sah albern aus, aber sie hatten wie immer ihren Spaß. Um ein Haar hätte ich mich selbst dazu hinreißen lassen.

Nachdem sie gegangen waren, sah ich Deniz am Schulkiosk stehen. Noch immer reichlich verwirrt ging ich zu ihm.

»Ist ja echt'n Ding!«, sagte er, als ich ihm von der Einladung berichtete.

»Bis letzte Woche hätte er mich noch am liebsten unter seinem Turnschuh zertreten und jetzt will er mit mir feiern.«

»Und? Hast du vor hinzugehen?«

»Nur wenn du und Elli mitkommt. Alleine geh ich da auf keinen Fall hin«, antwortete ich entschieden. »Wir sind übrigens alle drei eingeladen, hatte ich vergessen zu sagen.«

»Echt?« Er machte große Augen. »Warst du schon mal auf einer richtigen Party?«

»Nö. Du?«

»Nee.« Er grinste. »Hast du schon mit Elli gesprochen?«

Ich schüttelte den Kopf. Wir checkten den Schulhof ab, bis Deniz sie in der Nähe der Betontischtennisplatte zusammen mit ihrer Freundin Cille entdeckte. Während wir uns einen Weg zu ihr bahnten, beobachteten wir, wie sie sich von ihrer Freundin verabschiedete und Richtung Schulgebäude davonging. Ich rief ihr zu.

Als sie sich zu uns umdrehte, setzte sie ihr strahlendes Lächeln auf, was meine Knie im Sekundenbruchteil zu Pudding werden ließ. Unsicher ging ich auf sie zu. Deniz schien mit ihrem Lächeln kein Problem zu haben und blieb ganz gelassen.

»Hi«, sagte sie, als wir sie erreicht hatten. Mir sank der Mut in meine Puddingknie. Ich war mir plötzlich nicht mehr sicher, ob ich sie wegen der Party fragen wollte. Was, wenn sie ablehnte oder herumdruckste, weil ihr das Absagen unangenehm war? Vielleicht würde sie sowieso nicht mit jemandem wie mir auf eine Party gehen. Ein gemeinsamer Straßenauftritt war etwas anderes, als zusammen auf einer Party zu erscheinen, auch wenn Deniz mit dabei sein würde. Volle Dröhnung Gefühlschaos!

»Stell dir vor, wir drei sind nächste Woche Samstag auf eine Party von Raffa und der Gang eingeladen!«, nahm Deniz mir die Entscheidung kurzerhand ab.

»Als ob! Ihr macht Witze, oder?« Sie sah erst Deniz, dann mich ungläubig an. Wir versicherten ihr, dass wir nicht scherzten. »Ich glaub, ich spinne! Hat dem jemand was in die Cola getan oder warum will der mit seinem Lieblingsopfer Party machen?«

288

»Seit unserem Gespräch nach dem abgesagten Kioskeinbruch haben wir so eine Art Waffenstillstand, wie du weißt.«

»Waffenstillstand heißt aber nicht gleich *best buddy*!«

»Sein Sozialverhalten war schon immer verklatscht. Wahrscheinlich kann der nur polar: Feind oder Freund – ohne Zwischenstufen.«

»Okay, wenn das so ist, schlagen wir da natürlich auf und feiern im Feindeslager mit.« Elli hüpfte in die Luft und landete in perfekter Ninja Angriffsstellung vor uns auf dem Boden. »Deniz, du bringst uns in einem Crashkurs noch schnell was von deiner koreanischen Kampfkunst bei, damit wir uns wehren können, falls auf der Party irgendwas schiefgeht.«

Deniz kratzte sich verlegen am Kopf. »Vielleicht keine schlechte Idee.« Er grinste. »Abgemacht! Übermorgen Nachmittag kommt ihr um fünf zu *Silla*, meiner Kampf-sportschule. Da ist bis sieben freies Training. Zwei Stunden müssten reichen, um euch ein paar grundlegende Abwehrtechniken beizubringen.«

»Ich will aber auch Angreifen üben, geht das?« Elli war Feuer und Flamme. Sie imitierte einen Kick mit ihrem rechten Bein. »Nimm dies!« Dann schleuderte sie ihr linkes Bein hoch und verteilte unkoordinierte Boxhiebe in die Luft. »Und das!«

»Wie ich sehe, bist du die geborene Kampfmaschine«, kommentierte Deniz ihr Gezappel und sprang in gespielter Vorsicht in Deckung. Elli dachte offenbar, Kämpfen sei ein Spiel. Wäre sie bei der Schlägerei im Park dabei gewesen, hätte sie gewusst, wie brutal richtige Schläge und Tritte waren. Deniz blickte souverän in die Runde und schien sich bereits zu überlegen, wie er Elli und mich kampftechnisch fähiger machen konnte. »Damit ihr das richtig versteht, sich erfolgreich zu verteidigen, heißt auch gleichzeitig, den Kampf zu gewinnen, sonst macht der Gegner weiter. Auf erfolgreiche Abwehr muss im Anschluss effektive Gegenwehr, also Angriff folgen, um den Aggressor außer Gefecht zu setzen. Man muss aus der Defensive eine Offensive machen.«

»Mann, Deniz, das klingt so richtig nach Nahkampfausbildung!«

»Denkst du, für mich Schwergewicht gibt es in deinem Kurzlehrgang auch passende Übungen?«, fragte ich vorsichtshalber nach, weil ich weder mit Deniz noch mit Ellis Fitness mithalten konnte. Dabei hatte ich schon sieben Kilo abgespeckt, seitdem ich regelmäßig Sport machte und den überflüssigen Süßkram wegließ.

»Klar, Johnny, mach dich locker«, beruhigte er mich und klopfte mir kumpel-haft auf die Schulter. Als es kurz darauf zum Pausenende gongte, gingen wir in unterschiedlichen Richtungen und vermutlich auch mit jeweils unterschiedlichen

Gefühlen auseinander. Ich für meinen Teil war etwas überwältigt von den Ereignissen in der Pause.

Nach der Schule wollte ich schnellstens zu J., um ihm von Raffas Einladung zu erzählen. Sein Stammplatz war jedoch leer. Suchend ließ ich meinen Blick vom Zaun aus über den Spielplatz und den angrenzenden Park schweifen, sah jedoch nur Freddy entspannt auf einer Bank unter den Bäumen sitzen. Von J. war keine Spur zu sehen. Gerade wollte ich enttäuscht weitergehen, als ein Streifenwagen vor dem gegenüberliegenden Eingang des Spielplatzes anhielt. Zwei uniformierte Polizisten stiegen aus und betraten das Gelände. Neugierig blieb ich am Zaun stehen. Durch die Büsche sah ich, dass sie geradewegs auf Freddy zugingen. Vielleicht war er in etwas Kriminelles hineingeraten oder steckte sonst wie in Schwierigkeiten. Ich hätte mir gewünscht, J. wäre da gewesen. Die Polizisten stellten sich breitbeinig vor ihn hin.

»Guten Tag, dürften wir mal Ihre Papiere sehen«, wurde Freddy von dem Dickeren der beiden Polizisten aufgefordert.

Ich trat näher an den Zaun, um die Unterhaltung besser mithören zu können. Freddy wühlte in Faultiergeschwindigkeit in der Innentasche seiner geräumigen Jacke und zog gemächlich ein zerknautschtes Etwas hervor, das mit viel Phantasie ein Ausweisdokument hätte sein können. Entweder war Freddy sehr betrunken oder er wollte die Geduld der Polizisten absichtlich strapazieren. Der beleibte Polizist schaute sich Freddys zerlumpten Wisch an und hatte offensichtlich Mühe, seinen Namen darauf zu entziffern.

»Ihr Name ist Alfred Kowinski und Sie haben derzeit keinen festen Wohnsitz. Ist das richtig?«

Bei Freddys Namen schrillte eine Alarmglocke in meinem Kopf. Meine Sinne waren schlagartig hellwach und erfassten jedes erinnerbare Detail. Eine lange zurückliegende Unterhaltung mit Corinna ... ein Wortwechsel zwischen Papa und Oma ... eines meiner ersten Gespräche mit J. ... formten sich zu einer plötzlichen Erkenntnis. Ich erstarrte. »Freddy, du?!«, hauchte ich tonlos.

»Absolut korrekt. Ich lebe überwiegend hier im Park. Umsonst und draußen«, bestätigte Freddy und sah gutgelaunt zu den beiden Polizisten hoch.

»Aha«, sagte der Polizist. »Herr Kowinski, von einigen Müttern mit Kindern ist die Beschwerde an uns herangetragen worden, dass Sie hier im Park ungeniert an Bäume urinieren. Ihr Verhalten ist wegen Erregung öffentlichen Ärgernisses als Ordnungswidrigkeit einzustufen.« Freddy guckte belustigt, sagte aber nichts. »Wenn Sie in Zukunft urinieren müssen, denken Sie bitte an die Kinder, die sich hier auf dem Spielplatz aufhalten!«

»Noch mehr Ideen, an wen ich alles denken soll, wenn ich das nächste Mal u-r-i-n-i-e-r-e-n muss?«, forderte Freddy die Polizisten heraus. Er hatte echt Nerven!

»Jetzt hören Sie mal gut zu, Sie Spaßvogel!«, fauchte der dicke Polizist. »Wir sind nicht hier, um uns Ihre blöden Kommentare anzuhören, damit das klar ist! Da haben wir in der Tat Wichtigeres zu tun!« Die Augen des Polizisten verengten sich, gleichzeitig straffte er seine Haltung, wodurch sein dicker Bauch noch mehr hervortrat. Der kleinere und sehr viel jüngere Polizist stand stumm daneben. Vielleicht war er noch in der Ausbildung. »Ich möchte jetzt von Ihnen wissen, ob Sie das Gesagte soweit verstanden haben.«

»Aber sicher doch, Herr Wachtmeister!«

»Dann ist gut.« Freddy wurde von dem dicken Polizisten tadelnd angeschaut. »Im Namen des Gesetzes und der Stadt Köln sprechen wir Ihnen hiermit offiziell eine Verwarnung aus. Beim nächsten Mal hat Ihr Vergehen finanzielle Konsequenzen oder wir werden Sie notgedrungen mit aufs Revier nehmen müssen.« Freddy nickte gelassen. »Verstehen wir uns?«, schmetterte der dicke Polizist und zeigte demonstrativ mit dem Zeigefinger auf Freddy. Wegen dessen Unbekümmertheit schien er langsam die Fassung zu verlieren.

»Wir haben uns doch von Anfang an einwandfrei verstanden. Ich Tarzan, Du Jane!«, zwitscherte Freddy, wobei er erst auf sich, dann auf den Polizisten zeigte. Er kicherte sich einen und schien sich köstlich zu amüsieren.

»Jetzt rei...«, wollte sich der Dicke gerade richtig aufregen, als sich der junge Polizist einmischte. »Komm, Hermann, unser Job ist hier erledigt«, beschwichtigte er ihn. »Lass uns mal die Mittagspause einläuten und drüben am Büdchen ein Wurstbrötchen essen gehen. Ich hab total Kohldampf.«

»Wir behalten Sie im Auge, Herr Kowinski«, sagte der Dicke noch einmal streng und zog sich die Mütze tiefer in die Stirn. Ein letzter warnender Blick, dann ließen die Polizisten von Freddy ab.

Die Sonne hatte sich durch die Wolken gekämpft und tauchte den Spielplatz in warmes Licht. Ich schaute den beiden Polizisten nach, als sie Richtung Kiosk davongingen. Dann sah ich zu Freddy hinüber, wie er da auf der Bank saß und sein Gesicht zufrieden in die Sonne hielt. Er murmelte noch etwas von »*Herman the German*« und gluckste in sich hinein. Wie in Trance hatte ich die Unterhaltung mitverfolgt, während ich weiter regungslos am Zaun stand. Ich wusste jetzt, wer Freddy war. Aber Freddy wusste nicht, wer ich war.

Schlafwandlerisch löste ich mich aus meiner Erstarrung und machte mich auf den Weg nach Hause. Mein Kopf war komplett leer – alle Funksignale gestoppt. Während ich mechanisch einen Fuß vor den anderen setzte, lauerte ich gebannt auf irgendeine Gefühlsregung. Nichts! Alles in mir war zum Stillstand gekommen. Mein Körper bewegte sich zwar, aber es war niemand zuhause.

Daheim in meinem Zimmer setzte ich mich wie ausgeknipst neben Smörfdiddy aufs Bett. Trotz dieses fremdartigen Zustands fühlte ich mich merkwürdig ruhig und kontrolliert. Es passierte von ganz alleine. Ich konnte diese seltsame Empfindung weder benennen noch lokalisieren. Es war irgendwie unheimlich, ohne dass ich Angst hatte. Verrückt! Ich ließ es zu und saß einfach nur mit dem Rücken an die Wand gelehnt auf meinem Bett. So wartete ich eine Weile, bis ich Smörfdiddy näher zu mir heranzog. Er fühlte sich stabil an. Vertraut. Allmählich füllte sich mein Kopf wieder mit Gedanken und die Taubheit wich meinem normalen Körpergefühl. Die Last der Ungewissheit bezüglich Mamas Unfall war zu einer befreienden Gewissheit geworden. Das Monster meiner Phantasie hatte ein Gesicht bekommen, oder besser, es hatte sich aufgelöst.

Da ich endlich den Schuldigen an Mamas Tod kannte, verlor dieses unbekannte Horrorgespenst seinen Schrecken. Es war vorbei. Es tat gut. Es war real, so wie es war, ohne all die jahrelang genährten Phantasiebilder um Mamas Mörder. Die herzlose, grausame Horrorgestalt war ein ganz normaler Mensch. Einer, der einen Riesenfehler begangen hatte, den er bereute, aber nicht den Mut gehabt hatte, dafür gerade zu stehen. Er bestrafte sich mit Selbstverachtung bis hin zur Selbstzerstörung und führte ein Leben auf der Straße. Fast hätte ich vor Erleichterung geheult. Stattdessen stand ich vom Bett auf und machte mir Musik an. Ich hörte »Fix You« von *Coldplay*, danach die Coverversion von *Fearless Soul*, während ich mein Zimmer aufräumte. Irgendein Teil von mir sehnte sich nach Ordnung und klaren Verhältnissen.

Am Spätnachmittag ging ich kurz in den Traumraum. Ich hatte das Bedürfnis, mit Mama zu sprechen, auch wenn sie als schwebender Engel nicht mehr dort war. Zögernd ging ich an meiner Gitarre und dem Sandsack vorbei und blieb mitten im Raum stehen. *»Mama, ich weiß jetzt, dass es demjenigen nicht egal war, dass er dich mit dem Auto angefahren hat und du wegen ihm tot bist«*, hörte ich mich im Kopf sagen. *»Seit heute weiß ich auch, dass er kein herzloses Monster ist und er unter deinem*

Tod leidet. Sein Name ist übrigens Freddy. Ich dachte, es ist vielleicht gut, wenn du das weißt.« Langsam drehte ich mich einmal um die eigene Achse und sah mich im Raum um. »*Ich hoffe, du hörst das. Bist du da?*« Stille.

Unschlüssig stand ich noch eine Weile im Traumraum herum, bis ich zu dem Schluss kam, dass alles, was ich dort für gewöhnlich machte, auch in meinem Zimmer ging. Ich konnte Gitarre spielen, wenn auch weit weniger gut als im Traumraum, und am Sandsack boxen, nur eben ohne überwältigende Trainingserfolge. Und mit Mama reden konnte ich schließlich überall. Nur die Gewohnheit ließ mich glauben, ihr im Traumraum näher zu sein. Eigentlich brauchte ich den Raum nicht mehr. Vielleicht sollte ich ihn irgendwann auflösen. Aus dem Irgendwann wurde ein Sofort. Konsequent verabschiedete ich mich aus meinem Traumraum und schloss für immer die Tür hinter mir.

Ich ging runter in die Küche, um das Abendessen vorzubereiten. Papa würde gegen sieben zu Hause sein. Um die Zeit bis dahin sinnvoll zu nutzen, staubsaugte ich die unteren Räume und trug den Müll raus, während ich mit dem Gedanken spielte, Papa beim Abendessen die Wahrheit über Freddy zu erzählen. Als ich mir jedoch J.s Worte über die Sache mit dem Denken in Konsequenzen durch den Kopf gehen ließ, entschied ich mich dagegen. Lieber wollte ich versuchen, ihn bezüglich Mamas Unfallverursacher indirekt in eine andere Denkrichtung zu lenken, um ihn auch aus seinem Gedankengefängnis zu befreien.

Beim Abendessen stocherte ich lustlos im Essen herum, bis es sogar Papa auffiel.

»Jonas, ist irgendwas? Du wirkst so nachdenklich.« Ich zuckte die Schultern.

»Möchtest du es mir erzählen oder ist es zu geheim?« Er zwinkerte mir zu.

»Nein, es ist nicht geheim. Es geht um Mamas Unfall.« Er sah mich alarmiert an. Wir redeten normalerweise nicht darüber. »Wir denken doch beide ... ich hab es mir zumindest immer so vorgestellt ... und du wahrscheinlich auch, dass derjenige, der Mama mit dem Auto erwischt hat, ein herzloses, feiges Monster von einem Mann ist. Ein Unmensch. Dass es ihm egal war, als er Mama angefahren hat, weil er eben nicht angehalten hat und auch nicht zur Polizei gegangen ist, richtig?«

»Hm. Ja. Oft denke ich so, das kann ich nicht abstreiten. Wobei es sich ja auch um eine Frau handeln könnte, die den Unfall verursacht hat«, wandte er ein. Daran hatte ich tatsächlich noch nie gedacht. Außer der Tatsache, dass ich es seit dem Nachmittag besser wusste.

»Ich denke, keiner fährt einen anderen mit Absicht oder aus einer Laune heraus an. Vorausgesetzt, er ist kein Auftragskiller.« Papas Augen paddelten etwas verloren in meinem Gesicht herum, weshalb ich eilig hinzufügte: »Mama hatte doch keine Feinde und war auch nicht in irgendwelche kriminellen Sachen verwickelt, oder?« Er wehrte entgeistert ab. »Jedenfalls denke ich, dass sich die Sache mit Mamas Unfall nie aufklären wird, und selbst wenn, würde es Mama nicht zurückbringen. Deshalb können wir nach vier Jahren auch aufhören, uns mit diesen quälenden Gedanken zu befassen.«

Papas Blick war misstrauisch, zeigte allerdings eine Spur von Neugier. »Und warum beschäftigt dich dieses Thema gerade heute so intensiv?«

»Ich hab für mich beschlossen, diese Schreckensphantasie nach vier Jahren endlich loszulassen. Mir zieht's jedes Mal den Akku leer, wenn ich mich in Gedanken mit dem Unfallfahrer beschäftige. Sinnloses Nachdenken mit null Ergebnis, außer dass ich davon schlecht draufkomme. Wir füttern diesen Phantasiedämon seit vier Jahren mit unserer Energie ohne Aussicht darauf, dass er jemals verschwindet.« Ich sah ihm direkt in die Augen. »Das wird immer und ewig so weitergehen, Papa, wenn wir nicht aufhören, diesen Horrorfreak mit unserer Phantasie sinnlos am Leben zu halten. Er ist wie ein Energieparasit, der uns in einer Schleife festhält. Energetisch gesehen eine verdammte Einbahnstraße, die nirgendwohin führt. Unsere Grübeleien bringen nichts – einfach NICHTS! Mama verdichtet sich dadurch keinen Millimeter zurück in die Materie. Wenn wir dieser Phantomgestalt keine Aufmerksamkeit mehr schenken, stirbt sie irgendwann ab.« Ich starrte auf die Tischplatte. »Und was ist, wenn wir unsere jeweilige Vorstellung all die Jahre mit den falschen Bildern gefüttert haben?«

»Was meinst du mit falschen Bildern?«

»Na ja, was ist, wenn derjenige einfach zu feige war, um anzuhalten, weil er vor den Folgen zu große Angst hatte? Was, wenn es ihm jede Sekunde seines Lebens leidtut?«

»Eine solche Einsicht macht das feige Schwein doch nicht besser!«, schnaubte Papa.

»Nicht besser, nur menschlicher. Vielleicht wird er dadurch in unserer Vorstellung wieder zu einem normalen Menschen. Einer, der unbeabsichtigt eine Riesenkatastrophe losgetreten hat und nicht den Mumm hatte, die Verantwortung dafür zu übernehmen.«

Papa zögerte, schluckte schwer und sah mich an. »Es würde mir schwerfallen, so zu denken, muss ich ehrlich zugeben.«

Angestrengt kramte ich in meiner Phantasie nach einem passenden Beispiel, um ihm meine Sicht klarer verständlich zu machen. »Papa, stell dir vor, du hörst abends aus dem Keller unheimliche Geräusche. Lautes Poltern und Scheppern, dazwischen entsetzliches Kreischen, dass es dir kalt den Rücken runterläuft.« Ich sah ihn den Kopf schütteln und sich leicht überfordert über den Bart streichen. »Im ersten Moment denkst du natürlich an einen Poltergeist, der da unten herumwütet. Oder an jemanden aus deiner Vergangenheit, der vielleicht mal richtig was gegen dich hatte und nach all den Jahren zufällig herausgefunden hat, wo du wohnst, und sich jetzt knallhart an dir rächen will. *Doomsday* mitten in Köln!«

»Sag mal, was für Filme guckst du eigentlich, wenn ich tagsüber nicht da bin?«

Ich ignorierte seine Frage. »Die Phantasie geht mit dir durch. Du malst dir alle möglichen Horrorszenarien aus, dass dir vor Angst die Gänsehaut einfriert. Du hältst die Ungewissheit nicht aus und beschließt, der Sache auf den Grund zu gehen. Bewaffnet mit einem Baseballschläger gehst du zur Kellertür, machst das Licht an und schleichst dich in voller Alarmbereitschaft die Treppe runter. Jeder Muskel in dir ist bis zum Zerreißen gespannt, dein Herz donnert in deiner Brust und du gehst vom Allerschlimmsten aus. *Ist da jemand?*, rufst du mutig und bewegst dich langsam weiter bis ans untere Ende der Treppe. Und was siehst du da?«, spannte ich ihn auf die Folter.

»Was?«, hauchte er.

»Du siehst Nachbars Katze, die aus Versehen im Keller eingesperrt ist und in ihrer Panik ein paar Sachen umgeworfen hat. Sie miaut jämmerlich zu dir hoch und fleht dich mit ihren Katzenaugen an, dass du sie aus dem Keller rauslassen sollst.« Papas Schultern sackten vor Erleichterung nach unten. »Verstehst du, worauf ich hinauswill? All die Horrorbilder, die du dir in deiner Phantasie ausgemalt hast, waren falsch, weil sich die Sache als eine logisch erklärbare Verkettung ungünstiger Umstände herausgestellt hat. Es war kein Poltergeist und auch nicht der Rächer von Köln, sondern bloß eine stinknormale Katze.«

»Du denkst also, ich sollte versuchen, den Blickwinkel auf die Sache mit Mamas Mörder zu ändern, damit ich auf Sicht einen gewissen Frieden damit schließen kann?«, erfasste Papa den Sinn meines Happy Horrorfilms ganz gut.

»Schaden kann's nicht. Aber das musst du für dich entscheiden. Freier Wille, wenn du verstehst«, womit ich einen von J.s Lieblingssätzen preisgab.

»Ich werde darüber nachdenken«, versprach er, dann schüttelte er den Kopf. »Manchmal bin ich regelrecht erstaunt, wie tiefsinnig und logisch du die Dinge

295

durchdenkst und welche analytischen Schlussfolgerungen du daraus ziehst. Seit wann bist du so erwachsen?«

»Ich bin nicht erwachsen. Mein Gehirn ist nur weniger benutzerunfreundlich als früher. Paar Updates, mehr Speicher und so.« Papa lachte.

Nachdem wir in der Küche klar Schiff gemacht hatten, ging ich hoch. Obwohl es noch nicht besonders spät war, fühlte ich mich völlig ausgepumpt. Meine abendlichen Badezimmeraktivitäten reduzierte ich deshalb auf ein absolutes Minimum. Kurz darauf knipste ich das Licht aus und rollte mich unter meiner Bettdecke zusammen. Gedanken fegten wie Blitze durch meinen Kopf, aber ich war zu müde, um sie zu sortieren. *Tobt weiter, aber ohne mich!*, ließ ich sie wissen und lauschte stattdessen Papas Phase III Musik aus dem Keller. Er schien Phase I und Phase II an dem Abend ausnahmsweise übersprungen zu haben, was in den ganzen Jahren, seitdem ich sein abendliches Ritual mitverfolgte, noch nie vorgekommen war.

Eingelullt von »I'm so lonesome I could cry« von den *Cowboy Junkies* war ich bereits am wegdösen, als mir der Zimmercheck siedend heiß einfiel. Ich war hundemüde, meine Augen waren schon schlafen gegangen und überhaupt hatte ich keine Lust mehr, Opfer dieses Unters-Bett-Guck-Quälgeistes zu sein. Hatte ich Papa nicht etwas von Plagegeistern füttern erzählt und dass man sie aushungern lassen musste, indem man ihnen keine Aufmerksamkeit mehr schenkte? Außerdem hatte J. gesagt, dass wir selbst der Boss in unserem Universum waren und wir unsere Illusionen selbst bestimmten. Wir konnten alles erschaffen, ändern oder auslöschen. So beschloss ich an dem Abend ein für alle Mal, dass dieser Nervsack keine Macht mehr über mich hatte. Nie wieder würde ich tun, was er von mir verlangte. Ab sofort wollte ich Herr in meiner eigenen Birne sein. Unters-Bett-Guck-Quälgeist? Am Arsch!

*

Eigentlich hatte ich mir vorgenommen, meine Entdeckung vom Vortag J. gegenüber nicht zu erwähnen. Er sollte sich nicht wie ein Verräter vorkommen müssen, weil die Geschichte, die Freddy ihm im Vertrauen erzählt und er mir anonym weitererzählt hatte, durch Zufall ans Licht gekommen war. Andererseits gab es vielleicht viele solcher Geschichten und J. hatte gar nicht konkret von Freddy gesprochen, sondern von irgendjemandem, dessen Geschichte der von Freddy glich. Es war auch nicht wichtig. Vor J. blieb ohnehin nie etwas geheim. Wahrscheinlich wusste er sowieso schon, dass ich Freddys Identität herausgefunden hatte. Vermutlich hatte er von Anfang an gewusst, dass ich sie irgendwann herausfinden würde, und mir mit dem Erzählen der Geschichte den Weg zu dieser Erkenntnis vorgezeichnet. Möglicherweise war der verhängnisvolle Abend im Park auch nicht rein zufällig so passiert, wie er passiert war. Vielleicht hatte J. gewollt, dass Freddy uns mit Axel zu Hilfe kam, damit ich eine seiner mutigen Seiten miterlebte. J. war eben J., und sowohl er selbst als auch seine Wechselwirkung mit meinem Leben waren und blieben undurchschaubar.

Ich sah J. an seinem Platz in der Sonne sitzen, als ich nach der Schule wie gewohnt Richtung Spielplatz ging. Nachdem wir uns begrüßt hatten, hockte ich mich neben ihn. Aus den Augenwinkeln sah ich Axel und Freddy unter den Bäumen nebeneinander auf einer Bank sitzen. Sie unterhielten sich, tranken ihr übliches Bier. Ich schaute genauer zu Freddy hinüber und achtete dabei auf mein Gefühl. Er war nicht mehr der Freddy, der zufällig mit J. befreundet war und obdachlos im Park lebte. Er war der Mensch, der Mama auf dem Gewissen hatte. Was ich spürte, war eine Mischung aus Abscheu und Widerwillen – keine unerträgliche Wut oder Rache. Ich sah J. an. Seine Augen bohrten sich in meine. Bewusst starrte ich wieder hinüber zur Bank. J. folgte meinem Blick. Ich drehte den Kopf zurück und sah ihm direkt ins Gesicht. »Ich weiß jetzt, wer Freddy ist.«

»Und?«, fragte J., während er seine klugen Augen auf mein Gesicht gerichtet hielt. Er fragte nicht, woher ich es wusste. Er schien es einfach zu wissen, wie er es wahrscheinlich von Anfang an gewusst hatte.

»Nichts und«, antwortete ich knapp. Wir schwiegen, was sich zum ersten Mal unbehaglich anfühlte. Um mich abzulenken, suchte ich mir einen Fixpunkt auf dem Bürgersteig – ein eingetrockneter Kaugummi – auf den ich geistesabwesend starrte.

»Hast du es deinem Vater erzählt oder wirst du es tun?«, fragte J. nach einer Weile mit seiner ruhigen, tiefen Stimme.

»Nein, ich hab mich dagegen entschieden«, antwortete ich, ohne von meinem Kaugummifleck aufzuschauen. »Ich hab versucht, in Konsequenzen zu denken, wie du es mir beigebracht hast, und bin zu dem Schluss gekommen, dass ich die Folgen nicht absehen kann. Denn egal in welche Richtung ich denke, die Wahrheit würde weder meinem Vater noch Freddy etwas bringen. Sie würde einfach niemandem helfen. Vielleicht würde sie beiden sogar schaden.«

»Was lässt dich zu dieser Erkenntnis kommen?«

»Was ist, wenn ich mit der Wahrheit eine unkontrollierbare Gefühlslawine in meinem Vater lostrete, die ihn komplett überrollt, und er etwas Unüberlegtes tut? Freddy totschlägt oder erschießt, auch wenn er dazu eigentlich kein Typ ist.« Der

Kaugummipunkt auf dem Bürgersteig begann unter meinem konzentrierten Blick unscharf zu werden. »Mein Vater könnte Freddy an die Polizei verraten. Freddy würde doppelt bestraft, weil er zusätzlich zu seiner selbst auferlegten Strafe noch jahrelang wegen Fahrerflucht mit Todesfolge ins Gefängnis müsste. Vielleicht hätte er es verdient. Aber vielleicht reicht auch seine Selbstbestrafung, dass er alles, was er hatte, verloren hat und jetzt dieses Leben führt. Keine Ahnung.« Ich stellte meine Augen wieder scharf. »Eine andere Möglichkeit wäre, dass mein Vater Freddy aufsucht und ihn zur Rede stellt. Ihn beschimpft und ihm alles an den Kopf wirft, was sich in den letzten vier Jahren in ihm aufgestaut hat. Meinem Vater würde das bestimmt guttun, aber für Freddy wäre es wahrscheinlich verheerend. Er könnte aus Angst in eine andere Stadt fliehen. Damit seinen vertrauten Lebensraum verlieren oder sich im schlimmsten Fall das Leben nehmen.« Widerwillig ließ ich den Kaugummifixpunkt los und sah J. an. Während ich geredet hatte, hatte ich seinen Blick die ganze Zeit auf mir gespürt. »Weißt du, egal wie es ausginge, es würde meine Mutter auch nicht wieder zurückbringen. Warum also unnütz den Staub der Vergangenheit aufwirbeln, wenn im Resultat sowieso nichts Vernünftiges dabei herauskommt.«

»Wirst du Freddy zur Rede stellen?« Ich schüttelte den Kopf. »Du hast deine Gedanken sehr sorgfältig gegeneinander abgewogen, Jonas.« Er nickte mir anerkennend zu, dann richtete er seine Augen in die Ferne. »Und was ist mit dir?«

»Was soll mit mir sein? Ein Dämon weniger, den ich durchfüttern muss«, antwortete ich leicht gereizt. »Ich hab sogar weniger Hunger, kannst du dir das vorstellen?«

»Sieh an«, bemerkte J. trocken, bevor er mir im nächsten Moment aufmunternd zulächelte.

»Mich erleichtert natürlich die Tatsache, dass der Mörder meiner Mutter seine Tat bereut und es ihm leidtut, dass sie durch ihn gestorben ist. Außerdem hat Freddy uns zusammen mit Axel im Park geholfen, als Raffa und seine Meute uns zwischen hatten. Das hab ich nicht vergessen. Im Grunde ist er bestimmt kein schlechter Mensch, auch wenn er schuld am Tod meiner Mutter ist.«

»Manche Dinge im Leben kann man weder ungeschehen noch wiedergutmachen. So ist das im Leben. Vielleicht hilft dir diese Erkenntnis.«

»Weiß nicht. Ich denke, es ist einfach gut, dass ich die Wahrheit jetzt kenne.«

»Die Wahrheit macht dich frei. So heißt es.«

»Aber erstmal macht sie dich fertig.« Ich sah J. schmunzeln. »Ich hab sogar versucht, meinen Vater in der Sache in eine andere Denkrichtung zu bewegen.«

»Und? Konntest du etwas in ihm bewirken?«

»Keine Ahnung. Muss er für sich regeln. Es ist sein Spukgespenst und nur er kann es auflösen, wenn ich dich richtig verstanden hab.« J. nickte nur, ohne etwas dazu zu sagen. Plötzlich hatte ich keine Lust mehr auf Reden und stand auf. »Tut mir leid, aber ich hab auf einmal miese Laune, die ich dir nicht unnötig zumuten will. Ich geh mal nach Hause.«

»Der menschliche Organismus braucht manchmal seine Zeit, bis er neue Informationen oder Veränderungen in das bestehende System eingefügt hat. Bis die neuen Prozesse laufen, sind Stimmungsschwankungen schon mal möglich.« Ich nickte mechanisch. »Du hast klug entschieden, mein Junge, und ich sehe, du hast viel gelernt, auch wenn es dir selbst vielleicht noch nicht in der Gänze bewusst ist.« Er hob die Hand zum Abschied. Ich winkte zurück, drehte mich um und ging.

28

Wie verabredet trafen wir uns am nächsten Tag um fünf vor Deniz Kampfsportschule. Wobei mir seit der Sache mit Freddy der Kopf überhaupt nicht nach Kämpfen und Partyvorbereitung stand.

»Was bedeutet der Name *Silla*?«, wollte Elli von Deniz wissen, als sie zu dem Schild über dem Eingang hochblickte.

»Er hat irgendwas mit Korea und Taekwondo zu tun. Muss ich meinen Trainer fragen.«

»Und warum gerade die Schule hier?«, bohrte Elli weiter.

»Mich hat das Training hier von Anfang an begeistert. Außerdem ist *Silla* die älteste Taekwondo-Schule in Köln. Mein Trainer macht seit mehr als einem halben Jahrhundert Kampfsport und ist einer der erfahrensten Kampfsportler überhaupt«, sagte Deniz bewundernd. »Ich hab von ihm nicht nur sportlich, sondern auch sonst richtig viel gelernt. Das gefällt mir eben.«

Zum ersten Mal hörte ich Deniz so emotional über seinen Trainer und dessen Schule sprechen. Fast war ich etwas gekränkt, weil er mir nie erzählt hatte, wie viel ihm das alles bedeutete. Deniz setzte sich bereits Richtung Eingangstür in Bewegung. Wir folgten ihm mit unseren Sporttaschen über der Schulter. Er begrüßte seinen Trainer mit Handschlag und einer angedeuteten Verbeugung. Elli und ich stellten uns vor und ließen Deniz kurz erklären, warum wir da waren.

»Am besten übst du zwei, drei von den einfacheren Hapkido Techniken, die sehr effektiv und nicht zu kompliziert in der Bewegungsabfolge sind«, schlug ihm der Trainer vor.

»Gute Idee«, antwortete Deniz. »Wir wollten übrigens noch fragen, was der Name *Silla* bedeutet.«

»*Silla* steht ursprünglich für eines der sogenannten Drei Reiche von Korea. In ihm hatte das Taekwondo seinen Ursprung«, gab der Trainer bereitwillig Auskunft.

Wir gingen uns umziehen und trafen uns vor der Matte. Es war bereits eine bunte Mischung aus Erwachsenen, Jugendlichen und Kindern da. Staunend beobachtete ich, wie manche wahnsinnig schnelle und für mich unerreichbar hohe Kicks vollführten. Einer drehte sich in der Luft einmal um die eigene Achse und schaffte dabei noch einen Hackenschlag. Allein vom Zuschauen bekam ich schon orthopädische Panik. Auch Elli schien schwer beeindruckt, wie ich an ihrem Gesicht erkennen konnte. Deniz kam und signalisierte uns, ihm zu folgen. Zum Warmwerden liefen wir ein paar Runden auf der Matte, machten Hampelmann und Kreuzschritte, um uns anschließend etwas zu dehnen. Ich war nach den wenigen Minuten Aufwärmtraining völlig fertig und schämte mich für mein bereits dunkel verschwitztes T-Shirt.

»Lasst uns ein paar Liegestütze machen, um die Körperspannung und die Grundkraft zu trainieren«, wies Deniz uns an.

»Liegestütze?«, fragte ich entgeistert. »Geht's noch? Ich krieg doch mein Gewicht nicht mit den Armen hoch. Das geht nur mit Flaschenzug!« Elli sah mich mitfühlend an, während Deniz ganz gelassen blieb.

»Quatsch keinen Blödsinn! Schmeiß dich auf die Matte und fang an!« So kannte ich ihn gar nicht. Ich verzog das Gesicht und strafte Deniz mit einem vernichtenden Blick, als er anfing Liegestütze zu machen. Elli hatte auch ganz schön Schwierigkeiten, sich auf ihren Armen hochzustemmen, aber man merkte ihr an, dass sie es unbedingt schaffen wollte. »Was ist, Johnny?«, rief Deniz mir prustend zu.

»Ich blamier mich doch hier bis auf die Knochen, wenn ich Liegestütze probiere«, zischte ich ihm zu. Dabei hoffte ich, dass Elli vor lauter Anstrengung das Blut in den Ohren rauschte und sie das nicht mitbekommen hatte.

»Meinst du, ich konnte am Anfang Liegestütze?«, japste Deniz zwischen einer Auf- und Abwärtsbewegung. »Ich hab einfach so lange geübt, bis ich eine richtig hinbekommen hab. Dann hab ich irgendwann zwei geschafft und so weiter.« Er sprang zurück in den Stand und stellte sich außer Atem neben mich. »Das nennt man Training, Johnny, und das ist das Gegenteil von: Kann ich nicht, mach ich nicht, ist mir zu anstrengend!«

Ich war eingeschnappt. Außerdem war ich neidisch auf Deniz, weil er so gut Liegestütze konnte, und auch auf Elli, die es zumindest eisern versuchte, egal wie es aussah. Sie hatte im Gegensatz zu mir echt Biss und bemühte sich mit allem, was ihre Muskeln hergaben.

»Okay, wie geht das genau?«, motzte ich Deniz an. Er grinste, klopfte mir auf die Schulter und riet mir, erst einmal eine Art Liegestütz im Vierfüßlerstand zu machen, bevor ich eine richtige versuchen würde.

»Pass auf, das Gelenk zwischen Handgelenk und Schultergelenk nennt man Ellbogengelenk und das lässt sich knicken und strecken. Guck, so!« Deniz zeigte mir in der Luft, wie man den Arm beugte, als sei ich grenzdebil. Ich verdrehte die Augen. »Warum ich das erkläre? Am Anfang denkt man, Hintern rauf, Hintern runter oder Kopf strecken, Kopf hängenlassen, wäre schon die Liegestützbewegung. Man vergisst, dass man die Arme beugen kann, oder man traut sich nicht aus Angst, die eigene Stabilität zu verlieren.«

Widerwillig ging ich runter in den Vierfüßlerstand. Ich machte ein paar Rauf- und Runterbewegungen, indem ich meine Arme immer schön einknickte und wieder lang machte.

»Läuft doch super«, lobte Deniz mich. »Und jetzt probierst du das Gleiche in der ausgestreckten Position.«

Unsicher streckte ich mich der Länge nach aus, stütze mein gesamtes Gewicht auf die Arme und knickte die Ellbogen ein, oder besser, sie knickten im selben Moment von alleine ein. Mein Gesicht schlug mit maximaler Beschleunigung platt auf dem Mattenboden auf. Ich verfluchte alles und jeden! Ein roter Blutstropfen fiel auf die weiße Matte und ich fuhr mir entsetzt mit der Hand unter die Nase. Verdammt! Das hatte noch gefehlt.

»Okay, das hat jetzt nicht so gut geklappt …«, wagte Deniz einen Kommentar, während Elli mich erschrocken ansah.

»Die Angst, beim Armbeugen seine Stabilität zu verlieren, kann ich überhaupt nicht nachvollziehen«, maulte ich, als ich mir das Blut am T-Shirt abwischte. Der Trainer brachte mir eine Box mit Papiertaschentüchern und einen Kühlpack, den Deniz mir in den Nacken legte.

»Geht's oder möchtest du dich kurz hinlegen?«, fragte der Trainer routiniert. Ich winkte ab, weil das Nasenbluten tatsächlich schon nachließ. »Das passiert schon mal, kein Drama. Hier gibt es häufiger blutende Nasen.«

Nickend rappelte ich mich auf. Als ich bis auf ein leichtes Pochen in der Nasengegend wieder fit genug war, übte Deniz einige der Abwehr- und Gegenangriffstechniken mit uns ein, die mir sofort gefielen. Ich konnte mir die Bewegungsabfolgen ganz gut merken. Sie hatten mehr mit Koordination als mit Ausdauer und Fitness zu tun. Zudem folgten sie einer für mich gut nachvollziehbaren Logik. Deniz stellte sich als wirklich fähiger Lehrer heraus und am Ende des zweistündigen Trainings hatten wir das Grundprinzip verstanden: Man wehrte den gegnerischen Angriff aus der Defensive offensiv ab und wechselte sofort in den Gegenangriff. Um allerdings die erlernten Techniken effektiv anwenden zu können, brauchte es unzählige Wiederholungen, was in einem zweistündigen Einzeltraining nicht zu erreichen war. Dennoch gingen wir mit dem selbstbewussten Gefühl von der Matte, uns im Notfall besser wehren zu können. Selbst die Blamage meines schwer missglückten Liegestützversuchs hatte ich so gut wie überwunden.

Als wir die Sportschule verließen, blieb Deniz plötzlich stehen und machte ein betretenes Gesicht. »Ich komm übrigens nicht mit zur Party.«

»Wieso nicht?«, fragte ich überrascht.

»Ich muss an dem Wochenende auf die Hochzeit meiner Kusine.«

»Warum hast du uns nichts davon erzählt?«, wollte Elli wissen.

»Weil ich die Hochzeit komplett vergessen hatte und meine Eltern mich heute daran erinnert haben. Ich wollte es euch vorhin schon sagen, aber dann hatte ich Angst, ihr würdet das Training abblasen. Klingt jetzt blöd, aber ich hatte mich echt drauf gefreut, euch etwas von dem beizubringen, was ich kann.«

Elli und ich sahen uns betroffen an. »Kannst du nicht ein paar Stündchen zu der Hochzeit gehen und danach mit uns zur Party kommen?«, schlug ich vor.

Deniz kickte frustriert nach einer Mülltonne. »Nee, geht nicht. Die Hochzeit ist in Dortmund und dauert das ganze Wochenende.«

»Voll schade, echt. Wir werden dir auf jeden Fall alles bis in den Nanobereich berichten«, versprach Elli, um seine Enttäuschung abzumildern.

»Klar, Mann. Und sollten wir im Gemenge die Griffe nicht mehr draufhaben, schalten wir einen SOS-Videoanruf zu dir nach Dortmund und du gibst uns in Schallgeschwindigkeit Anweisungen.« Deniz brummte ein *Okay*, dann verabschiedeten wir uns voneinander.

Auf dem Heimweg bekam ich bei dem Gedanken, ohne Deniz zu Raffas Party zu gehen, eine Art Schwächeanfall. Nicht dass ich mich nicht traute, alleine mit Elli zu der ersten Party meines Lebens zu gehen, ich hätte mich nur eindeutig entspannter gefühlt, wenn Deniz auch dabei gewesen wäre. Zu dritt wäre es lockerer gewesen, weil die Aufmerksamkeit durch drei und nicht bloß durch zwei geteilt worden wäre. Egal, es würde schon gut werden, wenn ich mich nicht allzu verklemmt anstellte.

29

Drei Tage zuvor hatte ich darauf gebrannt, J. von Raffas Einladung zu erzählen, doch seit der Sache mit Freddy war sie irgendwie in den Hintergrund geraten. Sie erschien mir sogar ziemlich unwichtig. Dennoch wollte ich ihm davon erzählen, als ich ihn am nächsten Tag traf. Schließlich war es auch sein Verdienst, dass Raffa mir gegenüber weniger feindselig war.

»Stell dir vor, Raffa hat mich zusammen mit Deniz und Elli nächste Woche Samstag auf eine Party eingeladen. Was sagst du dazu?« Gespannt beobachtete ich seinen Gesichtsausdruck.

J. blieb jedoch völlig unbeeindruckt und fragte nur sachlich: »Und? Hast du vor, hinzugehen?«

»Ich denke schon, wenn Elli auch mitkommt. Blöderweise kann Deniz wegen der Hochzeit seiner Kusine nicht, sonst wären wir zu dritt hingegangen.«

»Und jetzt möchtest du Raffas Freund sein?« Seine Direktheit war wie ein Ventilator auf höchster Stufe frontal ins Gesicht.

»Garantiert nicht! Ich geh da nur hin, weil ich wissen will, wie es sich anfühlt, von ihm und der Gang mit Respekt behandelt zu werden.« Selbst für meine Ohren hörte sich der Satz ziemlich lahm an, was musste J. erst davon halten. Er gab nur ein »Hm« von sich, sodass ich das Bedürfnis hatte, meine Beweggründe vor ihm verteidigen zu müssen. »Ich möchte das nur ein einziges Mal erleben. Danach trennen sich unsere Wege wieder ohne größere Freundschaft. Neutraler Umgang, aber auf Augenhöhe.«

»Denkst du, Raffa und du könntet je auf Augenhöhe sein?« Schwierige Frage, aber typisch für J., mein Hirn aus seiner Trägheit herauszulocken.

»Dafür sind wir wohl zu weit voneinander entfernt. Ich könnte und wollte nie so sein wie er, obwohl ich es mir schon manchmal gewünscht hab, wie du weißt. Und ich bin mir auch ziemlich sicher, dass er nie so sein wollte wie ich. Vielleicht könnte er es auch gar nicht, selbst wenn er es wollte.«

»Mit deiner Annahme liegst du möglicherweise nicht ganz falsch. Vermutlich wird Raffa auf deinem Spielfeld nie mit dir auf Augenhöhe sein. Du hast jedoch den Vorteil, seine Spielregeln zu kennen und ihn mithilfe deiner Klugheit nach seinen Regeln auszuspielen.«

»Verstehe«, knurrte ich, weil ich nicht zugeben wollte, dass er schon immer richtig gelegen hatte. Immer hatte ich geglaubt, ich müsste so sein wie Raffa, um es mit ihm aufzunehmen. Im nächsten Moment ging J. auf meine Gedanken ein, als sei er mit meinem Gehirn verkabelt.

»Du hast jetzt die Fähigkeit, mit Raffa umzugehen, ohne dich gegen deine Natur auf seiner Verhaltensebene ansiedeln zu müssen. Diese Kompetenz verschafft dir die beruhigende Gewissheit, auf deinem Spielfeld zu Hause sein zu dürfen, nicht auf seinem.«

»Stimmt. Ich hab mir den Respekt ohne Fäuste und niederträchtige Spielchen verdient.« J. nickte mir zu. Dank dir, fügte ich in Gedanken hinzu und fragte mich, warum ich es nicht aussprach.

»Natürlich kann man sich, wenn es dem Zweck dient, immer mal zeitweise auf einer anderen Sprach- oder Verhaltensebene bewegen. Man darf nur seine Spielebene nie wirklich verlassen. Anders ausgedrückt, man muss immer wieder auf die eigene Ebene zurückkehren. Deshalb: Vermisch die Ebenen nicht!«

»Keine Sorge. Das hab ich nach den vielen Gesprächen mit dir mittlerweile kapiert.«

»Abgesehen davon, dass die Fähigkeit, mit Menschen unterschiedlicher Denkausrichtung umzugehen, im Leben wichtig und hilfreich ist, zeugt sie auch von einem hohen Grad geistiger Entwicklung. Darüber hinaus ist sie auch eine Form von Respekt, solange dein Gegenüber sie natürlich als solche wertschätzt und dir gegenüber nicht respektlos ist.« J. sah mich aufmerksam an.

»Wie jetzt? Ich muss doch wohl keinen Respekt vor Raffas überwiegend idiotischem Verhalten haben. Das klingt eher nach Volltrance als nach Bewusstheit, wovon du doch so ein Fan bist.«

»Damit meine ich die Akzeptanz, dass es Menschen gibt, die grundsätzlich anders denken, fühlen und handeln als du selbst. Was ihnen durchaus zusteht. Jede Ebene hat für sich gesehen ihre Existenzberechtigung. Folglich sollte sich niemand das Recht herausnehmen, andere nach den eigenen Maßstäben zu bewerten oder sich selbst über andere zu stellen. Man kann sich mit den unterschiedlichsten Menschen konstruktiv auseinandersetzen, ohne dabei respektlos zu sein. Jemanden jedoch aufgrund seiner Unterschiedlichkeit abzuwerten oder ihn hartnäckig von der eigenen Denkweise überzeugen zu wollen – was meist irgendwelchen persönlichen Komplexen geschuldet ist – kann schnell auf Gegenwehr stoßen.« Mit einem Seitenblick vergewisserte er sich, dass ich ihm folgen konnte. »Druck erzeugt immer Gegendruck und führt im Resultat nicht selten zu Unfrieden.«

Es verblüffte mich immer wieder, wie kompliziert J. etwas ausdrücken konnte, dabei aber so tat, als sei es das kleine Einmaleins. »Du meinst, besser einen auf Mister Flexi im Kopf machen, als den egoverkrampften Besserwisser raushängen zu lassen? Locker bleiben, auch wenn einer komplett anders drauf ist als man selbst?«

»Nun ja, in erster Linie ist es für einen selbst energieraubend und kann leicht in einen Zwang ausarten, wenn man diese Art von Gelassenheit nicht praktiziert. Gegen die angeborene Vielfalt der Menschen anzukämpfen, ist ein monumentales Abenteuer und ausgesprochen zwecklos. Deshalb macht es oft mehr Sinn, die Menschen dort abzuholen, wo du sie antriffst, anstatt sie mit allen Mitteln dahin bewegen zu wollen, wo du dich befindest. Es ist für beide Seiten angenehmer, respektvoller und schont den individuellen Energiehaushalt. Manchmal macht es für den persönlichen Frieden sogar Sinn, wenn du den anderen schlicht an der Stelle stehen lässt, an der er sich befindet, und sich eure Wege überhaupt nicht mehr kreuzen. Auch das darf sein.« Ich dachte an Raffa und mich. Wo wir wohl enden würden? »Jeder Mensch hat seinen ganz eigenen Weg im Leben zu gehen, das sollte man akzeptieren und respektieren. Wisse das und habe Frieden.«

»Oder man tut es nicht und ballert sich den Lebensakku unnötig leer«, schlussfolgerte ich und war von meinem Scharfsinn selbst überrascht. Ich setzte noch einen drauf. »Freier Wille, stimmt's?«

»Richtig. Freier Wille ist auch, anderen Menschen nicht die Wahl zu nehmen.« Er schenkte mir einen höchst zufriedenen Blick, der mich ein bisschen stolz machte. »Ich sehe, du hast viel gelernt.«

»Mann, das hab ich echt. Dank dir.« Der Moment schien mir perfekt, J. das zu sagen, was ich ihm schon lange hatte sagen wollen. »Die Macke, mein Hirn nicht nur spazieren zu tragen, sondern es auch zu benutzen, hab ich erst durch dich.«

»Glaub mir, ich konnte nichts in dir erwecken, was nicht sowieso schon immer in dir gewohnt hat. Ich habe dir nur dabei geholfen, ein paar Barrieren zu beseitigen, die deine Fähigkeiten an ihrer Entfaltung gehindert haben.«

»In meinem Leben hat sich so vieles geklärt und auch verbessert, was ich ohne dich nie geschafft hätte. Ich kann mit meinem Kummer wegen meiner Mutter besser umgehen, meine Ängste und Schreckgespenster haben sich erledigt, sogar mein ewiger Kampf mit Raffa scheint vorbei zu sein. Selbst meine Zwänge und Komplexe sind auf einem guten Weg. Außerdem hab ich schon sieben Kilo abgenommen. Für mich alles ziemlich abgefahren!«

»Es freut mich für dich, wenn es so ist, wie du sagst.«

Ich spürte plötzlich einen Kloß im Hals. »Danke, J., für alles.«

»Ich kann immer nur Impulse geben oder unterschiedliche Sichtweisen auf die Dinge anbieten. Entscheiden und vor allem tun muss jeder selbst. Deshalb solltest du nicht mir, sondern dir selbst danken, Jonas. Du hast sehr viel Mut und Durchhaltevermögen bewiesen. Darauf kannst du stolz sein.« Er machte Anstalten aufzubrechen, weshalb ich auch auf die Füße sprang. Ich sah ihm zu, wie er seine Sitzdecke zusammenrollte und an seinem Rucksack befestigte. Dann drehte er sich zu mir um. »Ich muss jetzt los.«

»Dachte ich mir. Ich sollte mich auch langsam auf die Socken machen. Meine Oma kommt uns heute Nachmittag besuchen, weshalb mein Vater und ich noch einen Putz- und Aufräummarathon hinlegen müssen.« Um mich davor zu drücken, wäre ich lieber noch etwas bei J. geblieben. Er schulterte jedoch seinen Rucksack und ich notgedrungen meine Schulsachen. Als er mich ansah, schimmerten seine Augen in einem seltsam warmen Licht.

»Leb wohl, junger Freund.«

»Du auch, weiser, alter Freund!«, gab ich zurück und verbeugte mich hochachtungsvoll, weil mir seine Formulierung gefiel. Sie klang so schön altmodisch und erinnerte mich an zwei Filmhelden, die nach einem langen, aufregenden Abenteuer voneinander Abschied nahmen. »Bis die Tage, keine Frage«, schob ich noch salopp hinterher. Im Weggehen winkte ich J. noch mal zu und sah ihn lächelnd zurückwinken. Als ich mich nach ein paar Metern erneut umdrehte, war er verschwunden. J. war wirklich ein klasse Typ, aus dem ich zwar nie richtig schlau wurde, dafür umso mehr durch ihn.

Ich beeilte mich, heimzukommen. Oma hatte uns zwei Wochen zuvor ihr selbst geschriebenes Rezeptbuch mitgebracht, wie gewünscht in Form eines Ringbuchordners, der all unsere Lieblingsgerichte enthielt. Darüber hatten Papa und ich uns ehrlich gefreut. Außerdem hatte sie uns eines ihrer superscharfen Küchenmesser mitgebracht, damit wirklich nichts schiefgehen konnte. Als Dankeschön wollten wir sie mit selbstgekochtem Gulasch überraschen. Es war die Feuerprobe, ob ihre Rezepte ausführlich genug beschrieben waren und wir es schafften, die Gerichte einwandfrei nachzukochen. Papa hatte sich dafür extra den halben Tag frei genommen.

Als ich zur Haustür reinkam, roch es schon lecker. Genüsslich sog ich den Duft nach Gulasch ein. Während ich Richtung Küche ging, traute ich meinen Augen kaum. Der Flur war tipptopp aufgeräumt und nicht ein Paar Schuhe oder ähnliche

Stolperfallen trübten das Sichtfeld. Ich begrüßte Papa, der in der Küche am Herd stand und richtig im Stress war. Das Geschirrtuch, das er sich in den Hosenbund gesteckt hatte, war fleckig vom Händeabwischen. Auf seiner Stirn glänzten Schweißperlen. Staunend schaute ich mich um, denn auch die Küche und der Durchgang zum Wohnzimmer waren tadellos aufgeräumt. Alle Flächen waren komplett frei von irgendwelchen herumliegenden Sachen und gestapeltem *Wohin-damit-Plunder*.

»Wahnsinn, wie ordentlich es hier ist!«, rief ich verblüfft aus. »Wohin hast du denn auf die Schnelle den ganzen Kram geräumt?«

»Ins Auto verfrachtet, als Zwischenlager«, sagte er grinsend. »Aber um das Endlager sollten wir uns wirklich demnächst verschärft kümmern.«

»Auf jeden Fall. An die Ordnung könnte ich mich glatt gewöhnen.« Ich sah mich noch mal um. »Sieht echt schön aus.« Während Papa weiter am Herd hantierte, deckte ich den Tisch und holte Getränke aus dem Keller.

Um Punkt vier klingelte es und Oma stand vor der Tür. Sie begrüßte mich wie immer mit einer ihrer Quetschumarmungen, bevor sie mir eine Tüte Studentenfutter zusammen mit einem kleinen Umschlag in die Hand drückte. Sie hatte meinen Wink mit den unnützen Geschenken wohl doch verstanden. Für Papa legte sie ein in Geschenkpapier eingepacktes, weiches Päckchen auf den Tisch.

»Schau mal, Hans-Dieter, das habe ich dir mitgebracht«, sagte sie freudestrahlend.

Papa kam an den Tisch, um sein Päckchen auszuwickeln. Kurz darauf hielt er ein Oberteil hoch und fragte verwundert: »Und wo ist die Hose dazu?«, wobei er nochmals suchend das Geschenkpapier durchwühlte.

»Welche Hose?«, fragte Oma irritiert.

»Na, zu einem Schlafanzugoberteil gehört doch schließlich auch eine Hose«, stellte er sachlich fest.

»Das ist ein Oberhemd!«

»Ach so, dann will ich nichts gesagt haben.« Papa hielt das Hemd auf Armlänge vor sich und betrachtete es eingehend. »Ich dachte nur, wegen der hellblauen Farbe.«

»Also wirklich! Das ist ein topschickes, hellblau kariertes Hemd. Das trägt man jetzt als Mann, hat meine Nachbarin mir versichert, deren Mann jeden Tag ins Büro geht.« Oma riss Papa das Hemd aus der Hand, um es selbst hochzuhalten. »Guck hier!« Sie zeigte auf seitliche Nähte, die sie fachmännisch als Abnäher bezeichnete. »Es ist sogar auf Taille geschnitten, was du mit deiner Figur durchaus tragen kannst.«

»Gut, dann werde ich bei Gelegenheit mal testen, wie es an mir aussieht.«

»Hans-Dieter, das ist kein Hemd für jeden Tag, eher etwas für besondere Anlässe oder für sonntags«, schob sie belehrend hinterher. »Und bitte immer nur mit hellen Sachen waschen, verstanden?«

»Natürlich, Mutter! Für wie unfähig hältst du uns eigentlich immer noch?« Ich war froh, dass keiner von uns an dem Tag eines unserer rosa verfärbten T-Shirts trug.

Oma setzte sich und wir tischten all die Köstlichkeiten auf, für die Papa sich wirklich ins Zeug gelegt hatte.

»Donnerlittchen!«, sagte Oma, als sie die erste Gabel Gulasch probierte. »Also ich muss schon sagen, den habt ihr aber wirklich toll hinbekommen.« Sie nahm einen weiteren Bissen. »Mmm, ist der lecker. Butterzart und toll gewürzt.«

»Ja, schmeckt er dir?«, fragte Papa mit unüberhörbarem Stolz.

»Allerdings«, bestätigte Oma kauend.

»Also, Papa, ab heute nie mehr Dosengulasch!« Ich hob mein Glas.

»Das will ich ja wohl schwer hoffen«, bemerkte Oma lachend, als wir mit unseren Getränken anstießen. »Und nie mehr Altmännerunterhosen!«, ergänzte sie mit einem verschmitzten Grinsen an mich gerichtet.

»Was meinst du?«, fragte ich scheinheilig.

»Na ja, meine Nachbarin, die selbst zwei heranwachsende Söhne hat, hat die Hände über dem Kopf zusammengeschlagen, als ich ihr neulich von den Unterhosen für dich erzählt habe.« Oma kicherte verlegen. »Hast du sie noch?«

»Ja, schon«, gab ich zu und wurde rot. »Sie … also … sie sind im Flurschrank in der Tüte mit der Möbelpolitur.«

»Im Flurschrank? Bei der Möbelpolitur?« Erst machte sie ein empörtes Gesicht, dann fing sie laut an zu lachen. Papa hatte den Faden verloren, jedenfalls sah er uns verwundert an. »Ich kann es dir nicht verübeln, Jonas. An deiner Stelle hätte ich es wohl genauso gemacht.«

»Du bist nicht sauer?«

»Ach was, mein Junge.« Sie tätschelte meine Hand über den Tisch hinweg. Dabei fiel mir ein aufgespießtes Stück Gulasch von der Gabel zurück auf den Teller. »Wie könnte ich dir denn böse sein? Weißt du, vieles, was früher gut war, ist auch heute noch gut, nur ist manches nicht mehr zeitgemäß. Ich hatte es gut gemeint, aber anscheinend dein Alter nicht richtig mitverfolgt.« Sie stockte und schien nach den passenden Worten zu suchen. »Es war einfach so, dass ich … seit … seit der Zeit, als … also seitdem du und dein Papa alleine seid, dachte, dass du immer noch ein kleiner

Junge bist … und vor lauter Sorgen um euch nicht bemerkt habe, wie groß du jetzt bist und … auch schon bald ein Mann … der natürlich selbst entscheidet, was er anzieht.« Oma verdrückte ein Tränchen, das sie mit ihrer Serviette geschickt auffing, bevor es die Wange hinunter unkontrolliert Fahrt aufnehmen konnte. Jetzt war ich es, der Omas Hand tätschelte, was bei ihr einen ergriffenen Schluchzer auslöste.

»Am besten, ich hol mal die Unterhosen.« Die Tüte mit der Möbelpolitur hatte ich trotz der Unordnung im Flurschrank ruckzuck gefunden. Ich zog die zerknitterten Stofflappen hervor, schlug sie ein paar Mal aus und strich sie notdürftig glatt. »Hier sind die wertvollen Teile«, verkündete ich, als ich sie Oma über den Tisch hinweg reichte. »Ich trenne mich wirklich ungerne, aber ein Mann muss tun, was ein Mann tun muss.« Hoffentlich machte sie keinen Zeitsprung und brachte mir bei ihrem nächsten Besuch einen elektrischen Rasierer mit.

Nachdem Oma gefahren war, holten wir das meiste wieder aus dem Auto, um es irgendwohin zu stapeln, wo Platz war. Wir fanden es beide schade, dass die chaosfreie Zeit in der unteren Etage von so kurzer Dauer gewesen war, und versprachen uns erneut, das Thema in naher Zukunft ernsthaft anzugehen. Papa ging zum Musikhören in den Keller und ich hoch in mein Zimmer. Später im Bett musste ich daran denken, was ich J. gegenüber gesagt hatte. Daran, wieviel besser vieles in meinem Leben geworden war. Da hatte ich allerdings noch nichts von Papas sagenhaftem Gulasch und Omas aufrichtigem Geständnis gewusst. Die zwei Sachen setzte ich auch noch auf die Liste mit den erfreulichen Dingen und döste mit dem Gedanken, dass wir das mit dem Aufräumen und Ausmisten auch noch hinbekommen würden, beruhigt weg. *Alles beginnt mit einer Entscheidung …*, hörte ich J. in meinem Kopf sagen, bevor ich nichts mehr hörte.

30

Nach unserer Unterhaltung wegen Raffas Einladung hatte ich J. die ganze Woche nicht gesehen, was wirklich ungewöhnlich war. Auf dem Heimweg hatte ich jeden Tag nach ihm Ausschau gehalten und war sogar einmal am frühen Abend extra zum Spielplatz gegangen, in der Hoffnung, ihn anzutreffen. Aber nie war er da gewesen. Er schien wie vom Erdboden verschluckt. Als er am Ende der Woche noch immer nicht wieder an seinem Platz saß, kroch ein beunruhigendes Gefühl in mir hoch. Während ich dastand und die Umgebung nach ihm absuchte, fiel mir auf, dass sich irgendetwas anders anfühlte als sonst. Ich scannte den Spielplatz und den Park ein weiteres Mal. Etwas fehlte, doch ich wusste nicht, was. Der Gedanke kam mir verrückt vor, aber ich hatte das Gefühl, als sei die Atmosphäre um mich herum weniger verdichtet. Zwar konnte ich mich nicht mehr erinnern, wie sich die Umgebung vor J.s Auftauchen angefühlt hatte, aber ich wusste, wie sie sich während der Zeit mit ihm angefühlt hatte, und das war definitiv nicht so gewesen.

Dann durchfuhr mich die Erkenntnis wie ein Stromschlag: J.s Kraftfeld war weg! Dieses Unsichtbare, das mich von Anfang an in seinen Bann gezogen und mich umgeben hatte, wann immer ich in seiner Nähe gewesen war. Ich hatte das Fehlen in den Tagen zuvor unbewusst wahrgenommen, das Gefühl allerdings nicht weiter beachtet, weil ich J.s Anwesenheit seit Wochen für selbstverständlich hielt. Zwischendurch war er immer mal ein paar Tage weg gewesen, was mich anfangs ziemlich gestresst hatte. Im Laufe der Zeit hatte ich mich an seine gelegentlichen Abwesenheiten gewöhnt. Er war schließlich immer wieder aufgetaucht. Während ich so dastand, überkam mich die schlimme Vorahnung, dass seine Abwesenheit diesmal endgültig sein könnte. Aus der Vorahnung wurde im selben Moment Gewissheit. Etwas in mir wusste, dass es so war.

J. war fort! Für immer! Mein Hals zog sich zusammen und ich schluckte trocken. Ich beschloss, erst mal ruhig zu bleiben, bevor ich nicht wirklich Gewissheit hatte. J. würde doch nicht weggehen, ohne sich von mir zu verabschieden. Wir waren schließlich Freunde, und Freunde ließ man nicht einfach so im Stich. Das war ausgeschlossen. Ich tat das, was mir am sinnvollsten erschien, und ging zu Inge ans Büdchen. Vielleicht wusste sie Näheres.

»Hallo, Inge. Weißt du zufällig, wo J. ist? Ich hab ihn die ganze Woche nicht gesehen.«

»Wer?«

»J.! Weißt du zufällig, wo er ist?«, wiederholte ich meine Frage.

»Jot?« Sie zog fragend die Augenbrauen hoch und schien nach einer namentlichen Übereinstimmung in ihrem Gedächtnisspeicher zu forschen. »Ich weiß gerade nicht, wen du meinst, Jonas.«

Vielleicht war sie überarbeitet oder ich hatte zu undeutlich gesprochen. »J., der Obdachlose, unser gemeinsamer Freund«, half ich ihr auf die Sprünge.

»Ja, also ... hier in der Gegend sind ja einige Obdachlose, die auch Stammkunden von mir sind. Meinst du Axel und Freddy, die Unzertrennlichen, mit denen du auch hin und wieder geredet hast?«

»Nein, Inge, die meine ich nicht. Ich rede von J.!«, sagte ich ungeduldig.

»Och Jonas, ich würde dir liebend gerne behilflich sein, aber der Name sagt mir nichts. Ich weiß wirklich nicht, von wem du sprichst.«

Ich starrte sie ungläubig an. Womit konnte ich ihre Erinnerung auffrischen? Etwas, das sie todsicher nicht vergessen haben konnte. »Wir waren doch neulich nach der Prügelei am Spielplatz alle bei dir in der Wohnung: J., Deniz und ich. Du hast J.s Kopfwunde verarztet, danach ist er auf deinem Sofa in der Küche eingeschlafen.«

Inge setzte einen besorgten Blick auf und kam zu mir nach draußen. »Natürlich weiß ich noch, dass du und Deniz bei mir wart und ich euch zu später Stunde ein Taxi gerufen habe, aber ... ich weiß nichts von einem Jot. Jonas, du hast doch keine Drogen genommen oder etwas geraucht? Sei ehrlich!« Sie tippte mir an die Schulter und guckte streng.

»Nein, natürlich nicht!«, verteidigte ich mich. »Aber sag ehrlich, hast du was genommen? Ich würde es auch keinem verraten. Ehrenwort.«

»Ich?« Inge warf den Kopf in den Nacken und lachte ihr originelles Rückwärtslachen. »Jonas, Jonas, du bist mir ja einer.«

»Wie kommt es dann, dass du nicht mehr weißt, wer J. ist?«, beharrte ich. Inge war doch sonst immer auf Zack, was die Menschen um sie herum anging. Langsam wurde mir die Sache unheimlich.

»Jonas, ist das jetzt eine Art Wette oder Mutprobe? Läuft hier irgendwer mit einer versteckten Kamera herum?« Sie sah sich nach allen Seiten um.

»Nein, Quatsch! Ich verstehe einfach nicht ...« In meinem Kopf herrschte Durchzug. »Ich bin nur gerade etwas verwirrt, weil ... weil ...«

»Weil was?«, bohrte sie nach und sah mich prüfend an.

»Ach egal.«

»Brauchst du Hilfe, Jonas?« Sie hielt mich am Arm fest. Ihren Schraubzwingen-griff kannte ich ja bereits, weshalb ich gar nicht erst versuchte, mich herauszuwinden.

»Das weiß ich ehrlich gesagt selbst noch nicht so genau.«

»Sag mir einfach, was los ist, dann kann ich dir vielleicht helfen.«

»Ich weiß nicht, was los ist. Es ist nur verrückt, dass du vergessen hast, wer J. ist.«

»Das ist alles?«

»Ja, mehr nicht. Bis dann.« Ich wollte unbedingt von ihr weg. Sie war mir nicht mehr geheuer.

»Du weißt, wo du mich findest. Egal zu welcher Uhrzeit tagsüber oder auch nachts, ja?« Zögerlich ließ sie meinen Arm los. Ich nickte und beeilte mich, vom Kiosk wegzukommen.

Auf dem Spielplatz war viel los und der Kinderlärm tat gut. Zumindest der war real. Was war nur mit Inges Verstand los? Beim Gehen stieß ich meine Turnschuh-kappen in den losen Boden und wirbelte bei jedem Schritt absichtlich Sand auf. Während ich so dahinstapfte, sah ich Axel und Freddy im hinteren Teil des Spiel-platzes unter einem Baum sitzen. Ich hatte zwar keine gesteigerte Lust, Freddy zu begegnen, aber für eine kurze Frage würde ich seinen Anblick wohl ertragen können. Beim Näherkommen sah ich beide mit ihrem üblichen Bier auf einer Decke sitzen und sich unterhalten. Ich kam mir vor wie ein Eindringling in ihre gemeinsame Welt, nur war ich zu verwirrt, um mich daran zu stören.

»Äh ... hi, Axel ... hi, Freddy«, sagte ich unsicher, als ich vor ihnen stand.

»Hallihallo, Jonas. Wie geht's, wie steht's?«, fragte Axel gutgelaunt.

»Beides gut, danke«, antwortete ich mechanisch.

Freddy blickte mit glasigen Augen zu mir hoch. »Das hört man gerne.«

Ihm direkt ins Gesicht zu schauen, war beklemmend. Ich empfand Traurigkeit und Leere. Lieber hätte ich ihn nicht so nah vor mir gesehen, aber die Umstände ließen mir keine Wahl.

»Habt ihr eine Ahnung, wo J. ist? Ich hab ihn schon tagelang nicht mehr ge-sehen.«

»Wer?«, fragten beide im Chor und sahen erst sich, dann mich fragend an.

»J., euer Kumpel hier aus dem Park«, half ich ihrer vernebelten Erinnerung auf die Beine. Ein übler Geruch stieg von ihnen hoch. Ihre Augen sahen entzündet aus.

»Meinst du Jochen? Der ist doch schon seit Monaten eingebuchtet, weil er die Finger nicht von anderer Leute Sachen lassen kann«, sagte Axel. »Armer Teufel«, ergänzte Freddy kopfschüttelnd. »Er hat …«

»Nein, ich meine J.«, fiel ich ihm ins Wort. »J., wie der zehnte Buchstabe im Alphabet. Der, der immer da vorne auf dem Bürgersteig gesessen hat und mit dem ich mich stundenlang unterhalten hab.« Die beiden folgten meiner ausgestreckten Hand, warfen sich gegenseitig einen ratlosen Blick zu und schüttelten die Köpfe. Ich konnte es nicht fassen. Was war bloß los?

»Tut uns leid, Junge, aber von dem haben wir hier in unserer kleinen Oase noch nie was gehört. Sag, hast du'n bisschen Kleingeld?« Axel hatte mittlerweile Mühe, zu mir hochzuschauen.

Während ich in meiner Jackentasche nach Münzgeld suchte, fragte ich mich, ob sich vielleicht alle gegen mich verschworen hatten. Aber warum zur Hölle? Wieso sollten sie so eine miese Nummer abziehen? Das ergab alles keinen Sinn. Mir schwante nur, dass die ganze Sache etwas mit J. zu tun haben musste. Es wäre doch von allen Beteiligten unfair, mich so auflaufen zu lassen, und zu J. passte es auch überhaupt nicht. In der ganzen Zeit, in der wir uns kannten, war er kein einziges Mal unfair zu mir gewesen. Als ich Axel die Münzen aus meiner Jackentasche gab, fiel ein Stück Noppenfolie heraus. Ich hob es eilig auf, stopfte es zurück in meine Jacke und verabschiedete mich schleunigst von den beiden.

Im Weggehen begann ich krampfhaft, die Folienknubbel zu zerquetschen. Ich achtete nicht auf die Geräusche, sondern konzentrierte mich auf das vertraute Gefühl zwischen meinen Fingern. Was sollte ich als Nächstes tun? Heimgehen und mich eine Runde hinlegen? Etwas stimmte nicht mit mir. Waren Traum und Wirklichkeit in meinem Kopf irgendwie durcheinandergeraten und die anderen waren alle ganz normal? Nein, das konnte nicht sein. Ich wusste, wann ich träumte und wann nicht. Wenn es einer wusste, dann ich. Ich nahm mein Handy aus der Hosentasche und rief Deniz an. Er ging sofort dran.

»Hey, Johnny, was läuft?«

»Ich glaube, J. ist weg und zwar für immer!« Meine Handflächen waren feucht, weshalb ich den Griff um mein Handy verstärkte.

»Wer ist weg?«

»J.!«, sagte ich aufgebracht.

»Jot?«, hörte ich Deniz verwundert fragen.

»Ja, Mann, J.!! Hast du'n Hänger, oder was?«

»Warum schreist du denn so? Das ist Lauschgift für meine sensiblen Gehörschnecken.« Ich hörte Deniz lachen.

»Verdammt, Deniz, lass den Quatsch! J. ist weg und die Gegend fühlt sich auch ganz anders an.« Schweigen in der Leitung. »Deniz?«

»Sag, bist du in Schwierigkeiten?« Seine Stimme klang auf einmal besorgt.

»Nein ... doch ... keine Ahnung! Ich weiß nur, dass J. weg ist und alles hier seltsam ist.«

»Pass auf, wo bist du? Ich schwing mich auf mein Bike und komm im Tiefflug!«

»Deniz, sag mir einfach nur, ob du weißt, wer J. ist.«

»Jot? Nee, keinen Schimmer. Ist das einer aus der Schule?«

Deniz wusste also auch nicht, von wem ich sprach. Ich unternahm einen letzten verzweifelten Versuch, Deniz aus der gleichen unerklärlichen Trance zu erwecken, die bereits Inge, Axel und Freddy befallen hatte. »Du erinnerst dich doch an unsere Hauerei an dem Abend, als wir Raffa und die Gang aus unserem Versteck heraus beobachtet haben, oder?«

»Logisch. Was ist damit?«

»Erinnerst du dich auch noch daran, dass sie J., den obdachlosen Freund von mir, brutal zusammengeschlagen haben?«

»Hä, nee, Johnny, das war ganz anders. Die beiden obdachlosen Typen, die uns geholfen haben, hießen Alex und Fred oder so ähnlich, und die hätten Raffa und seine Jungs wahrscheinlich zu Brei gekloppt, wenn sie nicht schlauerweise abgezogen wären.«

»Axel und Freddy hießen die. Und von J., dem Obdachlosen, der zusammen mit uns hoch in Inges Wohnung gegangen ist, weißt du nichts mehr?«

»Wovon redest du? Du und ich sind alleine zu ihr hochgegangen. Ich musste dringend auf Toilette, weil meine Verdauung eine gewisse Unverträglichkeit gegenüber Schlägen in den Magen gezeigt hatte.« Deniz lachte unterdrückt.

»Und Inge hat niemandem eine Platzwunde am Kopf verarztet?«, hauchte ich.

»Nein. Sie hat dir nur gesagt, du sollst dir das Gesicht waschen gehen, und bei der Aktion haben wir die verrückte Bildergalerie in ihrer Gästetoilette entdeckt.« Ungläubig hörte ich ihm zu und versuchte, den Fehler in der ganzen Sache zu finden. Deniz war anscheinend auch keine Hilfe, weshalb ich das Gespräch zügig beendete.

Niemand schien J. gekannt zu haben – es war wie verhext. Ich ging zu der Stelle, an der J. immer gesessen hatte, und hockte mich verstört auf den Bürgersteig. Immerhin war der Kaugummifleck, auf den ich während einer unserer letzten Unterhaltungen

315

gestarrt hatte, noch da. Was ging hier ab? Nachdem ich mich jahrelang wie ein Yo-Yo zwischen Wirklichkeit und Traumwelt hin und her bewegt hatte, war ich dank J. zum ersten Mal seit Mamas Tod richtig in der Gegenwart angekommen. Und plötzlich war alles wirrer als je zuvor. Wirklichkeit und Traum schienen ineinander kollabiert zu sein. War ich im Begriff, den Verstand zu verlieren, oder hatte ein unerklärlicher Virus des Vergessens die Menschen um mich herum befallen, während ich verschont geblieben war? In meiner Verzweiflung kniff ich mir richtig fest in die Innenseite meines Oberarms, um zu testen, ob ich tatsächlich existierte. Es tat ziemlich weh, was bewies, dass *ich* zumindest real war.

Hilflos zog ich die Beine an und starrte ins Leere. Offensichtlich lebte ich in einem anderen Film als die anderen. Wie war das passiert? War ich, ohne es zu merken, aus der Zeit gefallen? Raum und Zeit schienen doch gleich geblieben zu sein, nur dass J. darin nicht mehr vorkam. Ich war mir absolut sicher, dass ich die Wochen zuvor nicht in einer Art Scheinwelt zugebracht hatte und mir J. bloß eingebildet hatte. Dennoch stimmte mit der Wirklichkeit etwas nicht. Meine Erinnerung an die Ereignisse der letzten Wochen schien anders zu sein als bei den anderen, wenn auch nicht in der Gänze. Alles hatte anscheinend genau so stattgefunden, nur war J. bei den anderen nicht dabei gewesen. Gerade so, als hätte er sich selbst rückwirkend aus ihrem Gedächtnisspeicher herausgelöscht, und zwar so perfekt, dass keiner von ihnen auch nur die geringste Erinnerungslücke hatte. Niemand schien an J.s Nichtexistenz zu zweifeln. Wie war so was möglich? Der Gedanke war mir zutiefst unheimlich.

Die letzte übrig gebliebene Person, die J. noch gekannt hatte, war Elli. Aber ich ahnte, sie nach J. zu fragen, würde das gleiche Ergebnis haben wie bei den anderen. Mir reichte es schon, dass sie alle dachten, ich hätte einen an der Waffel. Da musste ich mich vor Elli nicht auch noch unnötig lächerlich …

»Hey, Moby, ist heute Tag des dümmsten Gesichts? Mann, du siehst echt so was von belämmert aus.« Ich schreckte hoch, als mich im nächsten Moment eine Welle der Erleichterung überkam. Raffa, ausgerechnet Raffa! Er würde die Rettung aus meinem verwirrten Zustand sein.

»Hi, Raffa«, sagte ich und sprang auf die Füße.

»Hat dein Vadder dich daheim rausgeschmissen, weil du ihm mit deinem nervigen Gequatsche auf den Zeiger gegangen bist, oder wieso sitzt du hier wie ein Penner?« Er lachte über seinen eigenen Witz.

»Nein, hat er nicht, aber du kommst wie gerufen.« Raffa würde unmöglich mit den anderen unter einer Decke stecken und einer Verschwörung gegen mich anhängen. Das war absolut auszuschließen.

»Wieso? Brauchst du'ne stimmungsaufhellende Abreibung?« Er lachte wieder. Nicht gehässig, eher kumpelhaft.

»Als Ablenkung vielleicht gar keine so dumme Idee. Lieber würde ich dich etwas fragen.« Ich versuchte ein Grinsen, das gefühlt verunglückte.

»Tja, das wollen viele, weil meine Weisheit unendlich ist. Viele fühlen sich berufen, doch nur wenige sind auserwählt, die wirklich wichtigen Fragen des Lebens zu beantworten ... und ich bin zufällig einer von denen, also den Auserwählten.« Er breitete seine Arme aus wie ein Prediger. »Hier stehe ich also. Sprich, Bonsaihirn, was willst du vom Meister wissen?«

»Ich will nur wissen, ob du dich an J., einen Obdachlosen, der hier an der Stelle immer gesessen hat, erinnerst. Du und deine Jungs habt uns hier mal zusammen sitzen sehen und ziemlich übel über uns hergezogen. Erinnerst du dich?«

»Jetzt, wo du es sagst ... Nee. Null Bild, dass du hier mit einem Penner abgehangen hättest.« Er zuckte die Schultern. »Wie soll der noch mal heißen?«

»J.«

»Jot, Jot ...«, murmelte Raffa, während er sein Gedächtnis durchforstete. Dabei legte er den Kopf in den Nacken, als würde sein Erinnerungsvermögen in gekippter Lage besser funktionieren. »Sorry, leider kein Treffer.«

»Weißt du noch, als wir ... na ja, als wir die Schlägerei hier am Spielplatz hatten und du, Siggi und der Rest eurer Bande Deniz und mich dazwischen hattet?«

»Sicher, aber Schnee von gestern, oder?«

»Ja, das haben wir geklärt, denke ich. Ich möchte nur wissen, ob du dich daran erinnerst, wie du und besonders Siggi diesen obdachlosen, älteren Mann, der J. hieß, brutal zusammengeschlagen habt.« Bei meinen Worten bekam Raffa einen argwöhnischen Blick.

»Was soll das heißen?« Der alte feindselige Raffa schlug wieder durch.

»Ganz ruhig. Das ist keine nachträgliche Anschuldigung«, sagte ich friedfertig, damit er wieder runterkam. »Ich möchte nur wissen, ob du dich daran erinnern kannst oder ob ich unter einer Art Erinnerungstäuschung leide.« Raffas Blick war immer noch misstrauisch, weshalb ich ehrlich zu ihm sein wollte. »Das ist nämlich der Grund für meinen momentanen Zustand. Ich befürchte, ich hab so was wie einen Gedächtnisverlust oder eher eine Gedächtnisverzerrung, wenn du verstehst, was ich meine.«

»Nein, tu ich nicht. Nur eins weiß ich ganz sicher: An einem obdachlosen Typen würde ich mich niemals vergreifen, egal wie unkontrolliert meine Beherrschung manchmal kippt, okay?« Raffa hob abwehrend die Hände. »Ehre, Bruder, aber von der miesen Sorte bin selbst ich nicht!«

»Nee, klar. Würde ich auch nie von dir denken«, heuchelte ich in meiner Verzweiflung. »Ich wollte nur sichergehen, dass ich derjenige bin, der sie anscheinend nicht mehr alle ... äh, der sich geirrt hat.« Ich erntete einen schrägen Blick von Raffa, der aber äußerst untypisch für ihn keine blöde Bemerkung fallen ließ.

»Hey, weißt du schon das Neuste?«, wechselte er das Thema und schien es kaum abwarten zu können, mir davon zu erzählen.

»Nee, woher auch«, sagte ich gleichgültig. In meiner aufgewühlten Verfassung interessierte mich außer J.s Verschwinden und meinen wirren Gedanken absolut nichts.

»Ich jobbe jetzt im gleichen Fahrradladen wie Vince und den ersten Fuffziger hab ich schon im Sack.« Er klopfte sich selbstzufrieden auf die hintere Hosentasche.

»Echt? Cool!« Ich zeigte ihm den Daumen hoch. Unter anderen Umständen hätte ich sicherlich begeisterter auf seinen unerwarteten Sinneswandel reagiert, aber mir war nicht danach. Raffa schien das nicht zu stören, denn er redete aufgekratzt weiter.

»Ey, du glaubst ja nicht, wie viele von denen, die neuerdings aufs Fahrrad umgestiegen sind, zu blöd sind, einen Platten zu reparieren. Voll die Goofys! Das werde ich auf jeden Fall ausnutzen und mit den anderen so was wie einen mobilen Fahrrad-Flick-Service im Kölner Stadtgebiet aufziehen.« Ich mimte Interesse. »Ich hab mir auch schon einen Werbespruch für unser Business überlegt: *Die Plattfuß Docs – Heyho! – Immer da, wo gegen Bares Hilfe angesagt ist!* Hammeridee, oder?« Ich nickte flüchtig, doch Raffa war nicht zu bremsen. »Damit werde ich reich werden und demnächst einen AMG GT fahren ...« Er stoppte mitten in seinem Erzählflash. »Hey, Moby, hörst du mir überhaupt zu? Ich sagte AMG fahren! Hallo? Jemand zu Hause?« Er klopfte sich mit den Fingerknöcheln an den Kopf. »A-Em-Geehee!«

»Klar, hab ich AMG gehört«, antwortete ich stumpf. »Hört sich klasse an.«

»Klasse? Bro, geiz mal nicht so rum mit deiner Begeisterung. Der Plan ist genial!«

»Hör zu, Raffa, ich bin gerade nicht besonders gut drauf, wie du vielleicht gemerkt hast. Lass uns lieber ein andermal über deine Pläne quatschen.«

»Denk mal nicht immer so viel nach, Moby. Davon bekommt man Depris und zwar nicht zu knapp.«

Ich fragte mich zwar, woher ausgerechnet er das wissen wollte, versuchte ihm gegenüber aber so zu tun, als hätte er die Lage richtig gepeilt. »Kann sein«, gab ich zurück, verabschiedete mich mit einem knappen: »Bis dann«, und wollte gehen.

»Hey, vergiss deinen Karton nicht.«

»Welchen Karton?«

»Na, der, der hinter dir auf der Mauer liegt und auf dem *Für Jonas* steht.« Verwundert drehte ich mich um und tatsächlich, dort stand eine Pappschachtel von der Größe eines Schuhkartons mit meinem Namen drauf. Ich traute meinen Augen nicht. Wie hatte ich die übersehen können? Hatte die Schachtel die ganze Zeit dort gestanden oder hatte sie sich, während ich dort gesessen hatte, aus dem Nichts materialisiert? In Zeitlupe blickte ich von der Schachtel zu Raffa und wieder zurück. »Hast du Schnittlauch geraucht oder was stimmt mit dir nicht? Alter, du läufst ja echt voll neben der Spur!«

»Nein, alles okay. Ich hatte nur nicht mehr daran gedacht«, murmelte ich geistesabwesend. Behutsam nahm ich die Schachtel von der Mauer und hielt sie mit ausgestreckten Armen vor mich. In dem Moment, als ich sie anfasste, wusste ich, von wem sie war.

»Sag Bescheid, wenn du mal andere Drogen brauchst. Die jetzigen scheinen dir irgendwie nicht gut zu bekommen. Aber ganz ehrlich, bleib *clean*, alles andere ist Mist. Ich spreche aus Erfahrung.« Er drehte seine Cap wichtigtuerisch von der einen auf die andere Seite.

»Seh ich genauso«, leierte ich wie in Trance zurück. Ich hatte nur noch Augen für die Pappschachtel. *Für Jonas* las ich erneut.

»Also, Moby, man sieht sich. Spätestens morgen auf der Party.«

»Okay. Bis morgen.« Ich schaute Raffa kurz hinterher, dann starrte ich wieder auf den Deckel der Schachtel.

Hatte es J. also doch gegeben oder hatte ich eine weitere Sinnestäuschung? Mit der Schachtel in den Händen ging ich über den Spielplatz in eine entlegene Ecke. Ich hockte mich auf einen Umrandungsstein, wo ich die Schachtel auf meinen Knien fest umklammert hielt. Irgendwie traute ich mich nicht, sie zu öffnen. Ich hatte Angst, es könnte der letzte Moment sein, in dem ich J.s Gegenwart spüren würde. Er war fort, ich konnte es deutlich fühlen. Aber er hatte mir diese Schachtel hinterlassen.

Irgendwann öffnete ich den Deckel und legte ihn vorsichtig neben mich auf den Boden. Im Inneren fand ich einen Briefumschlag mit meinem Namen drauf, das gefaltete Stofftaschentuch, in das ich reingeheult hatte, als ich mir vor J. meinen

Kummer wegen Mama von der Seele geredet hatte, und ein in Zeitungspapier eingewickeltes, viereckiges Päckchen. Ehrfürchtig starrte ich auf die kostbaren Überbleibsel von J.s Anwesenheit in meinem Leben. Ich sog diesen Moment intensiv in mich auf, um ihn für immer festzuhalten. Langsam öffnete ich den Umschlag und nahm einen gefalteten, handgeschriebenen Brief heraus, der aus mehreren Seiten bestand. Ich hatte J.s Handschrift noch nie gesehen. Deshalb war ich überrascht, wie gleichmäßig und geschwungen sie auf dem weißen Papier vor meinen Augen tanzte. Ich las:

Lieber Jonas!
  Ich hinterlasse dir diese Dinge.
  Vielleicht hast du das ein oder andere aus unseren Gesprächen gelernt und vielleicht hilft es dir im Leben.
  Vergangenheit, Gegenwart, Zukunft – alles ist eins. Alles ist Illusion, die wir selbst erschaffen, ändern oder auflösen können. Auch die vermeintliche Wirklichkeit ist Illusion, sie basiert nur auf mehr Übereinstimmungen. Die Worte erinnerten mich an unser erstes Gespräch.
  Was wir mit Realität meinen, ist nur die Übereinstimmung vieler Menschen mit den gleichen Dingen und Anschauungen in einer gemeinsamen Illusion. Man könnte sie auch als objektive oder vereinbarte Realität bezeichnen. Sie steht im Gegensatz zu deiner eigenen Realität, deiner persönlichen Wahrnehmung von Wirklichkeit, die niemand sonst mit dir teilt. Diese subjektive Realität, mit der die anderen möglicherweise nicht übereinstimmen, macht dich selbst schnell zum Außenseiter oder gar zum Wahnsinnigen. Hast du dich nicht vielleicht eben genauso gefühlt? Wie konnte er das wissen?
  Vermutlich zweifelst du gerade an der Realität und fragst dich, ob es mich in deinem Leben wirklich gegeben hat. Zweifel behindern deine Gewissheit darüber. Dein Glauben, dass ich tatsächlich existiert habe, ist ins Wanken geraten, weil dein persönliches Erleben nicht mit dem der Menschen um dich herum übereinstimmt. Du glaubst weiterhin, dass ich real war, aber du kannst es nicht mehr mit absoluter Sicherheit sagen, weil sich Zweifel eingeschlichen haben. Zweifel machen Gewissheiten unreal. Nun befindest du dich in einer Zwickmühle. Du denkst, dich zwischen deinem Verstand, der durch die Erfahrung der anderen daran zweifelt, dass es mich je gegeben hat, und deinem Glauben, der fest davon überzeugt ist, dass ich keine bloße Einbildung war, entscheiden zu müssen. Aber musst du das wirklich?
  Betroffen stoppte ich im Weiterlesen. Ich fühlte mich wie ein rückgratloser Honk,

der sich bei der erstbesten Gelegenheit von seiner felsenfesten Überzeugung abbringen ließ. Wie hatte ich J. auch nur eine Millisekunde anzweifeln können? Ich schämte mich zutiefst. Trotz unserer vielen Gespräche war ich anscheinend immer noch maßlos unterentwickelt, dass ich genau in diese erbärmliche Zweifelfalle getappt war. Ich las weiter.

Lass uns einen Test machen, damit du verstehst, was ich meine. Ich kann dir versprechen, dass du dein gegenwärtiges Problem danach mit anderen Augen betrachten wirst. Ich war gespannt. *Lege eine deiner Hände flach auf deinen Oberschenkel, mit der anderen kannst du weiterhin den Brief halten. Hast du?* Ich wechselte den Brief in meine linke Hand, legte die rechte Hand auf meinen rechten Oberschenkel und las weiter. *Nun hebe deine Hand auf dem Oberschenkel an.* Ich hob die Hand an. *Jetzt leg sie wieder ab.* Ich machte genau das. *Heb an.* Ich hob meine Hand an. *Leg ab.* Das Ganze wiederholte sich noch drei Mal. Gewissenhaft folgte ich J.s Anweisungen, was ehrlicherweise keine besondere Herausforderung war. *Du hast also die absolute Gewissheit, deine Hand jederzeit anheben und ablegen zu können, richtig?* Ja, antwortete ich ihm in Gedanken. *Gut. Nun stell dir vor, du wärst nicht in der Lage, deine Hand auf deinem Oberschenkel anzuheben. Bilde dir ein, du könntest es nicht.* Ich stellte mir also intensiv vor, wie ich meine Hand nicht mehr vom Oberschenkel abheben konnte, und fand die Vorstellung ziemlich absurd. Als ich jedoch J.s Anweisung folgen und meine Hand wie zuvor anheben wollte, stutzte ich im nächsten Moment. Es ging nicht. Etwas hielt mich tatsächlich davon ab, meine Hand anzuheben, obwohl ich es doch vorher einwandfrei gekonnt hatte. Es war unglaublich. Ich geriet in Stress, weil ich mich zu einer Entscheidung durchringen wollte. Mein Verstand sagte mir, dass ich meine Hand wie zuvor problemlos anheben konnte, aber meine danach installierte Vorstellung, es nicht zu können, kam meinem Verstand in die Quere. Sie behinderten sich gegenseitig auf höchst unangenehme Art. Da ich mich zwischen den beiden Absichten nicht entscheiden konnte, ließ ich die Hand auf meinem Oberschenkel liegen. Reichlich verwirrt las ich weiter. *Nun, du wunderst dich wahrscheinlich, warum es mit dem Handanheben nicht mehr einfach so geklappt hat.* Allerdings, bestätigte ich ihm in Gedanken. *Ich wollte dir demonstrieren, wie schnell Kompetenzen und Gewissheiten kippen, wenn sie in Konflikt mit dem Glauben stehen. Was soll ich glauben, gegenüber dem, was ich weiß?*

Deine Gewissheit über deine Handhebe-Kompetenz steht deiner Vorstellung oder deinem Glauben, es nicht zu können, gleichgewichtig gegenüber, wodurch du in einen Konflikt geraten bist. Wenn sich zwei gegensätzliche Absichten mit gleicher Intensität gegenüberstehen, kommt es zu einem Entscheidungsstillstand, der sich in körperlicher und mentaler Starre äußert. Daraus entsteht das, was man ein Problem nennt. Aus dem möchte man natürlich schnellstmöglich wieder heraus, also muss eine Entscheidung her.

Die Krux daran, sich für das eine oder das andere entscheiden zu müssen, ist jedoch, dass man nie mit einem zufriedenstellenden Ergebnis aus diesem Konflikt heraus- kommen wird. Wenn du dich für die eine Seite entscheidest, musst du die andere zwangsläufig enttäuschen. Folgst du deinem Verstand, also deiner Gewissheit darüber, dass du deine Hand anheben kannst, so musst du deinem Glauben, es nicht zu können, eine Absage erteilen. Folgst du deinem Glauben, die Hand nicht anheben zu können, musst du gegen deinen Verstand verstoßen.

Deshalb wird es sich für dich, egal wie du dich entscheidest, immer wie eine Fehlent- scheidung anfühlen und einen immerwährenden Unfrieden in dir verursachen. Da es nie eine optimale Lösung geben wird, wird es ein ewiger Konflikt bleiben – es ist ein Paradoxon. Deshalb gebe ich dir den Rat, es sein zu lassen. Du musst dich weder für das eine noch gegen das andere entscheiden. Es führt zu nichts. Dein momentanes Problem mit der Wirklichkeit und meiner Existenz ist ein von dir selbst geschaffenes und über- flüssiges Problem. Die Tatsache erleichterte mich zwar, dennoch verstand ich nicht, warum meine Verwirrtheit bezüglich unserer gemeinsamen Zeit unbegründet sein sollte. Ich war noch da und J. war weg und keiner der anderen wusste etwas von ihm. Was war daran kein Problem? Neugierig las ich weiter.

Akzeptiere, dass es so ist, wie es ist! Manche Dinge muss man als gegeben hinnehmen, ohne dafür Beweise einzufordern. Du brauchst keine Bestätigung von anderen und auch keine Übereinstimmung mit der Außenwelt, dass es mich gegeben hat. Ich bin ein Teil deiner Realität, nicht der allgemeinen Realität. Mich gab es für dich in einem kurzen Zeitfenster deines Lebens – es war eine Sache zwischen dir und mir. Es war unser bei- der Wahrheit, unsere Gewissheit, unser Glaube – unser gemeinsamer Traum. Du hast mich alleine gefunden, warum suchst du jetzt bei anderen nach Beweisen für meine Existenz? Hast du jemals in der Welt da draußen eine Bestätigung für die Existenz deines Drachens gesucht? Nein, hatte ich nicht … er war aber auch nicht durch Köln spaziert. *Dennoch gab es ihn für dich und du hattest sogar eine Heidenangst vor ihm.* Ja.

Träume sind etwas Persönliches, die muss man nicht beweisen. Es gibt sie einfach. Träume sind auch eine Form von Realität, einer persönlichen, die niemand mit dir mitträumt, weshalb sie unbeweisbar sind und bleiben. Lass nicht zu, dass dir jemand deinen Traum stiehlt. Es ist dein Traum, nicht ihrer. Unser gemeinsamer Traum hat dich in der Realität weit gebracht, wie du selbst festgestellt hast. Wenn du nach Beweisen suchst, schau auf die Resultate unserer gemeinsamen Zeit. Vieles in deinem Leben hat sich geregelt oder sogar zum Positiven gewendet. Ist das nicht Beweis genug?

Lass ab von deinem Zweifel an meiner Existenz. Der Zweifel ist der größte Feind der Gewissheit. Du sollst keinen Zweifel haben, sondern dir selbst und deinen persönlichen Gewissheiten vertrauen! Glaube an das, was dir gut tut und natürlich anderen nicht schadet, dann brauchst du weder eine Übereinstimmung von außen, noch musst du andere von deiner Realität überzeugen. Deine Wirklichkeit gehört nur dir alleine, also mach dich nicht weiter auf die Suche nach Verbündeten. Wenn alles womöglich Illusion ist, dann nimm die Illusion, die am besten zu dir passt oder dir am besten gefällt.

Erschöpft ließ ich den Brief einen Moment sinken. Mir war von J.s verdichteten Wortknäueln leicht schwindelig. Die letzte Passage würde ich später noch mal in Ruhe lesen, um sie wirklich zu verstehen. Obwohl mir der Schädel brummte, las ich weiter. Es gab mir das vertraute J.-Gefühl, das ich in diesen Minuten wahrscheinlich zum letzten Mal erleben durfte.

Nimm das Leben so an, wie es ist. Lerne aus den Dingen, mit denen es dich konfrontiert und herausfordert. Verändere sie, wenn es dir notwendig und möglich erscheint. Wertschätze, was das Leben dir schenkt. Auch die kleinen Dinge.

Nichts ist, wie es scheint. Alles ist nur verdichtete Energie und alles ist Frequenz. Denn alles, was existiert, schwingt. Nichts ist ruhig. Alles, was du siehst, hörst, anfasst und spürst, ist Schwingung – auch was du denkst und fühlst. Über die Schwingung ist alles mit allem verbunden – nichts existiert isoliert. Sowohl in der materiellen Welt als auch in der metaphysischen. Das ist wichtig zu verstehen!

Deshalb vergiss nicht, dass alles, was du tust, eine Konsequenz hat. Du kannst nicht nichts bewirken. Egal was du denkst oder tust. Sei kritisch, hinterfrage die Dinge und überprüfe sie – nur für dich selbst! Wenn du eine Wahl hast, wähle weise und lass dir Zeit. Das Scheinbare muss nicht das Wahre sein. Dann wähle mit Bedacht und entscheide klug!

Denke vorausschauend und mit Vernunft. Überlege genau, bevor du etwas gut oder schlecht findest. Bevor du etwas vorhast oder dich auf etwas einlässt. Überprüfe für dich, an wen oder was du glaubst. Welchen Menschen du vertraust oder Macht gibst. Welchen Trend du mitmachst und mit welchen Werten du dich identifizierst. Nicht die Masse entscheidet, sondern du selbst entscheidest. Denn du bist Du und nicht Die Anderen!

Sei wach und durchdenke die Dinge gründlich, auch wenn du vielleicht als einziger von vielen andere Rückschlüsse ziehst. Verwechsle die Wahrheit nicht mit der Meinung der Mehrheit. Auch Glauben sollte mit Vernunft überprüfbar sein, damit du keinem Irrglauben oder einer falschen Ideologie anhängst. Glauben schließt Vernunft nicht aus.

Gehe mutig deinen eigenen Weg und lebe nach den Dingen, an die du glaubst und die für dich eine Bedeutung haben – ganz gleich wie durchschnittlich oder außergewöhnlich sie sein mögen – dann bist du entschieden. Dein Weg muss sich für dich richtig anfühlen. Darum vertraue dir selbst und glaube an dich. Suche nicht nach dem Sinn im Leben. Der Sinn des Lebens kann nur der sein, den du ihm gibst, und wird durch deine Entscheidungen definiert.

Ich habe auch von dir gelernt, Jonas. In deinem Kopf geht die ganze Welt spazieren. Deine Begeisterungsfähigkeit und deine lebhafte Phantasie waren stets ein Quell der Freude für mich. Bewahre dir diese Fähigkeiten, auch wenn du älter wirst. Sie sind deine ganz persönlichen Geschenke vom Leben, mit denen du gesegnet bist. Lass sie dir von niemandem nehmen oder zerstören. Sie sind kostbar und zeitlos, wenn du sie zu schützen vermagst, was ich dir wünsche und dringend ans Herz lege.

Wenn du mich brauchst, wirst du mich finden. Im Hier und Jetzt, in der Vergangenheit und in der Zukunft. In all deinen Räumen. Ich bin überall und nirgendwo.

Du wirst immer denken, dass du mich nur geträumt hast.

Dein J.

P.S. Und wenn das Saxophon weint, lass es weinen und genieß es.

Wie gebannt starrte ich auf den Brief und ließ den letzten Satz auf mich wirken. Ich hatte weder J. noch sonst einem Menschen jemals von meinen Gedanken wegen des Saxophons in dem Lied von *Prince* erzählt. Dieser Gedanke hatte meinen Kopf nie verlassen. Wie hatte J. davon wissen können? Ich fühlte heiße Flüssigkeit in meinen Augen hochkochen. Auf keinen Fall wollte ich heulen! Um mich von meinem sentimentalen Anfall abzulenken, nahm ich das Taschentuch aus der Schachtel und hielt es mir unter die Nase. Zu meinem Bedauern roch es genau wie J. nach nichts. Als Letztes nahm ich das viereckige, in Zeitungspapier eingeschlagene Päckchen aus der Schachtel und wickelte es aus. Es enthielt eine CD-Box und ich sah *Prince* auf dem Cover. Es war eine Sammlung von 1993 mit dem Titel »The Hits/ The B-Sides« und bestand aus drei CDs. Ehrfürchtig hielt ich dieses kostbare Musikgeschenk in den Händen, während ich die Songtitel auf der Rückseite des Covers überflog. Ich entdeckte das Lied »Nothing compares 2 U« sofort – es war das elfte Lied auf der ersten CD. Später, wenn ich zu Hause wäre, würde ich es mir anhören.

Wer war J. gewesen und woher war er gekommen? Und vor allem, wo war er jetzt? In einer anderen Dimension, zwischen den Welten oder nur an einem anderen Ort der Welt? Darauf würde ich wohl nie eine Antwort bekommen. Nur eins wusste ich mit Sicherheit: Etwas an J. war vom ersten Moment an unheimlich und gleichzeitig auch faszinierend gewesen. Seit unserer ersten Begegnung, als ich auf sein Bein getreten war, hatte er mich magisch angezogen. Als wäre in dem Moment etwas von ihm auf mich übergesprungen. Ich hatte von Anfang an wahrgenommen, dass die Atmosphäre um ihn herum mit etwas aufgeladen waren, das ich immer nur empfinden, nie beschreiben konnte. Es hatte J. umgeben und mich wie eine Dunstglocke eingehüllt, wann immer ich mich in seiner unmittelbaren Nähe befunden hatte. Andererseits war er doch auch ganz normal gewesen. Ich hatte mit ihm reden können, wie mit jedem anderen Menschen auch, nur eben besser. Manchmal hatten wir sogar richtig Spaß zusammen gehabt. Die Tatsache, dass er literweise Kaffee getrunken hatte, bewies doch, dass er kein Geist gewesen sein konnte. So viel stand fest.

Obwohl unsere Gespräche oft anstrengend gewesen waren und mir viel an Ehrlichkeit und Hirn abverlangt hatten, hatte ich bei J. immer *ich* sein können. Egal wie aufgekratzt ich etwas daher geplappert hatte oder wie problembeladen ich bei ihm angekommen war, immer hatte er mich so angenommen, wie ich gerade drauf war. Zum ersten Mal wurde mir seine Geduld und Großzügigkeit bewusst, die er mir in all den Wochen entgegengebracht hatte, ohne mich jemals zu bewerten. Oft genug hatte ich versucht, ihn auf meine Spielebene runterzuziehen, um den Abstand zwischen uns zu verringern. Logischerweise war mir das viel einfacher und weniger anstrengend vorgekommen, als mich zu ihm hoch abzumühen. Aber er hatte seine Ebene nie verlassen, wie sehr ich es auch draufangelegt hatte, aus ihm einen lockeren Typen zu machen. Während ich mich im Laufe unserer gemeinsamen Zeit verändert hatte, war er der geblieben, der er von Anfang an gewesen war. Einfach J., wie der zehnte Buchstabe im Alphabet – alt, weise und geheimnisvoll.

Bei all unseren Treffen hatte er mich immer dazu ermuntert, mich wie auf einer Leiter Sprosse für Sprosse höherzubewegen, obwohl er von meiner Angst, nach unten zu schauen oder sogar runterzufallen, gewusst haben musste. Er hatte sie nie zum Thema gemacht und mich stattdessen motiviert, trotz meiner Befürchtungen und Ängste immer weiter hochzuklettern. Dabei hatte er mich nie zu etwas überredet. Immer hatte er mir den freien Willen gelassen, seine Denkimpulse anzunehmen oder es zu lassen. Seltsamerweise war ich ihnen immer irgendwie gefolgt. Die Ergebnisse der vergangenen vier Monate waren der Beweis.

J. hatte es geschafft, alle verstreuten Einzelteile in mir nach und nach hervorzukramen und sie zu einem überlebensfähigeren Ganzen neu zusammenzusetzen. Wie ein Puzzle, dessen Motiv ein wirres Bild abgegeben hatte und unter seinem Einfluss zu einem erkennbaren, klaren geworden war. Wer auch immer J. gewesen war, Fakt war, dass ich durch die zufällige Begegnung mit ihm tatsächlich einen Quantensprung in meiner persönlichen Entwicklung gemacht hatte. Ich hatte gelernt, mich so zu akzeptieren, wie ich war, ohne die Sehnsucht, ein Anderer sein zu wollen. Er hatte meine Ängste und Zwänge ans Licht geholt und mir geholfen, mich von ihnen zu befreien. Seitdem brauchte ich keine erträumten Räume mehr, um im Alltag klarzukommen. Es war nicht immer einfach, aber es war es wert gewesen. Wie J. richtig behauptet hatte, musste man egal bei welchem Kummer durch alle Gefühlsstufen durch und nicht drum herumgehen, um loslassen zu können. Auch wenn es grausam und anstrengend war.

Der Machtkampf war vorbei, aber ich fühlte mich weder als Sieger noch als Verlierer. Es kam mir eher so vor, als hätte ich in mir einen Zustand auf Augenhöhe erreicht. Meine Gefühle durften sein und ich durfte auch sein. Kein Teil von mir musste mehr in einem Versteck bleiben. Ich setzte keine Energie mehr dagegen – keine eingesperrten Gefühle, keine Drachen und Dämonen, die mir den Akku leersogen. Meine Powerbank war meine Ehrlichkeit zu mir selbst und auch anderen gegenüber, was mir sicherlich hin und wieder schwerfallen würde. Denn die Lüge war oft so viel bequemer als die Wahrheit. Ich hatte seine Worte nicht vergessen: *Wer ehrlich ist, muss auch keine Lügen decken. Er muss keine Menschen oder Situationen meiden, die die Lüge gefährden oder der Wahrheit in die Karten gucken könnten.* J. hatte mir beigebracht, dass Ehrlichkeit eine der wichtigsten Voraussetzungen war, um sich im Leben unbelastet zu bewegen.

Durch die gemeinsame Zeit mit J. hatte ich gelernt, mit dem umzugehen, was ist, und nicht zwanghaft daran festzuhalten, was war oder was ich gerne hätte. Klar, es würde nie wieder so sein wie früher, als Mama noch da war. Aber dank J. konnte ich mit dem Verlust besser umgehen, auch wenn sie mir natürlich extrem fehlte. Ich akzeptierte, dass es so war und nicht anders. Ich lebte nicht mehr darüber hinweg, indem ich mich ablenkte oder in Phantasieräume flüchtete. Seitdem sich die vielen verstreuten Inseln in mir vernetzt und mit der Wirklichkeit gekoppelt hatten, war ich ganz da: Im Hier und Jetzt. Vielleicht würde Papa das auch noch schaffen, falls es mir gelang, ihm etwas von J.s Wissen zu vermitteln.

Ich hatte nun für immer diesen Brief von J., der sich wie eine Liste der *Dos &* *Don'ts* fürs Leben las, sollte ich lebenstechnisch mal wieder schwer auf dem Schlauch stehen. So was in der Art hätte ich mir auch von Mama gewünscht. Aber sie konnte ja nicht ahnen, dass sie so früh und plötzlich sterben würde. J.s Brief war cool. Er fasste im Prinzip alles zusammen, was er mir versucht hatte beizubringen. Offensichtlich hatte er von meiner Schwäche gewusst: Dieser wirklich seltenen Form von Hirnspeicherinkontinenz, Erinnerungsinkompetenz und Selbstdenkbequemenz, weshalb er mir netterweise diese Anleitung fürs Leben hinterlassen hatte. J. war toll!

Aber J. war fort! Vorbei unsere zeitlosen Treffen und unendlichen Gespräche. Er fehlte mir jetzt schon. Fast fühlte ich mich so alleingelassen wie damals, als Mama starb. Wie sollte mein Leben ohne J. weitergehen, wenn ich ihn ab sofort nicht mehr um Rat fragen konnte? Ich war doch überhaupt noch nicht so weit, um im Leben ohne ihn klarzukommen. Aber wenn J. mir zutraute, von nun an ohne seine Hilfe zu überleben, blieb mir wohl nichts anderes übrig, als auch daran zu glauben.

Wie so oft versuchte ich, sein Gesicht in mir heraufzubeschwören, und wie immer klappte es nicht. Er hatte alles mitgenommen, wie er gesagt hatte – sein Kraftfeld und die Erinnerung an seine optische Erscheinung. Nur das gesprochene Wort hatte er mir dagelassen. Seit ich seinen Brief gelesen hatte, war ich zumindest beruhigt, dass weder ich noch die anderen verrückt geworden waren. Keiner von uns hatte sich im Zeitkosmos verirrt, nur lebte jeder in seiner eigenen Realität. Wie das immer bei J. gewesen war, hatte ich mir diese Erkenntnis durch die kurze Phase des Verwirrtseins verdienen müssen. Die Wahrheit müsse erlebt, nicht erzählt werden, hatte J. mal gesagt, sonst glaubten es die Menschen nicht.

Für mich hatte ich jedenfalls die absolute Gewissheit, dass J. existiert hatte. Das musste reichen. Außer dem gesprochenen Wort, hatte er mir diese Pappschachtel mit dem handgeschriebenen Brief, dem Taschentuch und der CD-Box dagelassen. Als handfesten Beweis dafür, dass es ihn tatsächlich in meinem Leben gegeben hatte. Etwas, das ich aus dem Regal nehmen konnte, wann immer mich Zweifel befielen, wie ich es mir im Zusammenhang mit Mamas Liebe gewünscht hatte.

Während ich den Inhalt der Schachtel andächtig betrachtete, war ich plötzlich von mir selbst enttäuscht. Verflucht! Warum war ich nie auf die gnadenlos einfache und naheliegende Idee gekommen, J. mit meinem Handy zu fotografieren? Als Medien-Junkies des modernen Zeitalters war das doch das Erste, was uns einfiel, wenn wir etwas festhalten wollten. Vielleicht hatte J. diesen Gedanken bewusst über all die Wochen und Monate in meinem Kopf unterdrückt. Möglich war das. Wenn er Erinnerungen löschen konnte, konnte er bestimmt auch Gedanken betäuben. Ich musste daran denken, wie er mal gesagt hatte, dass wir vorwärts leben und rückwärts begreifen. Da war etwas Wahres dran.

Es ist okay, J., teilte ich ihm in Gedanken mit. *Ich werde dich niemals vergessen, auch ohne erinnerbares Bild von dir ... und ... ja, danke noch mal für alles, was du mir erzählt und beigebracht hast.* Ich schluckte. *Du wirst mir fehlen, aber ... aber vielleicht musst du jemand anderem helfen, weil er dich dringend braucht, so wie du mir geholfen hast, als ich einen Menschen wie dich brauchte, ohne zu wissen, dass ... dass ich dich brauchte.* Die ersten Tränen liefen mir übers Gesicht, was sich scheußlich anfühlte. *Ich ... ich wünsche dir alles Gute ... und toll, mit der Prince CD ... echt klasse ... Ich hoffe, es gibt da, wo du jetzt bist, auch Kaffee ... ja, das wünsche ich mir für dich.* Meine Augen quollen mittlerweile hemmungslos über. *Solltest du jemals wieder in Köln sein, lass es mich wissen, okay?* Von dem Versuch, das Heulen zu unterdrücken, bekam ich Schluckauf. Zu allem Überfluss fing es auch noch an zu regnen, weshalb ich alles hektisch zusammenpackte und mich unters Klettergerüst flüchtete.

Ich wartete, bis der Schauer vorüber war, dann machte ich mich in undefinierbarer Stimmung auf den Heimweg. Im Weggehen ließ ich meinen Blick noch einmal über den Spielplatz und den angrenzenden Park wandern, als würde sich doch noch irgendein weiterer Beweis für J.s Existenz finden lassen. Doch alles war menschenleer und ohne erkennbares Zeichen von ihm. Nicht einmal Axel und Freddy waren mehr zu sehen. Nur Inge war dabei, die Zeitungsständer nach dem Regenschauer wieder nach draußen zu stellen. Inge, die J. so gemocht hatte und nicht mehr wusste, dass sie ihn je gekannt hatte. Was war Wirklichkeit und was war Traum – vielleicht hatte J. recht und alles war eins.

Als ich zu Hause ankam, war Papa schon da und werkelte in der Küche herum. Weil ich nicht wusste, ob man mir meine aufgewühlte Stimmung ansah, begrüßte ich ihn nur kurz, bevor ich hoch in mein Zimmer ging. Ich schloss die Tür und stellte die Schachtel mittig auf den Teppich. Vorsichtig hob ich den Deckel ab und einen kurzen Herzschlag befürchtete ich, die kostbaren Erinnerungsstücke von J. könnten wie von Geisterhand verschwunden sein. Doch alles war noch da. Feierlich nahm ich die *Prince* CD heraus, öffnete das Plastikcover und legte die erste der drei CDs in den Player. Ich wählte das elfte Lied aus, dann hockte ich mich im Schneidersitz neben die Schachtel.

Während ich der Musik lauschte, nahm ich das Taschentuch und den Briefumschlag in die Hand und fühlte mich J. nah. Kurz bevor das Saxophonsolo einsetzte, legte ich die Sachen neben mich auf den Teppich und schnappte mir Smörfdiddy vom Bett. Als das Saxophon anfing herzzerreißend zu kreischen, drückte ich mein Gesicht vorsichtshalber in Smörfdiddys Rücken. Aber nichts Dramatisches passierte in mir. Die Stelle fühlte sich zum ersten Mal richtig gut an. So gut, wie sie es immer schon verdient gehabt hätte. Als das Lied zu Ende war, rief Papa von unten. Ich legte J.s Geschenke sorgfältig zurück in die Schachtel, setzte Smörfdiddy aufs Bett und vertraute ihm meinen wertvollen Schatz an.

Papa hatte super Laune und verkündete, dass Onkel Dietmar zum Abendessen käme und bis auf Salatwaschen und Dressing alles fertig sei. Durch das Backofenfenster lachte mich unser heißgeliebter Nudel-Hackfleisch-Auflauf an. Mir lief das Wasser im Mund zusammen, obwohl ich keinen Hunger hatte. Ich deckte den Tisch für drei und bot an, den Salat zu waschen. Papa freute sich und stellte mir alles bereit. Ich machte mich an die Arbeit und zerpflückte gewissenhaft den Kopfsalat, bevor ich ihn ins Wasser warf. Während ich so vor mich hin zupfte, hatte ich plötzlich das Bedürfnis zu reden, nachdem ich den halben Nachmittag über J. und unsere gemeinsame Zeit nachgedacht hatte.

»Papa, glaubst du, dass es Dinge auf der Welt gibt, die man sich nicht erklären kann?«

Er schaute von seinem halbfertigen Dressing auf. »Wie meinst du das?«

»Einfach generell.« Ich zupfte ein weiteres Salatblatt auseinander. »Denkst du, man kann Sachen erleben, die man nicht begreift?«

»Hm, nun ja. Ich denke schon, dass es das gibt.« Er widmete sich wieder dem Dressing. »Ich werde zum Beispiel mit Onkel Dietmar zum nächsten FC Spiel hier in Köln gehen.«

»Was? Echt jetzt?« Ich war baff.

»Ja, echt. Er weiß aber noch nichts von seinem Glück«, sagte er grinsend.

»Mensch, Papa, das finde ich super!« Ich zeigte ihm einen tropfenden Daumen hoch. »Wieso hast du dich jetzt doch auf einmal dazu durchgerungen?«

»Weißt du, ihr habt beide recht. Ich verkrieche mich seit Ewigkeiten in meinem LKW und meiner Musik, was ich mittlerweile auch etwas läppsch finde. Mein Leben muss irgendwann weitergehen, auch ohne Mama.« Er zögerte kurz. »Ich glaube sogar, Mama wäre stinksauer, wenn sie wüsste, dass ich mich seit vier Jahren verschanze und Menschen meide, anstatt das Leben so zu akzeptieren, wie es ist, und das Beste draus zu machen.«

»Jemand Schlaues hat mal gesagt, dass die Zeit dann reif ist, wenn sie reif ist. Vielleicht brauchtest du die lange Zeit für dich alleine, um sie ab jetzt nicht mehr so extrem zu brauchen.«

»Scheint so«, sagte er nachdenklich. »In den letzten Tagen hatte ich auf einmal das Bedürfnis, mehr Bewegung in mein und auch in unser Leben zu bringen. Es war wie ein Impuls, dem ich nachgegangen bin. Seitdem fühle ich mich, als wäre ich irgendwie zu mir gekommen.«

»Klingt gut, Papa, richtig gut«, freute ich mich, denn die Nachricht hörte sich verdammt nach Riesenfortschritt in Sachen Papas Vernetzung mit der Außenwelt an.

»Aber um deine anfängliche Frage zu beantworten, Jonas, so muss man sich spätestens, wenn man sich mit der Quantenphysik beschäftigt, eingestehen, dass es definitiv Dinge gibt, die man mit dem gesunden Menschenverstand nicht verstehen kann. Sie sind zwar beweisbar, aber eben nicht wirklich zu begreifen. Sie sind einfach rätselhaft.«

»Ah ja?« Ich befürchtete einen seiner wissenschaftlichen Vorträge, weshalb ich kein allzu großes Interesse zeigte. An dem speziellen Abend hätte es mein Gehirn gesprengt, wenn ich ernsthaft versucht hätte, ihm zu folgen.

»Ja, tatsächlich.« Papa gab sein Bestes, ein paar Spritzer Flüssigwürze aus der Flasche in die Salatschüssel zu bekommen. »Mist, dauernd sind diese Dinger verstopft!« Er schüttelte die Flasche kopfüber wild Richtung Schüssel. »Nimm nur mal das Doppelspaltexperiment, auch bekannt als Welle-Teilchen Dualismus. Da verhalten sich Elektronen anders, als man es für Elementarteilchen erwarten würde. Sie verhalten sich wie Wellen, obwohl sie sich in anderen Experimenten wie Teilchen verhalten. Sie scheinen beides zugleich zu sein. Man kann es sich nicht wirklich vorstellen.«

»Aha!?« Papa war eben Papa. Ich wusch weiter Salat und hörte ihm nur mit halbem Ohr zu. Wo J. jetzt wohl war?

»Beim Doppelspaltexperiment wurden …« Papa knabberte die Spitze der Flasche mit den Zähnen frei und spuckte ein paar Mal angewidert in die Spüle. »Bah, ist das eklig. Also da wurden Elektronen durch eine Wand mit zwei Schlitzen geschossen und es wurde gemessen, welchen Schlitz sie genommen haben. Sie gingen durch die jeweiligen Schlitze hindurch und erschienen auf der dahinterliegenden Projektionsfläche entsprechend der Schlitze, durch die sie gegangen waren, als Punkte. Sie verhielten sich also wie normale Materieteilchen. Kannst du mir soweit folgen?«

»Klar.« Keinen Schimmer, wovon er redete.

»Dann hat man die Elektronen in einem weiteren Versuch durch die Schlitze gejagt, ohne zu beobachten, also zu messen, welchen Schlitz sie genommen haben. Und was denkst du, ist passiert? Na?« Papa sah mich voller Begeisterung an und erwartete allen Ernstes eine Antwort.

»Die Dinger sind abgehauen?«, versuchte ich aus dem Nichts, einen Treffer zu landen.

»Nein! Halt dich fest! Sie gingen durch beide Schlitze gleichzeitig und bildeten auf der Projektionswand ein Interferenzmuster. Lauter Wellen! Kannst du dir das vorstellen? Das Elektron verhielt sich vollkommen anders, als wüsste es, wann es beobachtet wird und wann nicht. Es scheint eine Realität wählen zu können.«

»Nee, oder? Nicht zu fassen!« Ich schüttelte Papa zuliebe ehrfürchtig den Kopf.

»Tja, es scheint so zu sein, dass die Wellenfunktion kollabiert und ein Partikelverhalten auftritt, sobald das Elektron beobachtet wird. Als würde der Akt der Beobachtung das Verhalten der Teilchen beeinflussen.«

»War mir bisher nicht so klar.«

»Es gibt verschiedene Erklärungsmodelle und unterschiedliche Interpretationen zu diesem Experiment. Man vermutet eine energetische Wechselwirkung zwischen dem Beobachter, also dem Messgerät, und den Elementarteilchen. Wirklich verstehen kann man es nicht. Egal wie gut die Messgeräte sind.« Papa hatte nach seinen intensiven Bemühungen ein paar Spritzer Flüssigwürze in die Schüssel bekommen und schien sichtlich zufrieden mit sich und der Welt. »Jetzt hast du eine Idee davon, dass es zwischen Himmel und Erde durchaus Dinge gibt, die wir mit unserem normalen Menschenverstand nicht wirklich erklären können. Bisher jedenfalls nicht, aber die Forschung geht weiter.«

»Klingt spannend.« Ich schleuderte den Salat trocken und startete einen neuen Versuch. »Und ist dir außer den Sachen in der Physik auch schon mal persönlich etwas passiert, von dem du dachtest, dass das gar nicht sein kann?«

Er überlegte kurz, dann hatte er wohl etwas gefunden. »Doch, ja. Als deine Mutter sich in mich verliebt hat. Da dachte ich, dass bestimmt die Engel ihre Finger im Spiel hatten.«

»Glaubst du, es gibt Engel?« Ich war gespannt auf seine Antwort.

»Nur im übertragenen Sinne. Deine Mutter war einer für mich – ein Glücksengel. Aber so richtige Engel, wie man sie sich in den Mythen oder in der Religion vorstellt, nein. Dafür bin ich zu sehr Wissenschaftler.«

»Wahrscheinlich ist das der Grund. Sonst könntest du dir vielleicht eher Dinge vorstellen, die es gibt, aber eigentlich nicht geben kann oder die es nur für einen selbst gibt.«

»Hm ... meinst du so etwas wie Wunder oder Träume?«

»Kommt der Sache schon näher.«

»Vielleicht auch Illusionen?«, arbeitete er sich weiter vor.

»Schon.«

»Illusionen können individuell sehr verschieden sein. Für den einen ist das Glas halb voll, für den anderen halb leer. Das ist Ansichtssache und hängt vom Auge des Betrachters ab«, bemühte er sich, meine Frage zu beantworten. Nur erschien mir seine Vorstellung von Wundern doch zu hirnlastig und zu wenig phantasievoll, um mit meiner kompatibel zu sein. Es klingelte und er ging Onkel Dietmar die Tür aufmachen.

J. hatte mal gesagt, dass der Mensch für alles nach Erklärungsmodellen suche, um die Natur und das Wesen der Dinge zu verstehen. Dass er unermüdlich komplizierte mathematische Berechnungen anstelle, um hinter die Logik und die Zusammenhänge in der Welt zu blicken. Doch der Blume oder dem Baum sei das egal – sie fragten nicht erst nach Papier und Stift, um ihr Wachstum zu berechnen. Sie wuchsen so oder so, ganz ohne die Fibonacci-Zahlenfolge zu kennen. Denn die Natur existierte bereits, lange bevor der Mensch die Mathematik erfand. Sie war einfach da und funktionierte aus sich heraus. So hatte J. es mir erklärt.

Vielleicht verhielt es sich mit unerklärlichen Dingen ähnlich. Es gab sie, auch wenn sie weder faktisch nachweisbar noch logisch erklärbar waren. Im Zweifel käme Gefühl immer vor Verstand, hatte J. behauptet. Denn machte der Datensammler-Verstand schlapp, war das Gefühl oder der Glaube das Einzige, was übrig blieb, wenn man den Zweifel nicht wollte. Ihn und mich hatte es in einem gemeinsamen Zeitfenster gegeben, daran hatte ich keinen Zweifel mehr, auch wenn das Zeitfenster vorbei war. In Zukunft gab es nur noch mich in der Realität und J. in meiner Erinnerung. Aber ich hatte sein Versprechen, dass er da sein würde, wenn ich ihn brauchte, und auf sein Wort war immer Verlass gewesen. Das war eine beruhigende Vorstellung. Ich hörte Onkel Dietmar in Megafonlautstärke mit Papa reden, bevor sie gemeinsam in die Küche kamen.

»N'Abend, Jonas. Was macht die Boxerei und wie läuft's mit den Mädels?« Onkel Dietmar kam auf mich zugetänzelt und forderte mich auch gleich mit seinen Fäusten heraus. Ich duckte mich weg, um ihm unter seiner Deckung hindurch einen Schlag in die seitlichen Rippen zu verpassen. Er war wie immer schneller. »Tja, mein Freund, um deinen Onkel Diddy zu treffen, musst du noch'n Pfund an Schnelligkeit drauflegen.« Er ließ vom Kämpfen ab und wuschelte mir durch die Haare. »Na, alles klar bei dir?«

»Läuft. Hast du Hunger?«

»Und wie! Was gibt's denn Leckeres?«

»Nudelauflauf mit Gehacktes und Salat. Danach gibt es noch eine Überraschung«, gab Papa in bester Laune bekannt.

Ich konnte ihm anmerken, wie sehr er sich freute, seinen besten Freund zum ersten Mal seit vier Jahren nicht enttäuschen zu müssen und ihn stattdessen mit einer positiven Nachricht zu überraschen. Beim Essen konnte Papa sein Grinsen nicht abstellen, weshalb ich dauernd ungewollt lachen musste. Zwischendurch zwinkerten wir uns zu, bis Onkel Dietmar irgendwann fragend die Augenbrauen hochzog.

»Männers, hier ist doch irgendwas im Busch. Hat eure angekündigte Überraschung mit einem speziellen Nachtisch zu tun oder führt ihr etwas im Schilde?«, kommentierte er unsere Geheimnistuerei.

Papa legte sein Besteck feierlich beiseite und streckte den Rücken gerade, um die Katze Papa mäßig umständlich aus dem Sack zu lassen. »Dietmar, ich wollte mich erst mal bei dir bedanken, dass du seit vier Jahren unermüdlich versuchst, mich aus meinem Traueruniversum, wie du es mal treffend bezeichnet hast, herauszuholen. Du hast nie locker gelassen, egal mit was für bekloppten Ideen du hier aufgeschlagen bist. Es tut mir leid, dass ich sie immer abgelehnt habe, weil ich nicht über meinen beziehungsweise Brittas Schatten springen konnte, was sie mir bestimmt übel genommen hätte.« Er machte eine bedeutungsvolle Pause und ich war verblüfft, dass er Mamas Namen einfach so aussprach. »Nach vier Jahren darf ich dir nun mitteilen, dass ich bei der nächsten Gelegenheit mit dir zu einem Heimspiel des FC gehen werde.«

BOOM! Die Nachricht haute Onkel Dietmar fast vom Stuhl. Vor Schreck verschluckte er sich und prustete eine volle Ladung Nudelauflauf über den Tisch.

»Ich verstehe nicht, warum neuerdings alle, die uns besuchen, ihr Essen über den Tisch spucken«, stellte Papa trocken fest, bevor er mit der Gabel ein Stück Nudel von Onkel Dietmar aus der Salatschüssel fischte, um es ihm gewissenhaft zurück auf den Teller zu legen.

»Hansi, hast du einen Fieberschub oder nimmst du neuerdings irgendwelche Anti-Schatten-Pillen?«, röchelte Onkel Dietmar, während er sich ein Taschentuch aus der Hose zog.

»Nein, weder noch«, sagte Papa fröhlich. »Ich habe die Entscheidung ohne Einwirkung psychoaktiver oder anderer hirnstoffwechselverändernder Mittel getroffen.« Genüsslich nahm er einen Schluck Bier aus seiner Flasche und sah selbstzufrieden zu Onkel Dietmar, der sich noch immer nicht von der Nachricht erholt hatte. »Ich bin auch nicht deinem schamanischen Rat gefolgt und habe eine Nackt-schnecke bei Vollmond mit geschlossenen Augen rückwärts übers Hausdach ge-worfen, falls du das hoffst.«

»Du meinst im Ernst, du kommst mit ... also wir beide ... wie früher ... Hansi und Diddy ... auf den Rängen ... im Stadion?«, stammelte Onkel Dietmar ergriffen.

»Ja, wir beide. Ob es allerdings so sein wird wie früher, wird sich zeigen. Schließ-lich weiß ich noch nicht, wie es ist, in unsere alten Rituale zurückzufallen und in die Welt da draußen ...«, er zeigte Richtung Fenster, wie Onkel Dietmar es oft genug gemacht hatte, um dann mitten im Satz zu stutzen. »Dietmar?«

Es war kaum zu glauben. Onkel Dietmar heulte! Er war vom Mundabwischen geradewegs ins Augenwischen übergewechselt, was ihm ziemlich peinlich war.

»Verdammt, es ... es tut mir leid, aber ich freue mich so ... Ich kann nicht glau-ben ... dass du tatsächlich mitkommst ...«, schluchzte Onkel Dietmar. Hammer! Jetzt war der eine gerade dabei, nach vier Jahren Dunkelheit ins Licht der Welt zurückzukehren, da fing der andere an, sich die Augenballen auszuschwemmen, wenn auch vor Freude. »Ach, Hansi, das ist wie ... Karneval, Deutzer Kirmes und FC Aufstieg zusammen«, nuschelte er hinter seinem Taschentuch.

»Kommt, lasst uns anstoßen! Auf das neue Leben und danke, dass ihr es mit mir ausgehalten habt. Das gilt sowohl für dich, Jonas«, Papa hielt seine Flasche in meine Richtung, » als auch für dich, Dietmar. Bester Sohn und bester Kumpel aller Zeiten.«

»Prost zusammen«, jubelte Onkel Dietmar mit knallroten Augen, bevor er von seinem Stuhl aufsprang und ein Karnevalslied grölend durch die Küche tanzte.

Es war der schönste Abend seit langem und unser Haus fühlte sich auf einmal viel weniger leer an. Später im Bett sagte ich J. im Stillen *Danke*. Ich vermutete, dass er bei Papas sogenanntem »Impuls« seine Finger im Spiel gehabt hatte.

31

Am darauffolgenden Tag war Raffas Party. Elli und ich wollten uns mit den Rädern an der Bushaltestelle in der Nähe ihres Zuhauses treffen, von wo aus wir zusammen zum Stadion radeln wollten. Ich war zeitig losgefahren und ein paar Minuten vor der vereinbarten Zeit am Treffpunkt. Elli kam strahlend angeradelt und sah toll aus. Über ihrer Jeansjacke trug sie einen knallgrünen Schal, der ihre Augen noch leuchtender machte.

Die Musik machte es einfach, die genaue Stelle zu finden. Dort angekommen schlossen wir unsere Räder ab und waren überrascht, wie viele Leute schon da waren. Wir sahen Raffa und seine Jungs in einer Traube von Jugendlichen stehen, bunt gemischt. Die meisten wirkten älter als wir. In Windeseile scannte ich die Menge, ob dieser ekelhafte Siggi auch irgendwo herumschwirrte. Er schien erfreulicherweise nicht unter den Partygästen zu sein.

Fette Beats dröhnten aus einer tragbaren Box in der Nähe der »Bar«, die aus einem mit groben Brettern improvisierten Tisch bestand. Darauf standen Bierkästen und mehrere Tetra Paks mit Wein. Elli und ich sahen uns unschlüssig an. Wir wussten nicht, zu wem wir hingehen oder was wir trinken sollten. Dann entdeckten wir Kästen mit Softdrinks unter dem Tisch und beschlossen, uns eine Cola zu nehmen. Während wir nach Bechern suchten, hatte Raffa uns wohl gesehen, denn er kam in seinem üblichen Schlurfgang zu uns rüber.

»Hey, Moby. Hi, Elli. Was geht?« Er zupfte nervös an seinem Käppi herum.

»Hi, Raffa«, sagten wir etwas lahm. Wir wussten beide nicht, in welcher Stimmung wir ihm begegnen sollten. Schließlich waren wir eher aus Neugier als aus freundschaftlichen Gründen da.

»Cool, dass ihr gekommen seid. Wie ich sehe, habt ihr die Bar schon gefunden.«

»Wir dachten, wir genehmigen uns schon mal eine Cola, um uns in Partylaune zu bringen.«

»Klar, fühlt euch wie zu Hause«, sagte er betont lässig, wirkte dabei aber unsicher. Möglich, dass es auch seine erste Party war. Er hatte ja die Angewohnheit, cooler zu tun, als er in Wirklichkeit war.

Elli zog die zwei Tüten Chips, die wir für die Party besorgt hatten, aus ihrer

Umhängetasche und reichte sie ihm. »Für den Hunger zwischendurch oder falls der Kaviar ausgeht«, sagte sie forsch.

»Äh, danke.« Er nahm die Tüten entgegen und kratzte sich verlegen am Kopf. »Was zum Knabbern. Klasse Idee!« Die eine Tüte legte er auf die Brettertheke, die andere klemmte er sich unter den Arm. »Also, haut rein! Wir sehen uns.« Damit schlurfte er zurück zu seiner Truppe.

Jemand drehte die Musik lauter. *Tupac* dröhnte aus der Box und wummerte uns in die Ohren.

»Ich wollte dir noch was erzählen«, schrie Elli gegen die Musik an.

»Lass uns lieber weiter von der Box weggehen, dann müssen wir uns nicht so ins Trommelfell brüllen«, schrie ich zurück und sah Elli lachen. Zusammen gingen wir ein Stück Richtung Waldrand, wo wir uns mit unseren Cola Bechern auf einen umgestürzten Baumstamm setzten. »Also, was gibt's, was du mir erzählen wolltest?«, fragte ich neugierig.

»Stell dir vor! Ich hab gestern mein Zimmer selbst gesaugt«, verkündete sie stolz.

»Echt? Wie war's?«

»Ging so. Ich hab aus Versehen mein Handyladekabel eingesaugt und an den bodenlangen Vorhängen bin ich auch nicht optimal vorbeigekommen.« Wir mussten beide lachen. »Aber ehrlich gesagt ... ähm, wollte ich dir etwas anderes erzählen.« Etwas an ihrem Tonfall ließ mich hellhörig werden.

»Mach's nicht so spannend«, forderte ich sie auf.

Sie sah mich unsicher an, als wüsste sie, dass ich nicht begeistert sein würde. »Ich konnte es dir vorher nicht erzählen ... aber ich werde ab den Sommerferien für ein Jahr nach Australien gehen.«

Die Nachricht traf mich wie ein Schlag. Mein Herz kenterte und rauschte in die Tiefe. Fast hätte ich meine Cola fallengelassen. Schnell schaute ich in den Becher, weil ich nicht wusste, wieviel sich von dem, was ich fühlte, auf meinem Gesicht abspielte. Warum bestand das Leben nur aus Abschiednehmen? Ich schluckte und gab mir Mühe, meine Stimme normal klingen zu lassen.

»Seit wann weißt du das?«

»Die Bestätigung der Austauschorganisation ist heute gekommen.«

»Also wusstest du schon länger, dass du weggehen würdest?«, fragte ich in einem ungewollt vorwurfsvollen Ton.

»Meine Eltern hatten das organisiert, aber ich wollte mit dem Erzählen warten, bis ich sicher wusste, dass das mit dem Austauschjahr auch wirklich klappt.«

»Wohnst du bei einer Gastfamilie und gehst dort zur Schule?«, bewegte ich mich auf der sachlichen Ebene vorwärts, um meine Enttäuschung zu überspielen.

»Ja. Im Austausch kommt meine Gastschwester nächstes Jahr zu uns.«

»Klingt cool«, log ich. »War das deine Idee oder die deiner Eltern?« Meine Fragen klangen eher nach einem Verhör als nach interessiertem Nachfragen, aber ich wollte es einfach wissen.

»Die Idee meiner Eltern. Anfangs war ich von der Aussicht, so lange ganz alleine am anderen Ende der Welt zu sein, auch nicht besonders begeistert.«

»Aber dann hat sie dir doch gefallen?«, bohrte ich weiter. Ich war einfach so verdammt traurig bei dem Gedanken, Elli ein Jahr lang nicht zu sehen. Zusammen Zeit zu verbringen war für mich immer etwas ganz Besonderes, und ich hätte gerne gewusst, ob ihr die Zeit mit uns auch etwas bedeutete. Aber das war eine dieser Fragen, die man sich nicht traute zu stellen, weil man Angst vor der Antwort hatte.

»Ich fing an darüber nachzudenken, dass ich schon gerne mal eine Weile aus den Fängen meiner Eltern herauskommen würde. Was jetzt nicht undankbar klingen soll. Meine Eltern tun alles für mich und verwöhnen mich, aber es muss eben auch immer so laufen, wie sie es sich in ihrer Traumwelt vorstellen. Ich fühle mich in all dem zu sehr verplant. Vielleicht sogar ein bisschen vermarktet.« Sie blickte konzentriert auf ihre Chucks. »Ich wollte zum Beispiel nie Tennis spielen. Als kleines Mädchen wollte ich schon in den Turnverein oder lieber noch in den Fußballverein. Aber das war meinen Eltern nicht schick genug. Sie wollten nicht zusammen mit dem Proletariat auf irgendeinem Provinzfußballplatz stehen. Klavier wollte ich auch nie lernen, aber ein riesiger Flügel im Wohnzimmer macht eben mehr her als eine Gitarre im Ständer. So ist das bei uns.« Sie sah mich an, dabei verfingen sich ihre grünen Augen für einen winzigen Moment in meinen. »Als wäre ich ihr Vorzeigestück. Nur haben ihre Wünsche wenig mit dem zu tun, was ich will, weil ... weil es eben ihr Traumfilm ist, nicht meiner. Außer dass ich darin zufällig die Hauptrolle spiele.«

»Das sagt sich leicht, wenn man alles hat, was man sich wünscht.«

»Kann sein. Ich möchte einfach kein oberflächliches materielles Leben führen, um irgendwo dazuzugehören. Ich bin doch keine Knetmasse, die mit achtzehn fertig modelliert ist, um dann perfekt in die Lebensschablone meiner Eltern zu passen. Ich finde dich viel authentischer als mich, weil du so echt bist. Du bist du und nicht die Kopie deines Vaters.« Ich sah sie erschrocken an. »Obwohl ich mich bemühe, ich selbst zu sein, hab ich oft das Gefühl, es doch mehr zu spielen, als es zu sein. Ich weiß eben nicht, wer ich wirklich bin oder wer ich sein will. Ich weiß nur, dass ich nicht so sein will wie meine Eltern. Ein Leben für die Welt da draußen ist mir definitiv zu ... zu unecht und auch zu leer.«

»Aber du bist doch du selbst. Du hast deine eigenen Ideen, deinen eigenen Humor, deinen eigenen Gang, dein eigenes Lachen, deine tolle Singstimme. Wenn das nicht viel Eigenes ist, dann weiß ich es nicht.« Ich hoffte, sie würde meine Ehrlichkeit nicht als plumpe Anmache missverstehen.

»Mm«, grunzte sie, dann flog ein schüchternes Lächeln über ihr Gesicht. »Danke, dass du das sagst. Trotzdem gibt es vielleicht noch mehr in mir zu entdecken, was ich erst finde, wenn ich von zu Hause weg bin.« Sie kickte mit ihrem Fuß nach einem Grasbüschel. »Ich will aus dieser engen Blase mal für eine Weile raus. Sie klemmt mir die Flügel ein, die ich endlich ausbreiten will.«

»Deinen Wunsch nach mehr Freiheit kann ich schon nachvollziehen. Trotzdem machst du jetzt wieder das, was deine Eltern wollen.«

»Stimmt natürlich. Aber dieser Austausch bietet mir eben die Gelegenheit, eine Zeitlang ohne die ständige Überwachung meiner Eltern in einer komplett anderen Umgebung zu leben. In Australien kennt mich niemand aus meinem bisherigen Leben. Alles ist offen, ohne Stempel auf der Stirn, verstehst du?«

»Und warum Australien? Hätte nicht England oder Frankreich auch gereicht?« Ein europäisches Land hätte sich für mich weniger weit weg angefühlt, auch wenn es zeitlich keinen Unterschied gemacht hätte. Ein Jahr blieb ein Jahr. Egal wo.

»Doch, klar, für mich schon, aber meine Eltern waren da anderer Meinung. Es musste ein Auslandsaufenthalt sein, den sich vielleicht nicht jeder leisten kann. Du weißt doch, alles muss immer außergewöhnlich sein, damit sie etwas zum Angeben haben.« Sie sah niedergeschlagen aus.

»Aber komm mir ja nicht mit so einem braungebackenen Surftypen nach Köln zurück!«, lenkte ich unser Gespräch deshalb auf eine spaßige Ebene.

»Quatsch! Was soll der auch hier? Auf dem Fühlinger See mit dem Stand-Up Paddle Board rumstochern, oder was?« Elli lachte und ich fand die Vorstellung auch ziemlich witzig. »Wenn ich etwas mitbringe, ist es ein riesiger Stoffkoala für Smörfdiddy, damit er weniger alleine ist.«

»Klasse Idee! Mann, dann sprichst du demnächst super Englisch und kannst mir bei meinen Hausaufgaben helfen.«

»Yes! Es lebe das einundzwanzigste Jahrhundert! Dank Internet sind Entfernungen kein Problem mehr. Wir verlieren uns nicht, auch wenn ich weit weg in *Down Under* bin.«

Elli sah mich freudestrahlend an und in dem Augenblick wollte ich einfach daran glauben, dass ihr unsere Freundschaft auch etwas bedeutete. »Wir bleiben in Kontakt, okay?« Ich hob meinen Cola Becher in ihre Richtung.

»Darauf kannst du wetten. Ich will unbedingt auf dem Laufenden gehalten werden, wie es bei dir und in der Schule so läuft. Auf uns! Prost!« Wir stießen unsere Becher aneinander und Elli imitierte ein Gläserklirren. »Hey, sollen wir tanzen gehen? Das ist »California« von *Phantom Planet*. Das mag ich voll.«

AAARRRGH! Genau das hatte ich befürchtet. Kaum dass ich mich von Ellis Schocknachricht halbwegs erholt hatte, überkam mich der nächste Schreck. Wie ging überhaupt Tanzen auf der ersten Party meines Lebens, noch dazu mit Elli? Ich war verloren! Sie war bereits aufgesprungen und zog mich am Jackenärmel hoch. Unsicher trottete ich neben ihr her Richtung Tanzgewimmel. Elli begann sich gleich anmutig zur Musik zu bewegen, während ich mich steif und verklemmt fühlte. Es war das erste Mal, dass ich nicht für mich alleine tanzte. Meine Füße stoffelten sich einen ab, als ich mich bei dem Gedanken ertappte, die anderen könnten mich absolut peinlich finden. Ich sah zu Elli hinüber. Sie folgte dem Beat – sie war im Flow!

»Hey, cooler Move! Hast du Tanzstunden bei deinem Vater genommen?«, rief sie mir mit einem Augenzwinkern zu. Ich lief rot an und sah Elli lachen. »War'n Witz! Alles gut. Zappel weiter!« Sie tanzte näher zu mir heran. »Du weißt doch, wie ich darüber denke. Tanzen ist Loslassen und Freisein von allem und jeder bewegt sich, wie er will«, rief sie ausgelassen, vollführte mit ausgebreiteten Armen eine perfekte Drehung und sang lauthals mit.

Ich bewunderte ihre Ungezwungenheit und fand sie in dem Moment toller denn je. Allmählich entspannte ich mich und ließ mich widerstandslos auf die Musik ein. Irgendwann war es mir egal, was irgendwer von mir dachte, und machte es wie Papa. Musik war eben etwas sehr Persönliches, wie die Bewegungen dazu auch. Während Elli und ich unseren Spaß hatten, nahmen Raffa und seine Jungs kaum Notiz von uns, was uns super in den Kram passte. Auch wenn J. fort war, Elli weggehen würde und Mama nie mehr wiederkam, war ich tatsächlich ziemlich glücklich an dem Abend.

Später hätte ich gerne behauptet, dass Mama und J. irgendwann an dem Abend als wabernde Lichtwesen nebeneinander am Waldrand standen und mir lächelnd zuwinkten – das perfekte Happy End! Doch so war es nicht. Weder Mama noch J. hatten irgendwo geisterhaft in der Gegend herumgestanden, was mich höchstwahrscheinlich auch ziemlich erschreckt hätte. Dennoch hatte ich die Gewissheit, dass sie bei mir waren. Ich trug sie in mir und spürte sie um mich herum. Das musste reichen. Mehr konnte ich nicht verlangen, denn mehr konnte ich nicht haben.

Es war okay so, wie es war.

So war das.

~~~~

Ich schreckte abrupt aus meinen Erinnerungen und aus meinem Sessel hoch, als unten die Haustür aufgeschlossen wurde und laut zurück ins Schloss fiel. Wo war ich? Okay, ich war in meinem Zimmer und ein Blick auf mein Handy sagte mir, dass es noch immer der gleiche Nachmittag im Mai war. Nur Stunden später. Die Sonne war längst von meinem Bett weggewandert und hatte mein Zimmer in gelbes Abendlicht getaucht. Im nächsten Moment hörte ich Papa rufen.

»Jonas, bist du da?«

Völlig benebelt sprang ich vom Sessel auf und stürzte mich polternd die Treppe hinunter, bis ich auf halber Höhe jäh abstoppte. Unten im Flur stand Papa in seinem schicken Hemd von Oma, neben ihm eine sympathisch aussehende Frau. Ich staunte nicht schlecht. Papa hatte das mit den Veränderungen in seinem Leben tatsächlich ernst gemeint. Das freute mich für ihn, wenn auch sein Tempo, sich nach vier Jahren Schwerelosigkeit wieder an die Außenwelt anzudocken, wirklich rasant war.

»Äh, Jonas, ich möchte dir jemanden vorstellen«, sagte Papa leicht verschämt. »Wir kennen uns schon länger von der Arbeit und ...«

»Klar«, unterbrach ich seine Erklärung, bevor sie in einen seiner umständlichen Vorträge ausarten konnte, und sprang die restlichen Stufen hinunter.

»Jonas, das ist Katja.« Die Frau lächelte nett. »Katja, das ist Jonas, mein Sohn.«

Wir gaben uns die Hand und es fühlte sich gut an. Sie drückte nicht zu fest und nicht zu lose. Sie schien in Ordnung zu sein. Später, wenn wir alleine wären, würde ich Papa fragen, ob sie schon geknutscht hatten.

ENDE